MADELINE MILLER

KIRKE

Z angielskiego przełożył
Paweł Korombel

Tytuł oryginału:
CIRCE

Copyright © Madeline Miller 2018
All rights reserved
Polish edition copyright © Wydawnictwo Albatros Sp. z o.o. 2018
Polish translation copyright © Paweł Korombel 2018

Redakcja: Katarzyna Kumaszewska
Ilustracje na okładce: Shutterstock
Projekt graficzny okładki: David Mann
Ilustracja na wnętrzu okładki: Gregg Kulick
Opracowanie graficzne okładki do polskiego wydania:
Katarzyna Meszka-Magdziarz
Skład: Laguna

ISBN 978-83-8125-402-1
Książka dostępna także jako e-book i audiobook
(czyta Marta Wągrocka)

Dystrybutor
Firma Księgarska Olesiejuk sp. z o.o.
Poznańska 91, 05-850 Ożarów Mazowiecki
tel. (22) 721 30 00, faks (22) 721 30 01
www.olesiejuk.pl

Wydawca
Wydawnictwo Albatros Sp. z o.o.
Hlonda 2A/25, 02-972 Warszawa
www.wydawnictwoalbatros.com
Facebook.com/WydawnictwoAlbatros | Instagram.com/wydawnictwoalbatros

2019. Wydanie II
Druk: CPI Moravia Books, Czech Republic

Nathanielowi
νόστος

ROZDZIAŁ PIERWSZY

Kiedy się urodziłam, nie było słowa, które określałoby to, kim byłam. Nazwano mnie nimfą, zakładano bowiem, że okażę się podobna do matki, ciotek i tysięcy kuzynek. Zajmowałyśmy ostatnie miejsce w ostatnim rzędzie boginek, a nasze moce były tak skromne, że ledwo zapewniały nam nieśmiertelność. Rozmawiałyśmy z rybami, opiekowałyśmy się kwiatami i zwabiałyśmy krople deszczu z chmur i sól z morskich fal. Słowo „nimfa" wyznaczało długość i sens naszego bytu. W naszym języku nimfa to nie bogini, lecz panna młoda.

Moja matka była jedną z boginek, najadą, strażniczką tryskających źródeł i strumieni. Wpadła w oko mojemu ojcu, gdy przybył w odwiedziny do pałacu jej ojca, Okeanosa*. W tamtych czasach Helios i Okeanos często biesiadowali to przy stole jednego, to drugiego. Byli kuzynami, rówieśnikami, chociaż na to nie wyglądali. Ojciec rozsyłał oślepiający blask jak świeżo wykuta z brązu tarcza, podczas gdy Okeanos już się urodził z kaprawymi oczami i brodą do pasa. Byli jednak tytanami, woleli więc swoje towarzystwo niż przestawanie z młodziutkimi, nieporadnymi bogami na Olimpie, którzy nie widzieli stworzenia świata.

---

* Na str. 407 znajduje się wykaz postaci z mitologii greckiej.

Pałac Okeanosa był niebywałym cudem, głęboko osadzonym w skale. Komnaty z wysokimi sklepieniami ozdobiono złotem, a stąpające przez wieki stopy bogów wygładziły kamienne posadzki. Wszędzie słyszało się lekki szmer rzek Okeanosa, źródło świeżych wód świata, tak mrocznych, że nie dało się zgadnąć, gdzie kończy się woda, a zaczyna dziewicza skała. Na brzegach rzek rosły delikatne szare kwiaty, trawa, a także niezmierzona liczba dzieci Okeanosa: najady, nimfy i rzeczni bogowie. Lśniący jak wydry, roześmiani, o jasnych obliczach, rozsyłali blask w mrocznym otoczeniu, zabawiali się złotymi pucharami i toczyli niekończące się zmagania, igrając z miłością. Pośród nich, przyćmiewając całe to wiotkie piękno, zasiadała moja matka.

Jej włosy połyskiwały niczym brąz; każdy pukiel był tak lśniący, że zdawał się płonąć wewnętrznym ogniem. Poczuła spojrzenie mojego ojca, żarliwe jak płomienie ogniska. Widzę ją poprawiającą udrapowania szaty na ramieniu. Widzę ją zanurzającą w wodzie palce i wyjmującą je lśniące. Obserwowałam ją tysiące razy, jak robiła te sztuczki. Ojciec zawsze się na nie nabierał. Wierzył, że naturalnym porządkiem świata jest dawanie mu rozkoszy.

– Kto to? – spytał Okeanosa.

Ten miał już wiele złotookich wnucząt spłodzonych przez mojego ojca i nie miał nic przeciwko kolejnym.

– Moja córka Perseida. Jest twoja, jeśli chcesz.

Następnego dnia ojciec spotkał ją przy tryskającym źródle, które rozlewało się w sadzawkę na powierzchni ziemi. To był piękny zakątek, zasłany bujnymi narcyzami pod baldachimem splecionych konarów dębów. Nie skaziło go błoto, nie pełzały tam oślizgłe ropuchy; czyste, wygładzone kamienie ustępowały miejsca trawie. Nawet mój ojciec, który za nic miał subtelności sztuki nimf, był oczarowany.

Matka wiedziała, że się zbliża. Była wątła, ale sprytna i ostra jak drapieżny węgorz. Zdawała sobie sprawę, którędy biegnie droga do władzy dla takich jak ona – na pewno nie przez baraszkowanie na brzegach rzek i płodzenie bękartów. Kiedy mój ojciec prężył się przed nią, pyszny w swojej chwale, roześmiała mu się w twarz.

– Pokładać się z tobą? A czemu to?

Oczywiście brał, co mu się żywnie podobało. Ale też pochlebiał sobie, że wszystkie kobiety – zarówno młodziutkie niewolnice, jak i boginie – przemożnie pragną trafić do jego łoża. Dowodem na to były dymy na poświęconych mu ołtarzach, ofiary ciężarnych matek i uszczęśliwionych bękartów.

– Małżeństwo albo nic z tego – zapowiedziała mu moja matka. – A jeśli małżeństwo, to musisz wiedzieć jedno: na łonie natury będziesz mógł brać każdą dziewkę, która ci wpadnie w oko, ale żadnej nie sprowadzisz do domu; w twoich komnatach będę rządzić tylko ja.

Warunki, ograniczenia. To były dla niego nowinki, lecz bogowie niczego nie kochają bardziej niż nowinek.

– Umowa stoi – rzekł i przypieczętował ją, dając mojej matce naszyjnik, który sam złożył z najrzadszych bursztynów. Później, kiedy przyszłam na świat, podarował jej drugi sznur i następne za każde z mojego rodzeństwa, a przyszło ich na świat jeszcze troje. Nie wiem, co bardziej ceniła: gorejące blaskiem kamienie czy zazdrość sióstr, kiedy nakładała naszyjnik. Myślę, że kolekcjonowałaby kolejne sznury po wieczność, aż przygięłyby ją do ziemi, jak jarzmo przygniata kark wołu, gdyby najpotężniejsi bogowie jej nie wstrzymali, kiedy się zorientowali, na co stać naszą czwórkę.

– Możesz mieć jeszcze dzieci, ale nie z nim – oznajmili jej.

Tylko że inni nie dawali bursztynów. Tamten jedyny raz widziałam ją płaczącą.

*

Po moim urodzeniu ciotka – oszczędzę wam jej imienia, bo w tej opowieści roi się od ciotek – umyła mnie i owinęła w pieluszki. Inna zatroszczyła się o moją matkę; pokryła jej usta karminem, grzebieniem z kości słoniowej rozczesała włosy. A trzecia poszła do drzwi i wpuściła mojego ojca.

– Dziewczynka – oznajmiła, kręcąc nosem.

Dziewczynki mu nie przeszkadzały; miały łagodny temperament i złocistą barwę skóry jak oliwa z pierwszego tłoczenia. Ludzie i bogowie byli chętni wiele zapłacić, by płodzić z nimi dzieci, i mówiono, że skarbiec ojca równał się zasobom samych wielkich bogów. Gestem błogosławieństwa położył rękę na mojej głowie.

– Znajdzie świetnego oblubieńca – przepowiedział.

– Jak świetnego? – chciała wiedzieć matka. Gdyby wydano mnie za kogoś znamienitego, byłoby to dla niej jakieś pocieszenie.

Ojciec zastanawiał się przez chwilę, bawiąc się kosmykami moich włosów, przypatrując się uważnie oczom i kościom policzkowym.

– Myślę, że księcia – odparł w końcu.

– Księcia? – powtórzyła matka, nie kryjąc niezadowolenia. – Chyba nie masz na myśli śmiertelnika?

Kiedy podrosłam, spytałam, jak wyglądają śmiertelnicy.

„Można rzec, że mają nasze kształty, ale tylko w tym sensie, w jakim robak ma kształt wieloryba", odpowiedział ojciec. Matka wyraziła się dosadniej: „Są niczym worki z niewyprawionej skóry, wypchane gnijącym mięsem".

– Przecież na pewno wyjdzie za syna Zeusa – upierała się matka. Już wyobraziła sobie, jak ucztuje na Olimpie, siedząc po prawicy królowej bogów, Hery.

– Nie. Ma włosy rysia. I ten podbródek. Jest tak spiczasty, że aż odpychający.

Matka nie spierała się dalej. Jak wszyscy znała opowieści o wybuchach Heliosa, gdy mu się sprzeciwiono. „Lśni złotem, ale jego ogień spala".

Wstała. Jej brzuch się wygładził, talia zwęziła, policzki tchnęły świeżością dziewiczej rosy. Wszystkie żeńskie istoty naszego gatunku szybko dochodzą do siebie po porodzie, ale ona była jeszcze szybsza; należała do córek Okeanosa, które wydają na świat potomstwo jak sarny – wystrzeliwując je niczym pociski.

– Chodź – rozkazała. – Postarajmy się o coś lepszego.

*

Rosłam szybko. Niemowlęctwo trwało godziny, wczesne dzieciństwo – parę chwil. Ciotka, która licząc na to, że zyska względy mojej matki, została, nazwała mnie Jastrzębicą, Kirke, z powodu miodowej barwy oczu i dziwnie cienkiego zawodzenia, kiedy płakałam. Ale gdy spostrzegła, że matka tyle dba o jej usługi, co o pył u stóp, zniknęła.

– Matko, nie ma ciotki – poskarżyłam się.

Nie zareagowała. Ojciec już się wyprawił rydwanem na nieboskłon, a ona wplatała we włosy kwiaty, szykując się do przejścia tajemnymi ścieżkami wód, by na trawiastych brzegach rzek dołączyć do sióstr. Mogłam za nią popłynąć, ale wtedy musiałabym przesiedzieć cały dzień u stóp ciotek plotkujących o rzeczach, których nie rozumiałam. Więc zostałam.

Rozległe komnaty ojca były mroczne i ciche. Pałac, sąsiadujący z domostwem Okeanosa, był osadzony w dziewiczej skale, a ściany miał z polerowanego obsydianu. Dlaczego nie? Mogły być ze wszystkiego – z krwistoczerwonego egipskiego marmuru lub drewna sandałowego, z czego tylko ojciec by zapragnął. Ale on lubił blask obsydianu odbijający jego światło, płomienie pełgające na śliskich powierzchniach, gdy przechodził obok. Oczywiście nigdy nie pomyślał, jak głęboka zalega tam czerń, gdy jest nieobecny. Ojciec zupełnie nie potrafił wyobrazić sobie świata bez niego.

W tamtych czasach mogłam robić, co chciałam. Zapalałam pochodnię i biegałam, podziwiając ciemne, podążające za mną płomienie. Kładłam się na gładkiej polepie i palcami wierciłam w niej dziury. Nie znajdywałam czerwi ani robaków, ale mi ich nie brakowało. Nikt poza nami nie zamieszkiwał tych rozległych komnat.

Gdy nocą ojciec powracał, ziemia falowała jak boki konia i wywiercone przeze mnie dziury się wygładzały. Po chwili pojawiała się matka, pachnąca kwiatami. Biegła go przywitać, a on pozwalał jej wieszać mu się na szyi, przyjmował puchar z winem i zasiadał na wielkim srebrnym tronie. Ja dreptałam mu po piętach.

– Witaj w domu, ojcze, witaj w domu.

Pijąc wino, grał w warcaby, ale tylko i wyłącznie sam przeciwko sobie. Przesuwał bierkę, odwracał warcabnicę i znów zmieniał położenie bierki.

– Nie pójdziesz do łoża, ukochany? – pytała miodopłynnym głosem matka.

Demonstrowała bujność kształtów, obracając się przed nim powoli jak pieczeń na rożnie. Przeważnie rzucał wtedy grę, nie zawsze jednak, i wtedy byłam najszczęśliwsza, bo matka szła sobie, trzaskając drzwiami z mirtowego drewna.

U stóp ojca cały świat był ze złota. Światło biło z niego całego, ze złocistej skóry, jarzących się oczu, połyskujących brązem włosów. Jego ciało paliło jak rozżarzony kosz z węglem i przytulałam się do niego tak blisko, jak mi na to pozwalał, niczym jaszczurka do skał w południe. Ciotka kiedyś powiedziała, że niektórzy pomniejsi bogowie ledwo potrafią na niego patrzeć, ale ja byłam jego rodzoną córką i wpatrywałam się w niego tak długo, że gdy odwracałam wzrok, jego wizerunek nadal odbijał się od moich źrenic, od podłogi, lśnił na ścianach i inkrustowanych stołach, nawet na mojej skórze.

– Co by się stało, gdyby śmiertelnik zobaczył cię w całej twojej chwale? – spytałam.

– Spłonąłby w jednej chwili.

– A gdyby śmiertelnik zobaczył mnie?

Uśmiechnął się. Słyszałam ruch warcabowych bierek, znajome szuranie marmuru po drewnie.

– Taki śmiertelnik uznałby się za szczęśliwca.
– Nie spaliłabym go?
– Oczywiście, że nie.
– Ale mam oczy jak ty.
– Nie. Spójrz. – Skierował wzrok na polano przy palenisku. Rozżarzyło się, zapłonęło, po czym rozsypało w popiół na podłodze. – To tylko próbka moich mocy. Potrafiłabyś choć tyle dokonać?
Całą noc wytrzeszczałam oczy w te polana. Nawet się nie rozgrzały.

*

Na świat przyszła siostra, wkrótce potem brat. Nie potrafię powiedzieć, w jakim odstępie czasu. Dni bogów mkną jak wodospad i wtedy jeszcze nie opanowałam sztuczki śmiertelników – liczenia ich – choć można by się spodziewać, że ojciec włoży więcej trudu w naszą naukę, bo przecież sam liczył każdy wschód słońca. Tymczasem nawet on nazywał moje rodzeństwo bliźniakami. Rzeczywiście, od dnia narodzin brata byli nierozłączni jak para norek. Ojciec pobłogosławił ich jednym ruchem dłoni.
– Ty wyjdziesz za wiecznie żyjącego syna Zeusa – zwrócił się do mojej świetlistej siostry, Pazyfae, proroczym tonem, którego używał, zapowiadając przyszłe zdarzenia.
Na to matka się rozjaśniła, wyobrażając sobie szaty, które przyoblecze na ucztę u Zeusa.
– A ty jak każdy syn będziesz odbiciem matki – zapowiedział mojemu bratu zwykłym głosem, dźwięcznym i czystym jak letni poranek.
Matka okazała zadowolenie, uznała bowiem, że Helios zezwolił jej nadać synowi imię. Nazwała go Perses, po sobie.
Pazyfae i Perses byli sprytni i szybko spostrzegli, jak sprawy stoją. Uwielbiali ze mnie szydzić, udając niewiniątka. „Ma oczy żółte jak siki – mówili. – Skrzeczy jak sowa. Nosi imię Jastrzębica, ale jest tak brzydka, że powinna nazywać się Koza".

Takie były ich pierwsze przytyki, jeszcze niewinne, ale z każdym dniem coraz bardziej dobierali mi się do skóry. Nauczyłam się ich unikać i wkrótce znaleźli sobie przyjemniejsze rozrywki w pałacu Okeanosa, wśród małych najad i rzecznych bogów. Kiedy matka udawała się do swoich sióstr, przyłączali się do niej i narzucali swoją wolę uległym kuzynom i kuzynkom, zahipnotyzowanym jak płotki przed paszczą szczupaka. Wymyślali setki upokarzających gierek.

– Chodź, Melio – kusili. – Na Olimpie modne jest przystrzyganie włosów do linii szyi. Jak złapiesz męża, jeśli nie pozwolisz się nam przystrzyc?

Kiedy Melia zobaczyła, że wygląda jak jeż, i rozpłakała się, śmiali się, aż w podziemnych korytarzach huczało echo.

Zostawiłam ich tym rozrywkom. Wolałam ciche komnaty ojca i kiedy tylko mogłam, spędzałam każdą chwilę u jego stóp. Pewnego dnia, może chcąc mi wynagrodzić udręki ze strony rodzeństwa, zaproponował, że zabierze mnie i pokaże swoje święte stada krów. Spotkał mnie wielki zaszczyt, bo propozycja ojca oznaczała, że pojadę szczerozłotym rydwanem i ujrzę zwierzęta będące przedmiotem zazdrości wszystkich bogów: pięćdziesiąt śnieżnobiałych jałówek zachwycających oczy Heliosa podczas jego codziennych wędrówek nad ziemią. Wychyliłam się poza ozdobioną szlachetnymi kamieniami krawędź rydwanu i patrzyłam wniebowzięta na sunącą w dole ziemię: ciemnozielone lasy, ostre wierzchołki gór, rozległy błękit oceanów. Szukałam śmiertelników, lecz sunęliśmy za wysoko, aby ich dostrzec. Stado żyło na zarośniętej bujną trawą wyspie Trinakia i opiekowały się nim moje przyrodnie siostry, Lempetia i Faitusa, Świetlista i Lśniąca.

– Kogo dzisiaj z sobą przywiodłeś?
– To musi być jedna z córek Perseidy, patrz na jej oczy.
– Oczywiście! – Lempetia, myślę, że to była ona, pogładziła mnie po włosach. – Wcale nie powinnaś się przejmować barwą

swoich oczu. W ogóle się tym nie martw. Twoja matka jest bardzo piękna, ale nigdy nie była silna.
– Mam oczy jak wy – powiedziałam.
– Jaka ona słodka! Nie, kochanie, nasze płoną jak ogień, a nasze włosy są jak słońce na wodzie.
– To sprytne, że zaplatasz włosy w warkocze – pochwaliła mnie Faitusa. – Dzięki temu kasztanowe pasma wcale tak źle nie wyglądają. Szkoda, że nie możesz tak samo ukryć swego głosu.
– Mogłaby trzymać buzię na kłódkę. To załatwiłoby sprawę, prawda, siostro?
– Pewnie tak. – Uśmiechnęły się. – Pójdziemy do krów?

Nigdy wcześniej nie widziałam krowy, ale to nie miało znaczenia; zwierzęta były tak piękne, że żadne porównanie nie było potrzebne. Sierść miały czystą jak płatki lilii, a ślepia łagodne, z długimi rzęsami. Ich rogi pozłocono – zrobiły to moje siostry – a kiedy zwierzęta opuszczały łby, by szczypać trawę, czyniły to z wdziękiem tancerek. W świetle zachodzącego słońca ich grzbiety roztaczały łagodny blask.
– Och! – wykrzyknęłam. – Mogę jedną pogłaskać?
– Nie – zakazał mi ojciec.
– Chcesz wiedzieć, jak się nazywają? Ta jest Białopyska, a ta Jasnooka, ta to Skarb. Te zaś to Urocza, Śliczna i Złotoroga, i Lśniąca. Ta jest Skarb, a ta…
– Już jedna wcześniej nazywała się Skarb – przerwałam jej. – Powiedziałaś, że to ta. – Wskazałam palcem krowę, która ze spokojem przeżuwała trawę.

Siostry popatrzyły na siebie, potem jednocześnie spojrzały na ojca swoimi złotymi oczami.
– Musiałaś się pomylić – powiedziały. – To jest Skarb. A to Gwiazdka, a ta Pyszna i…
– A to co? – zapytał ojciec. – Śliczna ma strupa?
Siostry niemal wpadły w histerię.

– Jakiego strupa? Och, nie może być! Och, niegrzeczna Śliczna, jak mogłaś się skaleczyć? Och, niedobre stworzenie, musiało cię boleć!

Pochyliłam się, żeby się lepiej przyjrzeć. Zobaczyłam malutki strupek, mniejszy niż paznokieć małego palca, ale ojciec się nachmurzył.

– Wasza w tym głowa, żeby do jutra nie było po tym śladu.

Skinęły szybko głowami.

– Oczywiście, oczywiście. Strasznie nam przykro.

Znów zajęliśmy miejsca w rydwanie i ojciec ujął nabijane srebrnymi guzami wodze. Siostry wycisnęły ostatnie pocałunki na jego rękach, a konie skoczyły przed siebie, kołysząc nas na niebie. W gasnącym świetle dnia już pojawiały się pierwsze konstelacje gwiazd.

Pamiętałam, jak ojciec opowiedział, że daleko, na ziemi, są ludzie zwani astronomami, których zadaniem jest śledzenie jego falującej trasy. Śmiertelnicy niesłychanie szanowali tych mężów. Mieszkali w pałacach i służyli radami królom, ale czasem ojciec zabawił dłużej to tu, to tam i wtedy astronomowie wpadali w rozpacz, gdyż ich obliczenia przestawały się zgadzać. Wleczono ich przed oblicza królów, którym służyli, oskarżano o oszukiwanie i zabijano. Ojciec, mówiąc mi o tym, był rozbawiony.

– Mają to, na co zasłużyli – dodawał. – Słońce jest panem swojej woli i nikt nie może mu rozkazywać, co ma czynić.

– Ojcze, czy jesteśmy tak spóźnieni, że astronomowie stracą głowy? – zapytałam.

– Tak – odparł, potrząsając lejcami. Konie skoczyły jeszcze szybciej i świat rozmył się pod nami; dymne cienie nocy uniosły się z brzegów mórz. Poczułam dziwny ucisk w piersiach, jakby ktoś wsunął mi tam rękę i ruchem praczki wyżął wnętrzności. Myślałam o astronomach. Wyobrażałam ich sobie skulonych, pełzających jak robaki, klęczących na chudych kolanach i zawodzących: „Błagamy! To nie nasz błąd, samo słońce się spóźniło". „Słońce nigdy się nie spóźnia – odpowiadali z tronów królowie. – Wasze słowa to bluźnierstwo, musicie umrzeć!"

I topór opadał, tnąc błagających mężów na dwoje.

– Ojcze, niedobrze mi – szepnęłam.

– Jesteś głodna – orzekł. – Czas na ucztę. Twoje siostry powinny się wstydzić, że nas zatrzymały.

Objadłam się na kolację, ale nadal czułam się dziwnie. Musiałam mieć nieswoją minę, bo Perses i Pazyfae zaczęli się szyderczo uśmiechać ze swojego łoża biesiadnego.

– Połknęłaś żabę?

– Nie.

Moje zaprzeczenie tylko wprawiło ich w jeszcze większe rozbawienie; pocierali się ramionami w udrapowanych szatach, niczym węże polerujące jeden drugiemu łuski.

– A jak złote jałówki ojca? – spytała siostra.

– Piękne.

Perses wybuchnął śmiechem.

– Ona nie wie! Słyszałaś kiedyś coś równie głupiego?

– Nigdy – odparła siostra.

Nie powinnam była się dopytywać, ale nadal byłam głęboko pogrążona w myślach; wciąż widziałam bezgłowe trupy astronomów, rozciągnięte na marmurowych podłogach.

– Czego nie wiem?

Siostra zrobiła taką minę, że wyglądała jak istna norka.

– Że on z nimi kopuluje. Tak robi nowe. Zamienia się w byka, płodzi cielęta, a potem piecze postarzałe krowy. Dlatego wszyscy myślą, że są nieśmiertelne.

– Wcale nie.

Wyli ze śmiechu, pokazując palcem moje rumieńce. Te hałasy zwabiły matkę, która uwielbiała szyderstwa Pazyfae i Persesa.

– Opowiadamy Kirke o krowach – wyjaśnił mój brat. – Ona nie wiedziała.

17

Matka roześmiała się głosem brzmiącym jak strumień srebrnych monet spadających skalnym wodospadem.

– Głupia Kirke.

*

Tak wyglądały moje młodzieńcze lata. Chciałabym powiedzieć, że cały czas szykowałam się, by się stamtąd wyrwać, ale prawda jest taka, że dałam się unosić prądowi wydarzeń, przekonana, że po kres moich dni będę tylko cierpieć nudę i udręki.

ROZDZIAŁ DRUGI

Rozeszła się wieść, że jeden z moich stryjów zostanie ukarany. Nigdy go nie spotkałam, ale w domu wszyscy na okrągło powtarzali zabobonnym szeptem jego imię. Prometeusz. Dawno temu, gdy ludzie jeszcze dygotali, marznąc w jaskiniach, sprzeciwił się woli Zeusa i przyniósł im dar ognia. Z jego płomieni wyłoniły się wszelkie umiejętności i dary cywilizacji, które zazdrosny Zeus miał nadzieję nie dopuścić do ludzkich rąk. Prometeusza za bunt wtrącono do najgłębszego lochu świata podziemi, dopóki nie zostanie skazany na stosowną torturę. Teraz Zeus obwieścił, że czas ogłosić wyrok.

Stryjowie i wujowie przybiegli do pałacu ojca, trzęsąc brodami i śliniąc się ze strachu. To była istna zbieranina: rzeczne bożki o mięśniach jak pnie drzew, skąpani w morskiej wodzie bogowie głębin z krabami zwisającymi u bród, żylaste staruchy z kawałkami solonego mięsa w zębach. Większość z nich tak naprawdę nie była ani moimi stryjami, ani wujami; należeli do starszego pokolenia. Byli tytanami jak ojciec i dziadek, jak Prometeusz, reliktami z epoki wojny bogów, których nie złamano i nie zakuto w kajdany, gdyż ugięli się przed piorunami Zeusa.

Kiedy świat był jeszcze młody, żyli w nim tylko tytani. Przodek ze strony ojca, Kronos, usłyszał przepowiednię, że pewnego dnia potomek pozbawi go tronu. Kiedy jego żona Rea powiła pierwsze dziecię, wyrwał je jeszcze wilgotne z jej ramion i w całości połknął. Pożarł też kolejną czwórkę dzieci, gdy tylko przyszły na świat, lecz kiedy pojawiło się ostatnie, zrozpaczona Rea dała mężowi do pożarcia owinięty w pieluchy kamień. Kronos dał się nabrać i uratowane dziecko, Zeus, trafiło na górę Dikte, gdzie chowano je w tajemnicy. Kiedy Zeus osiągnął wiek dorosły, rzeczywiście postawił się Kronosowi. Porwał z nieba piorun, a ojcu wcisnął do gardła zioła powodujące wymioty. Gdy Kronos zwymiotował swoje pożarte dzieci, stanęły one po stronie brata, mieniąc się bogami Olimpu, wyniosłej góry, na której umieścili swoje trony.

Starzy bogowie się podzielili. Wielu oddało swoje moce Kronosowi, ale mój ojciec i dziadek stanęli u boku Zeusa. Jak twierdzą niektórzy, zrobili to dlatego, że Helios zawsze nienawidził samochwalstwa Kronosa; inni mówią, że mając dar przewidywania przyszłości, znał wynik wojny. Bitwy rozdarły niebo; powietrze zapłonęło, a bogowie wyszarpywali jedni drugim kawałki ciał. Ziemię przesączyły wrzące krople krwi tak potężnej, że tam, gdzie spadły, wyrastały rzadkie kwiaty. W końcu moc Zeusa zwyciężyła. Przeciwników zakuł w kajdany, a pozostałych tytanów pozbawił mocy, przekazując ją braciom, siostrom i dzieciom, które spłodził. Mój wuj Nereusz, dawny potężny władca mórz, teraz służył na posyłki nowemu bogu, Posejdonowi. Inny, Proteusz, stracił pałac, a jego żony zostały nałożnicami. Tylko ojciec i dziadek uniknęli niełaski, nie utracili pałaców.

Tytani uśmiechali się szyderczo. Czy powinni być wdzięczni? To Helios i Okeanos odwrócili bieg wojny, wszyscy o tym wiedzieli. Zeus powinien obdarzyć ich nowymi mocami, nowymi stanowiskami, ale się bał, bo byli już i tak niemal równie potężni jak on. Tytani oglądali się na ojca, czekając na jego protest, na rozbłysk wielkiego ognia Heliosa. Lecz wracał do rozległych komnat pod ziemią, daleko od spojrzenia Zeusa, przenikliwego jak światło dnia.

Minęły wieki. Rany ziemi się zagoiły, pokój się utrzymał. Ale urazy bogów są tak nieśmiertelne jak ich ciała i w biesiadne noce stryjowie zbierali się ciasnym kręgiem u boku mojego ojca. Ach, co to był za widok, gdy opuszczając wzrok, przemawiali do niego; jacy byli milczący i uważni, choć nie mogli spokojnie usiedzieć. Dno prześwitywało w krużach z winem, pochodnie przygasały. „Dość czasu minęło", rozlegały się szepty. „Znów jesteśmy silni". „Pomyśl, czego mógłby dokonać twój ogień, gdybyś go uwolnił". „Jesteś najpotężniejszy z bogów starej krwi, mocarniejszy nawet niż Okeanos. Mocarniejszy niż sam Zeus, gdybyś tylko zechciał".

Ojciec przywoływał na twarz uśmiech.

– Bracia, cóż to za mowa? – pytał. – Czy nie ma dość czci i ofiar dla wszystkich? Ten Zeus nieźle sobie radzi.

Gdyby Zeus słyszał te słowa, czułby się usatysfakcjonowany. Ale nie mógł widzieć tego, co ja nieomylnie widziałam na twarzy ojca. Niewypowiedzianych, lecz obecnych słów.

Ten Zeus nieźle sobie radzi. Jak na razie.

Stryjowie zacierali ręce i odpowiadali uśmiechem. Potem odchodzili, pogrążeni w nadziejach, zapatrzeni w przyszłość, której nie mogli się doczekać, przyszłość, w której tytani znów obejmą rządy nad światem.

To była moja pierwsza lekcja. Pod gładkim, znajomym obliczem spraw czeka zastęp innych, by rozedrzeć świat na dwoje.

✳

Teraz stryjowie tłoczyli się w komnacie ojca, przewracając oczami ze strachu. Nagłe ukaranie Prometeusza to znak, że Zeus i jego pobratymcy znów wyruszają przeciwko nam, biadolili. Bogowie Olimpu nigdy nie zaznają spokoju, dopóki nie zetrą nas na proch. Powinniśmy stanąć ramię w ramię z Prometeuszem… albo nie, powinniśmy przemówić przeciwko niemu, odsunąć piorun Zeusa wymierzony w nasze głowy.

Byłam na swoim zwykłym miejscu, u stóp ojca. Leżałam cicho, żeby mnie nie zauważyli i nie odesłali, ale w piersiach czułam mrowienie na nieprzepartą myśl, że znów wybuchnie wojna. Nasze komnaty rozedrze piorun. Atena, wojownicza córka Zeusa, będzie nas ścigać szarymi włóczniami, mając u boku Aresa, swojego równie miłującego rzeź brata. Zostaniemy zakuci w kajdany i ciśnięci w rozpłomienione czeluści, skąd nie ma ucieczki.

– Chodźcie, bracia – przemówił ze środka zgromadzonych ojciec, spokojny, jaśniejszy niż złoto. – Jeśli Prometeusz ma być ukarany, to tylko dlatego, że na to zasłużył. Nie dajmy się wciągnąć w żadne spiski.

Stryjowie nie przestawali się zamartwiać.

– Kara będzie publiczna. To obraza, ostrzeżenie pod naszym adresem. Patrzcie, co spotka nieposłusznych tytanów.

Blask, który rozsyłał ojciec, wyostrzył się, rozjaśnił.

– To ukaranie buntownika, nic więcej. Prometeusz zbłądził, ulegając głupiemu umiłowaniu śmiertelników. Nie ma mowy o żadnym ostrzeżeniu pod naszym adresem. Rozumiecie?

Stryjowie pokiwali głowami. Na ich twarzach zawód połączył się z ulgą. Nie będzie rozlewu krwi. Na razie.

*

Kaźń boga była czymś rzadkim i strasznym, więc nasze komnaty wypełnił chór zmieszanych, niespokojnych głosów. Prometeusz nie mógł zostać zabity, ale są katusze gorsze niż śmierć. Czy to będą noże, czy miecze, a może rozczłonkowanie? Rozżarzone do czerwoności żelaza czy ogniste koło? Najady omdlewały, tuląc się jedna do drugiej. Bogowie rzek prężyli się, podniecenie barwiło im twarze ciemną krwią. Nie macie pojęcia, jak bardzo bogowie lękają się bólu. Nic nie jest im bardziej obce niż ból i jego widoku boją się przeraźliwie.

Wyznaczonego dnia drzwi komnaty gościnnej ojca rozwarły się szeroko. Kulisty żar rozpalonych pochodni jaśniał przy ścianach, ukazując zgromadzenie nimf i bogów wszystkich odmian. Szczupłe najady wynurzyły się z lasów, strzegące jaskiń oready wybiegły z górskich rozpadlin. Była moja matka z siostrami najadami; rzeczni bogowie, atletyczni jak rumaki, tłoczyli się obok białych niczym ryby morskich nimf i władców słonych odmętów. Przybyli nawet wielcy tytani; oczywiście ojciec i Okeanos, ale też zmiennokształtny Proteusz i Nereusz z morza; ciotka Selene prowadząca zaprzęg srebrnych koni przez nocne niebo i cztery wiatry pod wodzą lodowatego stryja Boreasza. Tysiąc szeroko otwartych oczu. Brakowało tylko Zeusa i jego olimpijskich braci i sióstr. Pogardzali naszymi podziemnymi zgromadzeniami. Wieść niosła, że w chmurach już zadali własną porcję tortur.

Karę oddano w ręce jednej z Erynii, podziemnej bogini zemsty, zamieszkującej pomiędzy zmarłymi. Moja rodzina zajęła jak zawsze prominentne miejsce, a ja stałam przed ogromnym zbiegowiskiem, nie spuszczając oczu z drzwi. Za moimi plecami tłoczyły się i szeptały najady w towarzystwie rzecznych bogów.

– Słyszałam, że Erynie mają wężowe włosy.

– Nie, mają skorpionie ogony i z oczu ciecze im krew.

Nagle wyrosła na pustym progu. Twarz miała szarą i bezlitosną, jakby wyciętą z kamienia; z pleców wyrastały jej uniesione skrzydła, złączone jak u sępa. W rozwartych ustach miotał się rozdwojony jęzor. Na głowie wiły się węże, zielone i cienkie niczym gąsienice, ruchome żywe koronki we włosach.

– Prowadzę więźnia. – Jej głos odbił się od sufitu, chrapliwy i szczekliwy jak ujadanie ogara, który zwietrzył zwierzynę. Długim krokiem wkroczyła do sali. W prawej ręce trzymała bat, którego koniec cicho szeleścił na podłodze; w lewej koniec długiego łańcucha, na którym wiodła Prometeusza.

Na oczach miał grubą białą opaskę, na biodrach strzępy tuniki, na rękach i nogach więzy, ale się nie potykał. Ciotka stojąca obok mnie szepnęła, że kajdany wykuł wielki bóg kowali Hefajstos, tak że nawet sam Zeus nie mógłby ich rozerwać. Jedna z Erynii wzleciała na sępich skrzydłach i przybiła ogniwa łańcucha wysoko do ściany. Prometeusz zawisł na nich, ramiona mu się naciągnęły, kości wyjrzały przez skórę. Nawet ja, która tak niewiele wiedziałam o cierpieniu, czułam jego ból.

Ojciec chyba coś powiedział. A może ktoś inny. Z pewnością powinni go jakoś powitać, pocieszyć – przecież łączyła ich krew. Ale milczący Prometeusz wisiał samotny.

Nie traciła czasu na umoralniające mowy. Była boginią kaźni i wiedziała, jak wymowna jest przemoc. Bat trzasnął jak łamane dębowe gałęzie. Barki Prometeusza zadygotały i z boku otworzyła się rana, długa jak moje ramię. Wszyscy wokół wciągnęli głośno powietrze, co zabrzmiało jak woda kipiąca na rozpalonych kamieniach. Bogini zemsty znów uniosła bat. TRZASK. Z pleców Prometeusza oderwał się pas skóry. Ryła w jego ciele z pełnym oddaniem, bez przerwy, rozrywając ciało długimi liniami, krzyżującymi się na skórze. Słychać było tylko trzask bata i przytłumiony, gwałtowny oddech Prometeusza. Żyły wystąpiły mu na szyi. Ktoś naparł na mnie, chcąc lepiej widzieć.

Rany bogów goją się niezwłocznie, ale Erynia znała się na rzeczy i była szybka. Uderzała raz za razem, aż skóra bata przesiąkła krwią. Wiedziałam, że bogowie krwawią, lecz nigdy tego nie widziałam. Prometeusz należał do najpotężniejszych naszej rasy i jego krew miała złotą barwę, nadającą plecom wyraz straszliwego piękna.

Bogini zemsty biczowała nadal. Mijały godziny, a może dni. Nawet bogowie nie mogą się tak długo przyglądać biczowaniu. Krew i męka zaczęły ich nużyć. Przypomnieli sobie o swoich przyjemnościach, ucztach i oczekujących rozkoszach, miękkich łożach wyłożonych purpurą czekającą, by otulić ich członki. Wymykali się jeden po drugim i Erynia po ostatecznym uderzeniu wyszła ich śladem, po takiej pracy zasłużyła bowiem na ucztę.

Opaska zsunęła się z oczu stryja. Zamknął powieki, głowa opadła mu na piersi. Plecy miał w złotych strzępach. Wcześniej słyszałam stryjów mówiących, że Zeus dał mu szansę błagać na kolanach o lżejszą karę. Nie skorzystał z niej.

Tylko ja zostałam. Powietrze było przesączone boską krwią, gęstą jak miód. Stygnące złote strumyki nadal spływały mu po nogach. Czułam swój przyspieszający puls. Czy Prometeusz wiedział o mojej obecności? Ostrożnie zbliżyłam się o krok. Jego pierś podnosiła się i opadała, cichy oddech chrypiał mu w gardle.

– Szlachetny Prometeuszu? – Mój głos odbijał się w komnacie wątłym echem.

Prometeusz podniósł głowę. Kiedy otworzył oczy, zobaczyłam, że są piękne: duże, ciemne i otoczone długimi rzęsami. Policzki miał gładkie, pozbawione zarostu, a przecież był w wieku mojego dziada, otaczał go nimb przedwiecznych czasów.

– Mogę ci przynieść nektaru – zaproponowałam.

Nie odrywał ode mnie wzroku.

– Byłbym ci wdzięczny – rzekł. Jego głos miał bogaty dźwięk starego drewna. Po raz pierwszy go usłyszałam, bo podczas kaźni Prometeusz milczał.

Odwróciłam się. Oddychałam szybciej, idąc korytarzami do komnaty biesiadnej wypełnionej roześmianymi bogami. W głębi Erynia spełniła toast, pijąc z ogromnego pucharu, ozdobionego złowrogo uśmiechniętą twarzą Gorgony. Nie zabroniła nikomu się odzywać do karanego, ale to nic nie znaczyło – potrafiła uderzyć znienacka. Miałam wrażenie, że słyszę, jak piekielnym głosem wyje moje imię. Wyobraziłam sobie kajdany na nadgarstkach i spadający z wysoka bat. Ale dalej nie sięgałam wyobraźnią. Nigdy nie poczułam bicza. Nie znałam koloru swojej krwi.

Byłam tak rozdygotana, że musiałam nieść puchar w obu dłoniach. Co bym powiedziała, gdyby ktoś mnie zatrzymał? Ale kiedy wracałam, korytarze były ciche.

Prometeusz skuty w wielkiej komnacie milczał. Znów zamknął oczy i jego rany lśniły w blasku pochodni. Zawahałam się.

– Nie śpię – przemówił. – Podsuniesz mi puchar?

Oblałam się rumieńcem. Oczywiście nie mógł go sam wziąć. Podeszłam tak blisko, że czułam bijące z jego ramion ciepło. Podłoga była mokra od krwi, którą stracił. Przytknęłam mu puchar do ust. Pił. Widziałam, jak delikatnie porusza się jego grdyka. Skórę miał piękną, koloru wypolerowanego drewna orzecha. Tchnęła wonią zielonego mchu przepojonego deszczem.

– Jesteś córką Heliosa, prawda? – spytał, gdy wypił do dna, i cofnęłam się.

Jego słowa zabolały mnie. Gdybym była nieodrodną córką Heliosa, żadne pytanie nie byłoby potrzebne. Byłabym idealna i lśniłabym pięknem płynącym wprost ze źródła, od mego ojca.

– Tak – odparłam.

– Dziękuję ci za twoją dobroć.

Nie wiedziałam, czy jestem dobra, nic nie wiedziałam. Mówił cicho, prawie nieśmiało, a przecież popełnił niebywale bezwstydną zdradę. Nie mogłam sobie poradzić z tymi sprzecznościami. Najwyraźniej śmiałe działania i śmiałe zachowanie to nie jedno i to samo.

– Jesteś głodny? – zapytałam. – Mogę przynieść coś do jedzenia.

– Nie wydaje mi się, żebym kiedykolwiek miał być jeszcze głodny.

Nie skarżył się, nie był śmiertelny. My, bogowie, traktujemy jedzenie jak sen; jest jedną z wielkich przyjemności życia, nie koniecznością. Jeśli mamy dość sił, możemy cały dzień nie zważać na żołądek. Nie wątpiłam w siły Prometeusza. Po wszystkich godzinach u stóp ojca nauczyłam się wyczuwać siłę. Niektórzy stryjowie rozsyłali słabszy zapach niż drewno stołków, na których siedzieli, ale dziadek Okeanos pachniał mocno żyznym, rzecznym mułem, a ojciec przeszywającym żarem ognia. Woń zielonego mchu Prometeusza szczelnie wypełniała komnatę.

Opuściłam wzrok, zaglądając w głąb pustego pucharu i zbierając się na odwagę.

– Pomogłeś śmiertelnym – wymamrotałam. – Dlatego cię ukarano.
– Tak.
– Powiesz mi, jacy oni są?
To było dziecinne pytanie, ale skinął głową z powagą.
– Na to nie ma jednej odpowiedzi. Każdy jest inny. Łączy ich jedynie śmierć. Znasz to słowo?
– Znam – powiedziałam. – Ale go nie rozumiem.
– Żaden bóg nie potrafi tego zrozumieć. Ciała śmiertelnych rozsypują się i mieszają z ziemią. Dusze zamieniają się w lodowaty dym i ulatują w podziemia. Tam niczego nie jedzą, nie piją i nie czują. Wszystko, po co sięgną, wymyka się ich dłoniom.
Przeszedł mnie dreszcz.
– Jak to znoszą?
– Jak potrafią.
Pochodnie przygasały i mroczne wody cieni opływały nas coraz ciaśniej.
– Czy to prawda, że nie chciałeś prosić o łaskę? I że cię nie przyłapano, ale sam wyznałeś Zeusowi, co zrobiłeś?
– Tak.
– Dlaczego?
Bez mrugnięcia powieką patrzył mi w oczy.
– Może ty mi to wyjaśnisz? Dlaczego bóg miałby zrobić coś takiego?
Nie miałam na to odpowiedzi. Proszenie się o karę bogów wydawało mi się szaleństwem, ale nie mogłam mu tego powiedzieć, stojąc w jego krwi.
– Nie wszyscy bogowie muszą być tacy sami – rzekł.
Nie wiedziałam, co odpowiedzieć. Z głębi korytarza doszedł daleki krzyk.
– Czas na ciebie. Alekto nie w smak zostawiać mnie na długo. Jej okrucieństwo pleni się z szybkością chwastu i lada moment musi znów być przycięte.

Dziwnie się wyraził, tym bardziej że sam miał być ofiarą tego okrucieństwa. Ale spodobała mi się jego mowa, bo wyczuwałam w niej tajemnicę. Przypominała kamień, w jądrze którego śpi ziarno.

– Więc pójdę – odezwałam się. – Jak się czujesz?
– Nie narzekam. Jak się nazywasz?
– Kirke.

Uśmiechnął się lekko? Może tylko sobie pochlebiam. Dygotałam po wszystkim, co zrobiłam, a odważyłam się na więcej niż kiedykolwiek. Odwróciłam się, opuściłam go i wróciłam obsydianowymi korytarzami do komnaty biesiadnej, gdzie bogowie nadal pili, śmiali się, leżeli wpół objęci. Patrzyłam na nich, czekając, aż któryś zrobi uwagę na temat mojej nieobecności, ale żaden tego nie zrobił. Bo czemu? Byłam niczym, kamieniem. Jeszcze jedną dziecięcą nimfą pośród tysięcy.

Poczułam przypływ czegoś dziwnego. Jakby poszumu w piersiach, jakby brzęczenia pszczół, gdy zima ustępuje odwilży. Poszłam do skarbca ojca, pełnego migocących bogactw: złotych pucharów w kształcie byczych łbów, naszyjników z lapis-lazuli i bursztynu, srebrnych trójnogów i rzeźbionych w kwarcu mis o uchwytach wygiętych jak łabędzie szyje. Moim ulubionym przedmiotem zawsze był sztylet o rękojeści z kości słoniowej w kształcie głowy lwa. Pewien król dał go ojcu, licząc, że tak pozyska jego łaski. „I pozyskał?", spytałam kiedyś ojca. „Nie", odparł.

Zabrałam sztylet. W mojej izbie ostrze z brązu zalśniło w blasku świecy, a lew obnażał kły. Pod nim leżała moja dłoń, miękka i gładka. Nie było na niej blizn, jątrzącej się rany. Czas nigdy nie miał na niej zostawić swojego piętna. Okazało się, że nie boję się bólu, który miał nadejść. Ogarnęła mnie inna groza; że sztylet wcale mnie nie zrani. Że przeniknie mnie jak zanurzony w dymie.

Nie przeszedł przeze mnie. Pod dotknięciem ostrza skóra rozwarła się gwałtownie, a ból przebiegł mnie srebrną, gorącą błyskawicą. Krew, która popłynęła, była czerwona, nie miałam mocy bogów. Rana długo pozostawała wilgotna, zanim się zagoiła. Siedziałam, patrzyłam na nią i naszła mnie nowa myśl. Zdradzam ją z zażenowaniem; wydaje się tak elementarna, jak odkrycie niemowlęcia, że ręka, którą się posługuje, jest jego. Ale wtedy byłam niemowlęciem.

Oto treść tej myśli: Całe moje życie to wodny mrok i głębiny, ale nie jestem jedną ze strug mrocznej wody. Jestem zanurzonym w niej stworzeniem.

ROZDZIAŁ TRZECI

Kiedy się obudziłam, Prometeusza nie było. Złotą krew starto z podłogi. Dziury po kajdanach się zasklepiły. Wiadomości przekazała mi kuzynka najada: Prometeusza zabrano na wysoki, ostry szczyt Kaukazu i przykuto do skały. Każdego południa przylatywał do niego orzeł, wyszarpywał dziobem wątrobę i pożerał ją jeszcze parującą. Niewysłowiona udręka, powiedziała kuzynka, rozkoszując się każdym szczegółem – zakrwawiony dziób, rozszarpany organ odrastający tylko po to, aby go znów wyrwano.

– Wyobrażasz sobie coś takiego?

Zamknęłam oczy. Powinnam była przynieść mu włócznię, pomyślałam, coś, czym mógłby wywalczyć sobie drogę ucieczki. Ale to była głupia myśl. Prometeusz nie chciał broni. Sam dał się osądzić i ukarać.

Nie minął miesiąc, a temat jego kaźni zniknął z ust bogów. Pewna driada ugodziła jedną z Charyt szpilką do włosów. Stryj Boreasz i bóg z Olimpu Apollo zakochali się w tym samym śmiertelnym młodzieńcu.

– Są jakieś świeże wieści o Prometeuszu? – spytałam, gdy moi stryjowie zrobili sobie przerwę w plotkach.

Skrzywili się, jakbym podsunęła im talerz z jakimś paskudztwem.

– A jakież to wieści mogłyby być?

Wnętrze mojej dłoni pulsowało bólem w miejscu, w którym je nacięłam, chociaż oczywiście nie został żaden ślad.

– Ojcze, czy Zeus uwolni kiedyś Prometeusza?

Zmrużył oczy wpatrzone w warcabnicę.

– Musiałby na tym coś zyskać – odparł.

– Na przykład co?

Nie odpowiedział. Czyjąś córkę zamieniono w ptaka. Boreasz i Apollo kłócili się o chłopca, dla którego stracili głowy, tak że w końcu biedak postradał życie. Boreasz uśmiechnął się szelmowsko z łoża biesiadnego. Ogień pochodni zadygotał pod jego lodowatym oddechem.

– Myślicie, że dałbym go Apollowi? Nie zasługuje na taki kwiat. Rzucali dyskiem i tak nim pokierowałem, że trafił chłopca w głowę. Niech sobie nie myśli ten olimpijski mądrala!

Śmiech stryja był chaosem dźwięków: brzmiały w nim piski delfinów, szczekanie fok, chlupot wód o skały. Obok właśnie przeszły białe jak brzuch węgorza nereidy, które wracały do komnat na dnie słonych mórz.

– Co się z tobą ostatnio dzieje? – zwrócił się do mnie Perses, ciskając mi migdałem w twarz.

– Może się zakochała? – podsunęła Pazyfae.

– Ha, ha! Ojciec nie może jej znaleźć męża. Wierz mi, próbował.

Matka obejrzała się przez swoje delikatne ramię.

– Przynajmniej nie musimy słuchać jej głosu – powiedziała.

– Wiem, jak ją przymusić do mówienia, patrzcie. – Brat uszczypnął mnie w ramię.

– Za dużo ucztowałeś – wyśmiała go siostra.

Zarumienił się.

– Jest dziwaczką i tyle. Coś ukrywa. – Złapał mnie za nadgarstek. – Co tam masz? Coś trzyma w ręce. Rozprostuj jej palce.

Pazyfae odgięła je po kolei, kłując mnie długimi paznokciami, i wlepili wzrok w moją dłoń.
– Nic nie ma – prychnęła z obrzydzeniem siostra.

*

Matka znów powiła, tym razem chłopca. Ojciec go pobłogosławił, ale nie wygłosił żadnego proroctwa, tak więc matka szukała kogoś, kto zaopiekuje się synem. Ciotki zmądrzały i wiedziały, że nie przyniesie im to żadnej korzyści, zatem nie kwapiły się z pomocą.
– Ja się nim zajmę – zaproponowałam.
Matka skrzywiła się, chciała jednak jak najszybciej pokazać się z nowym sznurem bursztynów.
– Świetnie. Przynajmniej będzie z ciebie jakiś pożytek. Możecie razem poskrzeczeć.
Ojciec nadał mu imię Ajetes. Orzeł. W moich ramionach chłopczyk miał ciało ciepłe jak rozgrzane słońcem kamienie i skórę delikatną jak płatki kwiatów. Nigdy nie widziałam słodszego dziecka. Pachniał miodem i świeżo rozpalonym ogniem. Przyjmował ode mnie pokarm i nie wzdrygał się na dźwięk mojego głosu. Skulony jak kłębuszek tulił się do mojej szyi, gdy opowiadałam mu bajki. Kiedy był ze mną, czułam dławiące gardło wzruszenie, miłość tak silną, że czasem odbierała mi mowę.
Największym cudem było to, że chyba odwzajemniał moje uczucia. Pierwsze, co powiedział, to „Kirke", a potem „siostra". Gdyby matka się o tym dowiedziała, może byłaby zazdrosna. Perses i Pazyfae zerkali na nas ciekawi, czy zaczniemy wojnę. Wojnę? Ani była nam w głowie. Ojciec pozwolił Ajetesowi opuszczać pałac i brat znalazł dla nas dwojga bezludne morskie wybrzeże: małą, bezbarwną plażę, przy której zamiast drzew były zarośla, które mnie wydawały się wspaniałą, bujną puszczą.
Ajetes urósł w mgnieniu oka i wystrzelił wyżej ode mnie, ale nadal chodziliśmy ramię w ramię. Pazyfae szydziła, że wyglądamy jak kochankowie, i pytała, czy wdamy się w bogów, którzy pokładali się

z rodzeństwem. Odparłam, że skoro pyta, pewnie musiała skosztować tych rozkoszy. Zdobyłam się na tę nieporadną ripostę, lecz Ajetes się roześmiał, tak że poczułam się bystra jak Atena, olśniewająca bogini mądrości.

Później ludzie mówili, że stał się dziwny z mojego powodu. Nie potrafię udowodnić, że to nieprawda. Dla mnie zawsze był dziwny, inny niż znani mi bogowie. Nawet jako dziecko rozumiał to, czego inni nie pojmowali. Znał imiona potworów zamieszkujących najmroczniejsze morskie rowy. Znał nazwę zioła, z którego napar Zeus wlał do gardła Kronosa. *Pharmaka*. Miało cudowne właściwości i wyrosło z krwi powalonych bogów.

– Skąd to wiesz? – spytałam go, kręcąc głową.

– Słucham.

Ja też słuchałam, ale nie byłam ulubioną dziedziczką ojca. Ajetesa wzywano na wszystkie narady. Stryjowie i wujowie zaczęli go zapraszać do swoich pałaców. Czekałam u siebie, aż wróci, żebyśmy mogli pójść na opuszczoną plażę i siedzieć na skałach, podczas gdy fale rozpryskiwałyby się u naszych stóp. Kładł mi policzek na ramieniu i zadawał pytania, które nigdy nie wpadłyby mi do głowy i które ledwo rozumiałam.

– Jak czujesz swoją boskość?

– O co ci chodzi?

– No to posłuchaj, jak ja czuję swoją – powiedział. – Jak wodną kolumnę, która nieustannie opływa samą siebie i jest przejrzysta aż do podstawy. Teraz ty.

Siliłam się na odpowiedź, że czuję ją jak powiew na ostrych grzbietach gór. Jak krzyk mewy z gniazda.

Pokręcił głową.

– Nie. Mówisz to tylko dlatego, że ja powiedziałem coś podobnego. Jak ją czujesz naprawdę? Zamknij oczy i pomyśl.

Zacisnęłam powieki. Gdybym była śmiertelna, słyszałabym bicie serca. Krew bogów płynie jednak leniwie, więc szczerze mówiąc, niczego nie słyszałam. Ale bardzo nie chciałam sprawić mu zawodu.

Przycisnęłam dłoń do serca i po krótkiej chwili wydało mi się, że coś czuję.
– Jak muszlę – powiedziałam.
– Ach! – Uniósł ręce. – Jak płaską muszlę czy jak konchę?
– Jak konchę.
– I co jest w muszli? Ślimak?
– Nic – odparłam. – Powietrze.
– To nie to samo co nic – poprawił mnie. – Nic to pustka, a powietrze to coś, co wypełnia wszystko inne. Jest tchnieniem, życiem, duchem, słowami, które wypowiadamy.

Mój brat filozof. Wiecie, ilu jest takich bogów? Bo ja poznałam tylko jednego. Nad nami rozpościerało się błękitne niebo, lecz ja znów byłam w starej mrocznej komnacie, widziałam kajdany i krew.
– Mam tajemnicę – powiedziałam.

Rozbawiony Ajetes uniósł brwi. Myślał, że to żart. Nie mogłam mieć tajemnicy, bo zawsze wszystko o mnie wiedział.
– Chodzi o coś, co wydarzyło się przed twoim urodzeniem – dodałam.

Nie patrzył na mnie, kiedy opowiadałam mu o Prometeuszu. Zawsze powtarzał, że jego umysł pracuje najlepiej, gdy nie rozpraszają go błahostki. Wzrok utkwił w horyzoncie. Oczy miał bystre jak orzeł, po którym dostał imię, i potrafiły wejrzeć we wszelkie szczeliny rzeczy, niczym woda wdzierająca się w dziurawy kadłub.

Kiedy skończyłam, długo milczał.
– Prometeusz był bogiem proroctw – odezwał się w końcu. – Wiedział, że spotka go kara, i z góry ją znał. A jednak zrobił to, co zrobił.

Nie pomyślałam o tym, że gdy Prometeusz zabierał dla ludzi płomień, wiedział, że czeka go wieczność na bezludnej skale i orzeł wydziobujący wątrobę.

„Nie narzekam", powiedział, gdy spytałam go, jak się czuje.
– Jeszcze ktoś o tym wie? – spytał mnie brat.
– Nikt.

– Jesteś pewna? – W jego głosie było napięcie, którego nigdy wcześniej nie słyszałam. – Nie zdradziłaś tego nikomu?
– Nie. Kto by mi uwierzył?
– To prawda. – Skinął głową. – Nie wolno ci nikomu o tym mówić. Nie powinnaś nigdy więcej wracać do tego zdarzenia, nawet w rozmowie ze mną. Masz szczęście, że ojciec się nie dowiedział.
– Myślisz, że by się złościł? Prometeusz to jego krewny.
– Wszyscy jesteśmy krewnymi – prychnął. – Bogowie z Olimpu też. Ojciec wyszedłby na głupca, który nie potrafi trzymać w ryzach potomstwa. Rzuciłby cię krowom na pożarcie.

Ze strachu ścisnęło mnie w dołku. Ajetes, widząc moją minę, się roześmiał.

– Tak by było – dodał. – I za co? Prometeusza i tak spotkała kara. Weź sobie do serca moją radę. Kiedy następnym razem postawisz się bogom, znajdź lepszy powód. Nie ścierpiałbym tego, że moja siostra została zamieniona w popiół w imię byle czego.

*

Ogłoszono zaślubiny Pazyfae. Od dawna o to zabiegała; siedząc na kolanach ojca, mruczała jak kotka, że nie pragnie niczego innego, jak rodzić dzieci jakiemuś znamienitemu mężowi. Zaprzęgła do pomocy Persesa, który na każdej uczcie wznosił toast za jej zamążpójście.

– Minos – obwieścił ojciec z łoża biesiadnego. – Syn Zeusa i król Krety.

– Śmiertelnik? – Matka usiadła. – Mówiłeś, że to będzie bóg.

– Powiedziałem, że to będzie wieczny syn Zeusa, i jest nim.

– Mętna przepowiednia – skwitował szyderczo Perses. – Umrze czy nie?

Komnatę rozświetlił błysk przeszywający jak jądro ognia.

– Dość! – krzyknął ojciec. – Po odejściu z tego świata Minos będzie rządził duszami śmiertelników. Jego imię przetrwa wieki. Decyzja zapadła.

Perses nie ośmielił się odezwać, podobnie jak matka. Ajetes wymienił ze mną spojrzenia i wydało mi się, że słyszę, jak mówi: „Widzisz? Nie dość dobry powód".

Spodziewałam się, że siostra będzie szlochać, ale kiedy na nią spojrzałam, zobaczyłam, że się uśmiecha. Nie potrafiłam zrozumieć, co się kryje za jej zadowoleniem; moje myśli biegły innym torem. Poczułam rumieniec. Jeśli sądzone mi jest ujrzeć Minosa, to również jego rodzinę, dwór, doradców, wasali, astronomów, podczaszych, służbę i niewolników. Wszystkie te stworzenia, dla których Prometeusz wyrzekł się wieczności. Śmiertelników.

*

W dniu wesela ojciec zawiózł nas złotym powozem na drugi brzeg morza. Ucztę zaplanowano na Krecie, w wielkim pałacu Minosa w Knossos. Ściany powleczono świeżym wapnem i wszędzie wisiały jasne kwiaty; do farb w malowidłach użyto mnóstwa szafranu. Zapowiedzieli się nie tylko tytani. Minos był synem Zeusa, mieli więc przybyć z wyrazami hołdu wszyscy pochlebcy z Olimpu. Salę z długą kolumnadą wypełnili świetni bogowie, podzwaniający ozdobami, śmiejący się i rozglądający się, by sprawdzić, kogo zaproszono. Największy tłok panował wokół mojego ojca; nieśmiertelni wszelkiego rodzaju pchali się, gratulując świetnego sojuszu. Zwłaszcza radowali się stryjowie, bo póki związek się utrzyma, Zeus nie wyda nam wojny.

Z Pazyfae stojącej na podeście dla państwa młodych bił blask dojrzałego owocu. Jej skóra miała złotą barwę, włosy – polerowanego brązu, na który padają promienie słońca. Wokół tłoczyła się setka przejętych nimf, pragnących zapewnić pannę młodą, że przepięknie wygląda.

Stałam w tyle, poza tłumem. Przede mną paradowali tytani: ciotka Selene, wuj Nereusz ciągnący za sobą wodorosty, Mnemosyne, matka wspomnień, i jej dziewięć lekkostopych córek. Ale to nie oni mnie interesowali.

Ci, za którymi się rozglądałam, stali na końcu sali, pod ścianą. Niewyraźne stłoczone postacie z opuszczonymi głowami. Prometeusz powiedział mi, że różnią się między sobą, ale ja widziałam tylko jednolity tłum; wszyscy mieli taką samą matową spoconą skórę i identyczne wymięte szaty. Zbliżyłam się do nich. Mieli cienkie włosy, miękkie ciała. Kiedy spróbowałam sobie wyobrazić, że podchodzę i dotykam tego skazanego na rozkład ciała, wzdrygnęłam się. Słyszałam szeptane opowieści kuzynek o tym, do czego są zdolni, gdy napotkają samotne nimfy. O gwałtach i uprowadzeniach. Trudno mi było w to uwierzyć. Wyglądali marnie jak blaszki grzybów. Wlepiali wzrok w podłogę, unikając spoglądania na boskie stworzenia. Musieli opowiadać sobie o tych, którzy zabłąkali się między bogów. Spojrzenie w nieodpowiedniej chwili, krok w niewłaściwym kierunku... takie pomyłki mogły sprowadzić na nieszczęśnika śmierć i tragedię dla wielu pokoleń jego rodziny.

Świat bogów i ludzi to wielka drabina strachu. Zeus na szczycie, a mój ojciec na pierwszym szczeblu od góry. Niżej rodzeństwo i dzieci Zeusa, moi stryjowie, pod nimi rzeczni i morscy bogowie wszelkiego rodzaju, Erynie, Charyty i Anemoi – bóstwa wiatru. A na samym dole my, nimfy, i śmiertelnicy, przyglądający się sobie nawzajem.

Ajetes zacisnął mi dłoń na ramieniu.

– Niezbyt imponujący widok, prawda? Chodź, znalazłem bogów z Olimpu.

Poszłam za nim, czując, jak gotuje się we mnie krew. Nigdy wcześniej ich nie widziałam, istot rządzących z niebiańskich tronów. Ajetes przyciągnął mnie do okna, które wychodziło na roziskrzony słońcem dziedziniec. Byli tam. Apollo, pan liry i lśniącego łuku. Jego bliźniaczka, jaśniejąca blaskiem księżyca Artemida, bezlitosna łowczyni. Hefajstos, kowal bogów, który wykuł kajdany krępujące Prometeusza. Ponuro zamyślony Posejdon ze swoim trójzębem rządzącym falami i Demeter, pani obfitości, której żniwa karmiły cały świat. Nie mogłam oderwać od nich wzroku; promieniowali mocą, eleganccy, jakby unosili się ponad ziemią. Jakby powietrze rozstępowało się przed nimi.

– Widzisz Atenę? – szepnęłam.

Zawsze lubiłam opowieści o tej szarookiej wojowniczce, bogini mądrości, której umysł prześcigał piorun. Ale nie dostrzegłam jej wśród gości. Jak powiedział Ajetes, może była zbyt dumna, by zmieszać się z przywiązanymi do ziemi tytanami. Może uważała się za zbyt mądrą, aby składać życzenia jak jedna z tłumu. A może gdzieś tam była, ukryta przed oczami innych bóstw. Jako jedna z najpotężniejszych bogiń z Olimpu mogła tak postąpić, aby śledzić przepływy mocy i wysłuchiwać naszych sekretów.

Na tę myśl dostałam gęsiej skórki.

– Myślisz, że nas słyszy nawet teraz?

– Nie bądź głupia. Jest tu z powodu wielkich bogów. Patrz, idzie Minos.

Minos, król Krety, syn Zeusa i śmiertelniczki. Półbogowie, tak nazywał się jego gatunek, śmiertelni, ale błogosławieni boskim pochodzeniem jednego z rodziców. Górował nad doradcami, włosy miał gęste jak zmierzwione leśne poszycie, a pierś szerokości okrętowego pokładu. Jego oczy, przypominające mi obsydianowe komnaty ojca, matowo lśniły spod złotej korony. A jednak gdy położył rękę na delikatnym ramieniu mojej siostry, nagle wydał się niczym drzewo w zimie, nagie i przykurczone. Chyba zdał sobie z tego sprawę, bo spojrzał wilkiem wokół, co tylko przydało blasku mojej siostrze. Będzie tu szczęśliwa, pomyślałam. Albo na świeczniku, co dla niej znaczyło jedno i to samo.

– Patrz tam – powiedział mi do ucha Ajetes, wskazując śmiertelnika, mężczyznę, na którego wcześniej nie zwróciłam uwagi. Nie kulił się jak pozostali. Był młody, twarz miał gładką, a głowę ogoloną na modłę Egipcjan. Podobał mi się. Wino nie zamgliło mu oczu jak wszystkim innym. – Wiem, że ci się podoba – dodał mój brat. – To Dedal. Jeden z cudów świata śmiertelników, mistrz rzemiosł niemal równy bogom. Kiedy będę królem, też zgromadzę wokół siebie takie cuda.

– Och, a kiedy to nim zostaniesz?

– Wkrótce. Ojciec daje mi królestwo.

Myślałam, że żartuje.

– Będę mogła w nim zamieszkać?

– Nie. Jest moje. Musisz się postarać o własne.

Jak zwykle trzymał mnie pod ramię, jednak nagle wszystko się zmieniło; mówił obojętnym tonem, jakbyśmy byli stworzeniami przywiązanymi do różnych uwięzi, nie jedno do drugiego.

– Kiedy da ci królestwo? – spytałam łamiącym się głosem.

– Po weselu. Ojciec zamierza zabrać mnie tam prosto stąd.

Mówił to tak, jakbym niewiele go obchodziła. Miałam wrażenie, że zamieniam się w kamień.

– Jak mogłeś mi nie powiedzieć? – spytałam, przywierając do niego. – Nie możesz mnie zostawić. Co pocznę? Nie wiesz, jak się czułam, zanim...

Oderwał ręce, które zaciskałam na jego szyi.

– Po co te sceny? Wiedziałaś, że się rozstaniemy. Nie mogę całe życie gnić pod ziemią, nie mając nic własnego.

A co ze mną? – cisnęło mi się na usta. Mam zgnić?

On jednak odwrócił się ode mnie i zaczął rozmawiać z jednym ze stryjów, a gdy młoda para niebawem udała się do sypialni, wszedł do rydwanu ojca i zniknął w złotym wirze.

*

Perses odszedł kilka dni później. Nikt nie był zaskoczony, ponieważ bez mojej siostry pałac ojca stał mu się pusty. Powiedział, że udaje się na wschód i zamieszka wśród Persów.

– Nazywają się jak ja – zażartował. – I słyszałem, że hodują stworzenia nazywane demonami, chciałbym je zobaczyć.

Ojciec zmarszczył brwi. Perses naraził mu się już tego dnia, kiedy szyderczo skwitował decyzję ojca o wydaniu córki za Minosa.

– Czemu mieliby woleć demony od nas?

Persesowi nawet nie chciało się na to odpowiadać. Zamierzał odejść wodnymi drogami, nie potrzebował ojca, żeby go podwiózł. Pożegnał się ze mną słowami:

– Wreszcie nie będę musiał słuchać tego twojego skrzeku.

W przeciągu niewielu dni moje życie cofnęło się o dobre kilka lat. Znów byłam dzieckiem. Podczas gdy ojciec podróżował rydwanem, a matka wylegiwała się nad brzegami rzek Okeanosa, leżałam w pustych komnatach, samotność ściskała mnie za gardło, a kiedy nie mogłam jej dłużej znieść, uciekałam na opuszczoną plażę, na której spędzałam czas z Ajetesem. Szukałam kamieni, których dotykały jego palce, chodziłam po piasku, który przewracały jego stopy. Oczywiście, że nie mógł zostać. Był boskim synem Heliosa, jasnym i świetlistym, prawdomównym i mądrym, z nadzieją na tron. A ja?

Przypomniałam sobie, co wyrażały jego oczy, gdy go błagałam, by mnie nie zostawiał. Znałam go dobrze i potrafiłam odczytać, co w nich jest, gdy na mnie patrzył. „Nie dość dobry powód".

Siedziałam na skałach i rozmyślałam o znanych mi opowieściach, w których nimfy zamieniają się w kamień i krzyczące ptaki, w nieme zwierzęta i wiotkie drzewa, na wieczność wyzbyte myśli. Chyba nie było mnie stać nawet na to. Moje życie zamknęło mnie jak w granitowych ścianach. Powinnam była porozmawiać z tymi śmiertelnikami w pałacu Minosa, pomyślałam. Mogłabym sobie wybłagać pośród nich męża. Byłam córką Heliosa, pewnie jeden z tamtych obszarpańców by mnie zechciał. Wszystko lepsze niż to.

I wtedy zobaczyłam łódź.

ROZDZIAŁ CZWARTY

Znałam statki z malowideł, słyszałam o nich opowieści. Były złote i wielkie jak Lewiatan, poręcze miały wyrzeźbione z kości słoniowej i rogu. Ciągnęły je roześmiane delfiny albo obsługiwały załogi składające się z pięćdziesięciu czarnowłosych nereid o twarzach srebrnych niczym światło księżyca.

Maszt tej łodzi był cienki jak młode drzewko. Żagiel zwisał przekręcony i postrzępiony, miejscami połatany. Pamiętam, jak serce podskoczyło mi do gardła, gdy żeglarz podniósł głowę. Twarz miał ogorzałą i świecącą od słońca. Śmiertelnik.

Ludzie rozprzestrzeniali się po świecie. Minęły lata, od kiedy mój brat znalazł ten opuszczony ląd, żebyśmy mieli się gdzie bawić. Stałam za załomem klifu i obserwowałam sterującego człowieka, gdy omijał skały, obsługując sieci. Zupełnie nie przypominał wymuskanych notabli z dworu Minosa. Włosy miał długie, czarne, posklejane morską pianą. Ubranie znoszone, kark w strupach. Na rękach blizny w miejscach, gdzie pocięły je rybie łuski. Nie poruszał się z nieziemską gracją, ale ciężko jak krypa na falach.

Poczułam, jak krew zaczyna we mnie szybciej krążyć. Znów przypomniały mi się opowieści o nimfach napastowanych i dręczonych przez śmiertelnych. Ale twarz tego mężczyzny była młoda i łagodna, a ręce, którymi wyciągał połów, wydawały się zręczne, a nie okrutne. A poza tym w górze był mój ojciec zwany Strażnikiem. Jeśli znajdę się w niebezpieczeństwie, przybędzie.

Rybak tymczasem się zbliżył; wpatrzony w wodę, śledził ryby, których nie mogłam dojrzeć. Wzięłam oddech i wyszłam na plażę.

– Bądź pozdrowiony, śmiertelniku.

Mało nie wypuścił sieci, ale zdołał je utrzymać.

– Bądź pozdrowiona. Jaką boginię witam?

W moich uszach jego głos brzmiał łagodnie jak letni wiatr.

– Kirke.

– Ach. – Usiłował ukryć uczucia za pozbawioną wyrazu maską. Jak mi później wyjaśnił, nie słyszał o mnie i nie chciał mnie obrazić; dlatego tak się zachował. Ukląkł na nieheblowanych deskach pokładu. – Najczcigodniejsza pani. Czy wtargnąłem na twoje wody?

– Nie – odparłam. – Nie rządzę żadnymi wodami. Czy to jest łódź?

Teraz jego twarz wyrażała różne emocje, ale nie potrafiłam ich odczytać.

– Tak – odparł.

– Chciałabym nią popływać.

Zawahał się, po czym skierował się bliżej brzegu, ale nie chciało mi się czekać. Brodząc w falach, podeszłam do niego i wciągnęłam się na pokład. Czułam pod sandałami ciepło desek, przyjemny ruch, lekkie falowanie, jakbym dosiadła węża.

– Płyńmy.

Jakże byłam sztywna z tym boskim poczuciem godności, choć nawet nie wiedziałam, że potrafię je okazywać. Ale on był jeszcze sztywniejszy. Zadrżał, gdy otarłam się o niego rękawem. Uciekał wzrokiem, kiedy się do niego zwracałam. Ze wstrząsem zdałam sobie sprawę, że znam takie zachowania. Sama się tak zachowywałam – wobec ojca, dziadka i wszystkich potężnych bogów, którzy pojawiali się na mojej drodze. Miałam swój szczebelek na wielkiej drabinie strachu.

– Och, nie – starałam się go uspokoić. – Nie jestem taka. Nie mam prawie żadnych mocy i nie mogę cię skrzywdzić. Uspokój się i czuj się tak, jakby mnie tu nie było.

– Dziękuję ci, o dobra bogini.

Ale wypowiedział to z takim drżeniem, że się roześmiałam. Rozbawienie bardziej niż słowa przywróciło mu jaki taki spokój. W końcu zaczęliśmy mówić o tym, co nas otacza, o skaczących rybach, nurkujących z wysokości ptakach. Gdy spytałam go, jak wyplata sieci, opowiedział mi, okazując entuzjazm, bo były dla niego niesłychanie ważne. Kiedy wyjawiłam mu imię swojego ojca, poderwał głowę ku słońcu i zadrżał jeszcze mocniej. Do końca dnia nie ugodził go jednak żaden gniew; ukląkł przede mną i powiedział, że musiałam pobłogosławić jego sieci, bo nigdy nie były tak pełne.

Patrzyłam z góry na jego gęste, czarne włosy, lśniące w blasku zachodzącego słońca, i silne ramiona, kiedy nisko pochylał się przede mną. Taki wyraz hołdu jest marzeniem wszystkich bogów w naszych pałacach. Nie wiedziałam, czy ten śmiertelnik zachowuje się właściwie, a tym bardziej nie wiedziałam, czy odbieram jego hołd tak, jak powinnam. Ale przede wszystkim chciałam jeszcze raz się z nim spotkać.

– Wstań – powiedziałam. – Proszę. Nie pobłogosławiłam twoich sieci, nie mam takiej władzy. Jestem jedną z najad, które rządzą tylko słodkimi wodami, ale nie jestem obdarzona nawet takimi skromnymi mocami, jakie posiadają inne najady.

– Czy mogę tu wrócić? – zapytał. – Będziesz tu jeszcze? Bo w całym życiu nie spotkałem takiej cudownej istoty jak ty.

Stawałam w świetle ojca. Trzymałam w ramionach Ajetesa. Sypiałam pod grubymi wełnianymi okryciami utkanymi nieśmiertelnymi dłońmi. Sądzę jednak, że nigdy dotąd nie poczułam w sobie takiego ciepła.

– Tak – obiecałam mu. – Będę tu.

Nazywał się Glaukos i przypływał codziennie. Przywoził chleb, jakiego nigdy wcześniej nie kosztowałam, i ser, którego smak znałam, a także oliwki. Patrzeć, jak zatapia zęby w ich miąższu, sprawiało mi przyjemność. Gdy spytałam go o rodzinę, odpowiedział, że jego ojciec jest stary i zgorzkniały, wiecznie wściekły i zmartwiony, bo nie wie, czym nakarmi rodzinę, a matka dawniej była zielarką, ale teraz nie ma już sił do pracy; że siostra, która urodziła już pięcioro dzieci, ciągle choruje i złości się. Mieli dom z łaski pana, który w każdej chwili mógł ich wyrzucić, jeśliby nie spłacili na czas daniny.

Nikt nigdy tak mi się nie zwierzał. Piłam każdą opowieść, jak wir zasysa fale, chociaż z trudem rozumiałam połowę tego, co kryły jego słowa: biedę, trudy i grozę, w jakiej żyją ludzie. Dla mnie liczyła się tylko twarz Glaukosa, piękne czoło i szczerze patrzące oczy, zasnute mgiełką zmartwienia, ale zawsze uśmiechnięte, gdy patrzył na mnie.

Uwielbiałam mu się przyglądać podczas codziennych zajęć, do których potrzebował zwykłych ludzkich umiejętności; naprawiał sieci, szorował pokład, krzesał ogień. Kiedy przystępował do tego ostatniego zadania, zaczynał starannie od kępki suchego mchu, potem dodawał chrust, następnie większe gałęzie i w ten sposób układał coraz wyższe ognisko. Również ta umiejętność była mi obca. Ojciec nie musiał się tak starać, żeby zapalić drewno.

Glaukos poczuł na sobie moje spojrzenie i wstydliwie ukrył zrogowaciałe dłonie.

– Wiem, że w twoich oczach jestem brzydki.

Nie, pomyślałam. Komnaty ojca są wypełnione jaśniejącymi nimfami i umięśnionymi bogami rzek, ale ją wolę patrzeć na ciebie, nie na nich.

Pokręciłam głową.

– To z pewnością cudowne być bogiem i nie mieć żadnych blizn – powiedział i westchnął.

– Mój brat powiedział kiedyś, że boskość jest jak wieczna fontanna.

Zastanawiał się przez chwilę nad tym porównaniem.

– Tak, potrafię to sobie wyobrazić – odezwał się w końcu. – To tak, jakby się było przepełnionym naczyniem. Kim jest twój brat? Nie mówiłaś o nim.

– Wyprawił się daleko, by objąć we władanie królestwo. Nazywa się Ajetes. – Po tak długim czasie jego imię zabrzmiało mi dziwnie. – Poszłabym za nim, ale się nie zgodził.

– Głupiec.

– Dlaczego?

Podniósł ma mnie wzrok.

– Jesteś złotą boginią, piękną i mądrą. Gdybym miał taką siostrę, nigdy bym jej nie zostawił.

*

Czasem muskałam go ramieniem, gdy pracował przy żaglu. Kiedy siedzieliśmy, moja szata opadała na jego stopę. Skórę miał rozgrzaną i nieco szorstką. Czasem coś upuszczałam, żeby mógł to podnieść, i potem nasze ręce się spotykały.

Tamtego dnia klęczał na plaży, rozpalając ogień przed przygotowaniem posiłku. Nadal bardzo lubiłam się przyglądać, kiedy się tym zajmował, czyniąc prosty ludzki cud za sprawą krzemienia i suchego drewna. Włosy uroczo opadały mu na czoło, a policzki czerwieniły się w świetle płomienia. Do głowy przyszedł mi krewny mojego ojca, który przekazał mu ten dar.

– Spotkałam go kiedyś – powiedziałam.

Glaukos wcześniej nadział rybę na rożen i teraz ją opiekał.

– Kogo?

– Prometeusza. Kiedy Zeus go ukarał, przyniosłam mu nektar.

Podniósł głowę.

– Prometeusza – powtórzył.

– Tak. – Zwykle nie był taki nierozgarnięty. – Tego, który przyniósł ogień.

– To historia sprzed kilkunastu pokoleń.

– Z jeszcze dawniejszych czasów – poprawiłam go. – Uważaj, spalisz rybę. – Rożen wysunął mu się z ręki, a ryba czerniała w ogniu.

On nie zwracał jednak na nią uwagi; wpatrywał się we mnie.

– Przecież ty jesteś w moim wieku – odezwał się w końcu.

Moja twarz go oszukała. Była tak młoda jak jego twarz. Roześmiałam się.

– Nie. Nie jestem.

Kucał przygarbiony, dotykając mnie kolanem. Teraz wyprostował się gwałtownie, odrywając się ode mnie tak, że poczułam chłód w miejscu, gdzie przed chwilą mnie dotykał. To mnie zaskoczyło.

– Tamte lata się nie liczą – powiedziałam. – Nie wykorzystałam ich. Wiesz tyle o świecie co ja. – Wzięłam go za rękę, lecz ją cofnął.

– Jak możesz tak mówić? Ile masz lat? Sto? Dwieście?

Mało znów się nie roześmiałam. Ale widziałam, jaki jest spięty, jak rozszerzają mu się oczy. Ryba dymiła w ogniu między nami. Tak mało opowiedziałam mu o swoim życiu. Bo co było do opowiadania? Tylko same okrucieństwa, wieczne szyderstwa za moimi plecami. W tamtym okresie matka była w wyjątkowo złym humorze, więc ojciec zaczął przedkładać nad żonę córki i cała jej jadowitość skupiła się na mnie.

„Kirke jest głupia jak but".

„Kirke ma mniej rozumu niż osioł".

„Kirke ma psią szczecinę zamiast włosów".

„Że też jestem skazana na wysłuchiwanie tego głosu".

„Czemu ze wszystkich naszych dzieci musiała z nami zostać właśnie ona?"

„Nikt nigdy jej nie zechce".

Nawet jeśli ojciec to słyszał, nie dawał tego poznać po sobie, tylko obracał warcabnicę, raz w jedną stronę, raz w drugą. Dawniej powlokłabym się do swojej izby zalana łzami, ale od pojawienia się Glaukosa wszystkie te złośliwości były jak osy bez żądeł.

– Przepraszam – powiedziałam. – To tylko głupi żart. Nigdy nie spotkałam Prometeusza, tak tylko sobie marzyłam. Nie masz się co bać, jesteśmy w tym samym wieku.

Powoli się rozluźnił i odetchnął z ulgą.

– A to ci dopiero – rzucił. – Masz pojęcie, co to by znaczyło, gdybyś wtedy żyła?

Zjadł rybę, resztki rzucił mewom, a potem je przegnał. Gdy wirowały coraz wyżej w powietrzu, odwrócił się do mnie z szerokim uśmiechem. Patrzyłam na jego sylwetkę na tle srebrnych fal; ramiona wyraźnie rysowały się pod tuniką. Jeszcze wiele razy rozpalał ognisko, ale już nigdy nie wspomniałam o Prometeuszu.

※

Pewnego dnia łódź Glaukosa przypłynęła później. Nie zarzucił kotwicy, tylko stał na pokładzie; twarz miał ponurą, na policzku siniak ciemny jak sztormowa fala. Ojciec go uderzył.

– Och! – Serce zabiło mi mocno. – Musisz odpocząć. Siądź przy mnie, przyniosę ci wody.

– Nie – rzucił tonem ostrzejszym niż kiedykolwiek do tej pory. – Ani dzisiaj, ani nigdy więcej. Ojciec mówi, że jestem nierób, a wszystkie nasze włoki zatonęły. Umrzemy z głodu i to będzie moja wina.

– W takim razie usiądź i pozwól, że ci pomogę – zaproponowałam.

– Nie możesz nic zrobić. Sama mi powiedziałaś. Nie masz żadnych cudownych mocy.

Odprowadziłam wzrokiem jego żagiel. Potem zawróciłam i jak szalona pobiegłam do pałacu dziadka. Przebiegłam przez łukowe przejścia do kobiecych komnat, gdzie klekotały tkackie czółenka, dzwoniły puchary, dźwięczały bransolety na nadgarstkach. Minęłam najady odwiedzające nereidy i driady i dopadłam podestu, z którego na dębowym stołku rządziła babka.

Nazywała się Tetyda, wielka opiekunka wód świata, urodzona jak jej mąż o brzasku epok z samej Matki Ziemi. Jej szaty rozpościerały się falami na podłodze, szyję oplatał jak szal wodny wąż. Tkała na złotym krośnie. Twarz miała starą, ale bez jednej zmarszczki. Z jej płodnego łona wyszły niezliczone zastępy córek i synów, a ich potomkowie nadal przybywali przed jej oblicze z prośbą o błogosławieństwo. Ja też kiedyś przed nią uklękłam. Dotknęła mojego czoła czubkami delikatnych palców.

– Witaj, dziecko.

Teraz znów uklękłam.

– Jestem Kirke, córka Perseidy. Musisz mi pomóc. Jest śmiertelnik, który potrzebuje ryb z morza. Ja nie mogę go błogosławić, ale ty tak.

– Czy to człowiek szlachetny? – spytała.

– Z natury – odparłam. – Biedny, jeśli chodzi o posiadanie, ale bogaty duchem i odwagą. Bije z niego gwiaździsty blask.

– A co ten śmiertelnik ofiarowuje ci w zamian?

– Co mi ofiarowuje?

Pokręciła głową.

– Moja droga, zawsze muszą złożyć jakąś ofiarę, nawet drobną, choćby kilka kropel wina u twojego źródła, w innym wypadku potem zapomną o wdzięczności.

– Nie mam źródła i nie potrzebuję żadnej wdzięczności. Proszę. Nigdy więcej go nie zobaczę, jeśli mi nie pomożesz.

Patrzyła na mnie przez chwilę, po czym westchnęła. Pewnie tysiące razy słyszała podobne błagania. Bogowie i śmiertelnicy dzielą jedną rzecz wspólną. Kiedy są młodzi, roją sobie, że uczucia zrodziły się dopiero razem z nimi.

– Spełnię twoje pragnienie i napełnię jego sieci. Ale w zamian niech usłyszę, jak przysięgasz, że nie będziesz się z nim pokładać. Wiesz, że ojciec zamierza oddać cię komuś lepszemu niż synowi rybaka.

– Przysięgam.

*

Przypłynął tak szybko, jakby jego łódź tylko muskała fale. Słowa wylewały się z jego ust potokiem. Nawet nie musiał zarzucać sieci. Ryby same wskakiwały na pokład, wielkie jak krowy. Ojciec uspokoił się i zapłacił daninę z naddatkiem na przyszły rok.

Glaukos ukląkł przede mną, schyliwszy głowę.

– Dziękuję ci, bogini.

– Nie klękaj przede mną, to dzięki mocom mojej babki – powiedziałam, podnosząc go.

– Nie. – Ujął moje dłonie. – To byłaś ty. To ty ją przekonałaś. Kirke, cudzie, błogosławieństwo mojego życia, uratowałaś mnie.

Przytulił ciepłe policzki do moich dłoni; musnął ustami palce.

– Żałuję, że nie jestem bogiem – szepnął. – Wtedy mógłbym ci podziękować tak, jak na to zasługujesz.

Czułam jego włosy na swoim nadgarstku. Żałowałam, że nie jestem prawdziwą boginią, bo sprezentowałabym mu wieloryba na złotej tacy, a wtedy nigdy nie pozwoliłby mi odejść.

Codziennie siadywaliśmy i rozmawialiśmy. Był pełen marzeń, snuł wizje, że za kilka lat będzie miał łódź i własną chatę i uwolni się od twardej ręki ojca.

– Będę trzymał ognisko, przy którym zawsze będzie dla ciebie miejsce – dodał. – Jeśli pozwolisz.

– Wolałabym, żebyś trzymał krzesło, żebym miała na czym usiąść, kiedy przyjdę z tobą porozmawiać.

Zarumienił się; ja również. Tak mało wtedy wiedziałam. Nigdy nie traciłam czasu na przysłuchiwanie się, jak moi krewni, barczyści bogowie i smukłe nimfy, rozmawiali o miłości. Nigdy nie ukrywałam się w zacisznym kącie z konkurentem do mojej ręki. Nie potrafiłabym powiedzieć tego, co chciałam. Gdybym położyła rękę na dłoni Glaukosa, gdybym schyliła usta do pocałunku... Co by się wtedy stało?

Przyglądał mi się. Jego twarz była w ciągłym ruchu jak piaski na wietrze; okazywała sto różnych emocji.

– Twój ojciec... – powiedział, trochę się zacinając, bo mówienie o Heliosie zawsze przyprawiało go o zdenerwowanie. – Wybierze ci męża?

– Tak.
– Jakiego?
Zbierało mi się na płacz. Pragnęłam się do niego przytulić i powiedzieć, że chcę, aby to był on, lecz między nami stała przysięga, którą złożyłam. Zmusiłam się więc do powiedzenia prawdy: że ojciec szuka książąt, a może króla, jeśli w grę wchodziłby ktoś z daleka.
Opuścił wzrok.
– No tak – wymamrotał. – Oczywiście. Jesteś mu bardzo droga.
Nie sprostowałam tego. Tamtej nocy wróciłam do pałacu ojca, uklękłam u jego stóp i spytałam, czy można uczynić boga ze śmiertelnika.
Zajęty warcabami Helios z irytacją zmarszczył brwi.
– Wiesz, że nie, chyba że wcześniej zapisano to w gwiazdach. Nawet ja nie potrafię zmienić praw, których pilnują Mojry.
Nie pytałam więcej. Moje myśli biegły swoim tokiem. Jeśli Glaukos pozostanie śmiertelnikiem, zestarzeje się i umrze, i nastanie dzień, kiedy przyjdę na brzeg, a on się nie pojawi. Prometeusz mi to powiedział, ale ja nie zrozumiałam. Jaka byłam głupia! Jaka strasznie głupia! W panice pobiegłam do babki.
– Tamten człowiek umrze – powiedziałam, niemal się dławiąc.
Jej stołek był z dębu obleczonego najdelikatniejszym płótnem. Przędza, którą nawijała na czółenko, miała barwę zielonych kamieni rzecznych.
– Och, wnuczko – fuknęła. – Oczywiście, że umrze. Jest śmiertelny, taki ich los.
– To nieuczciwie – jęknęłam. – Nie mogę tego znieść.
– To dwie różne rzeczy.
Wszystkie roztaczające blask najady przerwały rozmowy i nasłuchiwały, co mówimy.
– Musisz mi pomóc – naciskałam. – Wielka bogini, nie zabierzesz go do swoich komnat i nie uczynisz nieśmiertelnym?
– Żaden bóg nie może uczynić tak wiele.
– Kocham go – wyznałam. – Musi być jakiś sposób.

Westchnęła.

– Wiesz, ile nimf przed tobą miało taką samą nadzieję i zaznało rozczarowania?

Nie obchodziły mnie żadne nimfy. To nie były córki Heliosa wychowane na opowieściach o rodzącym się świecie.

– Nie ma jakichś... nie znam tego słowa. Jakiegoś sposobu. Czegoś, czym można by przekupić Mojry, jakiejś sztuczki, *pharmaka*... – Tego słowa użył Ajetes, kiedy mówił o cudownych roślinach wyrastających z krwi, którą utracili bogowie.

Wąż na szyi babki wyprężył się i wysunął z wąskiego pyska czarny język.

– Jak śmiesz o tym mówić? – Jej głos był cichy i przepełniony złością.

– Mówić o czym? – spytałam, zaskoczona tą nagłą zmianą.

Babka wstała i wydawała się niebotycznie wysoka.

– Dziecko, uczyniłam dla ciebie, ile mogłam, i nic więcej nie da się zrobić. Odejdź i nigdy więcej nie mów tu o tej niegodziwości.

Miałam zawroty głowy, w ustach czułam gorycz, jakbym wypiła młodego nierozcieńczonego wina. Wyszłam, mijając łoża biesiadne, krzesła, zastępy szepczących, uśmiechniętych złośliwie najad.

Owładnęło mną takie szaleństwo, że nie czułam żadnego wstydu. Tak. Nie tylko wywróciłabym świat do góry nogami, ale rozerwałabym go, spaliła, dopuściła się każdego zła, żeby tylko zatrzymać przy sobie Glaukosa. Ale przede wszystkim miałam przed oczami wyraz twarzy babki, gdy usłyszała z moich ust słowo *pharmaka*. Wyraz, jaki rzadko pojawiał się na obliczach bogów. Widziałam go jednak u Glaukosa, kiedy mówił o daninie, pustych sieciach i ojcu. Zaczynałam rozumieć, co to strach. Co mogło przyprawić o strach bogów? Na to też znałam odpowiedź.

Moc, która ich przerastała.

Czegoś jednak nauczyłam się od matki. Ułożyłam włosy w pukle, przywdziałam najlepsze szaty, oszałamiająco kolorowe sandały i poszłam do ojca, który właśnie ucztował z moimi stryjami i wujami, wylegującymi się na purpurowych łożach. Lałam im wino, uśmiechałam się i oplatałam ich szyje rękami. „Wuju Proteuszu – mówiłam. To był ten od kawałków foczego mięsa między zębami. – Jesteś dzielny i tak mężnie spisałeś się na wojnie. Opowiedz mi o bitwach, o tym, gdzie je toczono". „Wuju Nereuszu. Byłeś panem morza, zanim bóg Olimpu, Posejdon, cię obrabował. Pragnę usłyszeć o wielkich czynach naszej rasy, opowiedz mi, gdzie krew polała się najobficiej".

I wyciągnęłam z nich interesujące mnie historie. Nauczyłam się nazw wielu miejsc użyźnionych krwią bogów i dowiedziałam się, gdzie leżą. Aż w końcu usłyszałam o pewnym zakątku nieopodal plaży, na której spotkałam Glaukosa.

ROZDZIAŁ PIĄTY

– Chodź – powiedziałam. Było upalne południe, ziemia kruszyła się pod naszymi stopami. – To bardzo blisko. Idealne miejsce do snu dla twoich zmęczonych kości.

Szedł za mną nachmurzony. Zawsze miał zwarzony humor, gdy słońce stało wysoko.

– Nie lubię zostawiać łodzi.

– Będzie bezpieczna, obiecuję. Patrz! Jesteśmy na miejscu. Czy te kwiaty nie są warte drogi, którą przebyliśmy? Są piękne, delikatne, żółte i mają kształt dzwonków.

Namówiłam go, by usiadł między gęstymi kwiatami. Przyniosłam wodę i kosz jedzenia. Byłam świadoma wzroku ojca wysoko nad nami. Miałam nadzieję, że jeśli zwróci na nas uwagę, uzna, że tylko spożywamy posiłek na dworze. Nie wiedziałam, co mogła mu naopowiadać babka.

Karmiłam Glaukosa i przyglądałam mu się, gdy jadł. Zastanawiałam się, jak będzie wyglądał jako bóg. Nieco dalej rósł las, którego cienie były na tyle gęste, że mogły nas ukryć przed wzrokiem ojca. Pomyślałam, że kiedy Glaukos zostanie przemieniony, zabiorę go między drzewa i udowodnię, że złożona przeze mnie przysięga już nie może nas powstrzymać.

Położyłam na trawie poduszkę.

– Rozciągnij się wygodnie – zachęciłam go. – Śpij. Czy nie będzie miło się przespać?

– Głowa mnie boli – narzekał. – I słońce razi mnie w oczy.

Odgarnęłam mu włosy z czoła i zasłoniłam sobą słońce. Odetchnął głęboko. Zawsze był zmęczony i teraz też w jednej chwili zamknął powieki.

Przesunęłam ręką po kwiatach tak, że go otuliły. Teraz, pomyślałam. Teraz!

Spał jak setki razy wcześniej. W moich fantazjach wystarczył sam dotyk kwiatów, żeby się przemienił. Ich nieśmiertelna krew przesącza się w jego żyły i Glaukos wstaje jako bóg; bierze mnie za rękę i mówi: „Teraz mogę ci podziękować tak, jak na to zasługujesz".

Znów przesunęłam ręką po kwiatach. Zerwałam kilka i rzuciłam na jego piersi. Dmuchnęłam, by owionęły go pyłki i zapach.

– Przemień się – szepnęłam. – Musisz być bogiem. Przemień się.

Spał. Kwiaty rosły wokół nas, bezsilne, kruche niczym skrzydełka ćmy. Strużka ostrego kwasu jak nóż przecięła moje wnętrzności. Może nie znalazłam właściwych kwiatów, pomyślałam. Powinnam szukać daleko, ale emocje odebrały mi rozsądek. Wstałam i przeszłam stok wzgórza, szukając szkarłatnej kępki o żywej barwie zdradzającej moc. Ale natrafiłam tylko na zwykłe kwiatki, jakie mogły wyrosnąć na każdym wzgórku.

Wróciłam do Glaukosa, skuliłam się obok niego i płakałam. Łzy najad mogą płynąć wieczność, pomyślałam więc, że potrzeba wieczności, abym mogła wypłakać żal. Poniosłam klęskę. Ajetes mylił się, nie ma ziół mocy, i Glaukos był dla mnie stracony na zawsze; jego słodka nietrwała uroda miała zgnić w ziemi. Wysoko w górze ojciec przemierzał swój szlak. Miękkie, głupie kwiatki kiwały się wokół nas na łodyżkach. Porwałam ich całą garść, wyrwałam z korzeniami, oderwałam płatki i połamałam łodygi na kawałki. Wilgotne szczątki przylgnęły do moich rąk, sok ściekał po skórze. Uniosła się woń ostra i odurzająca, kwaśna jak stare wino. Zerwałam następną garść.

Moje gorące dłonie lepiły się od nich. Uszy wypełniał mroczny szum przypominający bzyczenie roju pszczół.

Trudno opisać, co się dalej stało. W głębinie mojej krwi ocknęła się wiedza, że siła tych kwiatów leży w soku, który przemienia każde stworzenie, odsłaniając jego najprawdziwszą istotę.

O nic nie pytałam, tylko dalej zrywałam kwiaty. Tymczasem słońce zniknęło za horyzontem. Glaukos rozchylił we śnie usta, a ja uniosłam nad nimi dłoń pełną kwiatów i zacisnęłam palce. Mleczny sok cienką strużyną wpływał mu do ust. Jedna kropla spadła na wargę, więc opuszkiem palca przesunęłam ją na język. Glaukos zakaszlał.

– Niech odsłoni się twoja najprawdziwsza istota – powiedziałam.

Kucałam, szykując następną garść. Jeśli byłoby to konieczne, mogłabym napoić go sokiem z całej łąki. Ale w chwili, gdy to pomyślałam, przez jego skórę przebiegł cień i pogłębił się błyskawicznie. Ciemniejszy niż brąz, ciemniejszy niż purpura, rósł jak wielki siniak, aż całe ciało Glaukosa przybrało kolor granatowej toni morza. Spęczniały mu dłonie, nogi, barki. Z podbródka wyrosły długie, miedzianozielone włosy. Tam gdzie tunika odstawała od ciała, widziałam tworzące się na piersiach pęcherze. Nie mogłam od nich oderwać wzroku. To były skorupiaki.

– Glaukosie – szepnęłam.

Jego ramię wydało mi się dziwne pod moimi palcami – twarde, grube i dość chłodne. Potrząsnęłam nim, żeby się obudził.

Otworzył oczy. Przez długą chwilę się nie poruszał. Potem zerwał się na nogi, ogromny niczym sztormowa fala, morski bóg, którym zawsze był.

– Kirke, jestem przemieniony! – krzyknął.

*

Nie było czasu iść z nim w cień drzew, nie było czasu przyciągnąć go do siebie na mchu. Szalał przepełniony nową siłą, parskał jak byk czujący powiew wiosny.

– Patrz – powiedział, wyciągając ręce. – Żadnych zrogowaceń. Żadnych blizn. I nie jestem zmęczony. Po raz pierwszy w życiu nie jestem zmęczony! Mogę przepłynąć cały ocean. Chcę się zobaczyć. Jak wyglądam?
– Jak bóg – odparłam.
Chwycił mnie za ramię i obrócił; białe zęby lśniły w jego niebieskiej twarzy. Potem znieruchomiał; w głowie zaświtała mu jakaś myśl.
– Teraz mogę z tobą iść. Mogę iść do pałaców bogów. Zabierzesz mnie?
Nie mogłam mu odmówić, więc zaprowadziłam go do babki. Ręce trochę mi się trzęsły, ale na ustach miałam gotowe kłamstwa. Zasnął na łące i obudził się w nowej postaci.
– Może moje pragnienie, żeby stał się nieśmiertelny, było proroctwem – powiedziałam jej. – To się zdarzało wśród dzieci mojego ojca.
Ona jednak ledwo mnie słuchała. Niczego nie podejrzewała. Nikt nigdy o nic mnie nie podejrzewał.
– Brat! – wykrzyknęła, chwytając go w objęcia. – Najmłodszy brat! To czyn Mojr. Jesteś tu mile widziany, dopóki nie znajdziesz sobie własnego pałacu.
Skończyły się spacery po wybrzeżu. Każdy dzień spędzałam z bogiem Glaukosem w komnatach bogów albo siedzieliśmy na brzegu cienistej jak zmierzch rzeki dziadka Okeanosa. Przedstawiłam go wszystkim ciotkom, stryjom, wujom i kuzynom, zachłystującym się z podziwu nimfom, chociaż nie wiedziałam, jak się nazywały. Tłoczyły się wokół niego, chórem domagając się opowieści o cudownej przemianie. Umiał się sprzedać: opowiadał o tym, jak zły nastrój i senność przywaliły go niczym głaz, a potem uniosła go moc, jak wyniosłe fale przysłane przez same Mojry. Obnażał niebieskie piersi z boską muskulaturą i wyciągał dłonie gładkie jak muszle wyszlifowane przypływami.

– Patrzcie, to ja w mojej prawdziwej boskiej postaci!

W takich chwilach uwielbiałam jego twarz, pałającą mocą i radością. Przepełniała mnie duma równa jego samozachwytowi. Chciałam mu powiedzieć, że to ja przekazałam mu ten dar, lecz widziałam, ile radości czerpie z przekonania, że stał się bogiem wyłącznie dzięki własnym siłom, i nie chciałam mu jej odbierać. Nadal marzyłam, by zlec z nim w mrocznych lasach, ale zaczęłam sięgać myślami dalej; przez głowę przebiegały mi takie słowa, jak „małżeństwo", „małżonek".

– Chodź – powiedziałam. – Musisz poznać mojego ojca i dziadka.

Sama wybrałam mu ubiór w barwach, które najlepiej podkreślały kolor jego skóry. Uprzedziłam go, że powinien przygotować wyrazy szacunku, po czym trzymałam się z tyłu, gdy je składał. Spisał się i spotkały go pochwały. Zabrano go do Nereusza, starego tytana, boga morza, a ten przedstawił go Posejdonowi, jego nowemu władcy. Razem pomogli Glaukosowi urządzić jego pałac, ozdobiony złotem i skarbami, które fale uniosły z wraków.

Zaglądałam tam codziennie. Z powodu słonej wody czułam pieczenie, lecz Glaukos często był zbyt zajęty podziwiającymi go gośćmi, aby obdarzyć mnie czymś więcej niż przelotnym uśmiechem. Nie skarżyłam się jednak. Teraz mieliśmy czas, cały czas, jaki tylko był nam potrzebny. Uwielbiałam zasiadać przy jego srebrnych stołach, przyglądać się, jak nimfy i bogowie prześcigają się, aby pozyskać jego uwagę. Kiedyś szydziliby, że nadaje się tylko do patroszenia ryb. Teraz błagali go o opowieści z czasów, gdy był śmiertelnikiem. Coraz bardziej ubarwiał te historie: matka stawała się pokurczoną wiedźmą, ojciec tłukł go codziennie. Słuchacze nie mogli złapać tchu w piersiach i przyciskali dłonie do serca.

– Uczyniłem zadość sprawiedliwości – powiedział. – Wysłałem falę, która roztrzaskała łódź ojca. Doznał takiego wstrząsu, że umarł. Matkę pobłogosławiłem. Ma nowego męża i niewolnicę, która pomaga jej w praniu. Zbudowała mi ołtarz i już wznosi się nad nim dym. Moja wieś liczy na dobre połowy.

– A nie zawiedzie się? – Nimfa, która zadała to pytanie, splotła ręce pod brodą. Była jedną z moich sióstr i najukochańszych towarzyszek Perseidy; na jej okrągłej twarzy zwykle malowała się złośliwość, ale zwracając się do Glaukosa, nawet ona uległa przemianie; wydawała się otwarta i ufna.

– Zobaczymy, co mi ofiarują – odparł. Czasem, kiedy był bardzo zadowolony, w miejsce stóp wyrastała mu płetwa ogonowa i machał nią z wielką uciechą. Tak stało się i teraz. Pląsała po marmurowej podłodze, lśniąc bladą szarością, a jej zachodzące na siebie łuski mieniły się różnymi kolorami.

– Twój ojciec naprawdę nie żyje? – zapytałam, gdy goście odeszli.

– Oczywiście. Zasłużył sobie na to, bo bluźnił. – Polerował nowy trójząb, dar samego Posejdona.

W tamtych dniach wylegiwał się na łożu, pijąc z pucharów wielkości jego głowy. Śmiał się donośnie jak moi stryjowie i wujowie, rozdziawiając szeroko usta. Nie był jakimś tam wyleniałym bożkiem krabów, ale jednym z wielkich bogów morza, który miał wieloryby na zawołanie, potrafił ratować statki z raf i płycizn, unosić z topieli tratwy z żeglarzami.

– Jak się nazywa ta nimfa, co ma taką okrągłą buźkę, ta... ładna? – spytał.

Byłam daleko myślami. Wyobrażałam sobie, gdzie mógłby poprosić mnie o rękę. Chyba na plaży. Tam gdzie spotkaliśmy się pierwszy raz.

– Chodzi ci o Scyllę?

– Tak, o Scyllę. Ma takie płynne ruchy. Jak srebrna struga. – Podniósł ku mnie wzrok. – Kirke, nigdy nie byłem taki szczęśliwy.

Odpowiedziałam mu uśmiechem. Widziałam tylko chłopca, którego radość napawała mnie szczęściem. Zaszczyty, jakie go spotykały, zbudowane na jego cześć ołtarze, cisnący się do niego admiratorzy – wszystko to cieszyło mnie, jakbym sama otrzymywała to w darze, bo Glaukos był mój.

*

Scylli zaczęło być wszędzie pełno. To śmiała się z żartu Glaukosa, to wdzięcznym gestem unosiła rękę i potrząsała głową, rozrzucając w powietrzu włosy. Niewątpliwie była bardzo piękna; zaliczała się do prawdziwych klejnotów naszych pałaców. Rzeczni bogowie i nimfy wzdychali na widok jej urody, a Scylla lubiła wzbudzać nadzieje jednym spojrzeniem i druzgotać drugim. Kiedy szła, pobrzękiwała, tyle dźwigała na sobie prezentów, które jej wciskano: koralowe bransolety, sznury pereł na szyi. Siadała przy mnie i demonstrowała je po kolei.

– Śliczne – mówiłam, ledwo zwracając na nią uwagę. Ale znów się pojawiała, obnosząc na sobie dwa, trzy razy więcej świecidełek, dość, żeby zatopić łódź rybacką. Teraz myślę, że musiałam doprowadzać ją do wściekłości, tak długo nie pojmując, co się dzieje. Podtykała mi pod nos perły wielkości jabłek.

– Widziałaś kiedyś coś tak cudownego?

Prawdę mówiąc, zaczęłam się zastanawiać, czy się we mnie nie zakochała.

– Bardzo ładne, naprawdę – rzucałam bez przekonania.

W końcu musiała zagryźć zęby i wyrąbać mi prawdę prosto w oczy.

– Glaukos powiada, że opróżni morze z pereł, jeśli sprawią mi przyjemność.

Byliśmy w pałacu Okeanosa, wszędzie unosiła się woń kadzideł. Drgnęłam.

– Dostałaś te perły od Glaukosa?

Nie zapomnę wyrazu radości na jej twarzy.

– Co do jednej. Chcesz powiedzieć, że nie wiedziałaś? Myślałam, że pierwsza się dowiesz, skoro jesteście ze sobą tak blisko. Ale może tylko sobie wyobrażasz, że jesteś mu droga? – Czekała, wlepiając we mnie wzrok.

Czułam na sobie spojrzenia innych nimf; wstrzymywały oddech, zaśmiewając się w duchu. W naszych pałacach takie starcia były cenniejsze niż złoto.

– Glaukos poprosił mnie o rękę – dodała z uśmiechem. – Jeszcze się nie zdecydowałam. Co mi radzisz, Kirke? Mam go wziąć ze wszystkim... z tą jego niebieską skórą i płetwą?

Najady śmiały się jak tysiąc tryskających fontann. Uciekłam, żeby Scylla nie oglądała moich łez i nie nosiła ich jak kolejne trofea.

*

Ojciec, który właśnie rozmawiał z moim wujem Acheloosem, rzecznym bogiem, zmarszczył czoło, kiedy się pojawiłam.

– O co chodzi? – spytał.

– Chcę wyjść za mąż za Glaukosa. Zezwolisz mi?

Roześmiał się.

– Glaukosa? On już dokonał wyboru. I nie sądzę, żebyś to ty była jego wybranką.

Przeżyłam wstrząs. Nie traciłam czasu na przyczesanie włosów czy zmianę szaty. Każda mijająca chwila bolała jak utracona kropla krwi. Pobiegłam do pałacu Glaukosa. Nie zastałam go; był w odwiedzinach u jakiegoś boga, więc czekałam drżąca, wśród poprzewracanych pucharów, poduszek splamionych winem podczas ostatniej uczty.

W końcu się zjawił. Jednym machnięciem ręki sprzątnął bałagan i podłogi znów zajaśniały czystością.

– O, Kirke – rzucił, dostrzegając mnie w końcu. Tylko tyle, jakby powiedział: „O, but".

– Zamierzasz ożenić się ze Scyllą?

Twarz mu się rozjaśniła.

– Czy nie jest najdoskonalszym stworzeniem, jakie kiedykolwiek spotkałaś? Jej kostki u nóg są tak drobne i delikatne jak u najsłodszej leśnej łani. Rzeczni bogowie są rozjuszeni, że woli mnie, i słyszałem, że nawet Apollo jest zazdrosny.

Pożałowałam, że nie spróbowałam go omotać potrząsaniem włosami, powłóczystymi spojrzeniami i wydymaniem warg, z czego słynie mój gatunek.

– Owszem, jest piękna, ale nie zasługuje na ciebie – odparłam. – Jest okrutna i nie kocha cię tak, jak możesz być kochany.

– Co chcesz przez to powiedzieć? – Patrzył na mnie nachmurzony, jakby nie mógł sobie przypomnieć, kim jestem.

Zachowałam się tak, jak pewnie zachowałaby się każda nimfa w tej sytuacji. Podeszłam do niego i musnęłam czubkami palców jego ramię.

– Chcę ci powiedzieć, że znam kogoś, kto będzie cię bardziej kochał.

– Niby kto? – spytał. Ale widziałam, że zaczyna rozumieć. Podniósł ręce, jakby chciał się przede mną bronić. On, bóg potężnej postury. – Byłaś mi siostrą – dodał.

– Będę kimś więcej. Będę wszystkim. – Złożyłam mu pocałunek na ustach.

Odepchnął mnie od siebie. Grymas na jego twarzy wyrażał po części gniew, a po części lęk. Wyglądał prawie jak dawny Glaukos.

– Kocham cię od pierwszego dnia, kiedy zobaczyłam cię na łodzi – wyznałam. – Scylla wyśmiewa twoją płetwę i zieloną brodę, ale ja wielbiłam cię, gdy sprawiałeś ryby i płakałeś po razach ojca. Pomogłam ci, kiedy...

– Nie! – Machnął ręką. – Nie chcę żadnych wspomnień. Każda godzina to był nowy siniak, nowy ból, wieczne zmęczenie, nieustanny ciężar i słabość. Teraz zasiadam na naradach twojego ojca. Nie muszę błagać o każdy kęs. Nimfy cisną się do mnie i mogę wybrać najlepszą pośród nich, mogę wybrać Scyllę.

Te słowa trafiały we mnie jak kamienie, ale nie zamierzałam tak łatwo z niego zrezygnować.

– Mogę być dla ciebie najlepsza – powiedziałam. – Mogę ci dogodzić, przysięgam. Nie znajdziesz nikogo bardziej lojalnego ode mnie. Zrobię wszystko.

Myślę, że trochę mnie kochał. Bo zanim zdążyłam wypowiedzieć tysiące poniżających słów płynących z głębi serca, zanim złożyłam wszystkie dowody namiętności, które tłumiłam, zanim wypowiedziałam wyrazy oddania, poczułam jego moc wokół siebie. I tym samym ruchem ręki, którym zrobił porządek w komnacie, wygonił mnie ze swego pałacu.

*

Leżałam na ziemnej podłodze w swojej izbie i płakałam. Kwiaty wydobyły jego prawdziwą istotę – niebieskoskórą, obdarzoną płetwą i... nie moją. Myślałam, że umrę z bólu, który mnie przeszywał i który w niczym nie przypominał obezwładniającego paraliżu po odejściu Ajetesa, ale był ostry, palący niczym ostrza mieczy w moich piersiach.

Nie umarłam oczywiście. Miałam żyć dalej, od jednej pełnej bólu chwili do następnej. Takie męki sprawiają, że istoty naszego gatunku wolą porzucić cielesność i przemieniają się w kamień lub drzewo.

Piękna Scylla, delikatna jak sarna Scylla, Scylla o sercu żmii. Dlaczego to zrobiła? Nie z miłości; widziałam w jej oczach szyderstwo, kiedy mówiła o jego płetwie. Może dlatego, że kochała moją siostrę i mojego brata, którzy ze mnie szydzili. Może dlatego, że jej ojciec był nic nieznaczącym rzecznym bożkiem, a matka morską nimfą o rekinim pyszczku, więc Scylla rozkoszowała się myślą, że zabierze coś córce Słońca.

To nie miało znaczenia. Wiedziałam tylko, że jej nienawidzę. Byłam taka jak wszystkie inne durne oślice, których ukochany pokochał inną. Myślałam tylko o tym, że kiedy ona przepadnie, wszystko się zmieni.

Opuściłam pałac ojca między zajściem słońca i pojawieniem się na niebie mojej bladej ciotki Selene. Nikt mnie nie widział. Zebrałam kwiaty prawdziwej istoty i zaniosłam je do zatoczki, w której, jak wiedziałam, codziennie kąpała się Scylla. Połamałam łodygi i kropla po kropli wycisnęłam biały sok do wody. Scylla nie będzie dłużej ukrywać swojej żmijowatej ohydy. Cała jej brzydota wyjdzie na światło dnia. Jej brwi się pogrubią, włosy zmatowieją, nos się wydłuży i zamieni w ryj. W komnatach pałacu zabrzmią odgłosy jej furii i wielcy bogowie przybędą, by mnie wychłostać. Byłam gotowa przywitać ich z radością, bo każdy raz na moim ciele będzie tylko dalszym dowodem miłości do Glaukosa.

ROZDZIAŁ SZÓSTY

Ani jedna z Erynii nie przybyła po mnie tamtej nocy. Nikt też nie zjawił się rano ani popołudniem. O zmierzchu poszłam do matki i zastałam ją przed lustrem.

– Gdzie ojciec? – spytałam.
– Poszedł prosto do Okeanosa. Dziś jest tam uczta. – Zmarszczyła nos, pokazując różowy język między zębami. – Masz brudne nogi. Nie możesz przynajmniej ich umyć?

Nie umyłam nóg. Nie chciałam czekać ani chwili. A jeśli Scylla była na tej uczcie i leżała z głową na podołku Glaukosa? Jeśli już wzięli ślub? Jeśli sok nie zadziałał?

Kiedy teraz przypominam sobie, jak się przejmowałam, nie mogę się temu nadziwić.

Pałac był zatłoczony bardziej niż kiedykolwiek; cuchnął różanym olejkiem, który nimfy uważały za niezwykły amulet. Nie mogłam dostrzec ojca, ale była tam ciotka Selene. Stała pośród zbitego tłumu uniesionych twarzy, jak ptasia matka wśród piskląt czekających na nakarmienie.

– Podeszłam spojrzeć tylko dlatego, że woda kotłowała się aż strach – mówiła. – Pomyślałam, że to może jakiś rodzaj... zbliżenia. Wiecie, jaka jest Scylla.

Poczułam, że przestaję oddychać. Kuzynki uśmiechały się szyderczo i wymieniały ukradkowe spojrzenia. Pomyślałam, że niezależnie od tego, co usłyszę, nic po sobie nie pokażę.

– Ale bardzo dziwnie się szamotała, jak tonący kot – ciągnęła Selene. – Potem... nie znajduję na to słów.

Przyłożyła do ust srebrzystą dłoń. To był uroczy gest. W ciotce wszystko było urocze. Jej małżonek był pięknym pasterzem, czarami pogrążonym w wiecznym śnie, w którym śnił o niej przez wieki.

– Noga... pokazała się ohydna noga. Jak u ośmiornicy, bezkostna i okryta śluzem. Wyskoczyła z jej brzucha, a obok druga noga i następna, i następna, aż sterczały z niej wszystkie dwanaście.

Czułam lekkie szczypanie na opuszkach palców, pamiątkę po soku.

– To był dopiero początek – mówiła dalej Selene. – Wierzgała, wymachiwała ramionami. Jej skóra spopielała, a szyja się wydłużyła. Wyskoczyło z niej pięć nowych głów, każda z rozwartą paszczą.

Kuzynki zatchnęło, co przełożyło się na odgłos, jaki wydaje fala dobijająca do odległego brzegu. Trudno sobie wyobrazić koszmar opisywany przez Selene. Prawie nie mogłam uwierzyć, że chodzi o moje dzieło.

– I cały czas ryczała, wyła, szczekała jak stado zdziczałych psów. Kiedy w końcu zanurkowała, poczułam ulgę.

Gdy wpuszczałam sok do zatoczki Scylli, nie zastanawiałam się, jak przyjmą jej przemianę moje kuzynki, jej siostry, ciotki, bracia i kochankowie. Ale gdybym się zastanawiała, przypuszczałabym, że skoro Scylla jest ich ulubienicą, głośno zażądają krwi, kiedy zjawią się po mnie Erynie. Teraz jednak na wszystkich twarzach widziałam ekscytację. Jaśniała niczym blask naostrzonych mieczy. Tłoczyli się i zawodzili:

– Jaka szkoda, żeśmy tego nie widzieli! Możecie to sobie wyobrazić?

– Opowiedz jeszcze raz! – krzyknął któryś z wujów i moje kuzynki poparły go wrzaskliwie.

Ciotka Selene się uśmiechnęła. Jej wygięte usta przyjęły kształt księżyca w nowiu. Znów opowiedziała o nogach, szyi, paszczękach. Głosy kuzynek wzbiły się pod sufit.

– Wiecie, że pokładała się z połową pałacu.
– Jak się cieszę, że nigdy jej nie uległem.

Ale wszystko zagłuszył głos jednego z rzecznych bogów:
– Oczywiście, że szczeka. Zawsze była suką!

Chrapliwy śmiech ranił mi uszy. Rzeczny bóg, który wcześniej się zarzekał, że będzie o nią walczył z Glaukosem, teraz płakał ze śmiechu. Siostra Scylli naśladowała wyjącego psa. Nawet jej dziadkowie zbliżyli się zaciekawieni i uśmiechnięci i zatrzymali się na obrzeżu tłumu. Okeanos powiedział coś do ucha Tetydzie. Nie mogłam go usłyszeć, lecz przyglądałam mu się przez połowę wieczności. Rozumiałam ruch jego warg.

– Niech przepadnie na wieki.
– Opowiedz jeszcze raz! – wrzeszczał stojący obok mnie wuj.

Tym razem Selene tylko uniosła perłowe oczy. Wuj cuchnął ośmiornicami, a poza tym przyszedł czas uczty. Bogowie po kolei udali się do łóż biesiadnych. Napełniono puchary, podano ambrozję. Usta obecnych spurpurowiały od wina, twarze zaśniły jak klejnoty. Ich śmiech brzmiał w moich uszach jak trzaski dalekich piorunów.

Znam to pobudzające uczucie rozkoszy, pomyślałam. Widziałam je wcześniej, w innym, mrocznym pałacu.

Otworzyły się drzwi i wszedł Glaukos z trójzębem w dłoni. Włosy miał barwy żywszej zieleni niż zwykle, rozłożone jak lwia grzywa. Zobaczyłam błysk radości w oczach kuzynek, syk podniecenia. Zapowiadała się jeszcze lepsza zabawa. Dowie się o przemianie ukochanej i twarz pęknie mu jak skorupka jajka. Co się z niej poleje?

Ale zanim ktokolwiek zdążył coś powiedzieć, zjawił się mój ojciec i odciągnął go na bok.

Wsparte na łokciu kuzynki rozczarowane opadły na posłania. Helios popsuł im zabawę. No, ale trudno, Perseida będzie miała jeszcze czas, żeby poszydzić z Glaukosa. Albo Selene. Uniosły puchary i zajęły się swoimi przyjemnościami.

Ja tymczasem poszłam za Glaukosem. Nie wiem, skąd znalazłam w sobie odwagę, czułam tylko, że w głowie huczy mi chaos jak natłok zmierzwionych fal. Stałam przed wejściem do komnaty, w której rozmawiał z moim ojcem. Usłyszałam cichy głos Glaukosa:

– Nie da się jej zmienić z powrotem?

Każdy bóg zna od kołyski odpowiedź na to pytanie.

– Nie – odparł ojciec. – Żaden bóg nie potrafi odwrócić tego, co stało się z woli Mojr albo innego boga. Ale w tym pałacu są tysiące ślicznotek, jedna bardziej ponętna od drugiej. Rozejrzyj się.

Czekałam. Nadal miałam nadzieję, że Glaukos pomyśli o mnie. Wyszłabym za niego w jednej chwili. Przyłapałam się jednak na tym, że myślę o czymś jeszcze, co dzień wcześniej uznałabym za niemożliwe: że kochający i zawsze wierny Glaukos z żalu za Scyllą wypłacze całą sól z żył.

– Rozumiem – powiedział. – Szkoda, ale jak mówisz, są inne. – Zadźwięczała metaliczna nuta. Bawił się, trącając zęby swojego oręża. – Najmłodsza córka Nereusza jest niebrzydka – zauważył. – Jak jej jest? Tetyda?

Ojciec cmoknął.

– Zbyt dużo w niej soli jak na mój gust.

– Hm, dziękuję za radę. Zastanowię się.

Przeszli tuż obok mnie. Ojciec zajął miejsce na swoim złotym łożu przy dziadku. Glaukos poszedł ku purpurowym łożom. Wysłuchał czegoś, co opowiedział rzeczny bóg, i roześmiał się. Takiego go zapamiętałam: zęby białe jak perły, niebieska skóra.

W następnych latach skorzystał z rady mojego ojca. Zlegał z tysiącem nimf i spłodził dzieci o zielonych włosach obdarzone płetwami, uwielbiane przez rybaków, bo często wypełniały im sieci.

Czasem je widywałam, skaczące jak delfiny w głębiny fal. Nigdy nie przypływały do brzegu.

*

Czarna rzeka sunęła wzdłuż brzegów. Blade kwiaty chwiały się na łodygach. Byłam ślepa na wszystko. Moje nadzieje gasły jedna po drugiej. Nie miałam dzielić wieczności z Glaukosem. Nie weźmiemy ślubu. Nigdy nie będziemy się pokładać w tamtym lesie. Jego miłość do mnie utonęła, umarła.

Nimfy i bogowie mijali mnie, plotki unosiły się w pachnącym, rozjaśnionym pochodniami powietrzu. Ich twarze były jak zawsze żywe, promieniujące blaskiem, lecz nagle wydały mi się obce. Sznury klejnotów dzwoniły głośno, jakby ptaki kłapały dziobami; śmiejąc się, szeroko rozdziawiali czerwone usta. Gdzieś wśród nich śmiał się Glaukos, ale nie potrafiłam odróżnić w tłumie jego głosu.

Nie wszyscy bogowie muszą być tacy sami. Przypomniałam sobie słowa Prometeusza.

Twarz zaczęła mnie palić. To nie był, dokładnie mówiąc, ból, ale niekończące się dokuczliwe ukłucia. Przycisnęłam ręce do policzków. Kiedy ostatnio myślałam o Prometeuszu? Jego obraz wyrósł mi przed oczami: poranione plecy, opanowana twarz, ciemne wszystkowidzące oczy.

Nie krzyczał, gdy spadały na niego razy, chociaż pokryła go tak gruba warstwa krwi, że wyglądał jak powleczony złotem posąg. I przez cały czas bogowie patrzyli; ich ciekawość płonęła niczym błyskawica. Gdyby mieli okazję, z rozkoszą zamieniliby się z Erynią, przejęliby bat.

Nie byłam jak oni.

Usłyszałam głos stryja, dźwięczny, głęboki:

„Nie? W takim razie musisz się zastanowić, Kirke. Czego oni by nie zrobili?"

*

Krzesło ojca było udrapowane skórami nieskazitelnie czarnych owiec. Przyklękłam obok zwisającego runa.

– Ojcze, to ja zamieniłam Scyllę w potwora – wyznałam.

Wszędzie wokół ucichły głosy. Nie potrafię powiedzieć, czy najdalej leżący patrzyli, czy Glaukos patrzył, ale wszyscy moi wujowie, wyrwani z sennej rozmowy, zwrócili ma mnie wzrok. Poczułam ukłucie radości. Pierwszy raz w życiu poświęcili mi uwagę.

– Użyłam *pharmaka*, żeby zamienić Glaukosa w boga, a potem przemieniłam Scyllę. Zazdrościłam jej jego miłości i chciałam, żeby zbrzydła. Popchnęły mnie do tego samolubstwo i gorycz i poniosę konsekwencje.

– *Pharmaka* – powtórzył ojciec.

– Tak. Żółte kwiaty rosnące z rozlanej krwi Kronosa, które nadają każdej istocie jej prawdziwą postać. Zerwałam je i wrzuciłam do kąpieli Scylli.

Spodziewałam się, że pojawi się bat, przybędą Erynie. Spodziewałam się miejsca obok Prometeusza na skale. Ale ojciec tylko dolał sobie wina.

– Te kwiaty nie mają w sobie żadnej mocy, to dawne dzieje. Zeus i ja postaraliśmy się o to.

Wpiłam w niego wzrok.

– Ojcze, zrobiłam to. Własnymi rękami połamałam łodygi, posmarowałam wargi Glaukosa sokiem i został przemieniony.

– Przywidziało ci się, to częste u moich dzieci. – Mówił z niezachwianym spokojem, godnym kamiennego muru. – Glaukos miał zapisane w gwiazdach, że w tamtym momencie ulegnie przemianie. Kwiaty nie miały z tym nic wspólnego.

Chciałam się przeciwstawić, powiedzieć „nie", ale nie dopuścił mnie do głosu.

– Pomyśl, córko. Jeśli śmiertelnicy mogliby tak łatwo przemieniać się w bogów, czyż każda bogini nie podałaby tych roślin ulubieńcowi? Czy połowa nimf nie zamieniłaby się w potwory? Nie jesteś pierwszą zazdrosną dziewczyną w tym pałacu.

Wujowie zaczęli się uśmiechać.

– Tylko ja wiem, gdzie rosną tamte kwiaty.

– Oczywiście, że nie tylko ty – wtrącił się wuj Proteusz. – Wiesz to ode mnie. Czy myślisz, że przekazałbym ci tę wiedzę, gdybym przeczuwał, że możesz zrobić coś złego?

– Gdyby te rośliny miały moc, o której mówisz, moje ryby w zatoczce Scylli też uległyby przemianie – dodał Nereusz. – Tymczasem są, jakie były, i mają się dobrze.

Krew uderzyła mi do twarzy.

– Nie. – Potrząsnęłam oplątaną wodorostami ręką Nereusza. – To ja zmieniłam Scyllę i teraz kara musi spaść na moją głowę.

– Córko, zaczynasz robić z siebie widowisko – ostro skarcił mnie ojciec. – Sądzisz, że gdyby na świecie były moce, o których mówisz, to odkryłby je ktoś twojego pokroju?

Cichy śmiech za moimi plecami, nieukrywane rozbawienie na twarzach wujów. Ale przede wszystkim ton ojca, pogarda. *Ktoś twojego pokroju.* Każdego innego dnia skuliłabym się i rozpłakała. Ale szyderstwo podziałało jak iskra padająca na suche drewno.

– Mylisz się – oświadczyłam.

Pochylał się, by szepnąć coś mojemu dziadkowi. Teraz wrócił wzrokiem do mnie. Z jego twarzy spłynął potężniejący blask.

– Co powiedziałaś?

– Mówię, że te rośliny mają moc.

Skóra ojca rozpłomieniła się bielą rozjarzoną jak serce ognia, jak najczystsze, najgorętsze węgle. Wstał i nie przestawał rosnąć, jakby miał wybić dziurę w dachu, w otoczce ziemi, jakby nie miał się zatrzymać, dopóki nie sięgnie gwiazd. A potem runął żar, spowił mnie hukiem spadających fal, pokrył pęcherzami skórę, wydarł oddech z piersi. Otworzyłam usta, ale powietrza nie było. Zabrał je całe.

– Śmiesz mi się przeciwstawiać? Ty, która nie potrafisz zapalić jednego płomyka ani przywołać kropli deszczu? Najgorsze z moich dzieci, przygasła i słaba, której nie mogę znaleźć męża nawet za największy posag? Litowałem się nad tobą od urodzin i pozwalałem ci na wiele, ale wyrosłaś na nieposłuszną i hardą. Zmuszasz mnie do tego, bym jeszcze bardziej cię nienawidził.

Mało brakowało i nawet skały by się rozpłynęły, a moje wodne kuzynki wyschłyby na wiór. Ciało pokryło mi się pęcherzami i popękało jak przejrzały owoc, głos zamarł w spalonym na popiół gardle. Czułam niewyobrażalny ból, palącą mękę pochłaniającą każdą myśl.

Upadłam do stóp ojca.

– Ojcze, wybacz mi – wycharczałam. – Myliłam się, wierząc w takie rzeczy.

Żar zaczął powoli opadać. Leżałam bez ruchu na mozaikowej podłodze, rybach i purpurowych owocach. Byłam na wpół ślepa. Straciłam władzę w rękach, jakby się rozpłynęły. Rzeczni bogowie kręcili głowami, wydając dźwięki przypominające szum fal spływających po skałach.

– Dziwne masz dzieci, Heliosie – mruczeli.

Westchnął.

– To wina Perseidy – oświadczył. – Te, które spłodziłem z innymi, były zdrowe.

*

Nie poruszyłam się. Mijały godziny i nikt na mnie nie spojrzał, nikt się do mnie nie odezwał. Mówili o swoich sprawach, o tym, że wino i jedzenie są znakomite. Pochodnie zgasły i łoża opustoszały. Ojciec wstał i poszedł, przestępując mnie. Lekki powiew, który wzbudził, przeciął moją skórę jak nóż. Miałam nadzieję, że babka odezwie się łagodnym tonem, przynosząc ukojenie oparzeniom, lecz poszła spać.

Może przyślą po mnie straże? – pomyślałam. Ale właściwie po co? Nie byłam zagrożeniem dla świata.

Fale bólu były zimne, gorące, znów zimne. Mijały godziny, a ja wciąż się trzęsłam. Miałam wrażenie, że zwęglona skóra zeszła mi z ciała, a plecy spęczniały od ran. Bałam się dotknąć twarzy. Niebawem miał przyjść świt; cała rodzina zjawi się na śniadanie i wszyscy będą rozmawiać o czekających ich tego dnia przyjemnościach. Mijając mnie, tylko zacisną usta.

Powoli dźwignęłam się na nogi. Myśl o powrocie do pałacu ojca była niczym rozpłomieniony węgiel w gardle. Nie mogłam tam iść. Pozostało mi tylko udać się do jedynego miejsca na świecie: do lasu, o którym tak często marzyłam. Głębokie cienie mnie ukryją, zarośnięty mchem grunt uleczy poranione ciało. Potykając się, szłam przed siebie z tą wizją w oczach. Słone powietrze plaży kłuło jak igły spalone gardło, a każdy powiew wiatru sprawiał, że oparzenia znów nieznośnie bolały. W końcu poczułam, jak otulają mnie cienie, i zwinęłam się w kłębek na mchu. Padał lekki deszcz; wilgotna ziemia przynosiła ulgę. Ileż razy wyobrażałam sobie, że leżę tam z Glaukosem, ale wszelkie łzy, którymi mogłabym opłakać utracone marzenia, wyschły. Wstrząsana bólem, zamknęłam oczy, pojękując. Moja nieustępliwa boskość powoli dochodziła do głosu. Oddech się uspokoił, w oczach mi przejaśniało. Nadal bolały mnie ręce i nogi, ale kiedy musnęłam palcami uda, poczułam skórę, a nie zwęgloną skorupę.

W końcu słońce skryło się za drzewami. Przyszła gwieździsta noc. Księżyc był niewidoczny, jak to zawsze, gdy ciotka Selene udawała się do śpiącego męża. Myślę, że to dlatego zdobyłam się na odwagę, by wstać. W innym wypadku nie dałabym rady tego zrobić, wyobrażając sobie, jak opowiada: „Wiecie, że ta głupia dziewczyna naprawdę poszła przyjrzeć się tym kwiatom! Chyba wciąż wierzy, że działają!".

Pod wpływem nocnego powietrza dostałam gęsiej skórki. Trawa była sucha, przyduszona upałem pełni lata. Znalazłam właściwe wzgórze i zatrzymałam się w połowie stoku. W blasku gwiazd kwiatki wydawały się drobne, szare i niewyraźne. Wyrwałam z ziemi jeden i uniosłam na rozpostartej dłoni. Był bez życia, stracił już sok. Co sobie wyobrażałam? Że podskoczy i wrzaśnie: „Twój ojciec się mylił! Przemieniłaś Scyllę i Glaukosa. Nie jesteś niedojdą, ale nowym wcieleniem Zeusa!".

Jednak kiedy tam klęczałam, coś usłyszałam. Nie dźwięk, lecz dziwną ciszę, cichy poszum jak zawieszenie muzyki między jedną nutą a drugą. Czekałam, sądząc, że szum rozpłynie się w powietrzu, że odnajdę spokój umysłu. Nadal jednak się rozlegał.

Osłonięta tylko czaszą nieba, pomyślałam szalona: Zjem te rośliny i to, co jest we mnie, w końcu się uwolni.

Podniosłam je do ust. Ale zabrakło mi śmiałości. Kim naprawdę byłam? Nie miałam odwagi się tego dowiedzieć.

*

Był prawie świt, gdy odnalazł mnie wuj Acheloos. Tak się spieszył, że broda mu się zmierzwiła.

– Twój brat przybył. Zostałaś wezwana – oznajmił.

Poszłam za nim do pałacu ojca, trochę się potykając. Minęliśmy wypolerowane stoły, udrapowaną sypialnię, w której spała matka. Ajetes stał nad warcabnicą ojca. Kiedy osiągnął wiek męski, jego rysy twarzy się wyostrzyły, kasztanowa broda miała gęstość paproci orlicy. Był wykwintnie ubrany, nawet jak na boga, w indygo i purpurę; każda część stroju była ciężka od złotych haftów. Ale kiedy się do mnie odwrócił, dawna miłość przypomniała o sobie. Jedynie obecność ojca powstrzymała mnie, żeby nie rzucić mu się w ramiona.

– Bracie, tęskniłam za tobą – powiedziałam.

Zmarszczył brwi.

– Co z twoją twarzą? – zapytał.

Podniosłam rękę i łuszcząca się skóra zapłonęła bólem. Zaczerwieniłam się. Nie chciałam mu mówić. Nie w tym miejscu. Ojciec siedział na gorejącym tronie i nawet jego zwyczajny lekki blask na nowo sprawiał mi ból.

Wybawił mnie od odpowiedzi.

– A więc? Przyszła. Mów.

Zadrżałam, słysząc niezadowolony ton jego głosu, lecz twarz Ajetesa pozostała spokojna, jakby gniew ojca był tylko jeszcze jednym meblem w komnacie, stołem lub krzesłem.

– Przybyłem, bo dowiedziałem się o przemianie Scylli... i Glaukosa... za sprawą Kirke.
– Za sprawą losu – wszedł mu w słowo ojciec. – Powtarzam ci, Kirke nie ma takiej władzy.
– Mylisz się.
Wytrzeszczyłam oczy, spodziewając się, że gniew ojca spadnie na niego. Ale brat mówił dalej:
– W moim królestwie, w Kolchidzie, dokonuję takich przemian i większych, znacznie większych. Dobywam mleko z ziemi, rzucam uroki na ludzi, lepię wojowników z gliny. Zaprzęgam do rydwanu smoki. Rzucam zaklęcia, które sprawiają, że niebo zakrywa się czarnym welonem, warzę napary przywracające zmarłym życie.
Takie słowa z ust kogoś innego zostałyby uznane za kłamstwa. Ale głos Ajetesa miał dawną siłę przekonywania.
– Ta umiejętność to *pharmakeia*, czyli posługiwanie się *pharmaka*, ziołami mającymi moc przemiany, zarówno takimi, które wyrosły z krwi bogów, jak i powszechnie spotykanymi. Zdolność posługiwania się tą mocą to dar i nie ja jeden go posiadłem. Na Krecie Pazyfae rządzi truciznami, a w Babilonie Perses przywraca ciałom duszę. No i wreszcie Kirke. To, co zrobiła, potwierdza moje słowa.
Ojciec patrzył w dal. Jakby jego wzrok mógł sięgnąć za morze i nieboskłon i dotrzeć do Kolchidy. Może to tylko sztuczka ognia na kominku, ale wydało mi się, że blask bijący od jego twarzy zmienił barwę.
– Zademonstrować, co potrafię? – Ajetes wyjął z fałd szaty zapieczętowane puzderko. Zerwał pieczęć i zanurzył w nim palec. Nabrał zielonego płynu, którego ostra woń niosła lekki zapach morza.
Przytknął kciuk do mojej twarzy i coś powiedział, ale zbyt cicho, bym mogła usłyszeć. Skóra zaczęła mnie swędzieć, a potem ból zniknął jak zdmuchnięty płomień świecy. Przyłożyłam rękę do policzka; poczułam tylko gładkość skóry pokrytej cieniutką warstwą czegoś w rodzaju oliwy.

– Niezła sztuczka, prawda? – rzucił mój brat.

Ojciec nie odpowiedział. Twarz miał dziwnie nieruchomą. Ja też czułam się jak sparaliżowana. Moc leczenia ciał innych istot posiadali tylko najwięksi bogowie, nie tacy jak my.

Brat uśmiechnął się, jakby słyszał moje myśli.

– To najsłabsza z moich mocy. Pochodzą z ziemi i żadne normalne boskie prawa nie mają na nie wpływu. – Zrobił pauzę, by te słowa do nas dotarły. – Oczywiście rozumiem, ojcze, że nie możesz teraz wydać sądu. Musisz zasięgnąć rady. Powinieneś jednak wiedzieć, że z przyjemnością zademonstruję Zeusowi coś bardziej... imponującego. – W oczach miał wilczy błysk.

Sztywna maska na twarzy ojca nadal kryła to, co naprawdę czuł. Zaskoczyło mnie to i zszokowało.

– Masz rację, muszę zasięgnąć rady – powiedział wolno. – To coś... nowego. Dopóki nie zdecyduję, pozostaniecie w tym pałacu. Oboje.

– Niczego innego się nie spodziewałem. – Ajetes skłonił głowę i odwrócił się do wyjścia.

Poszłam za nim; burza myśli sprawiła, że poczułam gęsią skórkę, a z nią napływ oszałamiającej nadziei, zatykającej oddech. Na twarzy mojego brata malował się spokój, jakby tuż przed chwilą wcale nie dokonał cudu i nie uciszył ojca. Tysiące pytań pchały mi się na usta, ale on odezwał się pierwszy:

– Co robiłaś przez cały ten czas? To trwało wieczność. Zacząłem myśleć, że może jednak wcale nie jesteś *pharmakis*.

Nie znałam tego słowa. Wtedy nikt go nie znał.

– *Pharmakis* – powtórzyłam.

Czarownica.

*

Wieść rozeszła się jak wiosenne wody. Przy obiedzie dzieci Okeanosa zaczęły szeptać na mój widok i pierzchały mi z drogi.

Kiedy się o nie otarłam, bladły, a gdy podałam puchar rzecznemu bogu, uciekł wzrokiem.

– Och, nie, dziękuję, nie chce mi się pić.

Ajetes się śmiał.

– Przyzwyczaisz się do tego. Teraz zostawią nas w spokoju.

Może mnie. On każdego wieczoru zajmował honorowe miejsce w pałacu dziadka, obok ojca i wujów. Pił nektar, śmiał się szeroko. Jego twarz wyrażała różne nastroje, zmieniające się równie szybko jak kształt ławicy ryb, to był pogodny, to znowu mroczny.

Odczekałam, aż ojciec pójdzie, po czym podeszłam i usiadłam na krześle blisko brata. Pragnęłam zająć miejsce obok niego na łożu biesiadnym, oprzeć się o jego ramię, ale wydawał się tak ponury i sztywny, że nie wiedziałam, jak się do niego zbliżyć.

– Podoba ci się twoje królestwo? Kolchida? – spytałam.

– Jest najznakomitsze na świecie – odparł. – Zrobiłem to, co zapowiedziałem, siostro. Zgromadziłem tam wszystkie cuda naszych krain.

Uśmiechnęłam się, kiedy nazwał mnie siostrą i przypomniał swoje stare marzenia.

– Chętnie bym je zobaczyła.

Nie zareagował. Był czarownikiem, który potrafił łamać zęby smokom, wyrywać dęby z korzeniami. Nie potrzebował mnie.

– Masz też Dedala?

Skrzywił się.

– Nie, Pazyfae go uwięziła. Może kiedyś… Ale mam za to wielkie owcze runo, całe złote, i kilkanaście smoków.

Nie musiałam wyciągać z niego tych historii. Zachłystywał się nimi, były w nich zaklęcia i rzucane przez niego czary, stwory, które przyzywał, czyniące cuda zioła rwane o blasku księżyca. Każda opowieść przerastała drugą, pioruny sypały się z palców Ajetesa, jagnięta piekły się na rożnach i odradzały ze sczerniałych kości.

– Co powiedziałeś, kiedy uleczyłeś mi skórę?

– Zaklęcie.
– Nauczysz mnie go?
– Czarów nie da się nauczyć. Odsłaniają ci się same albo nie.

Pomyślałam o szumie, który usłyszałam, gdy dotykałam kwiatów, dziwnej wiedzy, która we mnie wniknęła.

– Od jak dawna wiesz, że potrafisz dokonywać takich rzeczy?
– Od kiedy się urodziłem. Ale musiałem odczekać, aż zejdę z oczu ojcu.

Tyle lat był obok mnie i nic nie powiedział! Otworzyłam usta, gotowa zapytać ostro: „Jak mogłeś mi tego nie zdradzić?". Ale ten nowy Ajetes w barwnych szatach za bardzo mnie onieśmielał.

– Nie bałeś się, że ojciec się rozzłości?
– Nie. Nie byłem na tyle głupi, żeby próbować go poniżyć na oczach wszystkich. – Patrząc mi w oczy, uniósł znacząco brwi, a ja oblałam się rumieńcem. – W każdym razie teraz rozważa, jak użyć moich mocy na swoją korzyść. Jego zmartwienie to Zeus. Musi nas przedstawić w stosownych proporcjach: z jednej strony na tyle potężni, żeby Zeus zastanowił się dwa razy, zanim uderzy, z drugiej nie tak groźni, aby czuł się zmuszony uderzyć.

Mój brat, który zawsze potrafił dojrzeć ukryte oblicze świata.

– A jeśli bogowie z Olimpu spróbują zabrać ci te zaklęcia?

Uśmiechnął się.

– Myślę, że to może im się nie udać, choćby wyłazili ze skóry. Jak powiedziałem, *pharmakeia* nie jest ograniczona zwykłymi mocami bogów.

Opuściłam wzrok na swoje dłonie i próbowałam sobie wyobrazić, jak tkają zaklęcie, które wstrząsnęłoby światem. Nie potrafiłam jednak znaleźć w sobie tamtej pewności działania, która towarzyszyła mi, gdy wlewałam sok z kwiatów do ust Glaukosa i kiedy skaziłam zatokę Scylli. Gdybym tylko mogła jeszcze raz dotknąć tych kwiatów, pomyślałam. Ale byłam przykuta do murów pałacu, dopóki ojciec nie porozmawia z Zeusem.

– I… myślisz, że potrafiłabym sprawiać takie cuda jak ty?
– Nie – odparł Ajetes. – Z naszej czwórki ja jestem najpotężniejszy. Ale udowodniłaś, że masz zacięcie do dokonywania przemian.
– To tylko zasługa tamtych kwiatów. Dają stworzeniom ich najprawdziwszą postać.
Przyjrzał mi się z miną filozofa.
– Nie uważasz, że to bardzo wygodne, że ta „najprawdziwsza postać" przypadkiem odpowiada naszym pragnieniom?
Wytrzeszczyłam na niego oczy.
– Nie chciałam, żeby Scylla stała się potworem. Chodziło mi tylko o to, żeby jej ukryta brzydota wyjrzała na światło dzienne.
– I wierzysz, że ona to naprawdę ukrywała? Sześciogłowego potwora, na widok którego robi się słabo?
Twarz mi pałała.
– Czemu nie? Nie znasz jej. Była strasznie okrutna.
Wybuchnął śmiechem.
– Och, Kirke. Była pospolitą wymalowaną dziwką. Jeśli myślisz, że krył się w niej jeden z największych potworów na świecie, jesteś głupsza, niż myślałem.
– Nikt nie może powiedzieć, co się kryje w kimś innym.
Przewrócił oczami i nalał sobie następny puchar.
– A ja sądzę, że Scylla umknęła przed karą, którą zamierzałaś jej wymierzyć – powiedział.
– Co masz na myśli?
– Zastanów się. Co brzydka nimfa miałaby do roboty w naszych pałacach? Ile warte byłoby jej życie?
Poczułam się jak za dawnych lat: on stawiający pytania, ja niezdolna na nie odpowiedzieć.
– Nie wiem.
– Oczywiście, że wiesz. To byłaby dla niej właściwa kara. Nawet najpiękniejsze nimfy są zwykle bezużyteczne, ale brzydka byłaby warta tyle co nic, mniej niż nic. Nigdy nie wyszłaby za mąż,

nie urodziłaby dzieci. Byłaby ciężarem dla rodziny, skazą na obliczu świata. Żyłaby w cieniu, pogardzana i wyszydzana. Potwór natomiast zawsze znajdzie sobie miejsce. Scylla będzie miała tyle chwały, ile sobie wyszarpie kłami. Nikt nie będzie jej uwielbiał, ale też nikt nie będzie jej ograniczał. Więc zapomnij o tych głupich smutkach, które cię dręczą. Moim zdaniem, przydałaś jej chwały.

*

Ojciec dwie noce obradował w odosobnieniu z moimi stryjami i wujami. Stałam za mahoniowymi drzwiami, ale niczego nie usłyszałam, nawet mruknięcia. Kiedy wyszli, twarze mieli zacięte i ponure. Ojciec długim krokiem poszedł do rydwanu; jego purpurowy płaszcz jarzył się blaskiem starego wina, na głowie jaśniała wielka złota korona. Nie obejrzał się, wznosząc się w niebo i kierując do Olimpu.

Czekaliśmy na jego powrót w pałacu Okeanosa. Nikt nie wylegiwał się na brzegach rzeki, nikt nie szukał w cieniach kochanka czy kochanki. Najady sprzeczały się zawzięcie; rzeczni bogowie się poszturchiwali; obserwujący nas z góry dziadek nie uzupełniał winem pucharu; matka pyszniła się przed siostrami.

– Perses i Pazyfae wiedzieli o tym pierwsi, to oczywiste. Co w tym dziwnego, że Kirke zorientowała się ostatnia? Urodzę jeszcze setkę dzieci i wykują mi srebrną łódź, na której będę pływać w chmurach. Będziemy rządzić Olimpem.

– Perseido! – syknęła przez całą salę babka.

Tylko Ajetes nie czuł napięcia. Spokojny siedział na łożu biesiadnym i pił z wykutego w złocie pucharu. Ja trzymałam się z tyłu; przemierzałam długie korytarze, sunąc rękami po kamiennych ścianach zawsze wilgotnych z powodu obecności rzesz rzecznych bogów. Przeszukiwałam komnaty, żeby sprawdzić, czy nie pojawił się Glaukos. Nadal jakaś cząstka mnie pragnęła go zobaczyć, nawet wtedy. Kiedy spytałam Ajetesa, czy Glaukos ucztuje z innymi bogami, brat wyszczerzył zęby w uśmiechu.

– Ukrywa tę swoją niebieską twarz. Czeka, aż wszyscy zapomną, jak naprawdę się jej dorobił.

Poczułam ucisk w brzuchu. Nie przewidziałam, że moje przyznanie się do winy odbierze Glaukosowi największy powód do dumy. Za późno, uznałam. Za późno na wszystko, o czym powinnam wcześniej pomyśleć. Popełniłam tyle błędów i tak się w nich zapętliłam, że nie mogłam znaleźć drogi do pierwszego z nich. Czy chodziło o przemianę Scylli i Glaukosa, czy o przysięgę złożoną babce? A może o to, że w ogóle zagadałam do Glaukosa? Miałam nieprzyjemne uczucie, że chodzi o coś jeszcze wcześniejszego: o pierwszy haust powietrza, który wciągnęłam w płuca.

Tymczasem ojciec pewnie stał już przed Zeusem. Ajetes był pewien, że bogowie z Olimpu nic nam nie zrobią. Nie mogli zlekceważyć czwórki tytanów-czarowników. Ale gdyby doszło do wojny? Zrzuciliby na nas gromy. Zeus zasłoniłby głową światło, a ręką zgniótłby kolejno nas wszystkich. Mój brat przynajmniej zawezwałby swoje smoki, mógłby walczyć. A ja? Co mogłam? Zbierać kwiatki?

Matka właśnie myła nogi. Dwie siostry trzymały srebrną miednicę, trzecia wlewała słodki olejek mirrowy. Jaka ja jestem głupia, pomyślałam. Nie będzie żadnej wojny. Ojciec zbyt dobrze się znał na takich negocjacjach. Znajdzie sposób, by ugłaskać Zeusa.

Nagle komnata się rozjaśniła – przybył ojciec. Jego twarz miała tak zdecydowany wyraz, jakby odlano ją z brązu. Prowadziliśmy go wzrokiem, gdy szedł do podwyższenia na końcu komnaty. Promienie jego korony przeszywały każdy cień.

– Rozmawiałem z Zeusem – oznajmił, omiatając nas wszystkich spojrzeniem. – Udało się nam dojść do porozumienia.

Usłyszałam głośny oddech ulgi, jak wiatr nad łanem owsa.

– Zgodziliśmy się co do tego, że w świecie pojawiły się nowe siły. Że te moce są inne niż wszystko, co było do tej pory. Zgodziliśmy się również, że urosły wraz z moimi dziećmi, które urodziła nimfa Perseida.

W komnacie nastąpiło poruszenie, tym razem zabarwione podnieceniem. Moja matka oblizała wargi i uniosła głowę, jakby już trafiła na nią korona. Ciotki spojrzały po sobie, zgrzytając zębami z zazdrości.

– Poza tym uzgodniliśmy, że nowe moce nie są dla nas niebezpieczne. Perses przebywa poza naszymi granicami i nie jest zagrożeniem. Minos pokaże Pazyfae, gdzie jej miejsce. Ajetes zachowa swoje królestwo, byle tylko nas zapewnił, że zgadza się na kontrolę.

Brat skinął z powagą głową, ale w oczach miał rozbawienie. Niemal słyszałam jego myśli: Mogę zakryć nawet niebo. Niech spróbują mnie kontrolować.

– Poza tym każde przysięgło, że ich moce pojawiły się nieproszone. Nie mieli złych zamiarów i nie chcieli się zbuntować. Trafili na czarodziejskie zioła przypadkiem.

Zaskoczona rzuciłam wzrokiem na brata, ale z jego twarzy nie dało się nic wyczytać.

– Każde poza Kirke. Byliście obecni wszyscy, gdy przyznała, że szukała tych mocy. Udzielono jej ostrzeżenia, że ma się trzymać od nich z dala, lecz nie posłuchała.

Oblicze babki siedzącej na tronie z kości słoniowej wionęło lodowatym chłodem.

– Zlekceważyła moje rozkazy – ciągnął ojciec – i sprzeciwiła się mojej władzy. Zwróciła truciziny przeciwko swojej rasie i popełniła też inne zdrady. – Jego płonący wzrok spoczął na mnie. – Hańbi nasze imię. Za opiekę odpowiedziała niewdzięcznością. Uzgodniłem z Zeusem, że musi ponieść karę. Zostanie zesłana na samotną wyspę, gdzie nie będzie mogła wyrządzić więcej zła. Odejdzie jutro.

Tysiąc oczu wpiło się we mnie. Chciałam płakać, błagać, ale zabrakło mi tchu. Mój zawsze słaby głos przepadł. Ajetes wstawi się za mną, pomyślałam. Ale kiedy skierowałam na niego wzrok, patrzył na mnie z taką samą wzgardą jak wszyscy inni.

– Jeszcze jedno – dodał ojciec. – Jak wspomniałem, jest jasne, że źródło tej nowej mocy pochodzi z mojego związku z Perseidą.

Twarz matki jaśniała triumfem; widziałam to, mimo że miałam w oczach mgłę.

– Ustalono zatem, że nie pocznę z nią więcej dzieci.

Matka krzyknęła rozdzierająco, padając na kolana sióstr. Jej łkania odbiły się echem od kamiennych ścian.

Dziadek z wolna dźwignął się na nogi i potarł podbródek.

– Hm – mruknął. – Czas na ucztę.

Pochodnie płonęły niczym gwiazdy; wysoki sufit rozpościerał się jak sklepienie nieba. Po raz ostatni patrzyłam na bogów i nimfy zajmujące swoje miejsca. Byłam oszołomiona. Powinnam się pożegnać, lecz wirowało mi w głowie, a krewni, nie szczędząc mi szyderstw, omijali mnie jak opływająca skałę woda. Przyłapałam się na tym, że tęsknię za Scyllą. Ta przynajmniej przemówiłaby mi prosto w oczy.

Muszę spróbować wytłumaczyć się przed babką, pomyślałam. Ona jednak również odwróciła się ode mnie, a jej morski wąż ukrył głowę.

Matka przez cały ten czas zapłakiwała się w tłumie sióstr. Kiedy do niej podeszłam, uniosła głowę, żeby wszyscy mogli widzieć, jak uroczo wygląda pogrążona w wielkim żalu. „Nie dość narozrabiałaś?" – zdawała się mówić bez słów.

Spojrzałam na wujów o czuprynach z wodorostów i przesiąkniętych solą zmierzwionych brodach, lecz kiedy wyobraziłam sobie, że mam klęknąć u ich stóp, nie potrafiłam się na to zdobyć.

Wróciłam do swojej izby. Spakuj się, pomyślałam. Spakuj się, jutro masz się stąd wynieść. Ale ręce zwisały mi bezwładnie. Skąd miałam wiedzieć, co powinnam zabrać? Nigdy nie opuszczałam pałacu na długo.

Zmusiłam się do znalezienia torby, ubrań, sandałów, szczotki do włosów. Zastanawiałam się nad makatą. Utkana przez jedną z ciotek, przedstawiała ślub i wesele. Czy będę miała chociaż dom, w którym mogłabym ją powiesić? Nie wiedziałam. Nic nie wiedziałam. „Samotna wyspa", powiedział ojciec. Czy to skała wystająca z morza, pokryte kamykami wybrzeże, splątana dżungla? To, co włożyłam do torby, było bezużytecznymi złoconymi śmieciami. Nóż, przemknęło mi przez głowę, nóż z rękojeścią w kształcie lwiego łba. Zabiorę go. Ale kiedy wzięłam go do ręki, wyglądał jak miniatura, przydatna tylko do krojenia mięsa podczas uczty, do niczego więcej.

– Wiesz, to mogło się skończyć dużej gorzej. – W progu wyrósł Ajetes. On też opuszczał pałac; już wezwał smoki. – Obiło mi się o uszy, że Zeus chciał cię ukarać dla przykładu. Ale ojciec się na to nie zgodził.

Przeszedł mnie dreszcz.

– Nie powiedziałeś mu o Prometeuszu?

Uśmiechnął się.

– Dlaczego pytasz? Bo powiedział o „innych zdradach"? Znasz ojca. To tylko na wszelki wypadek, gdyby inne twoje potworności wyjrzały na światło dzienne. A poza tym o czym tu mówić? Co takiego zrobiłaś? Podałaś Prometeuszowi puchar nektaru?

Podniosłam wzrok.

– Powiedziałeś, że ojciec rzuciłby mnie za to na pożarcie swoim krowom.

– Tylko gdybyś była na tyle głupia, żeby się do tego przyznać.

Czułam, jak płonie mi twarz.

– Pewnie powinnam cię wziąć za nauczyciela i wyprzeć się wszystkiego – powiedziałam.

– Tak. Tak to działa, Kirke. Ja mówię ojcu, że moje czary to przypadek, on udaje, że mi wierzy, Zeus udaje, że wierzy ojcu, i dzięki temu świat zachowuje równowagę. To twoja wina, że się przyznałaś. Nigdy nie zrozumiem, co cię opętało.

To prawda, nigdy miał tego nie zrozumieć. Nie było go na świecie, kiedy batożono Prometeusza.

– Chciałem ci coś powiedzieć. Wczoraj w nocy w końcu wpadłem na tego twojego Glaukosa. Nigdy nie spotkałem większego bufona. – Cmoknął. – Mam nadzieję, że w przyszłości lepiej wybierzesz. Zawsze byłaś zbyt ufna.

Patrzyłam na niego, gdy stał w progu, ubrany w długie szaty, i spoglądał na mnie jasnymi, wilczymi oczami. Moje serce jak zawsze rwało się do niego. Ale był niczym wodna kolumna, o której mi opowiadał, zimny, daleki, żyjący tylko dla siebie.

– Dziękuję za radę – rzuciłam.

Poszedł i jeszcze raz się zastanowiłam, czy zabrać makatę. Pan młody miał wyłupiaste oczy, panny młodej nie było widać spod welonów, rodzina w tle szczerzyła się jak banda kretynów. Zawsze nie cierpiałam tego paskudztwa. Niech zostanie i zgnije.

ROZDZIAŁ SIÓDMY

Następnego ranka weszłam do rydwanu ojca i bez słowa wzbiliśmy się w górę. Czułam powiew powietrza; noc gasła z każdym obrotem kół. Patrzyłam w bok, starając się dojrzeć rzeki i morza, ocienione doliny, ale pędziliśmy zbyt szybko i niczego nie rozpoznałam.

– Co to za wyspa? – spytałam.

Ojciec nie odpowiedział. Zaciskał szczęki, wargi zsiniały mu z wściekłości. Stare oparzenia sprawiały mi ból, gdy stałam tak blisko niego. Zamknęłam oczy. Lądy zostawały za nami w tyle, wiatr smagał moje ciało. Wyobraziłam sobie, że rzucam się przez złotą poręcz w pustkę. Byłoby przyjemnie, pomyślałam. Zanim uderzyłabym o ziemię.

Poczułam wstrząs i wylądowaliśmy. Gdy otworzyłam oczy, zobaczyłam wysokie, łagodne wzgórze gęsto zarośnięte trawą. Ojciec patrzył prosto przed siebie. Ogarnęło mnie nagłe pragnienie rzucić mu się do kolan i błagać, żeby zabrał mnie z powrotem, ale zmusiłam się, by zstąpić na ziemię. Kiedy dotknęłam jej stopą, ojciec i jego rydwan zniknęli.

Stałam samotna na trawiastej polanie. Ostry wiatr owiewał mi policzki, powietrze miało świeżą woń. Nieznajomą. Głowa mi zaciążyła, w gardle wzmagał się ból. Zachwiałam się. O tej porze

Ajetes był już z powrotem w Kolchidzie, pił swoje mleko i miód. Ciotki śmiały się nad brzegami rzek, kuzynki wróciły do swoich zabaw. Ojciec, oczywiście, był wysoko i zsyłał swój blask światu. Wszystkie lata, które z nim spędziłam, były jak kamień ciśnięty do wody. Kręgi na niej już zniknęły.

Pozostało mi jednak trochę dumy. Skoro oni nie płakali, ja też nie zamierzałam płakać. Tarłam oczy, aż odzyskałam jasność widzenia, i niechętnie rozejrzałam się po okolicy.

Przede mną na szczycie wzgórza stała budowla, rozległe domostwo z szerokimi werandami, ścianami z dobrze dopasowanych kamieni, rzeźbionymi drzwiami dwa razy wyższymi niż mężczyzna. Nieco poniżej rozciągały się korony drzew w lesie, a na samym dole dostrzegłam pasemko morza.

To las przyciągnął moje spojrzenie. Rosły w nim stare dęby, lipy, drzewa oliwne i miejscami smukłe cyprysy. Biła od niego w górę woń zieleni. Gęstwina drzew kołysała się w morskim wietrze, w cieniach przemykały ptaki. Nawet teraz pamiętam swój zachwyt. Całe życie spędziłam w tych samych mrocznych komnatach lub przechadzając się po wybrzeżu, gdzie rosły przerzedzone, skarłowaciałe krzewy i drzewa. Nie byłam przygotowana na takie bogactwo roślinności i nagle zapragnęłam rzucić się w nią jak żaba do stawu.

Zawahałam się. Nie byłam leśną nimfą. Nie potrafiłam znajdywać drogi wśród wykrotów, omijać kłujące jeżyny. Nie widziałam, co się kryje wśród tej cienistej gęstwiny. Może głębokie leje? Może zamieszkują je niedźwiedzie albo lwy?

Bojąc się dzikich stworzeń, stałam długo i czekałam z nadzieją, że może ktoś się pojawi i natchnie mnie odwagą, powie: „Tak, możesz iść, nic ci nie grozi". Rydwan ojca prześlizgnął się nad morzem i zanurzył w falach. Leśne cienie pociemniały i wydawało się, że pnie splotły się jeden wokół drugiego. Jest za późno, żeby tam wejść, uznałam. Jutro.

*

Drzwi domostwa były z grubego dębu spojonego żelazem. Otworzyły się lekko pod moim dotykiem. W środku pachniało kadzidłem. Główna izba była zastawiona stołami i ławami jak na ucztę. Po jednej stronie zobaczyłam palenisko, po drugiej korytarz prowadzący do kuchni i sypialni. Przestrzeń pośrodku była na tyle rozległa, że pomieściłaby zastępy bogów i w głębi duszy spodziewałam się, że znajdę tu nimfy i kuzynów. Ale nie. Częścią mojego wygnania była całkowita samotność. Rodzina uznała, że nie ma gorszej kary niż odebranie mi jej boskiej obecności.

Sam dom z pewnością nie był karą. Wszędzie lśniły istne skarby: rzeźbione skrzynie, miękkie dywany i złote zasłony, łoża, stołki, misterne trójnogi, posążki z kości słoniowej. Parapety okienne wykonano z białego marmuru, okiennice z jesionu. W kuchni sprawdziłam kciukiem ostrość noży z brązu i żelaza, ale też fakturę muszli i obsydianu. Znalazłam misy z krystalicznego kwarcu i srebra. Chociaż w pomieszczeniach nie było nikogo, nie zobaczyłam ani pyłku kurzu i wkrótce się przekonałam, że żaden nie może przefrunąć przez próg. Niezależnie od tego, jak często stąpałam po podłogach, pozostawały czyste, podobnie jak lśniące stoły. Popiół znikał z paleniska, talerze myły się same, drwa uzupełniały się przez noc. W spiżarni stały dzbany oliwy i wina, misy serów i ziarna jęczmienia, wszystko zawsze świeże i w obfitości.

W tych pustych idealnych izbach czułam się... trudno powiedzieć jak. Zawiedziona. Chyba jakaś część mnie jednak liczyła na poszarpane skały Kaukazu i boskiego orła wyżerającego mi wątrobę. Ale Scylla nie była Zeusem, a ja nie byłam Prometeuszem. Nimfy to istoty niewarte zachodu.

Chodziło jednak o coś więcej. Przecież ojciec mógł zostawić mi ruderę, rybacką chatkę albo szałas na pustej plaży. Wróciłam pamięcią do chwili, w której mówił o decyzji Zeusa, i przypomniałam sobie, jaki był wtedy wściekły. Wówczas uznałam, że to wszystko z mojego powodu, ale teraz, po rozmowie z Ajetesem, zaczęłam rozumieć więcej. Zawieszenie broni między tytanami i bogami z Olimpu utrzymywało się tylko dlatego, że jedni i drudzy ograniczali swoje pretensje do własnej sfery. Zeus zażądał zdyscyplinowania potomkini Heliosa. Ten nie mógł się otwarcie przeciwstawić, ale mógł udzielić zawoalowanej odpowiedzi, mógł stawić opór, przywracając równowagę sił. Jakbym słyszała jego wyzwanie: „Nawet nasi wygnańcy mieszkają lepiej niż królowie. Widzisz, jak wielka jest nasza władza? O, bogowie Olimpu, jeśli porazicie nas piorunem, wzniesiemy się jeszcze wyżej".

Mój nowy dom był świadectwem dumy ojca.

Gdy zaszło słońce, znalazłam dwa krzemienie i pocierałam jeden o drugi nad podpałką, jak to często na moich oczach robił Glaukos, choć sama nigdy do tej pory tego nie próbowałam. Nie od razu, ale po jakimś czasie drewno zajęło się ogniem, który w końcu skoczył wyżej. Poczułam nowy rodzaj satysfakcji.

Byłam głodna, więc poszłam do spiżarni, gdzie słoje przelewały się od jadła, mogącego nakarmić setkę biesiadników. Nałożyłam trochę na talerz i usiadłam w wielkiej izbie, przy dębowym stole. Słyszałam swój oddech. Uderzyła mnie myśl, że nigdy dotąd nie jadłam sama. Nawet gdy nikt się do mnie nie odzywał, nikt na mnie nie spoglądał, zawsze obok siedział jakiś krewny. Przesunęłam palcami po znakomicie wypolerowanym blacie. Cicho nuciłam i słuchałam, jak te dźwięki giną w powietrzu. Takie będą wszystkie moje dni, przemknęło mi przez głowę. Mimo ognia w kątach gromadziły się cienie. Na dworze rozkrzyczały się ptaki. Miałam nadzieję, że to ptaki. Włoski zjeżyły mi się na karku na myśl o mrocznych grubych pniach. Wstałam, zamknęłam okiennice i przesunęłam skobel w drzwiach. Przywykłam do otaczającego mnie ciężaru skalnej skorupy ziemi, wzmocnionej jeszcze władzą ojca. Ściany tego domu wydały się cienkie jak listowie. Byle pazury mogły je rozerwać. Może na tym polega tajemnica tego miejsca, pomyślałam. Prawdziwa kara dopiero na mnie spadnie.

Przestań, powiedziałam sobie. Zapaliłam grube świece i zaniosłam je przez korytarz do sypialni. Za dnia wydawała się przestronna i przyjemna, ale teraz nie mogłam pilnować jednocześnie każdego kąta. Pierze pościeli mruczało do siebie, okiennice trzeszczały niczym olinowanie okrętu podczas sztormu. Czułam, jak wszystkie jamy i dziuple wyspy wypełniają się w ciemnościach.

Aż do tamtej pory nie zdawałam sobie sprawy, ile rzeczy przyprawia mnie o lęk. Wielkie upiorne lewiatany sunęły w górę wzgórza, wypełzające nocą robaki wyłaniały się z ziemnych kryjówek, przyciskając ślepe pyski do moich drzwi. Kozonogie bożki, chętne zaspokoić swoje żądze; piraci zanurzający wiosła w moim porcie i planujący, jak mnie posiądą. Co mogłam im przeciwstawić? Ajetes nazwał mnie *pharmakis*, czarownicą, lecz cała moja siła była w tamtych kwiatach, oceany stąd. Jeśli ktoś się zjawi, stać mnie będzie tylko na to, by krzyczeć, a tysiące nimf przede mną wiedziały, jaki pożytek z krzyku.

Opływały mnie fale strachu, każda bardziej lodowata niż poprzednia. Ciężkie powietrze pełzło mi po skórze, cienie wyciągnęły do mnie ręce. Wpatrywałam się w ciemność, natężając słuch, by dosłyszeć coś poza krążeniem własnej krwi. Każda chwila była długa jak noc, ale w końcu niebo przybrało ciemniejszą barwę i zajaśniało na krawędziach. Cienie się wycofały i nastał ranek. Wstałam cała i zdrowa. Kiedy wyszłam na dwór, nie było śladów łap, ogonów, pazurów żłobiących drzwi. Wcale jednak nie czułam się głupio. Czułam się jak po wielkiej próbie sił.

Spojrzałam na las. Wczoraj – czy było to zaledwie wczoraj? – czekałam na kogoś, kto by przyszedł i powiedział, że nic mi nie grozi. Ale kto miałby to być? Ojciec, Ajetes? Sens wygnania polegał na tym, że nikt nie miał się tu zjawić, nigdy. Ta świadomość powinna mnie przerazić, lecz po nocy wypełnionej grozą wcale tak nie było. Moje tchórzostwo już się zużyło. Jego miejsce zajęła lekkomyślna swawola. Nie będę jak ptak w klatce, pomyślałam, zbyt tępy, żeby frunąć, nawet gdy więzienie stanie otworem.

Wstąpiłam do lasu i moje życie się rozpoczęło.

*

Nauczyłam się splatać włosy w warkocz z tyłu głowy, dzięki czemu nie zahaczały o każdą gałązkę; zawiązywać spódnicę na wysokości kolan, by chronić nogi przed rzepami. Nauczyłam się rozpoznawać kwitnące pnącza i jaskrawe róże, wypatrywać lśniące ważki i zwinięte w kłąb żmije. Wspinałam się na skały, na których cyprysy jak czarne włócznie dźgały niebo, i schodziłam do sadów i winnic, gdzie winne grona dojrzewały grube jak korale. Przemierzałam wzgórza, brzęczące łąki, na których rosły lilie i tymianek, zostawiałam ślady stóp na żółtych plażach. Przeszukałam każdą zatoczkę i grotę, znalazłam ciche zakątki, bezpieczne porty. Słyszałam wyjące wilki i żaby kumkające w mule. Gładziłam lśniące, brązowe skorpiony, które pozdrawiały mnie, zadzierając ogony. Ich trucizna nie robiła na mnie wrażenia. Wino i nektar w pałacu ojca nigdy nie doprowadziły mnie do takiego odurzenia, jakie czułam teraz. Nic dziwnego, że byłam taka nierozgarnięta, pomyślałam. Dotychczas żyłam bowiem jak tkaczka bez wełny, jak statek bez morza. Teraz wiedziałam już, dokąd żeglować.

Nocą wracałam do domu. Jego cienie już mi nie przeszkadzały, bo ich obecność oznaczała, że ojciec nie spoziera z nieba i czas należy do mnie. Nie przeszkadzała mi też pustka. Przez tysiąc lat starałam się wypełnić przestrzeń między mną a rodziną. W porównaniu z tym wypełnienie pokoi mojego domu było łatwe. Paliłam w palenisku drewno cedrowe i jego ciemny dym dotrzymywał mi towarzystwa. Śpiewałam, czego zabraniano mi wcześniej, bo matka twierdziła, że skrzeczę jak tonąca mewa. A kiedy czułam się bardzo samotna, gdy tęskniłam za bratem, za dawnym Glaukosem, zawsze był las. Jaszczurki przemykały między konarami, ptaki błyskały skrzydłami. Miałam wrażenie, że na mój widok kwiaty garną się do mnie jak stęsknione szczenięta, podskakują i domagają się pieszczot. Niemal się ich wstydziłam, ale z każdym dniem nabierałam śmiałości i w końcu uklękłam na wilgotnej ziemi przed kępką ciemiernika.

Delikatne płatki drżały na łodygach. Nie potrzebowałam noża, by je ściąć, wystarczała krawędź paznokcia, które wyrosły mi grube, z plamkami soku. Włożyłam kwiaty do okrytego płótnem koszyka i odsłoniłam je dopiero w domu, za zamkniętymi okiennicami. Nie sądziłam, by ktokolwiek próbował mnie powstrzymać, ale nie zamierzałam kusić licha.

Popatrzyłam na leżące na stole rośliny. Wydawały się skurczone, wątłe. Nie miałam pojęcia, co z nimi zrobić. Posiekać? Ugotować? Usmażyć? W maści mojego brata był olejek, nie wiedziałam jednak, jakiego rodzaju. Czy zwykła oliwa zadziała? Na pewno nie. To musiało być coś wyjątkowego, jak olej z nasion jabłek Hesperyd. Ale te rosły poza moim zasięgiem. Obróciłam w palcach łodyżkę. Była miękka jak wyjęty z wody robak.

No, nie stój tu jak zamieniona w kamień, nakazałam sobie w duchu. Spróbuj czegoś. Zagotuj je. Czemu nie?

*

Jak już powiedziałam, pozostało mi trochę dumy, i to wystarczyło. Więcej mogło poskutkować fatalnie.

Pozwólcie, że powiem, czym czarna magia nie jest: to nie boska moc, która przychodzi na zawołanie. To coś, co należy stworzyć, wypracować, zaplanować i odnaleźć, wykopać, wysuszyć, posiekać i utłuc, uwarzyć i odpowiednio wymieszać. Nawet po tym wszystkim może zawieść, w przeciwieństwie do bogów. Jeśliby moje zioła nie były dość świeże, gdybym nie była wystarczająco skupiona, a moja wola by osłabła, mikstura mogłaby stęchnąć i zjełczeć mi w rękach.

Na dobrą sprawę nigdy nie powinnam opanować czarnej magii. Bogowie nie cierpią wszelkiego trudu, taka jest ich natura. Udają się nam jedynie tkactwo i kowalstwo, ale to rzemiosła wyzbyte znoju, gdyż wszelkie etapy, które mogłyby być nieprzyjemne, można pokonać dzięki boskim mocom. Wełna jest farbowana nie poprzez zanurzanie w cuchnących kotłach i mieszanie kopyściami – wystarczy pstryknąć palcami. Nie ma mowy o żmudnym drążeniu skał – rudy same wyskakują z gór. Żaden bóg nie doznał stłuczenia, nie naciągnął sobie mięśnia.

Czarna magia to esencja znoju. Każde zioło należy znaleźć w zakątku, w którym rośnie, zerwać o właściwej porze dnia i roku, otrząsnąć z ziemi, wyselekcjonować i oczyścić, umyć i przygotować. Każde należy potraktować inaczej i odkryć, jaką ma moc. Dzień po dniu należy cierpliwie eliminować błędy i zaczynać od nowa. Więc dlaczego mnie to nie przeszkadzało? Czemu nie przeszkadzało nikomu z naszej czwórki?

Nie mogę odpowiadać za pozostałych, ale moje wyjaśnienie jest proste. Przez setki pokoleń przemierzałam świat śpiąca i tępa, bezczynna i beztroska. Nie zostawiałam po sobie śladu, żadnego czynu. Nawet ci, którzy darzyli mnie odrobiną uczucia, porzucali mnie bez żalu.

Oczywiście początkowo wszystko, co warzyłam, wychodziło nie tak, jak powinno. Mikstury nie działały, maści wysychały i rozpadały się na grudki. Wyobrażałam sobie, że jeśli trochę ruty na coś pomaga, to skoro dodam więcej, będzie jeszcze lepiej, że dziesięć wymieszanych ziół to lepiej niż pięć, że mogę myślami być gdzie indziej, a zaklęcie pozostanie przy ziołach, że mogę się zdecydować na robienie jednej mikstury i w połowie pracy przerzucić się na inną. Nie opanowałam nawet najprostszej zielarskiej wiedzy, której śmiertelnicy uczą się u kolan matki – że są rośliny, które po ugotowaniu dają mydło, że palony cis wydziela duszący dym, że mak sprowadza sen, a ciemiernik śmierć, że krwawnik zamyka rany. Tego wszystkiego musiałam się nauczyć metodą prób i błędów, parząc palce i wdychając cuchnące wyziewy, tak że musiałam biec do ogrodu, żeby się wykaszleć.

W tamtych pierwszych dniach myślałam, że przynajmniej gdy nauczę się zaklęcia, nie będę musiała uczyć się go znowu. Ale nawet tu się myliłam. Niezależnie od tego, ile razy użyłam jakiegoś zioła, te nowo zebrane miały własny charakter. Jeden gatunek róży odsłaniał swoje tajemnice mielony, inny musiał być wyciskany, trzeci namaczany. Każde zaklęcie było górą, którą należało zdobyć na nowo. Każdy kolejny wysiłek uczył mnie na pewno tego, że warto się wysilić.

Nie pobłażałam sobie. Dzieciństwo wyrobiło we mnie przynajmniej jedną cechę: wytrwałość. Krok po kroku zaczęłam lepiej słyszeć: ruch soku w roślinach, krew w żyłach. Uczyłam się zrozumienia własnych intencji, samoograniczania się i zwiększania wymagań, wyczuwania miejsc, w których gromadzi się moc, i wypowiadania odpowiednich słów, które potęgują ją do granic. Kiedy w końcu wszystko stało się jasne i zaklęcie rozbrzmiewało najczystszą nutą, osiągałam moment, dla którego żyłam.

Nie wzywałam smoków, nie przywoływałam węży. Moje pierwsze dokonania nie były spektakularne. Zaczęłam od żołędzia, bo wyobraziłam sobie, że skoro jest zielony, rośnie i karmi się wodą, to moja krew najady udzieli mi pomocy. Całe dni, miesiące nacierałam żołędzia oliwami i solami, wypowiadając nad nim zaklęcia, które miały pobudzić uśpiony kiełek. Próbowałam powtórzyć dźwięki, które usłyszałam z ust Ajetesa, kiedy opatrywał mi twarz. Próbowałam też przekleństw i modlitw, ale wyniosły żołądź cały czas ani myślał odsłonić mi swoje ziarno. Wyrzuciłam go przez okno, znalazłam inny i poświęciłam mu kolejne półwiecze. Próbowałam zaklęcia, kiedy byłam zła, kiedy byłam spokojna, kiedy byłam szczęśliwa, kiedy byłam nieco roztargniona. Któregoś dnia powiedziałam sobie, że już raczej wolę zrezygnować ze swoich nadzwyczajnych mocy, niż dalej się męczyć. A zresztą, co takiego mogłam zyskać dzięki sadzonce dębu? Na wyspie było zatrzęsienie dębiny. Tak naprawdę miałam ochotę na dziką truskawkę, słodki miąższ, który przyniósłby ukojenie podrażnionemu gardłu, i powiedziałam to tamtemu brązowemu wypierdkowi.

Przemienił się tak błyskawicznie, że wytrzeszczając oczy, wbiłam kciuk w miękki czerwony miąższ, a potem wydałam okrzyk triumfu, który poderwał z drzew wystraszone ptaki.

Przywróciłam do życia zwiędły kwiat. Przepędziłam z domu muchy. Wyhodowałam wiśnie poza sezonem i nadałam ogniowi zielony kolor. Gdyby był ze mną Ajetes, te kuchenne sztuczki przyprawiłyby go o atak śmiechu. Lecz skoro wcześniej nie miałam o niczym pojęcia, cieszył mnie każdy sukces.

Moje moce zderzały się ze sobą jak fale. Przekonałam się, że mam zacięcie do magicznych sztuczek; wyczarowywałam okruszki i wywabiałam myszy z norek, kazałam rybkom wyskakiwać z fal prosto w rozwarte dzioby kormoranów. Spróbowałam z większymi stworzeniami: z fretkami, by odstraszały krety, sowami, by odpędzały króliki. Przekonałam się, że najlepszy czas zbiorów to pełnia księżyca, gdy rosa i mrok sprawiają, że sok owoców staje się gęściejszy. Dowiedziałam się, co rośnie najlepiej w ogrodzie, a co musi pozostać w naturalnym leśnym otoczeniu. Łapałam żmije i nauczyłam się uzyskiwać ich jad. Potrafiłam wycisnąć kroplę trucizny z odwłoka osy. Uzdrowiłam umierające drzewo, dotknięciem zabiłam trujący bluszcz.

Ajetes miał jednak rację: moim największym darem było przemienianie, więc zaczęłam skupiać się na tym. Stawałam przed różą i zamieniała się w kosaćca. Mikstura wylana na korzeń jesionu zmieniała go w dąb ostrolistny. Przemieniłam całe drewno na opał na cedrowe, tak że jego zapach co noc wypełniał moje izby. Złapałam pszczołę i przerobiłam ją w ropuchę, a skorpiona w mysz.

Wówczas poznałam granice swoich mocy. Niezależnie od tego, jak silna była mikstura, jak doskonale wypowiadałam zaklęcie, ropucha usiłowała latać, a mysz żądlić. Przemiana obejmowała tylko ciała, nie umysły.

Właśnie wtedy przyszła mi na myśl Scylla. Czy „ja" nimfy nadal żyło w sześciogłowym potworze? Czy też zioła, które urosły z krwi bogów, przyczyniały się do prawdziwej przemiany? Nie wiedziałam.

– Kimkolwiek jesteś, mam nadzieję, że zaspokajasz swoje pragnienia – powiedziałam w powietrze.

I teraz wiem, że je zaspokajała.

*

Któregoś dnia zawędrowałam w najgęstsze kępy leśnych paproci. Uwielbiałam chodzić po wyspie – od plaż na dole po najwyższe miejsca – wyszukiwać ukryte mchy, paprocie i bluszcz, zbierać liście do uroków. Było późne popołudnie i miałam już pełny kosz. Gdy wyszłam zza krzaka, wyrósł przede mną dzik.

Od jakiegoś czasu wiedziałam, że na wyspie żyją te stworzenia. Słyszałam, jak popiskują i tratują zarośla, i często widywałam pogniecione rododendrony albo wyrwane z korzeniami młode drzewka. Po raz pierwszy jednak zobaczyłam okaz tego gatunku.

Był ogromny, większy, niż go sobie wyobrażałam. Jego ostro zarysowany grzbiet był czarny jak grań góry Kynthos, a barki pobliźnione po walkach, które stoczył. Tylko najdzielniejsi bohaterowie mają odwagę stawić czoło tym stworzeniom, i to tylko wtedy, gdy są uzbrojeni we włócznie, wspomagani przez psy, łuczników, nagonkę i zwykle jeszcze towarzyszący zastęp. Ja miałam jedynie nóż do wykopywania roślin, koszyk i żadnej czarodziejskiej mikstury pod ręką.

Rył ziemię racicami, toczył pianę z ryja. Pochylił łeb uzbrojony w szable i kłapał szczękami. W świńskich oczkach wyczytałam: „Mogę rozgnieść setkę młodzieńców i odesłać trupy do rozpaczających matek. Wyrwę ci trzewia i zeżrę na kolację".

Nie uciekłam wzrokiem.

– Spróbuj – powiedziałam.

Długo mi się przyglądał. Potem odwrócił się i zniknął w gęstwinie. Mówię wam, zaklęcia zaklęciami, ale dopiero wtedy po raz pierwszy poczułam się czarownicą.

*

Tamtej nocy myślałam przy palenisku o tańczących boginiach, które noszą na ramieniu ptaki lub karmią z ręki łaszące się jelonki, drobiące za nimi delikatnymi kopytkami. Zawstydziłabym was, pomyślałam. Wspinałam się na najwyższe szczyty i odnajdywałam zagubiony szlak; przydeptany kwiat, rozoraną ziemię i odłupany kawałek kory. Ugotowałam wywar z krokusów i żółtych jaśminów, irysów i korzeni cyprysa wykopanych podczas pełni, po czym, śpiewając, wylałam go na ziemię.

Pojawiła się następnego dnia o zmierzchu, płynnym ruchem przekraczając próg. Jej barki były twarde jak kamień. Zalegiwała przy palenisku i szorstkim jęzorem lizała mi kostki u nóg. Za dnia przynosiła mi króliki i ryby. W nocy zlizywała miód z moich palców i spała u moich stóp. Czasem się bawiłyśmy, śledziła mnie, a potem jednym skokiem dosięgała mojego karku. Czułam gorącą woń jej oddechu, ciężar łap napierających na moje łopatki.

– Spójrz – mówiłam, pokazując jej nóż, który wzięłam z pałacu ojca, ten ozdobiony wizerunkiem lwiego łba. – Co za dureń to wyrzeźbił? Nigdy nie widzieli tobie podobnej.

Ziewała, rozdziawiając okrytą brązowym puchem paszczę.

W sypialni stało lustro z brązu sięgające sufitu. Kiedy je mijałam, ledwo mogłam się rozpoznać. Moje oczy patrzyły ostrzej, twarz miała wyraziste rysy, a za mną kroczyła moja towarzyszka, dzika lwica. Wyobrażam sobie, co powiedziałyby kuzynki na mój widok; nogi miałam unurzane w błocie, spódnicę przewiązaną na wysokości kolan.

Wysilałam, jak mogłam, swój cienki głos. Marzyłam, żeby przypłynęły. Chciałam zobaczyć ich wytrzeszczone oczy na widok mnie chodzącej między wilczymi gniazdami, pływającej w morzu tam, gdzie polowały rekiny. Mogłam zmienić rybę w ptaka; walczyłam z moją lwicą, a potem, rozpuściwszy włosy, kładłam głowę na jej brzuchu. Chciałam usłyszeć ich piski i zdławione oddechy. „Och, popatrzyła ma mnie! Teraz będę ropuchą!"

Naprawdę bałam się stworzeń tego pokroju? Naprawdę zmarnowałam tysiąc lat, przemykając się chyłkiem jak myszka? Teraz rozumiałam źródło śmiałości Ajetesa, wyniosłego niczym górski szczyt, stojącego przed obliczem ojca. Kiedy odprawiałam czary, czułam się równie ważna i potężna. Śledziłam wzrokiem ojcowski rydwan płonący na niebie. No i? Co masz mi do powiedzenia? Miałeś mnie rzucić krowom na pożarcie, ale wygląda na to, że wolę krowy niż ciebie.

Nie padła żadna odpowiedź; nie odezwała się też ciotka Selene. Co za tchórze! Skóra mi płonęła, zaciskałam zęby, podczas gdy moja lwica chlastała ogonem.

Czy nikt nie ma odwagi? – myślałam. Nikt nie ośmieli się stawić mi czoła?

Sami więc widzicie, że na swój sposób byłam gotowa na to, co się wydarzyło.

ROZDZIAŁ ÓSMY

Właśnie zachodziło słońce. Twarz mojego ojca już zanurzyła się za drzwiami. Nucąc coś, pracowałam w ogrodzie: podpierałam palikami długie pędy winorośli, sadziłam rozmaryn i tojad. Lwica spoczywała w trawie, z pyskiem zbroczonym krwią głuszca, którego wcześniej wypłoszyła.

– Muszę przyznać – usłyszałam nieznajomy głos – że po twoich przechwałkach jestem zaskoczony, widząc cię taką zwyczajną. Zielnik i warkocze. Mogłabyś być wiejską dziewuchą.

Przyglądał mi się młody mężczyzna oparty o róg domu. Włosy miał rozpuszczone i zmierzwione, twarz jasną jak klejnot. Chociaż nie było światła, które odbijałoby się od jego złotych sandałów, lśniły.

Wiedziałam oczywiście, kim jest. Z jego twarzy – nie do pomylenia z żadną inną, wyrazistej jak obnażone ostrze – biła moc. Bóg z Olimpu, syn Zeusa i jego wybrany posłaniec. Roześmiane uprzykrzenie bogów. Hermes.

Poczułam, że drżę, ale nie dałam tego po sobie poznać. Wielcy bogowie wyczuwają lęk jak rekiny krew i tak jak one mogą pożreć jednym kłapnięciem szczęki.

Wyprostowałam się.

– Czego się spodziewałeś?
– Och, wiesz – bawił się niedbale cienką laską – czegoś bardziej upiornego. Smoków. Tańczących sfinksów. Krwi kapiącej z nieba. Przywykłam do barczystych wujów i stryjów o białych brodach, a nie do takiej idealnej nonszalanckiej urody. Kiedy rzeźbiarze nadają kamieniom wybrane kształty, mają przed oczami Hermesa.
– Tak o mnie mówią? – spytałam.
– Oczywiście. Zeus jest przekonany, że warzycie trucizny przeciwko nam wszystkim, ty i twoi bracia. Wiesz, zgryzoty to jego specjalność. – Uśmiechał się swobodnie, konspiracyjnie. Jakby uwaga o gniewie Zeusa była tylko żartem.
– Więc przybywasz jako jego szpieg?
– Wolę słowo „wysłannik". Ale nie, w tej sprawie ojciec poradziłby sobie sam. Jestem tu, bo brat jest na mnie zły.
– Brat – powtórzyłam.
– Tak. Chyba o nim słyszałaś? – Wyjął ze zwojów szaty wykładaną złotem i kością słoniową lirę, jaśniejącą niczym brzask. – Przykro mówić, ale mu to gwizdnąłem. I muszę znaleźć schowek, póki burza nie minie. Miałem nadzieję, że się nade mną zlitujesz. Nie sądzę, żeby on tu zajrzał.

Włoski zjeżyły mi się na karku. Każdy, kto miał olej w głowie, bał się gniewu Apolla, cichego jak blask księżyca, zabójczego jak zaraza. Odruchowo chciałam się obejrzeć przez ramię, upewnić, że nie przemierza długimi susami nieba, kierując w moje serce złoconą strzałę. Ale jakaś cząstka mnie miała dość strachu i pokory, gapienia się w niebo i zadawania sobie pytania: Wolno mi czy nie wolno?

– Wejdź – powiedziałam i zaprosiłam Hermesa do domu.

*

Jako dziecko nasłuchałam się opowieści o jego wyczynach: jak to, będąc niemowlęciem, wstał z kołyski i ukradł bydło Apollinowi, jak zabił Argosa, strażnika-potwora, zamykając do snu jego setkę oczu, jak potrafił wyciągnąć tajemnice z kamienia i nawet oczarować rywalizujących bogów, by słuchali jego woli.

To wszystko było prawdą. Potrafił cię omotać, jakby nawijał nić na szpulę. Potrafił cię rozbroić dowcipem, aż dusiłaś się ze śmiechu. Znałam niewiele naprawdę inteligentnych istot – z Prometeuszem rozmawiałam nie dłużej niż chwilę, a we wszystkich komnatach i salach Okeanosa to, co uchodziło za mądrość, sprowadzało się do wyniosłości i pogardy. Umysł Hermesa był tysiąc razy bystrzejszy. Lśnił jak światło na falach, oszałamiał, oślepiał. Tamtego wieczoru Hermes zabawiał mnie niekończącymi się opowieściami o wielkich bogach i ich głupocie. Lubieżny Zeus zamieniał się w byka, żeby uwieść śliczną pannę. Ares, bóg wojny, uległ dwóm gigantom, którzy przez rok trzymali go w wielkim dzbanie. Hefajstos złowił w pułapkę żonę Afrodytę, omotawszy ją złotą siecią, nagą z kochankiem Aresem, i wystawił ich potem na pokaz wszystkim bogom. Hermes opowiadał i opowiadał – o absurdalnych żartach, pijackich bójkach, małostkowych sprzeczkach – płynnym jak miód, rozbawionym tonem. Czułam rumieńce i zawroty głowy, jakbym łyknęła własną miksturę.

– Nie zostaniesz ukarany za to, że przybyłeś i przerwałeś moje wygnanie?

Uśmiechał się.

– Ojciec wie, że robię to, na co mam ochotę. A poza tym niczego nie przerywam. To ciebie skazano na odosobnienie. Reszta świata może wpadać na tę wyspę i wypadać z niej, jak jej się żywnie podoba.

To mnie zaskoczyło.

– Ale myślałam... Czy największą karą nie jest samotność?

– To zależy od odwiedzających, prawda? A wygnanie to wygnanie. Zeus chciał, żebyś nie mogła się stąd ruszyć, i nie możesz. Ale co dalej, o tym już nie chciało im się pomyśleć.

– Skąd to wszystko wiesz?

– Byłem przy tym. Przysłuchiwanie się negocjacjom Zeusa

i Heliosa to zawsze pyszna zabawa. Są jak dwa wulkany, które deliberują: wybuchnąć czy nie wybuchnąć?

Przypomniałam sobie, że walczył w wielkiej wojnie. Widział płonące niebo i zabił giganta, który sięgał głową chmur. Mimo całej jego beztroski mogłabym to sobie wyobrazić.

– Powiedz, umiesz na tym grać? – spytałam. – Czy tylko to ukradłeś?

Trącił palcami struny. Nuty uniosły się w powietrze, słodkie i jasne jak srebro. Zebrał je w melodię tak swobodnie, jakby sam był bogiem muzyki, tak że cała izba ożyła dźwiękami.

Gdy podniósł głowę, ogień odbił się na jego twarzy.

– Chcesz zaśpiewać? – Miał jeszcze jedną niezwykłą cechę. Pobudzał do zwierzeń.

– Śpiewam tylko sobie – odparłam. – Mój głos nie sprawia innym przyjemności. Powiedziano mi, że przypomina wrzaski mew.

– Tak ci powiedziano? Nie jesteś mewą. Masz głos śmiertelniczki.

Pewnie zauważył, że jestem zbita z tropu, bo się roześmiał.

Przypomniałam sobie, jak słodko zabrzmiał mi w uszach głos Glaukosa, kiedy odezwał się do mnie po raz pierwszy. Wtedy przyjęłam to jako znak.

– To nieczęste, ale czasem nimfy niższego rodu rodzą się z ludzkim głosem – rzekł Hermes. – Takim jak twój.

– Dlaczego nikt mnie o tym nie poinformował? I jak to możliwe? Nie pochodzę od śmiertelnych, jestem czystej krwi tytanką.

Wzruszył ramionami.

– Kto może wiedzieć coś na pewno o boskich rodowodach? Podejrzewam, że cię nie poinformowano, bo nikt nie wiedział, że wydajesz dźwięki jak śmiertelnicy. Spędzam z nimi więcej czasu niż z bogami i przywykłem do tego, jak brzmią ich głosy. W moich uszach to tylko inna barwa, jak przyprawa w pożywieniu. Ale jeśli znajdziesz się kiedyś między śmiertelnikami, zauważysz jedną rzecz: nie będą się ciebie bali tak jak innych boskich istot.

W jednej chwili ujawnił mi nieznaną do tej pory wielką tajemnicę mojego życia. Uniosłam palce i dotknęłam gardła, jakbym mogła wyczuć znajdującą się tam osobliwość. Bogini z głosem śmiertelniczki, pomyślałam. Doznałam wstrząsu, chociaż jednocześnie zdawałam sobie sprawę, że zawsze wiedziałam o tym, że jestem inna.

– Graj – powiedziałam i zaczęłam śpiewać.

Lira bez wysiłku szła za moim głosem, jej tembr, idąc w górę, osładzał każdą frazę. Kiedy skończyłam, płomienie przygasły, żarzyły się tylko węgle; księżyc zakrył się welonem. Oczy Hermesa lśniły niczym ciemne klejnoty podniesione do światła. Były czarne; sygnalizowały głęboko ukrytą moc pochodzącą od najstarszych bogów. Po raz pierwszy uderzyło mnie, jakie to dziwne, że odróżniamy tytanów od bogów z Olimpu, bo przecież rodzice Zeusa oczywiście byli tytanami, a dziadem Hermesa był Atlas. W naszych żyłach płynęła ta sama krew.

– Znasz nazwę tej wyspy? – spytałam.

– Byłbym marnym bogiem podróżników, gdybym nie znał całego świata.

– Zdradzisz mi ją?

– Nazywa się Ajaja.

– Ajaja. – Smakowałam to brzmienie. Było łagodne jak cicho składające się skrzydła w nocnym powietrzu.

– Musiałaś o niej słyszeć. – Przyglądał mi się uważnie.

– Oczywiście. To miejsce, w którym mój ojciec opowiedział się po stronie Zeusa i dowiódł swojej lojalności. W niebie nad tą wyspą pokonał tytana giganta i skąpał jej ziemię jego krwią.

– To niebywały zbieg okoliczności, że twój ojciec wysłał cię akurat tutaj – zauważył.

Czułam, jak jego moc usiłuje dotrzeć do moich tajemnic. Za dawnych czasów natychmiast podetkałabym mu pod nos cały puchar odpowiedzi, dała wszystko, czego zapragnie. Ale nie byłam taka jak dawniej. Nie byłam mu nic winna. Miał dostać ode mnie tylko to, co chciałam mu dać.

Podniosłam się i stałam przed nim. Czułam światło moich oczu, miodowych jak kamienie rzeczne.

– Powiedz mi, skąd wiedziałeś, że twój ojciec nie ma racji co do moich trucizn? – spytałam. – Skąd wiesz, że właśnie teraz cię nie zaczaruję?

– Nie wiem tego.

– A mimo to odważyłbyś się tu zostać?

– Nie ma takiej rzeczy, na którą bym się nie odważył – odparł.

I takim to sposobem zostaliśmy kochankami.

*

Hermes często powracał w następnych latach, szybując ze zmierzchem. Przynosił przysmaki bogów – wino skradzione z zapasów samego Zeusa, najsłodszy miód z góry Hybla, gdzie pszczoły zbierają tylko pyłki tymianku i lipy. Rozmowy dawały nam przyjemność, cielesne zespolenia również.

– Urodzisz mi dziecko? – spytał kiedyś.

Roześmiałam mu się w twarz.

– Nie, nigdy, przenigdy.

Nie poczuł się zraniony, bo nie sposób było go zranić. Lubił moje cięte odpowiedzi i pytał tylko z ciekawości, poszukiwanie słabych punktów innych istot leżało w jego naturze. Chciał wiedzieć, jak bardzo jestem w nim zadurzona. Tylko że ja utraciłam swoją słabość. Nie leżałam za dnia, marząc o nim, nie mówiłam do poduszki jego imienia. Nie był moim mężem, tylko przyjacielem. On był jednym jadowitym wężem, a ja drugim i na takich warunkach dostarczaliśmy sobie nawzajem rozkoszy.

Przynosił wiadomości, które mi umknęły. Podróżując, zaglądał do każdego zakątka świata i zbierał plotki, jak rąbek sukni zbiera muł. Wiedział, na których ucztach pił Glaukos. Wiedział, jak wysoko tryska mleko z fontann Kolchidy. Powiedział mi, że Ajetes ma się dobrze, że nosi płaszcz z barwionej skóry leoparda. Wziął za żonę śmiertelniczkę, która urodziła mu dziecko – było teraz w powijakach – a drugie nosiła w brzuchu. Moja siostra Pazyfae nadal rządziła Kretą, wykorzystując do tego swoje napary, i zdążyła już urodzić mężowi ośmioro dzieci. Perses był teraz w Egipcie, gdzie przywracał życie umarłym wiadrami śmietany i krwi. Matka osuszyła łzy i koląc oczy sióstr, dodała do swoich tytułów Matkę Czarnoksiężników. Śmialiśmy się z tego wszystkiego, a kiedy Hermes się oddalał, wiedziałam, że gdzie indziej opowiada historie na mój temat: o brudzie za paznokciami, lwicy pachnącej piżmem, świniach podchodzących pod drzwi w poszukiwaniu pomyj i pieszczoty. I oczywiście o tym, jak ja, zapłoniona dziewica, wskoczyłam mu do łóżka. No cóż. Płonić się nie płoniłam, ale reszta się zgadzała.

Zadawałam mu dalsze pytania: gdzie leży Ajaja, jak daleko jest od Egiptu, Etiopii i innych ciekawych miejsc. Pytałam, na ile poprawił się humor ojca, jak nazywają się moje bratanice i bratankowie, jakie nowe imperia wyrosły na świecie. Odpowiadał na każde pytanie, ale gdy chciałam się dowiedzieć, jak mam daleko do ziół, które podałam Glaukosowi i Scylli, wyśmiał mnie. Sądzisz, że naostrzę dla niej pazury lwicy? – pomyślałam.

Kiedyś najbardziej obojętnym tonem, na jaki potrafiłam się zdobyć, spytałam:

– A co z tym starym tytanem, Prometeuszem? Jak mu się wiedzie?

– A jak myślisz? Codziennie żegna się z wątrobą.

– Wciąż? Nigdy nie zrozumiem, dlaczego jego pomoc śmiertelnym tak rozzłościła Zeusa.

– Powiedz mi, kto składa lepsze ofiary: człowiek smutny i poniżony czy szczęśliwy?

– Szczęśliwy – odparłam.

– Mylisz się. Szczęśliwy jest zbyt zajęty swoim życiem, żeby biegać przed ołtarze. Uważa, że nie ma żadnych zobowiązań. Ale zrób z niego kupkę nieszczęścia, zabij żonę, okalecz dzieci, a na pewno się odezwie. Miesiącami będzie głodził rodzinę, żeby ci kupić śnieżnobiałe roczne cielę. Jeśli będzie go na to stać, zarżnie całe stado.

– W końcu jednak trzeba mu się odwdzięczyć – zauważyłam. – Inaczej przestanie składać ofiary.
– Och, zdziwiłabyś się, wiedząc, jak długo potrafią leżeć plackiem przed ołtarzem. Ale owszem, w końcu najlepiej mu coś dać. Wtedy znów będzie szczęśliwy. A ty znów będziesz mogła go dręczyć.
– A więc to tak bogowie na Olimpie spędzają czas. Wymyślając sposoby, jak przepełnić ludzkie życie nędzą i rozpaczą.
– Nie powinnaś tak się pysznić własną prawością – skarcił mnie. – Nikt tak chciwie nie wypatruje wiernych, jak twój ojciec. Zrównałby z ziemią całą wieś, gdyby uznał, że dzięki temu będzie miał jedną krowę więcej.

Ile to razy po cichu pęczniałam z dumy, widząc stosy ofiar piętrzące się na ołtarzach ojca? Zasłoniłam się pucharem, żeby Hermes nie zobaczył, jak się rumienię.
– Myślę, że mógłbyś odwiedzić Prometeusza – powiedziałam. – Niech te twoje skrzydła się do czegoś przydadzą. Zaniósłbyś mu coś na pocieszenie.
– Czemu miałbym mu cokolwiek zanosić?
– Dlatego że nigdy wcześniej tego nie robiłeś. Zrobiłbyś pierwszy dobry uczynek w swoim niemoralnym życiu.

Roześmiał się, ale więcej go nie naciskałam. Można go różnie oceniać, ale był bogiem z Olimpu, synem Zeusa. Pozwalałam sobie wobec niego na wiele, bo to go bawiło, lecz nie widziałam, jak daleko mogę się posunąć. Da się nauczyć węża jeść z ręki, ale nie sposób ustrzec się przed tym, że od czasu do czasu lubi ukąsić.

Wiosna przeszła w lato. Pewnej nocy, kiedy siedzieliśmy z Hermesem nad dzbanem wina, w końcu zapytałam go o Scyllę.
– Ach! – Oczy mu się zaświeciły. – Zastanawiałem się, kiedy w końcu do tego dojdziemy. Co chciałabyś wiedzieć?

Czy jest nieszczęśliwa? – miałam na końcu języka. Ale wyśmiałby mnie, słysząc tak niepoważne pytanie, i miałby do tego prawo. Moje czarodziejskie umiejętności, wyspa, lwica – wszystko to pojawiło się za sprawą jej przemiany. Nie mogłam powiedzieć, że żałuję tego, co zrobiłam. Przecież dzięki temu moje życie nabrało rumieńców.

– Nigdy się nie dowiedziałam, co dalej się z nią działo, kiedy zanurzyła się w morzu. Wiesz, gdzie jest?

– Niedaleko stąd, niecały dzień łodzią śmiertelników. Znalazła cieśninę, która jej odpowiada. Po jednej stronie jest wir, który wsysa statki, ryby i wszystko, co tam przepływa. Po drugiej stroma skała i jaskinia, w której może się ukryć. Każdy statek, który omija wir, płynie prosto w jej szczęki. Tak się karmi.

– Tak się karmi – powtórzyłam.

– Właśnie tak. Zjada żeglarzy. Sześciu naraz, po jednym na każdą gębę, a jeśli wioślarze się lenią, pochłania tuzin. Niewielu usiłuje z nią walczyć, ale możesz sobie wyobrazić, czym się to kończy. Wrzaskami nie do opisania.

Zastygłam na krześle. Zawsze sobie wyobrażałam, że Scylla pływa w głębinach, sycąc się lodowatym mięsem ośmiornic. Ale nie. Ona zawsze uwielbiała światło dnia. Pragnęła rozpaczy innych. I teraz była szalejącym z głodu potworem, uzbrojonym w kły i pancerz nieśmiertelności.

– Nikt nie może jej powstrzymać?

– Zeus albo twój ojciec, gdyby chcieli. Tylko dlaczego miałoby im na tym zależeć? Potwory to dobrodziejstwo dla bogów. Wyobrażasz sobie te wszystkie modły?

Nie mogłam dobyć głosu z gardła. Ludzie, których pożerała, byli żeglarzami jak kiedyś Glaukos, obdartymi, zrozpaczonymi, wycieńczonymi strachem. A zostawał po nich tylko zimny dym naznaczony moim imieniem.

Hermes przyglądał mi się, przekrzywiając głowę jak ciekawski ptak. Czekał na reakcję. Będę płakać nad rozlanym mlekiem czy okażę się harpią o kamiennym sercu? Nie było nic pośrodku. I nic poza tym nie pasowało do prześmiewczej opowieści, którą chciał rozwinąć.

Opuściłam bezwładnie rękę na grzywę lwicy, na jej wielki łeb i poczułam pod palcami twardość czaszki. Nie zdarzyło się, żeby

zmrużyła oko w obecności Hermesa. Mogłabym przysiąc, że jej przymknięte ślepia patrzą spod powiek.
— Scylla nigdy nie zadowalała się jedną ofiarą — powiedziałam.
Uśmiechnął się. Oto suka o sercu twardszym niż skała, pomyślał pewnie.
— Chciałbym ci coś zdradzić — rzekł. — Proroctwo dotyczące ciebie, które padło z ust starej wróżki. Porzuciła świątynię i chodziła po wsiach, przepowiadając przyszłość.
Przyzwyczaiłam się do jego bystrego umysłu i teraz byłam wdzięczna losowi, że go nim obdarzył.
— I akurat ją mijałeś, kiedy mówiła o mnie?
— Oczywiście, że nie. Dałem jej wytłaczany złoty puchar, żeby mi powiedziała, co wie o Kirke, córce Heliosa, czarownicy z Ajai.
— Słucham dalej.
— Powiedziała, że pewnego dnia zawinie na twoją wyspę człowiek imieniem Odyseusz, mój daleki powinowaty.
— I...?
— To wszystko.
— Nie słyszałam marniejszego proroctwa — burknęłam.
Westchnął.
— Wiem. Dałem złoty puchar za nic.
Jak już mówiłam, nie snułam marzeń związanych z Hermesem. Nie splatałam jego imienia z moim. Nocą spoczywaliśmy razem i o północy mnie opuszczał, żebym mogła wstać i udać się w głąb lasów. Często towarzyszyła mi lwica. To była moja najgłębsza rozkosz: kroczyć w chłodnym powietrzu, czuć mokre liście pod stopami. Czasem zrywałam taki kwiat, czasem inny.
Ale na kwiat, którego naprawdę pragnęłam, musiałam czekać. Minął miesiąc od chwili, gdy pierwszy raz zamieniłam słowo z Hermesem, potem drugi. Nie chciałam, by zobaczył, co znajdę. W moim świecie nie było dla niego miejsca. Ten świat należał tylko do mnie.
I znalazłam swój skarb ukryty wśród próchniejących liści, pod paprociami i grzybami — kwiatek tylko drobinę większy od paznok-

cia, biały jak mleko. Krew giganta, którego mój ojciec śmiertelnie ugodził w niebie. Korzenie stawiały silny opór, zanim uległy. Czarne, grube, miały woń metalu i soli. Kwiatek nie miał nazwy, więc sięgając do starożytnego języka bogów, nazwałam go szlachetnym zielem*. Och, ojcze, czy wiedziałeś, jaki dar mi przekazujesz? Bo ten kwiatek, tak delikatny, że mógłby się rozpaść pod twoją kroczącą stopą, miał w sobie nieugiętą moc *apotrope*, odczyniania zła. Niweczenia zaklęć. Ochrona i zapora przed zniszczeniem, czczony jak bóg, tak czysty. Jedyna rzecz na całym świecie, która nie obróci się przeciwko tobie.

Dzień za dniem wyspa rozkwitała. Ogród wspiął się na ściany domu, napełniając wnętrze zapachami. Wtedy już nie zamykałam okiennic. Robiłam, co chciałam. Gdybyście mnie zapytali, jak się czułam, powiedziałabym: szczęśliwa. Niemniej jednak pamiętałam.

O zimnym dymie naznaczonym moim imieniem.

---

* Oryg. *phármakon esthlón*, tłumaczenie za *Odyseją*, ks. X, przekład L. Siemieńskiego, Ossolineum DeAgostini, 2004.

ROZDZIAŁ DZIEWIĄTY

Był poranek, słońce dopiero co ukazało się ponad drzewami. Ścinałam w ogrodzie anemony, bo chciałam zrobić bukiet na stół. Dziki nurzały ryje w pomyjach; niesforny samiec rozpychał się i chrumkał, demonstrując, że on tu rządzi.

Zajrzałam mu w ślepia.

– Wczoraj widziałam, jak rozrabiałeś w strumyku, a przedwczoraj zauważyłam, że pewna cętkowana locha odesłała cię z niczym, nie licząc odgryzionego ucha. Więc zachowuj się.

Posapał, porył ziemię, a potem padł na brzuch i ucichł.

– Zawsze rozmawiasz z dzikami, kiedy mnie nie ma? – Hermes stał w podróżnej opończy i nasuniętym na oczy kapeluszu z szerokim rondem.

– Lubię sobie wyobrażać, że to one ze mną rozmawiają – odparłam. – Co cię tu sprowadza, kiedy inni uczciwie pracują?

– Płynie statek – rzekł. – Pomyślałem, że może chciałabyś o tym wiedzieć.

Wyprostowałam się.

– Do wyspy? Jaki statek?

Uśmiechnął się. Zawsze sprawiało mu przyjemność, kiedy byłam zbita z tropu.

- Co mi dasz, jak ci powiem?
- Przepadnij, zły duchu – powiedziałam. – Wolę cię w ciemnościach.

Roześmiał się i zniknął.

*

Na wypadek gdyby Hermes mnie podglądał, zajmowałam się obowiązkami, jakby to było zwykłe przedpołudnie, ale czułam napięcie, wyczekiwanie. Nie mogłam się powstrzymać, by nie zerkać w kierunku horyzontu. Statek... Statek z gośćmi, którzy wprawili Hermesa w dobry nastój. Kto to mógł być?

Przypłynęli w połowie przedpołudnia, wynurzając się z wielkiego pofalowanego zwierciadła. Statek był dziesięć razy większy niż łódź Glaukosa i nawet z dystansu widziałam, jaki jest znakomity: wąski, pomalowany jasnymi farbami, o wielkim dziobie. Ciął leniwe powietrze, zmierzając prosto na mnie; wioślarze pracowali w równym rytmie. Kiedy byli bliżej, poczułam w gardle stare podniecenie. To byli śmiertelnicy.

Gdy rzucili kotwicę, jeden z nich wyskoczył za burtę i ruszył do brzegu. Szedł wzdłuż plaży skrajem lasu, aż znalazł ścieżkę – niewielki szlak wydeptany przez dziki, wijący się w górę między akantami i wawrzynami, obok gęstwin kolczastych krzewów. Wtedy zniknął mi z oczu, ale wiedziałam, dokąd prowadzi szlak. Czekałam.

Przystanął na widok mojej lwicy, ale tylko na chwilę. Prosty jak trzcina, nie skłoniwszy głowy na przywitanie, ukląkł przede mną na polance. Zdałam sobie sprawę, że go znam. Postarzał się, miał więcej zmarszczek, ale to był ten sam człowiek o ogolonej głowie i czystych oczach. Ziemia nosi nieprzebrane rzesze śmiertelnych, lecz bogowie zapamiętują tylko imiona garstki z nich. Tak każe ich natura. Zanim nauczymy się imion ludzi, umierają. Muszą być wielkimi spadającymi gwiazdami, by przyciągnąć naszą uwagę. Te tylko duże to w naszych oczach kosmiczny pył.

– Pani, wybacz, że cię niepokoję – powiedział.
– Jak do tej pory nie zaniepokoiłeś mnie – odparłam. – Wstań, proszę, jeśli chcesz.
Jeżeli usłyszał, że mam głos śmierteniczki, nie okazał tego. Powstał – nie powiedziałabym, że wdzięcznie, bo na to był zbyt solidnie zbudowany, ale z łatwością, jak drzwi pracujące na dobrze naoliwionych zawiasach. Spojrzał mi bez wahania w oczy. Pomyślałam, że musi być przyzwyczajony do bogów. I do czarownic.
– Co sprowadza sławnego Dedala do moich brzegów?
– Jestem zaszczycony, pani, że mnie znasz. – Głos miał spokojny jak zachodni wiatr, ciepły, niezmienny. – Przypływam jako posłaniec twojej siostry. Jest brzemienna i zbliża się czas rozwiązania. Prosi, byś udzieliła jej pomocy.
Zmierzyłam go wzrokiem.
– Czy jesteś pewien, że przypłynąłeś we właściwe miejsce, posłańcu? Między mną i siostrą nigdy nie było miłości.
– Jej nie chodzi o twoją miłość.
Powiał wiatr, przynosząc woń kwiatów lipy i błotny odór dzików.
– Wiem, że urodziła ośmioro dzieci, każde kolejne łatwiej niż poprzednie. Nie może umrzeć w połogu, a jej niemowlęta rosną jak na drożdżach, silne krwią matki. Więc dlaczego mnie potrzebuje?
Rozłożył ręce, muskularne, pewnie niezwykle zręczne.
– Wybacz, pani, nie mogę nic więcej zdradzić, ale twoja siostra prosiła, bym powiedział, że jeśli ty jej nie pomożesz, nikt inny nie podoła zadaniu. Pragnie twoich umiejętności, pani. Tylko twoich.
A więc Pazyfae usłyszała o moich czarodziejskich mocach i uznała, że mogą jej się przydać. Tym samym zdobyła się na pierwszy komplement pod moim adresem.
– Poza tym siostra kazała przekazać, że ojciec pozwala ci, pani, opuścić wyspę. Na czas odwiedzin u siostry twoje wygnanie ulega zawieszeniu.
To było tak niezwykle dziwne, że głęboko mnie zastanowiło. Co mogło być do tego stopnia ważne, że Pazyfae zdobyła się na

odwiedzenie ojca? Jeśli potrzebowała silniejszych czarów, dlaczego nie wezwała Persesa? Zapewne coś knuła, nie potrafiłam tylko zrozumieć, dlaczego ja jestem celem jej zabiegów. Nie byłam dla niej zagrożeniem.

Spotkanie z nią kusiło mnie. Byłam ciekawa, lecz chodziło o coś więcej. Miałam szansę zademonstrować jej, kim się stałam. Niezależnie od tego, jaką pułapkę mi szykowała, nie mogła mnie uwięzić, już nigdy.

– Co za ulga usłyszeć o okazanej mi łasce! – odezwałam się. – Nie mogę się doczekać uwolnienia z tego straszliwego więzienia.

Nie uśmiechnął się.

– Jest jeszcze jedna... rzecz. Mam ci powiedzieć, pani, że popłyniemy cieśniną.

– Jaką cieśniną?

Ale odpowiedź miał wypisaną na twarzy: w sińcach pod oczami, w znużonym smutku.

Poczułam dławienie w gardle.

– Przez cieśninę Scylli – odpowiedziałam za niego.

Skinął głową.

– W tę stronę płynąłeś tą samą drogą?

– Tak.

– Ilu straciłeś?

– Dwunastu – przyznał. – Nie byliśmy dość szybcy.

Pazyfae miała charakterek. Jak mogłam o tym zapomnieć! Nigdy zwyczajnie nie poprosiła o przysługę, zawsze musiała trzasnąć z bata, żeby cię nagiąć do swojej woli. Niemal widziałam, jak się przechwala i śmieje przy swoim mężu Minosie. „Ta głupia Kirke ma bzika na punkcie śmiertelników".

Moja nienawiść do niej jeszcze się nasiliła. Jak okrutnie to zaaranżowała! Wyobrażałam sobie, że idę do domu, zatrzaskuję za sobą wielkie drzwi, myśląc: Wielka szkoda, Pazyfae. Musisz sobie znaleźć innego głupca.

Ale wtedy sześciu następnych ludzi, może dwunastu, zginie.

Zganiłam się w myślach. Kto powiedział, że przeżyją, jeśli popłynę? Nie znałam zaklęć odpędzających potwory. A kiedy Scylla mnie zobaczy, wpadnie w szał. Tyle dokonam, że rzuci się na nich z tym większą wściekłością.

Dedal przyglądał mi się, cień krył mu twarz. Daleko za jego ramieniem rydwan ojca zanurzał się w morzu. W zakurzonych pałacach astronomowie śledzili jego gasnącą wspaniałość, licząc na to, że dokonali poprawnych obliczeń. Chude kolana starców drżały, gdy myśleli o toporze kata.

Zabrałam ubranie i torbę z lekami i zamknęłam za sobą drzwi. To wszystko. Lwica potrafiła o siebie zadbać.

– Jestem gotowa – oświadczyłam.

*

Statek zbudowano w nowym stylu, jakiego nie znałam: miał wąski kadłub i leżał nisko na wodzie. Przepięknie go pomalowano, w fale i wygięte w łuk delfiny; ośmiornica na rufie wyciągała ramiona jak żmije. Gdy kapitan podniósł kotwicę, podeszłam na dziób obejrzeć galion, który wcześniej zauważyłam.

To była młoda dziewczyna w tanecznej szacie. Na twarzy miała wyraz radosnego zaskoczenia, szeroko rozwarte oczy, ledwo rozchylone usta, włosy rozrzucone na ramionach. Przyciskała do piersi drobne dłonie i wspinała się na palce, jakby właśnie miała zabrzmieć muzyka. Każdy szczegół – pukle włosów, fałdy sukni – był tak żywy, że można by pomyśleć, iż tancerka lada chwila naprawdę uniesie się w powietrze. Ale nie to było prawdziwym cudem. Rzeźba, nie wiedzieć jak, ukazywała przebłysk prawdziwego „ja" dziewczyny. Dociekliwą ciekawość spojrzenia, bijącą z czoła rezolutność i wdzięk. Ekscytację i niewinność, swobodne i szczere jak świeżość młodych traw.

Nie musiałam pytać, czyje ręce ją ukształtowały. Brat powiedział mi, że Dedal jest cudem śmiertelnego świata, lecz on był cudem wszystkich światów. Zachwycałam się wdziękiem dziewczyny, co rusz znajdując nowy szczegół: dołeczki w policzkach, kształt kostek u nóg niespokojnych jak u źrebaka.

Był to cud, ale też przesłanie. Wzrastałam u stóp ojca i potrafiłam rozpoznać chełpliwość potęgi, kiedy się ujawniała. Gdyby inny król miał podobny skarb, trzymałby go pod strażą w najlepiej ufortyfikowanym pałacu. Tymczasem Minos i Pazyfae umieścili go na statku, narażając na słoną wodę i słońce, ataki piratów, zatonięcie i potwory. Jakby mówili: „To drobiazg. Mamy jeszcze tysiąc takich rzeźb i coś więcej: człowieka, który potrafi je stworzyć".

Moją uwagę odwróciły uderzenia w bęben. Wioślarze usiedli na ławkach i poczułam pierwsze wstrząsy pokładu. Przybrzeżne wody zostawały za nami; wyspa stawała się coraz mniejsza.

Rozejrzałam się po mężczyznach na pokładzie. Było ich trzydziestu ośmiu. Na rufie pięciu strażników przechadzało się w pelerynach i złoconych zbrojach. Nosy mieli spłaszczone, powykrzywiane od tylu złamań, że nigdy nie miały odzyskać pierwotnego kształtu. Przypomniałam sobie szyderstwo Ajetesa. *Zbiry Minosa przebrani za książęta*. Wioślarzy wybrano pośród siłaczy Minosa; byli tak potężnie zbudowani, że wiosła wyglądały w ich rękach jak słomki. Wokół pospiesznie krążyli mężczyźni rozkładający nad ich głowami płachtę chroniącą przed słońcem.

Na weselu Minosa i Pazyfae grupka śmiertelników, którą dostrzegłam, wydała mi się odległa i pozbawiona indywidualnych rysów, jak liście na drzewie. Ale tu, pod niebem, każda twarz była inna. Ten tępy, tamten przystojny, kolejny brodaty z orlim nosem i cienką szyją... Widziałam blizny i oparzenia, zadrapania, zmarszczki ze starości i opadające na czoło kosmyki włosów. Jeden owinął szyję mokrą szmatą, by chronić się przed słońcem. Inny nosił bransoletę, wytwór dziecięcych rąk, trzeci miał czaszkę okrągłą jak łepek gila. W głowie mi się zakręciło, kiedy uświadomiłam sobie, że to tylko ułamek ludzkości całego świata. Jak taka rozmaitość, taka nieskończona odmienność umysłów i twarzy mogła przetrwać i świat śmiertelników przy tym nie zwariował?

– Przynieść ci, pani, stołek? – spytał Dedal.

Odwróciłam się i poczułam ulgę, że mam przed sobą tylko jedno oblicze. Dedala nie sposób było nazwać przystojnym, ale rysy jego twarzy wyrażały miłą stanowczość charakteru.

– Wolę stać – powiedziałam. Wskazałam na galion. – Jest piękna.

Skłonił głowę gestem człowieka przywykłego do komplementów.

– Dziękuję ci, pani.

– Zdradź mi coś. Dlaczego moja siostra trzyma cię pod strażą? – Kiedy weszliśmy na pokład, najpotężniejszy ze strażników, dowódca, przeszukał go, szorstko się z nim obchodząc.

– Ach. – Dedal uśmiechnął się lekko. – Minos i Pazyfae boją się, że nie... docenię w pełni ich gościnności.

Przypomniałam sobie słowa Ajetesa. *Pazyfae trzyma go pod strażą*.

– Z pewnością mógłbyś im uciec po drodze.

– Mógłbym im uciec nie jeden raz. Ale twoja siostra, pani, ma coś mojego, czego nie zostawię.

Czekałam na dalszy ciąg, lecz nie nastąpił. Dedal wsparł się o burtę. Kłykcie miał zniszczone, palce pokryte białymi wąskimi bliznami, jakby pokaleczył je odłamkami drewna albo kawałkami szkła.

– Widziałeś w cieśninie Scyllę? – spytałam.

– Niewyraźnie. Skałę zakrywały wodna piana i mgła, a Scylla za szybko się poruszała. Sześć głów z zębami długości ludzkiej nogi uderzyło w nas dwa razy.

Widziałam plamy na pokładzie. Szorowano je, lecz krew wżarła się głęboko. Tyle zostało po dwunastu żywotach. Poczucie winy przyprawiło mnie o skurcz w brzuchu, i o to właśnie chodziło Pazyfae.

– Powinieneś wiedzieć, że to moja wina – wyznałam. – To przeze mnie Scylla jest taka, jaka jest. Dlatego skazano mnie na wygnanie i dlatego moja siostra kazała ci obrać ten szlak.

Patrzyłam mu w oczy, doszukując się w nich zaskoczenia lub obrzydzenia, nawet zgrozy. On jednak tylko kiwnął głową i odparł:

– Powiedziała mi.

Oczywiście, że mu powiedziała. Miała serce trucicielki; chodziło jej o to, żebym przypłynęła jako złoczyńca, nie zbawczyni. Tyle że tak było naprawdę.

– Jest coś, czego nie rozumiem – odezwałam się po chwili. – Moja siostra jest wprawdzie okrutna, ale nie głupia. Więc dlaczego naraziła cię na ryzyko tej wyprawy?

– Sam się o to postarałem. Zakazano mi więcej zdradzać, ale kiedy przybijemy do portu na Krecie, chyba zrozumiesz, pani. – Zawahał się. – Wiesz może, czy jest coś, czym moglibyśmy się przed nią obronić? Przed Scyllą?

Nad naszymi głowami słońce spaliło ostatnie strzępy chmur. Wioślarze mimo rozwieszonej nad nimi płachty ciężko dyszeli.

– Nie wiem, ale spróbuję – odpowiedziałam.

Staliśmy w milczeniu obok podrywającej się do skoku dziewczyny, podczas gdy statek przemierzał morze.

*

Przed nocą dopłynęliśmy do brzegu i rozbiliśmy obóz na żyznym, zielonym lądzie. Mężczyźni przy ogniskach byli napięci i cisi; lęk zamykał im usta. Słyszałam szepty, chlupot wina, gdy bukłaki krążyły wokół ognia. Nikt nie chciał bezsennie leżeć i wyobrażać sobie jutrzejszego dnia.

Dedal wyznaczył mi niewielką przestrzeń na posłanie, ale odeszłam na bok. Nie mogłam znieść natłoku tych wszystkich dyszących niespokojnych ciał.

Dziwnie się czułam, przemierzając nie swoją ziemię. Tam gdzie spodziewałam się kęp drzew, była plątanina krzewów, a tam, gdzie według mnie powinny być dziki, szczerzył zęby borsuk. Teren był bardziej płaski niż na mojej wyspie, rosły inne kwiaty i drzewa. Widziałam migdałowiec, kwitnącą wiśnię. Palce mnie swędziały, żeby się wzbogacić tym bezwstydnym bogactwem. Pochyliłam się i zerwałam mak, żeby tylko została mi na dłoniach jego barwa. Czułam pulsowanie czarnych ziaren. Bierz, przerób nas na czary, mówiły.

Nie posłuchałam ich. Myślałam o Scylli; próbowałam ułożyć jeden obraz ze wszystkiego, co o niej usłyszałam: sześć gęb, sześć łbów, dwanaście wijących się łap. Ale im bardziej się starałam, tym bardziej mi się wymykał. Lecz zobaczyłam jej twarz, jak kiedyś w pałacu, okrągłą, roześmianą. Krzywiznę jej nadgarstka przypominającą łabędzią szyję. Przechylała nieznacznie głowę, szepcząc jakąś plotkę do ucha mojej siostry. Obok nich siedział Perses i uśmiechał się szyderczo. Lubił się bawić włosami Scylli, nawijać je na palce. Odwracała się, uderzała go po ramieniu otwartą dłonią i dźwięk klapsa rozlegał się echem w komnacie. Śmiali się oboje, bo zawsze uwielbiali być w centrum uwagi, i pamiętam, że dziwiłam się, dlaczego te popisy nie przeszkadzają mojej siostrze, która nie dopuszczała do Persesa nikogo, chciała go mieć na wyłączność. Pazyfae jednak tylko przyglądała się z uśmiechem.

Wydawało mi się, że przeżyłam lata w pałacu ojca ślepa jak kret, ale teraz przypominałam sobie różne szczegóły. Zieloną szatę noszoną przez Scyllę na wyjątkowe okazje, srebrne rzemykowe sandały zdobione lapis-lazuli. Złotą zapinkę z kotem na końcu, której używała, upinając wysoko włosy. Miała ją chyba z… Teb. Z egipskich Teb, od jakiegoś tamtejszego wielbiciela, boga ze zwierzęcą głową. Co się stało z tamtym świecidełkiem? Czy nadal leży na trawie przy wodzie, obok porzuconych szat Scylli?

Podeszłam do niewysokiego wzniesienia zarośniętego czarnymi topolami i ruszyłam w górę między ich pomarszczonymi pniami. W jeden z nich niedawno uderzył piorun i ze sczerniałej rany jeszcze płynął sok. Dotknęłam go palcem. Czułam jego moc i żałowałam, że nie mam przy sobie naczynia, do którego mogłabym go zebrać. Przyszedł mi na myśl Dedal, godny mężczyzna mający w sobie żar.

Kogo nie mógł porzucić? Kiedy o tym mówił, zachowywał skupienie, dobierał słowa, jakby układał płytki fontanny. To musiała być kochanka lub kochanek, pomyślałam. Jakaś śliczna pałacowa pokojówka albo przystojny stajenny. Moja siostra potrafiła wyczuć na odległość taką zależność. Może nawet kazała komuś wskoczyć do łóżka Dedala, podrzuciła przynętę. Ale gdy usiłowałam wyobrazić sobie twarz tej osoby, zdałam sobie sprawę, że nie wierzę w tę wizję. Dedal nie wyglądał na kogoś, kto ulega cielęcej miłości, ani też na małżonka przykutego do starej żony. Nie potrafiłam go sobie wyobrazić w parze. Był mężczyzną samotnym. O co w takim razie chodziło? O złoto, o jakiś wynalazek?

Jeśli jutro uda mi się go zachować przy życiu, to się dowiem, pomyślałam.

Księżyc przepływał wysoko po niebie, a razem z nim noc. Głos Dedala znów zabrzmiał mi w uszach. *Z zębami długości ludzkiej nogi.* Przeszył mnie zimny strach. Co ja sobie wyobrażałam? Że stawię czoło takiemu stworzeniu? Rozszarpie gardło Dedala, zakosztuje mojego ciała. W co się zamienię, kiedy już ze mną skończy? W popiół? W dym? Nieśmiertelne kości spoczną na dnie morza.

Dotarłam na brzeg. Szłam przez chłodną, szarą pustkę. Słuchałam pomruku fal, krzyków nocnych ptaków, ale jeśli mam być szczera, to nasłuchiwałam jeszcze czegoś: świstu powietrza rozdzieranego przelotem kogoś, kogo znałam. W każdej sekundzie liczyłam na to, że Hermes wyląduje przede mną, przyjmie wytworną pozę i śmiejąc się, spyta prowokująco: „No co, wiedźmo z Ajai, co jutro poczniesz?".

Myślałam o tym, żeby błagać go o pomoc, uklęknąć na piasku, unieść dłonie. A może powinnam obalić go na ziemię i dać mu rozkosz, bo niczego nie lubił bardziej, niż być zaskakiwanym. Wyobrażałam sobie jego późniejsze opowiastki: „Była tak rozdygotana, że używała sobie na mnie jak kotka w rui". Powinien pokładać się z moją siostrą, pomyślałam. Przypadliby sobie do gustu. Po raz pierwszy wpadło mi do głowy, że może już ją miał. Może często spędzali czas w łożu i śmiali się z mojej tępoty. Może to wszystko było jego pomysłem i właśnie dlatego zjawił się ostatnio: żeby ze mnie drwić i napawać się moim niepokojem. Odtwarzałam w myślach naszą rozmowę, szukając ukrytych znaczeń. Ależ on potrafił zrobić z każdego głupca! Za niczym tak nie przepadał jak za wyprowadzaniem innych w pole, wodzeniem za nos, karmieniem niepewnością i zgryzotą. Odezwałam się w ciemność do milczących skrzydeł, które gdzieś tam się unosiły:

– Nie obchodzi mnie, czy z nią sypiasz. Weź sobie i Persesa, jest przystojniejszy. Nigdy nie będę zazdrosna o takich jak ty.

Może mnie podsłuchiwał, może nie. To nie miało znaczenia, on i tak nie zamierzał się zjawić. Wolał lepszą zabawę: patrzeć na to, do jakiej ostateczności się ucieknę, jak będę kląć, miotać się niczym ryba w sieci. Ojciec też by mi nie pomógł. Mógłby to zrobić Ajetes, choćby po to, żeby wypróbować swoje cudowne moce, ale był na drugim krańcu świata. Może dałabym radę go dosięgnąć, lecz najpierw musiałabym nauczyć się fruwać.

Jestem bardziej osamotniona niż Pazyfae, pomyślałam. Ja płynę do niej, ale do mnie nikt nie przypłynie. Ta myśl mnie otrzeźwiła. Przecież byłam samotna całe życie. Ajetes i Glaukos byli tylko pauzami w długiej pieśni mojej samotności. Klęcząc, wbiłam palce w piasek. Czując drobne ziarenka pod paznokciami, coś sobie przypomniałam. Ojca recytującego Glaukosowi nasze stare beznadziejne prawo mówiące, że żaden bóg nie może cofnąć tego, co uczynił inny bóg.

Ale mnie się to udało.

Księżyc przepłynął w górze. Fale przyciskały zimne usta do moich stóp. Oman wielki, pomyślałam. Sok jesionu, oliwa i nasiona srebrnej jodły. Lulek czarny z popiołem z kory derenia i baza ze szlachetnego ziela. To złamie zaklęcie, odpędzi złą myśl, która sprowadziła na Scyllę przemianę.

Otrząsnęłam dłonie z piasku i wstałam; torba z miksturami zwisała mi z ramienia. Kiedy szłam, buteleczki cicho podzwaniały jak kozy dzwoneczkami. Wokół unosiła się woń znajoma jak zapach własnej skóry: ziemi i wilgotnych korzeni, soli i żelazistej krwi.

*

Rano załoga była poszarzała i milcząca. Jeden z mężczyzn oliwił dulki, żeby nie skrzypiały. Inny szorował poplamiony pokład; twarz miał czerwoną, nie wiem, czy od słońca, czy z przerażenia. Trzeci, czarnobrody, modlił się na rufie i lał wino na fale. Żaden nie spojrzał na mnie – dawno temu pogodzili się z myślą, że Pazyfae nie udzieli im żadnej pomocy, a ja byłam przecież jej siostrą. Czułam ich napięcie unoszące się w powietrzu jak gęsta mgła, dławiący przeraźliwy lęk, który rósł z każdą chwilą. Zbliżała się śmierć.

Nie myśl o niej, powiedziałam sobie w duchu. Jeśli zachowasz spokój i rozwagę, nikt dzisiaj nie umrze.

Dowódca straży miał pożółkłe oczy osadzone w nabrzmiałej twarzy. Nazywał się Polidamas i miał potężną posturę, ale ja należałam do świata bóstw, więc byliśmy tego samego wzrostu.

– Potrzebuję twojej opończy i tuniki, natychmiast – powiedziałam.

Zwęził oczy i zobaczyłam w nich odruchową odmowę. Wtedy jeszcze nie znałam takich typów: zazdrosnych o władzę – nawet najmniejszą – mężczyzn, dla których byłam tylko kobietą.

– Dlaczego? – spytał.

– Bo nie chcę śmierci twoich towarzyszy. A ty jej chcesz?

Te słowa rozległy się po pokładzie i skierowało się na nas trzydzieści siedem par oczu. Zdjął opończę i tunikę i podał mi je. Nosił najlepsze stroje na tym statku; pysznił się wyjątkową białą wełną, ozdobioną ciemnopurpurowym brzegiem dotykającym pokładu.

– Mogę pomóc? – odezwał się Dedal, podchodząc do mnie.

Wręczyłam mu opończę, żeby mnie nią osłonił. Kiedy to zrobił, rozebrałam się i włożyłam tunikę. Wycięcia na ramiona były ogromne, w pasie miałam sporo luzu. Okleił mnie ludzki pot o kwaśnej woni.

– Pomożesz mi z opończą?

Dedal udrapował ją na mnie i spiął brzegi broszą w kształcie ośmiornicy. Opończa była ciężka jak derka, luźna i zsuwała mi się z ramion.

– Przykro mi to powiedzieć, ale nie przypominasz mężczyzny.

– Nie mam przypominać mężczyzny – burknęłam. – Mam

przypominać mojego brata. Scylla kiedyś za nim przepadała, może nadal tak jest.

Przetarłam usta maścią, którą wcześniej przygotowałam – z hiacyntów i miodu, kwiecia jesionowego i tojadu połączonego ze zmiażdżoną korą orzecha. Wcześniej rzucałam uroki na zwierzęta i rośliny, ale nigdy nie na siebie, więc nagle poczułam głębokie zwątpienie. Odpędziłam je. Nic bardziej nie szkodzi zaklęciom niż lęk przed niepowodzeniem. Skupiłam się na Persesie, na jego pociągłej pewnej siebie twarzy, wydatnych kościach policzkowych, grubym karku i gnuśnych dłoniach z długimi palcami. Po kolei wzywałam wszystkie te fragmenty jego ciała, próbując zmusić je, by odcisnęły na mnie swoje piętno.

Kiedy podniosłam powieki, Dedal wytrzeszczał na mnie oczy.

– Niech do wioseł zasiądą najsilniejsi mężczyźni – rozkazałam mu. Mój głos także się zmienił; stał się niski, pełen boskiej wyniosłości. – Za nic nie mogą przestać wiosłować. W żadnym razie.

Skinął głową. Dzierżył miecz i zobaczyłam, że inni też są uzbrojeni – we włócznie, sztylety i prymitywne maczugi.

– Nie – powiedziałam. Podniosłam głos tak, że rozległ się na całym statku. – Jest nieśmiertelna. Broń na nic się nie zda, a wy musicie mieć wolne ręce, żeby utrzymać statek na kursie.

Od razu rozległ się zgrzyt ostrzy chowanych do pochew, stuknięcia odstawianych włóczni. Posłuchał nawet Polidamas, który zdążył włożyć pożyczoną tunikę. Mało się nie roześmiałam. Nigdy w życiu nie zakosztowałam takiego posłuchu. A więc na to mógł liczyć Perses? Ale na horyzoncie już pokazał się wątły zarys cieśniny.

– Posłuchaj – zwróciłam się do Dedala. – Jest możliwość, że zaklęcie nie oszuka Scylli. Jeśli ona mnie rozpozna, za nic nie stój koło mnie. I postaraj się, żeby nikt z załogi nie był za blisko.

*

Najpierw pojawiła się mgła. Zbliżyła się wilgotna i ciężka, zacierając kontury skały, potem zakrywając nawet niebo. Widzieliśmy niewiele, a uszy wypełnił nam wizg ssącego wiru. To z jego powodu Scylla wybrała tę cieśninę. Uciekając od tego wiru, statki musiały się kierować bliżej przeciwległej skały i wpadały prosto w szczęki Scylli.

Sunęliśmy ciężko w gęstym powietrzu. Kiedy wpłynęliśmy w cieśninę, hałas miał głuchy ton; odbijał się echem od kamiennych ścian. Moja skóra, pokład, burty, każda powierzchnia były śliskie od rozproszonej piany. Woda się pieniła, wiosła drapały skały. Nagle rozległ się cichy dźwięk i mężczyźni skulili się, jakby uderzył piorun. Nad nami, ukryta we mgle, była jaskinia, a w niej Scylla.

Poruszaliśmy się – tak mi się wydawało – ale w panującej szarości nie dało się ocenić, jak daleko ani jak szybko. Wioślarze dygotali z wysiłku i strachu, a dulki skrzypiały, mimo że zostały naoliwione. Odliczałam czas. Na pewno byliśmy teraz poniżej Scylli. Podczołgała się do krawędzi jaskini i wietrzyła najtłustszych. Pot przenikał tuniki mężczyzn zgarbionych nad wiosłami. Ci, którzy nie wiosłowali, skulili się za zwojami lin, podstawą masztu, każdą możliwą zasłoną.

Wytężyłam skierowany w górę wzrok i ujrzałam ją.

Była szara jak skała. Zawsze sobie wyobrażałam, że będzie coś przypominać: smoka, ośmiornicę, rekina. Ale naprawdę była czymś bezmiernym, ogromem, który mój umysł z trudem ogarniał. Szyje miała dłuższe niż maszty statku. Sześć paszcz, bezkształtnych jak spływająca lawa, rozdziawiało się koszmarnie. Czarne języory lizały zęby długości mieczy.

Ślepia wlepiała w ludzi, którym strach i pot zamgliły oczy. Podpełzła bliżej, ślizgając się po skale. Dosięgnął mnie gadzi smród, ohydny jak podziemnych wijących się kłębowisk żmij. Szyje nieznacznie się kołysały; z warg wypłynęła i skapnęła struga śliny. Kadłub był niewidoczny. Ukrywał się we mgle razem z nogami, obrzydliwymi bezkształtnymi odnóżami, o których opowiadała kiedyś ciotka Selene. Hermes powiedział mi, że gdy Scylla wyłaniała się z jaskini, wyglądały jak odnóża kraba pustelnika wysuwające się z muszli.

Szyje potwora nabrzmiały i zafalowały. Szykowała się do uderzenia.

— Scyllo! — krzyknęłam boskim głosem.

Wydała z siebie wrzask, który brzmiał jak przeszywający wszystko chaos, jak jednoczesne wycie tysiąca psów. Niektórzy wioślarze rzucili wiosła i zakryli uszy rękami. Kątem oka zobaczyłam, jak Dedal odpycha jednego z nich i zajmuje jego miejsce. Teraz nie mogłam się nim przejmować.

— Scyllo! — krzyknęłam ponownie. — To ja, Perses! Żeglowałem rok, żeby cię znaleźć!

Wpatrywała się we mnie ślepiami jak martwe dziury w szarym cielsku, wydając z gardła zduszony gulgot. Nie miała strun głosowych.

— Ta suka, moja siostra, została wygnana za to, co ci zrobiła, ale zasługuje na gorszy los! Jakiej pomsty pragniesz? Powiedz. Ja i Pazyfae zrobimy, co zechcesz.

Zmuszałam się do wolnego mówienia. Każda chwila to był następny ruch wioseł. Przeszywał mnie wzrok dwunastu ślepi. Na widok starej zaschniętej krwi wokół warg potwora i kawałków ciała wiszących między zębami poczułam napływ wściekłości.

— Szukaliśmy czegoś, co cię uzdrowi. Potężnego leku, który przywróci cię do dawnej postaci. Tęsknimy za dawną Scyllą.

Mój brat nigdy nie zdobyłby się na taką uczuciowość, ale to chyba nie miało znaczenia. Słuchała, pełznąc po skale, dotrzymując kroku statkowi. Ile razy wiosła zanurzyły się w wodzie? Kilkanaście? Sto razy? Widziałam, jak jej przyćmiony umysł się natęża. Pewnie myślała: Bóg? Co robi w tym miejscu bóg?

— Scyllo — ciągnęłam. — Chcesz go? Chcesz nasz lek?

Zasyczała. Oddech z jej brzucha był zgniły i gorący jak ogień. Ale już przestała zwracać na mnie uwagę. Dwa łby się odwróciły i przyglądały wioślarzom. Inne szły za tym przykładem. Szyje znów nabrzmiały.

— Patrz! — wrzasnęłam. — Masz!

Podniosłam otwartą butelkę. Tylko jedna głowa się odwróciła, by spojrzeć, ale to wystarczyło. Potrząsnęłam miksturą i rzuciłam ją. Butelka uderzyła w zęby i widziałam falowanie gardła, gdy Scylla przełykała ją. Wymówiłam zaklęcie, które miało przywrócić dawną postać.

Przez chwilę nic się nie działo. Potem wrzasnęła głosem, od którego mało świat się nie rozleciał. Odchyliła w tył łby i rzuciła się na mnie. Zdążyłam tylko złapać się masztu. Uciekaj, rozkazałam w myślach Dedalowi.

Uderzyła o rufę. Pokład rozleciał się, jakby był z drewna długo unoszonego przez fale, i statek stracił kawał burty. Frunęły drzazgi. Mężczyźni toczyli się wokół mnie. Upadłabym, gdybym nie trzymała się masztu. Słyszałam Dedala wydającego rozkazy, ale go nie widziałam. Żmijowe szyje Scylli znów się odchyliły i tym razem wiedziałam, że nie chybi, uderzy w śródokręcie, przełamie statek na połowę, a potem wyłowi nas z morza jedno po drugim.

Nie uderzyła jednak. Łby walnęły w fale za nami. Poderwały się konwulsyjnie, po czym zaczęły bić o wodę, kłapiąc gigantycznymi szczękami jak pies zrywający się ze smyczy. Dopiero po chwili mój przyćmiony umysł pojął, że ona już nie może nas dosięgnąć. Nie mogła bardziej wyciągnąć odnóży, którymi trzymała się jaskini. Minęliśmy ją.

Zdała sobie z tego sprawę chyba w tej samej chwili co ja. Zawyła z wściekłości, tłukąc łbami w ślad na wodzie, który za sobą zostawiliśmy, i wzbijając przy tym wielkie fale. Statek przechylał się to na dziób, to na rufę; nabierając wody. Mężczyźni, stojąc w wodzie, łapali się lin, ale wytrzymali i z każdą chwilą byliśmy dalej.

Scylla tłukła o skałę i wyła z bezsilności, lecz rozpylona woda zakryła ją.

Oparłam się czołem o maszt. Ubranie zsuwało mi się z ramion, skóra piekła żywym ogniem. Zaklęcie przestało działać. Znów byłam sobą.

– Bogini!

Dedal klęczał. Pozostali mężczyźni padli na kolana tam, gdzie stali. Ich twarze – prostackie i poryte zmarszczkami, pobliźnione, brodate i spalone słońcem – były szare, poruszone. Ciskani o pokład, nabawili się zadrapań i sińców.

Ledwo ich widziałam. Miałam przed oczami Scyllę, rozwarte paszcze i martwe, puste ślepia. Nie poznała mnie, pomyślałam. I nie rozpoznała we mnie Persesa, niczego nie skojarzyła. Tylko na moment zdziwiła się, że odwiedza ją bóg. Utraciła władze umysłowe.

– Pani – powiedział Dedal. – Każdego dnia życia będziemy ci składać ofiary. Uratowałaś nas. Przeprowadziłaś nas żywych przez cieśninę.

Członkowie załogi powtarzali za nim te słowa jak echo, mruczeli modlitwy, unosili ręce wielkie jak tace. Kilku biło pokłony, na wschodnią modłę, uderzając czołem o pokład. Takiej zapłaty domagały się bóstwa za oddane usługi.

Poczułam w ustach gorycz żółci.

– Głupcy! – krzyknęłam. – To ja stworzyłam tego potwora. Dałam się ponieść dumie i pustemu złudzeniu. I wy mi dziękujecie? Z mojego powodu zginęło dwunastu spośród was i ile tysięcy jeszcze zginie? Podałam jej najmocniejszą miksturę, jaką mogłam stworzyć. Rozumiecie, śmiertelnicy?

Moje słowa cięły powietrze. Blask moich oczu przygważdżał ich do pokładu.

– Nigdy się od niej nie uwolnię. Nie można jej przywrócić do dawnej postaci, ani teraz, ani nigdy. Pozostanie tym, czym jest. Przez wieczność będzie się karmić waszym gatunkiem. Więc powstańcie. Powstańcie, chwyćcie wiosła i nigdy więcej nie chcę słyszeć waszej głupiej wdzięczności, inaczej pożałujecie.

Kulili się i drżeli... słabe istoty. Dźwignęli się na nogi i odpełzli. Niebo na wysokościach było bez chmurki; w pokład bił żar. Zerwałam z siebie opończę. Chciałam, żebym słońce mnie spaliło. Żeby spaliło mnie do kości.

ROZDZIAŁ DZIESIĄTY

Przez trzy dni stałam na dziobie. Nie zarzuciliśmy kotwicy przy żadnej wyspie. Wioślarze pracowali na zmianę, spali na pokładzie. Dedal naprawił burtę, po czym włączył się w pracę załogi. Był niezwykle uprzejmy; proponował mi jedzenie i wino, posłanie, ale nie zatrzymywał się przy mnie dłużej. Czego się spodziewałam? Dałam upust gniewowi zupełnie jak mój ojciec. Udało mi się zniszczyć jeszcze jedno.

Dotarliśmy na Kretę tuż przed południem siódmego dnia. Słońce odbijało od wody wielkie płaszczyzny światła, żagiel płonął bielą. Wokół nas w zatoce tłoczyły się statki: barki z Myken, feniccy kupcy, egipskie galery, Hetyci, Etiopczycy i Hesperianie. Wszyscy kupcy, którzy żeglowali po tych wodach, chcieli mieć bogatych knossończyków za klientów i Minos o tym wiedział. Witał ich szerokimi bezpiecznymi cumowiskami i urzędnikami, którzy pobierali opłaty za przywilej korzystania z nich. Gospody i lupanary też należały do Minosa, tak że złoto i drogie kamienie spływały mu do rąk rzeką.

Kapitan skierował nas prosto do pierwszego stanowiska, przeznaczonego dla jednostek króla. Wokół rozlegały się hałasy biegających i pokrzykujących mężczyzn, którzy wyciągali na pokłady skrzynie. Polidamas rzucił słowo kapitanowi portu i zwrócił się do nas:

– Macie zaraz przyjść. Ty, pani, i mistrz rzemiosł.

Dedal dał znak, że mam iść pierwsza. Poszliśmy za Polidamasem nabrzeżem. Przed nami wielkie schody z wapienia wydawały się falować w żarze południa. Mijały nas szeregi ludzi, służby i szlachetnie urodzonych, o nagich spalonych słońcem ramionach. Potężny pałac lśnił na wzgórzu jak ul. Idąc w górę, słyszałam za sobą oddech Dedala, przed sobą – Polidamasa. Stopnie wygładziła niezmierzona liczba stóp pośpiesznie przemierzających je przez lata.

W końcu dotarliśmy na szczyt i przekroczyliśmy próg pałacu. Zniknęło oślepiające światło i zanurzyliśmy się w chłodnym mroku. Dedal i Polidamas zawahali się i zamrugali. Ja nie mam oczu śmiertelników, więc nie potrzebowałam czasu, żeby przystosować wzrok do otoczenia. Od razu dostrzegłam urodę pałacu; wydał mi się jeszcze wspanialszy niż wtedy, gdy byłam tu na ślubie siostry. I rzeczywiście trochę przypominał ul: każdy korytarz prowadził do ozdobnej komnaty, a każda komnata do innego korytarza. W ścianach wycięto okna, przez które wpadały wielkie plamy złotego słońca. Wszędzie widziałam bogate freski: delfiny i roześmiane kobiety, zbierający kwiaty chłopcy, rozrośnięte byki zadzierające łby. Na zewnątrz, w wykładanych mozaikami pawilonach, tryskały srebrne fontanny, a służba biegała między kolumnami czerwonymi od hematytu. Nad każdymi drzwiami wisiały *labrys*, dwusieczne topory Minosa. Przypomniałam sobie, że w prezencie ślubnym Pazyfae dostała naszyjnik z wisiorkiem w takim kształcie. Trzymała go jak robaka, a gdy rozpoczęła się ceremonia, na szyi miała tylko własny naszyjnik z onyksu i bursztynu.

Polidamas przeprowadził nas krętymi pasażami do komnat królowej. Były jeszcze wystawniejsze niż te, przez które przechodziliśmy; malowidła kapały od ochry, niebieskiej miedzi, ale okna zakryto. Paliły się złote pochodnie i kosze z węglami. Zręcznie wpuszczone w sufit świetliki rzucały światło, lecz nieba nie było widać. Przypuszczałam, że to dzieło Dedala. Pazyfae nigdy nie lubiła dociekliwego wzroku ojca.

Zatrzymaliśmy się przed drzwiami zdobionymi kwiatami i falami.

– Królowa jest w środku – oznajmił Polidamas i zapukał.

Czekaliśmy w mrocznym korytarzu, w którym nie czuło się nawet najlżejszego powiewu. Nie słyszałam nic z drugiej strony ciężkiego drewna, ale zdałam sobie sprawę, że stojący obok mnie Dedal oddycha urywanie.

– Pani, obraziłem cię i proszę o wybaczenie – odezwał się cichym głosem. – Tym bardziej że współczuję ci tego, co spotka cię w środku. Wolałbym...

Drzwi się otworzyły. Przed nami pokazała się służka z włosami na kreteńską modłę spiętymi na czubku głowy.

– Królowa rodzi... – zaczęła, ciężko dysząc, ale przerwała jej moja siostra.

– To oni?

Pazyfae leżała na purpurowym łożu pośrodku komnaty. Skóra lśniła jej od potu, a brzuch miała tak rozdęty, że wyglądał jak nabrzmiały guz wyrastający z jej szczupłej postaci. Zapomniałam już, ile w niej życia i piękna. Nawet w bólu rządziła komnatą, przyciągając całe światło, tak że świat wokół wydawał się go pozbawiony, blady jak grzyby. Wśród całego naszego rodzeństwa najbardziej przypominała ojca.

Weszłam do środka.

– Dwunastu zginęło... – zaczęłam. – Dwunastu mężczyzn nie żyje z powodu twojej próżności i upodobania do żartów.

Uśmiechnęła się krzywo, na powitanie unosząc się na łożu.

– Wydawało mi się, że to uczciwe dać Scylli szansę, żeby mogła ci się odpłacić, nie uważasz? Niech zgadnę, próbowałaś przemienić ją z powrotem. – Roześmiała się na widok mojej miny. – Och, wiedziałam, że to zrobisz! Stworzyłaś potwora, a potem tylko biadoliłaś, jak tego żałujesz. „Tak mi przykro, biedni śmiertelni, naraziłam was na niebezpieczeństwo!"

Jak zawsze nieprześcigniona w okrucieństwie! Poczułam jednak coś w rodzaju ulgi.

– To ty naraziłaś ich na niebezpieczeństwo – powiedziałam.

– Ale tobie nie udało się ich uratować. Przyznaj: zalewałaś się łzami, kiedy ginęli?

Opanowałam głos i odparłam ze spokojem:

– Mylisz się. Na moich oczach nikt nie zginął. Tamta dwunastka straciła życie w drodze na moją wyspę.

Nawet nie westchnęła.

– Nieważne – rzuciła. – Zginie więcej, z każdego przepływającego statku. – Postukała palcem w podbródek. – Jak myślisz, ilu rocznie? Stu? Tysiąc?

Szczerzyła te swoje wydrze ząbki, myśląc, że się rozpłynę jak wszystkie najady w pałacu Okeanosa. Ale nie mogła mnie zranić... w każdym razie nie bardziej, niż sama już się zraniłam.

– To nie jest sposób, żeby pozyskać moją pomoc, Pazyfae.

– Twoją pomoc! Błagam... To ja wyciągnęłam cię z tej kupki piasku udającej wyspę. Słyszałam, że z braku towarzystwa sypiasz z lwami i dzikami. Ale w twoim wypadku to krok naprzód, prawda? Po Glaukosie Kalmarze.

– Jeśli mnie nie potrzebujesz, z chęcią wrócę na swoją kupkę piasku – powiedziałam.

– Och, daj spokój, siostro, nie bądź taka skwaszona, to tylko żarty. Stałaś się taka wyniosła po tym, jak wyślizgnęłaś się Scylli! Wiedziałam, że dobrze robię, wzywając ciebie, a nie tego chwalipiętę Ajetesa. Przestań stroić miny. Już odłożyłam złoto dla rodzin tych śmiertelnych pożartych przez Scyllę.

– Złoto nie przywróci im życia.

– Widać, że nie jesteś królową. Wierz mi, większość ludzi woli złoto niż swoich bliskich. Ale zostawmy już to. Czy są jakieś inne...? – Nie skończyła. Stęknęła i wbiła paznokcie w ramię służki klęczącej przy łożu.

Wcześniej nie zwróciłam uwagi na tę dziewczynę, ale teraz spostrzegłam plamy krwi na jej ramieniu.

– Precz – wyrzęziła Pazyfae. – Wszystkie precz. To nie miejsce dla was.

Poczułam satysfakcję, widząc, z jakim pośpiechem wybiegają służki.

Spojrzałam na siostrę.

– I co dalej? – spytałam.

Ból wykrzywiał jej twarz.

– A jak myślisz? Jest dobre kilka dni po terminie, a ono ani drgnie. Trzeba je wyciąć. – Odrzuciła szaty, demonstrując wzdęty brzuch; falował od lewej do prawej i z powrotem.

Niewiele wiedziałam o przyjmowaniu porodów. Nigdy nie byłam przy połogu matki ani żadnej kuzynki, ale słyszałam o kilku metodach.

– Próbowałaś przeć na klęczkach? – spytałam.

– Pewnie, że próbowałam! – wrzasnęła, przeszywana kolejnym spazmem. – Urodziłam ośmioro dzieci! Po prostu, kurwa, rozetnij mnie i wyciągnij bachora!

Wyjęłam z torby miksturę uśmierzającą ból.

– Zgłupiałaś? Nie chodzi o to, żebym zasnęła jak niemowlę. Dawaj korę wierzbową!

– Wierzba jest na ból głowy, nie do zabiegów.

– Dawaj mi korę!

Podałam jej buteleczkę i wypiła całą jej zawartość.

– Dedalu, bierz nóż – rozkazała.

Zapomniałam o jego obecności. Stał jak posąg w drzwiach.

– Pazyfae, nie bądź taka przewrotna – zaprotestowałam. – Wezwałaś mnie, więc teraz zrób ze mnie użytek.

Roześmiała się dziko.

– Myślisz, że ci zaufam przy porodzie? Jesteś na potem. A zresztą wypada, żeby zakasał rękawy, sam wie dlaczego. Prawda, rzemieślniku? Powiesz mojej siostrze, czy zrobimy jej niespodziankę?

– Zrobię to – zwrócił się do mnie Dedal. – To moje zadanie. – Podszedł do stołu i sięgnął po nóż, którego ostrze było cienkie jak włos.

– Tylko pamiętaj – ostrzegła, chwytając go za nadgarstek. – Pamiętaj, co zrobię, jeśli zawiedziesz.

Skłonił się lekko i wtedy po raz pierwszy zobaczyłam w jego oczach przebłysk gniewu.

Przeciągnęła paznokciem po dolnej części brzucha, zostawiając czerwoną szramę.

– Tu – rozkazała.

Komnata była duszna i ciasna. Czułam pot na dłoniach. Nie wiem, jak Dedal potrafił utrzymać nóż bez drżenia. Czubek ostrza wbił się w skórę mojej siostry i popłynęła krew – czerwień zmieszana ze złotem. Z powodu wysiłku mięśnie ramion Dedala stężały, zagryzł szczęki. Długo to trwało, bo nieśmiertelne mięśnie mojej siostry stawiały opór, lecz on ciął z niezwykłym skupieniem i w końcu lśniące mięśnie się rozstąpiły i droga do łona Pazyfae stała otworem.

– Teraz ty – rozkazała, patrząc na mnie. Jej głos był chrapliwy, urywany.

Łoże pod rodzącą przesączyła krew. Jej ambrozyjska woń zalewała pokój. Kiedy Dedal zaczął ciąć, brzuch Pazyfae przestał falować. Teraz stężał. Wygląda tak, jakby czekał, pomyślałam.

Spojrzałam siostrze w oczy.

– Co tam jest? – spytałam.

Pot zlepił jej złote włosy.

– A jak myślisz? Dziecko.

Przyłożyłam ręce do otworu w ciele. Czułam gorącą pulsującą krew. Powoli wsunęłam palce pomiędzy mięśnie i poczułam wilgoć. Pazyfae wydała dziwny skrzek.

Macałam na oślep i w końcu znalazłam miękkie ciałko, ramię.

Co za ulga! Nawet nie wiem, czego się bałam. To tylko dziecko, pomyślałam.

– Trzymam je – powiedziałam. Przesunęłam palce, chcąc je mocniej złapać, powtarzając sobie w myślach, że muszę znaleźć główkę. Nie chciałam jej wykręcić, kiedy zacznę ciągnąć.

Poczułam straszliwy ból palców, tak potworny, że zabrakło mi tchu, by krzyczeć. Przez głowę przelatywały mi nieposkładane myśli: Dedal musiał upuścić skalpel, pękła kość i teraz mnie ukłuła. Ale ból rósł, wgryzał się w rękę, przenikał do szpiku.

Zęby. To były zęby.

Wrzasnęłam, usiłując wyrwać dłoń, ale coś trzymało ją mocno między szczękami. Ogarnięta paniką szarpnęłam rękę. Brzegi rany w ciele siostry rozeszły się i to coś się wysunęło. Rzucało się jak ryba na wędce; jakieś mokre paskudztwo brynęło mi w twarz.

Pazyfae wyła. To coś z siłą kotwicy ciągnęło moje ramię, rozrywało stawy palców. Znów wrzasnęłam, bo ból był nie do wytrzymania. Upadłam na stwora, usiłując wymacać gardło. Kiedy je znalazłam, zacisnęłam rękę, przygwoździłam go sobą. Tłukł piętami o kamienną podłogę, rzucając głową na boki. W końcu mu się przyjrzałam: miał szeroki, płaski nos, lśniący, mokry od wód płodowych i porośniętą szczeciną szeroką twarz zwieńczoną dwoma ostrymi rogami. Miękkie dziecięce ciałko rzucało się z nienaturalną siłą. Spojrzenie czarnych ślepi było utkwione we mnie.

O bogowie, pomyślałam. Co to jest?

Stwór wydał taki odgłos, jakby się dławił, i otworzył usta. Wyrwałam z nich rękę, pokrwawioną i zmiażdżoną. Straciłam palce: mały, serdeczny i część środkowego. Stwór przeżuł i przełknął to, co odgryzł. Nadal rzucał na boki głową, usiłując znów mnie ugryźć.

Kątem oka dostrzegłam obok cień. Dedal był blady, zbryzgany krwią.

– Jestem – mruknął.

– Nóż – powiedziałam.

– Co robisz? – Pazyfae chciała się podnieść z łoża, ale nie mogła z powodu rozwartej rany. – Nie zrób mu krzywdy, on musi żyć!

– Pępowina – rzuciłam. Stwór i moja siostra nadal byli złączeni; pępowina miała grubość przerośniętej żyły. Dedal ją przeciął. Pod kolanami czułam wilgoć, w zakrwawionych rękach przeszywający ból. – Teraz koc – zażądałam.

Przyniósł grube, wełniane okrycie i rozłożył je na podłodze koło mnie. Okaleczonymi dłońmi ułożyłam stwora na środku. Wciąż stawiał opór, gniewnie stękał i dwa razy niemal mi się wyrwał, bo z każdą chwilą nabierał sił. Ale Dedal uniósł rogi koca i wtedy puściłam stwora. Miotał się w środku, lecz nie mógł znaleźć punktu oparcia. Odebrałam od Dedala koc z zawartością i podniosłam z podłogi.

Dedal ciężko dyszał.

– Klatka – wystękał. – Musimy mieć klatkę.

– Znajdź jakąś – powiedziałam. – Ja go przytrzymam.

Wybiegł z komnaty. Tymczasem stwór rzucał się jak wąż. Widziałam przez koc zarysy kończyn, dużego łba, czubków rogów.

Dedal wrócił z klatką na ptaki, której mieszkanki, zięby, machały skrzydłami. Była jednak solidna i wystarczająco duża. Wcisnęłam do środka koc z zawartością i zatrzasnęłam drzwiczki. Na klatkę narzuciłam drugi koc i stwór został ukryty przed światem.

Popatrzyłam na siostrę. Była cała we krwi, która nadal kapała na już przesączony nią dywan. Brzuch Pazyfae wyglądał jak połeć mięsa w rzeźni; w oczach miała szaleństwo.

– Nie zrobiłaś mu krzywdy?

Wytrzeszczyłam oczy.

– Zwariowałaś?! – krzyknęłam. – To coś chciało mi zeżreć całą rękę! Jakim cudem mógł się urodzić taki potwór?

– Zaszyj mnie.

– Nie. Powiesz mi albo pozwolę ci się wykrwawić.

– Suka – zawarczała. Ale słabym głosem. Ból ją wykańczał. Nawet ona miała swoje ograniczenia, nawet jej siły nie były niewyczerpalne. Patrzyłyśmy na siebie miodowymi oczami. – No, Dedalu? – wyrzęziła w końcu. – Teraz możesz zabłysnąć. Opowiedz mojej siostrze, z czyjej winy powstało to stworzenie.

Popatrzył na mnie; twarz miał zmęczoną i pokrytą krwią.

– Z mojej – przyznał. – To moja wina. Ja sprawiłem, że to zwierzę żyje.

Z klatki dobiegły odgłosy mlaskania i żucia. Zięby ucichły.

– Bogowie zesłali śnieżnobiałego byka, żeby pobłogosławić królestwo Minosa. Na jego widok królowa wpadła w zachwyt i chciała mu się przyjrzeć bliżej, ale on przed wszystkimi uciekał. Więc zbudowałem krowę, w której królowa mogła się ukryć. Dołożyłem kółka, tak że mogliśmy przetoczyć krowę na plażę, gdzie byk spał. Myślałem, że to tylko… nie wyobrażałem sobie…

– Och, proszę – prychnęła ze złością. – Świat się skończy, zanim wyjąkasz całą historię. Rżnęłam się ze świętym bykiem. Teraz bierz nić.

*

Zaszyłam siostrę. Przyszli strażnicy, którzy starali się zachowywać obojętny wyraz twarzy, i zanieśli klatkę do zamkniętego pomieszczenia w środku pałacu.

– Niech nikt się do tego nie zbliża bez mojego pozwolenia! – zawołała za nimi Pazyfae. – I dajcie mu coś żreć!

Służki bez słowa sprawnie zwinęły zakrwawiony dywan i wyniosły zniszczone łoże, jakby robiły to codziennie. Zapaliły kadzidła i liście słodkich fiołków, żeby zamaskować smród, a potem zaniosły moją siostrę do kąpieli.

– Bogowie cię ukarzą – powiedziałam, zszywając ją, ale ona tylko się zaśmiała jak opętana.

– Nie wiesz, że bogowie uwielbiają potwory, które stwarzają?

Wzdrygnęłam się.

– Rozmawiałaś z Hermesem? – spytałam.

– Z Hermesem? A co on ma z tym wspólnego? Nie potrzeba boga z Olimpu, żeby ci wytłumaczył, co masz przed oczami. Każdy wie, co widzi. – Uśmiechnęła się jadowicie. – Poza tobą… jak zwykle.

*

Właśnie myślałam o słowach siostry, kiedy u mojego boku zjawił się Dedal. Byliśmy po raz pierwszy sami od momentu przybycia

na tę wyspę. Na czole miał rdzawe kropki, a ramiona usmarowane do łokci.
– Zabandażować ci palce? – spytał.
– Nie – odparłam. – Dziękuję. Same dojdą do siebie.
– Pani.... – Zawahał się. – Jestem twoim dłużnikiem do końca moich dni. Gdybyś nie przybyła, wtedy ja straciłbym palce.

Był spięty, jakby się spodziewał, że go uderzę. Kiedy ostatnim razem mi dziękował, wylałam na niego żółć. Ale teraz więcej rozumiałam, a on wiedział, jak może się czuć ktoś, kto stworzył potwora.

– Cieszę się, że nie padło na ciebie – powiedziałam. Ruchem głowy wskazałam jego dłonie, również pokryte zaschniętą krwią. – Twoje by nie odrosły.

– Czy to stworzenie można zabić? – spytał cicho.

Przypomniała mi się Pazyfae skrzecząca, żebym uważała.

– Nie wiem. Moja siostra chyba wierzy, że tak. Ale to potomek białego byka. Może strzeże go jakiś bóg gotowy sprowadzić przekleństwo na tego, kto spróbuje go skrzywdzić. Muszę pomyśleć.

Podrapał się po ogolonej głowie i w tym momencie zobaczyłam, że stracił nadzieję na proste rozwiązanie sytuacji.

– W takim razie muszę zbudować inną klatkę. Ta długo nie posłuży.

*

Dedal wyszedł, a ja czułam krew zasychającą mi na policzkach i smród potwora na swoich ramionach. Umysł miałam ciężki, zaćmiony, znużony widokiem ogromu wylanej krwi. Gdybym wezwała służki, zrobiłyby mi kąpiel, ale wiedziałam, że to nie wystarczy. Dlaczego moja siostra urodziła taką ohydę? I po co mnie wezwała? Inne najady pewnie raczej uciekłyby na widok potwora, ale nereidy, przywykłe do takich widoków, wytrzymałyby. Podobnie jak Perses. Czemu nie posłała po niego?

Nie potrafiłam znaleźć odpowiedzi. Głowę miałam bezradną,

otępiałą, bezużyteczną jak brakujące palce. Jedno było jasne: muszę coś zrobić. Nie mogę stać jak kołek, kiedy z łańcucha spuszczono potwora. Powinnam znaleźć miejsce, w którym moja siostra czyniła swoje czary. Może tam trafię na coś, co mi pomoże, na antidotum, jakąś silną miksturę, która odwróci bieg wydarzeń.

Nie musiałam daleko szukać, przy sypialni, za kotarą, było pomieszczenie. Do tamtej pory nie widziałam miejsca pracy innej czarownicy, więc patrząc na półki, spodziewałam się nie wiadomo czego, setki potworności: wątroby krakena, smoczych kłów, skór zdartych z gigantów. Ale znalazłam tylko zioła, i to całkiem zwyczajne: trujące, mak, kilka leczniczych korzeni. Nie wątpiłam, że Pazyfae potrafi dużo z nimi osiągnąć, bo zawsze miała silny charakter. Ale była leniwa, czego dowody miałam przed oczami. Ta garstka ziół była stara i słaba jak wyschłe liście. Zebrano je na chybił trafił, niektóre ledwie kiełkujące, inne po kwitnieniu, ścięte byle jakim nożem o dowolnej porze dnia.

I wtedy coś zrozumiałam. Może moja siostra była dwa razy silniejszą boginią ode mnie, ale ja byłam dwa razy silniejszą czarodziejką. Jej rozsypujące się śmieci nie mogły mi pomóc. Niestety, moje zioła z Ajai też nie wystarczały, chociaż były na swój sposób skuteczne. Potwór narodził się na Krecie i jeśli coś mogło mu pomóc, to należało tego szukać na tej wyspie.

Przemierzywszy wiele komnat i korytarzy, wróciłam do wyjścia z pałacu. Wcześniej dostrzegłam tam schody prowadzące nie do portu, ale w głąb wyspy, do rozległych, jasnych ogrodów i pawilonów, które otwierały się na dalekie pola.

Wszędzie wokół zapracowani ludzie sprzątali kamienne ścieżki, zbierali owoce, dźwigali kosze z jęczmieniem. Kiedy ich mijałam, starannie unikali mnie wzrokiem. Podejrzewam, że mieszkając obok Minosa i Pazyfae, przyzwyczaili się ignorować bardziej krwawe widoki niż mój tamtego dnia. Minęłam położone dalej chaty wieśniaków i pasterzy, zagajniki i pasące się stada. Roślinność na wzgórzach była bujna i tak złota od słońca, że sama promieniowała światłem, nie przystanęłam jednak, by się tym rozkoszować. Wzrok miałam utkwiony w czarnym zarysie odcinającym się od nieba.

Góra nazywała się Dikte. Niedźwiedzie, wilki czy lwy nie ośmieliły się na nią wstępować; na jej stokach pojawiały się tylko święte kozy o rogach zawiniętych jak konchy. Nawet w najgorętszej porze lasy pozostawały ciemne i chłodne. Powiadano, że te wzgórza nawiedzała polująca ze lśniącym łukiem Artemida, a w jednej z cienistych jaskiń przyszedł na świat sam Zeus i ukrywał się przed pożerającym swoje dzieci ojcem.

Rosły tam zioła, które nie występowały nigdzie indziej. Były tak rzadkie, że tylko niewielu nadano nazwy. Czułam, jak nabrzmiewają w swoich kryjówkach, wypuszczając w powietrze macki magii. Żółty kwiatek z zielonym słupkiem. Opadające lilie z pomarańczowo-brązowymi płatkami. A przede wszystkim okryta meszkiem lebioda kreteńska, królowa uzdrowień.

Nie szłam ścieżkami śmiertelnych, ale bogów, więc szybko pokonywałam odległość. Gdy dotarłam do stóp wzgórz i rozpoczęłam wspinaczkę, już zapadał zmierzch. Nade mną rozkładały się konary. Głębokie jak wody jeziora cienie łaskotały moją skórę. Cała góra wydawała się szumieć. Czułam uderzenie krwi do głowy. Szłam po mchu, po wznoszących się kopcach i w końcu przy białej topoli znalazłam kwitnący łan lebiody. Jej listki były bogate w czarodziejską moc, więc zerwałam je i przyłożyłam do okaleczonej dłoni. Czar zadziałał w jednej chwili; ręka do brzasku miała wrócić do dawnej postaci. Zebrałam do torby trochę korzeni i nasion, po czym ruszyłam dalej. Wciąż czułam na sobie smród i ciężar krwi, znalazłam więc chłodną czystą sadzawkę karmioną topiącym się lodem. Z rozkoszą przywitałam wstrząs, przeszywający ból, gdy zanurzyłam się w wodzie, spłukując z siebie wszelkie paskudztwo. Odprawiłam drobne oczyszczające rytuały znane wszystkim bogom. Gruboziarnistym piaskiem z brzegu sadzawki starłam z ciała brud.

Potem siedziałam na brzegu pod srebrnymi liśćmi i obracałam w głowie pytanie Dedala. *Czy to stworzenie można zabić?*

Tylko niewielu bogów ma dar prorokowania, zdolność spoglądania w odmęty przyszłości i widzenia tego, co niesie los. Nie wszystko da się przewidzieć. Życie większości bogów i śmiertelnych jest wolne od powiązań; nici ich żywotów plączą się i wiją to tu, to tam, bez związku z jakimkolwiek z góry założonym planem. Ale są też tacy, którzy noszą swoje przeznaczenie jak pętlę na szyi; ich żywoty biegną prostą linią niczym idealnie równa deska, nawet jeśli robią wszystko, żeby je powikłać. Te żywoty boscy prorocy mogą zobaczyć.

Ojciec miał dar przewidywania i całe życie słyszałam, że ta cecha Heliosa przeszła też na jego dzieci. Nigdy mnie nie korciło, by ją wypróbować. Wychowywano mnie w przekonaniu, że nie odziedziczyłam żadnej z niezwykłych mocy ojca. Teraz jednak dotknęłam wody i powiedziałam:

– Pokaż mi.

Zarysował się delikatny, blady obraz utworzony z kłębów mgły. Dymiąca pochodnia niesiona długimi korytarzami. Nić przeciągnięta w kamiennych przejściach. Stwór ryczy, odsłania straszliwe zęby. Jest wzrostu człowieka, okryty gnijącymi szczątkami. Z cieni wyskakuje śmiertelnik z mieczem w dłoni i jednym uderzeniem kładzie stwora trupem.

Mgła opadła i sadzawka znów stała się przejrzysta. Dostałam odpowiedź, ale nie taką, na jaką liczyłam. Stwór był śmiertelny, lecz nie sądzone mu było umrzeć z mojej ręki czy z ręki Dedala. Jego przeznaczeniem był długi żywot i nie dało się go skrócić. Na razie można tylko hamować zapędy stwora. Sposób na to miał znaleźć Dedal, ale ja mogłam mu pomóc.

Przechadzałam się między ciemnymi drzewami, rozmyślając o tym stworzeniu i jego ewentualnych słabych stronach. Przypomniałam sobie jego wbite we mnie czarne ślepia. Nienasyconą żarłoczność, gdy dopadł mojej ręki. Ile musiałby zjeść, żeby się nasycić? Gdybym nie była boginią, zeżarłby mi rękę kawałeczek po kawałeczku.

W głowie zaczął mi kiełkować pomysł. Potrzebowałam wszystkich tajemnych ziół rosnących na Dikte, a do tego najmocniejszych roślin, korzenia ostrokrzewu, fenkułu i choiny, tojadu, ciemiernika i gałązek wierzby. I całego zapasu szlachetnego ziela. Przeszłam między drzewami, bezbłędnie odnajdując kolejno każdy składnik. Jeśli Artemida polowała tamtej nocy, nie weszła mi w drogę.

Zaniosłam liście i korzenie z powrotem do stawu i zmiażdżyłam je na kamieniach. Papkę zgromadziłam z butelce i uzupełniłam wodą. W stawie nadal była krew – moja i siostry – którą zmyłam z rąk. Mikstura, jakby zdając sobie z tego sprawę, nabrała ciemnokrwistej barwy.

Tamtej nocy nie spałam. Zostałam na Dikte, aż niebo poszarzało, i dopiero wtedy ruszyłam z powrotem do Knossos. Zanim dotarłam do pałacu, słońce jasno świeciło na polach. Przemierzyłam dziedziniec, który wcześniej zwrócił moją uwagę, i zatrzymałam się, chcąc mu się lepiej przyjrzeć. Tworzył wielki krąg obrzeżony wawrzynami i dębami, których cień chronił przed słońcem. Wcześniej myślałam, że jest wyłożony kamieniem, ale teraz zobaczyłam, że to drewno, tysiąc drewnianych płytek tak wygładzonych i polakierowanych, że wydawały się tworzyć jeden kawałek. Naniesiono na nie spiralę, która rozwijała się od centrum jak grzbiet fali sunącej ku brzegowi. To musiała być praca Dedala, nikogo innego.

Tańczyła tam dziewczyna. Nie słyszałam muzyki, mimo to stopy tancerki idealnie utrzymywały rytm, każdy krok pasował do głosu niesłyszalnego bębna. Poruszała się jak fala, wdzięcznie, w nieustannym, niepowstrzymanym pędzie. Na jej głowie błyszczał diadem księżniczki. Rozpoznałabym ją wszędzie. Była dziewczyną z dziobu okrętu Dedala.

Na mój widok otworzyła szeroko oczy, jak postać galionu, i skłoniła głowę.
– Witaj, ciociu Kirke – powiedziała. – Tak się cieszę, że cię widzę. Jestem Ariadna.

Dojrzałam w niej coś z Pazyfae, ale tylko dlatego, że szukałam: podbródek, delikatność obojczyków.
– Masz talent – pochwaliłam ją.
Uśmiechnęła się.
– Dziękuję. Moi rodzice cię szukają.
– Nie wątpię. Ale najpierw muszę znaleźć Dedala.

Kiwnęła głową, jakbym była tylko jedną z wielu, którzy chcą się spotkać z nim, a nie z jej rodzicami.
– Zaprowadzę cię do niego. Ale musisz uważać. Strażnicy cię szukają.

Wzięła mnie pod rękę; jej dłoń była ciepła i trochę spocona po wysiłku. Szłyśmy bezszelestnie po kamieniach wielu bocznych przejść i w końcu stanęłyśmy przed drzwiami z brązu. Rytmicznie zastukała sześć razy.

– Nie mogę teraz się z tobą bawić, Ariadno! – odpowiedział ktoś. – Jestem zajęty.

– Przyszłam ze szlachetną Kirke! – zawołała.

Drzwi otworzyły się i stanął w nich Dedal pokryty sadzą i brudem. Za jego plecami zobaczyłam pracownię, w połowie pod gołym niebem. Były w niej przysłonięte posągi, jakieś urządzenia i instrumenty, których nie znałam. W głębi dymiła kuźnia; na kowadle żarzył się metal. Na stole leżał rybi kręgosłup, a obok dziwne ząbkowane ostrze.

– Byłam na górze Dikte – powiedziałam. – Wiem już, jak wygląda przyszłość stwora. Może zginąć, ale nie teraz. Pojawi się śmiertelnik, który się go pozbędzie. Nie wiem, ile czasu musi upłynąć. W mojej wizji stwór był dorosły.

Patrzyłam, jak przyjmuje te wieści. Odtąd zawsze miał trzymać się na baczności. Wciągnął głęboko powietrze.

– A więc uda się go pohamować.
– Tak. Sporządziłam miksturę, która w tym pomoże. On pragnie... – Przerwałam świadoma obecności Ariadny. – Pragnie tego, co żerał na twoich oczach. Taka jest jego natura. Nie mogę nasycić tego głodu, ale mogę ująć go w karby.
– To już coś – odparł Dedal. – Jestem ci wdzięczny.
– To nie wszystko. Przez trzy pory roku zaklęcie będzie hamować jego apetyt. Ale z każdymi żniwami powróci i on będzie musiał zostać nakarmiony.

Rzucił wzrokiem za mnie, na Ariadnę.
– Rozumiem – powiedział.
– Poza tym będzie niegroźny... na tyle, na ile może być niegroźne dzikie zwierzę.

Kiwnął głową, ale widziałam, że myśli o żniwach i karmieniu, od którego nie będzie ucieczki. Obejrzał się na kowadła zabarwione na czerwono żarem.
– Jutro rano skończę klatkę.
– Dobrze. Im wcześniej, tym lepiej. Wtedy rzucę zaklęcie.

Kiedy drzwi się zamknęły, Ariadna nie odeszła, czekała.
– Mówiliście o dziecku, które się urodziło, prawda? – odezwała się. – Musi być trzymane w zamknięciu aż do śmierci?
– Tak.
– Służba mówi, że to potwór, a ojciec nakrzyczał na mnie, kiedy go o nie spytałam. Ale to przecież mój brat.

Zawahałam się.
– Wiem o matce i białym byku – dodała.

Żadne dziecko Pazyfae nie mogło długo pozostać niewinne.
– Raczej przyrodni brat – poprawiłam ją. – Chodźmy. Zabierz mnie do króla i królowej.

*

Na ścianach paradowały gryfy, delikatne i władcze. Z okien napływał słoneczny blask. Pazyfae leżała na wykładanej srebrem sofie, zdrowa jak rydz. Obok niej siedział na alabastrowym krześle Minos, stary i opuchnięty niczym trup wyciągnięty z wody. Wlepił we mnie wzrok, jakbym była rybą, a on polującą rybitwą.

– Gdzie się podziewałaś? Trzeba się zająć potworem. Po tośmy cię ściągnęli.

– Zrobiłam miksturę – powiedziałam. – Żebyśmy mogli bezpieczniej przenieść go do nowej klatki.

– Miksturę? On ma zginąć!

– Kochanie, nie histeryzuj – zganiła go żona. – Nawet nie wiesz, jaki pomysł ma moja siostra. Mów dalej, Kirke, proszę. – Wsparła podbródek na dłoni, teatralnie demonstrując, że czeka na moje słowa.

– Dzięki miksturze głód stwora będzie trzymany w karbach przez trzy pory roku.

– To wszystko?

– Ależ, Minosie, ranisz uczucia Kirke. Myślę, że to znakomity pomysł, siostro. Apetyt mojego syna trochę trudno opanować, nieprawdaż? Już dał radę większości więźniów.

– Chcę, żeby ten stwór stracił życie, to moje ostatnie słowo!

– Nie da się go zabić – powiedziałam Minosowi. – Nie teraz. Jest mu przeznaczona przyszłość.

– Przyszłość! – Zachwycona Pazyfae zaklaskała. – Och, powiedz jaka! Ucieknie i pożre kogoś znanego?

Minos pobladł, chociaż usiłował to ukryć.

– Zadbajcie o nas – rozkazał. – Ty i rzemieślnik zadbajcie o nasze bezpieczeństwo.

– Tak – powtórzyła słodkim głosikiem moja siostra. – Zadbajcie o nas. Wolę nie myśleć, co by się stało, gdyby się uwolnił. Mój mąż jest wprawdzie synem Zeusa, ale ma śmiertelne ciało. Prawda jest taka – obniżyła głos do szeptu – że chyba się boi tego stwora.

Widziałam setki durniów wpadających w szpony mojej siostry, ale Minos był bezradny jak mało który z nich. Wycelował we mnie palcem.

– Słyszysz? Ona otwarcie mi grozi. To twoja wina, twoja i całej twojej kłamliwej rodziny. Helios dał mi ją, jakby była jakimś cudem, ale gdybyś wiedziała, co mi zrobiła...

– Och, opowiedz, opowiedz jej! Mam wrażenie, że Kirke potrafi docenić czary. Co z tą setką dziewcząt, które wyzionęły ducha, kiedy nad nimi sapałeś?

Czułam obecność Ariadny, która stała obok znieruchomiała. Wolałabym, żeby jej tam nie było.

Nienawiść w oczach Minosa wydawała się żywą istotą.

– Ty przeklęta harpio! To twoje uroki je zabiły! Cały twój ród to samo zło! Powinienem wyrwać tę bestię z twojego przeklętego łona, zanim przyszła na świat!

– Ale nie starczyło ci odwagi, prawda? Wiesz, jak mój drogi teść Zeus hołubi takie stworzenia. Bez nich herosi, jego bękarci, nie mogliby zdobywać sławy. – Przekrzywiła głowę. – Tak po prawdzie, czy nie powinna cię swędzieć ręka, żeby samemu porwać za miecz? Och, ale zapomniałam. Brak ci chęci do zabijania, jeśli to nie służebna dziewka. Siostro, doprawdy, powinnaś nauczyć się tego zaklęcia. Wystarczy tylko...

Minos zerwał się z krzesła.

– Zabraniam ci dalej mówić!

Wybuchnęła śmiechem, rozsiewając dźwięki tak perliście, że bardziej już się nie dało. Było to wykalkulowane jak wszystko, co robiła. Minos się miotał, ale ja przyglądałam się tylko jej. Uznałam jej kopulację z bykiem za perwersyjny kaprys; Pazyfae nie ulegała żądzom, ona je wykorzystywała. Kiedy ostatni raz widziałam na jej twarzy prawdziwe uczucie? Przypomniałam sobie chwilę, gdy na łożu położnicy skrzywiła się, nalegając z krzykiem, że potwór musi żyć. Dlaczego? Nie z miłości, bo nigdy nikogo nie kochała. Więc to stworzenie musiało służyć jakimś jej celom.

Rozmowy z Hermesem, wiadomości, które przynosił mi ze świata, pomogły mi znaleźć odpowiedź. Kiedy Pazyfae wyszła za

Minosa, Kreta była najbogatszym i najsławniejszym z naszych królestw. Jednakże od tamtej pory codziennie powstawały nowe: w Mykenach, Troi, Anatolii, Babilonie. Poza tym jeden z jej braci nauczył się ożywiać umarłych, drugi ujarzmiać smoki, a siostra przemieniła Scyllę. Nikt już nie mówił o Pazyfae. Teraz nagle znów sprawiła, że jej blaknąca gwiazda rozbłysła. Cały świat miał opowiadać historię o królowej Krety, matce wielkiego, mięsożernego byka.

A bogowie nie zamierzali kiwnąć palcem w tej sprawie. Wystarczyło im pomyśleć o tych wszystkich ofiarach, które na nich czekały.

– Można pęknąć ze śmiechu – ciągnęła Pazyfae. – Ile czasu potrzebowałeś, żeby się połapać! Myślisz, że umierały, bo dostarczałeś im takich rozkoszy? Bo tak im dogodziłeś? Uwierz mi...

Odwróciłam się do Ariadny, stojącej obok mnie cicho jak nieruchome powietrze.

– Chodź – rzuciłam. – Nic tu po nas.

*

Wróciłyśmy do kręgu dla tańczących. Nad naszymi głowami wawrzyny i dęby rozkładały zielone liście.

– Kiedy rzucisz czar, mój brat już nie będzie takim potworem – odezwała się Ariadna.

– Na to liczę.

Minęła chwila. Dziewczyna popatrzyła na mnie, przyciskając ręce do piesi, jakby kryły jakąś tajemnicę.

– Zostaniesz tu trochę? – spytała.

Przyglądałam się jej tańczącej. Zginała ręce jak skrzydła; jej silne młode nogi rozkoszowały się ruchem. Tak śmiertelnicy znajdują sławę, pomyślałam. Poprzez praktykę i staranność, pielęgnując umiejętności niczym ogród, aż zajaśnieją w blasku dnia. Ale bogowie są zrodzeni z ichoru i nektaru i doskonałość wprost tryska z ich palców. Tak więc znajdują sławę, udowadniając, ile mogą zepsuć: niszczyć miasta, wzniecać wojny, zsyłać pomór i potwory. Cały ten dym i cudowny zapach delikatnie wznoszące się z naszych ołtarzy zostawiają po sobie tylko popiół.

Lekkie stopy Ariadny raz za razem przecinały krąg. Każdy krok był idealny jak dar, który składała sama sobie, i uśmiechała się, przyjmując go. Chciałam chwycić ją za ramiona i potrząsnąć nią. Cokolwiek znaczy twój taniec, nie ciesz się tak. On sprowadzi na twoją głowę ogień.

Nie odezwałam się jednak i pozwoliłam jej tańczyć.

ROZDZIAŁ JEDENASTY

Kiedy słońce dotknęło odległych pól, strażnicy przyszli po Ariadnę.

Rodzice chcą widzieć księżniczkę, pomyślałam.

Odmaszerowali razem z nią, a mnie skierowano do wyznaczonej izby. Była mała, przy kwaterach służby. Oczywiście, w ten sposób chciano mnie obrazić, ale mnie podobało się to schronienie z nagimi ścianami, wąskie okno odsłaniające tylko odrobinę bezwzględnego słońca. Poza tym było tam cicho, bo cała służba przechodziła na palcach, wiedząc, kto jest w środku. Siostra wiedźma. Jedzenie zostawiano mi pod moją nieobecność, a naczynia zabierano dopiero wtedy, gdy znów wychodziłam.

Spałam, gdy następnego ranka przyszedł po mnie Dedal. Uśmiechał się, kiedy otworzyłam mu drzwi, i ze zdziwieniem poczułam, że odpowiedziałam mu uśmiechem. Mogłam być wdzięczna stworowi za jedną rzecz: Dedal i ja znów odnosiliśmy się do siebie ze swobodą. Poszłam za nim schodami do korytarzy, które wiły się pod pałacem. Minęliśmy magazyny ziarna, pomieszczenia wypełnione rzędami *pithoi*, wielkich glinianych dzbanów kryjących bogactwo pałacowej oliwy, wina i jęczmienia.

– Wiesz, co się stało z białym bykiem? – spytałam.

– Nie. Zniknął, gdy Pazyfae urósł brzuch. Kapłani oznajmili, że to pożegnalne błogosławieństwo tego zwierzęcia. Dzisiaj słyszałem, jak ktoś mówił, że potwór jest darem bogów, który ma pomnożyć nasze bogactwa. – Pokręcił głową. – Może tutejsi ludzie nie są głupcami z natury, tylko wpadli w pułapkę między dwa skorpiony.

– Ariadna jest inna – zauważyłam.

Skinął głową.

– Łączę z nią pewne nadzieje – powiedział. – Słyszałaś, jakie imię wybrali dla potwora? Minotaur. W południe wypłynie dziesięć statków, by obwieścić to światu, jutro dziesięć następnych.

– Sprytne – przyznałam. – Minos rości sobie prawo do ojcostwa i zamiast wyjść na rogacza, ma udział w chwale mojej siostry. Staje się wielkim królem, który płodzi potwory i nazywa je po sobie.

Dedal odchrząknął.

– Właśnie.

Podeszliśmy do wielkiej podziemnej komory, w której umieszczono nową klatkę stwora. Miała szerokość pokładu statku i połowę jego długości; wykuto ją ze srebrnoszarego metalu. Położyłam dłonie na prętach, gładkich i grubych jak młode drzewka. Czułam bijący od nich zapach żelaza, ale nie rozpoznawałam innych składników.

– Nowa substancja – wytłumaczył Dedal. – Trudniejsza do obróbki, ale trwalsza. Mimo to nie utrzyma wiecznie tego stworzenia. Ale zyskam na czasie, by zaprojektować coś na dłużej.

Za nami pojawili się zbrojni niosący starą klatkę na drągach, żeby zachować dystans. Z hałasem ustawili ją w nowej i zniknęli, zanim ucichło echo.

Podeszłam i uklękłam obok niej. Minotaur urósł; pulchne ciało napierało na metalowe pręty. Po tym, jak się otrząsnął z wód płodowych i wysechł, linia dzieląca niemowlę od byka wyraźnie się uwydatniła; wyglądał, jakby jakiś szaleniec odciął bykowi łeb i przyszył malcowi. Minotaur cuchnął zgniłym mięsem, a na dnie klatki walały się długie kości. Poczułam mdłości. Więźniowie, pomyślałam.

Stworzenie przyglądało mi się wielkimi ślepiami. Wstało i węszyło ruchliwymi nozdrzami. Zamuczało piskliwie, z podnieceniem. Pamiętało mnie. Mój zapach, smak mojego ciała. Otworzyło kwadratowy pysk jak dopraszające się pisklę, jakby błagało: Jeszcze.

Wykorzystałam sytuację: wypowiedziałam słowa zaklęcia i wlałam miksturę między prętami do otwartego gardła. Stworzenie krztusiło się i ciskało o klatkę, ale wyraz jego ślepi ulegał zmianie – furia ustępowała. Wytrzymałam jego wzrok i wyciągnęłam rękę. Słyszałam, jak Dedal głośno nabiera powietrza. Ale Minotaur nie skorzystał z okazji. Rozluźnił się. Odczekałam jeszcze chwilę, otworzyłam zamek i odchyliłam drzwiczki.

Stwór przestąpił z nogi na nogę, kości zagrzechotały.

– Jest dobrze, dobrze – zamruczałam, nie wiem, czy do siebie, Dedala, czy do Minotaura.

Powoli wysunęłam rękę. Stworzenie rozdęło nozdrza. Pogładziłam kosmate ramię, na co sapnęło zdziwione, ale nic poza tym.

– Chodź – szepnęłam, a ono poszło za mną pochylone, trochę się potykając, kiedy mijało wąski otwór klatki. Podniosło ku mnie wzrok wyczekująco, niemal ze słodyczą.

„Mój brat", powiedziała Ariadna. Tylko że to stworzenie nie przyszło na świat, żeby być częścią rodziny. Było triumfem mojej siostry, ucieleśnieniem jej ambicji, batem na Minosa. Komu miało dziękować? Nie miało towarzysza, obiektu miłości. Nie było mu sądzone zobaczyć słońca, zakosztować swobody. Nie czekało je nic poza nienawiścią, ciemnością i łapczywym pożeraniem.

Sięgnęłam po starą klatkę i cofnęłam się. Kiedy odchodziłam, odprowadzało mnie wzrokiem, z zaciekawieniem skłaniając łeb na ramię. Zatrzasnęłam drzwi nowej klatki i na ten metaliczny szczęk poruszyło długimi uszami. Gdy przyjdzie pora żniw, będzie wyło z wściekłości i rzucało się na pręty klatki, usiłując je wyłamać.

Dedal odetchnął cicho.

– Jak to zrobiłaś?

– To w połowie zwierzę – wyjaśniłam mu. – A na Ajai wszystkie zwierzęta są oswojone.
– Czy twoje zaklęcie można cofnąć?
– Nie innym zaklęciem.
Zamknęliśmy klatkę na klucz. Stworzenie przyglądało się nam przez cały czas. Zamruczało i podrapało włochaty policzek. Gdy zamknęliśmy drewniane drzwi komory, zniknęło nam z oczu.
– A klucz? – spytałam.
– Zamierzam go wyrzuć. Jeśli będziemy musieli przenieść tego stwora, przetnę pręty.
Wróciliśmy krętymi podziemnymi przejściami do korytarzy wyżej. W sali, której ściany były pokryte malowidłami, wiał wiatr i świeciło słońce. Wszędzie przechadzały się piękne szlachetnie urodzone kobiety, półgłosem powierzając sobie sekrety. Czy wiedziały, co mieszka pod ich stopami? Wkrótce miały się tego dowiedzieć.
– Wieczorem jest uczta – oznajmił Dedal.
– Nie przyjdę. Mam dość kreteńskiego dworu.
– W takim razie wkrótce odpływasz?
– Jestem na łasce króla i królowej, to oni mają władzę nad statkami. Ale sądzę, że mój pobyt tutaj nie potrwa już długo. Minos będzie pewnie zadowolony, mając na Krecie jedną czarownicę mniej. Dobrze będzie wrócić do domu.
Mówiłam prawdę, ale w tych ozdobnych korytarzach myśl o powrocie na Ajaję wydawała mi się dziwna. Jej wzgórza i wybrzeże, kamienny dom i mój ogród, wszystko to było teraz bardzo odległe.
– Ja muszę się pojawić na uczcie. – Westchnął ciężko. – Ale mam nadzieję się wymówić, zanim wniosą tace z jedzeniem. – Zawahał się. – Bogini, wiem, że posuwam się za daleko, ale czy uczyniłabyś mi ten zaszczyt i zjadła ze mną wieczerzę?

*

Powiedział, bym przyszła, gdy wejdzie księżyc. Jego kwatera była po przeciwległej stronie pałacu do komnat mojej siostry. Nie potrafię powiedzieć, czy był to uśmiech losu, czy celowy układ. Miał na sobie świetniejsze ubranie niż te, w których widywałam go wcześniej, ale był boso. Zaprowadził mnie do stołu i nalał wina ciemnego jak owoce morwy. Czekały na nas tace z owocami i słonym białym serem.

– Jak uczta? – spytałam.

– Cieszę się, że udało mi się wyjść – odparł ponurym tonem. – Pieśniarz opowiadał historię o cudownych narodzinach człowieka-
-byka. Ponoć zjawił się z gwiazd.

Do komnaty wbiegł jakiś chłopiec. Wtedy nie potrafiłam ocenić wieku śmiertelnych, ale myślę, że miał około czterech lat. Gęste, czarne kędziory wiły mu się nad uszami, a ciało jeszcze zachowało dziecięcą pulchność. Nigdy nie widziałam słodszej twarzyczki, nawet u bogów.

– Mój syn – przedstawił go Dedal.

Zrobiłam wielkie oczy. Nawet mi do głowy nie przyszło, że tajemnica Dedala to dziecko. Malec ukląkł jak młodziutki dworzanin.

– Szlachetna pani – zapiszczał. – Witam cię w domu mojego ojca.

– Dziękuję – powiedziałam. – A czy twój ojciec ma z ciebie pociechę?

Chłopiec z powagą skinął głową.

– O tak.

Dedal się roześmiał.

– Nie wierz w ani jedno jego słowo. Wygląda słodko, ale robi, co mu się żywnie podoba. – To musiał być ich stały żart, bo syn uśmiechnął się do niego.

Chwilę został, paplał o pracy ojca i o tym, jak on mu pomaga. Przyniósł szczypce, którymi lubił pracować, i zademonstrował mi sprawnie, jak trzymać je w ogniu i nie oparzyć się. Kiwałam głową, ale przede wszystkim przyglądałam się ojcu. Twarz Dedala rozpogodziła się jak niebo po burzy; patrzył na synka rozpromienionym wzrokiem. Nigdy nie myślałam o dzieciach, ale obserwując Dedala, przez chwilę wyobraziłam sobie, że ich posiadanie może być miłe. Jakbym zajrzała do studni i zobaczyła błysk wody.

Oczywiście moja siostra w jednej chwili zgarnęłaby dla siebie taką miłość.

Dedal położył dłoń na ramieniu syna.

– Ikarze, czas do łóżka – napomniał go. – Poszukaj piastunki.

– Przyjdziesz pocałować mnie na dobranoc?

– Oczywiście.

Odprowadziliśmy go wzrokiem; małe pięty ocierały się o brzeg przydługiej tuniki.

– Jest piękny – powiedziałam.

– Wdał się w matkę. – Nim zdążyłam spytać, odpowiedział: – Odeszła, wydając go na świat. Dobra kobieta, chociaż nie znałem jej długo. To twoja siostra zaaranżowała nasz związek.

A więc wcale się nie myliłam. Pazyfae straciła haczyk, ale i tak złowiła rybę.

– Współczuję.

Pochylił głowę.

– Przyznaję, że to trudne. Staram się, jak mogę, być dla niego ojcem i matką, ale wiem, że mu jej brak. Kiedy mijamy jakąkolwiek kobietę, pyta mnie, czy się z nią ożenię.

– Ożenisz się?

Chwilę milczał.

– Nie wydaje mi się – odparł w końcu. – W ogóle bym się nie ożenił, gdyby nie nalegania twojej siostry. Wiem, że marny ze mnie mąż, bo jestem najszczęśliwszy, gdy zajmuję się pracą. Do domu wracam późno, cały brudny.

– Czary i wynalazki mają coś wspólnego – powiedziałam. – Ja też myślę, że byłaby ze mnie marna żona. Chociaż trudno powiedzieć, by dobijano się do moich drzwi. Wygląda na to, że wygnane czarownice nie cieszą się wielkim wzięciem.

Uśmiechnął się.

– Coś mi się zdaje, że twoja siostra pomogła zatruć i to źródło.

Rozmowa z nim przychodziła mi łatwo. Jego twarz była jak cichy staw, który bezpiecznie przechowa wszystkie tajemnice.

– Wiesz już, jak utrzymać w ryzach Minotaura, kiedy dorośnie?

Skinął głową.

– Myślałem nad tym. Zauważyłaś, że podziemia pałacu to istny plaster miodu. Są tam setki nieużywanych pomieszczeń, bo obecnie bogactwem Krety jest złoto, nie ziarno. Wydaje mi się, że mógłbym je połączyć w jeden zawikłany ciąg. Wpuszczę stwora do środka i zamknę go z obu stron. Całość jest wydrążona w skale, więc nie znajdzie drogi ucieczki.

To był dobry pomysł. Przynajmniej Minotaur będzie miał więcej miejsca niż w wąskiej klatce.

– Znakomicie – rzuciłam. – Taka gmatwanina komór pomieści dorosłego potwora. Musisz dla niej znaleźć odpowiednią nazwę.

– Jestem przekonany, że Minos coś wymyśli, coś związanego z jego własnym imieniem.

– Wybacz, że nie mogę zostać i pomóc.

– Pomogłaś bardziej, niż na to zasługuję. – Spojrzał mi w oczy.

Usłyszeliśmy chrząknięcie. W drzwiach stała piastunka.

– Twój syn, panie.

– Ach, przepraszam – powiedział Dedal.

Byłam zbyt niespokojna, żeby siedzieć cierpliwie, kiedy wyszedł. Obeszłam komnatę, spodziewając się cudów – posągów i mozaik w każdym kącie – byłam jednak w prostym pomieszczeniu, w którym stały meble z nieozdobionego drewna. Ale przyglądając się uważniej, dostrzegłam odcisk dłoni Dedala. Meble lśniły, wypolerowane do gładkości kwietnych płatków. Kiedy musnęłam krzesło, nie wyczuwałam spoin.

– Pocałunek na dobranoc – wyjaśnił Dedal, wróciwszy.

– Szczęśliwe dziecko.

Usiadł i pociągnął łyk wina.

– Na razie tak. Jest zbyt młody, by zrozumieć, że jest więźniem. – Białe blizny na jego rękach wydawały się płonąć. – Złota klatka nadal jest klatką.

– A dokąd byś popłynął, gdybyś mógł uciec?

– Wszędzie, gdzie by mnie zechciano. Ale gdybym mógł wybierać, to do Egiptu. Mają tam takie budowle, że przy nich Knossos to lepianka z rzecznego mułu. Uczyłem się ich języka od kupców w porcie. Wydaje mi się, że chętnie by nas tam przyjęto.

Patrzyłam na jego twarz. Podobała mi się nie dlatego, że była piękna, ale dlatego, że była szczera. Przypominał mi szlachetny metal, hartowany i wytrzymały. Ramię w ramię walczyliśmy przeciwko dwóm potworom i nie zawiódł. Popłyń na Ajaję, chciałam mu zaproponować. Ale wiedziałam, że nie ma tam nic dla niego.

– Mam nadzieję, że któregoś dnia dotrzesz do Egiptu – powiedziałam.

*

Skończyliśmy posiłek i ruszyłam ciemnymi korytarzami do swojej izby. Wieczór był przyjemny, czułam się jednak niespokojna i zbrukana jak rzeka, której koryto poruszono, wzniecając szlam. W uszach wciąż mi brzmiały słowa Dedala o wolności. Słyszałam w jego głosie tęsknotę, ale też gorycz. Ja przynajmniej zasłużyłam sobie na wygnanie, lecz Dedal był niewinny, więziony tylko dlatego, że moja siostra i Minos w swojej próżności traktowali go jak trofeum. Myślałam o jego oczach, kiedy mówił o Ikarze, o jego czystej, świetlistej miłości. Dla Pazyfae chłopiec był tylko narzędziem, mieczem nad głową Dedala, sposobem na zniewolenie. Pamiętam rozkosz na jej twarzy, gdy kazała mu rozciąć brzuch. Miała taką samą minę wcześniej, gdy weszłam do jej komnaty.

Byłam tak zajęta Minotaurem, że nie dostrzegłam rozmiaru jej triumfu. Nie chodziło tylko o potwora i jej nową sławę, ale o wszystko, co za tym szło: Dedal zmuszony do wspólnictwa, Minos przerażony i poniżony, a cała Kreta uwięziona w lęku. Ja też byłam częścią jej triumfu. Mogła wezwać Ajetesa lub Persesa, ale to ja zawsze byłam psem, którego lubiła chłostać. Wiedziała, że będę użyteczna: starannie posprzątam jej bałagan, ochronię Dedala i postaram się, by potwór nie mógł się wyrwać na wolność. I przez cały czas mogła się naśmiewać, leżąc na swojej złotej sofie. Niemal słyszałam: „Podoba się wam moje nowe tresowane zwierzątko? Dostaje ode mnie tylko kopniaki, ale patrzcie, jak przybiega na moje gwizdnięcie!".

W brzuchu mnie paliło. Kiedy stanęłam przed drzwiami mojej izby, odwróciłam się i poszłam dalej. Poruszałam się jak bogini, niewidzialna mijałam sennych zbrojnych pełniących nocną wartę. Dotarłam do drzwi siostry, weszłam do komnaty i zatrzymałam się nad jej łożem. Była sama. Bezpieczeństwa nocą nie powierzyła nikomu, tylko sobie. Już przestępując próg, poczułam czary, ale nie mogły mnie powstrzymać.

– Dlaczego mnie wezwałaś? – spytałam gniewnie. – Wytłumacz się.

Natychmiast otworzyła oczy, czujnie patrząc, jakby się mnie spodziewała.

– Przecież zrobiłam ci prezent. Kto inny miałby równie wielką przyjemność, widząc, jak krwawię?

– Tysiące innych przychodzą mi do głowy.

Uśmiechnęła się jak kot. Zawsze przyjemniej zabawiać się żywą myszą.

– Jaka szkoda, że to twoje zaklęcie nie działa na Scyllę. Ale potrzebowałabyś krwi jej matki, a nie wydaje mi się, żeby Keto spełniła twoją zachciankę.

Już o tym myślałam. Pazyfae zawsze wiedziała, gdzie ugodzić.

– Chciałaś mnie upokorzyć – powiedziałam.

Ziewnęła, oblizując różowym językiem białe zęby.

– Zastanawiałam się, czy nie nazwać syna Asterion. Podoba ci się?

Znaczyło to „gwiaździsty".

– Najpiękniejsze imię, jakie znam, dla kanibala.

– Oszczędź sobie melodramatycznych uniesień. Jaki z niego kanibal, skoro nie ma innych Minotaurów? – Zmarszczyła lekko czoło, nieco przechylając głowę. – Ale zastanawiam się, czy centaury się liczą? Nie uważasz, że musi być jakieś pokrewieństwo?

Nie dałam się wciągnąć w te rozważania.

– Mogłaś posłać po Persesa.

– Perses! – Machnęła ręką. Nie wiem, co ten gest miał znaczyć.

– Albo Ajetesa.

Usiadła i okrycie osunęło się z niej. Była naga, nie licząc naszyjnika z kutych złotych kwadracików. Na każdym coś wytłoczono: słońce, pszczoły, topór, wielką Dikte.

– Och, tak się cieszę, że przegadamy całą noc – powiedziała. – Będę ci rozczesywać włosy i będziemy się zaśmiewać, plotkując o naszych adoratorach. – Ściszyła głos. – Mam wrażenie, że Dedal chętnie by cię posiadł.

Nie potrafiłam utrzymać gniewu w ryzach.

– Nie jestem twoim psem, Pazyfae, ani twoim tresowanym niedźwiedziem. Przypłynęłam ci na pomoc mimo tego, co wydarzyło się między nami, mimo ludzi, których posłałaś na śmierć. Pomogłam ci okiełznać potwora. Wykonałam za ciebie pracę, a ty odpłacasz mi się szyderstwem i pogardą. Raz w swoim pełnym obłudy życiu powiedz prawdę. Sprowadziłaś mnie tu, żeby zrobić ze mnie głupca.

– Och, to nie wymaga żadnego wysiłku z mojej strony. – Westchnęła. – Jesteś z natury głupia. – Ale to nie była odpowiedź na moje pytanie, tylko uwaga w jej stylu. – Zabawne, że nawet po tym wszystkim, co cię spotkało, wciąż wierzysz, że należy ci się nagroda jedynie za to, że byłaś posłuszna. Myślałam, że nauczyłaś się już tego w pałacu naszego ojca. Nikt tak się nie kulił i nie wylewał tylu łez co ty, a jednak wielki Helios tym chętniej cię deptał, bo bez zwłoki padałaś mu do stóp.

Pochyliła się do mnie; jej złote włosy luźno jak koronki opadały na pościel.

– Pozwól, że powiem ci prawdę o Heliosie i całej reszcie. Oni nie dbają o to, czy jesteś dobra, czy zła. Im imponuje tylko siła. Nie wystarczy być ulubienicą takiego czy innego stryja albo zadowolić w łożu jakiegoś boga. Nawet nie wystarczy być piękną, bo kiedy się przed nimi zjawiasz, klękasz i mówisz: „Byłam dobra, pomożesz mi?", tylko marszczą brwi i odpowiadają: „Och, kochanie, nic się nie da zrobić. Och, kochanie, musisz z tym żyć. Pytałaś Heliosa? Wiesz, że bez jego decyzji nie mogę kiwnąć palcem".

Splunęła na podłogę.

– Biorą, co chcą, a w zamian dają ci tylko kajdany. Tysiąc razy widziałam, jak cię miażdżono. Sama cię miażdżyłam. I za każdym razem myślałam: Już po wszystkim, jest załatwiona, zapłacze się i zamieni w kamień, w skrzeczącego ptaka, odejdzie od nas i miłej podróży. Ale ty zawsze wracałaś następnego dnia. Wszyscy byli zaskoczeni, kiedy okazałaś się wiedźmą, ale ja dawno temu wiedziałam, co w tobie siedzi. Płakałaś, udawałaś szarą myszkę, ale wiedziałam, że nie dasz się zadeptać. Nie cierpiałaś ich tak samo jak ja. I myślę, że ta nienawiść jest źródłem naszej siły.

Jej słowa spadały na moją głowę jak kaskady zimnej wody. Ledwo do mnie docierały. Nienawidziła rodziny? W moich oczach zawsze była jej esencją, błyszczącym posągiem próżnego okrucieństwa naszej krwi. A jednak mówiła szczerą prawdę: nimfy mogły działać tylko za przyzwoleniem innych. Były bezsilne, bezwolne.

– Jeśli to wszystko prawda – odezwałam się – to dlaczego tak okrutnie się ze mną obchodziłaś? Ajetes i ja byliśmy sami, mogliśmy być przyjaciółmi.

– Przyjaciółmi – powtórzyła szyderczo. Jej wargi miały idealną czerwoną barwę, jaką inne nimfy musiały sobie nakładać na usta. – W pałacach bogów nie ma przyjaciół. A Ajetes przez całe życie nigdy nie polubił żadnej kobiety.

– To nieprawda!

– Myślisz, że lubił ciebie? – Roześmiała się. – Tolerował cię, bo byłaś oswojoną małpką oklaskującą każde jego słowo.

– Ty i Perses nie byliście inni.

– Nic nie wiesz o Persesie. Nie masz pojęcia, do czego byłam zmuszana, żeby mu się przypodobać.

Nie chciałam nic więcej słyszeć. Odsłaniała się przede mną jak nigdy, a w każdym jej słowie było tyle nienawiści, jakby hodowała ją w sobie specjalnie na tę okazję.

– A potem ojciec oddał mnie temu durniowi Minosowi. No cóż, mogłam przejąć nad nim władzę, więc to zrobiłam. Teraz tańczy, jak mu zagram, ale wiele mnie to kosztowało i nigdy nie odzyskam tego, co musiałam z siebie dać. Więc powiedz mi, siostro, po kogo miałam posłać, jeśli nie po ciebie? Po jakiegoś boga, który nie mógłby się doczekać, żeby mnie wyszydzić i zmusić do błagania o okruchy jego łaski? Czy po nimfę, która bezużytecznie mizdrzyłaby się jak morze długie i szerokie? – Znów się roześmiała. – Każde z nich uciekłoby z wrzaskiem na widok pierwszego ząbka Minotaura. Żadne nie potrafi znieść bólu. Nie są tacy jak my.

Te słowa były dla mnie takim wstrząsem, jakby Pazyfae cały czas pokazywała puste dłonie i nagle błysnął w nich nóż. Poczułam mdłości. Cofnęłam się.

– Nie jestem taka jak ty – powiedziałam.

Przez chwilę na jej twarzy malowało się zaskoczenie. Potem zniknęło jakby zmyte przybrzeżną falą.

– Tak, nie jesteś – potwierdziła. – Wdałaś się w ojca, jesteś głupia i świętoszkowata, zamykasz oczy na wszystko, czego nie rozumiesz. Jak myślisz, co by się działo, gdybym nie rodziła potworów i nie tworzyła trucizn? Minos nie chce królowej, tylko nic niewartej żony, którą mógłby trzymać pod kluczem i zmuszać do rodzenia rok w rok, aż do śmierci. Byłby szczęśliwy, trzymając mnie przez wieczność w kajdanach, i wystarczyłoby mu tylko powiedzieć słowo własnemu ojcu, a dostałby to, o czym marzy. Ale nie zrobi tego, bo wie, jaki los bym mu zgotowała.

Przypomniałam sobie słowa ojca o Minosie. *Pokaże Pazyfae, gdzie jej miejsce.*

– Przecież nasz ojciec nie zezwoliłby mu na zrobienie ci krzywdy.

Roześmiała się szyderczo.

– Ojciec zakułby mnie własnymi rękami, gdyby zapewniło mu to cenny sojusz. Sama jesteś tego dowodem. Zeus panicznie boi się czarów i chciał ofiary. Ojciec wybrał ciebie, bo jesteś najmniej warta. A teraz siedzisz skazana na tę wyspę i nigdy jej nie opuścisz. Powinnam wiedzieć, że na nic mi się nie przydasz. Wynoś się. Wynoś się i nie pokazuj mi się więcej na oczy.

*

Wróciłam znajomymi korytarzami do swojej izby. Umysł miałam oczyszczony z wszelkich myśli, skóra mi się jeżyła, jakby miała się oderwać od ciała. Ze wzmożoną wrażliwością odbierałam każdy pobudzający zmysły bodziec: hałas, dotknięcie, chłód kamieni pod stopami, plusk fontanny za oknem. Powietrze ciążyło mi jak szczypiące solą fale oceanu. Czułam się obca na tym świecie.

Kiedy niewyraźna postać oderwała się od cieni przy drzwiach, strach sparaliżował mnie do tego stopnia, że nie mogłam wydobyć z siebie głosu. Szukałam na oślep torby z miksturami, gdy dalekie światło pochodni padło na twarz pod kapturem.

– Czekałem na ciebie – odezwał się tak cicho, że tylko bogini mogła go usłyszeć. – Powiedz słowo i zniknę.

Zrozumiałam dopiero po chwili. Nie sądziłam, że jest tak śmiały. Ale był. Artysta, twórca, wynalazca, największy, jakiego znał świat. Nieśmiałość nie jest twórcza.

Co powiedziałabym, gdyby przyszedł wcześniej? Nie wiem. Ale jego głos był jak balsam dla mojego ciała. Pragnęłam dotyku jego dłoni, jego całego, mimo że był śmiertelny, daleki i zawsze uległy śmierci.

– Zostań – powiedziałam.

*

Nie zapaliliśmy świec. Izba była ciemna i nagrzana żarem dnia. Cienie okrywały łóżko. Żadna żaba nie zakumkała, żaden ptak nie zaśpiewał. Czułam się, jakbyśmy znaleźli nieruchome serce wszechświata. Nic się nie poruszało poza nami.

Potem leżeliśmy obok siebie i nocny powiew muskał nasze ciała. Myślałam, żeby mu opowiedzieć o kłótni z Pazyfae, ale nie chciałam jej z nami. Gwiazdy spowił welon chmur; służący przeciął dziedziniec, niosąc migotliwą pochodnię. Kiedy izba zadrżała, w pierwszym odruchu pomyślałam, że to złudzenie.

– Czujesz?

Dedal skinął głową.

– Są zawsze lekkie. Kilka pęknięć tynku. Ostatnio zdarzają się coraz częściej.

– Nie zniszczą klatki?

– Nie. Musiałyby być znacznie mocniejsze. – Przez chwilę milczał, a potem jego cichy głos rozległ się w ciemności: – W porze żniw, kiedy to stworzenie dorośnie… ile będzie ofiar?

– Co najmniej piętnaście w miesiącu.

Słyszałam, jak wciąga ze świstem powietrze.

– Te ofiary ciążą mi na sumieniu. Pomogłem stworzyć tę istotę, a teraz nie mogę pomóc się jej pozbyć.

Znałam ten rodzaj cierpienia, które go nękało. Jego dłoń spoczywała obok mojej. Była pobliźniona, ale nie szorstka. W ciemności pogładziłam ją opuszkami palców, wyczuwając gładkie powierzchnie blizn.

– Jak to znosicie? – spytał.

Moje oczy rzucały lekkie światło, w którym rozpoznawałam rysy jego twarzy. Ze zdziwieniem stwierdziłam, że czeka na odpowiedź, wierzy, że ją usłyszy. Pomyślałam o innym ciemnym pomieszczeniu, innym więźniu. To także był rzemieślnik. Na fundamencie jego wiedzy wzrosła cywilizacja. Sięgające głęboko jak korzenie słowa Prometeusza czekały na mnie cały ten czas.

– Jak potrafimy – odparłam.

*

Minos nie szafował statkami i kiedy potwór już był pod kontrolą, kazał mi czekać, aż trafi się odpowiedni.

– Jeden z moich kupieckich statków przepływa koło Ajai – poinformował mnie. – Wyrusza za kilka dni. Możesz na nim popłynąć.

Nie spotkałam więcej siostry, widywałam ją tylko z daleka, noszoną na posiłki i zabawy na dworze. Nie ujrzałam też Ariadny, chociaż szukałam jej w kręgu przeznaczonym na tańce. Spytałam strażnika, czy może mnie do niej zaprowadzić. Nie spodziewałam się, że odpowie mi z tak złośliwym uśmieszkiem.

– Królowa nie pozwala.

Pazyfae i ta jej kąśliwa mściwość! Twarz mnie piekła, ale nie dałam jej satysfakcji; nie dowiedziała się, że jej okrucieństwo trafiło w cel. Przechadzałam się po pałacowych terenach, wśród kolumnad, ścieżkami i polami. Przyglądałam się mijanym śmiertelnikom, ich ciekawym, szczerym twarzom. Dedal każdej nocy potajemnie pukał do moich drzwi.

Straż przyszła tuż po świcie czwartego dnia. Dedal już odszedł; lubił być u siebie, kiedy budził się Ikar. Strażnicy w purpurowych płaszczach stali przede mną sztywni, groźni, jakbym mogła pędem wybiec z izby i uciec w góry. Poszłam za nimi malowanymi korytarzami, a po wyjściu z pałacu wielkimi schodami w dół. Dedal czekał wśród rozgardiaszu nabrzeża.

– Pazyfae cię za to ukarze – ostrzegłam go.

– Nie bardziej, niż już mnie ukarała. – Ustąpił na bok, gdy na statek wprowadzano osiem owiec, dar i podzięka Minosa. – Widzę, że król jest hojny jak zwykle. – Wskazał dwie wielkie skrzynie, już załadowane na pokład. – Pamiętam, że lubisz mieć zajęcie. To mojego własnego projektu.

– Dziękuję ci – powiedziałam. – To dla mnie zaszczyt.

– Nie. Wiem, ile ci zawdzięczamy. Ile ja ci zawdzięczam.

Czułam palenie w gardle, ale też wzrok tych, którzy nam towarzyszyli. Nie chciałam mu utrudniać tej chwili.

– Pożegnasz w moim imieniu Ariadnę?

— Pożegnam — obiecał.

Weszłam na statek i podniosłam dłoń. Odpowiedział tym samym. Nie oszukiwałam się fałszywą nadzieją. Byłam boginią, on śmiertelnikiem i oboje byliśmy więźniami. Ale odcisnęłam w pamięci wizerunek jego oblicza jak pieczęć w wosku, żeby unieść go ze sobą.

Nie otworzyłam skrzyń, dopóki nie znaleźliśmy się poza zasięgiem wzroku ludzi na wybrzeżu. Żałowałam, że nie mogę zrobić tego wcześniej i podziękować mu tak, jak wypadało. W środku były wszelkiego rodzaju surowe wełny, przędze i lniane płótno. W drugiej skrzyni najpiękniejsze krosna, jakie widziałam, zrobione z polerowanego drewna cedrowego.

Nadal je mam. Stoją w moim domu blisko paleniska i nawet trafiły do pieśni: *Czarownica Kirke jednako zręczna w zaklęciach i tkactwie, uroki i płótno tka.* Kimże jestem, by poprawiać wpadający w ucho wers? Ale wszelkie cuda, które tkam, to zasługa krosien i śmiertelnika, który je zbudował. Po tylu wiekach części urządzenia są mocne, a gdy czółenko sunie przez osnowę, woń cedru wypełnia powietrze.

Po tym, jak odpłynęłam, Dedal rzeczywiście połączył wielką gmatwaninę komór i korytarzy, tworząc labirynt, którego ściany pochłonęły wściekłość Minotaura. Żniwa mijały i kręte przejścia wypełniły się po kostki u nóg obgryzionymi kośćmi. Służba pałacowa mówiła, że kiedy się nadstawi ucha, słychać, jak stworzenie miażdży je pod stopami. A Dedal bez ustanku pracował. Pociągnął woskiem dwie drewniane ramy i nakładał na nie pióra zrzucane przez wielkie morskie ptaki karmiące się na wybrzeżach Krety, lotki pierwszego rzędu, szerokie i białe. Tak zbudował dwa zestawy skrzydeł. Jeden przymocował do własnych ramion, drugi do ramion syna. Stanęli na najwyższej skale wybrzeża Knossos i skoczyli.

Pochwycił ich morski powiew i unieśli się w powietrze. Udali się na wschód, w kierunku wschodzącego słońca i Afryki. Ikar pokrzykiwał radośnie, bo był już młodym mężczyzną i po raz pierwszy zaznawał smaku wolności. Ojciec się śmiał, widząc, jak syn pikuje i krąży. Młodzieniec wzbijał się coraz wyżej, oszołomiony rozległością nieba, żarem słońca bezpośrednio na ramionach. Nie słyszał ostrzegawczych krzyków ojca. Nie zauważył, że wosk się rozpuszcza. Pióra opadły, a on za nimi i pochłonęły go fale.

Opłakiwałam śmierć tego słodkiego chłopca, ale jeszcze bardziej opłakiwałam utratę, jakiej doznał Dedal, który poleciał uparcie dalej, unosząc rozpacz i ból. Oczywiście opowiedział mi o tym Hermes, gdy pociągał moje wino, prostując nogi przy palenisku. Zamknęłam oczy, szukając w pamięci twarzy Dedala. Żałowałam, że nie poczęłam z nim dziecka, byłoby mu pocieszeniem. Ale to była niedojrzała, głupia myśl, jakby dzieci były workami ziarna i można by jedno zastąpić innym.

Dedal nie przeżył długo śmierci syna. Jego ciało poszarzało i wyschło, cała siła się rozwiała. Wiedziałam, że nie mogę rościć sobie do niego prawa. Ale w samotniczym życiu są rzadkie chwile, w których dusza innej istoty pojawia się blisko twojej, jak gwiazdy, które tylko raz w roku muskają niebo. Dedal był dla mnie taką konstelacją.

ROZDZIAŁ DWUNASTY

Wróciłam na Ajaję okrężną drogą. Powrót zajął jedenaście dni, ponieważ omijaliśmy Scyllę. Niebo zakrzywiało nad nami swój łuk, czysty i jasny. Wpatrywałam się w oślepiające fale, w rozżarzone do białości słońce. Nikt mi nie przeszkadzał. Członkowie załogi odwracali wzrok, gdy ich mijałam, i widziałam, że kiedy dotknęłam liny, wyrzucali ją do morza. Nie mogłam mieć do nich pretensji. Mieszkali w Knossos i aż za dobrze poznali czary.

Po wylądowaniu na Ajai przenieśli krosna przez las i ustawili je w moim domu przed paleniskiem. Przyprowadzili też owce. Zaproponowałam im wino i posiłek, ale odmówili. Z pośpiechem wrócili na statek i naparli na wiosła, chcąc jak najszybciej zniknąć za horyzontem. Odprowadzałam ich spojrzeniem, dopóki nie zniknęli jak zdmuchnięty płomyk.

Lwica w progu piorunowała ich wzrokiem. Biła ogonem, jakby chciała powiedzieć: „Żeby mi to byli ostatni".

– Myślę, że twojemu życzeniu stanie się zadość – uspokoiłam ją.

Po wielkim pałacu w Knossos mój dom był przytulny jak królicza norka. Przemierzałam czyste izby, wsłuchując się w ciszę przerywaną jedynie szelestem moich stóp. Dotykałam każdej powierzchni, komody, naczynia. I wszystko było takie jak wcześniej. I miało takie pozostać na zawsze.

Wyszłam do ogrodu, wypieliłam te same chwasty co zawsze i zasadziłam zioła zebrane na Dikte w oświetlonych księżycem parowach. Dziwnie wyglądały tutaj, stłoczone na moich lśniących, jasnych grządkach. Ich szum wydawał się cichy, kolory miały bledsze. Nie wzięłam pod uwagę, że ich moce mogą nie przetrwać przesadzenia.

Podczas lat spędzonych na Ajai nigdy nie narzekałam na narzucone ograniczenia. Po komnatach ojca wyspa oferowała mi szaleńczą wolność, od której kręciło mi się w głowie. Jej wybrzeża, wzgórza, wszystko otwierało się po horyzont, pełne magii. Ale patrząc na te delikatne pączki, po raz pierwszy naprawdę zdałam sobie sprawę z ciężaru mojego wygnania. Gdyby zwiędły, utraciłabym je na zawsze. Nigdy więcej nie miałam kroczyć po tętniących szumem stokach Dikte. Nie dane mi było więcej zaczerpnąć wody ze srebrnej sadzawki. Miejsca, o których opowiadał mi Hermes – Arabia, Asyria, Egipt – były dla mnie utracone na zawsze.

Przypomniały mi się słowa siostry. *A teraz siedzisz skazana na tę wyspę i nigdy jej nie opuścisz.*

*

Na przekór Pazyfae rzuciłam się w wir starego życia. Robiłam, na co miałam ochotę, ledwo myśl o tym przyszła mi do głowy. Śpiewałam na plażach, zmieniłam układ ogrodu. Wzywałam dziki i drapałam je po najeżonych grzbietach, czesałam owce, przywoływałam wilki i leżały, dysząc na podłodze. Lwica na ich widok przewracała żółtymi ślepiami, ale była grzeczna, bo według mojego prawa wszystkie zwierzęta znosiły obecność innych.

Co noc wychodziłam zrywać zioła i kopać korzenie. Rzucałam każde zaklęcie, które przyszło mi do głowy, dla samej przyjemności wysłuchiwania magicznych dźwięków. Rano ścinałam kwiaty do kuchni. Wieczorami po kolacji siadałam przy krosnach Dedala. Potrzebowałam czasu, żeby opanować zasadę ich działania, bo nie przypominały żadnych znanych krosien. Miały siedzisko, a wątek był prowadzony w dół, nie w górę. Gdyby babka je zobaczyła, byłaby gotowa dać za nie swojego węża morskiego; płótno z nich było delikatniejsze niż jej najlepsze dzieła. Dedal znakomicie przewidział, że wszystko, co z nimi związane, sprawi mi przyjemność: ich prostota i łatwość obsługi, zapach drewna, szmer czółenka, poczucie satysfakcji, kiedy wątek układał się za wątkiem. Pomyślałam, że to trochę jak odprawianie czarów, bo podczas gdy pracowały ręce, umysł powinien być skupiony i swobodny. Moim ulubionym zajęciem nie była jednak praca przy krosnach, lecz tworzenie barwników. Do utraty tchu szukałam najlepszych farb wyrabianych z korzeni marzanny barwierskiej i szafranu, czerwców dających karmazyn i rozkolców w odcieniu wina, a także ałunu wiążącego barwnik z wełną. Wyciskałam je, ubijałam, wrzucałam do bulgoczących garów, aż cuchnące płyny pieniły się przy brzegach jasne niczym kwiaty – na szkarłatno i żółto jak krokusy lub ciemną purpurą, jaką noszą księżniczki. Gdybym miała zręczność Ateny, utkałabym wielką makatę przedstawiającą Irys, boginię tęczy, ciskającą z nieba swoje kolory.

Ale nie byłam Ateną. Zadowalałam się prostymi chustami, opończami i derkami, które leżały niczym klejnoty na moich krzesłach. Jedną z nich okryłam lwicę i nazwałam zwierzę Królową Fenicji. Usiadła i kręciła na boki łbem, jakby chciała zademonstrować, jak jej sierść zestawiona z purpurą nabiera złotego blasku.

Nigdy nie zobaczysz Fenicji, pomyślałam.

Wstałam z krzesła i zmusiłam się do obejścia wyspy; podziwiałam zmiany, które niosła każda godzina: nartniki sunące po stawach, kamienie zieleniejące i wygładzane w prądach strumieni, nisko sunące pszczoły, ciężkie od pyłku. Zatoki były pełne skaczących ryb, strączki roniły nasiona. Moja lebioda i lilie z Krety rosły jak na drożdżach. „Widzisz?", powiedziałam w duchu siostrze.

Ale odpowiedział mi Dedal. *Złota klatka nadal jest klatką.*

*

Wiosna przeszła w lato, a lato w pachnącą jesień. Rankami pojawiały się mgły, a nocami czasem nadchodziły burze. Zima miała nadejść piękna na swój sposób: zielone liście ciemiernika miały zalśnić pośród brązów, a wysokie, czarne cyprysy zarysować się na tle metalicznego nieba. Nie było naprawdę zimno, nie tak jak na Dikte, lecz byłam zadowolona z nowych opończy, gdy wspinałam się na skały i stawałam na wietrze. Ale niezależnie od tego, jakich piękności szukałam, jakie przyjemności znajdywałam, słowa siostry podążały za mną, szydząc i przewiercając mnie do szpiku kości.

– Myliłaś się co do czarów – powiedziałam jej głośno. – Ich znajomość nie rodzi się z nienawiści. Swoją pierwszą miksturę zrobiłam z miłości do Glaukosa.

Słyszałam ociekający słodyczą i jadem głos Pazyfae, jakby stała przede mną. „Ale przecież to było na przekór ojcu, na przekór wszystkim, którzy cię obrażali i stawali na drodze twoich marzeń".

Czytałam w oczach ojca, co myśli, gdy w końcu się dowiedział, kim jestem. Żałował, że nie zdmuchnął świeczki mojego życia, kiedy byłam w kołysce.

„Spójrz, jak zapieczętowali łono naszej matki – ciągnęła. – Nie zauważyłaś, jak łatwo przychodziło jej manewrować naszym ojcem i ciotkami?"

Owszem, zauważyłam. Nie potrzebowała do tego ani urody, ani miłosnych sztuczek, których na pewno znała na kopy.

– Jest sprytna.

„Sprytna! – Pazyfae się roześmiała. – Nigdy jej nie doceniałaś. Nie zdziwiłabym się, gdyby też miała we krwi zdolność czynienia czarów. Nie odziedziczyłyśmy czarodziejskich zdolności po Heliosie".

Sama się nad tym zastanawiałam.

„Teraz żałujesz, że ją lekceważyłaś – dodała moja siostra. – Każdego dnia lizałaś buty ojcu z nadzieją, że ją odprawi".

Przemierzałam skały. Chodziłam po ziemi przez setki ludzkich pokoleń, ale nadal byłam dla siebie dzieckiem. Wściekłość i wstyd, niespełnione pragnienia, pożądanie, samoużalanie się – te uczucia bogowie znają doskonale. Ale poczucie winy, żal czy niezdecydowanie to dla naszego gatunku obce pojęcia. Nie mogłam przestać myśleć o minie siostry, wstrząsie, zmieszaniu, kiedy powiedziałam, że nigdy nie będę jak ona. Na co liczyła? Że będziemy posyłać sobie nawzajem wiadomości w dziubkach mew? Że będziemy się dzielić zaklęciami, walczyć przeciwko bogom? Że staniemy się w końcu w pewien sposób siostrami?

Usiłowałam to sobie wyobrazić: razem pochylone nad ziołami, Pazyfae się śmieje, gdy wymyśli coś sprytnego. Nagle zamarzyło mi się... och, wiele rzeczy, które nigdy nie miały się wydarzyć. Że zdążyłam w porę poznać jej naturę, że dorastamy w innym miejscu niż lśniące komnaty pałacu naszego ojca. Że osłabiam jad jej trucizn, zapobiegam udrękom, które tak lubi gotować innym, uczę ją, jak zbierać najlepsze zioła.

„Ha! – na to ona. – Nie będę się uczyć od kogoś głupiego. Jesteś słaba i ślepa, a na dodatek z własnego wyboru. W końcu tego pożałujesz".

Było mi łatwiej, kiedy tryskała nienawiścią.

– Nie jestem słaba. I nigdy nie będę żałować, że nie jestem taka jak ty. Słyszysz?

Oczywiście nie doczekałam się odpowiedzi. Tylko wiatru zjadającego moje słowa.

*

Hermes powrócił. Już nie posądzałam go o to, że spiskował z Pazyfae. Po prostu taką miał naturę: lubił się przechwalać swoją wiedzą i śmiać z niewiedzy innych. Rozsiadł się na moim srebrnym krześle.

– No więc jak ci się podobała Kreta? Słyszałem, że przeżyłaś niezłe emocje.

Tamtej nocy nakarmiłam go, napoiłam i zabrałam do łoża. Był czarujący jak zwykle, chętny i pomysłowy, kiedy baraszkowaliśmy.

Ale gdy na niego patrzyłam, w moich ustach rósł niesmak. W jednej chwili się śmiałam, w następnej jego dowcipy smakowały mi piołunem. Kiedy mnie dotykał, doznawałam dziwnego przeniesienia w czasie i przestrzeni. Miał dłonie idealnie gładkie, bez blizn.

Oczywiście moje opory tylko pobudzały jego pomysłowość. Każde wyzwanie było grą, a każda gra przyjemnością. Gdybym go kochała, zniknąłby, a moja niechęć go przyciągała. Wyłaził ze skóry, zasypywał mnie prezentami i nowinami, niepytany opowiedział całą historię Minotaura.

Po tym, jak odpłynęłam z Krety, powiedział, najstarszy syn Minosa i Pazyfae, Androgeos, został zabity w pobliżu Aten. Tymczasem lud Krety zaczął się burzyć na wieść, że w każde żniwa będzie musiał oddawać swoją młodzież na śmierć, i groził buntem. Minos wykorzystał zabicie Androgeosa i w zamian za utraconego syna zażądał od króla Aten siedmiu młodzieńców i siedem dziewcząt, którzy mieli zostać rzuceni na pożarcie Minotaurowi. W razie niespełnienia tego żądania Ateny czekała wojna. Przerażony król zgodził się i jednym z ofiarowanych młodzieńców był jego własny syn Tezeusz.

To właśnie on, książę Tezeusz, był śmiertelnikiem, którego widziałam w górskiej sadzawce. Ale moja wizja nie była kompletna; Tezeusz zginąłby, gdyby nie Ariadna. Zakochała się w nim i uratowała mu życie, przemyciwszy mu miecz i zgodnie ze wskazówkami samego Dedala wskazawszy drogę przez labirynt. Niemniej jednak, gdy wyszedł z plątaniny korytarzy z rękami umazanymi krwią potwora, Ariadna zapłakała i nie był to płacz radości.

– Słyszałem, że kochała tego stwora miłością sprzeczną z ludzką naturą – powiedział Hermes. – Często odwiedzała go w klatce, przemawiała czule przez kraty i karmiła smakołykami ze swojego stołu. Raz podeszła zbyt blisko i ugryzł ją w ramię. Uciekła i Dedal zaszył ranę, ale u podstawy jej szyi pozostała blizna w kształcie korony.

Przypomniałam sobie jej wyraz twarzy, gdy mówiła „mój brat".

– Została ukarana? Za pomoc Tezeuszowi?
– Nie. Uciekła z nim po tym, jak Minotaur został zabity. Tezeusz ożeniłby się z nią, ale mój brat zdecydował, że chce jej dla siebie. Wiesz, jak uwielbia wdzięczne tancerki. Rozkazał Tezeuszowi zostawić ją na wyspie. Potem miał się zjawić i ogłosić swoje zamiary wobec niej.

Wiedziałam, o którym bracie mówi: o Dionizosie, panu dzikiego bluszczu i winnej latorośli. O szalejącym synu Zeusa, którego śmiertelni nazywali Wyzwolicielem, bo uwalniał ich od trosk. Pomyślałam, że z Dionizosem przynajmniej będzie tańczyła każdej nocy.

Hermes jednak pokręcił głową.

– Zjawił się za późno. Ariadna zasnęła i Artemida ją zabiła.

Rzucił to tak niedbałym tonem, że przez chwilę myślałam, że się przesłyszałam.

– Co?! Ona nie żyje?
– Sam zaprowadziłem ją do świata podziemi.

Tę gibką i pogodną dziewczynę.

– Dlaczego Artemida ją zabiła?
– Nie mogłem wydusić od niej jasnej odpowiedzi. Wiesz, jaka bywa wybuchowa. To niepojęte, jak łatwo się obraża o byle co. – Wzruszył ramionami.

Moje czary nie mogły się równać z mocami bogów z Olimpu. Ale kiedy usłyszałam o śmierci Ariadny, zapragnęłam spróbować swoich sił. Chciałam użyć wszelkich zaklęć i całej swojej mocy, wezwać wszystkie duchy ziemi, zwierzęta i ptaki i wysłać je przeciwko Artemidzie, aż poczuje na własnej skórze, jak wyglądają prawdziwe katusze.

– Daj spokój – powiedział Hermes. – Jeśli będziesz płakać po śmierci każdego śmiertelnika, nie minie miesiąc, a utoniesz we własnych łzach.

– Wynoś się! – krzyknęłam.

*

Ikar, Dedal, Ariadna. Przepadli na tych ciemnych polach, gdzie ręce dotykają jedynie powietrza, a stopy nie stąpają już po ziemi. Gdybym tylko była na miejscu, pomyślałam. Ale co by to zmieniło? Hermes powiedział prawdę. Śmiertelni umierali, gdy toną statki, od miecza, kłów dzikich zwierząt i z rąk dzikusów, z powodu chorób, głodu i starości. Niezależnie od tego, jak energiczni są za życia, jak genialni, niezależnie od cudowności, które stworzyli, obracali się w proch i dym. Tymczasem każdy małostkowy, bezużyteczny bóg miał oddychać jasnym powietrzem, dopóki nie zagasną gwiazdy.

*

Hermes jak zwykle wrócił. Wpuściłam go. Kiedy błyszczał w moim domu, wyspa nie wydawała się tak ciasna, świadomość wygnania nie ciążyła mi tak bardzo.

– Mów, co nowego – rozkazałam mu. – Opowiedz, co na Krecie. Jak Pazyfae przyjęła śmierć Minotaura?

– Plotka głosi, że oszalała. Przywdziewa wyłącznie czerń żałoby.

– Nie bądź głupi. Moja siostra szaleje tylko wtedy, gdy szaleństwo służy jej zamiarom.

– Mówi się, że przeklęła Tezeusza i od tej pory ścigają go same nieszczęścia. Słyszałaś, jak umarł jego ojciec?

Nie obchodził mnie Tezeusz, chciałam usłyszeć coś o siostrze. Hermes musiał śmiać się w duchu, gdy karmił mnie opowieścią po opowieści. Odstawiła Minosa od łoża i jej jedyną radością stała się najmłodsza córka Fedra. Przemierzała stoki Dikte, przekopując całą górę w poszukiwaniu nowych trucizn. Zbierałam troskliwie wszystkie szczegóły jak smok skarby. Zdałam sobie sprawę, że czegoś szukam, ale nie wiedziałam czego.

Wzorem wszystkich dobrych bajarzy Hermes najlepsze zachował na koniec. Pewnego wieczoru opowiedział mi, jak Pazyfae zabawiła się z Minosem w początkach ich małżeństwa. Minos miał zwyczaj rozkazywać każdej dziewczynie, która wpadła mu w oko, by stawiła się w jego sypialni przed oblicze jego żony. Pazyfae rzuciła więc zaklęcie, za sprawą którego nasienie Minosa przemieniało się w żmije i skorpiony, które uśmiercały pokładające się z nim kobiety.

Przypomniałam sobie kłótnię siostry i szwagra, której byłam świadkiem. „Sto dziewcząt", powiedziała Pazyfae. Służące, niewolnice, córki kupców, wszystkie, których ojcowie nie odważyli się przeciwstawić królowi. Wszystkie straciły życie bez powodu, tylko dla jej małostkowej przyjemności i zemsty.

Odesłałam Hermesa, zatrzasnęłam okiennice, czego nigdy nie robiłam. Jeśliby mnie ktoś widział, pomyślałby, że szykuję potężne czary, ale nie sięgałam po zioła. Przeżywałam radość, której nie potrafiłabym nazwać słowami. Ostatnia opowieść Hermesa opisywała czyny tak ohydne, tak niebywałe i obrzydliwe, że poczułam się jak uwolniona od choroby. Chociaż byłam uwięziona na Ajai, przynajmniej nie musiałam dzielić świata z Pazyfae i jej podobnymi.

– Koniec z nimi – powiedziałam, chodząc po izbie. – Nie będę więcej o nich myśleć. Niech przepadną i nie zjawiają się więcej.

Lwica, tuląc łeb do złożonych łap, nie odrywała wzroku od podłogi. Może więc wiedziała coś, co przede mną było ukryte.

ROZDZIAŁ TRZYNASTY

Przyszła wiosna. Któregoś dnia zbierałam na wschodnim stoku wczesne truskawki. Morskie wiatry dawały się mocno we znaki i słodka woń owoców zawsze miała słonawą nutę. Nagle dziki zaczęły chrumkać. Gdy podniosłam wzrok, w ukośnie padających promieniach popołudniowego słońca zobaczyłam płynący do wyspy statek. Posuwał się pod wiatr, ale nie zmniejszał prędkości, chociaż nie halsował. Wiosłujący marynarze prowadzili go po prostej linii jak dobrze wycelowaną strzałę.

Ścisnęło mnie w dołku. Hermes mnie nie przestrzegł, a sama nie potrafiłam zgadnąć, co to znaczy. Statek pochodził z mykeńskiej stoczni i miał na dziobie tak potężny galion, że musiał wpływać na jego obciążenie. Para oczu w czarnej oprawie płonęła na pokładzie. W powietrzu unosiła się obca, dziwna woń. Chwilę się wahałam, ale otarłam ręce i zeszłam na plażę.

Statek już był blisko, dziób rzucał na falę cień w kształcie igły. Na pokładzie doliczyłam się blisko trzech tuzinów ludzi. Później oczywiście tysiące innych miało się chełpić tym, że się tam znaleźli, lub twierdzić, że na pokładzie byli ich przodkowie. O załodze mówiło się, że to najwięksi bohaterowie swojego pokolenia. Śmiali i nieulękli, mistrzowie setki szalonych przygód. I prezentowali się stosownie do tego: książęcej postawy, wysocy, rozrośnięci w ramionach, w bogatych płaszczach i o gęstych czuprynach, wykarmieni najlepszą strawą, jaką ich królestwa mogły zaofiarować. Nosili broń ze swobodą, z jaką większość ludzi nosi ubiór. Niewątpliwie od kołyski walczyli z najdzikszą zwierzyną i pokonywali gigantów.

Jednak twarze przy burcie były wymizerowane i napięte. A woń, którą wcześniej poczułam, teraz była silniejsza i zawisła w powietrzu ciężka jak opadający z masztu całun. Zobaczyli mnie, lecz nie pozdrowili słowem ani gestem.

Opadła z pluskiem kotwica, rzucono trap. Nad statkiem krążyły skrzekliwe mewy. Trzymając się blisko siebie i skłaniając głowy, na ląd zeszły dwie postacie: potężnie zbudowany i umięśniony mężczyzna, któremu późna bryza podnosiła włosy, i – ku mojemu zaskoczeniu – kobieta. Wysoka, otulona w czerń, ciągnąca za sobą długi welon. Ta para szła ku mnie z wdziękiem i bez wahania jak oczekiwani goście. Uklękli u moich stóp. Kobieta uniosła nagie ręce i długimi palcami ułożyła starannie welon, zasłaniając każdy kosmyk włosów. Cały czas skłaniała głowę, ukrywając twarz.

– Bogini – przemówiła – czarodziejko z Ajai. Przybyliśmy po ratunek. – Mówiła cicho, ale wyraźnie, melodyjnym tonem, jakby często śpiewała. – Umknęliśmy przed wielkim złem i aby uciec, sami dopuściliśmy się wielkiego zła. Jesteśmy zbrukani.

Czułam to. Zbyt gęste, niezdrowe powietrze pokryło wszystko oleistym ciężarem. *Miasma*. Skażenie. Unosiło się z owoców nieodkupionych zbrodni, świętokradczych czynów i rozlewów krwi, po których nie nastąpiło oczyszczenie. Czułam je na sobie po przyjściu na świat Minotaura, dopóki nie oczyściłam się wodami Dikte. Ale ta *miasma* była mocniejsza; brukająca, nieustępliwa zaraza.

– Pomożesz nam? – spytała kobieta.

– Pomóż nam, wielka bogini, jesteśmy zdani na twoją łaskę – powtórzył za nią mężczyzna.

Nie prosili o czary, ale o najstarszy rytuał naszego gatunku. O katharsis. Oczyszczenie dymem i modlitwą, wodą i krwią. Zakazane mi było odpytywać proszących, domagać się opisu zbrodni, jeśli to była zbrodnia. Mogłam tylko wyrazić zgodę lub nie.

Mężczyzna nie zachowywał się tak uniżenie jak jego towarzyszka. Kiedy przemówił, uniósł nieco głowę i mogłam zobaczyć jego twarz. Był młody, nawet młodszy, niż wcześniej oceniłam, broda rosła mu dopiero kępkami. Ogorzał od wiatru i słońca, lecz jaśniał zdrowiem. Był piękny – jak bóg, powiedzieliby poeci. Ale największe wrażenie zrobiła na mnie jego determinacja śmiertelnika, zdecydowanie, które przejawiało się w sposobie, w jaki się nosił, mimo przygniatającego go do ziemi ciężaru.

– Powstańcie – rzekłam. – I chodźcie. Pomogę wam, na ile potrafię.

*

Poprowadziłam ich ścieżkami dzików. Wiódł ją pod ramię, pomocnie, jakby udzielał jej wsparcia, choć nie potknęła się ani razu. Kroczyła nawet pewniej niż on. I nadal starannie ukrywała twarz.

Wprowadziłam ich do domu. Nie usiedli na krzesłach, uklękli na kamieniach podłogi. Gdyby Dedal rzeźbił posąg pokory, mogliby mu posłużyć za modele.

Podeszłam do tylnych drzwi, a kiedy przybiegły do mnie dziki, położyłam dłoń na warchlaku, który nie miał jeszcze roku, czystym i bez skazy. Jeślibym była kapłanką, dałabym mu oszałamiający napój, by się nie przeląkł i nie stawiał oporu, nie skaził rytuału. W moich rękach rozluźnił się niczym śpiące dziecko. Gdy go myłam, przewiązałam święconą opaską, zaplatałam mu na szyi girlandę, przez cały czas był cichy, jakby wiedział, co go czeka, i zgadzał się.

Na podłodze postawiłam złotą miednicę i sięgnęłam po wielki nóż z brązu. Nie miałam ołtarza, bo nie był mi potrzebny – świątynia była ze mną wszędzie. Zwierzę poddało się, kiedy przecinałam mu gardło; tylko chwilę kopało racicami. Przytrzymałam je, aż znieruchomiało; tymczasem czerwony strumień napełniał naczynie. Odśpiewałam hymny, obmyłam ręce i twarze przybyszów świętą wodą, podczas gdy pachnące zioła płonęły. Czułam, że powietrze staje się lżejsze, samo się oczyszcza i pozbywa oleistej woni. Modlili się, kiedy wyniosłam krew, by nakarmić nią poskręcane korzenie drzew. Później miałam rozdzielić mięso i przygotować gościom posiłek.

– Skończone – powiedziałam, wróciwszy z dworu.

Mężczyzna podniósł do ust rąbek mojej opończy.

– Dziękujemy, wielka bogini.

Ja jednak patrzyłam na kobietę. Chciałam zobaczyć jej twarz, która w końcu wyłoniła się z ukrycia.

Podniosła głowę. Jej oczy gorzały jak pochodnie. Odrzuciła welon, odsłaniając włosy świetliste jak słońce na wzgórzach Krety. Była w połowie boginią, w połowie człowiekiem – boskość zmieszana ze śmiertelnością. I co więcej, była mojej krwi. Nikt poza potomkami Heliosa nie jaśniał tak słonecznym blaskiem.

– Przepraszam, że cię zwiodłam – powiedziała. – Ale nie mogłam ryzykować, że odeślesz mnie z niczym, kiedy całe życie marzyłam, żeby cię poznać.

Było w niej coś trudnego do opisania: rozgorączkowanie, żar, który uderzał do głowy. Spodziewałam się urody, gdyż kroczyła jak królowa bogów, była jednak dziwną pięknością, nieprzypominającą mojej matki ani sióstr. Żaden z elementów jej twarzy nie był idealny – nos zbyt ostry, podbródek sterczący i kwadratowy – jednak razem tworzyły całość. Nie dało się oderwać od niej oczu.

A przy tym wpijała we mnie wzrok tak, jakby chciała mnie obedrzeć ze skóry.

– Ty i mój ojciec byliście sobie bliscy w dzieciństwie. Nie miałam pojęcia, jaką wiadomość mógłby ci przekazać o krnąbrnej córce.

Miała w sobie siłę, pewność siebie. Powinnam ją rozpoznać od pierwszego spojrzenia, choćby tylko po zarysie jej ramion.

– Jesteś córką Ajetesa – powiedziałam. Szukałam imienia, które przekazał mi Hermes. – Medea, czy nie tak się nazywasz?

– A ty jesteś ciotką Kirke.

Przypomina ojca, pomyślałam. To wysokie czoło i ostry, nie-

175

ulękniony wzrok. Nie mówiąc nic więcej, wstałam i poszłam do kuchni. Położyłam na tacy chleb, postawiłam puchary i wino, dodałam sera i oliwek. Prawo stanowi, by goście zostali nakarmieni, zanim gospodarz nasyci swoją ciekawość.

– Posilcie się – powiedziałam. – Przyjdzie czas na wyjaśnienia.

Najpierw obsłużyła swojego towarzysza, ofiarowując mu najdelikatniejsze kąski, podsuwając kawałek po kawałku. Jadł łapczywie wszystko, co mu podała, a kiedy znów napełniłam tacę, pochłonął i dokładkę, rytmicznie pracując szczękami bohatera. Ona jadła niewiele. Spuściła wzrok, znów chowając swoje sekrety.

W końcu mężczyzna odsunął talerz.

– Nazywam się Jazon, jestem prawowitym następcą tronu królestwa Jolkos. Ojciec był cnotliwym władcą, ale o miękkim sercu, i kiedy byłem dzieckiem, jego brat zrzucił go z tronu. Powiedział, że zwróci mi koronę, gdy dorosnę, ale muszę udowodnić swoją wartość, dostarczając mu złote runo przechowywane przez czarownika w Kolchidzie.

Uwierzyłam, że jest prawdziwym księciem. Mówił jak następca tronu; słowa w jego ustach miały ciężar głazów, gdy opisywał szczegóły swojej historii. Próbowałam wyobrazić go sobie klęczącego przed Ajetesem, pośród tryskających mlekiem fontann i zwiniętych w gigantyczne zwoje smoków. Mój brat pewnie uznał go za nudziarza i do tego aroganta.

– Szlachetna Hera i szlachetny Zeus pobłogosławili mój cel. Zaprowadzili mnie na statek i pomogli zebrać towarzyszy. Kiedy zjawiliśmy się w Kolchidzie, zaproponowałem królowi Ajetesowi uczciwą zapłatę za runo, ale ją odrzucił. Powiedział, że dostanę je tylko wtedy, gdy wykonam pracę, którą mi poleci. Miałem zaprząc do pługa parę byków i jednego dnia zaorać i zasiać ogromne pole. Oczywiście, byłem chętny i od razu zaakceptowałem te warunki. Jednak...

– Jednak zadanie było niewykonalne. – Głos Medei wśliznął się w jego słowa ze swobodą wodnej strugi. – Okazało się wybiegiem, dzięki któremu ojciec miał zachować runo dla siebie. Ani mu było w głowie rozstawać się z tym skarbem, który jest częścią wielkiej legendy i znakiem potęgi. Żaden śmiertelnik, choćby najdzielniejszy i najodważniejszy – przy tych słowach się odwróciła i pogładziła dłoń Jazona – nie mógł samotnie wykonać wymaganej pracy. Byki były owocem czarów ojca: wykute z brązu, o rogach ostrych jak nóż i zionące ogniem. Chociaż Jazon zdołał zaprząc je do pługa, nasiona, które miał zasiać, okazały się kolejną pułapką. Zamieniły się w wojowników, którzy wyrastali z ziemi, gotowi go zabić. – Patrzyła namiętnym wzrokiem na twarz Jazona.

– Więc wymyśliłaś podstęp – powiedziałam, bardziej licząc na to, że się otrząśnie, niż ciekawa dalszego ciągu opowieści.

Jazonowi to się nie spodobało. Był bohaterem wspaniałego złotego wieku. Podstępy to coś dla tchórzy, którym brakowało prawdziwej odwagi, słabeuszy o wiotkich karkach. Medea szybko rozwiała jego chmurny nastrój.

– Mój ukochany odrzucił wszelką pomoc – rzekła. – Ale ja się uparłam, bo nie mogłam znieść myśli, że narazi się na niebezpieczeństwo.

Zmiękł. Wątek, który podsunęła Medea, bardziej przypadł mu do gustu: księżniczka padająca mu do stóp i porzucająca ojca okrutnika, aby tylko być z nim. Potajemnie odwiedzała go nocami, rozświetlanymi wyłącznie blaskiem jej oblicza. Kto by się temu oparł?

Teraz jednak kryła twarz. Mówiła cicho, utkwiwszy wzrok w splecionych dłoniach.

– Mam trochę umiejętności, które wykorzystujecie, ty i mój ojciec. Przyrządziłam więc prostą miksturę, która chroniła ciało Jazona przed ogniem byków.

Teraz, gdy wiedziałam, kim jest, jej skromność wydawała się absurdalna, jakby orlica kuliła się, próbując się wcisnąć w gniazdo jaskółki. Nazwała miksturę prostą? Nigdy nie przyszło mi do głowy, że śmiertelna istota mogłaby dokonać czarów, a co dopiero użyć potężnego zaklęcia.

Jazon znów przemówił; wypowiadał słowa, jakby toczył przed sobą głazy, gdy opisywał, jak zaprzęgał byki, orał pole i siał.

Kiedy wojownicy wyskoczyli z gleby, powiedział, znał sekret, jak ich pokonać, bo zdradziła mu go Medea. Wystarczyło cisnąć między nich kamieniem, by w szale rzucili się jeden na drugiego. Postąpił wedle tych wskazówek, lecz Ajetes nadal nie chciał dać runa. Powiedział, że Jazon musi jeszcze pokonać nieśmiertelnego smoka strzegącego skarbu. Medea sporządziła napar, który uśpił bestię. Jazon pobiegł ze skarbem na statek, zabierając ze sobą Medeę – honor nie pozwalał mu porzucić niewinnej dziewczyny na łaskę nikczemnego tyrana.

Pomyślałam, że Jazon już nie może się doczekać, jak będzie snuł tę opowieść na swoim dworze, przed wytrzeszczającymi oczy możnymi i mdlejącymi dziewczętami. Nie podziękował Medei za pomoc; prawie o niej zapomniał, jakby ratunek z rąk półbogini należał mu się na każdym kroku. Pewnie wyczuła moją dezaprobatę, bo się odezwała.

– Zaprawdę jest człowiekiem honoru, bo w nocy po ucieczce wziął ze mną ślub na statku, chociaż ścigały nas straże ojca. Kiedy odzyska tron Jolkos, ja zasiądę obok niego na tronie jako królowa.

Czy mi się wydawało, że Jazon zmarkotniał po tych słowach? Zapadła cisza.

– Co to za krew, którą zmyłam z waszych rąk? – spytałam.

– Właśnie... – odezwała się cicho. – Ojciec wpadł w gniew i rzucił się za nami w pogoń. Czarami wypełnił żagle wiatrem i rankiem był już bardzo blisko. Wiedziałam, że moje zaklęcia nie mogą się równać tym, które on rzucał. Mogłam sobie błogosławić nasz statek do woli, a i tak nie zdołalibyśmy uciec przed ojcem. Miałam tylko jedną nadzieję: młodszego brata, którego ze sobą zabrałam. Był następcą ojca i myślałam, że wymienię go za nasze bezpieczeństwo. Ale gdy zobaczyłam ojca na dziobie, rzucającego przekleństwa, wiedziałam, że nie zgodzi się na wymianę. Miał wymalowany na twarzy szał mordu. Nic nie mogło go zadowolić poza zniszczeniem nas. Unosząc berło, rzucał zaklęcie mające spaść na nasze głowy. Ogarnął mnie straszny lęk. Nie o siebie, ale o niewinnego Jazona i jego załogę.

Spojrzała na niego, ale on odwrócił się twarzą do ognia.

– W tamtej chwili... nie potrafię tego opisać. Opanowało mnie szaleństwo. Złapałam Jazona za ramiona i kazałam mu zabić mojego brata. Potem poszatkowałam trupa i wrzuciłam szczątki do wody. Wiedziałam, że chociaż ojciec był rozwścieczony, będzie musiał się zatrzymać, by wyłowić ciało i wyprawić synowi należyty pogrzeb. Kiedy otrząsnęłam się z obłędu, morze było puste. Myślałam, że to sen, dopóki nie zobaczyłam na rękach krwi brata.

Wyciągnęła je do mnie, jakby na dowód. Były czyste. Dzięki mnie.

Jazon poszarzał jak nieoczyszczony ołów.

– Mężu – powiedziała Medea. Wzdrygnął się, chociaż mówiła półgłosem. – Twój puchar jest pusty. Mogę go napełnić? – Wstała i poszła po dzban.

Nie patrzył za nią i nie zauważyłabym tego, co się stało, gdybym nie była czarownicą; Medea wrzuciła do wina szczyptę proszku i szepnęła jakieś słowo.

– Proszę, miłości moja – powiedziała, podając Jazonowi puchar. Przemawiała do niego czule jak matka.

Wypił wino, a kiedy głowa opadła mu w tył i puchar wysunął się z ręki, Medea złapała go i ostrożnie odstawiła na stół.

– Rozumiesz, to dla niego trudne – zwróciła się do mnie, siadając. – Obwinia się.

– To nie był obłęd – rzuciłam.

– Nie. – Przewiercała mnie złotymi oczami. – Ale przecież niektórzy nazywają kochanków obłąkanymi.

– Gdybym wiedziała, nie dokonałabym rytuału.

Kiwnęła głową.

– Ty i większość innych. Może dlatego nie wolno zadawać pytań tym, którzy proszą o oczyszczenie. Ilu z nas dostąpiłoby przebaczenia, gdyby wpierw zajrzano w głąb naszych serc?

Zdjęła czarny płaszcz i przewiesiła go przez krzesło obok. Na sobie miała jeszcze suknię barwy lapis-lazuli przewiązaną cienkim srebrnym paskiem.

– Czujesz wyrzuty sumienia? – spytałam.

– Pewnie mogłabym płakać i trzeć oczy, by sprawić ci przyjemność, ale zdecydowałam się nie żyć w zakłamaniu. Gdyby nie ja, ojciec posłałby nasz statek na dno. Brat był wojownikiem. Złożył siebie w ofierze, żeby wygrać wojnę.

– Tyle że nie sam. Ty go zamordowałaś.

– Dostał miksturę, żeby nie cierpiał. Spotkał go lepszy los niż większość ludzi.

– Był twojej krwi.

Jej oczy płonęły jasne jak kometa na nocnym niebie.

– Czy jedno życie jest więcej warte niż inne? – powiedziała. – Nigdy tak nie myślałam.

– Nie musiał umrzeć. Mogłaś oddać się w ręce ojca i zwrócić runo.

Teraz cała jej twarz rozpłomieniła się niczym kometa, gdy zdąża ku Ziemi i zamienia pola w popiół.

– Musiałabym patrzeć, jak ojciec rozdziera Jazona i załogę na kawałki, a potem sama poszłabym na tortury. Wybacz, ale to żaden wybór. – Zobaczyła na mojej twarzy poruszenie. – Nie wierzysz mi?

– Mówisz wiele rzeczy o moim bracie, które mnie zaskakują.

– W takim razie dowiedz się prawdy. Wiesz, jaka jest jego ulubiona rozrywka? Ludzie przypływają na naszą wyspę, chcąc się sprawdzić w pojedynku ze straszliwym czarownikiem. Ojciec lubi wpuszczać kapitanów statków pomiędzy smoki i przyglądać się, jak uciekają. Załogi zniewala i otumania do tego stopnia, że są bezwolne niczym kamienie. Widziałam, jak dla uciechy gości przykłada rozpalone żelazo do ramion ludzi. Niewolnik stoi bez ruchu i płonie, dopóki ojciec nie pozwoli mu odejść. Zastanawiałam się, czy zamienili się w puste łupiny, czy też wiedzieli, co ich spotyka, i w środku wyli z bólu. Jeśli ojciec mnie złapie, dowiem się tego, bo czeka mnie ten sam los.

Nie mówiła słodkim głosem, którego używała przy Jazonie. Nie demonstrowała też swojej ostentacyjnej pewności siebie. Każde jej słowo ziało czarnym ogniem głowicy topora, miało jej ciężar i nieustępliwość i każde utaczało miarkę mojej krwi.

– Przecież nie skrzywdziłby własnego dziecka.

Prychnęła drwiąco.

– Dla niego nie jestem dzieckiem. Robi ze mną, co mu się żywnie podoba, jak zrobił z wojownikami, którzy wyrośli z nasion, czy bykami zionącymi ogniem. Czy z moją matką, którą odesłał, kiedy tylko urodziła mu następcę. Może byłoby inaczej, gdybym się nie znała na czarach. Ale zanim skończyłam dziesięć lat, umiałam wywabiać żmije z kryjówek, jednym zaklęciem zabijałam jagnięta i przywracałam życie drugim. Ukarał mnie za to. Powiedział, że przez to nie pójdę na małżeńskim targu, ale tak naprawdę nie chciał, żebym zabrała jego tajemnicę do męża.

Usłyszałam szepczący mi do ucha głos Pazyfae. *Ajetes przez całe życie nigdy nie polubił żadnej kobiety.*

– Jego największym pragnieniem było sprzedanie mnie czarownikowi-bogu w zamian za egzotyczne trucizny. Nie znalazł nikogo poza swoim bratem Persesem, więc zaproponował mnie jemu. Modlę się każdej nocy, żeby to zwierzę mnie nie zechciało. Ma jakąś sumeryjską boginię, którą trzyma w kajdanach i nazywa żoną.

Przypomniały mi się opowieści Hermesa o Persesie i jego pałacu trupów. I znów słowa Pazyfae. *Nie masz pojęcia, do czego byłam zmuszana, żeby mu się przypodobać.*

– To dziwne – powiedziałam z wysiłkiem. – Ajetes zawsze nie cierpiał Persesa.

– To się zmieniło. Teraz są najbliższymi przyjaciółmi i kiedy stryj przypływa z wizytą, rozmawiają tylko o wskrzeszaniu umarłych i obaleniu bogów z Olimpu.

Czułam się jak sparaliżowana, jałowa niczym pola zimą.

– Czy Jazon wie o tym wszystkim? – spytałam.

– Oczywiście, że nie wie! Oszalałaś? Za każdym razem, gdy

spojrzałby na mnie, myślałby o truciznach i przypalaniu żywcem. Mężczyzna chce żony jak młoda trawa, świeżej i nietkniętej.

Czy nie widziała, jak on się wzdryga? A może nie chciała widzieć? Jazon już się od ciebie odsuwa, pomyślałam.

Medea wstała i jej suknia zalśniła niczym wzbierająca fala.

– Ojciec nadal nas ściga. Musimy zaraz odpłynąć i jak najszybciej wracać do Jolkos. Mają tam wojska, których nawet on nie pokona, bo wspiera je Hera. Będzie musiał się cofnąć. Wtedy Jazon zostanie królem, a ja królową u jego boku.

Jej twarz jaśniała. Każde jej słowo było jak kamień, na którym budowała swoją przyszłość. Ale po raz pierwszy dojrzałam, że przypomina stworzenie, które rozpaczliwie lgnie do krawędzi przepaści, gdy skała już umyka mu spod łap. Była młoda, młodsza niż Glaukos, kiedy go spotkałam.

Spojrzałam na nieprzytomnego Jazona, luźno rozchylone usta młodzieńca.

– Jesteś pewna jego uczucia?

– Chcesz powiedzieć, że mnie nie kocha? – Jej głos wyostrzył się w jednej chwili.

– Jest jeszcze w połowie dzieckiem, a poza tym śmiertelnikiem. Nie potrafi zrozumieć twojej przeszłości ani twoich czarów.

– Nie musi. Teraz jesteśmy małżeństwem, dam mu potomków i zapomni o wszystkim, jakby to były majaki w gorączce. Będę dobrą żoną i życie się nam ułoży.

Dotknęłam jej ramienia. Ciało miała chłodne, jakby długo szła pod wiatr.

– Bratanico, obawiam się, że masz zmącony obraz świata. Przywitanie, które czeka cię w Jolkos, może nie być tak serdeczne, jak to sobie wyobrażasz.

Cofnęła ramię, marszcząc brwi.

– Co chcesz przez to powiedzieć? Dlaczego ma nie być serdeczne? Jestem księżniczką wartą Jazona.

– Będziesz tam obca. – Nagle zobaczyłam to jasno niczym wyraźny malunek. Kłótliwi wielmoże czekają w ojczyźnie na powrót Jazona i każdy z nich liczy na to, że wyda córkę za świeżo upieczonego bohatera i zgarnie cząstkę jego chwały. Zgodni będą tylko w jednym, co do Medei. – Znienawidzą cię. Gorzej, będą cię podejrzewać o różne rzeczy, bo jesteś córką czarownika, a do tego wiedźmą. Znasz tylko Kolchidę, nie masz pojęcia, jak śmiertelni bardzo się boją *pharmakeii*. Na każdym kroku będą podważać twoje prawa. Nie ma znaczenia, że pomogłaś Jazonowi. Przekreślą twoje zasługi albo wykorzystają je przeciwko tobie na dowód, że nie ma dla ciebie miejsca między ludźmi.

Przeszywała mnie wzrokiem, ale nie mogła zamknąć mi ust. Wyrzucałam z siebie słowo za słowem, jedno bardziej płomienne od drugiego.

– Nie znajdziesz tam bezpieczeństwa i spokoju. Ale możesz zostać uwolniona od ojca. Nie jestem w stanie stłumić jego okrucieństwa, lecz mogę się postarać, żeby już cię nie ścigał. Kiedyś powiedział, że czarów nie można się nauczyć. Mylił się. Ukrywał przed tobą swoją wiedzę, ale ja przekażę ci wszystko, co wiem. Gdy się zjawi, razem stawimy mu odpór.

Długo milczała.

– A co z Jazonem?

– Niech będzie bohaterem. Ty jesteś kimś innym.

– Kim?

W myślach już widziałam nas razem, głowa przy głowie nad purpurowym kwiatem tojadu, czarnymi korzeniami szlachetnego ziela. Mogłam ją uratować od splamionej krwią przeszłości.

– Czarownicą o niezmierzonej mocy. Która nie musi odpowiadać przed nikim poza samą sobą.

– Rozumiem. Kimś takim jak ty? Żałosną wygnanką, której samotność widać i czuć z daleka? – Zobaczyła, że jestem wstrząśnięta jej słowami. – Myślisz, że jak się otoczysz drapieżnikami i świniami, to kogoś oszukasz? Znasz mnie niecałe pół dnia, a już wyciągasz chciwie ręce, żeby zatrzymać mnie dla siebie. Twierdzisz, że chcesz mi pomóc, lecz komu naprawdę pragniesz pomóc? „Och, bratanico, najdroższa bratanico! Będziemy przyjaciółkami od serca i rączka w rączkę będziemy odprawiać czary. Zatrzymam cię u mego boku, żebyś zastąpiła mi córkę". – Wydęła wargi. – Nie skażę siebie na taką śmierć za życia.

Do tej pory wydawało mi się, że tylko nie mogę znaleźć sobie miejsca. Że tylko nie mogę znaleźć sobie miejsca i że jestem trochę smutna. Ale ona pozbawiła mnie złudzeń i zobaczyłam w jej oczach siebie: zgorzkniałą, porzuconą staruchę snującą intrygę, jak pająk swoją sieć, dzięki której wysysa życie młódki.

Z pałającym rumieńcem zerwałam się na nogi i stanęłam z nią twarzą w twarz.

– Lepsze to niż być żoną Jazona. Jesteś ślepa na jego słabość. On już się od ciebie odsuwa. Ile dni jesteś jego żoną? Trzy? Jaki będzie za rok? Prowadzi go miłość własna, ty byłaś mu przydatna tylko chwilę. W Jolkos twoja pozycja będzie zależeć od jego dobrej woli. Jak myślisz, na jak długo mu jej starczy, kiedy jego ziomkowie przybiegną z krzykiem, że zamordowanie twojego brata sprowadziło przekleństwo na kraj?

Zaciskała dłonie w pięści.

– Nikt się nie dowie o śmierci mojego brata. Kazałam załodze złożyć przysięgę milczenia.

– Takiego sekretu nie da się utrzymać w tajemnicy. Wiedziałabyś o tym, gdybyś nie była dzieckiem. Kiedy ci mężczyźni będą mogli rozmawiać swobodnie, zaczną szerzyć plotki. W jeden dzień całe królestwo się dowie i będą trząść twoim drżącym Jazonem, aż jego uczucie do ciebie rozsypie się w proch. „Wielki królu, to nie twoja wina, że chłopiec postradał życie. To ta nikczemna, ta obca wiedźma. Skoro rozszarpała własnego brata, to jakich potworności może się dopuścić u nas? Wyrzuć ją, oczyść nasze królestwo i weź na jej miejsce lepszą".

– Jazon nigdy nie usłuchałby takich potwarzy! Dałam mu złote runo! On mnie kocha!

Promieniejąc, stała przede mną wyzywająco. Wściekłość przesłoniła jej rozum. Mogłam tłuc jej do głowy ile wlezie, ale tylko wzmocniłabym jej upór. Podobnie było ze mną, dopiero babka musiała mi uświadomić prawdę. *To dwie różne rzeczy.*

– Medeo, posłuchaj. Jesteś młoda i Jolkos tylko przyda ci lat. Nie znajdziesz tam bezpieczeństwa.

– Lat przybędzie mi wszędzie – odparła. – Nie mam tyle czasu co ty. A bezpieczeństwa nie chcę. To tylko następne kajdany. Niech mnie atakują, jeśli się odważą. Nigdy nie zabiorą mi Jazona. Mam swoją moc i jej użyję.

Za każdym razem, kiedy wymawiała jego imię, promień miłości błyskał w jej oczach. Jazon był jej i miał pozostać jej aż do końca.

– A jak będziesz próbowała mnie zatrzymać, ciebie też czeka walka – ostrzegła.

Będzie walczyć, pomyślałam. Chociaż byłam boginią, a ona śmiertelniczką. Jest gotowa walczyć z całym światem.

Jazon się poruszył. Czar tracił moc.

– Bratanico, nie będę cię zatrzymywać wbrew twojej woli – powiedziałam. – Ale jeśli kiedykolwiek...

– Nie – weszła mi w słowo. – Nie chcę od ciebie niczego.

Zaprowadziła Jazona na brzeg. Nie zostali na odpoczynek ani na posiłek, nie czekali na świt. Podnieśli kotwicę i odpłynęli w ciemność; ich szlak rozświetlał tylko zamglony księżyc i wszystko przeszywający złoty blask oczu Medei. Stałam między drzewami, by nie widziała, jak odprowadzam ich wzrokiem, i nie miała jeszcze jednej okazji do szyderstw. Ale nie musiałam zadawać sobie trudu. Nie obejrzała się.

Piasek plaży był chłodny, a światło gwiazd kładło mi cętki na skórę. Fale z przejęciem zacierały ślady moich stóp. Zamknęłam oczy i poddałam się bryzie niosącej zapach morskiej wody i wodorostów. Czułam, jak konstelacje krążą wysoko, po dalekich szlakach. Długo czekałam, słuchałam, myślami goniłam fale. Nie usłyszałam niczego, chlupotu wioseł, łopotania żagla, głosów na wietrze. Ale wiedziałam, kiedy przypłynął. Otworzyłam oczy.

Wąski kadłub ciął fale przy mojej przystani. Ajetes stał na dziobie; złota twarz odcinała się na tle jaśniejącego nieba. Rosła we mnie radość, stara i ostra jak ból. To był mój brat.

Uniósł rękę i statek się zatrzymał, idealnie nieruchomo zawisł na falach.

– Kirke! – zawołał nad dzielącą nas wodą. Jego głos rozległ się w powietrzu niczym uderzenie w dzwon z brązu. – Moja córka tu przypłynęła.

– Tak – potwierdziłam. – Przypłynęła.

Na jego twarzy zalśniła satysfakcja. Kiedy był maleńki, wydawało mi się, że głowę ma delikatną jak ze szkła. Gładziłam go po niej, gdy spał.

– Wiedziałem, że się tu skieruje. Była w rozpaczy. Chciała narzucić mi pęta, ale sama nałożyła sobie pętlę na szyję. Bratobójstwo zaciąży na niej do ostatniego dnia.

– Opłakuję śmierć twojego syna – powiedziałam.

– Ona za to zapłaci. Odeślij ją.

Las ucichł za moimi plecami. Wszystkie zwierzęta zastygły i przypadły do ziemi. Jako dziecko lubił kłaść główkę na moim ramieniu i przyglądać się mewom łowiącym ryby. Jego śmiech był jasny jak słońce o poranku.

– Spotkałam Dedala – powiedziałam.

Zmarszczył brwi.

– Dedala? Przecież on nie żyje od lat. Gdzie Medea? Oddaj mi ją.

– Nie ma jej tu.

Chyba nie byłby bardziej wstrząśnięty, gdybym zamieniła morze w kamień. Na twarz wypełzły mu niedowierzanie i wściekłość.

– Pozwoliłaś jej odpłynąć?

– Nie chciała zostać.

– Nie chciała?! Jest przestępczynią i zdrajczynią. Twoim obowiązkiem było ją uwięzić i przekazać mnie.

Nigdy wcześniej nie widziałam go tak rozgniewanego. W ogóle nigdy nie widziałam go rozgniewanego. Ale nawet wzburzony był piękny jak fale, gdy przywdziewają sztormowe grzywy. Nadal mogłam go prosić o przebaczenie, nie było za późno. Mogłam powiedzieć, że mnie zwiodła. Byłam jego głupią siostrą, zbyt ufną i niezdolną zajrzeć w pęknięcia świata. Może po tych słowach wysiadłby na brzeg i moglibyśmy... ale tu moja wyobraźnia zamilkła. Za nim, na ławach, siedzieli jego wojownicy. Patrzyli prosto przed siebie. Ani drgnęli, nawet żeby odpędzić muchę lub się podrapać. Twarze mieli obojętne, puste, na ramionach blizny i strupy, stare oparzenia.

 Utraciłam brata dawno temu.

 Wiatr szalał wokół nas.

 – Słyszysz?! – wrzasnął Ajetes. – Powinienem cię ukarać.

 – Nie. W Kolchidzie możesz robić, co chcesz. Ale tu jest Ajaja.

 Przez ułamek chwili na jego twarzy malowało się zaskoczenie. Potem wykrzywił wargi.

 – Nic nie zrobiłaś. W końcu ją dopadnę.

 – Może. Ale nie myśl, że będzie posłuszna jak baranek. Jest jak ty, Ajetesie, to twój owoc. Musi z tym żyć i ty chyba też.

 Parsknął szyderczo, po czym odwrócił się i podniósł rękę. Jego ludzie poruszyli się jak jeden mąż. Pióra wioseł uderzyły o wodę i zabrały go ode mnie.

ROZDZIAŁ CZTERNASTY

Po zimie przyszły deszcze. Lwica się okociła i małe na nieporadnych, mięciutkich łapach baraszkowały przed paleniskiem. Nie uśmiechałam się na ten widok. Ziemia głucho dudniła mi pod stopami. Niebo nad głową wyciągało puste dłonie.

Czekałam na Hermesa, by spytać, co stało się z Medeą i Jazonem, ale trzymał się z daleka, jak zawsze, gdy był mi potrzebny. Próbowałam tkać, lecz nie mogłam się skupić. Teraz, po tym, jak Medea nazwała po imieniu moją samotność, okrywała wszystko, lgnęła jak pajęczyny, nieunikniona. Biegałam po plaży, dyszałam, pokonując w górę i w dół górskie ścieżki, próbując strząsnąć ją z siebie. Przesiewałam w nieskończoność pamięć chwil spędzonych z Ajetesem, wszystkie godziny, gdy byliśmy sobie bliscy. Powróciło stare gorzkie przeczucie: że zawsze byłam głupia.

Pomogłaś Prometeuszowi, powiedziałam sobie. Ale nawet w moich uszach brzmiało to żałośnie. Jak długo miałam roztrząsać tamto mgnienie, kryjąc się za nim jak pod wypłowiałym kocem? To, co wtedy zrobiłam, nie miało znaczenia. Prometeusz wisiał na swojej skale, ja byłam tutaj.

Dni posuwały się wolno, opadając niczym płatki przekwitłej róży. Ściskałam cedrowe krosna i wdychałam ich woń. Próbowałam sobie przypomnieć kształt blizn Dedala pod moimi palcami, ale wspomnienia są zbudowane z powietrza i rozwiały się. Ktoś musi przypłynąć, myślałam. Na świecie jest tyle statków, tylu ludzi. Ktoś musi. Wpatrywałam się w horyzont, aż oczy zachodziły mi mgłą; miałam nadzieję, że zjawią się jacyś rybacy, kupcy, choćby rozbitkowie. Nikogo.

Wcisnęłam twarz w sierść lwicy. Przecież musiała być jakaś boska sztuczka popędzająca czas, nadająca mu niewidzialność, sprowadzająca wieloletni sen, tak że po obudzeniu zobaczyłabym znów młody świat. Zamknęłam oczy. Za oknem słyszałam śpiew pszczół w ogrodzie. Lwica tłukła ogonem o kamienie. Minęła wieczność, zanim otworzyłam oczy, a cienie nawet nie drgnęły.

*

Stała nade mną, krzywiąc się. Ciemnowłosa, ciemnooka, o smukłych kończynach i głowie gładkiej niczym pierś słowika. Jej skóra miała znajomy zapach. Olejek różany i rzeka dziadka.

– Przybyłam, żeby ci służyć – powiedziała.

Drzemałam na krześle. Patrzyłam nieprzytomnie, myśląc, że pewnie jest zjawą, halucynacją wynikłą z mojej samotności.

– Co?

Zmarszczyła nos. Chyba wyczerpała swój zapas pokory.

– Jestem Alke – przedstawiła się. – To nie Ajaja? Nie jesteś córką Heliosa?

– Owszem, jestem.

– Skazano mnie na to, żebym ci służyła.

Miałam wrażenie, że śnię.

Wolno wstałam.

– Skazano? Kto cię skazał? Nie słyszałam o niczym podobnym. Mów, jakie moce cię tu przysłały.

Nimfy reagują jak woda, marszczą się. Ta rozmowa toczyła się zupełnie inaczej, niż to sobie wcześniej wyobrażała.

– Przysłali mnie wielcy bogowie.

– Zeus?

– Nie – odpowiedziała. – Mój ojciec.
– A kim jest twój ojciec?

Wymieniła imię jakiegoś pomniejszego rzecznego bożka z Peloponezu. Słyszałam o nim, może raz go widziałam, ale nigdy nie zasiadał w komnatach mojego ojca.

– Czemu cię do mnie przysłał?

Popatrzyła na mnie tak, jakbym była największą idiotką, jaką spotkała w życiu.

– Jesteś córką Heliosa.

Jak mogłam zapomnieć, czym żyją bóstwa niskiej rangi? Rozpaczliwie szukają sposobu wywyższenia się. Ja, mimo że poniżona, w żyłach miałam krew boga słońca, więc byłam kimś pożądanym, a moje poniżenie tylko zachęciło ojca tej najady, dodało mu odwagi.

– Dlaczego cię ukarano?

– Zakochałam się w śmiertelniku – odparła. – W pasterzu szlachetnej krwi. Ojcu się to nie spodobało i skazano mnie na rok pokuty.

Przyjrzałam się jej uważnie. Trzymała się prosto, nie uciekała wzrokiem, nie okazywała strachu ani przede mną, ani przed wilkami i lwami. I ojciec ją potępiał.

– Usiądź – zaproponowałam jej. – Bądź pozdrowiona.

Usiadła, ale krzywiła usta, jakby ugryzła niedojrzałą oliwkę. Rozejrzała się z niesmakiem. Kiedy zaproponowałam jej posiłek, odwróciła głowę niczym naburmuszone dziecko. Na moje próby rozmowy krzyżowała na piersiach ręce i zaciskała wargi. Otwierała je tylko, żeby wyrazić niezadowolenie: z powodu zapachu barwników na piecu, lwiej sierści na dywanie, nawet krosien Dedala. I mimo zapewnień, że jest gotowa do służby, nie wykazała ochoty na przyniesienie choć jednej tacy.

Nie dziwota, powiedziałam sobie. Jaki może być pożytek z nimfy?

– Lepiej wracaj do siebie, skoro jesteś taka nieszczęśliwa – rzuciłam. – Uwalniam cię od kary.

– Nie możesz. Wielcy bogowie wydali na mnie wyrok. Nie możesz nic zrobić, żeby uwolnić mnie od kary. Zostanę tu rok.

Sytuacja powinna wprawiać ją w zdenerwowanie, lecz ona tylko uśmiechała się złośliwie, prężąc się dumnie jak zwycięzca przed tłumem. Przyglądałam się jej. Kiedy mówiła o bogach, którzy ją wygnali, nie okazała gniewu ani smutku. Ich władza była dla niej naturalna, niewzruszona jak ruchy sfer. Ja byłam wprawdzie córką potężniejszego ojca, ale należałam do jej gatunku i też zostałam wygnana, a do tego nie miałam męża, chodziłam z brudnymi rękami i dziwną fryzurą, więc uznała, że może mi dorównać. Że może mi się postawić.

Miałam na końcu języka: „Nie bądź głupia. Nie jestem twoim wrogiem, a strojenie min nie jest oznaką siły. Przekonano cię…". Ale dałam sobie spokój. Równie dobrze mogłam klarować jej po persku. Nie pojęłaby mnie i za tysiąc lat. A ja miałam dość udzielania lekcji.

Pochyliłam się i przemówiłam w języku, który rozumiała:

– Posłuchaj, jak to będzie wyglądało, Alke. Nie będę cię słyszeć. Nie poczuję twojego różanego olejku ani nie znajdę twojego włosa na podłodze. Sama będziesz się karmić, sama o siebie dbać, a jak sprawisz mi najmniejszy kłopot, zamienię cię w dżdżownicę i rzucę do morza rybom na pożarcie.

Jej drwiący uśmieszek zniknął jak zdmuchnięty. Zbladła, przycisnęła palce do ust i uciekła. Zastosowała się do poleceń z mojej krótkiej przemowy. Niestety, wśród bogów rozeszła się wieść, że Ajaja to idealne miejsce dla trudnych córek. Pojawiła się driada, która uciekła sprzed ołtarza. Po niej przypłynęły dwie oready o kamiennym obliczu, wygnane z gór. Teraz, kiedy miałam rzucić zaklęcie, zagłuszał je grzechot bransolet. Gdy pracowałam przy krosnach, widziałam je kątem oka, jak przemykają. Szeptały i szeleściły w każdym kącie. Zawsze kiedy chciałam się wykąpać w sadzawce, przeglądała się w niej jakaś okrągła buzia. Gdy przechadzałam się, goniły mnie szydercze śmieszki. Nie zamierzałam dłużej tak żyć. Nie na mojej Ajai.

Poszłam na polanę i wezwałam Hermesa. Przybył, uśmiechając się.

– A więc...? Jak ci się podobają twoje nowe służki?

– Wcale mi się nie podobają – odparłam. – Udaj się do mojego ojca i dowiedz się, jak mam się ich pozbyć.

Bałam się, że nie spodoba mu się rola chłopca na posyłki, lecz sytuacja tak go bawiła, że za nic nie chciałby sobie jej darować.

– Czego się spodziewałaś? – spytał po powrocie. – Twój ojciec jest w siódmym niebie. Według niego jest jak najbardziej właściwe, że boginki niskiego rzędu obsługują potomkinię wysokiego rodu. Jego rodu. Zachęci innych ojców, żeby przysyłali ci tu córki.

– Nie – jęknęłam. – Nie chcę ich widzieć na oczy. Przekaż to mojemu ojcu.

– W więzieniu nie rządzą więźniowie.

Twarz mi pałała, ale byłam zbyt mądra, by pokazać, co czuję.

– Powiedz mu, że zrobię im coś potwornego, jeśli one się stąd nie zabiorą. Zamienię je w szczury.

– Nie wyobrażam sobie, żeby Zeus był tym zachwycony. Czy nie wygnano cię za czyny przeciwko własnemu gatunkowi? Uważaj, żeby nie ukarano cię jeszcze bardziej.

– Mógłbyś się za mną wstawić. Mógłbyś spróbować go przekonać.

Ciemne oczy zalśniły z uciechy.

– Przykro mi, jestem tylko posłańcem.

– Błagam. One naprawdę mi przeszkadzają. Nie żartuję.

– Wprost przeciwnie – rzekł. – Jesteś potwornie nudna. Wysil wyobraźnię, one muszą się na coś przydać. Zabierz je do łóżka.

– Co za absurd! Przestraszą się i wezmą nogi za pas.

– Zawsze to robią. Ale zdradzę ci sekret: kiedy nimfy biorą nogi za pas, beznadziejnie im się pląsą.

Podczas uczty na Olimpie taki dowcip zostałby skwitowany salwą śmiechu. Hermes czekał więc, szczerząc zęby. Mnie jednak nie było do śmiechu, czułam tylko lodowatą wściekłość.

– Mam cię dość – rzuciłam. – Mam cię dość i to nie od wczoraj. Nie pokazuj mi się więcej na oczy.

Spłynęło to po nim jak woda po gęsi; jeszcze bardziej się wyszczerzył. Zniknął i nie wrócił. To nie był z jego strony akt posłuszeństwa. Miał mnie dość, bo popełniłam niewybaczalny grzech – zaczęłam go nudzić. Wyobrażam sobie, jakie historie o mnie opowiadał: bez poczucia humoru, nadęta i cuchnąca świniami. Od czasu do czasu wyczuwałam jego niewidoczną obecność, dopadał w górach moje nimfy i wracały w rumieńcach, bez tchu, upojone chwilą z wielkim olimpijskim bogiem, który zaszczycił je swoimi łaskami. Chyba sobie wyobrażał, że oszaleję z zazdrości i samotności i naprawdę zamienię je w szczury. Od stu lat pokazywał się na mojej wyspie i zależało mu tylko na jednym: żeby się zabawić.

Nimfy pozostały. Kiedy pierwsze skończyły swoje usługi, zjawiły się inne i zajęły ich miejsce. Czasem było ich cztery, czasem sześć lub siedem. Drżały na mój widok, dygały i nazywały mnie swoją panią, ale to nic nie znaczyło. Pokazano mi moje miejsce. Wystarczyło jedno słowo, kaprys ojca, i cała moja władza się rozwiała. Żeby chodziło tylko o Heliosa... Każdy rzeczny bóg miał prawo robić z moją wyspą, co mu się żywnie podobało, i nie mogłam go powstrzymać.

Nimfy plątały się wokół mnie. Ich stłumione śmiechy niosły się stokami wzgórz. Przynajmniej to nie ich bracia, powiedziałam sobie. Chełpiliby się i polowaliby na moje wilki. Ale takie niebezpieczeństwo oczywiście nigdy mi nie groziło. Męscy potomkowie mogli rozrabiać do woli – byli bezkarni.

Siedziałam przy palenisku, patrząc przez okno na gwiazdy. Czułam zimno. Dojmujące jak w ogrodzie zimą, przenikające grunt. Robiłam czarodziejskie wywary. Śpiewałam, tkałam i opiekowałam się zwierzętami, ale miałam wrażenie, że wszystko zmalało, jak oglądane z niezmiernej dali. Wyspa nigdy mnie nie potrzebowała. Żyła własnym życiem, niezależnie od tego, co zrobiłam. Owiec przybyło i przechadzały się wolno. Skakały po trawie, zaokrąglonymi pyszczkami odpędzając wilcze szczenięta. Lwica, której pysk posrebrzyła siwizna, trzymała się paleniska. Jej wnuki miały już własne wnuki i łopatki jej dygotały, gdy chodziła. Przeżyła ze sto lat u mego boku, krocząc przy mnie; bliski puls mojej boskiej krwi przedłużył jej życie. Mnie się wydawało, że minęło dziesięć lat. Zakładałam, że będzie ich dużo więcej, ale obudziwszy się któregoś dnia, zobaczyłam, że leży obok mnie zimna. Wpatrywałam się ogłupiała w jej nieruchome boki, nie mogąc uwierzyć w to, co widzę. Kiedy nią potrząsnęłam, z ciała zerwała się mucha i brzęcząc, odleciała. Z trudem rozwarłam zesztywniałe szczęki lwicy i wepchnęłam jej do gardła zioła; wypowiedziałam zaklęcie, potem drugie. Nadal leżała bez ruchu, zniknęła cała jej siła, złota sierść zmatowiała. Może Ajetes umiałby przywrócić ją do życia albo Medea. Ja nie.

Własnymi rękami wzniosłam stos. Był z cedru, cisu i jesionu górskiego, wszystko ścięte przeze mnie, białe drewno sypało się pod ostrzem topora. Nie mogłam unieść lwicy, więc zrobiłam coś w rodzaju sań z purpurowego płaszcza, który niegdyś upinałam na jej szyi. Przewlekłam ją przez hol, po kamiennych płytach wygładzonych poduszkami wielkich łap, i wciągnęłam na stos, a potem go zapaliłam. Zajmował się ogniem powoli, bo tamtego dnia nie było wiatru. Potrzeba było całego popołudnia, żeby jej sierść sczerniała i długie złociste ciało zamieniło się w popiół. Po raz pierwszy zimny podziemny świat śmiertelników wydał mi się łaską. Jakaś ich część przynajmniej dalej żyła. Moja lwica odeszła cała.

Patrzyłam, aż zgaśnie ostatni płomień, i dopiero wtedy wróciłam do domu. Wysoko w piersi czułam gryzący ból. Skrzyżowałam ręce, przyciskając dłonie do twardych kości obojczyków. Siedziałam przed krosnami i czułam się taka jak w słowach Medei: stara, porzucona i samotna, bez ducha i szara jak górski głaz.

*

W tym czasie często śpiewałam, bo śpiew był moim najlepszym towarzyszem. Tamtego przedpołudnia sięgnęłam po stary hymn na cześć uprawy pól. Słowa płynące z moich ust sprawiały mi przyjemność: kojąca wyliczanka roślin i zbóż, warzyw i gospodarskich zabudowań, gatunków bydła, ptactwa domowego i gwiazd kołujących nad nimi. Śpiewałam swobodnie, mieszając łyżką w gotującym się garze z barwnikiem. Wcześniej wypatrzyłam lisicę i chciałam zrobić farbę odpowiadającą barwie jej sierści. Płyn zmieszany z marzanną i szafranem się pienił. Moje nimfy uciekały przed tą wonią, ale ja ją lubiłam; ostry zapach gryzł mnie w gardle, łzawiłam.

To moja głośna piosenka spływająca ścieżkami do plaży musiała zwrócić ich uwagę. Szli ku niej między drzewami i zobaczyli dym z komina.

– Jest tam kto? – usłyszałam męski głos.

Pamiętam swój szok. Goście, pomyślałam. Odwróciłam się tak gwałtownie, że potrąciłam wrzątek i kropla oparzyła mi rękę. Starłam ją, niemal biegnąc do drzwi.

Było ich dwudziestu, spierzchniętych od wiatru i lśniących od słońca. Ręce mieli zrogowaciałe, ramiona poznaczone starymi bliznami. Po długim czasie, jak widywałam tylko gładkie ciała nimf, każda niedoskonałość sprawiała mi radość: zmarszczki wokół oczu, oparzenia na nogach, zgrubiałe kłykcie. Nie mogłam oderwać wzroku od lichych ubrań, pomarszczonych twarzy. Nie byli bohaterami ani królewską załogą. Musieli się trudzić, żeby zarobić na życie jak Glaukos, ciągnąć sieci, przewozić ładunki, polować, na co się dało, żeby wieczorem mieć co włożyć do garnka. Czułam przebiegające mnie ciepło. Palce mnie swędziały, jakby nie mogły się doczekać nitki i igły. Oto miałam przed sobą istoty potrzebujące opiekuńczych dłoni.

Przed grupę wystąpił mężczyzna. Był wysoki, siwy i szczupły. Wielu stojących za nim nadal nie zdejmowało rąk z mieczy. Mądrze. Wyspy to niebezpieczne miejsca. Równie często spotyka się na nich potwory jak przyjaciół.

– Pani, jesteśmy głodni i zagubieni – powiedział. – I mamy nadzieję, że taka jak ty bogini pomoże nam w potrzebie.

Uśmiechnęłam się. To było dziwne, czuć na twarzy uśmiech po tak długim czasie.

– Jesteście tu mile widziani. Bardzo mile. Wejdźcie.

Wilki i lwy wygoniłam na dwór. Nie wszyscy ludzie mieli w sobie spokój Dedala, a ci żeglarze wyglądali na bardzo niepewnych siebie. Zaprowadziłam ich do stołu i pospieszyłam do kuchni po góry duszonych fig i pieczonych ryb, sera i chleba. Mężczyźni, wchodząc, zerkali na moje dziki, trącali się łokciami i wyrażali głośnym szeptem nadzieję, że może ubiję jednego. Ale kiedy ryby i owoce trafiły na stół, przybyszom było tak spieszno zabrać się do jedzenia, że nie narzekali; nawet nie umyli rąk ani nie odpasali mieczy. Wsuwali aż miło, tłuszcz i wino przyciemniły im brody. Doniosłam ryb i sera. Kiedy przechodziłam, za każdym razem pochylali w podzięce głowy.

– Pani. Gospodyni. Dziękujemy.

Uśmiech nie schodził mi z ust. Kruchość bytu napełnia śmiertelników dobrocią i otwartością. Znali cenę przyjaźni i gościnności. Szkoda, że nie ma ich więcej, pomyślałam. W jeden dzień nakarmiłabym cały statek i to z przyjemnością. Dwa statki. Trzy. Może znów ocknę się do życia.

Nimfy zerkały z kuchni, wytrzeszczając oczy. Przepędziłam je na dwór, zanim tamci zdążyli je spostrzec. Oni należeli do mnie; byli moimi gośćmi, zajmowałam się nimi tak, jak miałam na to ochotę, i cieszyłam się, dbając o ich wygody. Nalałam świeżej wody do mis, żeby mogli opłukać palce. Kiedy nóż upadł na podłogę, podniosłam go. Gdy puchar ich przywódcy był pusty, napełniłam go z kruży. Uniósł go na moją cześć.

– Dziękuję, skarbie.

„Skarbie". Na chwilę otrzeźwiałam. Wcześniej nazwali mnie boginią, uznałam więc, że za taką mnie mają. Dopiero teraz uświadomiłam sobie, że nie okazywali onieśmielenia ani szacunku należnego istotom boskim. Tylko skomplementowali samotną kobietę. Przypomniałam sobie, co kiedyś powiedział Hermes. *Masz głos śmierciniczki... nie będą się ciebie bali tak jak innych boskich istot.*

I nie bali się. Więcej, wzięli mnie za istotę ich gatunku. Stałam bez ruchu, oczarowana tą myślą. Kim byłabym jako śmiertelniczka? Przedsiębiorczą zielarką, niezależną wdową? Nie, nie wdową, to oznaczałoby jakąś ponurą historię w tle. Może kapłanką. Ale nie męskiego boga.

– Dedal kiedyś odwiedził tę wyspę – powiedziałam przywódcy. – Mam świątynię, która upamiętnia to wydarzenie.

Kiwnął obojętnie głową. Trochę mnie to ubodło. Czyżby na świecie roiło się od świątyń na cześć dawnych bohaterów? Może się roiło. Skąd miałabym o tym wiedzieć?

Nasycili się i podnieśli głowy znad talerzy. Zaczęli rozglądać się na boki, chłonąc wzrokiem zdobione srebrem misy, złote puchary, makaty. Moje nimfy traktowały to wszystko jak rzecz normalną, ale im na widok tych cudów zalśniły oczy i wypatrywali następnych. Pomyślałam, że w skrzyniach mam poduszki wypchane gęsim puchem i to tyle, że mogłabym posłać przybyszom na podłodze. Kiedy będę rozdawać posłania, rzucę niedbale: „Zrobiono je dla bogów", i te obdartusy wytrzeszczą oczy.

– Pani? – znów odezwał się przywódca. – Kiedy wróci twój mąż? Chcielibyśmy podziękować za tak znakomitą gościnę.

Roześmiałam się.

– Och, nie mam męża.

Odpowiedział uśmiechem.

– Oczywiście. Jesteś zbyt młoda, żeby być zamężna. W takim razie to twojemu ojcu musimy podziękować.

Na dworze było ciemno, w izbie ciepło i jasno.

– Mój ojciec mieszka daleko stąd – wyjaśniłam. Czekałam, aż zapytają, kim jest. Latarnikiem... to byłby dobry żart. Uśmiechnęłam się do siebie.

– W takim razie może jest inny gospodarz, któremu należą się nasze podziękowania. Stryj, brat?

– Jeśli chcecie podziękować za gościnę, podziękujcie mnie. Ten dom jest moją wyłączną własnością.

Na te słowa atmosfera w izbie uległa zmianie.

Sięgnęłam po krużę.

– Jest pusta – zauważyłam. – Pozwólcie, że przyniosę wam więcej wina.

Kiedy się odwracałam, mój oddech przyspieszył. Czułam za plecami obecność dwudziestu ciał, wypełniających przestrzeń pomieszczenia.

W kuchni sięgnęłam po jedną z mikstur. Nie bądź głupia, powiedziałam sobie. Byli zaskoczeni, zastając samotną kobietę. Ale mogłam sobie myśleć, co chciałam, moje ręce i tak robiły swoje. Zdjęłam pokrywę słoja, wymieszałam jego zawartość z winem, po czym dodałam miodu i serwatki dla zamaskowania smaku i zaniosłam krużę do izby. Dwadzieścia par oczu śledziło każdy mój ruch.

– Proszę – zachęciłam ich. – Najprzedniejsze trzymałam na koniec. Wszyscy musicie się napić. Jest z najlepszej kreteńskiej winnicy.

Uśmiechnęli się zadowoleni z tak wystawnej gościnności. Każdy napełnił swój puchar. Każdy wypił. Do tej pory pewnie wchłonęli po baryłce. Talerze oczyścili, wylizali. Zbili się głowa przy głowie i szeptali między sobą.

– Słuchajcie, nakarmiłam was – odezwałam się głosem, który wydał mi się zbyt głośny. – Powiecie mi, jak się nazywacie?

Podnieśli głowy i łypnęli z ukosa na swojego przywódcę. Ten wstał, ława skrzypnęła na kamieniu.

– Ty przedstaw się pierwsza.

Jego ton zabrzmiał dziwnie. Mało brakowało, a wypowiedziałabym zaklęcie, które by ich uśpiło. Ale nawet po tylu latach jakaś cząstka mnie nadal nakazywała mi posłuszeństwo.

– Kirke.

To imię nic nie znaczyło w ich uszach. Upadło na podłogę jak kamyk. Ławy znów skrzypnęły. Wszyscy powstali, wbijając we mnie wzrok. A ja nadal nie rzucałam zaklęcia. Wciąż powtarzałam sobie, że muszę się mylić. Nakarmiłam ich. Podziękowali mi. Byli moimi gośćmi.

Ich przywódca zbliżył się do mnie. Przewyższał mnie wzrostem, praca wyrzeźbiła każde jego ścięgno. Pomyślałam... No właśnie, co? Że mam źle w głowie. Że stanie się coś innego. Że wypiłam za dużo własnego wina i mój strach jest wydumany. Że zjawi się ojciec. Ojciec! Nie chciałam wyjść na głupią, zrobić zamieszania bez powodu. Słyszałam Hermesa opowiadającego potem całą historię. „Zawsze była histeryczką".

Przywódca był blisko mnie. Czułam ciepło jego ciała. Twarz miał pobrużdżoną, popękaną jak stare koryto strumienia. Nadal oczekiwałam, że powie coś zwykłego, podziękuje, zapyta. Gdzieś w pałacu zaśmiewała się moja siostra. *Całe życie byłaś potulna i teraz tego pożałujesz*. „Tak, ojcze", „Tak, ojcze"... *Przekonasz się, co ci to dało.*

Oblizałam wargi.

– Czy...

Mężczyzna cisnął mnie o ścianę. Uderzyłam głową w nierówne kamienie i zobaczyłam gwiazdy. Otworzyłam usta, by rzucić zaklęcie, ale przycisnął mi ramię do gardła i nie mogłam wydusić słowa, żadnego dźwięku. Nie mogłam oddychać. Walczyłam, lecz był silniejszy, niż mi się wydawało, a może ja byłam słabsza. Nagły ciężar jego ciała, dotyk jego tłustej skóry obezwładniły mnie. Nie mogłam pozbierać myśli, nie wierzyłam, że to dzieje się naprawdę. Wyćwiczonym ruchem prawej ręki rozerwał na mnie tunikę. Lewą nadal mnie dusił. Powiedziałam, że na wyspie nie ma nikogo, ale pewnie wolał nie ryzykować. A może po prostu nie lubił krzyku.

Nie wiem, co robili jego ludzie. Może się przypatrywali. Gdyby moja lwica żyła, rozwaliłaby drzwi, lecz była popiołem rozniesionym wiatrem. Z dworu dobiegały kwiki dzików. Pamiętam, co wtedy myślałam, naga na szorstkich kamieniach: W gruncie rzeczy jestem tylko nimfą i takie właśnie jest nasze życie.

Śmiertelniczka zemdlałaby, ale ja byłam cały czas świadoma. W końcu poczułam jego dygot i ucisk na szyi zelżał. Grdykę miałam zmiażdżoną jak zgniły konar. Nie mogłam się ruszyć. Kropla

potu spadła z jego włosów na moją nagą pierś i zaczęła spływać niżej. Usłyszałam szepty mężczyzn.
– Nie żyje?
– Lepiej, żeby żyła, teraz moja kolej.
Nad ramieniem przywódcy zamajaczyła inna twarz.
– Ma otwarte oczy.
Przywódca cofnął się i splunął. Śluzowaty glut zadygotał na podłodze. Kropla potu płynęła i płynęła, znacząc oślizłą ścieżkę. Locha za domem kwiknęła przeraźliwie. Konwulsyjnie przełknęłam ślinę. Gardło mi się otworzyło i poczułam powietrze w płucach. Zaklęcie sprowadzające sen się rozwiało, wyschło, nie potrafiłabym go rzucić, nawet gdybym chciała. Ale nie chciałam. Spojrzałam na pobrużdżoną gębę. Dodane do wina zioła miały jeszcze jeden użytek poza sprowadzaniem snu. Odetchnęłam głęboko i wypowiedziałam zaklęcie.

Mgła przesłoniła mu oczy. Nie rozumiał, co się z nim dzieje.
– Co...
Nie skończył. Żebra mu zatrzeszczały i zaczęły się rozszerzać. Rozległo się chlupnięcie i ciało się rozerwało, pękały kości. Nos rósł niepowstrzymanie, nogi się pod nim ugięły, a ciało kurczyło się jak u muchy wysysanej przez pająka. Opadł na czworaki. Wrzasnął przeraźliwie i jego załoga wrzasnęła razem z nim. Długo krzyczeli.

Jak się okazało, tamtej nocy jednak urządziłam świniobicie.

ROZDZIAŁ PIĘTNASTY

Poustawiałam poprzewracane ławy, zmyłam zalaną podłogę. Talerze zebrałam i zaniosłam do kuchni. Poszłam na plażę i stojąc w falach, szorowałam się aż do krwi piaskiem. Gdy wróciłam do domu i znalazłam na podłodze plwocinę, wytarłam ją. Nic jednak nie pomagało. Przy każdym ruchu czułam na sobie jego palce.

Wilki i lwy chyłkiem wróciły jak cienie w ciemnościach. Zaległy w środku, przyciskając pyski do podłogi. W końcu, kiedy nie było już nic do czyszczenia, usiadłam przed popiołem paleniska. Już nie dygotałam. Ani drgnęłam. Miałam wrażenie, że moje ciało krzepnie, tężeje. Skóra rozciągała się na nim jak coś martwego, obrzydliwego.

Zbliżał się brzask, gdy srebrne konie mojej ciotki Selene kierowały się do stajni. Jej rydwan przez całą noc mocno świecił na niebie. W jasności jej oblicza zawlekłam monstrualne ścierwa do łodzi, skrzesałam ogień i patrzyłam, jak pożerają je płomienie. Selene musiała już powiedzieć Heliosowi, co się stało. Ojciec lada chwila się pojawi, myślałam. Patriarcha rozwścieczony hańbą, jaka spotkała jego dziecko. Powała zatrzeszczy pod naporem jego barków. „Biedne dziecko, biedna wygnana córka – powie. – Nigdy nie powinienem się zgodzić, żeby Zeus cię tu zesłał".

Izba poszarzała, potem zżółkła. Obudziła się morska bryza, ale zabrakło jej sił, by przepędzić smród spalonego mięsa. Wiedziałam, że ojciec nigdy nie powiedziałby tego, co sobie roiłam. Ale sądziłam, że na pewno się zjawi, choćby tylko po to, żeby mnie złajać. Nie byłam Zeusem, nie miałam prawa za jednym zamachem pozbawiać życia dwudziestu ludzi. Przemówiłam w kierunku bladego obrysu jego unoszącego się rydwanu.

– Słyszałeś, co zrobiłam?

Cienie sunęły po podłodze. Światło przypełzło do moich stóp, dotknęło brzegu tuniki. Czas się ciągnął. Nikt się nie pojawiał.

Przemknęło mi przez głowę, że w całym tym zdarzeniu jedno było tak naprawdę zaskakujące – to, że nie doszło do tego wcześniej. Kiedy żyłam w pałacu ojca, obmacywał mnie lepki wzrok stryjów, gdy nalewałam im wina. Nie mogli utrzymać przy sobie rąk. Szczypali mnie, głaskali, wsuwali mi ręce pod tunikę. Wszyscy mieli żony, żaden ani myślał o małżeństwie. Jeden z nich w końcu mógł się po mnie zjawić i dobrze zapłacić za to Heliosowi. To się nazywa honorowe rozwiązanie.

Światło dosięgło krosien i w powietrze uniósł się zapach cedru. Wspomnienie pokrytych białymi bliznami dłoni Dedala i rozkoszy, jakie mi dawały, sprawiało ból, jakby ktoś przepychał rozżarzony pręt przez moją głowę. Wbiłam paznokcie w nadgarstek. W naszej krainie roiło się od wyroczni, od świątyń, gdzie kapłanki wdychały święte opary i opowiadały prawdy, które w nich wyczytały. Na nadprożach rzeźbiono „Poznaj samego siebie". Tylko że ja – z niewiadomego powodu obrócona w kamień – nie znałam samej siebie.

Dedal kiedyś opowiedział mi historię o notablach na Krecie, którzy najmowali go do rozbudowy domów. Pojawiał się z narzędziami, burzył ściany, zrywał podłogi. Ale gdy znalazł jakiś ukryty problem, tamci krzywili się.

„Nie tak się umawialiśmy!", mówili

„Oczywiście, że nie – odpowiadał. – To się kryło w fundamentach, ale patrz, masz to przed oczami, jasne jak słońce. Widzisz te popękane belki? Korniki zjadające podłogi? Widzisz, jak ten kamień opada w bagno?"

Jego słowa tylko doprowadzały ich do większej furii.

"Było świetnie, dopóki się nie dokopałeś! – wykrzykiwali. – Nie zapłacimy! Zalep, zagipsuj! Stał tak długo, postoi dłużej".

Więc maskował miejsce, które wymagało naprawy, i w następnej porze roku dom się rozsypywał. Wtedy przybiegali do niego, domagając się zwrotu pieniędzy.

– Mówiłem im – powiedział mi. – Mówiłem bez końca. Kiedy zgnilizna wda się w ściany, jest tylko jedno lekarstwo.

Purpurowy siniak na gardle zaczął zielenieć na brzegach. Dotknęłam szyi i poczułam rozchodzący się ból.

Zburzyć, pomyślałam. Trzeba zburzyć i zbudować na nowo.

*

Przypływali, nie wiem dlaczego. Odmiana losu? Zmiany w handlu i powstanie nowych szlaków morskich? Czy może zapach w powietrzu mówiący: „Tu mieszkają nimfy. Same"?

Statki spływały na Ajaję jak przyciągane na linie. Żeglarze wychodzili na brzeg i rozglądali się zadowoleni. Świeża woda, zwierzyna, ryby, owoce.

– I wydało mi się, że widziałem nad drzewami dym z komina. Czy tu ktoś śpiewał?

Mogłam rzucić czar i ukryć wyspę. Miałam taką moc. Udrapowałabym wybrzeża na kształt ostrych skał, wirów, najeżonych nieprzystępnych klifów. Popłynęliby dalej i więcej bym ich nie oglądała, nikogo, nigdy.

Nie, pomyślałam. Na to za późno. Znaleziono mnie. Niech się przekonają, jaka jestem. Niech się dowiedzą, że świat nie jest taki, jaki im się wydaje.

Wspinali się ścieżkami. Deptali kamienne ogrodowe płyty. Zawodzili rozpaczliwie o tym, jak zgubili się, zmęczyli, skończyła im się żywność. Będą nieskończenie wdzięczni za pomoc.

Tylko niewielu – tylu, że mogłam ich policzyć na palcach – pozwoliłam odejść. Tym, którzy patrząc na mnie, nie pożerali mnie wzrokiem, cnotliwym mężom, którzy naprawdę zgubili drogę, dawałam jeść, a jeśli trafił się pośród nich jakiś przystojny, mogłam go zabrać do łóżka. Nie dlatego, żebym czuła pożądanie... to nie było nawet swędzenie między udami. Jak furiatka dźgałam samą siebie niewidzialnym nożem, szukając odpowiedzi na pytanie, czy moje ciało nadal do mnie należy. Ale czy podobała mi się odpowiedź, którą znajdywałam?

– Odpłyńcie – rozkazywałam potem.

– Bogini, przynajmniej zdradź nam swoje imię, żebyśmy mogli przesłać ci nasze wdzięczne podziękowania – błagali, klęcząc przede mną na żółtym piasku.

Nie chciałam ani ich modłów, ani mojego imienia na ich ustach. Chciałam, żeby się wynieśli. Chciałam szorować się do krwi w morzu.

Wypatrywałam następnych załóg, żeby znów patrzeć, jak kości rozsadzają im ciała.

Zawsze mieli przywódcę. Nie musiał być najsilniejszy, nie musiał nawet być kapitanem, ale to zawsze u niego szukali instrukcji, jak zadawać okrucieństwo. Miał lodowaty wzrok i był napięty, sprężony. Jak wąż, powiedzieliby poeci, wtedy jednak znałam już węże na tyle, by wiedzieć, że te porządne atakują po tym, jak się je zaczepia, nie wcześniej.

Już nie odsyłałam zwierząt, kiedy przypływali. Pozwalałam im się przechadzać w ulubionych miejscach, po ogrodzie, pod stołem. Z przyjemnością patrzyłam, jak zachowują się ludzie, którzy wchodzili między nie, dygotali na widok kłów i nienaturalnej potulności. Nie udawałam śmiertelniczki. Za każdym razem przeszywałam przybyszów migotliwym spojrzeniem oczu o barwie miodu. Ale to nie robiło na nich wrażenia. Byłam samotną kobietą, tylko to się liczyło.

Wydawałam uczty, stawiałam im pod nos mięsa i sery, owoce i ryby. Stawiałam też największą krużę z brązu, pełną po brzegi wina. Żarłocznie łykali i żuli, wciskali do ust ociekające tłuszczem kawały baraniny i pochłaniali je niemal w całości. Dolewali sobie wina, plamiąc na czerwono stół. Okruchy jęczmienia i ziół kleiły się im do ust.

– Kruża jest pusta – rzucali, patrząc na mnie. – Dawaj więcej miodu, wino ma gorzki posmak.

– Oczywiście – odpowiadałam.

Gdy już się najedli i napili, zaczynali się rozglądać. Wybałuszali oczy na marmurową podłogę, znakomitą zastawę, delikatną tkaninę moich szat. Uśmiechali się krzywo. Skoro tyle ośmielałam się pokazać, co dopiero musiało się kryć w głębi domu.

– Pani, nie mów mi, że taka piękność jak ty mieszka sama? – zagadywał przywódca.

– Ależ tak, mieszkam zupełnie sama – odpowiadałam.

Uśmiechał się. Nie potrafił się powstrzymać. Nigdy nie okazywali lęku. Czego mieliby się bać? Już zauważył, że przy drzwiach nie wisi męski płaszcz, myśliwski łuk, nie stoi pasterska laska. Nie było śladu obecności ojca, synów, żadna pomsta nie miała ich potem ścigać. Jeśli nie byłam dla nikogo cenna, nie można było zostawić mnie w spokoju.

– Przykro mi to słyszeć – mówił.

Rozlegało się szurnięcie ławy i mężczyzna wstawał. Inni gapili się roziskrzonym wzrokiem. Już rozkoszowali się moim osłupieniem, drżeniem, błaganiem, którego nie mogli się doczekać.

Wtedy następował mój ulubiony moment – marszczyli czoła i próbowali zrozumieć, czemu nie okazuję strachu. Czułam swoje zioła w ich ciałach. Struny czekające na szarpnięcie. Rozkoszowałam się ich pomieszaniem, zalążkiem strachu. I szarpałam struny.

Zginali się, opadali na czworaki, twarze pęczniały im jak topielcom. Miotali się i ławy się przewracały, wino rozlewało na podłogę. Wrzaski przechodziły w kwiki. Cóż to musiał być za ból!

Przywódcę zostawiałam na koniec, żeby miał możliwość się napatrzyć. Kulił się, wciskał w ścianę.

– Proszę, pani. Oszczędź mnie, oszczędź mnie, oszczędź mnie.

– O nie – mówiłam. – O nie.
Kiedy było po wszystkim, pozostawało tylko zapędzić ich do chlewu. Unosiłam jesionową laskę i wybiegali. Bramka zamykała się za nimi i przyciskali się zadami do słupków; w świńskich ślepiach kręciły się ostatnie ludzkie łzy.

*

Moje nimfy nie odzywały się słowem, ale podejrzewam, że czasem podglądały przez szparę w drzwiach.
– Szlachetna Kirke, znowu statek. Mamy iść do swojej izby?
– Tak, proszę. Tylko wyjmijcie wino, zanim pójdziecie.
Przechodziłam od jednego obowiązku do drugiego, tkałam, pracowałam, wydawałam świniom żarcie, w nieskończoność przecinałam wyspę. Chodziłam sztywno wyprostowana, jakbym trzymała w dłoniach wielką, pełną po brzegi wazę. Kiedy kroczyłam przed siebie, na powierzchni mrocznego płynu przemykały drobne zmarszczki, zawsze uderzając o brzeg, ale nigdy nie wypływając. Dopiero gdy przystawałam, gdy się kładłam, czułam, że waza roni łzy.
Nazywano nas pannami młodymi, nimfami, ale w istocie świat postrzegał nas inaczej. Byłyśmy niekończącą się ucztą, wyłożoną na stół, piękną i nie do przejedzenia. I kiedy trzeba było brać nogi za pas, beznadziejnie się nam plątały.
Ogrodzenie chlewu rozsychało się ze starości, pękało pod naporem świń. Od czasu do czasu puszczało i któraś świnia uciekała. Najczęściej rzucała się ze skały do morza. Mewy miały powód do wdzięczności; przylatywały z drugiego końca świata, żeby ucztować na obrośniętych mięsem kościach. Stałam i przyglądałam się, gdy szarpały tłuszcz i ścięgna. Drobny różowy skrawek skóry z ogona zwisał z dzioba ptaka jak robak. Gdyby to był człowiek, może byłoby mi go żal. Ale to nie był człowiek.
Kiedy przechodziłam obok chlewu, pobratymcy świni-samobójcy wpatrywali się we mnie błagalnie. Jęczeli i kwiczeli, przyciskali ryje do ziemi.

„Żałujemy, żałujemy".
- Żałujecie, że was dopadłam - mówiłam. - Żałujecie, że się pomyliliście, myśląc, że jestem słaba.
Na łożu lwice kładły mi łby na brzuchu. Odpychałam je. Wstawałam i znów ruszałam na przechadzkę.

*

Kiedyś zapytał mnie, dlaczego zamieniam ich w świnie. Siedzieliśmy przed paleniskiem, na tych samych krzesłach co zawsze. Lubił siedzisko obite byczą skórą, ze srebrnymi intarsjami na rzeźbieniach. Czasem w roztargnieniu tarł je kciukiem.
- Dlaczego nie? - odpowiedziałam pytaniem.
Posyłał mi nikły uśmiech.
- To ważne, naprawdę chciałbym wiedzieć.
Wiedziałam, że naprawdę chce. Nie był pobożny, ale z nabożną czcią szukał tego, co ukryte.
Były we mnie odpowiedzi. Czułam je, rozrastały się głęboko schowane jak zeszłoroczne bulwy. Ich korzenie splatały się z tamtą chwilą, którą spędziłam pod ścianą, kiedy moje lwice sobie poszły, dziki kwiczały na podwórzu, a zaklęcia zatrzasnęły się we mnie w środku.
Po przemianie załogi przyglądałam się, jak się szamoczą i płaczą w zagrodzie, wpadają na siebie, ogłupiali ze zgrozy. Nienawidzili tego wszystkiego, nowych obfitych ciał, delikatnych rozciętych raciczek, obrzmiałych brzuchów nurzających się w błocie. Czuli się upokorzeni, poniżeni. Do bólu tęsknili za dłońmi - wypustkami, których mężczyźni używają do karcenia świata.
- Dajcie spokój - przemawiałam im do rozsądku. - Nie jest aż tak źle. Powinniście docenić plusy bycia świnią. Są śliskie od błota i szybkie, więc trudno je złapać. Nie wystają wysoko ponad ziemię, dlatego trudno je przewrócić. Nie są jak psy, nie potrzebują waszej miłości. Wszędzie znajdą pożywienie, odpadki, śmieci. Wydają się nieinteligentne i tępe, ale to usypia ich wrogów, bo są mądre i zapamiętują ich twarze.

Byli głusi na moje słowa. Prawdę mówiąc, z mężczyzn są fatalne świnie.

Siedząc na krześle przy palenisku, podniosłam puchar.

– Czasem musisz się zadowolić niewiedzą – powiedziałam.

Nie odpowiedział, ale była w nim przewrotność; w pewien sposób najbardziej cenił nieświadomość. Widziałam, jak wysysa z ludzi prawdę niczym małż z muszli, jak potrafi wedrzeć się do serca spojrzeniem i dobrze wycelowanym w czasie słowem. Tak niewielka część świata umknęła jego sondzie. A mnie chyba bardzo odpowiadało to, że znalazłam się w tej znikomej mniejszości.

Ale uprzedzam wypadki.

*

– Okręt – powiedziała nimfa. – Bardzo połatany, z oczami na kadłubie.

To przykuło moją uwagę. Zwykli piraci nie marnowali złota na farbę. Ale nie poszłam popatrzeć. Wyczekiwanie było częścią przyjemności. Chodziło o tę chwilę, kiedy rozlegnie się pukanie, a ja wstanę od ziół i otworzę szeroko drzwi. Cnotliwi mężowie już nie przypływali, od dawna. Zaklęcie spoczywało w moich ustach wypolerowane jak rzeczny kamień.

Dodałam garść ziół do szykowanej mikstury. Zawierała szlachetne ziele i lśniła.

Minęło popołudnie, a żeglarze wciąż się nie pojawiali. Nimfy zgłosiły, że rozbili obóz na plaży i rozpalili ogniska. Minął kolejny dzień i dopiero trzeciego rozległo się pukanie do drzwi.

Pomalowany okręt był ich największym powodem do chwały. Twarze mieli pomarszczone jak starcy. Oczy nabiegłe krwią i martwe. Wzdrygali się na widok zwierząt.

– Niech zgadnę – powiedziałam. – Zgubiliście się? Jesteście głodni, zmęczeni i zrozpaczeni?

Zjedli obficie. Wypili jeszcze więcej. Gdzieniegdzie obrośli tłuszczem, ale mięśnie pod spodem mieli twarde jak pnie, blizny długie, o ostrych krawędziach i proste. Najpierw im się pewnie poszczęściło, a potem wpadli na kogoś, komu nie podobało się ich plądrowanie. Bo co do tego, że plądrowali, nie miałam wątpliwości. Biegali oczami, aż zliczyli moje skarby, po czym szeroko się uśmiechnęli.

Już nie czekałam, aż wstaną i ruszą na mnie. Uniosłam laskę i wymówiłam odpowiednie słowa. A oni z kwikiem pobiegli do chlewu jak wszyscy.

Nimfy pomagały mi poustawiać powywracane ławy i zetrzeć plamy po winie, gdy jedna z nich wyjrzała przez okno.

– Pani, następny na ścieżce.

Już wcześniej przemknęło mi przez głowę, że tych, którzy przyszli, było za mało na załogę takiego okrętu. Teraz pomyślałam, że pozostali czekają na plaży i wysłali zwiadowcę na poszukiwanie zaginionych. Nimfy postawiły świeże wino i wymknęły się z izby.

Usłyszawszy pukanie, otworzyłam drzwi. Promienie późnopopołudniowego słońca padały na mężczyznę, podkreślając płomiennorudą, starannie uczesaną brodę i przebłyski siwizny we włosach. U pasa nosił miecz z brązu. Nie wyróżniał się wzrostem, ale jak zauważyłam, był silny, o wyrobionych mięśniach.

– Pani, moja załoga znalazła u ciebie schronienie – zagaił. – Mam nadzieję, że znajdzie się tu miejsce także dla mnie.

Włożyłam w uśmiech cały blask mojego ojca.

– Jesteś równie mile widziany jak twoi podwładni.

Przyglądałam mu się, gdy napełniałam puchary. Kolejny złodziej, pomyślałam. Ale jego wzrok tylko przemknął po moich wspaniałościach. Natomiast zatrzymał się na przewróconym stołku. Pochylił się i postawił go, jak należy.

– Dziękuję – powiedziałam. – To koty. Zawsze coś przewrócą.

– Oczywiście – przytaknął.

Przyniosłam jedzenie i wino i zaprowadziłam go do paleniska. Wziął puchar i usiadł na wskazanym srebrnym krześle. Kiedy się zginał, dostrzegłam, że trochę się skrzywił, jakby naciągnął świeżą ranę. Od pięty do umięśnionego uda miał poszarpaną bliznę, ale starą, przyblakłą. Wskazał pucharem krosno.

– Nigdy nie widziałem takiego modelu – powiedział. – Ze Wschodu?

Tysiące mężczyzn jego pokroju przewinęły się przez tę izbę. Skatalogowali każdy kawałeczek złota i srebra, ale nikt nie zwrócił uwagi na krosno.

Na chwilę się zawahałam.

– Z Egiptu – odparłam w końcu.

– Ach. Egipcjanie to prawdziwi mistrzowie, prawda? To sprytne użyć drugiej poprzecznej belki zamiast ciężarków. Dużo łatwiej prowadzić wątek. Z chęcią zrobiłbym szkic. – Głos miał dźwięczny, ciepły, wciągający jak odpływ oceanu. – Moja żona byłaby zachwycona. Te ciężarki doprowadzają ją do szału. Wciąż powtarza, że ktoś powinien wymyślić coś lepszego. Niestety, nie znalazłem czasu, żeby się do tego przyłożyć. Jedno z wielu moich małżeńskich zaniedbań.

„Moja żona". Te słowa mnie ubodły. Może któryś z członków innych załóg miał żonę, ale nigdy o niej o wspomniał. Uśmiechał się do mnie, jego ciemne oczy patrzyły na moją twarz. Unosił nieco puchar, jakby lada chwila miał z niego wypić.

– Chociaż po prawdzie, kiedy tka, bardzo lubi sprawiać wrażenie, że jest tym bez reszty pochłonięta. Ale tylko łowi uchem najsmakowitsze wieści. Wie, kto się żeni, która jest brzemienna, a kto szykuje się wszcząć spór.

– Twoja żona chyba jest mądrą kobietą.

– Owszem. Pominąwszy fakt, że za mnie wyszła, ale jako że tylko na tym zyskałem, nie wytykam jej tego błędu.

Tak mnie zaskoczył, że prychnęłam śmiechem. Jakiego mężczyznę stać na podobną uwagę? Żadnego, którego poznałam wcześniej. A jednocześnie miał w sobie coś, co sprawiało, że wydawał się znajomy.

– Gdzie ona teraz jest? Na okręcie?

– W domu, chwała niech będzie bogom. Nie zabrałbym jej na pokład między takich obszarpańców. Prowadzi dom lepiej niż jakikolwiek zarządca.

To sprawiło, że nadstawiłam uszu. Zwykli żeglarze nie mają zarządców ani nie przywykli do siedzenia na krzesłach ze srebrnymi intarsjami. On czuł się na nim tak swobodnie, jakby spoczywał na łożu.

– Nazywasz swoją załogę obszarpańcami? – powiedziałam. – Mnie wydali się tacy sami jak inni żeglarze.

– To uprzejme, co mówisz, ale często boję się, że wylezą z nich zwierzęta. – Westchnął ciężko. – To moja wina. Jako kapitan powinienem trzymać ich krótko. Ale byliśmy na wojnie i sama wiesz, jak wojna potrafi splugawić nawet najlepszych. A ci, chociaż bardzo ich kocham, nigdy nie zasłużyli na miano najlepszych.

Mówił tonem zwierzenia, jakbym go rozumiała. Ale ja o wojnie wiedziałam tyle co z opowieści ojca o tytanach. Pociągnęłam wina.

– Wojna zawsze wydawała mi się głupim wyborem mężczyzn. Niezależnie od tego, co może im dać, dostaną zaledwie kilka lat, żeby się tym nacieszyć, zanim umrą. Bardziej prawdopodobne jest, że wcześniej zginą.

– Jest jeszcze sprawa chwały. Ale żałuję, że nie mogłaś przemówić do naszych wodzów. Zaoszczędziłabyś nam wielu kłopotów.

– O co chodziło?

– Zobaczmy, czy pamiętam całą listę. – Zaczął odliczać na palcach. – O zemstę. Pożądanie. Nieposkromioną pychę. Chciwość. Władzę... Coś zapomniałem? Ach, tak, próżność i urażoną dumę.

– To brzmi jak treść powszedniego dnia bogów – zauważyłam.

Roześmiał się i uniósł rękę.

– To twój boski przywilej, pani, tak mówić. Mogę tylko dziękować, że wielu bogów walczyło po naszej stronie.

„Boski przywilej". A więc wiedział, że jestem boginią. Ale nie okazał lęku ani onieśmielenia. Zachowywał się jak sąsiad, który oparty o płot obgaduje zbiór fig.

– Bogowie walczący razem ze śmiertelnikami? Którzy?
– Hera, Posejdon, Afrodyta. No i oczywiście Atena.

Zmarszczyłam czoło. Nic o tym nie słyszałam. Ale też nie miałam się od kogo dowiedzieć. Hermes dawno przepadł, nimfy nie dbały o wieści ze świata, a mężczyźni, którzy zasiadali przy moim stole, myśleli tylko o swoich apetytach. Moje dni zawęziły się do tego, co widziałam i czego mogłam dotknąć.

– Nie obawiaj się, pani, nie będę ci obciążać głowy przydługą opowieścią o wojnie, ale to przez nią moi żołnierze tak wychudli. Dziesięć lat walczyliśmy na wybrzeżach Troi. Teraz nie marzą o niczym innym poza tym, żeby wrócić do domu i zasiąść w cieple paleniska.

– Dziesięć lat? To musi być dopiero forteca ta Troja!
– Och, była przepotężna, ale nie jej siła stała się przyczyną wojny, lecz nasza słabość.

Tym też mnie zaskoczył. Nie tyle szczerością, ile doborem słów. Jego kwaśna dezaprobata była rozbrajająca.

– To długo na pobyt poza domem – rzuciłam.
– I to jeszcze nie koniec naszej podróży. Wypłynęliśmy z Troi dwa lata temu. Powrotna droga do domu okazuje się nieco trudniejsza, niż to sobie wyobrażałem.

– Więc nie ma potrzeby przejmować się krosnami – powiedziałam. – Do tej pory twoja żona albo machnęła na ciebie ręką, albo sama zbudowała lepsze.

Nadal miał zuchowatą minę, lecz prawdopodobnie wcale tak się nie czuł.

– Pewnie masz rację. Nie byłbym zaskoczony, gdyby dwukrotnie pomnożyła nasze ziemie.

– A gdzie ona jest?
– Koło Argos. Wiesz, krowy i jęczmień.
– Mój ojciec też trzyma krowy – powiedziałam. – Najbardziej ceni śnieżnobiałe skóry.

– Trudno dochować się czystej rasy. Pewnie bardzo o nie dba.

– O tak. Tylko o nie.
Przyglądałam mu się. Ręce miał szerokie i zrogowaciałe. Gestykulował pucharem, wino chlupotało, ale nie uronił ani kropli. I nie wypił ani kropli.
– Przykro mi, że moje wino nie przypadło ci do gustu – powiedziałam.
Spojrzał na nie, jakby zaskoczony, że nadal ma pełny puchar.
– Proszę o wybaczenie. Tak się rozkoszowałem twoją gościnnością, że zapomniałem. – Stuknął się w skroń pięścią. – Moi ludzie powiadają, że zapomniałbym głowy, gdybym nie miał jej na karku. Powtórz, gdzie też oni się podziali?
Miałam ochotę się roześmiać. Zakręciło mi się w głowie, ale odezwałam się równie spokojnie, jak on:
– Są w ogrodzie na tyłach. Mają tam cudowny cień do odpoczynku.
– To doprawdy zachwycające – rzekł. – Przy mnie nigdy się tak cicho nie zachowują. Musiałaś na nich zrobić nie lada wrażenie.
Usłyszałam szum jak wtedy, gdy zabierałam się do rzucenia czarów. Jego wzrok miał ostrość wyostrzonego sztyletu. Wszystko do tej pory to był tylko prolog. Wstaliśmy jednocześnie jak para tancerzy.
– Nie wypiłeś – powiedziałam. – Sprytne. Ale nadal jestem czarownicą, a ty trafiłeś do mojego domu.
– Mam nadzieję, że załatwimy to na drodze rozsądku. – Odstawił puchar. Nie dobył miecza, ale trzymał rękę na broni.
– Miecz mi niestraszny ani widok własnej krwi.
– W takim razie jesteś dzielniejsza od większości bogów. Widziałem, jak Afrodyta porzuciła umierającego na polu syna, bo się zadrapała.
– Wiedźmy nie są tak delikatne.
Jego miecz był poszczerbiony po dziesięciu latach bitew, jego pobliźnione ciało było napięte i gotowe. Nogi miał krótkie, ale umięśnione. Przeszły mnie ciarki. Zdałam sobie sprawę, że jest przystojny.

– Co jest w torbie, którą masz u pasa? – zapytałam.
– Zioło, które znalazłem.
– Czarny korzeń. Białe kwiaty.
– Otóż to.
– Śmiertelni nie potrafią znaleźć szlachetnego ziela.
– Nie – przyznał. – Nie potrafią.
– Więc kto je zerwał? Nieważne, wiem. – Pomyślałam o chwilach, w których Hermes przyglądał mi się podczas zbierania ziół i wypytywał o zaklęcia. – Skoro masz szlachetne ziele, czemu nie wypiłeś naparu? On musiał ci powiedzieć, że żaden mój urok nie może cię odmienić.
– Owszem, powiedział. Mam jednak taki dziwny nawyk, który trudno mi wykorzenić. Jestem zawsze przezorny. Pan Oszustwa, bo to jemu winienem wdzięczność, nie słynie z prawdomówności. Dla samego dowcipu byłby gotów pomóc ci przemienić mnie w świnię.
– Zawsze jesteś taki podejrzliwy?
– Cóż mogę powiedzieć? – Wyciągnął przed siebie ręce pozornie bezradnym gestem. – Świat to paskudne miejsce. Musimy nauczyć się w nim żyć.
– Myślę, że jesteś Odyseuszem. Zrodzonym z tej samej krwi co Pan Oszustwa.
Nie wzdrygnął się na ten niesamowity dowód mojej wiedzy. Bogowie nie robili na nim wrażenia.
– A ty jesteś boginią Kirke, córką słońca.
Kiedy wymówił moje imię, coś się we mnie obudziło, coś ostrego i zachęcającego. On jest jak pływ oceanu, pomyślałam. Ani się obejrzysz, a wybrzeże zniknie.
– Ludzie nie wiedzą, kim jestem – powiedziałam.
– Z doświadczenia wiem, że większość ludzi to głupcy. Wyznaję, że mało brakowało, a zdradziłbym się wcześniej, kiedy wspomniałaś o krowach swojego ojca. – Uśmiechał się, zapraszając mnie do wspólnego śmiechu, jakbyśmy byli psotnymi dziećmi.
– Jesteś królem? Możnowładcą?

– Królem.
– W takim razie, królu Odyseuszu, jesteśmy w impasie. Ty masz szlachetne ziele, a ja twoją załogę. Nie mogę cię skrzywdzić, ale jeśli mnie zaatakujesz, nigdy nie wrócą do dawnej postaci.
– Tego się właśnie bałem – przyznał. – I, oczywiście, twój ojciec Helios potrafi być zapiekły w zemście. Niespieszno mi oglądać jego gniew.

Helios nie kiwnąłby palcem w mojej obronie, ale nie zamierzałam o tym mówić.

– Musisz zrozumieć, że twoi ludzie złupiliby mnie do gołej skóry.
– Wybacz, proszę. To głupcy, młodzicy i nazbyt im pobłażałem.

Nie po raz pierwszy zdobył się na przeprosiny. Nie spuszczałam z niego wzroku, oceniałam go. Trochę przypominał mi Dedala, spokojem i inteligencją. Ale pod jego swobodą wyczuwałam skłonność do wybryków, której Dedal nigdy nie miał. Chciałam, by Odyseusz ją ujawnił.

– Może uda się nam znaleźć inny sposób.
– Co proponujesz? – Rękę nadal trzymał na rękojeści, ale mówił takim tonem, jakbyśmy ustalali, co zjemy na kolację.
– Wiesz, że Hermes kiedyś powiedział mi związane z tobą proroctwo? – spytałam.
– Tak? Jakie?
– Że twoim przeznaczeniem jest trafić pod mój dach.
– I?
– To wszystko.

Uniósł brew.

– Obawiam się, że to najnudniejsze proroctwo, jakie słyszałem.

Roześmiałam się. Czułam się jak sokół na wysokiej skale. Pazury wbite w kamień, ale myślami już w powietrzu.

– Proponuję rozejm. Rodzaj próby.
– Jakiej próby? – Pochylił się nieznacznie. Z czasem miałam dobrze poznać ten gest. Nawet Odyseusz nie mógł wszystkiego

215

ukryć. Nie było takiego wyzwania, na które by nie odpowiedział. Jego ciało pachniało ciężką pracą i morzem. Znał opowieści z dziesięciu lat. Poczułam się chętna i głodna jak niedźwiedź na wiosnę.

– Słyszałam, że wielu znajduje zaufanie w miłości.

To go zaskoczyło i spodobał mi się błysk w jego oku, zanim go ukrył.

– Pani, tylko głupiec powiedziałby „nie" na taki zaszczyt. Ale po prawdzie myślę, że tylko głupiec powiedziałby „tak". Jestem śmiertelnikiem. Kiedy tylko odstawię szlachetne ziele, by zlec w twoim łożu, będziesz mogła rzucić na mnie urok. – Po chwili milczenia dodał: – Chyba że przysięgniesz na rzekę zmarłych, że mnie nie skrzywdzisz.

Przysięga na Styks powstrzymałaby nawet samego Zeusa.

– Jesteś ostrożny.

– Wydaje mi się, że dzielimy tę cechę.

Nie, pomyślałam. Nie jestem ostrożna. Jestem nierozważna, działam na oślep. Czułam, że to będzie tylko kolejny nóż. Inny, ale nóż. Nie obchodziło mnie to. Pomyślałam: niech posmakuję tego ostrza. Są rzeczy warte krwi.

– Złożę tę przysięgę – powiedziałam.

ROZDZIAŁ SZESNASTY

Później, lata później, miałam usłyszeć opowieść o naszym spotkaniu ubraną w pieśń. Chłopiec, który ją śpiewał, częściej fałszował, niż trafiał we właściwy dźwięk, niemniej jednak słodka muzyka wersów przesłaniała jego nieudolność. Obraz mojej osoby mnie nie zaskoczył: oto dumna czarodziejka bezbronna przed mieczem bohatera klęczy i błaga o łaskę. Poeci w niczym się tak nie rozsmakowują, jak w opisach poniżeń kobiet. Jakby każdy wysiłek mężczyzn był skazany na klęskę, jeśli nie nakażą nam pełzać i łkać.

Leżeliśmy w moim szerokim złotym łożu. Chciałam ujrzeć Odyseusza rozluźnionego rozkoszą, namiętnego, obnażonego. Nigdy się nie obnażył, ale resztę zobaczyłam. Udało się nam znaleźć coś w rodzaju wzajemnego zaufania.

– Tak naprawdę nie jestem spod Argos – wyznał. Światło ognia migotało na nas, rzucając na pościel długie cienie. – Moja wyspa to Itaka. Jest zbyt kamienista, żeby hodować tam krowy. Musimy się obejść kozami i oliwkami.

– A wojna? To też wymysł?

– Wojna była prawdziwa.

Spokój był mu obcy. Mógł sparować niespodziewany cios włóczni ciśniętej spomiędzy cieni. Jednak zaczęło się pokazywać

jego zmęczenie niczym skalne nabrzeże w porze odpływu. Zasady gościnności mówiły, że nie powinnam go wypytywać, zanim się nie nasyci i nie odświeży, ale byliśmy ponad takie nakazy.
– Wspomniałeś, że miałeś trudną podróż.
– Wyruszyłem z Troi w dwanaście okrętów. – Jego twarz w żółtym świetle była jak stara tarcza, zniszczona i pocięta. – Tylu nas zostało.

Chciałabym powiedzieć, że w ogóle mnie to nie obeszło, ale skłamałabym. Jedenaście okrętów na dnie oznaczało utratę ponad pięciuset wojowników.
– Jakie nieszczęścia was spotkały?

Recytował opowieść, jakby podawał przepis kulinarny. Burze, które gnały ich przez połowę świata. Lądy pełne kanibali i mściwych dzikusów, sybarytów o zatrutej woli. Pułapka przygotowana przez olbrzyma Polifema, dzikiego jednookiego giganta, syna Posejdona. Zjadł pół tuzina wojowników i wyssał ich kości. Żeby uciec, Odyseusz musiał go oślepić i teraz mściwy Posejdon ścigał go przez morza.

Nic dziwnego, że Odyseusz kulał i posiwiał. Oto człowiek, który stawiał czoło potworom, pomyślałam.
– A teraz Atena, moja odwieczna przewodniczka, odwróciła się do mnie plecami.

Nie byłam zaskoczona, słysząc jej imię. Mądra córka Zeusa nade wszystko czciła fortele i pomysłowość. Kto bardziej zasługiwał na jej troskę niż on?
– Co ją obraziło?

Nie byłam pewna, czy odpowie.
– Wojna rodzi wiele grzechów – zaczął, odetchnąwszy głęboko. – Nie ja pierwszy i nie ostatni je popełniłem. Kiedy prosiłem o wybaczenie, zawsze mi go udzielała. Ale doszło do złupienia miasta. Zburzenia świątyń, rozlewu krwi na ołtarzach.

To było największe świętokradztwo, posoka na świętościach przynależnych bogom.

– Przyłożyłem do tego rękę jak inni, ale kiedy oni zostali, wznosząc do niej modły, ja ruszyłem przed siebie. Byłem... niecierpliwy.

– Walczyłeś dziesięć lat – powiedziałam. – Twoja niecierpliwość jest zrozumiała.

– Przemawia przez ciebie dobroć, ale chyba oboje wiemy, że trudno to zrozumieć. Gdy tylko wszedłem na pokład, morze uniosło gniewne łby. Niebo pociemniało jak żelazo. Chciałem zawrócić flotę, lecz było już za późno. Zesłany przez Atenę sztorm odrzucił nas daleko od Troi. – Potarł kłykcie, jakby sprawiały mu ból. – Kiedy teraz do niej przemawiam, nie odpowiada.

Nieszczęście za nieszczęściem. Mimo to wszedł do domu czarownicy, chociaż był znużony i obolały od smutku. Zasiadł przy palenisku – istne uosobienie czaru i uśmiechu. Ileż potrzebował zdecydowania, jak silnej i czujnej woli. Tylko że żaden człowiek nie ma nieskończonego zapasu sił. Wyczerpanie splamiło mu twarz. Głos miał chrapliwy. Nazwałam go moim nożem, dostrzegłam jednak, że sam jest rozkrojony do kości. To wzbudziło w moim sercu ból. Kiedy wzięłam go do łoża, zrobiłam to na przekór losowi, ale teraz poczułam w sobie znacznie starsze uczucie niż przekorę. Wydał się na moją łaskę i niełaskę. Oto otwarta rana, którą mogę uleczyć, pomyślałam.

Rozważałam tę myśl. Gdy pojawili się pierwsi żeglarze, byłam w rozpaczy, gotowa łasić się do każdego, kto tylko się do mnie uśmiechnie. Teraz byłam upadłą czarownicą, udowadniającą swoją moc na każdym stadku świń. Nagle przypomniałam sobie stare próby, którym poddawał mnie Hermes. Będę płakać nad rozlanym mlekiem czy okażę się harpią? Głupią mewą czy występnym potworem?

To były jedyne alternatywy.

Ujęłam Odyseusza za ręce i pociągnęłam tak, że usiadł.

– Odyseuszu, synu Laertesa, los cię nie oszczędzał. Wyschłeś niczym liście jesienią. Ale masz tu przystań.

Ulga w jego oczach sprawiła, że poczułam ciepło. Zaprowadziłam go w głąb domu i rozkazałam nimfom, by zadbały o jego wygody: napełniły srebrną wannę i obmyły jego spocone kończyny, przyniosły świeże ubranie. Wrócił rozjaśniony i czysty do stołu, który zastawiłyśmy jedzeniem. Ale nie palił się, by przy nim usiąść.

– Wybacz – powiedział, patrząc mi w oczy. – Nie mogę jeść.

Wiedziałam, czego chce. Nie pieklił się, nie błagał, tylko czekał na moją decyzję.

Miałam wrażenie, że powietrze wokół mnie jest obrysowane złotem.

– Chodź – rzuciłam.

Wyszłam z domu i ruszyłam do chlewni. Bramka otworzyła się szeroko pod moim dotknięciem. Świnie zakwiczały, lecz kiedy zobaczyły go za moimi plecami, groza je opuściła. Przetarłam każdy ryj oliwą i wypowiedziałam zaklęcie. Szczecina opadła i powstali, przybierając ludzkie kształty. Podbiegli do niego, płacząc i ściskając mu dłonie. On też łkał cicho, ale łzy ciekły tak obficie, aż broda mu zmokła i pociemniała. Wyglądali jak ojciec i marnotrawni synowie. Ile mieli lat, gdy wyruszali pod Troję? Większość z nich musiała być jeszcze chłopcami. Stałam w pewnym oddaleniu jak pasterz przyglądający się trzodzie.

– Witajcie – rzekłam, gdy przestali płakać. – Wyciągnijcie okręt na plażę i sprowadźcie towarzyszy. Wszyscy jesteście mile widziani.

*

Tamtego wieczoru zjedli obficie, śmiali się i wznosili toasty. Wyglądali młodziej, ulga sprawiła, że jak nowo narodzeni. Znużenie Odyseusza także opadło. Obserwowałam go, siedząc przy krośnie, ciekawa jego kolejnego wcielenia, dowódcy wśród podkomendnych. Nie odstawał od reszty, śmiał się z ich żartów, łagodnie karcący, krzepiąco beztroski. Krążyli wokół niego jak pszczoły wokół ula.

Kiedy talerze były puste i mężczyźni zaczęli się słaniać na ławach, rozdałam koce i powiedziałam, żeby poszukali sobie wygodnych miejsc do spania. Kilku wyciągnęło się w pustych izbach, ale większość wyszła na dwór, żeby spać pod gwiazdami lata.

Pozostał tylko on. Zaprowadziłam go do srebrnego krzesła przy palenisku i nalałam wina. Na jego twarzy malowało się zadowolenie. Pochylił się do mnie, chętny wysłuchać wszystkiego, co mogłabym mu powiedzieć.

– Te krosna, które podziwiałeś, zrobił mistrz rzemiosł Dedal – wyjaśniłam. – Słyszałeś to imię?

Nagrodził mnie wyrazem szczerego zaskoczenia i zadowolenia.

– Nic dziwnego, że to taki cud. Mogę?

Skinęłam głową i od razu go zaprowadziłam do urządzenia. Omiótł je całe ręką, od góry do dołu. Ten gest był pełen czci, jak gest kapłana przy ołtarzu.

– Jak trafiły w twoje ręce?

– Otrzymałam je w darze.

Widziałam w jego oczach zastanowienie, błysk ciekawości, lecz nie naciskał.

– Kiedy byłem chłopcem i moi rówieśnicy odtwarzali przygody Herkulesa, walczyli na niby z potworami, ja w przeciwieństwie do nich marzyłem, żeby być jak Dedal. Umieć popatrzeć na kawałek drewna czy żelaza i zobaczyć w nim cuda wydawało mi się dowodem większego geniuszu. Ku mojemu rozczarowaniu okazało się, że nie mam talentu do konstruowania nowych rzeczy. Zawsze kaleczyłem się w palce.

Przypomniały mi się białe blizny na rękach Dedala. Ale ugryzłam się w język.

Dłonie Odyseusza spoczęły na krosnach jak na łbie ukochanego psa.

– Mogę się przyjrzeć, jak tkasz?

Nikt nigdy nie patrzył mi na ręce, gdy pracowałam. Przędza rosła mi w palcach i motała się. Śledził każdy mój ruch. Pytał o wszystkie szczegóły, o to, czym te krosna różnią się od innych. Odpowiadałam najlepiej, jak umiałam, chociaż w końcu musiałam wyznać, że nie mam porównania.

– To jedyny warsztat, przy którym pracowałam.

– Co za niewyobrażalne szczęście! To jak całe życie pić wino zamiast wody. Jak mieć na posyłki Achillesa.

To imię nic mi nie mówiło.

Słowa spłynęły mu z ust jak bajarzowi. Achilles, książę Ftyi, najszybszy z Greków, najlepszy z Achajów pod Troją. Piękny, błyskotliwy, zrodzony z budzącej lęk zalotników nereidy Tetydy, pełen gracji i zabójczy jak samo morze. Trojanie kładli się przed nim niczym trawa pod sierpem i sam potężny książę Hektor zginął ugodzony jego jesionową włócznią.

– Nie lubiłeś go – powiedziałam.

Wyraz jego twarzy zdradzał rozbawienie.

– Na swój sposób zasługiwał na wysoką ocenę. Ale żołnierz był z niego okropny, bez względu na to, ilu wrogów potrafił położyć trupem. Miał tyle szkodliwych wyobrażeń na temat honoru i lojalności. Codziennie trzeba było od nowa walczyć, by go okiełznać i poprowadzić prostą drogą do celu. Potem jego najlepsza część umarła i stał się jeszcze trudniejszy. Ale jak już mówiłem, jego matka była boginią, więc przepowiednie wiązały mu wolę niczym morskie wodorosty. Walczył ze sprawami większymi niż te, które kiedykolwiek udało mi się pojąć.

Nie kłamał, ale też nie mówił prawdy. Jak sam powiedział, miał za patronkę Atenę. Kroczył z tymi, którzy mogli zgnieść świat jak skorupkę jajka.

– Co było jego najlepszą częścią?

– Kochanek, Patrokles. Niezbyt mnie lubił, ale dobrzy ludzie nigdy za mną nie przepadali. Achilles oszalał, kiedy Patrokles zginął... no, powiedzmy, że prawie oszalał.

Już wcześniej odwróciłam się od krosien. Chciałam widzieć Odyseusza, gdy opowiadał. Ciemne niebo za oknem szarzało. Wilczyca westchnęła, złożywszy łeb na łapach. W końcu dostrzegłam na jego twarzy wahanie.

– Szlachetna Kirke, złota czarodziejko Ajai. Obdarzyłaś nas łaską, ale trzeba nam jej więcej. Nasz okręt jest rozbity. Załoga jest na krawędzi załamania. Wstyd mi prosić o pomoc, ale chyba muszę. W moich najśmielszych marzeniach chcemy zostać miesiąc. Czy to za długo?

Poczułam w gardle słodycz, wybuch radości. Ale zachowałam niewzruszoną twarz.

– Nie wydaje mi się, żeby miesiąc to było za długo.

*

Dni spędzał przy naprawie okrętu. Wieczorami siadywaliśmy przy palenisku, gdy jego załoga jadła kolację, a nocami przychodził do mojego łoża. Ramiona miał rozrośnięte, wyrzeźbione w bitwach. Gładziłam jego poszarpane blizny. Sprawiało mi to przyjemność, ale większej zaznawałam potem, kiedy leżeliśmy w ciemności i opowiadał mi o Troi, wyczarowując przede mną słowo po słowie wojnę. Dumny Agamemnon, wódz naczelny armii, kruchy jak źle wykute żelazo. Menelaos, jego brat, którego żonę Helenę porwano, co stało się przyczyną wojny. Odważny, lecz tępy Ajaks, zbudowany jak góra. Diomedes, prawa ręka Odyseusza. I Trojanie: przystojny Parys, roześmiany złodziej serca Heleny. Jego ojciec, białobrody Priam, król Troi, uwielbiany przez bogów za łagodność. Hekuba, żona Priama, kobieta o duszy wojownika, której łono zrodziło tyle szlachetnych owoców. Hektor, jej najstarszy potomek i wsparcie wielkiego warownego miasta.

I Odyseusz, pomyślałam. Koncha. Zawsze następne zakrzywienie ukryte przed wzrokiem.

Zaczynałam rozumieć, co miał na myśli, kiedy mówił o słabości swojej armii. To nie ścięgna wojowników odmawiały posłuszeństwa, lecz ich słaba dyscyplina. Nigdy nie było parady dumniejszych mężczyzn, bardziej kłótliwych i nieustępliwych, każdy pewny, że bez niego wojna zostanie przegrana.

– Czy wiesz, kto tak naprawdę wygrywa wojny? – spytał mnie pewnej nocy.

Leżeliśmy na derkach w nogach łoża. Siły witalne Odyseusza

wracały z każdym dniem. Jego oczy lśniły. Kiedy mówił, był w jednej osobie prawnikiem, bajarzem i wioskowym szarlatanem. Bronił swojej sprawy, rozśmieszał, odsłaniał welon zakrywający tajemnice świata. Nie chodziło tylko o słowa, chociaż biegłości w mówieniu mu nie brakowało. To było wszystko razem: twarz, gesty, falujący ton głosu. Powiedziałabym, że mówił, jakby rzucał zaklęcia, tylko że żadne zaklęcie nie mogło dorównać jego wymowności. Miał wyjątkowy dar.

– Wodzowie przypisują sobie zasługi i rzeczywiście: ich czyny są warte złota. Ale zawsze przyzywają cię do namiotu i każą składać raporty, zamiast pozwolić zrobić to, co w nich jest. Pieśni opiewają bohaterów. Bohaterstwo to osobna sprawa. Kiedy Achilles nakładał hełm i wyrąbywał krwawy szlak na polu bitwy, prostym wojownikom serca rosły w piersiach. Myśleli o przyszłych opowieściach i pragnęli się w nich znaleźć. „Walczyłem przy boku Achillesa. Stałem tarczą w tarczę z Ajaksem. Czułem powiew, jaki zostawiały za sobą ich wielkie włócznie". Zwykli wojownicy to następna sprawa, bo chociaż bywają słabi i niepewni, to kiedy wepnie się ich w jeden zaprzęg, zawiozą cię do zwycięstwa. Lecz najważniejsza jest ręka, która musi zebrać wszystkie elementy i uczynić z nich jedność. Umysł, który poprowadzi do celu i nie zadrży przed koniecznościami wojny.

– To była twoja rola – wtrąciłam. – Co oznacza, że jednak jesteś jak Dedal. Tylko że nie pracujesz w drewnie, ale w ludziach.

Cóż to było za spojrzenie, którym mnie obdarzył! Jak najczystsze, z niczym niezmieszane wino.

– Po śmierci Achillesa Agamemnon nazwał mnie Najlepszym z Greków. Inni walczyli, ale uchylali się przed prawdziwą naturą wojny. Tylko mnie wystarczyło odwagi, żeby dojrzeć konieczność. Tylko ja miałem dość wytrwałości, aby ją zrozumieć.

Pierś miał nagą i poznaczoną bliznami. Lekko w nią stuknęłam, jakbym mogła wybadać, co się kryje pod skórą.

– Czyli...?

– Obiecywać litość szpiegom, by wyznali, co wiedzą, a potem ich zabić. Skazywać na chłostę buntowników. Wyciągać z przygnębienia bohaterów. Za wszelką cenę utrzymywać dobry nastrój. Kiedy wielki bohater Filoktet został kaleką z powodu jątrzącej się rany, żołnierze stracili odwagę. Więc zostawiłem go na wyspie i powiedziałem, że sam tego chciał. Ajaks i Agamemnon tłukliby o zamknięte bramy Troi, aż by ich śmierć dopadła, ale ja wymyśliłem fortel z gigantycznym koniem i opowieść, która skłoniła Trojan do wciągnięcia go do środka. Ukryłem się z wybranymi żołnierzami w drewnianym brzuchu, a jak któryś, przygnieciony wymogami zadania, zaczynał się trząść ze strachu, potrafiłem przytknąć mu do gardła ostrze. Kiedy w końcu Trojanie zasnęli, przedarliśmy się przez nich jak lisy przez stado puchatych piskląt.

To nie były pieśni, które można by odśpiewać przed dworem, opowieści złotego wieku, jednak w jego ustach w jakiś sposób nie wydawały się niehonorowe, ale usprawiedliwione, natchnione i mądrze pragmatyczne.

– Czemu w ogóle wybrałeś się na wojnę, skoro wiedziałeś, jacy są królowie? – spytałam.

Potarł policzek.

– Och, z powodu głupiej przysięgi, którą złożyłem. Próbowałem się z niej wywinąć. Synek miał roczek i nadal czułem się jak świeży żonkoś. Pomyślałem, że będą inne powody do chwały, i kiedy przyszedł po mnie człowiek Agamemnona, udawałem szaleńca. Zimą wyszedłem nago na pole i zacząłem orkę. Położył maleństwo na drodze radła. Oczywiście zatrzymałem się i zabrano mnie wraz z innymi.

Gorzki paradoks, pomyślałam. Żeby nie utracić syna, musiał się z nim rozstać.

– Pewnie byłeś zły.

Uniósł i opuścił ręce.

– Świat to niesprawiedliwe miejsce. Popatrz, co przytrafiło się doradcy Agamemnona. Nazywał się Palamedes. Dobrze wywiązywał się ze służby, ale podczas warty wpadł do dołu, w którego dno ktoś powbijał zaostrzone pale. Okropna strata.

Oczy mu błyszczały. Gdyby zacny Patrokles był z nami, powiedziałby: „Panie, nie jesteś prawdziwym bohaterem jak Herkules czy Jazon. Nie przemawiasz uczciwie, z głębi czystego serca. Nie dokonujesz szlachetnych czynów w świetle słońca".

Ale ja poznałam Jazona. I wiedziałam, jakich czynów można się dopuścić w świetle słońca. Więc milczałam.

*

Dnie mijały, a z nimi noce. W moim domu tłoczyły się cztery tuziny ludzi i po raz pierwszy w życiu byłam otoczona ciałami śmiertelnych, kruchymi i wymagającymi nieustannej uwagi, pokarmu i napoju, snu i odpoczynku, oczyszczania kończyn i wydalania płynów. Jakiej cierpliwości im trzeba, myślałam, żeby wieść tego rodzaju egzystencję godzina po godzinie. Piątego dnia Odyseuszowi skoczyło w dłoni szydło i przebił sobie opuszek kciuka. Dałam mu sole i odprawiłam czary, by odpędzić zakażenie, mimo to potrzebował połowy miesiąca, żeby wydobrzeć. Widziałam ból na jego twarzy. Cierpiał i cierpiał, i cierpiał, nieustannie. A to była tylko jedna z niedogodności, poza sztywnością karku, kwasami w żołądku i starymi ranami. Gładziłam pofałdowane blizny, chcąc mu ulżyć, na ile się dało. Zaproponowałam, że je usunę, lecz pokręcił głową.

– Jak bym się rozpoznał?

Nie powiedziałam tego, ale podobała mi się jego decyzja. Te rany do niego pasowały. Odyseusz Wytrzymały, tak go zwano i to imię miał wszyte w skórę. Ktokolwiek go ujrzał, musiał przywitać go z rewerencją i rzec: „Oto człowiek, który poznał kawał świata. Oto wilk morski, który ma wiele do opowiedzenia".

Ja też mogłam wiele mu opowiedzieć. O Scylli i Glaukosie, Ajetesie, Minotaurze. Kamiennej ścianie wcinającej mi się w plecy. O podłodze mojego domu mokrej od krwi, odbijającej światło księżyca. O trupach, które przewlokłam jednego po drugim w dół wzgórza i spaliłam razem ze statkiem. O dźwiękach, jakie wydaje rozdzierane i przekształcające się ciało, i o tym, jak przemieniając człowieka, możesz zatrzymać ten proces w połowie, a wtedy ta półbestia umrze.

Słuchał z przejęciem; jego nieznający spokoju umysł roztrząsał, ważył, katalogował. Niezależnie od tego, jak dobrze ukrywałam myśli na jego temat, wiedziałam, że mi się to nie udaje. Widział mnie do kości. Wyszukiwał moje słabości i zestawiał z resztą swojego zbioru, obok słabości Achillesa i Ajaksa. Miał tę wiedzę pod ręką, jak inni mają pod ręką noże.

Ogarniałam wzrokiem swoje ciało, nagie w świetle paleniska, i próbowałam sobie wyobrazić zapisaną na nim moją historię: skórę dłoni poznaczoną błyskawicami, kaleką rękę bez palca, tysiące ranek i nakłuć po pracy wiedźmy-czarownicy, lśniące bruzdy, pamiątki po ogniu ojca, skórę twarzy jak na wpół wypaloną świecę. A to były tylko fizyczne ślady.

Nie miałam co liczyć na rewerencję ludzi. Co Ajetes mówił o brzydkich nimfach? *...brzydka byłaby warta tyle co nic, mniej niż nic.*

Gładki brzuch lśnił pod moją ręką barwą miodu w słońcu. Przyciągnęłam do siebie Odyseusza. Byłam złotą wiedźmą bez żadnej przeszłości.

*

Zaczęłam trochę poznawać jego załogę, te niespokojne serca, o których mówił, te dziurawe naczynia. Polites był lepiej wychowany niż reszta; Eurylochos – uparty i ponury; szczupłolicy Elpenor śmiał się jak skrzecząca sowa. Przypominali wilcze szczenięta, beztroskie, kiedy napełniły brzuchy. Spuszczali wzrok, gdy ich mijałam, jakby chcieli się upewnić, że w miejsce rąk nie wyrosły im racice.

Każdy dzień spędzali, współzawodnicząc. Ścigali się na wzgórzach i plażach. Dysząc, zawsze przybiegali do Odyseusza. Będziesz sędziował w turnieju łuczniczym? W zawodach w rzucie dyskiem? Oszczepem?

Czasem szedł z nimi uśmiechnięty, ale nieraz odpędzał ich krzykiem albo razami. Wcale nie był tak przystępny i zrównoważony, jakiego udawał. Był jak morze, które każdego dnia jest innej barwy, inaczej kształtuje pieniste fale, ale zawsze demonstruje tę samą nieznającą spokoju intensywność ruchu, sięgającą horyzontu. Kiedy na okręcie pękł reling, kopnął go rozwścieczony do morza. Następnego dnia udał się ponury do lasu, zabierając siekierę, a gdy Eurylochos zaofiarował się z pomocą, Odyseusz wilczo obnażył zęby. Nadal potrafił zebrać się w sobie, przywołać na twarz minę, którą musiał pokazywać codziennie, by wziąć w karby Achillesa, ale to go kosztowało i poddawał się nastrojom. Jego ludzie schodzili mu z drogi i widziałam, że są zbici z tropu. Dedal kiedyś mi powiedział: „Nawet najlepsze żelazo skruszeje, gdy będziesz je za długo okładać na kowadle".

Byłam spokojna jak morze, na które rozlano oliwę, cicha jak bezwietrzne wody. Ciągnęłam Odyseusza za język, prosiłam o opowieści z dalekich wypraw, pomiędzy obce ludy. Opowiadał mi o armiach Memnona, syna Eos, króla Etiopów; o dosiadających koni Amazonkach używających półkolistych tarcz. Słyszał, że w Egipcie niektórzy faraonowie to kobiety przebrane w męskie stroje, a w Indiach żyją mrówki wielkości lisów, które potrafią wykopywać złoto na wydmach. Na dalekiej północy z kolei nie brak ludzi, którzy twierdzą, że to nie rzeka Okeanosa okrąża świat, ale otacza go wielki wąż, gruby jak okręt i zawsze głodny. Nigdy nie zaznaje spokoju, bo apetyt każe mu pełznąć przed siebie, pożerać wszystko, kawałeczek po kawałeczku, a pewnego dnia zje cały świat i pożre samego siebie.

Ale niezależnie od tego, jak daleko zawędrował w swoich opowieściach, zawsze wracał do Itaki. Do swoich zielonych oliwkowych gajów i kóz, lojalnych służących i znakomitych psów myśliwskich, które układał od szczenięcia. Do szlachetnych rodziców, starej pia-

stunki i pierwszego polowania na dziki, po którym została mu długa blizna na nodze. Teraz stada sprowadzał jego syn Telemach.
— Będzie dobrym pasterzem jak ja. Każdy książę musi poznać swój kraj, a nie ma lepszego sposobu na naukę niż pasienie kóz.
Nigdy nie mówił: „A jeśli wrócę do ojczyzny i zastanę wszystko spalone na popiół?". Widziałam jednak, że ta myśl krąży mu po głowie, zamieszkuje w nim jak drugie ciało i karmi się w ciemnościach.

٭

Tymczasem nastała jesień, światło przygasło, trawa trzeszczała pod stopami. Miesiąc prawie minął. Leżeliśmy w łożu.
— Myślę, że musimy niebawem wyruszyć – odezwał się. – Inaczej czeka nas zimowanie tutaj.
Okno było otwarte; zawiał wiatr. Odyseusz miał zwyczaj mówić, jakby podsuwał pod nos talerz i czekał, co rozmówca na niego wyłoży. Ale tym razem mnie zaskoczył, bo nie czekając, aż się odezwę, ciągnął:
— Mógłbym zostać. Jeśli ze mną wytrzymasz. Ale jedynie do wiosny. Wyruszę, gdy tylko morze będzie się nadawało do żeglugi. Bezzwłocznie.
To ostatnie słowo nie było skierowane do mnie, ale do kogoś, z kim rozmawiał bez słów. Może z załogą, może z żoną, nie obchodziło mnie to. Nie odwróciłam się do niego, żeby nie widział, jak jestem szczęśliwa.
— Wytrzymam z tobą – powiedziałam.

٭

Zaszła w nim jakaś zmiana, opadło napięcie, z istnienia którego nie zdawałam sobie sprawy. Następnego dnia, nucąc pod nosem, zszedł z załogą na brzeg morza i wciągnęli okręt do osłoniętej jaskini. Podparli go, spuścili żagiel i zanieśli takielunek i wiosła w bezpieczne miejsce na czas zimowych sztormów, do wiosny.

Czasem widziałam, jak mi się bacznie przygląda. Na jego twarzy malowało się przejęcie i zaczynał zadawać banalne, okrężne pytania. O wyspę, ojca, krosna, moją przeszłość, magię. Z czasem dobrze poznałam tę minę: pojawiała się, gdy zauważył kraba z potrójnymi szczypcami lub rozważał układ wirów podczas pływów po wschodniej stronie Ajai. Świat składał się z milionów tajemnic, a ja byłam tylko jedną z nich. Nie odpowiadałam na jego pytania i chociaż udawał, że to go irytuje, po jakimś czasie zorientowałam się, że daje mu to dziwną przyjemność. Drzwi nieotwierające się na jego pukanie były swoistą nowością, która jednocześnie niosła rodzaj ulgi. Cały świat mu się spowiadał. On spowiadał się mnie.

Niektóre historie opowiadał mi za dnia. Inne ujawniał tylko wtedy, gdy ogień paleniska się wypalił, i jedynie cienie mogły zobaczyć jego twarz.

– To było po tym, jak oszukałem cyklopa – wyznał. – Poszczęściło się nam i wylądowaliśmy na Wyspie Wiatrów. Wiesz, o czym mówię?

– O królu Eolu – odparłam. Eol był jednym z piesków Zeusa, miał za zadanie śledzenie wiatrów, które popychały statki po świecie.

– Przypadłem mu do serca i wyposażył nas na podróż. Dorzucił wór wiatrów, abyśmy mogli walczyć z przeciwnymi wiatrami. Dziewięć dni i dziewięć nocy śmigaliśmy po falach. Nie zmrużyłem oka nawet na chwilę, bo pilnowałem worka. Powiedziałem załodze, co w nim jest, ale… – Pokręcił głową. – Uznali, że trzymam w nim skarb i nie zamierzam się nim podzielić. Łupy z Troi dawno temu utraciliśmy w falach. Nie chcieli zjawiać się w domu z pustymi rękami. No cóż. – Westchnął ciężko. – Możesz sobie wyobrazić, co się wydarzyło.

Owszem, wyobraziłam sobie. Jego ludzie byli teraz wyjątkowo niesforni, oszołomieni wizją bezczynności przez całą zimę. Wieczorami lubili zabawiać się chlustaniem osadami wina, celując w wybrany cel. Zwykle była to deska do podawania mięsa, ale strasznie chybiali, bo wcześniej wypijali niebywałą ilość trunku. Stół wyglądał jak po szlachtowaniu, a oni oczekiwali, że moje nimfy go sprzątną. Kiedy im powiedziałam, że sami mają wszystko zetrzeć, spojrzeli po sobie i gdybym była kimś innym, nie posłuchaliby mnie. Nadal jednak pamiętali ryje, które kiedyś mieli zamiast twarzy.

– W końcu, gdy nie byłem w stanie oprzeć się senności, zasnąłem – ciągnął Odyseusz. – Nic nie poczułem, kiedy zabrali mi wór z ręki. Obudziło mnie dopiero wycie wiatrów. Wyrwały się z worka i popędziły nas z powrotem, jakbyśmy się w ogóle nie ruszyli. Cała ta droga na próżno. Sądzą, że opłakuję ich nieżywych towarzyszy, i tak jest. Ale czasem całą siłą woli muszę walczyć, żeby samemu ich nie pozabijać. Mają zmarszczki, lecz wiek nie przydał im mądrości. Zabrałem ich na wojnę, zanim się ustatkowali. Nie pożenili się. Nie mają dzieci. Nie przeżyli lat nieurodzaju, kiedy trzeba drapać polepę w spichrzach, i nie przeżyli też lat obfitości, podczas których można się nauczyć oszczędzać. Nie widzieli, jak rodziciele się starzeją i tracą siły. Nie widzieli, jak umierają. Boję się, że nie tylko obrabowałem ich z młodości, ale też z lat dojrzałych.

Potarł kłykcie. Za młodu był łucznikiem, a nic tak nie niszczy dłoni jak wysiłek niezbędny do nałożenia i napięcia cięciwy. Gdy wyruszał na wojnę, łuk zostawił w domu, zabrał jednak ból rąk. Kiedyś mi się zwierzył, że jeśliby miał przy sobie łuk, byłby najlepszym strzelcem obu armii.

– Więc czemu go nie zabrałeś?

Musiał dbać o swój wizerunek, wyjaśnił. Łuk był bronią Parysa. Parysa żonokradcy.

– Bohaterowie uważali go za tchórza. Żaden, nawet najsprawniejszy, łucznik nie miał szans zostać Najlepszym z Greków.

– Bohaterowie to głupcy – skwitowałam.

Roześmiał się.

– Co do tego się zgodziliśmy.

Miał zamknięte oczy. Milczał tak długo, że myślałam, że śpi. Wreszcie się odezwał:

– Gdybyś widziała, jak byliśmy blisko Itaki. Czułem zapach ryb smażonych na brzegu.

*

Zaczęłam go prosić o drobne usługi. Czy nie zabiłby jelenia na kolację? Nie złowiłby kilku ryb? Nie osadziłby nowych palików w rozpadającym się chlewie? Przyjemność, jaką sprawiał mi jego widok w drzwiach, trzymającego pełną sieć albo kosz owoców z sadu, miała ostry, cierpki smak. Rozmawialiśmy o tym, jakie wieją wiatry, jak Elpenor nabrał zwyczaju spać na dachu, i zastanawialiśmy się, czy nie powinniśmy mu tego zakazać.

– Co za idiota! – burknął. – Złamie sobie kark.
– Powiem mu, że ma pozwolenie tylko wtedy, kiedy jest trzeźwy.
– To znaczy nigdy – prychnął.

Wiedziałam, że jestem głupia. Nawet gdyby został dłużej niż do wiosny, do następnej, taki mężczyzna nie byłby szczęśliwy uwięziony na niewielkiej Ajai. A nawet gdybym znalazła jakiś sposób, żeby go zadowolić, pozostały inne ograniczenia: był śmiertelnikiem i to już niemłodym. Podziękuj losowi, upomniałam się w duchu. Jedna zima to dłużej, niż było ci sądzone z Dedalem.

Nie dziękowałam jednak losowi. Dowiedziałam się, jakie są ulubione dania Odyseusza, i uśmiechałam się, widząc, jak się nimi rozkoszuje. W nocy siedzieliśmy przy palenisku i omawialiśmy dzień.

– Co myślisz o tym wielkim dębie trafionym piorunem? – pytałam go. – Sądzisz, że zagnieździła się w nim próchnica?

– Sprawdzę. Jeśli tak, nie będzie trudno go zwalić. Zajmę się tym jutro przed obiadem.

Ściął drzewo i przez resztę dnia trzebił jeżyny.

– Za bardzo się rozrosły – wyjaśnił. – Przede wszystkim przydałyby ci się kozy. Cztery zrównałyby je z ziemią w miesiąc. I zadbałyby, żeby nie odrosły.

– A gdzie ja znajdę kozy?

To słowo, „Itaka", zawisło między nami i czar prysł.
– Nieważne – rzuciłam. – Jakoś to załatwię. Przemienię parę owiec.

*

Przy kolacji kilka nimf zaczęło się przysuwać bliżej mężczyzn, gotowe zaprowadzić swoich ulubieńców do łóżek. To też mi się podobało. Mój dom przenikał się z jego domem. Powiedziałam Dedalowi, że nigdy nie wyjdę za mąż, bo mam brudne ręce i za bardzo lubię swoją pracę. Ale oto zjawił się mężczyzna, którego ręce też były ubrudzone od pracy.

Słyszałam w głowie głos pytający: „A jak myślisz, Kirke, gdzie to Odys nauczył się tych wszystkich domowych subtelności?".

„Moja żona", powtarzał zawsze, mówiąc o niej. „Moja żona, moja żona". Nosił przed sobą te słowa jak tarczę. Nie wymawiał jej imienia, jak wieśniacy, którzy nie wymawiają imienia boga śmierci, bo się boją, że zjawi się i zabierze ich najukochańszych.

A miała na imię Penelopa. Kiedy spał, czasem wymawiałam w czerń nocy składające się na nie sylaby. To było wezwanie, a może dowód. Widzisz? Nie przybywa. Nie ma mocy, w które wierzysz.

Wstrzymywałam się tak długo, jak mogłam, ale w końcu stała się strupem, który należało oderwać. Nasłuchiwałam jego oddechu, chcąc mieć pewność, że na tyle się ocknął, by rozmawiać.

– Jaka ona jest? – spytałam.

Opowiadał mi o jej łagodnym obejściu, o tym, że wystarczy jej jedno słowo wypowiedziane spokojnym tonem, a ludzie natychmiast wykonują jej polecenia, szybciej, niż gdyby rozkazywała krzykiem. Była doskonałą pływaczką. Uwielbiała krokusy i wpinała we włosy pierwsze okazy, bo przynosiły szczęście. Mówił o niej tak, jakby była za ścianą, jakby nie dzieliło ich dwanaście lat i morza.

Jest kuzynką Heleny, powiedział. Tysiąc razy sprytniejsza i mądrzejsza, chociaż Helena jest na swój sposób sprytna, ale, oczywiście, kapryśna. Już znałam opowieści o Helenie, królowej Sparty, śmiertelnej córce Zeusa, najpiękniejszej kobiecie świata. Parys, książę Troi, wykradł ją mężowi, Menelaosowi, i tak rozpoczęła się wojna.

– Odpłynęła z Parysem z własnej woli czy przymuszona? – spytałam kiedyś.

– Kto wie? Przez dziesięć lat obozowaliśmy pod jej bramami i nigdy nie słyszałem, żeby próbowała uciec. Ale ledwo Menelaos zaatakował miasto, rzuciła mu się naga na szyję, przysięgając, że przeżyła udręki i że chciała tylko jednego: powrotu do małżonka. Nigdy nie wydobędziesz z niej całej prawdy. Jest jak wąż o wielu zwojach, a na oku ma tylko własną korzyść.

Nie inaczej niż ty, pomyślałam.

– Natomiast moja żona jest stała – dodał. – Stała we wszystkim. Nawet mądrzy mężowie czasem zbaczają z drogi rozsądku, ale nie ona. Jest jak nieruchoma gwiazda, niezawodny łuk. – Zamilkł i wyczułam, że płynie w głębokim nurcie wspomnień. – Nic, co mówi, nie jest jednoznaczne, nie wyraża jednej intencji, a jednak jest stała. Zna samą siebie.

Te słowa weszły we mnie gładko jak wyostrzony nóż. Od chwili, w której powiedział o jej tkactwie, wiedziałam, że ją kocha. A jednak pozostawał na Ajai miesiąc za miesiącem i dałam się zwieść. Teraz ujrzałam wyraźnie, że tylko mądrość podróżnika kierowała jego krokami, gdy szedł spędzać noce w moim łożu. Kiedy jesteś w Egipcie, czcisz Izydę; w Anatolii zabijasz jagnię na ołtarzach Kybele. Nie nadużywasz łask Ateny, dalekiej w twojej ojczyźnie.

Ale w tym samym momencie, w którym to pomyślałam, wiedziałam, że to nie cała prawda. Przypomniałam sobie te wszystkie chwile, które spędził na wojnie, łagodząc kruche jak szkło nastroje królów i nadąsanych książąt, dbając o równowagę między dumnymi wojownikami. Był to wyczyn równy poskromieniu ziejących ogniem byków Ajetesa, a Odyseusz miał do dyspozycji tylko fortele. W ojczystej Itace nie czekali na niego kłótliwi bohaterowie, narady, nocne wypady, rozpaczliwe akcje, które musiał zaplanować, by uratować swoich ludzi od śmierci. I jak mężczyzna jego pokroju miał wrócić do domu, do miejsca przy palenisku i oliwek? Zdałam sobie sprawę, że jego domowa harmonia ze mną jest właściwie czymś w rodzaju próby teatralnej. Kiedy siedział przy palenisku, kiedy pracował w ogrodzie, uczył się, jak operować toporem w drewnie, nie w ludzkim ciele. Jak znów dopasować się do Penelopy tak idealnie, jak pasowały do siebie elementy krosna Dedala.

Spał obok mnie. Od czasu do czasu lekko pochrapywał.

Pazyfae doradziłaby mi sporządzić napój miłosny i przywiązać go do siebie. Ajetes powiedziałby, że powinnam skraść mu mądrość. Wyobraziłam sobie twarz Odyseusza pozbawioną wszelkiej myśli, oprócz tych, które wsadziłam mu do głowy. Siedziałby u moich kolan wpatrzony we mnie bezmyślnie, podziwiający i pusty.

*

Powiały zimowe wiatry i cała wyspa pachniała ziemią. Uwielbiałam tę porę roku: zimny piasek, kwitnące białe ciemierniki. Odyseusz nabrał ciała i nie krzywił się tak często, gdy się poruszał. Rozchmurzył się. Próbowałam doszukać się w tym satysfakcji. Powiedziałam sobie, że to jak oglądanie dobrze utrzymanego ogrodu. Jak widok nowo narodzonych owieczek usiłujących stanąć na nogi.

Ludzie trzymali się domu, popijając dla rozgrzewki. Odyseusz zabawiał ich, opowiadając heroiczne historie o Achillesie, Ajaksie, Diomedesie, tak że znów przeżywali epokę niezwykłości, sławnych czynów. Słuchali wniebowzięci, z zachwytem na twarzach.

– Zapamiętajmy – szeptali. – Kroczyliśmy obok nich. Stawaliśmy przeciw Hektorowi. Nasi synowie będę snuć tę opowieść.

Na to uśmiechał się jak pobłażliwy ojciec, ale nocą tracił dobry humor.

– Tyle znaczyli w obliczu Hektora co mucha. Każdy, kto miał kroplę oleju w głowie, uciekał na jego widok.

– Ty też?

— Oczywiście. Ajaks ledwo potrafił mu sprostać. Tylko Achilles mógł go pobić. Nie najgorszy ze mnie żołnierz, ale znam granice swoich możliwości.

Wiedziałam, że je zna. Widziałam to w jego bystrych oczach. Tak wielu zaciskało powieki i plotło wymysły, pyszniąc się siłą, o której tylko marzyli. On zmierzył jednak i przebadał każdy zakątek swojego „ja", odnotował dokładnie każdy kamyk i wzgórek. Zważył swoje talenty co do ziarnka.

— Spotkałem Hektora — powiedział. — To było w pierwszych dniach wojny, kiedy jeszcze udawaliśmy, że możliwe jest zawieszenie broni. Siedział obok swojego ojca, Priama, na krzywym stołku, który pod nim wyglądał jak tron. Hektor nie lśnił jak złoto. Nie był gładki ani idealny. Ale był jednolity od czubka głowy do pięt, jak marmurowy blok wycięty z kamieniołomu. Jego żona Andromacha nalewała nam wina. Później, jak słyszeliśmy, urodziła mu syna Astynaksa, który miał kiedyś rządzić Troją. Ale Hektor nazywał go Skamandriosem, od rzeki, która płynęła obok Troi.

Miał dziwny ton głosu.

— Co się stało z tym chłopcem? — spytałam.

— To samo co ze wszystkimi synami na wojnie. Achilles zabił Hektora i potem, kiedy syn Achillesa, Neoptolemos, wdarł się do pałacu, porwał Astynaksa i roztrzaskał mu głowę. To była potworność, jak wszystko, czego Neoptolemos się dotknął. Ale co pozostawało? Dziecko rosłoby z ostrzem w sercu. Najwyższym obowiązkiem syna jest pomścić ojca. Gdyby Astynaks żył, zebrałby żołnierzy i ruszyłby na nas.

Księżyc zmalał do ułomka za oknem. Odyseusz milczał, przeżuwając myśli.

— To dziwne, ale pociesza mnie to, że gdybym został zabity, mój syn wypłynąłby na morze i ścigał tych, którzy pozbawili mnie życia. Stanąłby przed nimi i powiedział: „Odważyliście się rozlać krew Odyseusza, więc teraz ja rozleję waszą".

W izbie panował bezruch. Było późno, sowy odleciały na drzewa.

– Jaki on był? Twój syn.

Potarł podstawę kciuka tam, gdzie swój znak zostawiło szydło.

– Nazwaliśmy go Telemachem na cześć moich umiejętności posługiwania się łukiem. – To znaczyło „daleki wojownik". – Ale, co śmieszne, darł się cały pierwszy dzień życia, jakby trafił w serce bitwy. Kobiety próbowały każdej znanej im sztuczki, kołysały go, tuliły w ramionach, chodziły z nim, nurzały kciuk w winie i dawały mu ssać. Położna powiedziała, że nigdy nie widziała takich emocji. Nawet moja stara piastunka zakrywała uszy. Żona poszarzała, bo się bała, że coś jest z nim nie w porządku. Powiedziałem, żeby dali mi syna. Uniosłem go i spojrzałem na jego rozwrzeszczaną buzię. „Słodki syneczku – przemówiłem – masz rację, świat to przepojone dzikością, straszne miejsce i nie zaszkodzi się na niego wydrzeć. Ale teraz jesteś bezpieczny, a my wszyscy chcemy się wyspać. Dasz nam trochę spokoju?" I ucichł. Po prostu umilkł mi w rękach. Od tamtej pory nie było przyjemniejszego dziecka. Zawsze uśmiechnięty do każdego, kto się zatrzymał, żeby z nim pogadać. Służebne szukały wymówek, żeby do niego zajrzeć i uszczypnąć jego tłuste policzki. „Ale kiedyś będzie z niego król! – mawiały. – Łagodny jak zachodni wiatr!"

Wspominał dalej: pierwszy kęs chleba Telemacha, pierwsze słowo. Chłopiec uwielbiał kozy i chowanie się za krzesłami; chichotał, żeby go znaleziono. Odyseusz znał więcej historii o nim z jednego roku niż mój ojciec o mnie z całej wieczności.

– Wiem, że dzięki opowieściom matki zachowa mnie w pamięci, ale ja w jego wieku chodziłem już na polowania. Własnoręcznie ubiłem dzika. Mam tylko nadzieję, że kiedy wrócę, będzie jeszcze coś, czego będę mógł go nauczyć. Żeby zachował po mnie jakiś ślad.

Na pewno powiedziałam coś ogólnikowego i kojącego. Zachowa coś po tobie. Każdy chłopiec chce mieć ojca, będzie na ciebie czekał. Ale znów myślałam o zmienności przesycającej ludzkie życie. W chwili, w której rozmawialiśmy, mijał czas. Tamto słodkie dziecko zniknęło. Przybywało mu lat, wzrostu, męskości. Odyseusz już stracił trzynaście lat życia syna. Ile straci jeszcze?

Myślami często wracałam do tamtego czujnego, spokojnie patrzącego chłopca. Zastanawiałam się, czy wie, czego oczekuje jego ojciec, czy czuje ciężar jego nadziei. Wyobrażałam go sobie stojącego codziennie na nadbrzeżnych skałach i modlącego się o statek. Wyobraziłam sobie jego znużenie, delikatny, ukryty smutek, gdy co dnia kładł się spać, skulony na łóżku, tak jak kiedyś kulił się w ramionach ojca.

Złączyłam w ciemności dłonie. Nie dysponowałam tysiącem forteli, nie byłam stałą gwiazdą, a jednak po raz pierwszy poczułam coś w przestrzeni. Nadzieję, żywy oddech, który jeszcze mógł urosnąć.

ROZDZIAŁ SIEDEMNASTY

Drzewa dopiero zaczęły wypuszczać pączki. Morze pozostawało wzburzone, ale fale wkrótce miały opaść, wieszcząc czas wiosny i morskiej podróży Odyseusza. Ze wzrokiem skierowanym na dom miał płynąć przez morze, zmieniając kurs między sztormami i wielką ręką Posejdona. A moja wyspa miała znów ucichnąć.

Leżałam obok niego każdej nocy w świetle księżyca. Wyobrażałam sobie, że powiem: „Jeszcze tylko jedna pora roku". Jeszcze tylko do końca lata, wtedy są najlepsze wiatry. To by go zaskoczyło. Dostrzegłabym drobny błysk zawodu w jego oczach. Złote boginie nie powinny błagać. Tak więc pozwoliłam wyspie, by prosiła zamiast mnie, przemawiając wymownością swojej urody. Skały z każdym dniem traciły lodowy chłód, pąki rozkwitły. Jedliśmy na zielonej trawie. Chodziliśmy po ciepłym od słońca piasku i pływaliśmy w rozjaśnionej zatoce. Zabrałam go w cień jabłoni, żeby opływał go jej zapach, kiedy spał. Rozwijałam przed nim cuda Ajai jak dywan i widziałam, że zaczyna się wahać.

Jego ludzie też to spostrzegli. Przeżyli obok niego trzynaście lat i chociaż pokrętne myśli Odyseusza przekraczały ich umysłowe zdolności, wyczuwali zmianę, jak psy myśliwskie wyczuwają nastrój pana. Z każdym dniem byli coraz bardziej niespokojni. Kiedy tylko mogli, mówili głośno: „Itaka". „Królowa Penelopa", „Telemach". Eurylochos kroczył po domu, rzucając gniewne spojrzenia. Widziałam, jak szepcze z innymi po kątach. Gdy przechodziłam, milkli i spuszczali wzrok. Po jednym, po dwóch chodzili ukradkiem do Odyseusza. Oczekiwałam, że ich odeśle, ale on tylko wpatrywał się nad ich ramionami w pełne wirujących pyłków powietrze zachodu słońca. Nie powinnam ich z powrotem przemieniać, pomyślałam. Lepiej, żeby byli wieprzami.

*

Brat Śmierci, tak poeci nazywają sen. Dla większości ludzi te mroczne godziny są zapowiedzią znieruchomienia, które czeka ich u kresu dni. Ale głęboki sen Odyseusza był jak jego życie. Wiercił się niespokojnie, nieustannie mruczał, aż wilczyce nadstawiały uszu. Przyglądałam mu się w perłowoszarym świetle brzasku: drżeniu twarzy, napięciu ramion. Zwijał pościel, jakby to byli przeciwnicy w zapasach. Przeżył u mnie rok; dni były wypełnione spokojem, a jednak on co noc wyruszał na wojnę.

Okiennice były otwarte. W nocy musiało padać, pomyślałam. Do izby wpadało powietrze tak czyste, jakby zostało umyte. Każdy dźwięk – ptasi tryl, szelest liści, szum fal – zawisał w nim niczym głos dzwonka. Ubrałam się i wyszłam na dwór, by zanurzyć się w urodzie nocy. Jego ludzie nadal spali. Elpenor na dachu, owinięty w jedną z moich najlepszych derek. Wiatr przefrunął obok jak dźwięki liry i mój oddech zgrał się z nim, osiągając harmonię. Z gałęzi spadła kropla rosy i uderzyła o ziemię, wydając głos dzwonu.

Zaschło mi w ustach.

Wyszedł z kępy wawrzynów. Każda linia jego ciała była piękna, idealnie wdzięczna. Ciemne rozpuszczone włosy ukoronował wieńcem. Na jego ramieniu wisiał lśniący, wykończony srebrem łuk z drewna oliwnego.

– Bądź pozdrowiona, Kirke – odezwał się głosem najwspanialszego kurantu. Temu bogu służyły wszystkie melodie świata.

Uniósł rękę.

– Brat ostrzegał mnie przed twoim głosem. Myślę, że będzie lepiej, jeśli będziesz się odzywała najmniej, jak to możliwe. – W jego słowach nie było groźby. Ale może właśnie tak Apollo wyrażał groźbę: idealną harmonią dźwięków.

– Nie dam się uciszyć na własnej wyspie.

Skrzywił się.

– Hermes powiedział, że jesteś trudna. Przybywam z przepowiednią dla Odyseusza.

Poczułam napięcie. Zagadki olimpijskich bogów zawsze były obosieczne.

– Jest w domu.

– Wiem.

Wiatr uderzył mnie w twarz. Nie miałam czasu krzyknąć. Wdarł się do gardła, do brzucha, jakby niebo znalazło tam sobie drogę. Dławiłam się, ale potężniejąca boska moc napływała bez końca, odbierając oddech, zatapiając mnie nieziemską mocą. Przyglądał mi się z zadowoleniem.

Polana się rozpłynęła. Morski brzeg, na nim Odyseusz, wokół klifowe skały. W oddali kozy i gaje oliwne. Obszerny dom, dziedziniec wyłożony kamieniami, ściany pobłyskujące bronią przodków. Itaka!

Następnie inne wybrzeże, znowu on. Ciemny piach, niebo, które nigdy nie widziało światła mojego ojca. Cieniste topole i wierzby topiące liście w czarnych wodach. Ani jeden ptak nie śpiewa, ani jeden zwierz się nie rusza. Wielka jaskinia stoi otworem, a w niej starzec o niewidzących oczach. W głowie słyszę imię: Tejrezjasz.

Rzuciłam się na poszycie ogrodu. Wyrwałam korzenie szlachetnego ziela i razem z ziemią wepchnęłam je do ust. Wiatr opadł, zniknął tak szybko, jak się pojawił. Trzęsąc się, zaczęłam kaszleć. W ustach miałam szlam i popiół.

– Jak śmiesz – wykrztusiłam. – Jak śmiesz tak mnie traktować na mojej wyspie? W moich żyłach płynie krew tytanów. Wywołasz wojnę. Mój ojciec...

– Właśnie twój ojciec to zasugerował. W mojej krwi musiało być proroctwo. Powinnaś czuć się zaszczycona – powiedział. – Byłaś świadkiem wizji Apollina.

Jego głos był hymnem. Na pięknej twarzy malowało się tylko lekkie zaskoczenie. Chciałam ją poorać paznokciami. Bogowie i ich niepojęte zasady! Zawsze znajdą powód, by cię rzucić na kolana.

– Nie powiem Odyseuszowi.

– To mnie nie obchodzi. Proroctwo zostało dostarczone.

Zniknął. Przycisnęłam czoło do pobrużdżonego pnia oliwki. Pierś mi falowała. Trzęsłam się z wściekłości i poniżenia. Ile razy miałam dostawać nauczkę? Każda chwila spokoju była kłamstwem, bo następowała wyłącznie z łaski bogów. Bez względu na to, co zrobiłam, jak długo żyłam, dla kaprysu mogli mi to odebrać.

Niebo jeszcze całkiem się nie rozjaśniło. Odyseusz nadal spał. Obudziłam go i zaprowadziłam do wielkiej izby. Nie powiedziałam mu o proroctwie. Przyglądałam mu się, gdy jadł, i szlifowałam gniew jak klingę noża. Zależało mi, żeby była jak najdłużej ostra, bo znałam dalszy ciąg wydarzeń. W wizji Odyseusz wrócił do Itaki. Ostatnia z moich nieśmiałych nadziei przepadła.

Podałam najlepsze dania, otworzyłam najstarsze wino. Ale trunek stracił smak. Twarz Odyseusza była bez wyrazu. Cały dzień spoglądał przez okno, jakby kogoś wypatrywał. Rozmawialiśmy uprzejmie, czułam jednak, że czeka, aż załoga zje i uda się na spoczynek. Kiedy ostatnie głosy ucichły, ukląkł.

– Bogini...

Nigdy się tak do mnie nie zwracał, więc wiedziałam. Naprawdę wiedziałam. Może jakieś bóstwo odwiedziło i jego. Może śnił o Penelopie. Nasza idylla się skończyła. Popatrzyłam na przetkane siwizną włosy. Spiął ramiona, wzrok wbił w podłogę. Poczułam tępy gniew. Przynajmniej mógł spojrzeć mi w oczy.

– O co chodzi, śmiertelniku? – odezwałam się głośno. Lwice się poruszyły.

– Muszę odejść. Zbyt długo tu przebywałem. Moi ludzie się niecierpliwią.

– Więc odejdź. Jestem tu panią, nie strażniczką więzienia.

Wtedy na mnie spojrzał.

– Wiem, szlachetna pani. Jestem ci bezmiernie wdzięczny.

Oczy miał piwne i ciepłe jak ziemia latem. Mówił prosto. Nie silił się na krasomówstwo, co oczywiście samo w sobie było krasomówstwem. Poza tym umiał się pokazać w najlepszym świetle. Poczułam coś w rodzaju mściwej satysfakcji, gdy powiedziałam:

– Mam dla ciebie wiadomość od bogów.

– Wiadomość... – Na jego twarzy pojawił się niepokój.

– Powiadają, że dotrzesz do domu. Ale najpierw rozkazują ci rozmówić się z wróżbitą Tejrezjaszem w domu umarłych.

Żaden człowiek o zdrowych zmysłach nie wysłucha bez drżenia takich wieści. Zesztywniał i poszarzał jak kamień.

– Dlaczego?

– Bogowie mają swoje powody, którymi nie chcą się dzielić.

– Kiedy to się skończy?

Chrypiał. Jego twarz była na powrót jak otwarta rana. Gniew mnie opuścił. Ten mężczyzna nie był moim wrogiem. Czekała go wystarczająco ciężka droga; nie musieliśmy jeszcze ranić siebie nawzajem.

Położyłam rękę na jego piersi, tam gdzie biło serce wielkiego podróżnika.

– Chodź – powiedziałam. – Nie opuszczę cię.

Zaprowadziłam go do sąsiedniej izby i przekazałam mu wiedzę, która wzrastała we mnie cały dzień, szybko i nieprzerwanie, jak bąbelki w strumieniu.

– Wiatry zaniosą cię poza lądy i morza na skraj świata żywych. Na wybrzeże, gdzie rosną czarne topole; jest tam spokojna woda, nad którą pochylają się wierzby. To wejście do świata podziemi. Wykop tam dziurę w ziemi, wielką, jak ci pokażę. Napełnij ją krwią czarnej owcy i czarnego barana i wokół odpraw libację. Przybędą tłumnie głodne cienie rozpaczliwie spragnione dymiących oparów życia po długim pobycie w mrokach.

Odyseusz przymykał oczy. Może wyobrażał sobie dusze wysypujące się z szarych komnat. Znał niektórych. Achillesa i Patroklesa, Ajaksa, Hektora. Wszystkich Trojan, których zabił, i wszystkich Greków, a także własną pożartą załogę, nadal krzyczącą o sprawiedliwość. Ale nie to miało być najgorsze. Spotkać również dusze, których obecności nie mógł przewidzieć: dusze ziomków, którzy umarli pod jego nieobecność. Może rodziców lub Telemacha. Może samej Penelopy.

– Musisz odgrodzić ich od krwi, dopóki nie przyjdzie Tejrezjasz – ciągnęłam. – Napije się do woli i przekaże ci swą mądrość. Wtedy powrócisz tu na jeden, jedyny dzień, bo być może będę mogła ci jeszcze pomóc.

Skinął głową. Miał bezkrwiste powieki. Pogładziłam go po policzku.

– Śpij – powiedziałam. – Potrzebujesz snu.

– Nie mogę.

Rozumiałam go. Zbierał siły do jeszcze jednej bitwy. Leżeliśmy obok siebie przez długie godziny nocy jak milczący strażnicy. Z brzaskiem pomogłam mu się ubrać, zapięłam płaszcz na ramieniu. Założyłam mu pas i wręczyłam miecz. Kiedy otworzyliśmy frontowe drzwi, wyszliśmy na rozciągniętego na kamiennych płytach Elpenora. W końcu spadł z dachu. Patrzyliśmy na posiniałe wargi, dziwnie wykrzywiony kark.

– Już się zaczyna. – W głosie Odyseusza słychać było ponurą rezygnację. Wiedziałam, co ma na myśli. Mojry znów wprzęgły go w swoje jarzmo.

– Przechowam go, żebyś mógł sprawić mu pochówek. Teraz nie ma na to czasu.

Zanieśliśmy ciało do łóżka i owinęliśmy w prześcieradła. Wyniosłam zapasy na podróż i wyprowadziłam zwierzęta niezbędne do rytuału. Okręt stał już gotowy; załoga przygotowała go dzień wcześniej. Teraz go załadowała i wypchnęła na fale. Morze było wzburzone i ciemne; w powietrzu unosił się wodny pył. Zapowiadała się walka z falami o każdy kawałek do przodu i do nocy mięśnie wioślarzy miały zamienić się w supły. Pomyślałam, że na tę okoliczność mogłam ich zaopatrzyć w maść. Ale było za późno.

Odprowadzałam wzrokiem okręt wolno sunący do horyzontu, a potem wróciłam do domu i odsłoniłam ciało Elpenora. Do tej pory widziałam tylko trupy, które zaległy na mojej podłodze. Były tak zmienione, że nie przypominały ludzi. Położyłam rękę na klatce piersiowej zmarłego. Był twarda i zimna. Słyszałam, że po śmierci twarze ludzi wyglądają młodziej, ale Elpenor często się śmiał i teraz skóra na jego twarzy pozbawionej iskry życia była obwisła i pobrużdżona. Umyłam go, po czym wtarłam w ciało oliwę tak delikatnie, jakby nadal czuł dotyk. Przy pracy śpiewałam melodię, która miała dotrzymać towarzystwa jego duszy, gdy będzie oczekiwać przeprawy przez wielką rzekę podziemnego świata. Znów okryłam go całunem, wypowiedziałam zaklęcie odpędzające zgniliznę i zamknęłam za sobą drzwi.

W ogrodzie listki były tak świeże, że świeciły niczym ostrza. Sprawdziłam wilgotność gleby. Zapowiadało się mokre lato i niebawem czekało mnie palikowanie winorośli. W poprzednim roku pomagał mi Odyseusz. Dotknęłam tego wspomnienia niczym blizny, sprawdzając, jaki ból przyniesie. Czy kiedy on odpłynie już na zawsze, powtórzę lament Achillesa opłakującego utraconego kochanka, Patroklesa? Usiłowałam wyobrazić sobie, jak biegam po plaży, rwę włosy z głowy, tulę do piersi strzęp starej tuniki Odyseusza. Opłakuję utratę połowy własnej duszy.

Nie wydawało mi się to prawdopodobne, mimo to myśl, że go utracę, przyniosła mi ból. Może powinnam pogodzić się z nieuchronnym. W opowieściach bogowie i śmiertelni nigdy nie łączą się na długo.

Tamtej nocy zostałam w kuchni; obierałam korzenie tojadu. Odyseusz już stał przed zmarłymi. Kiedy odpływał, wcisnęłam mu w rękę flakonik i kazałam przywieźć ofiarną krew. Cienie miały ją nasycić swoją lodowatą istotą i chciałam poczuć moc o nieziemskim smaku popiołu. Teraz żałowałam tej prośby. Zachowałam się jak Perses lub Ajetes, którzy mieli w żyłach tylko czarną magię, nie ciepło.

Wykonywałam pracę starannie, dokładnie, świadoma każdego wrażenia. Zioła przyglądały mi się z półek. Pozyskałam ich moc własnymi rękami. Lubiłam ich obecność w miseczkach i butelkach: szałwii i róży, szanty i cykorii, dzikiego wawrzynu i szlachetnego ziela w zakorkowanym szkle. I na końcu w cedrowej szkatułce sylfion zmieszany z piołunem, mikstura, którą spożywałam co miesiąc, od kiedy pierwszy raz poszłam z Hermesem do łoża. Co miesiąc z wyjątkiem ostatniego.

*

Moje nimfy i ja czekałyśmy na piasku, patrząc na płynący na wiosłach okręt. Mężczyźni wyszli w milczeniu na brzeg. Byli przygarbieni, jakby obciążeni kamieniami, chorobą i wiekiem. Spojrzałam w twarz Odyseusza. Wyglądała strasznie; nie mogłam niczego z niej odczytać. Nawet ubrania mieli wyblakłe, wyzute z barw, szare. Przypominali ryby uwięzione pod zimowym lodem.

Zrobiłam krok i ogarnęłam ich świetlistym spojrzeniem.

– Witajcie! – zawołałam. – Witajcie z powrotem, o, serca ze złota. O, mężowie twardzi jak dąb. Jesteście herosami przeznaczonymi legendom. Wykonaliście jedną z prac Herkulesa; widzieliście dom zmarłych i żyjecie. Chodźcie, są tu dla was derki wyłożone na miękkiej trawie. Jest wino i jadło. Odpoczywajcie i pokój z wami!

Ruszali się powoli jak starcy, ale usiedli. Z boku czekały tace z pieczonym mięsem, gęste czerwone wino. Podawałyśmy jedzenie i nalewałyśmy trunek, aż ich policzki nabrały koloru. Słońce świeciło mocno, wypalając zimną mgłę świata zmarłych.

Odciągnęłam Odyseusza na bok, w zielone zarośla.
– Mów – ponagliłam go.
– Żyją – powiedział. – To najlepsze wieści. Mój syn i żona żyją. Ojciec też.
Ale nie matka. Czekałam.
Wbijał wzrok w pobliźnione kolana.
– Agamemnon tam był. Jego żona wzięła sobie kochanka i kiedy Agamemnon wrócił do ojczyzny, zarżnęła go w łaźni jak wołu. Widziałem Achillesa i Patroklesa, Ajaksa z raną, którą sam sobie zadał. Zazdrościli mi życia, ale przynajmniej nastąpił kres ich bitew.
– Twoje też się skończą. Kiedy dotrzesz do Itaki. Widziałam to.
– Dotrę, lecz Tejrezjasz powiedział, że znajdę mężów oblegających mój dom, wyjadających moje zapasy i uzurpujących sobie prawo do mojego miejsca. Muszę znaleźć sposób, żeby ich zabić. Ale potem, gdy będę kroczył po lądzie, z morza wyłoni się moja śmierć. Bogowie uwielbiają swoje zagadki.
Nigdy nie słyszałam w jego głosie równie gorzkiego tonu.
– Nie możesz o tym myśleć – zganiłam go. – Tylko będziesz się tym zadręczał. Zamiast tego myśl o drodze, którą masz przed sobą, która zaprowadzi cię do domu, gdzie czekają żona i syn.
– O drodze – powtórzył ponurym tonem. – Tejrezjasz mi ją wyznaczył. Muszę przepłynąć obok Trinakii.
Ta nazwa miała dźwięk strzały trafiającej w cel. Ile lat minęło od chwili, gdy usłyszałam ją pierwszy raz? Wspomnienie objawiło się przed moimi oczami: Skarb i Śliczna, i cała reszta krów kołyszących się jak lilie w złotym zmierzchu.
– Jeśli nie naruszę spokoju stada, dotrę do domu i moi ludzie też. Ale jeśli któraś z krów ucierpi, twój ojciec spuści na nas swój gniew. Lata miną, zanim znów ujrzę Itakę, a cała załoga zginie.
– W takim razie nie przystawaj tam – doradziłam mu. – Nawet nie przybijaj do brzegu.
– Nie zrobię tego.

Ale to nie było takie proste i wiedzieliśmy o tym. Mojry wabiły i oszukiwały. Stawiały przeszkody, żebyś wpadł w ich sidła. Wszystko mogło im posłużyć: wiatry, fale, słabe ludzkie serca.

– Gdybyś przybił do brzegu, trzymaj się plaży – powiedziałam. – Nie idź oglądać stada. Nie masz pojęcia, jak one potrafią pobudzić apetyt. W porównaniu z innymi krowami są jak bogowie w porównaniu z ludźmi.

– Będę się trzymał plaży.

Nie bałam się o jego silną wolę. Ale co dobrego miało wyniknąć z tego gadania, z siedzenia nad nim jak sowa zapowiadająca śmierć? Znał swoich ludzi. Coś jeszcze przyszło mi do głowy. Przypomniałam sobie szlaki morskie, które bardzo dawno temu wyrysował mi Hermes. Przebiegłam je w myślach. Jeśli Odyseusz miał przepłynąć obok Trinakii, w takim razie…

Zamknęłam oczy.

– Posłuchaj – rzuciłam. – Są rzeczy, o których musisz wiedzieć. – Opisałam mu podróż. Wyliczyłam jedno po drugim niebezpieczeństwa, których musiał unikać, mielizny, barbarzyńskie wyspy, syreny – ptaki o głowach kobiet, które wabiły mężczyzn śpiewem. W końcu nie mogłam dłużej zwlekać.

– Twój szlak przebiega też obok Scylli. Słyszałeś o niej?

Słyszał. Przyglądałam mu się, gdy zadawałam cios. Sześciu ludzi, może dwunastu.

– Musi być jakiś sposób, żeby temu zapobiec – bronił się. – Jakaś broń, której mógłbym użyć.

Najbardziej lubiłam w nim zawziętość; zawsze szukał szansy wyjścia z opresji. Odwróciłam się, żeby nie widzieć jego twarzy, gdy mówiłam:

– Nie. Nikt nie ma żadnego sposobu. Nawet taki śmiertelnik jak ty. Zmierzyłam się z nią kiedyś, dawno temu, i uciekłam tylko dzięki magii i galionowi. Ale na syreny może znajdziesz jakiś sposób. Zalep woskiem uszy załogi, ale sam tego nie rób. Przywiąż się do masztu i może jako pierwszy człowiek usłyszysz ich pieśń i później o niej opowiesz. Czy to nie będzie dobra opowieść dla żony i syna?

– Pewnie – odparł, lecz głos miał jak zniszczone ostrze, bez blasku. Nie mogłam nic zrobić. Wymykał mi się z rąk.

Zanieśliśmy Elpenora na stos. Odprawiliśmy rytuał, odśpiewaliśmy pieśni wysławiające jego wojenne czyny, umieściliśmy jego imię pośród imion kiedyś żyjących. Nimfy rozdzierająco szlochały, mężczyźni płakali, ale Odyseusz i ja staliśmy bez łzy w oczach i milczący. Potem załadowaliśmy na okręt wszystkie zapasy, które mógł udźwignąć. Załoga stanęła przy linach i wiosłach. Palili się do drogi, spoglądali na siebie, przebierali nogami. Czułam się pusta, wydrążona jak plaża pod kilem.

Odyseusz, syn Laertesa, wielki podróżnik, książę forteli, sztuczek i tysiąca sposobów. Pokazał mi swoje blizny i w zamian pozwolił udawać, że ja nie noszę żadnej.

Wszedł na pokład, a kiedy się odwrócił, by na mnie spojrzeć, zniknęłam.

ROZDZIAŁ OSIEMNASTY

Jak pieśni miały opisać tę scenę? Bogini na samotnym przylądku, jej kochanek znikający w oddali. Jej oczy wilgotne, ale wzrok nieprzenikniony, skierowany do wewnątrz, ku własnym myślom. U jej stóp zgromadzone zwierzęta. Lipy kwitną. A w końcu, chwilę przed tym, jak on znika za horyzontem, bogini unosi dłoń i kładzie ją na brzuchu.

Wnętrzności mi się zbuntowały, ledwo podniósł kotwicę. Ja, która nigdy w życiu nie miałam mdłości, teraz stale byłam nimi dręczona. Wymiotowałam, aż miałam przełyk w strzępach, brzuch trząsł mi się jak wyschnięty orzech w skorupie, kąciki ust popękały. Jakby moje ciało chciało wyrzucić wszystko, co pochłonęło przez setkę lat.

Nimfy załamywały ręce i tuliły się jedna do drugiej. Nigdy nie widziały niczego podobnego. Nasz gatunek w ciąży jaśnieje i kwitnie jak pąki. Myślały, że połknęłam truciznę albo zostałam przeklęta i skazana na jakąś potworną przemianę, że moje wnętrzności chcą się wydostać na zewnątrz. Kiedy nimfy próbowały mi pomóc, odpychałam je. Dziecko, które nosiłam, miało być półbogiem, ale to zwodnicze określenie. Moja krew miała mu zapewnić kilka szczególnych cech: urodę, szybkość, siłę lub wdzięk. Resztę jednak miało odziedziczyć po ojcu, bo śmiertelność zawsze przeważała nad boskością. Jego ciało miało cierpieć te same bóle i udręki, jakie zagrażają każdemu człowiekowi.

Mdłości, jakie mnie dręczyły, nie dotykały bogów, żadnego z członków mojej rodziny; to było we mnie.

– Już się wynoście – zwróciłam się do nimf rwącym głosem, jakim do tej pory nigdy nie przemawiałam. – Nie obchodzi mnie, jak to zrobicie... powiadomcie waszych ojców i wynoście się. To wyłącznie moja sprawa.

Nigdy się nie dowiem, co wtedy pomyślały. Dostałam następnego ataku, łzy zalały mi oczy, nic nie widziałam. Zanim znalazłam drogę do domu, zniknęły. Przypuszczam, że ich ojcowie zastosowali się do mojego żądania, bo wystraszyli się, że zajście w ciążę za sprawą śmiertelnika może być zaraźliwe. Dom bez nich stał się inny, nie miałam jednak czasu o tym myśleć ani płakać za Odysem. Mdłości nie ustępowały. Nie było godziny, żeby nie powracały. Nie rozumiałam, dlaczego są aż tak silne. Zadawałam sobie pytanie, czy to krew śmiertelnika walczy z moją krwią, czy też jestem przeklęta. Może jakiś zły urok Ajetesa cały czas krążył i w końcu mnie znalazł. Lecz nie pomagało żadne odczynienie uroków, nawet szlachetne ziele. Czemu się dziwisz? – powiedziałam sobie. Czy nie upierałaś się zawsze, żeby być trudna we wszystkim, co robisz?

W tym stanie nie potrafiłabym się obronić przed przybyszami i wiedziałam o tym. Przeczołgałam się do słojów z ziołami i rzuciłam zaklęcie, o którym myślałam bardzo dawno temu: stworzyłam iluzję, że wyspę chronią niegościnne skały grożące zatopieniem każdego okrętu czy łodzi. Potem leżałam na podłodze, dysząc po wysiłku. Potrzebowałam spokoju.

Spokój. Śmiałabym się, gdybym nie była tak chora. Kwaśny smród sera w kuchni, słony zapach wodorostów niesiony bryzą, ciężka woń ziemi po deszczu, róże gnijące pośród zielska, wszystko to sprawiało, że żółć napływała mi do gardła. Potem przyszły bóle głowy niczym kolce jeżowca wbijane w gałki oczne. Pomyślałam, że tak pewnie musiał się czuć Zeus, zanim Atena wyskoczyła mu z głowy. Przeczołgałam się do sypialni i zamknąwszy okiennice, leżałam w półmroku, marząc o cudownym rozwiązaniu: poderżnąć sobie gardło i skończyć z tym wszystkim.

Może to dziwnie zabrzmi, ale nawet w tak krańcowo żałosnym stanie nie uległam rozpaczy. Przywykłam do nieszczęścia, które – bezkształtne i nieprzejrzyste – rozciągało się na wszystkie strony świata. Ta udręka miała jednak swoje wybrzeża, głębiny, cel i kształt. Była w niej nadzieja, bo miała się skończyć i dać mi dziecko. Syna. Nie wiem skąd – czy za sprawą znajomości czarów, czy krwi proroków w żyłach – ale wiedziałam, że to będzie chłopiec.

Rósł, a z nim rosła jego kruchość. Nigdy nie byłam tak zadowolona z mojego nieśmiertelnego ciała otaczającego go niczym zbroja. Szumiało mi w głowie, kiedy czułam pierwsze kopnięcia; mówiłam do niego w każdej chwili, gdy miażdżyłam zioła, szykowałam ubranka, plotłam kołyskę z sitowia. Wyobrażałam sobie, że chodzi obok mnie – dziecko, chłopiec i mężczyzna, którym miał się stać. Miałam mu pokazać wszystkie cudowności, które dla niego zgromadziłam, wyspę i jej niebo, owoce i owce, fale i lwice. Ta idealna samotność nigdy więcej nie miała być samotnością.

Położyłam rękę na brzuchu. Twój ojciec powiedział, że chciał więcej dzieci, ale nie dlatego żyjesz, pomyślałam. Jesteś dla mnie.

*

Odyseusz opowiadał, że przed porodem Penelopa myślała, że przejadła się gruszkami – tak lekkie miała bóle. Moje spadły jak pioruny z nieba. Pamiętam, że przyczołgałam się z ogrodu do domu, walcząc z rozdzierającymi skurczami. Przygotowałam napar z kory wierzbowej i wypiłam go trochę, potem wszystko, a w końcu lizałam szyjkę butelki.

Wiedziałam bardzo mało o rodzeniu i jego etapach. Światło dnia już przygasło, a ja wciąż czułam ból, jakby kamienie mełły mnie na mąkę. Godzinami darłam się i parłam, mimo to dziecko nie chciało wyjść. Położne mają sposoby na wydobycie noworodka, lecz ja ich nie znałam. Wiedziałam tylko jedno: jeśli to potrwa zbyt długo, mój syn umrze.

A ciągnęło się w nieskończoność. W mękach przewróciłam stół. Po wszystkim izba wyglądała, jakby grasowały w niej niedźwiedzie: makaty zerwane ze ścian, stołki roztrzaskane, talerze zbite. Nie pamiętam, jak się to stało. Groza o tysiącu twarzach opanowała mój umysł. Czy dziecko już nie żyje? A może jak w przypadku siostry rośnie we mnie potwór? Nieustępujący ból wydawał się to potwierdzać. A jeśli ono jest całe i normalne, tylko się nie urodzi?

Zamknęłam oczy. Wsunęłam w siebie rękę i szukałam gładkiej krzywizny główki. Nie wyczułam rogów ani żadnych potworności. Tylko utknęło w wewnętrznym otworze, wciśnięte między kości i mięśnie.

Modliłam się do Ejlejtyi, bogini połogu. Miała moc rozluźniania zaborczego łona, dzięki czemu dziecko mogło przyjść na świat. Powiadano, że strzeże narodzin wszystkich bogów i półbogów.

– Pomóż mi! – krzyczałam.

Nie przybyła jednak. Zwierzęta skomlały po kątach, a ja przypomniałam sobie, co dawno temu w pałacu Okeanosa szeptały kuzynki. Jeśli jakiś bóg nie chciał, by dziecko się urodziło, mógł powstrzymać Ejlejtyję.

W oszołomieniu uczepiłam się tej myśli. Ktoś bronił bogini dostępu. Ktoś się ośmielił krzywdzić mojego syna. To dodało mi niezbędnej siły. W ciemności obnażyłam zęby i poczołgałam się do kuchni. Porwałam nóż i wielkie zwierciadło z brązu, żeby widzieć swoje odbicie, bo nie było przy mnie Dedala, który mógłby mi pomóc. Oparłam się o marmurową ścianę, między połamanymi nogami od stołu. Chłód kamienia mnie uspokoił. To dziecko nie było Minotaurem, ale śmiertelnikiem. Nie wolno mi ciąć zbyt głęboko.

Bałam się, że ból mnie unieruchomi, lecz ledwie go czułam. Rozległ się zgrzytliwy odgłos, jak kamienia o kamień, i zdałam sobie sprawę, że to mój oddech. Pokłady ciała się rozstąpiły i w końcu go zobaczyłam: kończyny zwinięte jak ślimak w skorupce. Wpatrywałam się, bojąc się go ruszyć. A jeśli już nie żyje? Jeśli żył i zabiłam go swoją niezdarnością? Ale gdy wyciągnęłam go na zewnątrz, poczuł na skórze powietrze i zakwilił. Rozpłakałam się razem z nim, bo nigdy nie słyszałam słodszego dźwięku. Położyłam go na piersi. Miałam wrażenie, że kamienna podłoga pod nami to puch. Drżał, przyciskając się do mnie mokrą różową twarzyczką. Nie przestając go trzymać, przecięłam pępowinę.

– Widzisz? – powiedziałam. – Nikogo nie potrzebujemy.

W odpowiedzi zachrumkał jak żabka i zamknął oczy. Mój syn, Telegonos.

*

Nie podchodziłam do macierzyństwa lekceważąco. Szykowałam się do niego jak wojownicy na spotkanie wroga, skupieni, z mieczem gotowym odeprzeć spadające ciosy. Ale wszystkie moje przygotowania nie wystarczyły. Podczas miesięcy spędzonych z Odyseuszem myślałam, że nauczyłam się trochę, jak żyć życiem śmiertelnika. Trzy posiłki dziennie, wypróżnianie się, pranie i sprzątanie. Ucięłam dwadzieścia kawałków materiału na pieluchy i uważałam się za przewidującą. Ale co ja wiedziałam o niemowlętach śmiertelników? Ajetes po niecałym miesiącu był gotów do bitwy. Dwadzieścia moich pieluch wystarczyło na pierwszy dzień.

Dzięki bogom, że nie musiałam spać. Każdą chwilę poświęcałam na pranie, gotowanie, sprzątanie i szorowanie. Ale jak miałam to robić, skoro on w każdej chwili czegoś potrzebował, pokarmu, przewinięcia, snu? To ostatnie zawsze uważałam za najbardziej naturalną rzecz dla śmiertelnych, łatwą jak oddychanie, tymczasem w jego przypadku wydawało się problemem nie do pokonania. Niezależnie od tego, jak go owinęłam, jak długo kołysałam i ile mu śpiewałam, wrzeszczał, dyszał i trząsł się, aż lwice uciekły, aż zaczęłam się bać, że coś sobie zrobi. Znalazłam chustę, żeby go w niej nosić, blisko przy sercu. Dawałam mu kojące napary, paliłam trociczki, wzywałam ptaki, żeby śpiewały pod naszymi oknami. Jedyne, co pomagało, to noszenie go – po domu, wzgórzach, wybrzeżu. Wtedy w końcu się męczył, zamykał oczy i spał. Ale gdy przystawałam, żeby go położyć, zaraz się budził. Nawet kiedy bez przerwy maszerowałam, szybko się budził i znów wrzeszczał. Miał w sobie ocean smutków, który można było uciszyć tylko chwilowo. Ile razy w tamtych dniach myślałam o uśmiechniętym dziecku Odyseusza? Próbowałam jego sztuczki, tak jak i wszystkich pozostałych. Unosiłam wysoko wiotkie ciało synka, przysięgając, że nic mu nie grozi. Lecz on tylko głośniej się wydzierał. To zasługa Penelopy, że Telemach był tak słodki, pomyślałam. Ja zasłużyłam na to dziecko.

Czasami jednak zaznawaliśmy chwil spokoju. Kiedy w końcu spał, gdy ssał moją pierś albo uśmiechał się na widok zrywających się z drzewa ptaków. Patrzyłam na niego i czułam tak wielką miłość, że wypełniała mnie całą. Sporządziłam listę wszystkich rzeczy, które zrobiłabym dla niego. Zdarłabym z siebie skórę. Wykłuła oczy. Starła stopy do kości, chodząc z nim, byle tylko był szczęśliwy i zdrowy.

Nie był szczęśliwy. To minie, myślałam. Jeszcze trochę, a przestanie się wściekać i płakać w moich ramionach. Ale ta chwila nie nadchodziła. Nie cierpiał słońca. Nie cierpiał wiatru. Nie cierpiał kąpieli. Nie cierpiał być ubrany, nagi, leżeć na brzuszku, na plecach. Nie cierpiał tego ogromnego świata i wszystkiego, co w nim było... i wyglądało na to, że najbardziej nie cierpiał mnie.

Myślałam o minionych godzinach spędzonych na przygotowywaniu mikstur, śpiewaniu, tkaniu. Czułam ich utratę, jakby mi wyrwano rękę. Powiedziałam sobie, że brakuje mi nawet zamieniania ludzi w świnie, bo przynajmniej w tym byłam dobra. Chciałam go cisnąć daleko, a tymczasem chodziłam z nim w ciemnościach w tę i we w tę przed falami i z każdym krokiem wzdychałam za dawnym życiem. Kiedy kwilił, myślałam gorzko: Przynajmniej nie muszę się martwić, że nie żyje.

Zakryłam ręką usta, bo bogowie podziemi zjawiają się na znacznie bardziej zawoalowane zaproszenia. Czułam jego zaciętą twarzyczkę przy mojej. W oczach miał łzy, włosy w nieładzie, na policzku zadrapanie. Skąd się wzięło? Jaki złoczyńca ośmielił się go skrzywdzić? Powróciło wszystko, co wiedziałam o śmiertelnych niemowlętach: jak umierają bez powodu lub z jakiegoś miałkiego powodu: bo się wyziębiają albo są głodne, bo leżą tak albo siak. Czułam każdy oddech w chudej piersi, myśląc, jakie to nieprawdopodobne, jak niesłychane, że takie kruche stworzonko, które nie potrafi nawet unieść główki, może przeżyć w tym surowym świecie. Ale przeżyje, nawet gdybym musiała o to walczyć z jakimś ukrywającym się bogiem.

Wpatrywałam się w ciemność. Wilczym sposobem nastawiałam uszu, nasłuchując każdego niebezpieczeństwa. Znów stworzyłam iluzję, która najeżyła wybrzeże wyspy dzikimi skałami. Ale strach mnie nie opuszczał. Czasem zdesperowani ludzie na nic się nie oglądają. Gdyby mimo skał wylądowali, usłyszeliby krzyki mojego synka i trafiliby do domu. Co by się stało, gdybym wtedy zapomniała swoich sztuczek i nie potrafiła ich zmusić do wypicia wina z miksturą? Przypomniałam sobie opowieści Odyseusza o tym, jak żołnierze obchodzą się z dziećmi. O Astynaksie i wszystkich synkach Troi zmiażdżonych i nabitych na włócznie, rozszarpanych i stratowanych końmi, zabitych, żeby żaden nie urósł, nie nabrał sił i nie zjawił się, szukając pomsty.

Całe życie czekałam na tragedię, która mogłaby mnie spotkać. Nigdy nie wątpiłam, że nadejdzie, bo zdaniem innych miałam więcej pragnień, pogardy i mocy, niż na to zasługiwałam, a to wszystko ściągało pioruny na głowę. Smutek wiele razy osmalił mi skórę, lecz jego ogień nigdy nie przewiercił się do kości. W tamtych dniach moje szaleństwo wzrosło na glebie świeżej pewności; w końcu pojawiła się istota, którą bogowie mogą wykorzystać przeciwko mnie.

*

Nie ustawałam w staraniach i mój synek rósł. Tyle potrafię powiedzieć. Uspokoił się i to uspokoiło mnie, a może na odwrót. Nie wytężałam tak bardzo wzroku, nie myślałam tak często, że się oparzę. Uśmiechnął się po raz pierwszy i zaczął sypiać w kołysce. Wytrzymał bez krzyku całe przedpołudnie i mogłam popracować w ogrodzie. Mądre dziecko, myślałam. Sprawdzasz mnie, co? Na dźwięk mojego głosu podniósł z trawy główkę i znów się uśmiechnął.

Jego śmiertelność była ze mną zawsze, stała jak drugie bijące serce. Teraz, kiedy umiał usiąść i wyciągnąć rączkę, wszystkie zwykłe przedmioty w domu obnażyły ukryte kły. Garnki wrzące na ogniu wydawały się staczać w jego paluszki. Noże spadały ze stołu o włos od jego główki. Kiedy go sadzałam, nadlatywała brzęcząca osa, skorpion nadbiegał z ukrytego zagłębienia, unosząc żądło. Iskry z paleniska zawsze zataczały łuk w kierunku jego delikatnego ciałka. Zdążałam na czas odsunąć każde niebezpieczeństwo, bo nigdy nie byłam dalej niż o krok, ale to tylko potwierdzało moje obawy; zabraniało mi zamknąć oczy, na chwilę go zostawić. Drwa go przysypią. Wilczyca, która była całe życie łagodna, ugryzie. Gdy się obudzę, zobaczę nad kołyską żmiję gotową ukąsić.

W końcu przejrzałam na oczy. Miłość, strach i brak snu tak bardzo mnie otumaniły, że potrzebowałam mnóstwo czasu, zanim pojęłam, iż groźne owady nie zlecą się batalionami i nawet taka niezdara jak ja rano nie strąci dziesięciu garnków z pieca. Kiedy przypomniałam sobie, jak długo Ejlejtyja nie mogła do mnie trafić, zadałam sobie pytanie, czy bóg, który stał za tym wszystkim, a któremu krzyżowałam szyki, nie podejmie kolejnej próby.

※

Zabrałam Telegonosa i poszłam nad staw, który był w połowie stoku. Zamieszkiwały w nim żaby, srebrne strzelbie i nartniki, rosły gęsto splątane wodorosty. Nie potrafię powiedzieć, dlaczego wybrałam się właśnie tam. Może zadecydowała krew najad płynąca w moich żyłach.

Trąciłam palcem powierzchnię stawu.
– Czy jest bóg, który chce skrzywdzić mojego syna?
Powierzchnia stawu zadrżała i ukazała wizerunek Telegonosa. Szary i bez życia, leżał owinięty w wełniany całun. Rzuciłam się w tył, zatchnęło mnie i wizja się rozpłynęła. Przez chwilę tylko łapałam oddech i tuliłam policzek do główki synka. Parę marnych kosmyków na ciemieniu miał wytartych, bo nieustannie się wiercił na posłaniu.

Drżącą ręką znów dotknęłam stawu.
– Co to za bóg?
Woda pokazywała jedynie niebo.
– Proszę – błagałam.

Ale nie otrzymałam żadnej odpowiedzi i czułam w gardle rosnące przerażenie. Wcześniej założyłam, że zagraża nam nimfa albo jakiś bóg rzeczny. Sztuczki z owadami, ogniem i zwierzętami to właśnie był szczyt naturalnych możliwości pomniejszych bożków. Zastanawiałam się nawet, czy to nie moja matka w porywie zazdrości, że mogę rodzić dzieci, a ona już nie. Ale ten bóg był na tyle potężny, że potrafił zniknąć mi z oczu. Na to było stać tylko kilka bóstw na całym świecie. Mojego ojca. Może dziadka. Zeusa i kilkoro wielkich bogów z Olimpu.

Przycisnęłam mocniej Telegonosa. Szlachetne ziele potrafiłoby odpędzić urok, ale nie sprostałoby trójzębowi czy piorunowi. Ugięłabym się wobec tych mocy jak łodyga jęczmienia.

Zamknęłam oczy i odpędzałam duszący strach. Muszę widzieć jasno i myśleć mądrze. Muszę sobie przypomnieć wszystkie sztuczki, które od początków czasu pomniejsi bogowie stosowali przeciwko większym. Czy to nie Odys opowiedział mi o matce Achillesa, nimfie morskiej, która znalazła sposób, by przekonać Zeusa? Ale nie wyjawił, jakich argumentów użyła. A jej syn w końcu poniósł śmierć.

Każdy oddech niósł ból, jakbym wciągała w płuca nie powietrze, lecz ostrze piły. Muszę się dowiedzieć, co to za bóg, powiedziałam sobie. To najważniejsze. Nie zdołam się upilnować przed cieniami. Wolę walczyć, tylko że muszę wiedzieć z kim.

*

Po powrocie do domu rozpaliłam niewielki ogień, chociaż nie był potrzebny. Noc była ciepła, lato przechodziło w jesień, chciałam jednak poczuć w powietrzu zapach cedru z domieszką ziół, którymi posypałam polana. Czułam mrowienie skóry. Kiedy indziej uznałabym to za oznakę zmiany pogody, ale teraz wyczuwałam w powietrzu zło. Dostałam gęsiej skórki. Chodziłam po kamiennej podłodze, tuląc Telegonosa, aż w końcu wyczerpany szlochami zasnął. Na to czekałam. Położyłam go do kołyski, a potem podeszłam do ognia i wezwałam swoje lwice i wilczyce. Nie mogły powstrzymać boga, ale większość nieśmiertelnych to tchórze. Pazury i kły mogły mi zapewnić trochę czasu.

Stałam przed paleniskiem, trzymając laskę pasterską. Powietrze było gęste, jakby ktoś nasłuchiwał w milczeniu.

– Ty, który próbujesz zabić mi dziecko, wzywam cię. Wystąp i przemów mi prosto w oczy. Czy też mordujesz jedynie z cieni?

W wielkiej izbie zalegał całkowity bezruch. Słyszałam tylko oddech Telegonosa i krążenie krwi w swoich żyłach.

– Niepotrzebne mi cienie. – Ten głos ciął powietrze. – I takim jak ty nie jest sądzone kwestionowanie moich celów.

Zjawiła się niczym piorun, wysoka, wyprostowana, nagła błyskawica, pazur gromu na nocnym niebie. Zwieńczony końskim włosiem hełm ocierał się o sufit. Rozświetlona tarcza rzucała iskry. Włócznia w jej ręce była długa i cienka, ostrze obrysowane światłem paleniska. Była uosobieniem pewności siebie i wszelkie wahania i niedoskonałości świata pierzchały sprzed jej oblicza. Jasna i ulubiona córa Zeusa, Atena.

– To, czego pragnę, się ziści. Żadna kara nie zostanie złagodzona. – Jej głos brzmiał jak pękający metal.

Stałam przed wielkimi bogami: moim ojcem, dziadem, Hermesem, Apollinem. Jednakże ich spojrzenia nie przewiercały mnie tak jak jej wzrok. Odyseusz powiedział, że Atena jest jak ostrze wyszlifowane do cienkości włosa, tak idealne, że nawet nie wiedziałabyś, że otrzymałaś cios, podczas gdy krew po każdym uderzeniu serca spływałaby na podłogę.

Wyciągnęła znakomicie wyprofilowaną rękę.

– Daj mi dziecko.

Wszelkie ciepło uciekło z izby. Nawet trzaski ognia obok wydawały się tylko namalowane na ścianie.

– Nie.

Jej oczy miały barwę kutego srebra i kamiennej szarości.

– Stawisz mi czoło?

Powietrze zgęstniało. Zabrakło mi tchu. Na jej piersi lśniła sławna egida, skórzana tarcza ze złotymi frędzlami na obrzeżu. Mówiono, że została zrobiona ze skóry tytana, którą sama zdarła i zabarwiła. Jej błyszczące oczy obiecywały: „Z tobą stanie się to samo, jak mi się nie podporządkujesz i nie będziesz błagać o łaskę". Język mi się skurczył i poczułam, że drżę. Ale na pewno wiedziałam jedno o bogach: nie znają litości. Uszczypnęłam się mocno. Ostry ból mnie otrzeźwił.

– Tak – odparłam. – Chociaż trudno nazwać to uczciwym starciem: ty przeciwko nieuzbrojonej nimfie.

– Oddaj mi go z własnej woli i nie będzie potrzeby walczyć. Postaram się zrobić to szybko. Nie będzie cierpiał.

Nie słuchaj wroga, poradził mi Odyseusz. Patrz na niego. Wtedy dowiesz się wszystkiego.

Patrzyłam. Zbroja zakrywała ją od stóp do głów, hełm, włócznia, egida, nagolenniki. Przerażający obraz: bogini wojny, gotowa do bitwy. Ale po co przywdziała ten rynsztunek przeciwko mnie, która nie miała pojęcia o walce? Chyba że obawiała się czegoś, co mogło sprawić, że czuła się naga i słaba.

Poprowadził mnie instynkt, tysiące godzin spędzonych w pałacu ojca i z Odyseuszem, człowiekiem niezliczonych forteli.

– Wielka bogini, całe życie słuchałam opowieści o twojej potędze, więc nie mogę się oprzeć zdumieniu. Od jakiegoś czasu pragniesz śmierci mojego dziecka, a jednak ono żyje. Jak to możliwe?

Zaczęła się rozrastać jak wąż, ale drążyłam dalej:

– W takim razie nasuwa się tylko jedno. Nie dostałaś pozwolenia. Ktoś ci zabrania. Mojry mają na względzie własne cele i nie pozwalają ci go natychmiast zabić.

Na słowo „Mojry" z jej oczu posypały się skry. Była boginią rozumowania, zrodzoną z przenikliwego, nieznużonego umysłu Zeusa. Napotykając zakaz, nawet jeśli postawiły go same trzy szare boginie – Forkidy – nie podporządkowywała się mu tak po prostu. Analizowała w każdym szczególe narzucone ograniczenie, usiłując znaleźć korzystne rozwiązanie.

– A więc to dlatego do tej pory wysługiwałaś się osami i strącałaś garnki. – Zmierzyłam ją wzrokiem. – Takie marne sposoby musiały niebywale irytować wojowniczkę twojego pokroju.

Tak mocno zacisnęła rękę na drzewcu włóczni, aż zbielały jej kłykcie.

– Nic się nie zmieniło. To dziecko musi umrzeć.

– I umrze, kiedy dożyje stu lat.

– Powiedz mi, jak długo twoje czary zdołają mnie powstrzymać?

– Tak długo, jak będzie trzeba.

– Jesteś zbyt popędliwa. – Zbliżyła się o krok. Końskie włosie na hełmie zaszeleściło o sufit. – Zapominasz, gdzie twoje miejsce, nimfo. Jestem córką Zeusa. Może nie jestem w stanie uderzyć bezpośrednio w twojego syna, ale Mojry nie mówią nic na temat tego, co jestem w stanie zrobić tobie.

Mówiła z taką precyzją, jakby układała kamyczki mozaiki. Jej gniew był sławny nawet pomiędzy bogami. Ci, którzy ośmielali się przeciwstawić się Atenie, byli zamieniani w kamienie, pająki, popadali w szaleństwo, ginęli w trąbach powietrznych, wyklęci uciekali na kraj świata. A gdyby mnie czekał koniec, to Telegonos...

– Tak – powiedziała i uśmiechnęła się zimno. – Zaczynasz rozumieć swoją sytuację.

Uniosła włócznię, która teraz nie lśniła; mieniła się w jej dłoni jak mroczny płyn. Cofnęłam się, opierając się o plecionkę kołyski; w głowie miałam chaos.

– Owszem, możesz mnie skrzywdzić – potwierdziłam. – Ale ja też mam ojca i rodzinę. Nie zlekceważą napastowania krewniaczki. Mogą się rozgniewać. Mogą nawet przystąpić do działania.

Włócznia nadal wisiała nad podłogą, lecz Atena nie uniosła jej do rzutu.

– Gdyby doszło do wojny, tytanko, Olimp ją wygra.

– Jeśliby Zeus chciał wojny, dawno temu użyłby przeciwko nam pioruna. Tymczasem ani mu się śni wojować. Co sobie o tobie pomyśli, gdy zniszczysz pokój, który z takim trudem ustanowił?

Widziałam po jej oczach, że waży argumenty za i przeciw; niemal słyszałam, jak przestawia pionki na niewidzialnej planszy.

– Prostackie są twoje groźby. Liczyłam na to, że przemówię ci do rozsądku.

– Co wspólnego ma rozsądek z twoim pragnieniem zamordowania mojego dziecka? Jesteś zła na Odyseusza, ale on nawet nie wie o istnieniu tego chłopca. Zabicie Telegonosa nie będzie karą dla jego ojca.

– Mylisz się, wiedźmo.

Gdyby życie mojego synka nie było na szali, może bym się roześmiała na widok emocji w jej oczach. Mimo swojej mądrości nie umiała ich ukryć. Ale czemu miałaby to robić? Kto śmiałby skrzywdzić wielką Atenę za jej myśli? Odyseusz powiedział, że jest na niego zła, on jednak nie rozumiał natury bogów. Nie chodziło o złość. Atena zrobiła starą sztuczkę, o której mówił Hermes; zniknęła i odwróciła się plecami do ulubieńca, by doprowadzić go do rozpaczy. Potem zamierzała powrócić w chwale, rozkoszując się, gdy będzie pełzał u jej stóp.

– Dlaczego miałoby ci zależeć na śmierci mojego syna, jeśli nie po to, żeby udręczyć Odyseusza?

– Nie tobie wiedzieć, po co i dlaczego. Ujrzałam, co nastąpi, i mówię ci, że to dziecko nie może żyć. Jeśli stanie się inaczej, pożałujesz tego do końca swoich dni. Darzysz je tkliwością i nie mogę mieć ci tego za złe. Ale nie pozwól, żeby matczyna czułość zaćmiła zdrowy rozsądek. Myśl, córko Heliosa. Czy nie mądrzej dać mi go teraz, kiedy jest dziecięciem, które dopiero co przyszło na świat, kiedy jego ciało i twoje uczucia dopiero nabierają kształtu? – Jej głos złagodniał. – Pomyśl, o ile będzie to dla ciebie cięższe za rok, dwa, dziesięć, gdy twoja miłość dojrzeje. Lepiej teraz wysłać go bez żalu do domu zmarłych dusz. Lepiej począć nowe dziecko i nowymi radościami zatrzeć pamięć przeszłości. Żadna matka nie powinna oglądać śmierci dziecka. A przecież, jeśliby miało do niej dojść, gdyby nie było innego rozwiązania, możesz oczekiwać rekompensaty.

– Rekompensaty...

– Oczywiście. – Z jej twarzy padał na mnie blask jak z wnętrza kuźni. – Chyba nie myślisz, że żądam ofiary, nie oferując nagrody? Będziesz się cieszyć łaską Pallas Ateny, moją wieczną życzliwością. Wzniosę mu pomnik na tej wyspie. W swoim czasie przyślę ci innego dobrego mężczyznę, aby był ojcem twojego syna. Pobłogosławię jego narodziny, będę go chronić od wszelkiego zła. Będzie przywódcą między śmiertelnikami, darzonym bojaźnią w walce, mądrym w radzie, szanowanym przez wszystkich. Zostawi po sobie potomków i ziści wszystkie twoje matczyne nadzieje. Zapewnię mu to.

Przysięga przyjaźni boga olimpijskiego była najcenniejszym z możliwych darów, rzadkim jak złote jabłka Hesperyd. Mogłabym się spodziewać wszelkich wygód, wszelkich przyjemności. Mogłabym zapomnieć o strachu.

Patrzyłam w szare, świetliste oczy, dwa cenne kamienie, których ruch wydobywał wewnętrzne światło. Uśmiechała się, wyciągając dłoń, jakby spragniona mojego uścisku. Kiedy mówiła o dziecku, niemal gruchała, jakby śpiewała kołysankę własnemu niemowlęciu. Ale nie miała dziecka i nigdy go nie będzie miała. Jej jedyną miłością był własny rozum. Lecz rozum to nie to samo co mądrość.

Dzieci nie są workami ziarna, nie zastąpisz jednego drugim, przemknęło mi przez głowę.

– Pominę to, że traktujesz mnie jak rodną klacz mającą się źrebić na twoje gwizdnięcie – odparłam. – Prawdziwa zagadka to pytanie, dlaczego tak ci zależy na śmierci mojego syna. Co takiego szykuje mu przyszłość, że potężna Atena jest gotowa tyle zapłacić, żeby jej uniknąć?

Cała jej łagodność zniknęła jak zdmuchnięta. Cofnęła rękę takim gestem, jakby zatrzaskiwała drzwi.

– A więc zdecydowałaś, że mi się przeciwstawisz. Ty z twoimi chwastami i mizerną boskością.

Przygniatała mnie swoją mocą, lecz miałam Telegonosa i nie oddałabym go za nic.

– Tak – oświadczyłam.

Wykrzywiła usta, odsłaniając białe zęby.

– Nie ustrzeżesz wiecznie syna. W końcu go dopadnę.

Zniknęła. A ja powiedziałam tylko do ścian rozległej izby i uszu śpiącego chłopca:

– Nie wiesz, na co mnie stać.

ROZDZIAŁ DZIEWIĘTNASTY

Pozostałą część nocy chodziłam niespokojnie, analizując słowa Ateny. Mój syn miał wyrosnąć na mężczyznę, którego się obawiała, którego czyny ją głęboko dotkną. Ale kim miał być? Powiedziała, że jeszcze pożałuję, że przyszedł na świat. Nie przestałam krążyć, obracając w myślach przepowiednię, lecz nie znajdywałam odpowiedzi na moje pytania. W końcu dałam spokój tym rozważaniom. Rozwiązywanie zagadek Mojr to próżny trud. Rzecz sprowadzała się do jednego: Atena jeszcze się pojawi, nieuchronnie.

Przechwalałam się, że nie wie, na co mnie stać, ale tak naprawdę też tego nie wiedziałam. Nie mogłam jej zabić, nie mogłam jej przemienić, przegonić ani się przed nią schować. Żadna moja iluzja nie ukryłaby nas przed jej przeszywającym wzrokiem. Telegonos wkrótce miał chodzić i biegać. Jak wtedy miałam zapewnić mu bezpieczeństwo? Ponure przerażenie zaćmiewało mi umysł. Jeśli czegoś nie wymyślę, wizja ze stawu się ziści, całun spowije jego zimne ciało barwy popiołu.

Pamiętam tamte dni tylko częściowo. Zacisnąwszy zęby, przemierzałam wyspę, wykopywałam kwiaty i miażdżyłam liście, sprawdzałam każde ptasie pióro, każdy kamień i korzeń w nadziei, że mi pomogą. Zgromadziłam wokół domu stosy tych zdobyczy, aż powietrze w kuchni zgęstniało od kurzu. Siekałam i gotowałam, wytrzeszczając oczy jak umęczona szkapa. Pracując, dźwigałam Telegonosa w chuście, bo bałam się go postawić na podłodze. Nie cierpiał takiego ograniczenia wolności i tłukł mnie tłustymi piąstkami po żebrach.

Gdziekolwiek się udałam, czułam woń Ateny, rozpalonego żelaza. Nie potrafię powiedzieć, czy się ze mnie naigrawała, czy był to nadmiar wyobraźni, ale ten zapach dźgał mnie niczym oścień. W rozpaczy przywoływałam z pamięci wszystkie opowieści stryjów i wujów o tym, jak pokonano któregoś z bogów Olimpu. Myślałam, by wezwać babkę, morskie nimfy, ojca i rzucić się im do stóp. Ale nawet gdyby byli chętni mi pomóc, nie ośmieliliby się przeciwstawić rozgniewanej Atenie. Ajetes może by się odważył, tylko że on mnie nienawidził. A Pazyfae? Nie warto było nawet pytać.

Nie pamiętam, jaka była pora roku czy dnia. Przed oczami nieustannie miałam własne, nieprzerwanie pracujące ręce, ubrudzone noże, blat z ubitymi i zmiażdżonymi ziołami, w nieskończoność gotowanym szlachetnym zielem. Telegonos zasnął i odchylił główkę; rumieniec gniewu nadal płonął mu na policzku. Zastygłam, łapiąc oddech, próbując się opanować. Kiedy zamrugałam, czułam piasek pod powiekami. Wydawało mi się, że ściany nie są już z kamienia, ale składają się do środka, jakby były z tkaniny. W końcu wpadłam na pewien pomysł, ale czegoś do niego potrzebowałam, przepustki do domu Hadesa. Zmarli śmiertelnicy udają się do miejsca niedostępnego bogom, więc w przeciwieństwie do żywych mogą postawić im barierę. Ale ja też nie miałam tam wstępu. Żaden bóg poza władcami dusz nie może postawić nogi w świecie podziemi. Straciłam godziny, wyobrażając sobie niewykonalne – że namówiłam jakieś podziemne bóstwo, by zerwało dla mnie garść popielatych złotogłowów czy też nabrało wody ze Styksu. A może zbudowałabym tratwę i pożeglowałabym do krawędzi świata podziemi, a potem wykorzystując sposób Odyseusza, wywabiłabym zjawy i złapała ich opar. Na tę myśl przypomniałam sobie buteleczkę, którą napełnił dla mnie krwią z ofiarnego dołu. Cienie zanurzyły w niej chciwe wargi i nadal cuchnęła ich oddechem. Wyjęłam buteleczkę ze skrzynki i uniosłam do światła. W szkle przelewał się ciemny płyn. Ulałam kroplę i pracowałam nad nią cały dzień, destylowałam, klarowałam nikłą woń. Dodałam szlachetnego ziela dla wzmocnienia, po czym nadałam zapachowi wyrazu. W moim sercu walczyły ze sobą nadzieja i rozpacz: uda się, nie uda.

Odczekałam, aż Telegonos znów zaśnie, bo nie mogłam się skupić, póki okładał mnie piąstkami. Tamtej nocy zrobiłam dwa czarodziejskie wywary. W jednym była kropla krwi i szlachetne ziele; w drugim szczątki wszystkich części wyspy, od nabrzeżnych skał po słone równiny. Pracowałam jak w gorączce i kiedy słońce się uniosło, miałam przed sobą dwie zakorkowane płaskie buteleczki.

Dyszałam z wyczerpania, lecz nie zamierzałam czekać ani chwili. Zabrałam Telegonosa i wspięłam się na najwyższy szczyt – nagie pasmo skalne pod nisko wiszącym niebem. Stanęłam tam i krzyknęłam:

– Atena jest gotowa zabić moje dziecko, więc będę go broniła. Bądźcie teraz świadkami mocy Kirke, czarownicy z Ajai.

Rozlałam na skałę wywar z krwią. Mieszając się z wodą, zasyczał jak płynny brąz. Biały opar uniósł się w powietrze. Urósł, tworząc wielką kopułę nad wyspą, zamykającą nas w sobie. Warstwa żywej śmierci. Gdyby Atena się zjawiła, byłaby zmuszona odstąpić od wyspy jak rekin napotykający słodką wodę.

Drugie zaklęcie rzuciłam poniżej. Ten urok wplotłam w samą wyspę, we wszystkie ptaki i inne zwierzęta, w każde ziarnko piasku, kroplę wody, liść i kamień. Oznaczyłam je i wszystko, co miało na tej wyspie wyrosnąć, imieniem Telegonosa. Jeśliby Atena kiedykolwiek miała pokonać biały opar, sama wyspa powstałaby w obronie mojego syna: skały, piasek i ziemia, zwierzęta, gałęzie i korzenie. Zewrzemy szyki i stawimy opór.

Stałam w słońcu, czekając na odpowiedź, na syczący grom. Na szarą włócznię Ateny, przybijającą mi serce do skały. Słyszałam swój zdyszany oddech. Ciężar zaklęć wisiał mi na karku niczym jarzmo. Były zbyt potężne, by same się utrzymały, więc musiałam je wygłaszać godzina po godzinie, wspierać swoją wolą i odnawiać podczas każdej pełni. Pierwotne czary zajęły mi trzy dni. Pierwszego zebrałam wszystkie kawałki wyspy, plaż, gajów i łąk, łuski, pióra i sierść. Potem mieszałam składniki. Trzeciego dnia w najwyższym skupieniu wydobyłam odór śmierci z kropli krwi. Przez cały ten czas Telegonos wykręcał się i wrzeszczał mi do ucha, a zaklęcia ciążyły mi na barkach. Nic się nie liczyło. Już powiedziałam, że zrobię dla niego wszystko, a teraz miałam to udowodnić i udźwignąć niebo.

Czekałam w napięciu całe przedpołudnie, ale nic się nie zdarzyło. W końcu zdałam sobie sprawę, że się udało. Byliśmy wolni. Nie tylko od Ateny, lecz od nich wszystkich. Mimo ciężaru zaklęć czułam się nieważka. Pierwszy raz Ajaja była tylko nasza. Czując zawroty głowy, uklękłam, rozwiązałam chustę i wyjęłam syna. Postawiłam go na ziemi. Był wolny.

– Już nic ci nie grozi. W końcu możemy być szczęśliwi.

Ależ byłam głupia!

Telegonos musiał odrobić te dni mojego strachu, kiedy był jak w niewoli. Kiwając się na boki, przemierzał wyspę, za nic nie chcąc usiąść czy choćby na chwilę przystanąć. Atena miała wzbroniony wstęp, lecz pozostały zwykłe niebezpieczeństwa, górskie i nadmorskie zbocza, żądlące stworzenia, które musiałam wyjmować z jego palców. Gdy tylko wyciągałam po niego ręce, biegł, szybki i uparty, do pierwszej lepszej przepaści. Wydawał się rozzłoszczony na świat. Na kamień, którego nie mógł rzucić tak daleko, jak chciał, na własne nogi, które nie niosły go odpowiednio szybko. Chciał wdrapywać się na drzewa jednym susem jak lwy i kiedy mu się to nie udawało, tłukł pięściami o pień.

Próbowałam wziąć go na ręce, powiedzieć: „Cierpliwości, z czasem nabierzesz sił". Ale prężył się, wyginał i wrzeszczał wiecznie niepocieszony, bo nie należał do tych dzieci, którym wystarczy pomachać przed nosem byle świecidełkiem i dadzą spokój. Karmiłam go uspokajającymi naparami i gorącym ciepłym mlekiem zmieszanym z winem, nawet nasennymi miksturami, ale nic nie pomagało. Uspokajał go tylko widok morza. Wiatr był równie niespokojny jak mój syn, fale w nieustannym ruchu. Telegonos stawał w spienionej wodzie przyboju, trzymając się mnie rączką, i pokazywał palcem drugiej.

– Horyzont – mówiłam. – Otwarte niebo. Fale, pływy, prądy.

Przez resztę dnia powtarzał szeptem te dźwięki, a gdy próbowałam go zająć czymś innym – owocami, kwiatami – lub rzucałam mały urok, odskakiwał, krzywiąc się.

– Nie!

Najgorsze przyszło, kiedy znów musiałam powtarzać zaklęcia. Telegonos uciekał ode mnie, gdy tylko chciałam go zatrzymać, ale ledwo zajęłam się pracą, tłukł piętami o podłogę, krzykiem domagając się uwagi.

– Jutro zabiorę cię do morza – obiecywałam.

Ale to nie obchodziło go nic a nic; był gotów rozbić dom, żeby przyciągnąć moje spojrzenie. Urósł i stał się zbyt ciężki, abym mogła go dźwigać, a katastrofy, które mu groziły, urosły wraz z nim. Padał na zastawiony stół, wspinał się przy półkach i rozbijał moje buteleczki. Kazałam go strzec wilczycom, lecz nie dawały rady i uciekały do ogrodu. Wpadałam w coraz większą panikę. Zaklęcie mogło stracić moc, zanim zdążyłabym je wzmocnić. Tymczasem groziła nam pełna gniewu Atena.

Wiem, co przypominałam w tamtych dniach: niepewny, zdradziecki, źle zrobiony łuk. Telegonos potrafił dobitnie unaocznić każdy mój błąd. Każdy objaw egoizmu, każdą słabość. Pewnego dnia, kiedy planowałam rzucać czary, rozbił na podłodze wielką szklaną misę. Był boso. Przybiegłam pędem i porwałam go w ramiona; starłam i pozamiatałam odłamki szkła, ale on tłukł mnie, jakbym pozbawiła go najlepszego przyjaciela. W końcu musiałam położyć go w sypialni i zamknąć drzwi. Darł się i darł, a potem usłyszałam łomot, jakby tłukł głową o ścianę. Skończyłam sprzątanie i próbowałam pracować, rozbolała mnie jednak głowa. Myślałam, że jeśli dam mu się powściekać, w końcu zmęczy się i zaśnie. Lecz on dalej szalał, coraz dzikszy, aż światło dnia zaczęło przygasać. Dzień mijał, a ja nie rzuciłam czaru. Mogłabym się tłumaczyć, że to, co się wydarzyło, stało się samo, skłamałabym jednak. Byłam zła, płonęłam z wściekłości.

Zawsze przysięgałam, że nie użyję wobec niego magii. Nie chciałam się zachować jak Ajetes. Ale porwałam mak, środek na spanie i całą resztę, i postawiłam na żarze. Kiedy napar się zagotował, wypuszczając syczące bąbelki, poszłam do izby obok. Telegonos właśnie kopał kawałki okiennicy, którą wyrwał z okna.

– Masz – powiedziałam. – Wypij.

Wypił i wrócił do dewastowania. Już mi to nie przeszkadzało. Przyglądałam się temu niemal z przyjemnością. Czekała go nauczka. Miał zrozumieć, kim jest jego matka. Rzuciłam zaklęcie.

Upadł jak ścięty. Tak grzmotnął głową o podłogę, że aż mnie zatchnęło. Pobiegłam do niego. Wcześniej myślałam, że będzie wyglądał jak we śnie, że powieki zamkną mu się łagodnie. Był jednak sztywny, zastygły w pół ruchu; palce skurczyły mu się na kształt szponów, usta miał rozdziawione, ciało lodowate. Medea nie miała pojęcia, czy niewolnicy w pałacu jej ojca wiedzą, co się z nimi dzieje. Ja wiedziałam, że Telegonos wie. Na dnie jego zastygłych oczu dojrzałam pomieszanie i grozę.

Krzyknęłam przerażona i czar prysnął. Telegonos zwiotczał, a potem uciekł na czworakach do kąta jak osaczone zwierzę i patrzył na mnie oszalały ze strachu. Rozszlochałam się. Wstyd palił mnie jak krew.

– Przepraszam – powtarzałam bez końca. Pozwolił mi podejść, wziąć się w ramiona. Delikatnie dotknęłam guza, który wyrósł mu na głowie. Wypowiedziałam zaklęcie kojące ból.

Tymczasem w izbie zrobiło się całkiem ciemno. Słońce zniknęło. Trzymałam syna na kolanach, póki mi starczyło sił, szepcząc do niego i śpiewając. Potem zaniosłam go do kuchni i dałam mu kolację. Jadł, tuląc się do mnie. Gdy doszedł do siebie, ześlizgnął się na podłogę i znów biegał po domu, trzaskał drzwiami, zrzucał z półek wszystko, czego zdołał dosięgnąć. Ogarnęło mnie tak wielkie znużenie, jakbym miała wsiąknąć w ziemię.

Czas mijał, a zaklęcia przeciwko Atenie wciąż nie zostały rzucone.

Telegonos nadal oglądał się na mnie przez ramię. Jakby prowokował, bym do niego podeszła, zaczarowała go, uderzyła, nie wiem co. Zamiast tego sięgnęłam na najwyższą półkę po wielki gliniany dzban miodu, który zawsze go kusił.

– Masz – powiedziałam. – Bierz.

Podbiegł po niego i toczył go po izbie, aż go rozbił. Potem tarzał się w kleistej mazi i odbiegał, ciągnąc za sobą ślady, żeby wilczyce miały co lizać. Dzięki temu mogłam dokończyć czary. Wykąpanie go i zaniesienie do łóżka zajęło wiele czasu, w końcu jednak znalazł się w pościeli. Trzymał mnie za rękę, owinąwszy malutkie paluszki wokół moich palców. Dręczyły mnie wina i wstyd. Powinien mnie nienawidzić, pomyślałam. Powinien uciec. Tylko że byłam wszystkim, co miał. Oddychał coraz wolniej, w końcu całkiem się rozluźnił.

– Czemu nie możesz być spokojniejszy? – wyszeptałam. – Czemu musisz sprawiać tyle kłopotów?

Jakby w odpowiedzi przypłynęła ku mnie wizja pałacu ojca; czysta polepa, czarny błysk obsydianu. Odgłos bierek przesuwanych po warcabnicy, obok mnie złota noga ojca. Siedziałam cicho, bez ruchu, lecz pamiętam dokuczliwe pragnienie, które nigdy nie dawało mi spokoju: wspiąć się na kolana ojca, zerwać się, biegać, krzyczeć, porwać bierki i rzucać nimi o ścianę. Wpatrywać się w drwa, aż wybuchną płomieniem, wytrząść z ojca wszystkie tajemnice, jak strząsa się owoce z drzewa. Ale gdybym spełniła choć jedno z tych pragnień, nie byłoby litości. Spaliłby mnie na popiół.

Światło księżyca spoczywało na czole mojego syna. Widziałam brud tam, gdzie ominęły go woda i szmatka. Czemu miałby być spokojny? Ja nigdy nie byłam spokojna ani jego ojciec, taki, jakiego znałam. Różnica polegała na tym, że mój syn się nie bał, że zostanie spalony.

*

Podczas długich dni, które przyszły, trzymałam się tej myśli jak rei z rozbitego statku, która mogła mnie uratować przed falami. I trochę pomogła. Bo kiedy wlepiał we mnie wściekły, wyzywający wzrok, całą duszą stawiając mi opór, myślałam, że kiedyś będzie inaczej, i wciągałam w płuca jeszcze jeden oddech.

Żyłam tysiąc lat, ale nie czułam ich ciężaru tak, jak ciążyło mi dzieciństwo Telegonosa. Modliłam się, żeby zaczął wcześnie mówić, potem jednak żałowałam tego, gdyż to tylko przydało głosu jego napadom wściekłości.

– Nie, nie, nie! – wydzierał się i wyrywał z moich objęć. A chwilę potem wspinał się na moje kolana, krzycząc: – Mamo! – aż uszy mnie bolały.

– Jestem tu, jestem – mówiłam.

Nie dość blisko. Mogłam z nim chodzić cały dzień, bawić się w każdą grę, jaką tylko wymyślił, lecz jeśli choć na chwilę zajęłam się czymś innym, gniewał się i krzyczał, tuląc się do mnie. Wtedy tęskniłam za moimi nimfami, za kimkolwiek, kogo mogłabym złapać za ramię i spytać: „Co z nim jest nie tak?".

Po chwili jednak cieszyłam się, że nikt nie może zobaczyć, co mu zrobiłam, tak że zapłacił wielkim guzem za moje lęki pierwszych miesięcy jego życia. Nic dziwnego, że szalał.

– Chodź – kusiłam go. – Pobawmy się. Pokażę ci czary. Mam zmienić dla ciebie te borówki?

Ale się wyrywał i znów biegł popatrzyć na morze. Każdej nocy, gdy spał, stałam nad jego łóżkiem i myślałam: jutro spiszę się lepiej. Czasem nawet mi się to udawało. Biegliśmy na plażę, siadał wygodnie na moim podołku i przyglądaliśmy się falom. Nadal kopał i niespokojnie szczypał mnie po ramionach, lecz jego policzek spoczywał na moich piersiach i czułam falowanie jego oddechu. Duma, gdy moja cierpliwość zwyciężała, nie miała granic. Krzycz dalej, myślałam. Zniosę to.

Nieustannie musiałam polegać na swojej sile woli. To w gruncie rzeczy też były czary, tylko że rzucane na samą siebie. Telegonos był jak wielka wezbrana rzeka, więc bez przerwy musiałam mieć w pogotowiu kanały odpływowe, które bezpiecznie odprowadziłyby burzliwe fale jego nastrojów. Zaczęłam opowiadać mu historyjki, proste opowiastki o króliku szukającym i znajdującym pożywienie, o dziecku czekającym na przyjście matki. Domagał się następnych, więc opowiadałam dalej. Miałam nadzieję, że spokojne bajeczki ułagodzą jego niespokojną duszyczkę, i może tak się stało. Któregoś dnia zdałam sobie sprawę, że minął miesiąc, odkąd rzucił się na ziemię. W ciągu następnego tylko raz zawrzeszczał. Żałuję, że nie pamiętam tego ostatniego razu. Nie, żałowałam raczej, że nie zdawałam sobie sprawy, kiedy nastąpił, bo wtedy wiedziałabym, że te wyzbyte nadziei dni nie szły na darmo.

Jego umysł wypuszczał listki, myśli i słowa, które wyrastały nie wiedzieć skąd. Miał sześć lat; czoło mu się wygładziło. Któregoś dnia przyglądał się mojej pracy w ogrodzie, kiedy męczyłam się, wydobywając jakiś korzeń.

– Matko – położył mi dłoń na ramieniu – spróbuj ciąć tutaj. – Wyjął nożyk, który od jakiegoś czasu nosił przy sobie, zanurzył w ziemi i korzeń posłusznie się wynurzył. – Widzisz? – powiedział z powagą. – To łatwe.

Nadal uwielbiał morze. Znał każdą muszlę i rybę. Robił tratwy z polan i pływał w zatoce. Dmuchał przez rurkę do wód przypływowych w rozlewiskach i obserwował uciekające kraby.

– Patrz na tego – mówił, ciągnąc mnie za rękę. – Nigdy nie widziałem większego, nigdy nie widziałem mniejszego. Ten jest najjaśniejszy, ten jest najczarniejszy. Ten stracił szczypce, a tu rosną na ich miejsce większe. Czy to nie sprytne?

Znów marzyłam, żeby jeszcze ktoś był na wyspie. Tylko że teraz nie chciałam się już żalić; pragnęłam mieć kogoś, przed kim mogłabym się pochwalić. „Spójrz, uwierzyłbyś, że tak będzie? – powiedziałabym. – Przeszliśmy najgorsze. Zawiodłam go, ale jaki z niego słodki skarb".

Skrzywił się, bo zobaczył w moich oczach łzy.

– Matko, ten krab wydobrzeje – powiedział. – Mówiłem ci, szczypce już mu odrastają. Ale chodź tu i popatrz na tego. Ma plamki jak oczy. Jak myślisz, będzie miał dodatkowe oczy?

Wieczorami już nie domagał się opowiastek – wymyślał swoje. Wydaje mi się, że to w nich dzika strona jego natury znalazła upust, bo każda była pełna niesamowitych stworów: gryfów, lewiatanów, chimer, które przychodziły jeść mu z ręki, udawały się z nim na wyprawy w nieznane lub które sprytnymi sposobami pokonywał. Może każde dziecko mające za towarzystwo wyłącznie matkę okazałoby równie wielką wyobraźnię. Nie wiem, czy trafnie to odczytywałam, ale sądzę, że gdy wywoływał te wizje, był zachwycony. Wydawał się z każdym dniem starszy: ośmio-, dziesięcio- i dwunastolatek. Jego spojrzeniu przybywało powagi, a kończyny rosły mu i nabierały siły. Miał zwyczaj postukiwać po stole palcem, gdy wygłaszał godne starca morały. Najbardziej podobały mu się opowieści, w których nagradzano odwagę i cnotę.

Uwielbiałam jego pewność siebie, jego wygodny świat, w którym to, co słuszne, od tego, co niesłuszne, oddzielała wyraźna granica, w którym błędy pociągały za sobą skutki, a potwory spotykała klęska. Nie był to znany mi świat, lecz byłam gotowa w nim zamieszkiwać tak długo, jak mi na to pozwalał.

„To dlatego nie wolno ci nigdy…"

„Zawsze musisz…"

„Dlatego trzeba się zawsze upewnić…"

To była jedna z tych letnich nocy, gdy świnie cicho ryły ziemię pod naszymi oknami. Telegonos miał trzynaście lat. Roześmiałam się i powiedziałam:

– Masz w sobie więcej opowieści niż twój ojciec.

Widziałam, że się zawahał, jakbym była rzadkim ptakiem, którego obawiał się wypuścić do lotu. Wcześniej pytał o ojca, zawsze jednak odpowiadałam: „Jeszcze nie".

– Śmiało – zachęciłam go z uśmiechem. – Odpowiem ci. Już czas.
– Kim był?
– Królem, który przypłynął na tę wyspę. Miał pod ręką tysiąc i jeden forteli.
– Jak wyglądał?

Wcześniej myślałam, że moje opowieści o Odyseuszu będą miały słony smak. Ale wyczarowując go ze słów, czułam przyjemność.

– Ciemnowłosy, ciemnooki, z rudawą brodą. Miał duże dłonie, nogi krótkie i silne. Zawsze był szybszy, niż przypuszczałam.
– Dlaczego odpłynął?

To pytanie jak sadzonka dębu, pomyślałam. Nad ziemią zwykły zielony pęd, ale pod nią pierwotny, rozrośnięty korzeń. Odetchnęłam głęboko.

– Kiedy odpływał, nie wiedział, że noszę cię w sobie. Miał w ojczyźnie żonę i syna. Ale chodziło o coś więcej. Bogom i śmiertelnym nie jest sądzone żyć razem. Słusznie zrobił, odpływając.

Twarz miał ściągniętą, zamyśloną.

– Ile miał lat?
– Niewiele ponad czterdzieści.

Widziałam, że liczy.

– Więc jeszcze nie ma sześćdziesiątki. Wciąż żyje?

Czułam się dziwnie, myśląc: Odyseusz chodzi po Itace, głęboko oddycha. Od urodzenia Telegonosa miałam tak mało czasu na marzenia. Ale ta wizja wydawała się realna, pełna.

– Taką mam nadzieję. Był bardzo silny. Duchowo silny.

Teraz, gdy drzwi zostały uchylone, chciał się dowiedzieć wszystkiego, co pamiętałam o pochodzeniu Odyseusza, jego królestwie, żonie, synu, zajęciach w dzieciństwie, wojennej sławie. Te opowieści – o tysiącach przebiegłych spisków i zmagań – nadal we mnie żyły, tak namacalne jak wtedy, gdy Odyseusz pierwszy raz je opowiadał. Kiedy zaczęłam je relacjonować Telegonosowi, przyłapałam się na czymś dziwnym. Wahałam się, pomijałam pewne rzeczy, inne zmieniałam. Gdy miałam przed sobą syna, potworności związane z jego ojcem ukazały swoją twarz wyraziście jak nigdy. To, co wtedy wydawało mi się przygodą, teraz jawiło się skąpane we krwi i brzydocie. Nawet sam Odyseusz się zmienił: już nie był wytrwały, lecz bezduszny. Jeśli zdarzało mi się nie odchodzić od pierwotnej wersji, syn marszczył czoło.

– Nie opowiedziałaś tego prawdziwie – twierdził. – Mój ojciec nigdy by czegoś takiego nie zrobił.

– Masz rację – odpowiadałam. – Twój ojciec wypuścił tamtego trojańskiego szpiega w przyłbicy ze skóry tchórza* i pozwolił mu wrócić bezpiecznie do domu i rodziny. Twój ojciec zawsze dotrzymywał słowa.

Telegonos się rozpromienił.

– Wiedziałem, że jest człowiekiem honorowym. Opowiedz mi więcej o jego szlachetnych czynach.

I tak rozwinęłam następne kłamstwo. Czy Odyseusz zganiłby mnie za to? Nie wiem i nie dbam o to. Zrobiłabym dużo gorsze rzeczy, byle tylko mój syn był szczęśliwy.

W tamtych dniach od czasu do czasu zastanawiałam się, co powiedziałabym Telegonosowi, gdyby poprosił o opowieści na mój temat. Jak mogłabym upiększyć Ajetesa, Pazyfae, Scyllę, świnie? Nie musiałam się jednak mierzyć z tym problemem. Nigdy nie zapytał o moją przeszłość.

Zaczął spędzać długie godziny nie wiedzieć gdzie. Kiedy wracał, był zarumieniony i usta mu się nie zamykały.

– Powiedz mi o ojcu – prosił, a ja słyszałam w jego głosie drżenie.

„Gdzie leży Itaka?"

„Jaka jest ta wyspa?"

---

* Za tłum. F.K. Dmochowskiego.

„Jak daleko stąd na Itakę?"
„Co grozi po drodze?"

*

Przyszła jesień i przygotowywałam gęste soki owocowe na zimę. Mogłam sprawić, że przez cały rok drzewa rodziłyby owoce, ale z czasem polubiłam to zajęcie: gotowanie przezroczystych słodkich syropów, barwy kamieni szlachetnych, gromadzenie w słojach dobrych zbiorów.

– Matko! – Przybiegł z krzykiem do domu. – Jest łódź, która nas potrzebuje. Są blisko brzegu, na wpół zanurzeni, zatoną, jeśli nie wylądują!

Nie po raz pierwszy dostrzegł żeglarzy. Często mijali naszą wyspę. Ale pierwszy raz chciał udzielić im pomocy. Dałam się zaciągnąć na przybrzeżną skałę. To prawda, łódź była przechylona i nabierała wody.

– Widzisz? Rzucisz zaklęcie tylko ten jeden raz? Na pewno będą bardzo wdzięczni.

Miałam na końcu języka: „Skąd to wiesz?". Ludzie w wielkiej potrzebie często są jak najdalsi od wdzięczności i zaatakują cię tylko po to, by znów poczuć się silnymi.

– Błagam, matko. A jeśli to ktoś podobny do mojego ojca?

– Twój ojciec jest jedyny w swoim rodzaju.

– Oni pójdą na dno, matko. Zatoną! Nie możemy stać i patrzeć, musimy coś zrobić!

Twarz wykrzywiło mu przerażenie. W oczach miał łzy.

– Proszę, matko! Nie mogę znieść myśli, że utoną na moich oczach.

– Raz – powiedziałam. – Tylko ten jeden raz.

Słyszeliśmy ich niesione wiatrem krzyki.

– Brzeg, brzeg!

Zmienili kurs, pochylona łódź sunęła ku nam. Kazałam mu obiecać, że zostanie w swojej izbie, dopóki nie wypiją wina; miał wyjść na mój pierwszy sygnał. Zgodził się na te żądania, zgodziłby się na wszystko. Poszłam do kuchni, żeby przyrządzić stary napar. Czułam się, jakbym była jednocześnie w dwóch miejscach. Oto mieszałam zioła, jak robiłam to wiele razy; moje palce odnajdywały stare kształty. A obok stał mój syn, niemogący ustać w miejscu, rozkrzyczany.

– Możesz powiedzieć, skąd oni są? Jak myślisz, o co się rozbili? Możemy im pomóc załatać kadłub?

Nie pamiętam, co odpowiedziałam. Krew zastygła mi w żyłach. Próbowałam sobie przypomnieć dawne zaklęcie. W uszach miałam własne słowa: „Wejdźcie, oczywiście, że wam pomogę. Chcecie więcej wina?".

Chociaż spodziewałam się pukania, drgnęłam, kiedy je usłyszałam. Otworzyłam drzwi i oto miałam ich przed sobą: w łachmanach, głodnych, jak zawsze zrozpaczonych. Czy ich przywódca wyglądał jak sprężony wąż? Nie potrafiłam tego ocenić. Nagle poczułam dławiące mdłości. Chciałam zatrzasnąć im drzwi przed nosem, ale na to było za późno. Już mnie zobaczyli i mój syn słyszał wszystko, przyciskając ucho do ściany. Wcześniej ostrzegłam, że mogę użyć czarów. Pokiwał głową.

– Oczywiście, matko, rozumiem.

Nie miał jednak o niczym pojęcia. Nigdy nie słyszał trzasku przekształcających się żeber, chlupotu ciała, które zmieniało kształt.

Zasiedli na moich ławach. Jedli i wino spływało im do gardeł. Przyglądałam się przywódcy. Miał błysk w oczach. Sunęły po pokoju, po mnie.

– Pani, jakie jest twoje imię? – spytał, wstając. – Komu mamy zaszczyt dziękować za ten posiłek?

Byłam gotowa nadać ich ciałom zwierzęce kształty, lecz w tym momencie wszedł do izby Telegonos. Miał na sobie płaszcz, u boku miecz. Trzymał się godnie, prosto, jak mężczyzna. Liczył sobie wtedy piętnaście lat.

– Jesteście w domu bogini Kirke, córki Heliosa, i jej syna Telegonosa. Widzieliśmy, jak wasza łódź osiada na wodzie, i pozwoliliśmy wam przybyć na wyspę, chociaż zwykle jest niedostępna dla śmiertelników. Z przyjemnością pomożemy wam, na ile będziemy mogli, podczas waszego pobytu tutaj.

Przemawiał pewnym tonem, głosem jak spiżowy dzwon. Oczy miał ciemne po ojcu, lecz świeciły się w nich złote plamki. Mężczyźni się w niego wpatrywali. Ja też. Myślałam o Odyseuszu, który tyle lat nie miał pojęcia o jego istnieniu, o wstrząsie, jakiego doznałby, widząc prawie dorosłego mężczyznę.

Przywódca uklęknął.

– Bogini, wielki panie. Same błogosławione Mojry musiały nas tu skierować.

Telegonos dał mu znak, by powstał, po czym zajął miejsce u szczytu stołu i podawał przybyszom jedzenie z tac. Tamci prawie nic nie jedli. Ogarnięci podziwem i zachwytem, skłaniali się ku niemu jak winorośl ku słońcu, konkurowali między sobą, który opowie najlepszą historię. Przyglądałam się, zadając sobie pytanie, gdzie taki dar ukrywał się w nim do tej pory. Ale ja też nie mogłam czynić czarów, dopóki nie miałam potrzebnych ziół.

Pozwoliłam Telegonosowi iść z nimi na brzeg i pomóc w naprawie łodzi. Nie bałam się, przynajmniej nie bardzo. Czar rzucony na zwierzęta wyspy kazał im chronić mojego syna, on jednak w większym stopniu mógł liczyć na własny czar, bo ci ludzie zachowywali się jak zauroczeni. Był od nich młodszy, lecz reagowali na każde jego słowo. Wskazał, gdzie rosną najlepsze gaje, które drzewa ściąć. Wskazał, gdzie płynie najczystsza woda i gdzie cień najbardziej sprzyja pracy, a gdzie wypoczynkowi. Zostali trzy dni, podczas których karmili się naszymi zapasami. Rozstawał się z nimi tylko w porze snu. Zwracali się do niego „panie" i nazywali go tak między sobą, szczerze godząc się z jego opiniami, jakby był mistrzem szkutnikiem bliskim dziewięćdziesiątki, a nie chłopcem, który po raz pierwszy w życiu zobaczył kadłub łodzi.

– Szlachetny Telegonosie, jak myślisz, czy to wytrzyma?

Przyjrzał się uważnie łacie.

– I to nieźle, jak sądzę. Dobra robota.

Uśmiechnęli się od ucha do ucha, a kiedy odpływali, wychylali się za burtę, wykrzykując podziękowania i błogosławieństwa. Dopóki miał łódź w zasięgu wzroku, był rozradowany. Potem jego radość zniknęła.

Muszę się przyznać, że przez wiele lat miałam nadzieję, że wyrośnie z niego czarownik. Próbowałam nauczyć go zielarstwa, nazw i właściwości moich roślin. Czyniłam drobne czary w jego obecności, licząc na to, że coś go zaciekawi. Nigdy jednak nie wykazał nawet cienia zainteresowania. Teraz zrozumiałam dlaczego. Czary przemieniają świat. A on tylko chciał się do niego przyłączyć.

Chciałam coś powiedzieć, ale zanim znalazłam język w gębie, już się odwrócił i zmierzał do lasu.

*

Przebywał poza domem całą zimę, całą wiosnę i lato. Nie widywałam go od brzasku do zachodu słońca. Kilka razy pytałam, dokąd chodzi, a on wymijającym gestem wskazywał plażę. Nie naciskałam go. Był bardzo zajęty, zawsze gdzieś biegał bez tchu, przychodził zdyszany, z rzepami na całej tunice. Zauważyłam, że rozrósł się w ramionach, jego szczęki nabrały wyrazu.

– Mogę zająć jaskinię przy plaży? – spytał. – Tę, w której ojciec trzymał okręt?

– Wszystko tu jest twoje – odparłam.

– Ale czy może być tylko moja? Obiecasz, że nie będziesz tam wchodzić?

Przypomniałam sobie, jak w młodości ceniłam swoje zakazane innym strefy.

– Obiecuję.

Zastanawiałam się potem, czy nie rzucił na mnie tego samego uroku, którym się posłużył wobec żeglarzy. Bo zachowywałam się jak obżarta krowa, spokojna, ufna. Pozwól mu robić, co chce, powiedziałam sobie. Jest szczęśliwy, dorasta. Co mu może grozić?

– Matko – przywitał mnie któregoś dnia. Było tuż po brzasku, blade światło ogrzewało liście. Klęczałam w ogrodzie, wyrywając chwasty. Zwykle nie wstawał tak wcześnie, ale to był dzień jego urodzin. Miał szesnaście lat.

– Zrobiłam ci gruszki na miodzie – powiedziałam.

Podniósł rękę, demonstrując na wpół zjedzony, lśniący od syropu owoc.

– Znalazłem je, dziękuję. – Urwał. – Mam ci coś do pokazania.

Otrzepałam ręce z ziemi i poszłam za nim ścieżką do jaskini. Stała w niej łódź, prawie tak duża jak ta Glaukosa.

– Czyje to jest? – spytałam zdenerwowana. – Kim oni są?

Pokręcił głową. Na policzkach miał rumieńce, oczy mu błyszczały.

– Nie, matko. Jest moja. Wpadłem na pomysł, żeby ją zrobić, zanim przybyli tu tamci ludzie, ale po spotkaniu z nimi nabrałem prawdziwego rozpędu. Dali mi trochę własnych narzędzi i pokazali, jak zrobić pozostałe. Jak ci się podoba?

Kiedy się jej przyjrzałam, dostrzegłam, że żagiel uszyto z moich prześcieradeł, a deski pokładu zheblowano z grubsza, zostawiając pełno drzazg. Czułam zarówno złość, jak i podziw pomieszany z dumą. Mój syn sam zbudował łódź, mając tylko proste narzędzia i swoją wolę.

– Jest bardzo porządnie wykończona – powiedziałam.

Uśmiechnął się szeroko.

– Prawda? On radził, że nie powinienem nic mówić. Ale nie chciałem jej przed tobą ukrywać. Myślałem…

Przerwał, widząc wyraz mojej twarzy.

– Kto radził? – spytałam.

– Nic złego się nie stało, matko, on nie życzy mi nic złego. Pomagał mi. Powiedział, że dawniej często cię odwiedzał. Że jesteście starymi przyjaciółmi.

„Starymi przyjaciółmi". Jak mogłam nie dostrzec niebezpieczeństwa? Przypomniałam sobie rozanielenie Telegonosa, kiedy wracał wieczorami do domu. Moje nimfy wracały z tym samym wyrazem twarzy. Atena za skarby świata nie mogła pokonać moich zaklęć, była bezsilna wobec świata podziemi. Ale on chadzał wszędzie. Kiedy się nie bawił w przepowiadanie przyszłości, prowadził duchy do drzwi Hadesu. Bóg mieszania się w nie swoje sprawy, bóg zmiany.

– Hermes nie jest moim przyjacielem. Opowiedz mi o wszystkim, co ci mówił. Już.

Twarz mieniła mu się z zażenowania.

– Powiedział, że może mi pomóc, i pomógł. Powiedział, że trzeba to zrobić nagle. Jeśli się chce zerwać strup, najlepiej zrobić to jednym ruchem. To nie zabierze mi nawet połowy miesiąca i do wiosny wrócę. Próbowaliśmy łodzi w zatoce i trzyma się na wodzie.

Tak szybko wyrzucał z siebie słowa, że z trudem rozumiałam, o co mu chodzi.

– Co chcesz mi powiedzieć? Co nie zabierze połowy miesiąca?
– Rejs. Do Itaki. Hermes obiecał, że mnie poprowadzi, omijając potwory, więc nie musisz się bać. Jeśli wyruszę z południowym pływem, przed zmrokiem dobiję do następnej wyspy.

Nie mogłam wydobyć z siebie słowa, jakby wyrwał mi język z gardła.

– Nie przejmuj się. – Położył mi rękę na ramieniu. – Nic mi nie grozi. Hermes jest moim przodkiem ze strony ojca, sam mi to mówił. Nie wciągnąłby mnie w zasadzkę. Matko, słyszysz? – Patrzył na mnie niespokojnie spod oka.

Widząc jego chłopięcą naiwność, poczułam lód w żyłach. Czy kiedykolwiek byłam tak dziecinna?

– To bóg kłamstwa – powiedziałam. – Tylko głupcy mu wierzą.

Oblał się rumieńcem, lecz miał upartą minę.

– Wiem, jaki jest. Nie jest moją jedyną wyrocznią. Zabrałem mój łuk. A poza tym trochę nauczył mnie posługiwać się włócznią. – Wskazał kij stojący w kącie jaskini. Uzbroił go w kuchenny nóż przywiązany do końca. Pewnie miałam grozę wypisaną na twarzy, bo Telegonos dodał: – To jeszcze nie znaczy, że muszę jej użyć. Do Itaki płynie się tylko kilka dni, a potem będę bezpieczny z ojcem.

Pochylał się ku mnie, święcie przekonany, że tak będzie. Wydawało mu się, że rozwiał wszystkie moje obiekcje. Był z siebie dumny, znakomicie przygotowany. Z łatwością wyrzucał z siebie: „bezpieczny", „z ojcem". Poczułam w żyłach wyraźny napływ złości.

– Skąd to przekonanie, że zostaniesz radośnie przywitany? O ojcu wiesz tyle, ile usłyszałeś z opowieści. On już ma syna. Jak bardzo się ucieszy Telemach na widok brata z nieprawego łoża?

Skrzywił się trochę na „brata z nieprawego łoża", ale odpowiedział dzielnie:

– Nie wydaje mi się, żeby mu to przeszkadzało. Nie przypłynę po królestwo ani po spadek. Wytłumaczę mu to. Zostanę na całą zimę i będzie czas, żebyśmy się nawzajem poznali.

– A więc to tak. Sprawa załatwiona. Uknuliście z Hermesem plan i teraz myślicie, że trzeba tylko, żebym ci życzyła pomyślnych wiatrów.

Patrzył na mnie z niepewnością.

– Powiedz mi, co wszystkowiedzący Hermes zdradził ci o swojej siostrze, która chce cię zabić. O tym, że stracisz życie, ledwo tylko odpłyniesz z tej wyspy.

Westchnął.

– Matko, to było tak dawno temu. Ona na pewno zapomniała.

– Zapomniała? – Mój głos żłobił ściany jaskini. – Jesteś idiotą? Atena nigdy nie zapomina. Zje cię na jeden kęs, jak sowa połyka głupią mysz.

Pobladł, lecz trwał przy swoim, bo był dzielnego serca.

– Zaryzykuję.

– Nie zaryzykujesz. Zabraniam ci.

Wlepił we mnie wzrok. Do tej pory niczego mu nie zabroniłam.

– Ale ja muszę płynąć do Itaki. Zbudowałem łódź. Jestem gotowy.

Podeszłam do niego.

– Pozwól, że wytłumaczę ci to jaśniej: jeśli odpłyniesz, umrzesz. Więc nie odpłyniesz. A jak spróbujesz, spalę ci tę łódkę na węgiel.

Był tak wstrząśnięty, że twarz miał zupełnie bez wyrazu. Odwróciłam się i odeszłam.

*

Tamtego dnia nie odpłynął. Krążyłam w kółko po kuchni, a on trzymał się lasu. Kiedy wrócił do domu, zapadał zmierzch. Z hałasem powyciągał rzeczy ze skrzyń, zabrał posłanie. Przyszedł tylko mi zademonstrować, że nie będzie mieszkał pod moim dachem.

– Chcesz, żebym traktowała cię jak mężczyznę – odezwałam się, gdy mnie mijał – a zachowujesz się jak dziecko. Od urodzenia żyłeś pod kloszem. Nie rozumiesz niebezpieczeństw, które świat ci szykuje. Nie możesz po prostu udawać, że Atena nie istnieje.

Czekał na moje słowa, jak hubka czeka na iskrę.

– Masz rację. Nie znam świata. Skąd miałbym go znać? Nie spuszczasz mnie z oka.

– Atena stała przy tym palenisku i żądała, żebym cię wydała na śmierć.

– Wiem. Mówiłaś mi to ze sto razy. Ale przecież od tamtej pory nigdy nie spróbowała. Żyję, prawda?

– Dzięki zaklęciom, które rzuciłam! – Wstałam i stanęłam przed nim oko w oko. – Czy masz pojęcie, co musiałam zrobić, żeby utrzymać je w mocy, ile godzin poświęciłam na uwarzenie mikstur, jak długo je próbowałam, by upewnić się, że ona nie da im rady?

– Lubisz się tym zajmować.

– Lubię? – Roześmiałam się chrapliwie. – Lubię się zajmować moją pracą, na co rzadko miałam czas, od kiedy się urodziłeś!

– To wracaj do swoich czarów! Wracaj i daj mi żyć! Bądź szczera: nawet nie wiesz, czy Atena wciąż się gniewa. Próbowałaś z nią porozmawiać? Minęło szesnaście lat!

Powiedział to tak, jakby to było szesnaście wieków. Nie potrafił wyobrazić sobie boskiej skali, braku litości, który dochodzi do głosu, gdy widzisz, jak pokolenia wokół ciebie rodzą się i umierają. Był śmiertelny i młody. Dla niego leniwe popołudnie było niczym rok.

Poczułam, jak twarz płonie mi coraz żywszym ogniem.

– Myślisz, że wszyscy bogowie są jak ja. Że możesz ich ignorować, jak ci się podoba, traktować jak sługi, że ich pragnienia to tylko muchy, które można odpędzić. Oni cię zmiażdżą dla samej przyjemności, z czystej przekory.

– Strach i bogowie, strach i bogowie! Tylko o tym mówisz. Zawsze jedno w kółko. Ale tysiące tysięcy ludzi chodzą po tym świecie i dożywają starości. Niektórzy z nich są nawet szczęśliwi, matko, a nie tylko, zrozpaczeni, trzymają się bezpiecznych zakątków. Chcę być jednym z nich. Poważnie. Czemu nie możesz tego zrozumieć?

Prawie odchodziłam od zmysłów.

– To ty nie rozumiesz. Powiedziałam, że nie odpłyniesz, i koniec.

– A więc to tak ma wyglądać? Zostanę tu na całe życie? Aż do śmierci? Nigdy nawet nie spróbuję się wydostać?

– Jeśli tak być musi...

– Nie! – Uderzył pięścią w dzielący nas stół. – Nie ma mowy! Tu nic dla mnie nie ma. Nawet gdyby przypłynęła następna łódź i błagałbym cię, żebyś pozwoliła załodze przybić do brzegu, to co wtedy? Kilka dni ulgi, a potem odpłyną i wciąż będę jak w więzieniu. Jeśli to ma być życie, to raczej wolę umrzeć. Wolę, żeby Atena mnie zabiła, słyszysz? Przynajmniej wtedy zobaczę jeszcze coś poza tą wyspą!

Wściekły gniew przesłonił mi oczy.

– Nie obchodzi mnie, co wolisz. Jeśli jesteś za głupi, żeby się troszczyć o swoje życie, ja się o nie zatroszczę. Moje czary to załatwią.

Po raz pierwszy się zawahał.

– Co chcesz przez to powiedzieć?

– Chcę powiedzieć, że nawet się nie dowiesz, co straciłeś. Nigdy więcej nie pomyślisz o tym, żeby odpłynąć.

Cofnął się o krok.

– Nie. Nie będę pił twojego wina. Nie tknę niczego, co mi podasz.

Czułam w ustach jad. To była przyjemność w końcu widzieć go wystraszonego.

– Myślisz, że mnie zatrzymasz? – spytałam. – Nigdy nie zrozumiałeś, jaka jestem potężna.

Całe życie będę pamiętać jego spojrzenie. Spojrzenie człowieka, z oczu którego spadł welon i który zobaczył prawdziwe oblicze świata.

Szarpnął drzwi i uciekł w noc.

※

Stałam długo w miejscu jak drzewo trafione piorunem i spalone do korzeni. Potem poszłam na brzeg. Powietrze było chłodne, ale piasek zachował żar dnia. Myślałam o wszystkich godzinach, podczas których przynosiłam go tutaj, czując dotyk jego skóry. Chciałam, żeby swobodnie wszedł w świat, bez ran i obaw, i mojemu pragnieniu stało się zadość. Nie potrafił wyobrazić sobie bezwzględnej bogini mierzącej mu włócznią w serce.

Nie opowiedziałam mu o jego dzieciństwie, o tym, jaki był niedobry i trudny. Nie opowiedziałam mu o okrucieństwie bogów, o okrucieństwie jego ojca. A trzeba było, pomyślałam. Przez szesnaście lat podtrzymywałam nad nim niebo, a on nie widział tego. Trzeba było go zmusić do pójścia i zrywania ziół, które uratowały mu życie. Trzeba było go zmusić, żeby stał przy piecu, kiedy wymawiałam zaklęcia. Trzeba było opowiedzieć mu o wszystkim, co znosiłam w milczeniu, o wszystkim, co zrobiłam dla jego bezpieczeństwa.

Ale teraz co? Był tam gdzieś między drzewami, ukrywając się przede mną. Łatwo wyobraziłam sobie zaklęcia, którymi odciełabym go od pragnień, jak odcina się korzeń od owocu.

Zacisnęłam szczęki. Chciałam szaleć, drapać się do krwi i łkać. Chciałam przekląć Hermesa za jego półprawdy i kuszenia – ale to nie Hermes był ważny. Widziałam twarz mojego syna, kiedy wpatrywał się w morze i szeptał: „Horyzont".

Zamknęłam oczy. Znałam to wybrzeże tak dobrze, że mogłam po nim chodzić na ślepo. Gdy Telegonos był dzieckiem, sporządziłam listę rzeczy, które byłam gotowa zrobić, żeby zapewnić mu bezpieczeństwo. To była łatwa wyliczanka, bo odpowiedź zawsze była identyczna. Wszystko.

Odyseusz kiedyś opowiedział mi historię o królu, który miał nieuleczalną ranę – nie pomagali lekarze, nie pomógł czas. Król usłyszał od wyroczni, że ranę może uleczyć tylko ten, kto sam ją zadał, tą samą włócznią, która ją otworzyła. Tak więc kulał po całym świecie, aż natrafił na nieprzyjaciela i ten zasklepił mu ranę.

Żałowałam, że nie ma przy mnie Odyseusza, bo zapytałabym go: „Ale jak ten król nakłonił swego wroga, żeby mu pomógł, skoro ten najpierw zadał mu tak głęboką ranę?".

Odpowiedzi udzieliła mi inna jego opowieść, której słuchałam na moim rozległym łożu.

– Jak to robiłeś? Kiedy nie mogłeś skłonić Achillesa i Agamemnona, żeby cię słuchali? – spytałam go wtedy.

Uśmiechnął się w blasku ognia padającego z paleniska.

– To łatwe. Wymyślasz taki plan, żeby nie musieli cię słuchać.

ROZDZIAŁ DWUDZIESTY

Znalazłam go w oliwnym gaju. Derki, na których leżał, były tak skłębione, jakby we śnie walczył ze mną.

– Synu – powiedziałam. Mój głos rozległ się echem w nieruchomym powietrzu. Do brzasku pozostało jeszcze trochę, ale czułam, że wielkie koła rydwanu ojca ruszyły. – Telegonosie.

Otworzył oczy i zamachał rękami, opędzając się ode mnie. To zabolało jak cios sztyletem.

– Przyszłam ci powiedzieć, że możesz odpłynąć i że ci pomogę. Ale pod pewnymi warunkami.

Czy wiedział, ile te słowa mnie kosztują? Nie wydaje mi się. Przywilejem młodości jest nieświadomość zaciąganych długów. Już dał się ponieść radości. Rzucił mi się na szyję, przycisnął twarz do mojej. Zamknęłam oczy. Pachniał zielonymi liśćmi i sokiem drzew. Przez szesnaście lat czułam zapach jego ciała. Mój syn, tylko mój.

– Dwa dni zwłoki – powiedziałam. – A w tym czasie trzy rzeczy.

Kiwał z aprobatą głową.

– Czego tylko chcesz.

Teraz, kiedy przegrałam, był uległy. Przynajmniej potrafił być łaskawy po zwycięstwie. Zaprowadziłam go do domu i wręczyłam mu cały stos ziół i buteleczek. Razem zanieśliśmy to dzwoniące bogactwo do łodzi. Na pokładzie wzięłam się za krojenie i miażdżenie, mieszanie moich papek. Zaskoczył mnie. Przyglądał się. Zwykle znikał, kiedy robiłam wywary.

– Co to?
– Do ochrony.
– Przed czym?
– Przed wszystkim, co tylko mogę sobie wyobrazić. Przed wszystkim, co Atena może wezwać do pomocy: przed burzami, lewiatanami, dziurami w kadłubie.
– Lewiatanami?

Przyjemnie było widzieć, jak blednie.

– Dzięki tym miksturom będą trzymać się od ciebie z daleka. Gdyby Atena chciała cię zaatakować na morzu, musiałaby to zrobić sama, bezpośrednio, ale chyba Mojry jej na to nie pozwolą. Musisz trzymać się łodzi i kiedy tylko wylądujesz na Itace, idź do ojca i poproś go, żeby wstawił się za tobą u Ateny. Jest jego patronką, więc może go wysłucha. Przysięgnij, że to zrobisz.

– Przysięgam. – Cienie nie zdołały ukryć powagi na jego twarzy.

Polałam miksturą każdą szorstką deskę pokładu, każdy fragment żagla, wymawiając zaklęcia.

– Mogę spróbować? – spytał. Dałam mu resztkę, a on polał kawałek pokładu i wypowiedział te same słowa, które usłyszał ode mnie, po czym postukał w drewno. – Zadziałało?

– Nie.
– Skąd wiesz, co powiedzieć, kiedy rzucasz zaklęcia?
– Używam słów, które mają dla mnie znaczenie.

Na jego twarzy zaczął się malować wysiłek, jakby Telegonos pchał pod górę głaz. Wpatrując się w pokład, wypowiedział inne słowa, potem jeszcze inne. Pokład wyglądał identycznie. Syn spojrzał na mnie oskarżycielsko.

– To trudne – rzucił.

Mimo wszystko wybuchnęłam śmiechem.

– Nie przypuszczałeś, że tak będzie? Słuchaj. Kiedy zabrałeś się za budowanie tej łodzi, nie spodziewałeś się chyba, że jedno machnięcie siekierą wystarczy. Pracowałeś dzień za dniem. Z czarami jest tak samo. Pracowałam ciężko przez wieki i nadal nie mogę powiedzieć, że jestem mistrzynią.

– Chodziło mi o coś więcej. O to, że nie jestem czarownikiem jak ty.

Pomyślałam o ojcu. O tamtej chwili przed wiekami, gdy spalił polano w naszym palenisku i rzekł: „To tylko próbka moich mocy".

– Pewnie nie jesteś czarownikiem – przyznałam. – Ale jesteś kimś innym. Tylko że jeszcze nie wiesz kim. I dlatego musisz odpłynąć.

Jego uśmiech, ciepły jak trawa w lecie, przypomniał mi uśmiech Ariadny.

– Tak – powiedział mój syn.

*

Zaprowadziłam go na ocienioną część plaży. Kiedy jadł resztę gruszek, zaznaczyłam mu trasę, wskazując postoje i niebezpieczeństwa. Nie miał płynąć obok Scylli. Były inne drogi do Itaki. To, że Odyseusz nie mógł z nich skorzystać, było częścią zemsty Posejdona.

– Jeśli Hermes ci pomoże, to świetnie, ale za nic nie wolno ci się od niego uzależnić. Wszystkie jego obietnice to gruszki na wierzbie. I zawsze, ale to zawsze, wystrzegaj się Ateny. Może ci się pokazać w innej postaci niż zwykle. Może jako piękna panna. Nie daj się jej nabrać ani nie ulegnij innej pokusie, którą ci podsunie.

– Matko. – Był czerwony jak burak. – Płynę na poszukiwanie ojca. Tylko to się dla mnie liczy.

Nie mówiłam nic więcej. Byliśmy dla siebie czulsi przez te dwa dni niż wcześniej, nawet przed kłótnią. Wieczorami siadywaliśmy przy palenisku i Telegonos wsuwał stopę pod brzuch jednej z lwic. Mieliśmy dopiero jesień, ale noce już były chłodne. Podałam jego ulubioną potrawę: rybę faszerowaną ziołami i serem. Jadł i pozwalał mi wygłaszać kazania.

– Penelopie okaż wszelką możliwą cześć – nakazałam mu. – Uklęknij, uracz ją komplementami i upominkami... dam ci, co trzeba. To rozsądna niewiasta, ale żadna kobieta nie jest szczęśliwa, widząc bękarta męża u swoich stóp. Na Telemacha uważaj. On może najwięcej przez ciebie stracić. Wielu bastardów zostało królami, jeśli szczęście się do nich uśmiechnęło, i on o tym wie. Nie ufaj mu. Strzeż się go. Jest sprytny i szybki, sam ojciec go wyćwiczył.

– Dobrze strzelam z łuku.

– Do pni i bażantów. Nie jesteś wojownikiem.

Westchnął.

– Nieważne – rzucił. – Gdyby czegoś spróbował, twoje moce mnie ochronią.

Wytrzeszczyłam na niego oczy pełne zgrozy.

– Nie bądź głupi. Moje moce nie działają poza wyspą. Polegać na nich to dać się zabić.

Pogładził mnie po ramieniu.

– Matko, chodziło mi tylko o to, że to śmiertelnik. W moich żyłach krąży twoja krew, podsunie mi niejedną sztuczkę.

Jaką sztuczkę? Chciałam nim potrząsnąć. Trochę wdzięku? Umiejętność oczarowywania śmiertelników? Jego twarz, tak pełna śmiałych nadziei, sprawiała, że czułam się stara. Młodość w nim rosła, dojrzewała. Ciemne kędziory zasłaniały oczy, a głos miał niższą barwę. Dziewczęta i chłopcy mieli za nim wzdychać, ale ja widziałam tylko tysiąc wrażliwych miejsc, którymi mogło uciec z niego życie. Nagość jego karku wydawała się nieprzyzwoita w świetle paleniska.

Przytulił głowę do mojej.

– Nic mi nie będzie. Obiecuję.

Nie możesz mi tego obiecać, chciałam krzyknąć. Nic nie wiesz. Ale czyja to była wina? Ukrywałam przed nim twarz świata. Odmalowałam mu historię w jasnych, żywych barwach i zakochał się w moich umiejętnościach. A teraz było za późno na powrót i zmianę. Skoro byłam taka stara, powinnam być mądra. Tymczasem się wygłupiłam, krzyczałam: „Niebezpieczeństwo!", kiedy już zajrzało nam w oczy.

*

Powiedziałam mu, że musimy zrobić trzy rzeczy. Ale ostatnia z nich dotyczyła tylko mnie. Nie sprzeciwił się. Myślał, że chodzi o jakieś zaklęcie. O zioła, które chcę zerwać. Odczekałam, aż zaśnie, i poszłam w blasku księżyca nad morze.

Fale lizały mi stopy i moczyły tunikę. Znalazłam się blisko jaskini, w której czekała łódź Telegonosa. Za kilka godzin miał wejść na pokład, wybrać kamienną kotwicę, rozwinąć niewprawnie zszyty żagiel. Był kochanym synem i spodziewałam się, że będzie mi machał ręką tak długo, jak będę go miała w zasięgu wzroku. Potem się odwróci i wytęży oczy w kierunku kamienistej wysepki leżącej u kresu jego marzeń.

Wspominałam pałac dziadka, czarne nurty Okeanosa, wielką rzekę okrążającą świat. Jeśli jakiś bóg miał w żyłach krew najad, mógł zanurzyć się w jej falach i sunąc kamiennymi tunelami, do których spływały tysiące zasilających ją strumieni, dotrzeć do miejsca, w którym nurt przepływał pod dnem samego morza.

Dawniej tam pływaliśmy, Ajetes i ja. W miejscu, w którym dwie wody spotykały się, nie mieszając się, ale tworząc rodzaj lepkiej jak meduza membrany. Ciemne morze słało przebłyski fosforescencji, a kiedy się przyłożyło rękę do membrany, czuło się, że wody po drugiej stronie są niebywale zimne, tak że palce mrowiły i miały słony smak.

„Spójrz", mawiał Ajetes, wskazując coś w bezdennej mętnej głębi. Sunący bladoszary kształt, wielki jak okręt. Opuszczał się ku nam stwór o upiornych płetwach piersiowych, bezszelestny w czerni. Jedynym odgłosem było szorowanie ogona ciągniętego po piaszczystym dnie.

Brat nazywał go Trygonem. Płaszczka, ogończa, największy okaz gatunku, istota boska. Ojciec Uranos, stwórca świata, podobno umieścił go w głębinie dla bezpieczeństwa, albowiem trucizna w ogonie istoty miała najpotężniejszą moc we wszechświecie. Jedno dotknięcie kolca natychmiast zabijało śmiertelnika, wielkich bogów skazywało na wieczne męczarnie... a mniejszych bogów? Czym groziło nam?

Wpatrywaliśmy się w przedziwne, nieziemskie oblicze, płaskie, wąskie usta. Patrzyliśmy na białoskrzeli brzuch wiszący nad nami. W szeroko rozwartych oczach Ajetesa był blask.

„Pomyśl, jaka to byłaby broń".

*

Niebawem miałam przekroczyć granice mojego więzienia, czułam to. Dlatego czekałam, aż noc i płynące chmury zasłonią oczy ciotce. Jeśliby mi się udało, miałam wrócić przed brzaskiem, zanim moja nieobecność zostanie dostrzeżona. A jeśli nie wrócę? No cóż, znajdę się poza zasięgiem wszystkich kar tego świata.

Weszłam w fale. Sięgnęły wyżej nóg, dotknęły brzucha. Urosły ponad głowę. Nie musiałam się obciążać kamieniami, by pokonać siłę wyporu, z którą walczyli śmiertelnicy. Miarowym krokiem schodziłam po stopniach morskiego dna. Nade mną nieustannie poruszały się pływy, ale zeszłam zbyt głęboko, by je czuć. Drogę wskazywało mi światło oczu. Spod stóp wzbijał się piasek, uciekła flądra. Żadne stworzenie nie śmiało się do mnie zbliżyć. Wyczuwały krew najady, a może trucizny, których woń przywarła do moich rąk po wielu latach odprawiania czarów. Rozważałam, czy nie przemówić do nimf morskich, nie szukać u nich pomocy. Ale raczej nie byłyby zachwycone celem mojej wyprawy.

Szłam coraz głębiej, zapadałam się w przepastną czerń. Te wody nie były moim żywiołem i zdawały sobie z tego sprawę. Chłód wdarł mi się w kości, sól paliła twarz. Morze ciążyło mi na ramionach niczym góry. Zawsze jednak byłam wytrzymała, więc szłam dalej. W oddali widziałam zarysy ogromnych wielorybów i głowy gigantycznych ośmiornic. Ściskałam nóż tak ostry, jak to możliwe w przypadku brązu, lecz tamte stworzenia trzymały się z dala.

W końcu trafiłam na najniższy poziom morza. Piasek był tak zimny, że parzył stopy. Panowała całkowita cisza, idealny bezruch. Jedyne światło rzucały fosforyzujące wodorosty. Mądry był ten bóg. Zmuszał gości do odwiedzenia niezwykle nieprzyjaznego miejsca, w którym żył sam.

– Wielki panie głębin, przybyłam tu ze świata rzucić ci wyzwanie! – zawołałam.

Niczego nie usłyszałam. Wokół rozciągała się niewidząca słona przestrzeń. Potem czerń się rozstąpiła i przypłynął. Był ogromy, biało-szary, wtopiony w głębinę jak powidok słońca. Falował bezszelestnymi płetwami, wzbudzając ruch wody. Ślepia miał wąskie, kocie; usta bezkrwiste i bez warg. Nie mogłam oderwać od niego wzroku. Kiedy wchodziłam w fale, wmawiałam sobie, że to będzie kolejny Minotaur, którego mogę próbować pokonać, inny rodzaj boga olimpijskiego, którego może zdołam przechytrzyć. Ale w obliczu tego koszmarnego giganta struchlałam. Ta istota była starsza niż wszystkie lądy świata, starsza niż pierwsza szczypta soli. W porównaniu z nią nawet mój ojciec był dzieckiem. Równie dobrze mogłam marzyć o stawieniu jej czoła, jak o powstrzymaniu morza. Czułam grozę ścinającą krew w żyłach. Przez całe życie bałam się, że będę musiała się z nią zmierzyć. Koniec czekania. Była przede mną.

Czego ode mnie chcesz, że rzucasz mi wyzwanie? – usłyszałam.

Wszyscy wielcy bogowie mają zdolność przemawiania w myślach, ale słysząc głos tej istoty, uległam paraliżującemu strachowi.

– Przyszłam po twój trujący ogon.

A czemu to zapragnęłaś tak potężnej broni?

– Atena, córka Zeusa, chce śmierci mojego syna. Nie potrafię go ochronić, ale ty masz tę moc.

Nieruchome ślepia wpatrywały się we mnie. Znów usłyszałam w głowie głos:

Wiem, kim jesteś, córko słońca. Wszystko, czego dotknie morze, w końcu dotrze do mnie w głębinach. Znam twój smak. Znam smaki całej twojej rodziny. Twój brat także zjawił się kiedyś u mnie, szukając moich mocy. Odszedł z pustymi rękami, jak cała reszta. Nie tobie zmierzyć się ze mną.

Ogarnęła mnie rozpacz, bo wiedziałam, że słyszę prawdę. Wszystkie potwory głębin były pokryte bliznami po walkach toczonych z innymi lewiatanami. Nie ta istota. Ta była gładka, bo nikt się nie ośmielił przeciwstawić jej prastarej sile. Nawet Ajetes uznał swoje granice.

– Tak czy inaczej, muszę spróbować – powiedziałam. – Dla syna.

To niemożliwe, odparł Trygon.

W tych słowach była tak niewzruszona siła, jak w całym jego ciele. Z każdą chwilą czułam, jak moja wola słabnie, pokonywana nieustannym chłodem fal i nieruchomością jego wzroku. Zmusiłam się, by mówić dalej:

– Nie mogę się z tym pogodzić. Mój syn musi żyć.

W życiu śmiertelnych nic nie musi się zdarzyć. Poza śmiercią.

– Jeśli nie mogę rzucić ci wyzwania, może potrafiłabym dać ci coś w zamian. Jakiś dar. Wykonałabym jakąś pracę.

Rozchylił usta w bezgłośnym śmiechu.

Co mogłabyś mi dać, czego już nie mam?

Nic, wiedziałam o tym. Przyglądał mi się bladymi, pionowymi, kocimi źrenicami.

Moje prawo pozostało niewzruszone. Jeśli chcesz odebrać mi ogon, najpierw musisz poddać się jego truciźnie. Taka jest cena. Wieczny ból w zamian za jeszcze parę lat życia śmiertelnika, twojego syna. Czy są warte tej ceny?

Pomyślałam o jego narodzeniu, za które mało nie zapłaciłam życiem. Pomyślałam o swoim przyszłym cierpieniu, na które nie było lekarstwa, ratunku, ulgi.
– To samo zaproponowałeś mojemu bratu?
Wszystkim proponuję to samo. Zrezygnował. Zawsze rezygnują.
Usłyszawszy to, poczułam napływ sił.
– Jakie są inne warunki?
Kiedy nie będziesz już potrzebowała mocy mojej trucizny, wrzucisz ogon w fale i on powróci do mnie.
– To wszystko? Przysięgasz?
Żądasz ode mnie wiążącego zobowiązania, dziecko?
– Chcę wiedzieć, że będziesz je honorował.
Będę je honorował.
Wokół nas poruszyły się prądy. Jeśli zdobędę się na ten krok, Telegonos będzie żyć. Nic innego się nie liczyło.
– Jestem gotowa – powiedziałam. – Uderzaj.
Nie. Sama musisz się nadziać na kolec.
Woda wysysała ze mnie siły. Mrok zdziesiątkował odwagę. Piasek nie był gładki, ale wymieszany ze szczątkami kości. Wszystko, co umarło w morzu, przybyło w to miejsce na wieczny spoczynek. Przeszły mnie ciarki; miałam wrażenie, że skóra zaraz oderwie się od mojego ciała. Całe życie wiedziałam, że między bogami nie ma litości. Zmusiłam się do zrobienia kroku, lecz uwięzła mi stopa. Pułapką był szkielet klatki piersiowej. Wyrwałam się. Gdybym się zatrzymała, już nigdy nie ruszyłabym z miejsca.
Podeszłam do spojenia łączącego ogon istoty z szarą skórą. Ciało wyżej wydawało się chorobliwie miękkie, jak zgniłe. Kręgosłup szurał lekko o dno oceanu. Z bliska widziałam ząbkowane krawędzie płetw, czułam moc Trygona, gęsty, słodkawy, duszący zapach. Czy kiedy wchłonę truciznę, wyczołgam się na brzeg? Czy też pozostanę tutaj, ściskając zabójczy ogon, podczas gdy mój syn umrze w świecie nade mną?
Nie przeciągaj tego, powiedziałam sobie. Nie potrafiłam się

jednak zdobyć na kolejny krok. Całe ciało, kierowane zwykłym zdrowym rozsądkiem, stawiło opór samozniszczeniu. Mięśnie nóg się napięły, gotowe szybko przebierać w drodze do bezpiecznego suchego świata. Tak jak przede mną Ajetes i wszyscy inni, którzy przybyli po moc Trygona.

Wokół był mętny mrok, czarne prądy. Wyobraziłam sobie jasną twarz Telegonosa i wyciągnęłam rękę.

Rozcięła wodę, niczego nie dotykając. Istota unosiła się przede mną, patrząc bez wyrazu.

Po wszystkim, powiedziała.

W głowie miałam taką samą ciemność jak wszędzie wokół. Wydawało mi się, że czas przeskoczył.

– Nie rozumiem.

Dotknęłabyś trucizny. To wystarczy.

Czułam się tak, jakbym straciła rozum.

– Jak to możliwe?

Jestem stary jak świat i wyznaczam takie warunki, jakie mi się podobają – odparł Trygon. – *Ty pierwsza im sprostałaś.*

Uniósł się z piasku. Uderzył płetwami, muskając mi włosy, i gdy znieruchomiał, miałam przed sobą spojenie ciała i ogona.

Tnij – rozkazał. – *Zacznij od miejsca wyżej, inaczej trucizna wyciekę.*

Jego głos w mojej głowie brzmiał spokojnie, jakbym miała rozciąć owoc. Nadal byłam nieprzytomna, oszołomiona. Patrzyłam na delikatną skórę, nieskażoną jak wewnętrzna strona nadgarstka. Nie potrafiłam sobie wyobrazić, że ją przetnę. Równie dobrze mogłabym poderżnąć gardło noworodkowi.

– Nie możesz na to pozwolić – powiedziałam. – To musi być jakaś sztuczka. Moc twojej trucizny pozwoliłaby mi zniszczyć świat. Zagrozić Zeusowi.

Świat, o którym mówisz, nic dla mnie nie znaczy. Wygrałaś, więc teraz odbierz nagrodę. Tnij.

W jego głosie nie było wyrazu ani łagodności, ani nacisku, niemniej jednak odczułam go jak raz bicza. Woda naparła na mnie; w rozległej głębi czułam się, jakby była nieskończona noc. Miękkie ciało czekało przede mną, gładkie i szare. I nadal się nie poruszyłam.

Byłaś gotowa wydrzeć mi go siłą – przypomniał mi Trygon. – *A rezygnujesz, kiedy oddaję go z własnej woli?*

Żołądek skurczył mi się w pięść.

– Proszę. Nie każ mi tego robić.

Ja ci każę? Dziecko, to ty do mnie przyszłaś.

Przestałam czuć rękojeść noża. Przestałam czuć cokolwiek. Syn wydawał mi się odległy jak niebo. Uniosłam ostrze, dotknęłam czubkiem skóry istoty. Rozdarła się jak płatek kwiatu, nierówno i bez oporu. Złoty ichor wezbrał i spłynął mi na ręce. Pamiętam, co pomyślałam. Z pewnością zostanę za to napiętnowana. Może odprawię każdy czar, jakiego zapragnę, może stworzę włócznię, jaką zechcę. Ale resztę życia będę patrzeć, jak ta istota krwawi.

Rozstąpił się ostatni fragment skóry i ogon spoczął w mojej ręce. Był prawie nieważki, a z bliska zobaczyłam, że mieni się wszystkimi kolorami tęczy.

– Dziękuję – powiedziałam, lecz mój głos był bezdźwięczny.

Poczułam ruch prądów. Ziarenka piasku zaszeptały. Trygon uniósł płetwy i mrok rozświetlił się chmurą złotej krwi. Pod stopami miałam kości z tysiąca lat. Pomyślałam, że nie zniosę tego świata ani chwili dłużej.

W takim razie, dziecko, stwórz inny – poradził mi.

Odpłynął w ciemność, wlokąc złotą koronkę.

*

Przebyłam długą powrotną drogę, niosąc śmierć. Nie zobaczyłam nikogo, nawet w oddali. Wcześniej morskie stworzenia okazywały mi brak sympatii, teraz uciekły. Kiedy się wynurzyłam na plażę, był prawie świt i nie miałam czasu na odpoczynek. Poszłam do jaskini i odnalazłam stary kij, którego Telegonos używał jako włóczni. Nadal trochę się trzęsłam, gdy rozwiązywałam sznurek trzymający nóż na końcu drzewca. Przez chwilę oceniałam powykrzywiany kij, zastanawiając się, czy nie poszukać nowego. Ale Telegonos nim ćwiczył, uznałam więc, że bezpieczniej zostawić to, do czego przywykł, choćby koślawe.

Ostrożnie ujęłam ogon u podstawy. Pokrył się przezroczystym płynem. Przywiązałam go do kija, używając szpagatu i czarów, a potem osłoniłam nowe ostrze skórzaną pochwą wzmocnioną czarodziejskim szlachetnym zielem, by nie dopuścić do przypadkowego użycia trucizny.

Telegonos spał, twarz miał gładką, policzki lekko zarumienione. Stałam nad nim, aż się przebudził. Zerwał się, mrużąc oczy.

– Co to?

– Do obrony. Dotykaj tylko drzewca. Zadraśnięcie ostrzem oznacza śmierć dla ludzi i udrękę dla bogów. Zawsze używaj pochwy. Włócznia jest tylko przeciwko Atenie lub w razie wielkiego niebezpieczeństwa. Potem musisz mi zwrócić ostrze.

Nie lękał się, jak zawsze. Nie wahając się, sięgnął po włócznię i obejrzał ostrze.

– Wygląda na lżejsze niż brąz. Co to jest?

– Ogon Trygona.

Zawsze najbardziej lubił opowieści o potworach. Wlepił we mnie spojrzenie.

– Trygona? – Głos miał pełen podziwu. – Odebrałaś mu ogon?

– Nie. Dał mi go za pewną cenę. – Przypomniałam sobie złotą krew, znaczącą głębie oceanu. – Noś włócznię i żyj.

Ukląkł przede mną, wbijając oczy w ziemię.

– Matko – zaczął. – Bogini...

Przyłożyłam mu do ust palec.

– Nie. – Przygarnęłam go do siebie. Był mi równy wzrostem. – Nie zaczynaj teraz. To ci nie przystoi. Mnie też nie.

Uśmiechnął się. Usiedliśmy przy stole, zjedliśmy śniadanie, które przyrządziłam, a potem przygotowaliśmy łódź do rejsu, załadowaliśmy ją zapasami i darami i zaciągnęliśmy na brzeg. Z każdą chwilą twarz Telegonosa bardziej jaśniała, krok miał lżejszy. Pozwolił uścisnąć się po raz ostatni.

– Przekażę Odyseuszowi twoje pozdrowienia – obiecał. – Przywiozę ci masę opowieści, matko, nie uwierzysz we wszystkie. Dostaniesz ode mnie tyle podarków, że zakryją pokład.

Skinęłam głową, pogładziłam go po policzku i odpłynął. Rzeczywiście machał ręką, dopóki nie zniknął mi z oczu.

ROZDZIAŁ DWUDZIESTY PIERWSZY

Tamtego roku zimowe sztormy zjawiły się wcześniej. Siekły piekącymi kroplami, które, jak się wydawało, wcale nie zwilżały ziemi. Potem przyleciały gwałtowne wiatry i w jeden dzień drzewa straciły liście.

Nie byłam samotna na wyspie od... Nie mogłam się doliczyć. Stu lat? Dwustu? Wcześniej mówiłam sobie, że gdy mój syn odpłynie, zajmę się wszystkim, co odkładałam przez szesnaście lat. Będę od brzasku do zmroku robiła mikstury, wykopywała korzenie i zapominała o posiłkach, będę ścinała gałązki wierzbowe i plotła koszyki, aż się spiętrzą do sufitu. Zapanuje spokój, dni będą płynąć leniwie. Nastanie czas odpoczynku.

Ale nic z tego. Chodziłam po brzegu, wypatrywałam oczy, jakbym mogła dosięgnąć wzrokiem Itaki. Liczyłam czas, wyobrażając sobie etapy podróży. Teraz zatrzyma się po wodę pitną. Teraz będzie zwiedzał wyspę. Uda się do pałacu i uklęknie przed królem. Odyseusz... Co zrobi Odyseusz? Nie dowiedział się przed opuszczeniem Ajai, że będzie ojcem. Tak mało mu powiedziałam. Co pomyśli o naszym dziecku?

Będzie dobrze, zapewniałam siebie. To chłopiec, z którego można być dumnym. Odyseusz doceni jego zalety tak, jak docenił krosna Dedala. Dopuści go do zaufania i nauczy sztuk walki śmiertelników, władania mieczem, łucznictwa, polowania, przemawiania na radzie. Telegonos zasiądzie na ucztach i będzie czarował mieszkańców Itaki, podczas gdy ojciec będzie mu się z dumą przyglądał. Jeszcze zawojuje Penelopę i Telemacha. Może nawet znajdzie sobie miejsce na dworze i będzie podróżował między Ajają i Itaką, co zapewni mu dostatnie życie.

I co jeszcze, Kirke? Czy dosiądą gryfów i wszyscy staną się nieśmiertelni?

Powietrze pachniało szronem; z nieba spadło kilka śnieżnych płatków. Tysiąc tysięcy razy chodziłam po stokach Ajai. Czarno-białe topole splatały nagie gałęzie. Pod dereniami i jabłoniami nadal leżały pomarszczone owoce. Koper sięgał mi do pasa, nadbrzeżne skały pobielały od soli. Wysoko przelatujące kormorany skrzeczały do fal. Śmiertelnicy lubią nazywać takie cuda natury niezmiennymi, wiecznymi, podczas gdy tak naprawdę wyspa zawsze się zmieniała: rosły kolejne rośliny, pojawiały się następne pokolenia zwierząt. Od kiedy na nią przybyłam, minęło z górą trzysta lat. Nad głową skrzypiał mi dąb, który znałam jako młode drzewko. Plaża rosła i falowała, linia morza zmieniała się z każdą zimą. Nawet nadbrzeżne skały były inne, rzeźbione deszczem i wiatrem, szponami niezliczonych wędrownych jaszczurek, nasion, które zapuściły korzonki i wypuściły pędy ze szczelin. Wszystko jednoczył równomierny oddech natury. Wszystko oprócz mnie.

Szesnaście lat odpychałam tę myśl. Dzięki Telegonosowi było to łatwe: czas niemowlęctwa syna wypełniony groźbami Ateny, potem jego wybuchy złości, rozkwitająca młodość i cały ten chaos, jaki codziennie wnosił w moje życie; tuniki, które trzeba było prać, posiłki, które należało przygotowywać i podawać, zmiany pościeli. Ale teraz, gdy odpłynął, czułam, że prawda dochodzi do głosu. Nawet gdyby dał radę Atenie, gdyby pokonał drogę do Itaki i z powrotem, wciąż było mi pisane go utracić. Z powodu zatonięcia łodzi albo choroby, napadu lub wojny. Najlepsze, na co mogłam liczyć, to patrzeć, jak jego ciało stopniowo obumiera. Jak ramiona mu się przygarbiają, nogi dygocą, brzuch się zapada. I w końcu miałam stanąć nad siwymi zwłokami i przyglądać się, jak karmią płomienie. Wzgórza i drzewa przede mną, robaki i lwice, kamienie i delikatne pączki, krosna Dedala – wszystko falowało jak rozsnuwające się senne marzenie. Pod nimi było miejsce, które naprawdę zamieszkiwałam, zimna wieczność niekończącego się smutku.

*

Jedna z wilczyc zaczęła wyć.
– Cicho – rozkazałam. Ale nie przestawała, jej głos dudnił o ściany, drażnił uszy. Wcześniej zasnęła przy palenisku, ułożywszy łeb blisko ognia. Usiadłam nieprzytomna, załamania pomiętej pościeli odcisnęły się na mojej skórze. Przez okno wpadało zimowe światło, ostre i jasne. Raziło oczy i kładło cienie na podłodze. Miałam ochotę dalej spać, lecz zwierzę piszczało, wyło i w końcu zmusiłam się, żeby wstać. Podeszłam do drzwi i otworzyłam je szeroko. Proszę!

Wilczyca jednym susem przemknęła obok mnie i popędziła polaną. Śledziłam ją wzrokiem. Nazywaliśmy ją Arktur. Większość zwierząt nie miała imion, ale ona była ulubienicą Telegonosa. Zakosami wspinała się coraz wyżej na klif górujący nad wybrzeżem. Zostawiłam otwarte drzwi i poszłam za nią. Nie zabrałam płaszcza i rosnący sztormowy wicher bił we mnie, gdy wspinałam się na szczyt, na którym stała wilczyca. Morze było w najgorszej zimowej fazie, wiatr podnosił długie fale pokryte pianą; szalał. W taką pogodę tylko krańcowa konieczność mogła wyciągnąć żeglarzy na morze. Wytężałam oczy, pewna, że się mylę. Ale łódź jednak tam była. Łódź Telegonosa.

Zbiegłam pędem na dół, pomiędzy drzewami i nagimi jeżynowymi krzewami. Gardło ściskały mi groza i radość. Wrócił! Wrócił zbyt wcześnie... Musiało się wydarzyć coś złego. Został zabity. Został przemieniony.

Zderzyliśmy się gdzieś między wawrzynami. Chwyciłam go i objęłam, przyciskając twarz do jego ramienia. Pachniał solą i miałam wrażenie, że rozrósł się w barach. Lgnęłam do niego, sparaliżowana ulgą.

– Już wróciłeś...

Nie odpowiedział. Podniosłam głowę i spojrzałam na jego twarz. Była wynędzniała, posiniaczona i zdradzała brak snu, rozpacz. Ogarnęła mnie trwoga.

– O co chodzi? Co się stało?
– Matko. Muszę ci opowiedzieć.

Słowa dławiły go w gardle. Arktur lgnęła do jego kolan, lecz jej nie pogłaskał. Był zmarznięty i sztywny. Mnie też owładnął chłód.

– Opowiadaj.

Nie wiedział, jak zacząć. Zawsze miał na podorędziu tyle opowieści, ale ta utknęła w nim jak ruda w skale. Wzięłam go za rękę.

– Cokolwiek to jest, pomogę ci.
– Nie! – Wyrwał mi się. – Nie mów tak! Muszę ci powiedzieć.

Twarz miał szarą, jakby połknął truciznę. Wiatr nadal dął, szarpiąc ubrania. Nie czułam niczego poza tą przestrzenią na kilka palców, która nas dzieliła.

– Nie było go, kiedy przypłynąłem... ojca. – Przełknął ślinę. – Poszedłem do pałacu i powiedziano mi, że jest na polowaniu. Nie zatrzymywałem się na lądzie. Zostałem na łodzi, jak mi kazałaś.

Skinęłam głową. Bałam się, że się załamie, jeśli się odezwę.

– Wieczorami trochę chodziłem po plaży. Zawsze brałem ze sobą włócznię. Nie chciałem...

Spazm przebiegł przez jego twarz.

– Był zachód słońca, kiedy przypłynęła łódź. Niewielka, jak moja, ale załadowana skarbami. Połyskiwały, gdy kołysała się na falach. Chyba zbroje... broń... misy. Kapitan zarzucił kotwicę i skoczył z dziobu.

Telegonos spojrzał mi w oczy.

– Wiedziałem. Nawet mimo dzielącej nas odległości. Był niższy, niż się spodziewałem. Ramiona miał rozłożyste jak niedźwiedź. Całkiem siwy. To mógł być jakikolwiek żeglarz. Nie potrafię wyjaśnić, skąd wiedziałem. To było tak, jakby... jakby moje oczy tylko szukały kształtów jego ciała.

Wiedziałam, o czym mówi. Czułam to samo, kiedy po raz pierwszy trzymałam go w ramionach.

– Krzyczałem do niego, ale rzucił się na mnie. Wykrzykiwał, że nie mogę go okradać i napadać na jego kraj. Da mi nauczkę.

Wyobrażałam sobie wstrząs Telegonosa. Nigdy o nic go nie oskarżono.

– Zaatakował mnie. Powiedziałem, że się myli. Że mam pozwolenie jego syna, księcia. To tylko jeszcze bardziej go rozzłościło. „Ja tu rządzę!", krzyknął.

Wiatr smagał nas i Telegonos drżał. Chciałam go objąć, ale równie dobrze mogłabym próbować uściskać dąb.

– Stanął nade mną. Twarz miał pobrużdżoną i pokrytą zaschniętą solą, ramię obandażowane i opatrunek przesączony krwią. U boku nosił nóż.

Wzrok utkwił daleko, jakby znów klęczał na tej plaży na Itace. Przypomniałam sobie pobliźnione ramiona Odysa, poznaczone setkami płytkich cięć. Lubił walkę wręcz. Mawiał, że lepiej dostać nożem w ramię niż w brzuch. Uśmiechał się w ciemnościach pokoju. „Ach, ci bohaterowie! Żebyś widziała ich miny, kiedy biegłem prosto na nich!"

– Kazał mi odłożyć włócznię. Powiedziałem, że nie mogę tego zrobić, ale on tylko się wydzierał, że mam ją odłożyć... odłożyć. Potem chciał mnie obezwładnić.

Miałam tę scenę przed oczami: Odyseusz o barach niedźwiedzia i potężnie umięśnionych nogach rzuca się na mojego syna, któremu jeszcze nie urosła broda. Nagle przypomniałam sobie wszystkie opowieści, które ukrywałam przed Telegonosem. O Odyseuszu bijącym do nieprzytomności kłótliwego Tersytesa. O tych wszystkich razach, po których krnąbrny Eurylochos miał podbite oko albo rozkwaszony nos. Odyseusz okazywał niekończącą się cierpliwość Agamemnonowi mimo jego kaprysów, lecz wobec tych, którzy stali niżej, był ostry jak zimowe sztormy. To przyprawiało go o znużenie, o obojętność na cały świat. Iluż opornych musiał zaprzęgać w nieskończoność do realizacji swoich celów, iluż głupców musiał odwodzić od ich nadziei, żeby zrealizowali jego plany. Nie ma na świecie takich ust, które potrafiłyby perswadować tak jak on. Szukał skrótów i je znajdował. Pewnie nawet odczuwał jakąś przyjemność w braniu pod but biedaków, którzy ośmielili się stanąć na drodze Najlepszemu z Greków.

Co widział tamten Najlepszy, patrząc na mojego syna? Łagodnego, pozbawionego lęku młodzieńca, który nigdy w życiu nie nagiął się do czyjejś woli.

Czułam się jak przeciążana lina, nieznośnie napięta.

– I co było potem? – spytałam.

– Pobiegłem. Do pałacu. Mogli mu powiedzieć, że nie chciałem zrobić nic złego. Ale on był taki szybki, matko.

Krótkie nogi Odysa mogły zwieść. Szybkością przerastał go tylko Achilles. Pod Troją zwyciężył we wszystkich biegach. W zapasach pokonał raz Ajaksa.

– Chwycił za włócznię i chciał mi ją wyrwać – ciągnął Telegonos. – Skórzana pochwa zleciała. Bałem się ją wypuścić. Bałem się, że...

Stał przede mną żywy, ale czułam spóźnione przerażenie. Gdyby włócznia obróciła się w jego dłoni, gdyby go drasnęła...

I wtedy dotarło do mnie, co się stało. Widziałam twarz mojego syna, która wyglądała jak spalone ściernisko. Głos łamał mu się z żalu.

– Krzyczałem, że musi uważać. Mówiłem mu, matko. Mówiłem, żeby jej nie dotykał. Ale on mi ją wyrwał. Ledwie się drasnął... czubkiem grotu o policzek.

Ogon Trygona. Śmierć, którą włożyłam synowi do ręki.

– Jego twarz tylko zastygła. Upadł. Chciałem wytrzeć truciznę, ale nawet nie znalazłem rany. Powiedziałem, że zabiorę go do mojej matki, która mu pomoże. Usta mu zbielały. Trzymałem go za ramiona. „Jestem twoim synem, nazywam się Telegonos, urodziła mnie bogini Kirke", powiedziałem. Usłyszał. Myślę, że usłyszał. Popatrzył na mnie, zanim... wyzionął ducha.

Nie mogłam wydobyć słowa. W końcu wszystko stało się jasne. Rozpacz groźnej Ateny, jej napięte rysy twarzy, gdy mówiła, że pożałujemy, jeśli Telegonos będzie żył. Bała się, że zrani osobę, którą kochała. A kogo Atena ukochała najbardziej?

Zakryłam ręką usta.

– Odyseusz...

Skulił się na to słowo jak na dźwięk klątwy.

– Próbowałem go ostrzec. Próbowałem...

Zamilkł.

Mężczyzna, z którym pokładałam się tyle nocy, zabity bronią, którą mu wysłałam, nieżywy w ramionach mojego syna. Mojry śmiały się ze mnie, z Ateny, z nas wszystkich. To był ich ulubiony, gorzki żart: ci, którzy walczą przeciwko proroctwu, tym mocniej zaciskają sobie na szyi pętlę. Pętla się zadzierzgnęła i mój biedny syn, który nigdy nikogo nie skrzywdził, nie miał drogi ucieczki. Płynął do domu sam przez wiele godzin z miażdżącym ciężarem na sercu.

Ręce miałam sparaliżowane, ale zebrałam się w sobie. Ścisnęłam go za ramiona.

– Posłuchaj – powiedziałam. – Posłuchaj mnie. Nie możesz siebie winić. O tym, co się stało, dawno temu zdecydował los, na sto różnych sposobów. Odyseusz kiedyś mi powiedział, że jego śmierć przyjdzie z morza. Myślałam, że chodzi o zatonięcie okrętu, i nie brałam pod uwagę niczego innego. Byłam ślepa.

– Powinnaś pozwolić Atenie, żeby mnie zabiła. – Telegonos przygarbił się, mówił głuchym głosem.

– Nie! – Potrząsnęłam nim, jakbym mogła odrzucić tę straszną myśl. – Nigdy bym tego nie zrobiła. Nigdy. Nawet gdybym wiedziała. Czy ty mnie słuchasz?! – wołałam zdesperowana. – Znasz opowieści. O Edypie, Parysie. Rodzice chcieli ich zamordować, a oni jednak przeżyli, żeby wypełnić swój los. To droga, którą zawsze szedłeś. Musisz znaleźć w tym pocieszenie.

– Pocieszenie? – Uniósł głowę. – On nie żyje, matko. Mój ojciec nie żyje.

Popełniłam swój stary błąd. Tak szybko biegłam na pomoc, że nie przystanęłam, żeby pomyśleć.

– Och, synu – westchnęłam. – To udręka. Też ją czuję.

Łkał. Jego łzy przemoczyły mi tunikę. Pod nagimi gałęziami razem opłakiwaliśmy mężczyznę, którego znałam i którego on nie poznał. Wspominałam szerokie dłonie Odyseusza, dłonie oracza. Suchy ton głosu precyzyjnie opisującego szaleństwa bogów i śmiertelników. Oczy, które widziały wszystko i zdradzały tak niewiele. Nie byliśmy dla siebie łatwi, ale byliśmy dobrzy. Ufał mi, a ja jemu, kiedy nie było nikogo innego. Był połową mojego syna.

Telegonos się cofnął. Łzy wolniej płynęły mu z oczu, chociaż wiedziałam, że znów się pojawią.

– Miałem nadzieję…

Urwał, ale dalszy ciąg był jasny. Jakie nadzieje mają dzieci? Że rodzice będą z nich dumni. Wiedziałam, jak boli śmierć takiej nadziei.

Położyłam mu rękę na policzku.

– Cienie w krainie podziemi dowiadują się o czynach żywych. Duch Odyseusza nie będzie miał do ciebie urazy. Usłyszy o tobie. Będzie z ciebie dumny.

Wokół nas zatrzęsły się drzewa. Wiatr zmieniał kierunek. Boreasz tchnął zimnem na świat.

– Kraina podziemi – powtórzył Telegonos. – Nie myślałem o tym. On tam będzie. Kiedy umrę, spotkam go tam. Wtedy będę mógł go błagać o wybaczenie. Będziemy mogli spędzić całą resztę czasu razem, prawda?

Energia nadziei przepełniła jego głos. Widziałam ten obraz w jego oczach: wielki wojownik kroczący ku niemu przez pole złotogłowów. On klęka na utkanych z mgły kolanach i Odyseusz gestem każe mu powstać. Zamieszkają jeden obok drugiego w domu umarłych. Jeden obok drugiego tam, gdzie mnie nigdy nie będzie dane wkroczyć.

Smutek podszedł mi do gardła, grożąc, że połknie mnie całą. Dla syna byłam gotowa dotknąć przynoszącej kalectwo trucizny. A teraz nie mogłam powiedzieć prostych słów niosących jakieś pocieszenie?

– Tak – potwierdziłam.

Jego pierś zadrżała, ale powoli się uspokajał. Otarł z policzków ślady łez.

– Rozumiesz, dlaczego musiałem ich wziąć ze sobą. Nie mogłem ich zostawić, nie po tym, co zrobiłem. Nie, kiedy poprosili, żebym ich zabrał. Są strasznie zmęczeni i pogrążeni w żałobie.

Sama byłam zmęczona, znużona czuwaniem, oszołomiona falami, które we mnie uderzyły.

– Kto?

– Królowa – wyjaśnił. – I Telemach. Czekają na łodzi.

Gałęzie wokół się poruszyły.

– Przypłynęli z tobą na Ajaję?

Zamrugał, słysząc ostrość mojego głosu.

– Oczywiście. Prosili mnie o to. Na Itace nic dla nich nie pozostało.

– Nic nie pozostało? Telemach jest teraz królem, a Penelopa królową wdową. Czemu mieliby opuścić swoją wyspę?

Zmarszczył brwi.

– Tak powiedzieli. Powiedzieli, że potrzebują pomocy. Jak mogłem kwestionować ich szczerość?

– Jak mogłeś nie zakwestionować ich szczerości?! – Czułam w gardle gulę. Słyszałam Odyseusza, jakby stał obok mnie. *To dziwne, ale pociesza mnie to, że gdybym został zabity, mój syn wypłynąłby na morze i ścigał tych, którzy pozbawili mnie życia.*

– Telemach cię zabije!

Wytrzeszczył oczy. Wysłuchał wielu historii o synach mszczących śmierć ojca, a mimo to był zaskoczony.

– Nie – rzekł powoli. – Gdyby chciał, zrobiłby to podczas rejsu.

– To niczego nie dowodzi – zasyczałam. – Jego ojciec miał tysiące forteli na podorędziu i pierwszy z nich polegał na udawaniu przyjaciela. Może Telemach zamierza skrzywdzić nas oboje. Może chce, żebym na własne oczy widziała, jak giniesz.

Zaledwie chwilę temu trzymaliśmy się w objęciach. Ale teraz cofnął się o krok.

– Mówisz o moim bracie.

Słowo „brat" w jego ustach mną wstrząsnęło. Pomyślałam o Ariadnie wyciągającej ręce do Minotaura, o bliźnie na jej szyi.

– Ja też mam braci – powiedziałam. – Wiesz, co by zrobili, gdybym była skazana na ich łaskę i niełaskę?

Mówiliśmy o śmierci jego ojca, a jednak nadal toczyliśmy starą bitwę. Strach i bogowie, strach i bogowie.

– To jedyny potomek mojego ojca, jaki pozostał na świecie. Nie odepchnę go. – Telegonos oddychał ciężko. – Nie cofnę tego, co się stało, ale przynajmniej mogę zrobić to. Jeśli nas nie przyjmiesz, odpłynę. Zabiorę ich gdzie indziej.

Był na to gotów, nie wątpiłam. Zabierze ich gdzieś daleko. Czułam rosnącą we mnie starą wściekłość, kiedy to przysięgałam, że spalę cały świat, zanim pozwolę, aby mojego syna spotkała krzywda. To ta wściekłość popchnęła mnie do tego, by stawić czoło Atenie i wypełnić obowiązek matki. Wkroczyłam w pozbawione światła głębie. Temu wielkiemu napływowi gorącej krwi towarzyszyła przyjemność. Przez głowę przelatywały mi wizje zniszczenia: ziemia spiralnym ruchem spada w ciemność, wyspy toną w morzu, wrogowie zostają przemienieni i pełzają u moich stóp. Ale nawet gdy zachłystywałam się tymi fantazjami, twarz syna nie pozwalała im się we mnie zakorzenić. Gdybym spaliła świat, Telegonos spłonąłby razem z nim.

Oddychałam głęboko, wchłaniając słone powietrze. Nie potrzebowałam takich mocy, jeszcze nie. Penelopa i Telemach może byli sprytni, lecz nie byli Ateną, a jej stawiałam opór szesnaście lat. Przeceniali swoje możliwości, jeśli myśleli, że skrzywdzą mojego syna na tej wyspie. Tu nadal działały chroniące go zaklęcia. Jego wilczyce nigdy go nie odstępowały. Moje lwice stały na stanowiskach obserwacyjnych na skałach. A ja – na brzegu, czarownica-matka Telegonosa.

– Chodź – powiedziałam. – Pokażmy im Ajaję.

*

Czekali na pokładzie. Za nimi blady dysk słońca odbijał się od zimnego nieba, kryjąc w cieniu twarze przybyszów. Zadałam sobie w duchu pytanie, czy to zaplanowali. Odyseusz powiedział mi, że połowa starcia polega na znalezieniu takiej pozycji, żeby światło słońca kłuło wroga w oczy. Ale w moich żyłach płynęła krew Heliosa i żadne światło nie mogło mnie oślepić. Widziałam ich wyraźnie. Penelopę i Telemacha. Co knują? – zastanawiałam się, czując lekkie zawroty głowy. Uklękną? Jak należy przywitać boginię, która urodziła syna twojemu mężowi? A ten syn przyczynił się do jego śmierci?

Penelopa skłoniła głowę.

– To dla nas zaszczyt, bogini. Dziękujemy ci za schronienie. – Głos miała gładki jak miód, twarz spokojną niczym lustro jeziora.

Świetnie, pomyślałam. A więc tak to przeprowadzimy. Znam tę śpiewkę.

– Bądź moim honorowym gościem – rzekłam. – Jesteś tu mile widziana.

Telemach miał u pasa nóż. Takim narzędziem ludzie patroszą zwierzęta. Mój puls przyspieszył. Sprytne. Miecz i włócznia to narzędzia wojny. Ale stare myśliwskie ostrze o poszczerbionej rękojeści nie budzi podejrzeń.

– I ty, Telemachu – dodałam.

Kiedy wymieniłam jego imię, drgnął. Spodziewałam się, że będzie przypominał Telegonosa, kipiący młodością, pełen wdzięku.

A tymczasem miał wąską, poważną twarz. Około trzydziestu lat i wyglądał starzej.

– Czy twój syn opowiedział ci o śmierci mojego ojca? – spytał.

„Mojego ojca". Słowa zawisły w powietrzu jak wyzwanie. Jego śmiałość mnie zaskoczyła. Nie spodziewałam się takiego zachowania po człowieku o jego wyglądzie.

– Tak – odparłam. – Opłakuję go. Twój ojciec był człowiekiem, o którym ludzie będą składać pieśni.

Twarz mu stężała. Jest zły, że odważam się wygłaszać epitafium po śmierci jego ojca, pomyślałam. To dobrze, że się złości. Będzie mu łatwiej o pomyłkę.

– Chodźcie – powiedziałam.

*

Wilczyce, milczące i popielate, szły płynnym krokiem wokół nas. Ja prowadziłam. Chciałam mieć trochę przestrzeni dla siebie. Chwili na ułożenie planu. Telegonos dźwigał ich rzeczy; uparł się, że to zrobi. Nie wzięli ze sobą wiele; trudno by to nazwać bagażem królewskiej rodziny, ale też Itaka to nie Knossos. Słyszałam za sobą Telegonosa, który ostrzegał gości przed zdradzieckimi miejscami, śliskimi korzeniami i głazami. Poczucie winy w jego głosie było tak wyraźne jak zimowa mgła. Przynajmniej obecność Penelopy i Telemacha chyba go zajęła, nie pozwoliła rozpaczać. Na plaży położył mi rękę na ramieniu i szepnął:

– Ona jest bardzo osłabiona, chyba nic nie jadła. Widzisz, jaka jest chuda? Powinnaś odgonić zwierzęta. I podać proste jedzenie. Możesz ugotować rosół?

Czułam się, jakbym wylądowała na obcej planecie. Odyseusz umarł, a Penelopa była na mojej głowie i musiałam gotować jej rosół. Po tych wszystkich chwilach, kiedy była dla mnie tylko imieniem, w końcu się zjawiła. Żeby się zemścić, pomyślałam. Na pewno po to. Bo jaki inny cel mógł nimi kierować?

Dotarliśmy do drzwi domu. Nadal mieliśmy miód na językach. Wejdźcie, dziękuję, zechciejcie, jesteś zbyt uprzejma. Podałam posiłek – rosół, tace sera i chleba, wino. Telegonos nakładał im na talerze i pilnował, żeby ich puchary były napełnione. Na twarzy miał nadal wypisane poczucie winy. Mój syn, który tak zręcznie pełnił obowiązki gospodarza wobec bandy żeglarzy, teraz skakał jak piesek na dwóch łapkach, licząc na ochłap wybaczenia. Zrobiło się ciemno, zapłonęły świece. Płomienie drżały od naszych oddechów.

– Czcigodna Penelopo – zagadnął ją – widzisz krosna, o których ci mówiłem? Wybacz, że musiałaś zostawić swoje, ale kiedy tylko zechcesz, możesz używać tych. Jeśli moja matka się zgodzi.

W innych okolicznościach wybuchłabym śmiechem. Stare powiedzenie głosi: dosiadanie się do krosien innej jest jak pokładanie się z jej mężem. Obserwowałam Penelopę, ciekawa, czy się skrzywi.

– Cieszę się, że mogę zobaczyć to cudo. Odyseusz często mi o nich opowiadał.

Odyseusz... Jego imię w jej ustach w moim domu. Nie zamierzałam okazać nic po sobie, jeśli ta kobieta się powściągnie.

– W takim razie może Odyseusz również ci powiedział, że zrobił je sam Dedal? – spytałam. – Nigdy nie byłam tkaczką godną takiego daru, ale ty jesteś sławna ze swoich umiejętności. Mam nadzieję, że wypróbujesz tych krosien.

– To nadmiar uprzejmości z twojej strony – odparła. – Obawiam się, że pogłoski na mój temat są przesadzone.

I tak to szło. Nie było łez, wypominania i Telemach nie rzucił się przez stół na mojego syna. Miałam jego nóż na oku, ale nosił go tak, jakby zapomniał, co ma u pasa. Nie odzywał się, a jego matka tylko z rzadka. Telegonos wyłazi ze skóry, wypełniając milczenie, widziałam jednak, że z każdą chwilą jest smutniejszy. Miał szkliste spojrzenie i lekkie dreszcze.

– Jesteście zmęczeni – powiedziałam i nie zapytawszy, czy chcą spać, dodałam: – Wskażę wam wasze izby.

Wstali, Telegonos się zachwiał. Pokazałam gościom, gdzie będą spać, przyniosłam im wodę do mycia i dopilnowałam, by zamknęli drzwi. Poszłam za synem i usiadłam na jego łóżku.

– Mogę dać ci środek na sen – zaproponowałam.

Pokręcił głową.

– Zasnę.

Rozpacz i zmęczenie sprawiły, że stał się bardziej uległy. Pozwolił się wziąć za rękę i złożył głowę na moim ramieniu. Nie broniłam się przed tą odrobiną przyjemności, jaką mi to sprawiło, gdyż rzadko pozwalał mi na taką bliskość. Pogładziłam go po włosach, nieco jaśniejszych niż włosy jego ojca. Znów dostał dreszczy.

– Śpij – mruknęłam, ale on już spał. Położyłam go łagodnie na poduszkach, okryłam i wypowiedziałam zaklęcie, które miało sprawić, że hałas i światło nie będą miały tu dostępu. Arktur dyszała u stóp łóżka.

– Gdzie reszta twojej kompanii? – spytałam ją. – Wolałabym, żeby też tu były.

Spojrzała na mnie bladymi ślepiami. „Ja wystarczę", mówiły.

Zamknęłam za sobą drzwi i przeszłam przez nocne cienie mojego domu. Nie odesłałam lwic. Zachowanie ludzi w ich obecności wiele mówiło. Penelopa i Telemach nie okazywali lęku. Może Telegonos ich ostrzegł. A może Odyseusz o nich wspominał. Na tę myśl przeszedł mnie dziwny chłód. Nasłuchiwałam, jakbym mogła usłyszeć z ich izb odpowiedź. W domu panował spokój. Spali albo może zachowywali swoje myśli dla siebie.

Kiedy weszłam do jadalni, Telemach tam był. Stał na środku, gotowy jak nałożona na cięciwę strzała. U pasa lśnił mu nóż.

A więc tak, pomyślałam. Teraz się to odbędzie. No cóż, na moich warunkach. Minęłam go, podchodząc do paleniska. Nalałam sobie wina i usiadłam. Przez cały czas nie odrywał ode mnie wzroku. Dobrze, pomyślałam. Czułam, jak moc przenika moje ciało niczym niebo przed burzą.

– Wiem, że planujesz zabić mojego syna.

Poruszyły się tylko płomienie paleniska.

– Skąd to wiesz? – spytał.

– Bo jesteś księciem i synem Odyseusza. Bo szanujesz prawa bogów i ludzi. Bo twój ojciec nie żyje, a za jego śmiercią stoi mój syn. Może zamierzasz zabrać się też za mnie. Chyba że tylko chcesz rozegrać to w mojej obecności?

Widziałam go w blasku moich własnych oczu.

– Pani, nie życzę źle tobie ani twojemu synowi – powiedział.

– Co za uprzejmość! Jestem całkowicie uspokojona.

Nie miał napęczniałych mięśni wojownika. Nie widziałam u niego blizn ani stwardniałej skóry na rękach. Ale był mykeńskim księciem, perfekcyjnie wyćwiczonym i giętkim, od kołyski sposobionym do walki wręcz. Penelopa z pewnością zadbała o jego wyszkolenie.

– Jak mogę udowodnić, że mówię prawdę? – W jego głosie słyszałam powagę.

Pomyślałam, że sobie ze mnie żartuje.

– Nie możesz. Wiem, że na synu ciąży obowiązek pomszczenia ojca.

– Temu nie zaprzeczam. – Patrzył na mnie bez drgnienia powieki. – Ale ten obowiązek jest wiążący tylko wtedy, gdy ojciec został zamordowany.

Uniosłam brew.

– Twierdzisz, że nie został? A jednak przyniosłeś do mojego domu broń.

Spojrzał na nóż, jakby zaskoczony, że go ma.

– Służy do krojenia mięsa.

– Pewnie tak. Już to sobie wyobrażam.

Dobył go zza pasa i cisnął na stół. Ostrze zadźwięczało.

– Byłem na plaży, kiedy ojciec umarł – powiedział. – Słyszałem krzyki i bałem się starcia. W ostatnich latach ojciec nie był... gościnny. Zjawiłem się za późno, ale widziałem koniec. Wyrwał włócznię. Umarł nie z ręki Telegonosa.

– Większość mężczyzn nie szuka powodów do wybaczenia śmierci ojca.

– Nie mogę się wypowiadać w imieniu większości. Upieranie się przy winie twojego syna byłoby niesprawiedliwe.

Niesprawiedliwe... Dziwne było słyszeć to słowo w jego ustach. Było jednym z ulubionych jego ojca. Tamten krzywy uśmiech, uniesione ręce. *Świat to niesprawiedliwe miejsce.* Przyjrzałam się mężczyźnie stojącemu przede mną. Mimo że wzbudzał we mnie gniew, miał w sobie coś pociągającego. Nie demonstrował dworskiej ogłady. Gesty miał proste, nawet niezgrabne. Okazywał ponure zdecydowanie jak okręt szykujący się walczyć ze sztormem.

– Musisz zrozumieć, że żadna próba skrzywdzenia mojego syna nie ma szans powodzenia – ostrzegłam go.

Rzucił okiem na gromadę lwic.

– Chyba rozumiem.

Nie spodziewałam się po nim tego rodzaju poczucia humoru, ale mnie nie rozśmieszył.

– Powiedziałeś Telegonosowi, że na Itace nic już dla ciebie nie zostało. Oboje wiemy, że czeka na ciebie tron. Czemu na nim nie zasiadasz?

– Nie jestem mile widziany na Itace.

– Dlaczego?

Nie zawahał się.

– Bo tylko się przyglądałem, kiedy ojciec zginął. Bo nie zabiłem twojego syna na miejscu. A potem, gdy płonął stos, nie płakałem.

Te słowa były wypowiedziane ze spokojem, ale miały w sobie żar świeżego paleniska. Przypomniałam sobie wyraz, który pojawił się na jego twarzy, gdy mówiłam o pomszczeniu Odyseusza.

– Nie opłakujesz ojca?

– Opłakuję. Zwłaszcza to, że nigdy nie spotkałem tego ojca, o którym wszyscy mi opowiadali.

Zmrużyłam powieki.

– Wytłumacz mi to.

– Opowiadanie nie wychodzi mi najlepiej.
– Nie proszę o opowieść. Przypłynęliście na moją wyspę. Jesteś mi winien prawdę.
Minęła chwila, po czym skinął głową.
– Usłyszysz ją.

*

Zasiadłam na drewnianym krześle, więc on zajął to inkrustowane srebrem. Dawne miejsce jego ojca. To zachowanie Odyseusza niemal od razu zwróciło moją uwagę; rozpierał się tak swobodnie na krześle jak na łożu. Telemach siedział prosto niczym uczeń wezwany do odpowiedzi. Zaproponowałam mu wino, ale odmówił.

Kiedy po wojnie Odyseusz nie wrócił do domu, powiedział, zaczęli przybywać zalotnicy aspirujący do ręki Penelopy. Potomkowie najbogatszych rodzin Itaki, ambitni synowie z sąsiednich wysp, szukający żony i tronu, jeśli był do zdobycia.

– Odmawiała im, ale rok za rokiem gnieździli się w pałacu, wyjadając zapasy, domagając się, by matka wybrała jednego z nich. Raz za razem prosiła, żeby wyjechali, lecz nie mieli zamiaru. – Dawny gniew nadal płonął w jego głosie. – Widzieli, że nie możemy im nic zrobić: młody chłopak i samotna kobieta. Kiedy robiłem im wyrzuty, tylko się śmiali.

Sama poznałam takich mężczyzn. Przegoniłam ich do chlewu.

Ale potem Odyseusz wrócił. Dziesięć lat żeglował po opuszczeniu Troi, siedem po wypłynięciu z Ajai.

– Zjawił się w przebraniu żebraka i ujawnił tylko garstce naszych. Znaleźliśmy sposób na zalotników: turniej. Ten kto naciągnąłby wielki łuk Odyseusza, miał dostać rękę mojej matki. Zalotnicy próbowali jeden po drugim i nie dawali rady. W końcu wystąpił ojciec. Jednym ruchem napiął łuk i przeszył strzałą gardło najgorszego z całej czeredy. Tak długo się ich bałem, a padali przed nim jak trawa przed sierpem. Zabił ich wszystkich.

Człowiek wojny, wyćwiczony dwudziestoma latami walk. Najlepszy z Greków po Achillesie, znów zbrojny w swój łuk. Oczywiście, że nie mieli żadnej szansy. Byli żółtodziobami, spasionymi i zepsutymi. Powstała z tego całkiem ciekawa historia: leniwi, okrutni zalotnicy oblegający wierną żonę, grożący prawowitemu następcy tronu. Zgodnie ze wszystkimi prawami – boskimi i ludzkimi – zasłużyli na karę. A Odys jawił się w tej opowieści jak uosobienie śmierci, skrzywdzony bohater przywracający światu porządek. Nawet Telegonos uznałby takie zakończenie za właściwe. Mimo to ta wizja wywoływała we mnie mdłości: Odyseusz brodzący po kostki w krwi w domu, o którym marzył tak długo.

– Następnego dnia zjawili się ojcowie zabitych – ciągnął Telemach. – Tamci wszyscy byli z wyspy. Nikanor, który miał największe stada owiec. Agaton z pasterską laską z pnia sosny. Eupeites, który pozwalał mi zrywać gruszki w swoim sadzie. To on przemówił. „Nasi synowie byli gośćmi w twoim domu, a ty ich zabiłeś. Domagamy się zadośćuczynienia". Ojciec odpowiedział: „Wasi synowie byli złodziejami i złoczyńcami". Dał znak i mój dziadek cisnął włócznię. Głowa Eupeitesa rozleciała się na kawałki, jego mózg zmieszał się z kurzem. Ojciec rozkazał zabić wszystkich, pojawiła się jednak Atena.

Więc w końcu do niego wróciła.

– Ogłosiła, że to koniec rozłamu na wyspie. Zalotnicy zapłacili słuszną cenę i nie będzie więcej rozlewu krwi. Ale następnego dnia zaczęli się pojawiać ojcowie wojowników, którzy popłynęli do Troi. „Gdzie nasi synowie? – chcieli wiedzieć. – Dwadzieścia lat czekaliśmy, żeby przywitać ich po powrocie z wojny".

Znałam historie, które Odyseusz mógł im opowiedzieć. Twojego syna zjedli cyklopi. Twojego pożarła Scylla. Twojego rozerwali na szczątki kanibale. Twój syn się upił i spadł z dachu. Giganci zatopili okręt podczas ucieczki.

– Twój ojciec miał przecież załogę, kiedy odpływał z mojej wyspy. Czy żaden z jego ludzi nie przeżył?

Zawahał się.

– Nie wiedziałaś?
– Nie wiedziałam czego? – Ledwie zadałam to pytanie, a gardło wyschło mi jak żółte piaski Ajai. Podczas burzliwego dzieciństwa Telegonosa nie miałam czasu interesować się tym, co nie dotyczyło mnie bezpośrednio, lecz teraz przypomniałam sobie proroctwo Tejrezjasza równie wyraźnie, jakbym jeszcze raz wysłuchiwała go z ust Odyseusza. – Krowy. Zjedli krowy.

Skinął głową.
– Tak.

Ci niecierpliwi, lekkomyślni ludzie przez rok żyli obok mnie. Karmiłam ich, leczyłam choroby i blizny, cieszyłam się, gdy dochodzili do zdrowia. A teraz zostali starci z powierzchni ziemi, jakby nigdy po niej nie stąpali.

– Opowiedz, jak do tego doszło.
– Kiedy okręt mijał Trinakię, sztorm zepchnął ich na wyspę i zmusił do zejścia na ląd. Ojciec trzymał straż wiele dni, ale burza trwała w nieskończoność i w końcu zasnął. – W kółko ta sama historia. – Wtedy załoga zabiła kilka krów. Dwie nimfy, które ich strzegły, były świadkami tego. Poszły do... – Znów się zawahał. Widziałam, jak się zastanawia, czy użyć słów „twojego ojca". – Boskiego Heliosa. I kiedy ojciec znów podniósł żagiel, okręt rozbił się na kawałki. Cała załoga utonęła.

Wyobraziłam sobie swoje przyrodnie siostry o złotych włosach i wymalowanych oczach, klęczące na kształtnych kolanach. „Och, ojcze, to nie nasza wina. Ukarz ich". Jakby w ogóle trzeba było go zachęcać. Helios i jego wieczna wściekłość!

Czułam na sobie wzrok Telemacha. Skupiłam się na pucharze z winem. Podniosłam go do ust.

– Mów dalej. Przyszli ich ojcowie i co się stało?
– Kiedy się dowiedzieli, że ich synów nie ma wśród żywych, zaczęli domagać się udziałów w skarbach, które tamci zdobyli, walcząc pod Troją. Odyseusz tłumaczył, że wszystkie spoczęły na dnie morza, oni jednak nie ustępowali. Wciąż przychodzili i za każdym

najściem gniew ojca rósł. Kijem stłukł Nikanora. Kleitosa zdzielił tak mocno, że ten upadł. „Chcesz wiedzieć, co naprawdę stało się z twoim synem? Był głupcem i chwalipiętą. Był chciwy, durny i nie słuchał bogów".

Przeżyłam wstrząs, dowiadując się, że powiedział coś takiego ojcom, którzy stracili synów. Z jednej strony, chciałam zaprzeczyć, powiedzieć, że to do niego niepodobne. Z drugiej – potrafiłam sobie wyobrazić Odyseusza, jak rozkłada ręce i wzdychając, mówi: „Taki los dowódcy. Ludzie są szaleni. Czyż to nie tragedia rodzaju ludzkiego, że niektórzy muszą jak osły skosztować kija, zanim przejrzą na oczy?". Jedyna różnica polegała na tym, że Telemach wyraził się bez ogródek.

– Potem trzymali się z dala od pałacu – kontynuował – ale ojciec wciąż był podejrzliwy. Był pewien, że tamci spiskują przeciwko niemu. Rozkazał wartom strzec pałacu dzień i noc. Mówił o tresowanych psach i wykopaniu rowów, by wyłapać złoczyńców, którzy przyjdą nocą. Planował zbudować wielką palisadę. Jakbyśmy byli oblężoną twierdzą. Powinienem wtedy coś powiedzieć. Wciąż jednak miałem nadzieję, że mu to minie.

– A twoja matka? Co ona o tym myślała?

– Nie zaglądam do głowy mojej matki. – W jego głosie pojawił się bezbarwny ton. Przypomniałam sobie, że przez cały wieczór nie zamienili słowa.

– Wychowywała cię. Coś musisz sobie wyobrażać.

– Nie ma takiego człowieka, który przewidziałby czyny mojej matki. – Teraz jego głos nie był już bezbarwny, stał się gorzki.

Czekałam. Dostrzegłam, że milczenie bardziej popycha go do mówienia niż słowa.

– Był czas, kiedy zwierzaliśmy się sobie ze wszystkiego – powiedział. – Co noc ustalaliśmy razem strategię przeciwko zalotnikom, decydowaliśmy, czy powinna do nich zejść, czy nie, przemówić wyniośle czy ustępliwie, czy ma podać dobre wino, czy powinniśmy doprowadzić do konfrontacji. Gdy byłem dzieckiem, spędzaliśmy razem każdy dzień. Zabierała mnie, żebym popływał, a potem siadywaliśmy pod drzewem i przyglądaliśmy się mieszkańcom Itaki zajmującym się swoimi sprawami. Znała historię każdego, kto nas mijał, i opowiadała mi ją, bo uważała, że należy rozumieć przyszłych poddanych.

Patrzył w przestrzeń. W blasku paleniska dostrzegłam ślady po złamaniu nosa, którego wcześniej nie widziałam. Po starym złamaniu.

– Kiedy martwiłem się o życie ojca, kręciła głową. „Nie bój się o niego. Jest za sprytny, żeby dać się zabić, zna wszystkie słabości ludzkiego serca i wie, jak je wykorzystać. Przeżyje wojnę i wróci do domu". I słowa matki podnosiły mnie na duchu, bo zawsze się spełniały.

Odyseusz nazwał ją niezawodnym łukiem. Nieruchomą gwiazdą. Kobietą, która znała samą siebie.

– Raz spytałem, jak to robi, że tak doskonale rozumie świat. Odparła, że trzeba zachować idealny spokój, nie okazywać emocji i pozwolić innym się odsłaniać. Próbowałem tego, ale tylko ją rozbawiłem. „Byk lepiej ukryłby się na plaży, niż ty ukrywasz swoje myśli!", powiedziała.

To prawda, nie był skryty. Na twarzy miał wypisany ból. Współczułam mu, lecz szczerze mówiąc, również zazdrościłam. Nam, Telegonosowi i mnie, nigdy nie groziła utrata bliskości.

– A potem ojciec wrócił i nasze życie się zmieniło. Był jak letnia burza, grom na jasnym niebie. W jego obecności wszystko bladło.

Znałam tę sztuczkę Odyseusza. Widywałam ją przez rok, dzień w dzień.

– Poszedłem do niej dzień po tym, jak pobił Nikanora. „Boję się, że ojciec posuwa się za daleko", powiedziałem, a ona nie oderwała oczu od krosien. Powiedziała tylko, że musimy dać mu czas.

– I czas pomógł?

– Nie. Kiedy umarł dziadek, ojciec, bogowie wiedzą czemu, winił Nikanora i zastrzelił go z wielkiego łuku. Trupa zostawił na plaży na żer ptakom. Wtedy mówił już tylko o spiskach, o tym, że ludzie na wyspie gromadzą broń przeciwko niemu, że służba przykłada ręce do zdrady. Wieczorami krążył przed paleniskiem i wciąż plótł o strażach, szpiegach i o tym, jak się bronić przed atakiem.

– A nie doszło do zdrady? Do buntu?

– Bunt na Itace? – Pokręcił głową. – Nie mamy na to czasu. Bunty są dla ludzi mieszkających na zamożnych wyspach albo dla tych, których los tak przygniótł, że nie mają wyboru – dodał i kontynuował: – Mnie tymczasem opanował gniew. Powiedziałem ojcu, że nie ma żadnych spisków, że nigdy ich nie było i że lepiej by zrobił, przyjaźniej traktując ludzi, a nie snując plany, jak ich zabić. Uśmiechnął się do mnie. „Wiesz, że Achilles poszedł na wojnę, mając siedemnaście lat? – spytał. – Nie był najmłodszym wojownikiem pod Troją. Trzynasto-, czternastoletni chłopcy okrywali się tam chwałą. Przekonałem się, że odwaga to nie sprawa wieku, lecz niezłomności umysłu".

Nie naśladował ojca, nie zależało mu na tym. Ale rytm jego słów oddawał poufały, łagodny ton głosu Odyseusza.

– Oczywiście chciał dać do zrozumienia, że przynoszę mu hańbę. Że jestem tchórzem. Powinienem w pojedynkę pokonać zalotników. Bo miałem już piętnaście lat, kiedy pojawił się pierwszy z nich. Powinienem umieć strzelać z wielkiego łuku, a nie tylko nakładać cięciwę na łęczysko. Pod Troją nie przeżyłbym jednego dnia.

Wyobraziłam sobie tamtą scenę: dym unoszący się z paleniska, woń starego brązu, moszczu z wyciśniętych oliwek. I Odyseusza sprawnie narzucającego synowi poczucie winy.

– Powiedziałem mu, że teraz jesteśmy na Itace. Wojna się skończyła i wszyscy o tym wiedzą poza nim. To go rozgniewało. Przestał się uśmiechać. „Jesteś zdrajcą! – krzyknął. – Chcesz mojej śmierci, żeby przejąć tron. Może nawet knujesz, jak przyspieszyć moje odejście?"

Głos mu nie zadrżał, był niemal pozbawiony emocji, ale Telemach tak mocno zacisnął ręce na poręczach krzesła, że zbielały mu kłykcie.

– Powiedziałem mu, że to on zhańbił nasz dom. Pysznił się wojną, ale nam przywiózł tylko śmierć. Jego ręce nigdy nie będą czyste i moje też nie, bo wszedłem za nim w jezioro krwi, którą rozlał, i będę tego żałował po kres moich dni. Po tym byłem skończony. Zostałem wykluczony z narad. Nie mogłem przekroczyć progu wielkiej sali. Słyszałem, jak krzyczał do matki, że wykarmiła węża.

W izbie zapadła cisza. Wyczuwałam, że ciepło paleniska gasło i umierało w zetknięciu z powietrzem zimy.

– Prawda jest taka – odezwał się po chwili – że chyba wolałby, żebym naprawdę był zdrajcą. Takiego syna potrafiłby przynajmniej zrozumieć.

Przyglądałam mu się, gdy mówił, dopatrywałam się manier Odyseusza, jego stałych sztuczek – pauz i uśmiechów, kpiącego tonu i lekceważących gestów, wszystkiego, co służyło temu, by przekonać rozmówcę, uwieść go i przede wszystkim uspokoić. Nie dopatrzyłam się żadnej z tych rzeczy. Telemach mówił prosto.

– Potem poszedłem do matki, ale postawił straże, żebym się z nią nie zobaczył, a kiedy krzyknąłem do niej, odparła, że muszę być cierpliwy i nie wolno mi go prowokować. Odzywała się do mnie tylko moja stara piastunka, Eurykleja, która wychowywała również ojca. Gdy siedzieliśmy przy palenisku, jedząc rybę, powtarzała mi, że nie zawsze był taki. Niedługo potem umarła, lecz ojciec nie odczekał, aż jej stos pogrzebowy spłonie. Powiedział, że ma dość życia pośród popiołów. Wybrał się na morze łodzią wiosłową i wrócił po miesiącu ze złotymi pasami, pucharami, nowym napierśnikiem i zaschniętą krwią na odzieży. Nigdy nie widziałem go równie szczęśliwego. Ale ten nastrój nie trwał długo. Następnego ranka pieklił się na nieporadnych służących, bo wielka sala była zadymiona.

Widywałam Odyseusza w takim nastroju. Każda ludzka wada doprowadzała go do gniewu: marnotrawstwo, głupota, powolność. Nawet przedmioty i przyroda wywoływały w nim wściekłość: bzyczące muchy, wypaczające się drewno czy ciernie, które rozrywały mu tunikę. Kiedy żył ze mną, usuwałam to wszystko, otulając go magią i boskością. Może dlatego był tak szczęśliwy. Nazywał nasz czas idyllą. Nie wiem, czy „iluzja" nie byłaby lepszym słowem.

– Wypływał na te łupieżcze wypady każdego miesiąca – ciągnął Telemach. – Dochodziły nas wieści, w które trudno było uwierzyć. Wziął sobie nową żonę, królową jednej z wysp. Rządził tam w szczęściu między krowami i jęczmieniem. Nosił złoty diadem, ucztował do brzasku, pochłaniał całe dziki i zaśmiewał się do rozpuku. Spłodził kolejnego syna.

Miał oczy Odyseusza. Kształt, barwę, nawet intensywność spojrzenia. Tylko nie wyraz: spojrzenie jego ojca zawsze było nastawione na pozyskanie rozmówcy, przymilenie się. Wzrok Telemacha nie wyrażał niczego.

– Było w tym coś z prawdy? – spytałam.

Wolno wzruszył ramionami.

– Kto to może wiedzieć? Może sam zaczął rozpuszczać te plotki, żeby nas zranić. Powiadomiłem matkę, że kozy potrzebują jeszcze jednego pasterza, i zamieszkałem w opuszczonym szałasie na zboczu wzgórza. Ojciec spiskował i szalał, ale ja nie musiałem tego oglądać. Matka żyła o kawałku sera przez cały dzień i ślepła przy krosnach, lecz na to też nie musiałem patrzeć.

Kłody w palenisku spłonęły; ich resztki jaśniały bielą, łuszcząc się na popiół.

– Żyliśmy w takiej nędzy i rozpaczy, gdy zjawił się twój syn. Jasny niczym wschód słońca, słodki jak dojrzały owoc. Nosił tę zabawnie wyglądającą włócznię i przywiózł nam wszystkim podarki: srebrne misy, płaszcze i złoto. Miał przystojną twarz z nadzieją bijącą z niej jak blask od słońca. Miałem ochotę nim potrząsnąć. Myślałem, że kiedy ojciec wróci, ten chłopiec się przekona, że życie to nie pieśń poety. I tak się stało.

Księżyc odsunął się od okna i izbę zasnuły cienie. Ręce Telemacha spoczywały na kolanach.

– Próbowałeś mu pomóc – powiedziałam. – To dlatego pobiegłeś na plażę.

– Jak się okazało, nie potrzebował mnie – odparł ze wzrokiem utkwionym w popiele.

Dawniej często sobie wyobrażałam Telemacha. Jako cichego chłopca, który wyczekuje Odyseusza, jako rozpłomienionego młodzieńca, którego żądza zemsty sięga poza lądy i morza. Ale okazał się wyzutym z sił mężczyzną o zgaszonym głosie. Był jak ci posłańcy, którzy przebiegają wielkie odległości, niosąc królom wieści. Przekazują je wraz z ostatnim tchnieniem, padają na ziemię i nie powstają.

Odruchowo wyciągnęłam rękę i położyłam na jego ramieniu.

– Nie jesteś taki jak on. Nie daj mu się zawlec za sobą.

Przez chwilę patrzył na moją dłoń, a potem uniósł głowę, spoglądając mi w oczy.

– Litujesz się nade mną. Nie rób tego. Ojciec kłamał co do wielu spraw, ale miał rację, nazywając mnie tchórzem. Przez tyle lat pozwoliłem mu zachowywać się tak, jak się zachowywał, szaleć, bić służbę, krzyczeć na moją matkę i obracać nasz dom w popiół. Kazał mi pomóc wybić zalotników i zrobiłem to. Potem kazał mi zabić wszystkich, którzy im pomagali, i to też zrobiłem. Później rozkazał mi zebrać wszystkie niewolnice, które chociaż raz poszły do łoża z jednym z nich, i zmusić je, żeby starły z podłogi krew, a kiedy skończą, je także zabić.

Jego słowa mną wstrząsnęły.

– Te dziewczęta nie miały wyboru. Twój ojciec musiał o tym wiedzieć.

– Mój ojciec kazał mi je poćwiartować jak ubitą zwierzynę. – Nie spuszczał ze mnie wzroku. – Nie wierzysz?

Przyszła mi na myśl nie jedna opowieść, ale tuzin. Odyseusz ukochał zemstę. Jeśli wydawało mu się, że ktoś go zdradził, miał dla niego tylko nienawiść.

– Zrobiłeś, co ci kazał?

– Nie. Zamiast poćwiartować, powiesiłem je. Znalazłem linę, podzieliłem na dwanaście kawałków i zawiązałem pętle. – Każde słowo było jak ostrze, którym się kaleczył. – Nigdy nie widziałem, jak się to robi, ale z dzieciństwa zapamiętałem opowieści, w których kobiety się wieszały. Jakoś pomyślałem, że tak będzie właściwiej, litościwiej. Teraz wiem, że zamiast je wieszać, powinienem użyć miecza. Nigdy nie widziałem takiego potwornego, powolnego konania. Do końca moich dni będę miał przed oczami podrygujące nogi tamtych dziewcząt. Dobranoc, boska Kirke.

Zabrał ze stołu nóż i wyszedł.

*

Burza przeszła i nocne niebo znów się oczyściło. Wyszłam z domu i spacerowałam, bo potrzebowałam dotyku świeżej bryzy na skórze, ziemi delikatnie ustępującej pod stopami. Musiałam zatrzeć w pamięci upiorny obraz ciał podrygujących na stryczkach. Wysoko w górze szybowała moja ciotka, ale już nie zawracałam jej głowy. Lubiła podglądać kochanków, lecz ja od dawna się do nich nie zaliczałam. Może nigdy.

Wyobraziłam sobie twarz Odyseusza, kiedy zabijał zalotników jednego po drugim. Przyglądałam mu się, gdy rąbał drewno. Robił to jednym szybkim, gładkim ruchem, ciął do pniaka. Tamci umierali u jego stóp, ich krew plamiła go do kolan. Odnotowywał ich śmierć chłodno, z dystansem jak rachmistrz przy liczydle. „Ten załatwiony".

Emocje pojawiały się potem. Gdy stał w tej rzeźni, pośród nieruchomych ciał, kipiąc wściekłością, która domagała się podtrzymania. Więc jej ulegał – podsycał w sobie ogień. Ludzie, którzy pomagali zalotnikom, pokładające się z nimi niewolnice, ojcowie, którzy ośmielili się mu przeciwstawić. Nie wiadomo, ilu by zginęło, gdyby nie interwencja Ateny.

A ja? Jak długo zapełniałabym mój chlew, gdyby Odyseusz nie przypłynął? Pamiętam tę noc, kiedy spytał mnie o świnie.

– Powiedz mi, jak decydujesz, który człowiek zasługuje na karę, a który nie. Jak możesz być pewna, że czyjeś serce jest zepsute, a inne czyste? A jeśli się mylisz?

Byłam wtedy rozgrzana winem i ogniem, połechtana jego zainteresowaniem.

– Weźmy na przykład taką załogę okrętu – zaczęłam. – Niewątpliwie między nimi jedni są lepsi, drudzy gorsi. Niektórzy rozkoszują się gwałtem i piractwem, a inni dopiero świeżo zakosztowali takiego życia i są jeszcze żółtodziobami. Niektórym nie śniłoby się rabować, chyba że ich rodziny umierałyby z głodu. Są tacy, którzy wstydziliby się po fakcie, inni dopuściliby się zła tylko z rozkazu kapitana albo uważaliby, że skoro wszyscy wokół je czynią, to ich postępki zginą w tłumie.

– A więc których przemieniasz, a których puszczasz wolno? – spytał.

– Przemieniam wszystkich – odparłam. – Przybyli do mojego domu. Czemu miałoby mnie obchodzić, co przynoszą w sercach?

Uśmiechnął się i podniósł kielich do ust.

– Pani, jesteśmy jednakiej myśli.

Sowa musnęła mi skrzydłem głowę. Usłyszałam szelest w trawie, trzask dzioba. Mysz zapłaciła życiem za nieostrożność. Byłam zadowolona, że Telemach nie miał pojęcia o tamtej rozmowie z jego ojcem. Chełpiłam się, demonstrowałam bezwzględność. Czułam się nietykalna, uzbrojona w kły i moc. Prawie nie pamiętałam tamtych emocji.

Odyseusz z wielkim upodobaniem udawał człowieka, który jest jak wszyscy, lecz nie było nikogo takiego jak on i gdy odszedł, nikt jemu podobny nie kroczył po ziemi. Lubił powtarzać, że wszyscy bohaterowie to głupcy, podczas gdy tak naprawdę mówił: „Wszyscy poza mną". Więc kto miał go poprawić, kiedy popełniał błąd? Na plaży popatrzył na Telegonosa i dojrzał w nim pirata. W wielkiej sali patrzył na Telemacha i widział w nim spiskowca. Ale może żaden rodzic nie potrafi ocenić charakteru swojego dziecka. Patrząc na nie, widzi tylko własne błędy.

Dotarłam do gaju cyprysów. W ciemnościach gałęzie wydawały się czarne i kiedy je mijałam, poczułam na twarzy igły, a w nozdrzach lepką woń soku. Lubiłam to miejsce. Przypominało mi, jak gładził dłonią pnie. Patrzył na świat jak na drogocenny kamień, wart uwielbienia, szukał światła na jego rozlicznych fasetkach. Widok porządnie zrobionej łodzi, zdrowego drzewa, dobrze opowiedziana historia sprawiały mu przyjemność. Tę jego cechę lubiłam chyba najbardziej.

Nikt taki jak on nie stąpał już po ziemi, a jednak była na niej bliska mu osoba i teraz spała w moim domu. Telemacha nie musiałam się obawiać, ale jej? Czy knuła, że nawet teraz rozorze szyję mojego syna, dopełni zemsty? Cokolwiek była gotowa uczynić, moje zaklęcia ją powstrzymają. Nawet Odyseusz nie mógł słowami dać rady czarom. Choć słowami dał radę czarownicy.

Na trawie gromadziła się rosa. Kiedy szłam, czułam chłód, a moje stopy wyglądały jak posrebrzane. Telemach pewnie leżał w łóżku, wpatrywał się w tę samą ciemność, która rwała się na wschodzie niczym czarna koronka. Przypomniałam sobie jego twarz, kiedy mówił o wieszanych dziewczynach. Zachował pamięć tamtej chwili niczym gorejące żelazo wgryzające się w ciało. Może powinnam dłużej z nim porozmawiać. Mogłabym mu powiedzieć, że nie on pierwszy zabijał dla Odyseusza. Kiedyś cała armia używała swej broni, wypełniając to zadanie. Mało znałam Telemacha, mimo to nie wydawało mi się, żeby moje słowa przyniosły mu pocieszenie. Wyobraziłam sobie jego pełną goryczy twarz i słowa: „Wybacz, pani, ale nie cieszy mnie to, że nie jestem największym złoczyńcą na świecie".

Nie zgadłabym, że ze wszystkich synów świata on właśnie jest potomkiem Odyseusza. Był sztywny jak herold, szczery do bólu.

Nie krył odniesionych ran. Kiedy go dotknęłam, na jego twarzy pokazało się coś, czego nie potrafiłam nazwać. Zaskoczenie połączone z czymś w rodzaju niesmaku. No cóż, nie musiał się obawiać. Więcej tego nie zrobię.
Ta myśl zaprowadziła mnie do domu.

*

Patrzyłam, jak słońce oświetla krosna. Przygotowałam chleb, sery, owoce i kiedy usłyszałam, że syn wstaje z łóżka, podeszłam do jego drzwi. Z ulgą zobaczyłam, że nie jest tak zgaszony jak wczoraj, ale pozostał smutny, przytłoczony świadomością, że ojciec nie żyje.
Wiedziałam, że długo będzie się budził z tą myślą.
– Rozmawiałam z Telemachem – oznajmiłam. – Nie myliłeś się co do niego.
Uniósł brwi, jakby chciał powiedzieć: „Myślisz, że nie widzę tego, co mam przed oczami? Czy tylko przyznajesz się do błędu?".
– Cieszę się, że tak uważasz – rzekł.
– Chodź. Przygotowałam śniadanie. Telemach chyba się budzi. Nie zostawisz go samego z lwicami?
– Nie przyjdziesz?
– Mam zaklęcia do rzucenia.
Nie mówiłam prawdy. Wróciłam do siebie i słuchałam, jak mój syn rozmawia z synem Odyseusza o łodzi, jedzeniu, niedawnym sztormie. Esencji zwyczajności. Telegonos zasugerował, żeby poszli i wciągnęli łódź do jaskini. Telemach się zgodził. Rozległo się szuranie dwóch par stóp na kamiennej podłodze i trzasnęły zamykane drzwi. Wczoraj uznałabym, że to szaleństwo, pozwolić wyjść im razem. Dzisiaj to było błogosławieństwo dla mojego syna. Poczułam ukłucie zażenowania... Telemach i Telegonos. Wiedziałam, jak to wygląda: że nazwałam syna jak psa, który drapie w drzwi, nie mogąc wejść do środka. Ale też mogłabym się wytłumaczyć: nigdy nie przypuszczałam, że się poznają. To imię było przeznaczone tylko do mojego użytku. Znaczyło „urodzony daleko". Tak, od ojca,

lecz również od mojego ojca. Od mojej matki i Okeanosa, Minotaura i Pazyfae, i Ajetesa. Urodzony dla mnie, na mojej wyspie. Ajai. Nie zamierzałam za to przepraszać.

Wczoraj przyniosłam włócznię i stała oparta o ścianę sypialni. Zdjęłam skórzaną pochwę. Na lądzie ogon płaszczki – przezroczysty i nierówny – wyglądał jeszcze dziwniej. Obróciłam go, patrząc, jak światło odbija się na nieskończenie drobnych kroplach trucizny skupionych na zadziorach. Muszę ją zwrócić, powiedziałam sobie. Jeszcze nie, odezwał się głos w mojej głowie.

Z głębi korytarza usłyszałam odgłosy kolejnego przebudzenia. Pomyślałam o ludziach, którzy przez lata wyjawiali mi swoje tajemnice; tymczasem Penelopa starannie je gromadziła. Nałożyłam z powrotem skórzaną pochwę i otworzyłam okiennice. Był piękny poranek; w powietrzu czuło się pierwsze oznaki kiełkującej wiosny.

Zgodnie z moimi oczekiwaniami rozległo się pukanie do drzwi.

– Drzwi są otwarte – rzuciłam.

Stanęła w progu. Miała na sobie jasny płaszcz narzucony na szarą suknię – wszystko jak utkane z pajęczyny.

– Przyszłam powiedzieć, że czuję wstyd. Wczoraj nie wyraziłam jak należy swojej wdzięczności. Nie chodzi mi tylko o to, że gościsz mnie i Telemacha, ale również o to, że przyjęłaś pod dach mojego męża.

Jej głos brzmiał tak łagodnie, że nie dało się ocenić, czy w jej podziękowaniach jest drugie dno. Jeśli tak, miała do tego prawo.

– Opowiedział mi, jak mu pomogłaś w dalszej wyprawie. Nie przeżyłby bez twoich rad.

– Przypisujesz mi zbyt wiele zasług. Odyseusz był mądry.

– Bywał mądry. – Jej oczy miały barwę górskiego jesionu. – Czy wiesz, że po tym, jak cię opuścił, wylądował u innej nimfy? U Kalipso. Zakochała się w nim i miała nadzieję, że zostanie jej nieśmiertelnym małżonkiem. Siedem lat zatrzymywała go na wyspie, ubierała go w boskie płótna i karmiła delicjami.

– Nie okazał jej wdzięczności.

– Nie. Odmówił jej i modlił się do bogów, by go uwolnili. W końcu ją zmusili, żeby pozwoliła mu odpłynąć.

Jeśli pozwoliła sobie na satysfakcję w głosie, nie potrafiłam jej dosłyszeć.

– Kiedy twój syn przypłynął, pomyślałam, że to ona go urodziła. Przyjrzałam się jednak splotowi tkaniny jego płaszcza i przypomniałam sobie krosna Dedala.

Dziwne, jak wiele o mnie wiedziała. Ale z drugiej strony ja też słyszałam o niej co nieco.

– Kalipso mu dogadzała, a ty zmieniłaś jego załogę w świnie. Mimo to wolał ciebie. Nie uważasz, że to dziwne?

– Nie – odparłam.

Prawie się uśmiechnęła.

– No tak.

– Nie miał pojęcia o dziecku – powiedziałam.

– Wiem. Nigdy by tego przede mną nie ukrył. – Tym razem jej słowa miały drugie dno.

– Wczoraj rozmawiałam z twoim synem.

– Ach tak? – Wydało mi się, że słyszę w jej głosie dziwny ton.

– Wyjaśnił mi, dlaczego musieliście odpłynąć z Itaki. Współczuję.

– Twój syn był tak dobry, że nas ze sobą zabrał. – Jej wzrok spoczął na ogonie Trygona. – Czy to działa tylko raz, jak trucizna pszczoły? Czy odradza się jak u węża?

– Może otruć tysiąc razy, a nawet więcej. Bez końca. To miało powstrzymać boginię.

– Telegonos opowiadał nam, że stawiłaś czoło samej Wielkiej Płaszczce.

– Tak.

Skinęła, jakby potwierdzała coś w duchu.

– Mówił również, że podjęłaś dalsze kroki – dodała. – Że rzuciłaś na wyspę zaklęcie i żaden bóg, nawet z Olimpu, nie ma na nią wstępu.

– Bogowie śmierci mają – poprawiłam ją. – Inni nie.

– Masz szczęście, że możesz się postarać o taką ochronę. – Z plaży dobiegły niewyraźne okrzyki; nasi synowie mocowali się z łodzią.

– Jestem zażenowana, że cię o to proszę, ale odpływając z Itaki, nie zabrałam czarnego płaszcza. Czy masz coś czarnego, co mogłabym włożyć? Będę nosić żałobę po mężu.

Patrzyłam na nią stojącą w drzwiach; tyle w niej było energii co w księżycu na jesiennym niebie. Jej szare oczy wpatrywały się bez drgnienia. Mówi się, że kobiety są delikatnymi stworzeniami, jak kwiaty, skorupki jajka, że wystarczy moment nieuwagi, by je zmiażdżyć. Nawet jeśli kiedyś w to wierzyłam, to w tym momencie przestałam.

– Nie – odparłam. – Ale mam włóczkę i krosna. Chodź.

ROZDZIAŁ DWUDZIESTY DRUGI

Przebiegła palcami po wspornikach krosien, pogładziła nić wątku, jak koniuszy wita cennego ogiera. Nie zadawała pytań; wyglądało na to, że wystarczy jej dotknąć urządzenia, by odgadnąć metodę jego działania. Blask dnia lśnił na rękach Penelopy, jakby pragnął je oświetlać, gdy zacznie tkać. Ostrożnie zdjęła skończoną w połowie makatę i naciągnęła czarną przędzę. Ruchy miała precyzyjne, ani jednego niepotrzebnego gestu. Odyseusz powiedział, że jest pływaczką; długie kończyny bez wysiłku prowadziły ją do celu.

Na niebie zaszła zmiana. Chmury zawisły tak nisko, że niemal muskały okna; słyszałam dudnienie pierwszych ciężkich kropel deszczu. Telemach i Telegonos wpadli do środka, mokrzy po wciąganiu łodzi na ląd. Mój syn na widok Penelopy przy krosnach pospieszył do niej, wydając okrzyki podziwu. Ja jednak patrzyłam na Telemacha. Twarz mu stężała i gwałtownie odwrócił się do okna.

Południowy posiłek, który podałam, jedliśmy niemal w milczeniu. Deszcz ustał. Nie mogłam znieść myśli, że będę przez całe popołudnie siedziała w zamknięciu, więc wyciągnęłam syna na długi spacer brzegiem morza. Mokry piasek był tak twardy, że odciski naszych stóp wydawały się niczym wycięte nożem. Wzięłam Telegonosa za rękę i splotłam palce z jego palcami, a on ku mojemu zaskoczeniu nie wyrwał się. Wczorajsze dreszcze zniknęły, wiedziałam jednak, że powrócą.

Było dopiero wczesne popołudnie, lecz w powietrzu coś wisiało, coś mrocznego i zasłaniającego widok jak welon na oczach. Dręczyło mnie wspomnienie rozmowy z Penelopą. Wtedy czułam się sprytna i zręczna, ale kiedy teraz odtwarzałam w myślach naszą wymianę zdań, zdałam sobie sprawę, jak mało powiedziała mi ta kobieta. Zamierzałam ją odpytać, a skończyłam na pokazywaniu krosien.

Choć słowami dał radę czarownicy.

– Czyj to był pomysł, żeby tu przypłynąć? – odezwałam się.

Bezpośredniość mojego pytania sprawiła, że zmarszczył brwi.

– Czy to ważne?

– Jestem ciekawa.

– Nie pamiętam. – Ale nie chciał spojrzeć mi w oczy.

– Nie twój – powiedziałam.

Zawahał się.

– Nie. Ja zasugerowałem Spartę.

To się samo narzucało. W Sparcie żył ojciec Penelopy. Jej kuzyn był tam królem. Wdowa byłaby tam mile widziana.

– Więc nie powiedziałeś niczego o Ajai.

– Nie. Myślałem, że to byłoby... – Urwał. Oczywiście, „niedelikatne".

– Więc kto pierwszy wspomniał o wyspie?

– Może królowa. Chyba napomknęła, że nie chciałaby płynąć do Sparty, bo miałaby za mało czasu.

Starannie dobierał słowa. Krew szybciej krążyła mi w żyłach.

– Czasu na co?

– Nie powiedziała.

Penelopa tkaczka, która potrafiła wpleść każdego w swój wzór.

Przedzieraliśmy się przez kępy gęstych krzewów, idąc zygzakiem pod ciemnymi mokrymi gałęziami.

– To dziwne. Czy uznała, że rodzina nie chce jej u siebie? Czy między nią i Heleną doszło do rozdźwięku? Wspomniała coś o wrogach?

– Nie mam pojęcia, o czym mówisz. Oczywiście, że nie wspomniała o wrogach.
– Co mówił Telemach?
– Nie było go przy tamtej rozmowie.
– Ale kiedy się dowiedział, że płyniecie na Ajaję, był zaskoczony?
– Matko...
– Tylko powtórz mi jej słowa. Dokładnie tak, jak zapamiętałeś.

Zatrzymał się na ścieżce.
– Myślałem, że już ich nie podejrzewasz.
– Nie o zemstę. Ale mam inne wątpliwości.

Westchnął ciężko.
– Dokładnie nie pamiętam. Ani jej słów, ani w ogóle niczego. To wszystko jest szare jak mgła. Wciąż jest szare.

Na jego twarzy pojawił się ból. Nie odezwałam się już, ale kiedy szliśmy dalej, w głowie wciąż obracałam myśl zrodzoną z ich przybyciem, jakbym usiłowała rozwiązać węzeł. Pod płaszczem z pajęczyny kryła się tajemnica. Penelopa nie chciała płynąć do Sparty. Wolała się udać na wyspę kochanki męża. I potrzebowała czasu. Na co?

Gdy dotarliśmy do domu, pracowała przy krosnach. Telemach stał przy oknie. Ręce przyciskał do boków, w powietrzu wisiało napięcie. Kłócili się? Spojrzałam na Penelopę, lecz pochylała się nad robotą i jej twarz niczego nie wyrażała. Nikt nie krzyczał, nie łkał, pomyślałam jednak, że wolałabym awanturę od tego napięcia bez słów.

Telegonos odchrząknął.
– Jestem spragniony. Kto jeszcze chciałby się napić?

Przyglądałam mu się, kiedy otwierał dzban i nalewał. Mój syn o walecznym sercu. Nawet w smutku usiłował podnieść nas na duchu, przeprowadzić od jednego momentu do drugiego. Lecz niewiele mógł zrobić. Popołudnie ciągnęło się w milczeniu. Kolacja też. Gdy tylko jedzenie zniknęło, Penelopa wstała.
– Jestem zmęczona – oznajmiła.

Mój syn został chwilę dłużej, w końcu jednak, gdy pojawił się księżyc, ziewnął i poszedł spać. Wysłałam za nim Arktur. Spodziewałam się, że Telemach pójdzie w jego ślady, ale kiedy się odwróciłam, wciąż siedział przy stole.

– Myślę, że masz opowieści o moim ojcu – rzekł. – Chciałbym je usłyszeć.

Jego śmiałość mnie zaskoczyła. Przez cały dzień trzymał się na uboczu; nieśmiały i prawie niewidoczny, unikał mojego wzroku. A potem nagle staje przede mną, jakby na mojej wyspie przybyło mu pięćdziesiąt lat. Nawet Odyseusz podziwiałby tę sztuczkę.

– Pewnie z góry znasz wszystko, co mogę opowiedzieć – odparłam.

– Nie. – To słowo zabrzmiało jak gong. – Opowiedział matce swoje losy, ale kiedy ja go pytałem, zawsze mówił, że powinienem rozmawiać z pieśniarzem.

Okrutna odpowiedź. Zastanawiałam się, co kierowało Odyseuszem. Czy tylko sama niechęć? Jeśli miał inny cel, nigdy go nie poznamy. Wszystko, co zrobił za życia, teraz musimy oceniać po pozorach.

Zabrałam swój puchar i podeszłam do paleniska. Sztorm powrócił. Dął z całych sił, spowijając dom wiatrem i wilgocią. Penelopa i Telegonos byli blisko, w głębi korytarza, lecz wokół nas zgromadziły się cienie i miałam wrażenie, że tamtych dwoje jest na drugim końcu świata. Tym razem zasiadłam na srebrnym krześle. Czułam chłodne intarsje, krowie skóry przesunęły się trochę pode mną.

– Co chcesz usłyszeć? – spytałam.

– Wszystko. Wszystko, co wiesz.

Nawet nie brałam pod uwagę wersji, które opowiedziałam Telegonosowi, szczęśliwych zakończeń i niegroźnych ran. Nie był moim dzieckiem; w ogóle nie był dzieckiem, lecz dorosłym mężczyzną, który domagał się swojego dziedzictwa.

Dałam mu je. Zamordowanie Palamadesa i porzucenie Filokteta. Odyseusz fortelem wywabiający Achillesa z kryjówki i ściągający go na wojnę. Odyseusz zakradający się ciemną nocą do obozu króla Rezusa, jednego ze sprzymierzeńców Troi, i podrzynający śpiącemu gardło. Wymyślający drewnianego konia, zdobywający Troję i przyglądający się zamordowaniu Astynaksa. Potem szaleńcza podróż do domu, kanibale, potwory.

Opowieści okazały się krwawsze, niż je zapamiętałam, i kilka razy się zawahałam. Ale Telemach przyjmował ciosy bez mrugnięcia okiem. Siedział w milczeniu, nie spuszczając ze mnie wzroku.

Cyklopów zachowałam na koniec, nie wiem dlaczego. Może dlatego, że bardzo dokładnie pamiętam, jak Odyseusz mi o nich opowiadał. Kiedy mówiłam, wydawało mi się, że jego głos szepcze wraz z moim. Wyczerpani, wylądowali na wyspie i znaleźli wielką pieczarę, pełną obfitych zapasów. Odyseusz postanowił ją splądrować, a jeśli to by się nie udało, wybłagać u jej mieszkańców gościnę. Rozpoczęli ucztę i kiedy posilali się znalezioną żywnością, gigant, do którego należała pieczara, jednooki pasterz Polifem, wrócił ze stadem i przyłapał ich na gorącym uczynku. Zabarykadował wejście wielkim głazem, zamykając ich w pułapce, po czym porwał jednego z mężczyzn i zjadł dwoma kłapnięciami szczęki. W ten sam sposób pożarł jeszcze kilku, aż tak się opchał, że gdy czknął, zwrócił kawałki kończyn. Mimo tych potworności Odyseusz obficie uraczył go winem i przyjazną rozmową. Powiedział, że nazywa się Outis, Nikt. Kiedy potwór w końcu zasnął kamiennym snem, Odyseusz naostrzył wielki kołek, rozgrzał koniec w ogniu i wbił cyklopowi w ślepię. Ranny ryczał i rzucał się, ale nie potrafił złapać Odyseusza i reszty załogi. Każdy uczepił się brzucha barana i tak uciekli, gdy Polifem wypuszczał stado na pastwisko. Rozwścieczony wzywał pomocy jednookich pobratymców, nie zjawili się jednak, bo wołał: „Nikt mnie oślepił! Nikt ucieka!". Odyseusz i jego załoga dotarli na okręty, lecz kiedy znaleźli się w bezpiecznej odległości, odwrócił się i zawołał nad falami: „Jak chcesz wiedzieć, kto cię zwiódł, to dowiedz się, że Odyseusz, syn Laertesa i król Itaki".

Wydawało się, że echo powtarza te słowa w cichym powietrzu. Telemach milczał, jakby czekał, aż się rozpłyną.

– To było marne życie – odezwał się w końcu.

– Jest wielu, którzy żyją marniej.
– Nie. – Jego twardy upór mnie zaskoczył. – Nie chodzi mi o to, że sam wiódł marne życie, ale sprawił, że inni zaznali żałości i rozpaczy. Przede wszystkim, dlaczego załoga weszła do pieczary? Bo chciał więcej skarbów. A gniew Posejdona, z powodu którego wszyscy mu współczuli? Sam go na siebie ściągnął. Bo nie mógł znieść, że zostawi cyklopów, nie zbierając laurów za swój fortel.

Słowa lały mu się z ust niepowstrzymanym potokiem.

– Po co te wszystkie lata bólu i błąkania się po świecie? Dla chwili dumy. Wolał już być przeklętym przez bogów niż Nikim. Gdyby po wojnie wrócił do domu, zalotnicy ani myśleliby się zjawić. Matka nie miałaby zmarnowanego życia. Ani ja. Tyle się naopowiadał o tęsknocie za nami i domem! Ale to były kłamstwa. Kiedy wrócił do Itaki, nigdy nie był zadowolony, zawsze spoglądał na horyzont. Gdy nas odzyskał, chciał czegoś innego. Jeśli to nie jest marne życie, to jak wygląda marne? Wabienie innych do siebie, a potem odwracanie się od nich?

Otworzyłam usta, by powiedzieć, że to nieprawda. Lecz przecież tyle razy leżałam obok niego, czując ból, bo wiedziałam, że myśli o Penelopie. To był mój wybór. Telemach nie zaznał takiego luksusu.

– Jest jeszcze jedna historia, którą powinnam ci opowiedzieć – rzekłam. – Zanim do was wrócił, bogowie zażądali, by udał się w podróż do świata podziemi i przemówił do wieszcza Tejrezjasza. Tam napotkał wiele dusz tych, których poznał za życia. Ajaksa, Agamemnona, a z nimi Achillesa, kiedyś Najlepszego z Greków, który wybrał wczesną śmierć w zamian za wieczną sławę. Twój ojciec ciepło przemówił do bohatera, sławiąc go i zapewniając o chwale pośród ludzi. Lecz Achilles uczynił mu wyrzuty. Powiedział, że żałuje dumnego życia i wolałby, aby było cichsze, wtedy byłby naprawdę szczęśliwy.

– Więc na to mam liczyć? – spytał Telemach. – Że któregoś dnia spotkam ojca w świecie podziemi i że będzie mu przykro?

Niektórym z nas nie udaje się zakosztować nawet tego. Ale zachowałam spokój. Miał prawo do gniewu i nie mnie było sądzone mu je odbierać. Ogród zaszeleścił, gdy lwice przeszły po zeschłych liściach. Niebo się przeczyściło. Po długim pobycie wśród chmur gwiazdy wydawały się niezwykle jasne; wisiały w mroku jak lampy. Gdybyśmy wytężyli słuch, usłyszelibyśmy, jak obracają się w powiewie, grzechocząc swoimi łańcuszkami.

– Myślisz, że ojciec powiedział prawdę? – odezwał się. – Że dobrzy ludzie nigdy go nie lubili?

– Myślę, że tylko lubił to powtarzać. Prawda nie ma z tym nic wspólnego. Zresztą twoja matka go lubiła.

Spojrzał mi głęboko w oczy.

– Ty też – powiedział.

– Nie twierdzę, że jestem dobra.

– Ale go lubiłaś. Mimo wszystko. – W jego głosie było wyzwanie.

– Nie widziałam jego najgorszych cech. – Przyłapałam się na tym, że starannie dobieram słowa. – Nawet w najlepszym humorze nie był łatwym człowiekiem. Ale był moim przyjacielem w okresie, kiedy potrzebowałam kogoś takiego.

– To dziwne, że bogini potrzebuje przyjaciół.

– Wszystkie stworzenia, które nie są szalone, ich potrzebują.

– Myślę, że on więcej na tym zyskał.

– Nie przemieniłam jego załogi w świnie.

Nie uśmiechnął się. Był jak strzała, która leci do końca przypisanego jej toru.

– Wszyscy bogowie, wszyscy śmiertelnicy, którzy mu pomagali, mówią o jego fortelach – powiedział. – Jego prawdziwy talent polegał na tym, że znakomicie umiał brać od innych.

– Jest wielu, którzy byliby wdzięczni losowi za taki dar.

– Ja do nich nie należę. – Odstawił puchar. – Nie będę cię dalej ciągnąć za język, boska Kirke. Jestem wdzięczny za prawdziwość tych opowieści. Niewielu zdobyło się dla mnie na taki wysiłek.

Przez chwilę milczałam. Coś mi doskwierało, sprawiło, że dostałam gęsiej skórki.

– Jaki jest cel waszego przybycia na tę wyspę? – spytałam w końcu.

Zamrugał.

– Powiedziałem ci: musieliśmy opuścić Itakę.

– Tak. Ale dlaczego przypłynęliście do mnie?

– To był pomysł matki – odparł wolno, jak człowiek, który się otrząsa ze snu.

– Dlaczego na niego wpadła?

Na jego policzku pojawił się rumieniec.

– Już wspomniałem, że ona mi się nie zwierza.

Nie ma takiego człowieka, który przewidziałby czyny mojej matki.

Odwrócił się i przeszedł w mrok korytarza. Chwilę potem usłyszałam cichy szczęk zamykanych drzwi.

Chłodne powietrze wydawało się przenikać pęknięcia ścian i przygważdżać mnie do krzesła. Byłam głupia. Kiedy tylko przypłynęli, powinnam była przytrzymać ją poza krawędzią klifu i wytrząść z niej prawdę. Przypomniałam sobie, jak starannie dopytywała się o moje zaklęcie, które miało zatrzymać bogów. *Żaden bóg, nawet z Olimpu.*

Nie poszłam pod jej sypialnię i nie wyrwałam drzwi z zawiasów. Płonęłam przy oknie. Parapet trzeszczał pod moimi palcami. Do świtu było jeszcze daleko, ale nie przejmowałam się tym. Patrzyłam na gwiazdy jedna po drugiej wynurzające się z ciemności nad wyspą. Powietrze znów się zmieniło i okryło niebo welonem. Kolejny sztorm. Konary cyprysów syczały w powietrzu.

*

Usłyszałam, jak się budzą. Najpierw mój syn, potem Penelopa i ostatni Telemach, który poszedł późno spać. Jedno po drugim zjawiali się w korytarzu i czułam, jak widząc mnie przy oknie, przystają niczym króliki szukające cienia jastrzębia. Stół był pusty, nie podałam śniadania. Telegonos pospieszył do kuchni, by przygotować jedzenie. Czułam na plecach spojrzenia i sprawiało mi to przyjemność. Mój syn wrócił i zachęcał gości, by usiedli przy stole. Wyobrażałam sobie, co ma wypisane na twarzy: „Przepraszam za matkę. Czasem jest taka".

– Telegonosie, chlew wymaga naprawy, a idzie sztorm – powiedziałam. – Zajmij się tym.

Odchrząknął.

– Tak, matko.

– Twój brat ci pomoże.

Kolejna chwila ciszy, kiedy wymieniali spojrzenia.

– Nie mam nic przeciwko temu – odezwał się łagodnie Telemach.

Zadzwoniły talerze, skrzypnęły ławy. W końcu drzwi zamknęły się za Telegonosem i Telemachem.

Odwróciłam się.

– Bierzesz mnie za głupią – zaczęłam. – Naiwną, którą można wodzić za nos. Tak słodko pytasz o zaklęcia. Powiedz mi, który z bogów cię ściga. Czyj gniew sprowadziłaś na moją głowę?

Siedziała przy krosnach. Na podołku miała kłąb surowej czarnej wełny. Na podłodze obok leżały wrzeciono i kądziel z kości słoniowej wykończona srebrem.

– Mój syn nie wie – powiedziała. – Nie można go winić.

– To oczywiste. Potrafię dostrzec pająka w pajęczynie.

Skinęła głową.

– Wyznaję, że to, o czym mówisz, jest prawdą. Mogłabym twierdzić, że podejrzewałam, że grożą ci poważne kłopoty z powodu mojego pobytu tutaj, skoro jesteś boginią i czarownicą. Ale to byłoby kłamstwo. Znam się na bogach.

Jej spokój mnie rozzłościł.

– Czy to wszystko? Tylko tyle masz mi do powiedzenia? Wczoraj wieczorem twój syn stwierdził, że jego ojciec był człowiekiem, który zabierał innym wszystko, a przynosił im tylko żałość i rozpacz. Ciekawe, jak oceniłby ciebie.

Ten cios dosięgnął celu. Maska, za którą się kryła, zniknęła.

– Bierzesz mnie za potulną czarownicę. Nie słuchałaś opowieści męża na mój temat? Dwa dni przebywasz na mojej wyspie. Jesz moje posiłki. Pijesz moje wino.

Pobladła. Jej skóra poniżej linii włosów poszarzała jak wyłaniająca się krawędź brzasku.

– Mów albo użyję moich mocy – zagroziłam.

– Sądzę, że już ich użyłaś. – Te słowa były twarde i chłodne jak kamienie. – Sprowadziłam na twoją wyspę niebezpieczeństwo. Ale ty najpierw sprowadziłaś je na moją.

– Mój syn popłynął tam z własnej woli.

– Nie mówię o nim i myślę, że o tym wiesz. Mówię o włóczni, którą wysłałaś, i truciźnie, która zabiła mojego męża.

Teraz było jasne, o co chodzi.

– Opłakuję śmierć Odyseusza – powiedziałam.

– Już to mówiłaś.

– Jeśli czekasz na przeprosiny, nie usłyszysz ich. Nawet gdybym miała taką moc, żeby cofnąć słońce, nie zrobiłabym tego. Myślę, że gdyby Odyseusz nie zginął na tej plaży, zginąłby mój syn. A jego życia nie wymieniłabym za niczyje.

Coś pojawiło się na jej twarzy. Można by to uznać za gniew, gdyby nie było skierowane do wewnątrz.

– Więc dobrze – rzuciła. – Postawiłaś na swoim i masz to, co masz: twój syn żyje, a my jesteśmy na twojej wyspie.

– A więc traktujesz to jak zemstę. Sprowadzenie boga na moją głowę.

– Traktuję to jak rodzaj zapłaty.

Byłaby z niej świetna łuczniczka, pomyślałam. Miała w sobie lodowatą precyzję.

– Nie masz podstaw do układania się ze mną, Penelopo. Tu jest Ajaja.

– Więc nie układaj się ze mną. Co wolisz, błaganie? Oczywiście, jesteś boginią.

Uklękła na podłodze przy krosnach, uniosła ręce i spuściła wzrok.

– Córo Heliosa, Jasnooka Kirke, Pani Zwierząt i Czarownico z Ajai, zapewnij mi schronienie na twojej budzącej strach wyspie, bo nie mam męża ani domu i bezpiecznego miejsca na świecie dla mnie i syna. Jeśli mnie wysłuchasz, co roku będę ci składała krwawą ofiarę.

– Wstań.

Nie ruszyła się.

W widoku jej na klęczkach było coś nieprzyzwoitego.

– Mój mąż mówił o tobie ciepło. Cieplej, wyznaję, niż mi się podobało. Przyznał, że ze wszystkich bogów i ludzi, których poznał, z tobą jedyną chciałby się znów spotkać.

– Powiedziałam: wstań.

Powstała.

– Wyznasz mi całą prawdę i wtedy zdecyduję – oświadczyłam.

Stałyśmy twarzą w twarz w zacienionej izbie. W powietrzu czuło się smak gromu.

– Rozmawiałaś z moim synem. Przypuszczał, że jego ojciec zginął na wojnie. Potem Odyseusz wrócił zmieniony, zbyt głęboko przesiąknięty krwią i smutkiem, by żyć jak zwykły człowiek. Przekleństwo wojowników. Czy tak?

– Coś w tym rodzaju.

– Mój syn jest lepszy ode mnie i lepszy od swojego ojca. Nie widzi jednak wszystkiego.

– A ty widzisz?

– Jestem ze Sparty. Tam wiemy, co trapi starych wojowników. Drżą im ręce, zrywają się ze snu. Są tacy, którzy rozlewają wino na każdy głos trąbki. Ręce mojego męża były spokojne jak ręce kowala, a kiedy rozlegało się buczenie trąby, był pierwszy w porcie i patrzył na horyzont. Wojna go nie złamała, tylko obnażyła jego naturę. Pod Troją w końcu zmierzył się z czymś, co dorównywało jego możliwościom. Na każdym kroku nowy plan, nowa intryga, nowa katastrofa, którą należało odwrócić.

– Próbował uniknąć wojny – wtrąciłam.

– Och, ta stara historia... Szaleństwo, pług... To też była intryga. Złożył przysięgę bogom, wiedział, że się nie wywinie. Oczekiwał, że zostanie przyłapany, i dzięki temu Grecy mieli się śmiać z jego niepowodzenia i spodziewać się, że wszystkie jego sztuczki łatwo dadzą się przejrzeć.

Uniosłam brwi.

– Nic mi o tym nie wspominał, kiedy opowiadał tamto zdarzenie.

– Oczywiście. Mój mąż kłamał z każdym oddechem. Okłamywał ciebie i siebie też. Zawsze miał na oku kilka celów.

– Kiedyś powiedział to samo o tobie. – Chciałam ją zranić, lecz ona tylko skinęła głową.

– Uważaliśmy się za wielkie umysły tego świata. Zaraz po ślubie snuliśmy tysiąc wspólnych planów, mieliśmy zmienić wszystko, czego się dotkniemy. Potem wybuchła wojna. Powiedział, że Agamemnon to najgorszy głównodowodzący, jakiego spotkał, ale uznał, że wykorzysta go dla swojej chwały. I tak zrobił. Dzięki jego fortelom Troja została zburzona i połowa świata się zmieniła. Ja miałam swoje fortele. Które kozy skrzyżować z którymi, jak zwiększyć plony, gdzie rybacy mają zarzucić sieci, żeby mieć najlepszy połów. Tak wyglądały naglące potrzeby Itaki. Szkoda, że nie widziałaś jego miny, kiedy wrócił do ojczyzny. Pozabijał zalotników, ale co mu potem zostało? Ryby i kozy. Siwiejąca żona, która nie była boginią, i syn, którego nie rozumiał.

Jej głos – gryzący jak woń zgniatanego cyprysu – wypełniał izbę.

– Nie było narad wojennych, armii do pobicia ani dowodzenia. W miejsce żywych, ludzi z jego załóg i moich zalotników, były trupy. A do tego nie było dnia, żeby nie docierały świeże wieści o dalekich wspaniałościach. Menelaos wzniósł nowy złoty pałac. Diomedes podbił królestwo w Italii. Nawet Eneasz, trojański uchodźca, założył miasto. Mąż wysłał gońca do Orestesa, syna Agamemnona, oferując się jako doradca, lecz Orestes odpowiedział, że ma już doradców, jakich potrzebuje, a poza tym nie chciałby burzyć odpoczynku tak wielkiego bohatera. Potem Odyseusz wysłał gońców do potomków Nestora, Idomeneusa i tak dalej, ale wszyscy odpowiadali w tym samym duchu. Nie chcieli go. I wiesz, co sobie powiedziałam? Że tylko potrzebuje czasu. Że w każdej chwili może sobie przypomnieć rozkosze domowego ogniska. Rozkosze mojej obecności. Znów będziemy razem snuć plany. – Wykrzywiła usta, uśmiechając się szyderczo. – Tylko że takie życie mu nie odpowiadało. Schodził na plażę i krążył po niej. Przyglądając mu się z okna, przypomniałam sobie opowiedzianą przez niego historię, w którą wierzą ludzie Północy: o wielkim wężu pragnącym pożreć cały świat.

Też pamiętałam tamtą historię. W końcu wąż zjadał sam siebie.

– Kiedy tak krążył po plaży – ciągnęła Penelopa – rozmawiał z powietrzem, które spowijało go całego, nadając jego skórze odblask najczystszego srebra.

Srebra!

– Atena.

– A któż by inny? – Uśmiechnęła się gorzko, zimno. – Gdy tylko się uspokajał, wracała. Szeptała mu do ucha, spadała z chmur i napełniała go marzeniami o przygodach, które go ominęły.

Atena, wiecznie niespokojna bogini, której spiskom nie było końca. Wychodziła ze skóry, żeby doprowadzić swojego bohatera do domu, ujrzeć, jak wyrósł ponad swój lud, dla swojej i jej chwały. Aby usłyszeć go, jak opowiada o zwycięstwach, klęskach, które razem zadali Trojanom. Pamiętam jednak chciwość w jej oczach, gdy mówiła o Odyseuszu... sowa z ofiarą w szponach. Jej ulubieńcowi nigdy nie miało być dane zgrzybieć w domowych pieleszach. Musiał żyć w centrum wydarzeń, jasny i świetny, zawsze niestrudzony i nienasycony, wciąż zachwycający nowymi przebłyskami sprytu, geniuszu, który brał się nie wiedzieć skąd.

Na dworze drzewa zmagały się z wiatrem na tle mrocznego nieba. W nierealnym świetle twarz Penelopy była delikatna niczym oblicza posągów, które wyrzeźbił Dedal. Zadawałam sobie w duchu pytanie, dlaczego przestała być o mnie zazdrosna. Teraz wiedziałam. Nie ja byłam boginią, która zabrała jej męża.

– Bogowie udają, że są rodzicami – odezwałam się – ale tak naprawdę są dziećmi, które klaszcząc, domagają się więcej.

– A teraz, kiedy Odyseusz nie żyje, kto jej da to „więcej"?

Ostatni kawałek mozaiki trafił na swoje miejsce i w końcu ukazał się pełny obraz. Bogowie nigdy nie rezygnują ze swoich ulubieńców. Atena szykowała się przybyć po drugiego w szeregu po Odyseuszu. Po jego potomka.

– Telemach – powiedziałam.

– Tak.

– Czy on wie? – spytałam przez ściśnięte gardło.

– Nie wydaje mi się. Ale kto to może wiedzieć.

Nadal trzymała wełnę, skołtunioną i śmierdzącą. Czułam, jak gniew przeszywa mi wnętrzności. Penelopa naraziła mojego syna na niebezpieczeństwo. Prawdopodobnie Atena już knuła zemstę wymierzoną w Telegonosa; to, co się stało na Itace, musiało ją wprawić w jeszcze większą furię. Ale szczerze mówiąc, nie powinnam być już tak wściekła. Ze wszystkich bogów, których Penelopa mogła sprowadzić przed mój próg, Atena wydawała mi się najmniej groźna. Miałam na nią sposób. A poza tym już wcześniej nienawidziła nas tak, że jej nienawiść nie mogła się dużo bardziej wzmocnić.

– Naprawdę ci się wydaje, że możesz go przed nią ukryć? – spytałam.

– Wiem, że nie mogę.

– W takim razie czego tu szukasz?

Otuliła się szczelniej opończą jak składający skrzydła ptak.

– Kiedy byłam młoda, usłyszałam słowa naszego medyka. Szydził, że lekarstwa, które sprzedaje, to tylko mydlenie oczu. Jego zdaniem, większość przypadłości leczy się sama, wystarczy dać im czas. Uwielbiałam odkrywać takie tajemnice, tego rodzaju wiedza dawała mi poczucie wyższości. Zastępowała mi wiarę. Widzisz, czekanie zawsze było moją mocną stroną. Przetrzymałam wojnę i zalotników. Przetrzymałam podróże Odyseusza. Powiedziałam sobie, że jeśli będę wystarczająco cierpliwa, przetrzymam jego niecierpliwość. I Atenę też. Pomyślałam, że przecież musi się znaleźć inny śmiertelnik, którego pokocha. Ale wygląda na to, że się nie znalazł. I gdy tak czekałam, Telemach przez tyle lat musiał znosić napady wściekłości ojca. Cierpiał, gdy ja odwracałam oczy.

Pamiętałam, co Odyseusz o niej powiedział. Że nigdy się nie gubi, nigdy nie popełnia błędu. Wtedy byłam zazdrosna. Teraz pomyślałam: co to za ciężar. Co za straszny, przygniatający ciężar.

– Jednak ten świat – ciągnęła – ma prawdziwe lekarstwa. Jesteś na to dowodem. Weszłaś w głębiny dla swojego syna. Sprzeciwiłaś się bogom. Myślę o tych latach, które straciłam z powodu mojego chełpiącego się sławą męża. Zapłaciłam za to, tak każe sprawiedliwość, ale przeze mnie Telemach też płaci. Jest dobrym synem, zawsze nim był. Szukam tylko odrobiny czasu, zanim go utracę, zanim znów zostaniemy ciśnięci w pływ. Zapewnisz go nam, Kirke z Ajai?

Nie czarowała mnie spojrzeniem swoich szarych oczu. Gdyby to zrobiła, odmówiłabym. Tylko czekała. Muszę przyznać, że to do niej pasowało. Tak dobrze wpasowywała się w czas i miejsce jak klejnot w diadem.

– Jest zima – powiedziałam. – Teraz żadne statki nie żeglują. Ajaja zniesie was jeszcze trochę.

ROZDZIAŁ DWUDZIESTY TRZECI

Nasi synowie wrócili po pracy z rozwianymi włosami, ale nie przemokli. Pioruny i deszcz trzymały się morza. Podczas gdy oni i Penelopa jedli posiłek, ja poszłam na najwyższy wierzchołek, bliżej wiszącego nade mną zaklęcia. Sięgało od jednej zatoki do drugiej, od żółtych piasków po szczerzące kły skały. Czułam je też w swojej krwi, miało ciężar żelaza, który nosiłam bardzo długo. Atena z pewnością sprawdziła jego zasięg i skradała się po obrzeżach, szukając szczeliny. Moje zaklęcie musiało jednak wytrzymać.

Kiedy wróciłam, Penelopa znów siedziała przy krosnach.

– Wygląda na to, że pogoda się ustatkuje – powiedziała, oglądając się przez ramię. – Morze powinno się uspokoić. Telegonosie, masz ochotę nauczyć się pływać?

Wszystkiego się spodziewałam, lecz nie tego. Ale nie zdążyłam wymyślić żadnego rozsądnego sprzeciwu. Telegonos mało nie przewrócił pucharu, tak się palił do nauki. Gdy szli przez ogród, usłyszałam, jak opisuje drzewa. Kiedy nauczył się odróżniać grab od choiny? Nie tylko je rozpoznawał, wiedział też, jakie mają właściwości.

Telemach stanął w milczeniu obok mnie.

– Wyglądają jak matka i syn – zauważył.

Pomyślałam dokładnie to samo, lecz słysząc tę uwagę z jego ust, poczułam napływ zazdrości. Nic nie okazując, wyszłam do ogrodu. Uklękłam pomiędzy rabatami i zabrałam się za chwasty. Telemach mnie zaskoczył, poszedł za mną.

– Nie przeszkadza mi pomaganie twojemu synowi – oświadczył. – Bądźmy jednak szczerzy: chlew, który kazałaś nam naprawić, stoi nieużywany od lat. Dasz mi jakąś sensowną pracę?

Siadłam na piętach i spojrzałam na niego.

– Królewskie dzieci zwykle nie dopominają się o obowiązki.

– Wygląda na to, że poddani zwolnili mnie od bycia królem. Masz piękną wyspę, ale oszaleję, jeśli dzień za dniem nie będę miał zajęcia.

– W takim razie co potrafisz robić?

– Zwykłe rzeczy. Łowić i polować. Paść kozy, których nie masz. Mogę być stolarzem i budowniczym, szkutnikiem, który naprawi łódź twojego syna.

– Jest uszkodzona?

– Płetwa sterowa reaguje ospale i niepewnie, żagiel jest za krótki, a maszt za długi. Przy byle fali kołysze się na boki jak krowa.

– Mnie nie wydaje się taka zła.

– Zaraz po zwodowaniu pewnie robiła wrażenie. Ale kiedy wracaliśmy, nie mogłem wyjść ze zdumienia, że nie toniemy.

– Czary trzymają ją na wodzie – powiedziałam. – Gdzie nauczyłeś się szkutnictwa?

Nie rozwodził się, odparł tylko:

– Jestem z Itaki.

– I? Jest jeszcze coś, co powinnam wiedzieć?

Zrobił poważną minę jak medyk, który wygłasza diagnozę.

– Owce mają takie kołtuny, że na wiosnę nie dasz rady ich przystrzyc – zaczął wymieniać. – W wielkiej izbie trzy stoły mają nierówne nogi, w ogrodzie płyty na ścieżkach się kiwają. Pod okapem ptaki uwiły przynajmniej dwa gniazda.

Byłam równie urażona, co rozbawiona.

– To wszystko?
– Nie zrobiłem dokładnego inwentarza.
– Przed południem możecie z Telegonosem zabrać się za łódź. Zaczniemy jednak od owiec.

Miał rację, nosiły nie runo, ale kołtuny, a po mokrej zimie były ubabrane błotem po uszy. Uzbroiłam się w szczotkę i napełniłam ceber jedną z mikstur.

Zajrzał do niego.

– Na co to?
– Czyści runo, nie niszcząc go.

Znał się na rzeczy, sprawnie pracował. Owce były obłaskawione, niemniej miał swoje sztuczki, dzięki którym wydawały się jeszcze posłuszniejsze. Ledwo położył rękę na grzbiecie zwierzęcia, a szło, dokąd chciał.

– Robisz to nie pierwszy raz – zauważyłam.
– Oczywiście. Ta mikstura jest znakomita. Z czego się składa?
– Z ostów, bylicy, selera i siarki. I z czarów.
– Hm.

Sięgnęłam po nóż do karczowania i wzięłam się za osty. Telemach pytał o moje sposoby na hodowanie zwierząt. Chciał wiedzieć, czy narzucam im karność czarami, czy zwyczajniejszymi metodami. Gdy pracował, jego dziwna sztywność znikała. Niebawem, śmiejąc się, opowiadał mi historyjki o pasieniu kóz. Nie zauważyłam, kiedy słońce zanurzyło się w morzu, i byłam zaskoczona, gdy Penelopa i Telegonos zjawili się obok. Czułam na sobie jej wzrok, gdy wstaliśmy i ocieraliśmy brud z rąk.

– Chodźcie – rzuciłam. – Musicie być głodni.

*

Tamtego wieczoru Penelopa znów wcześniej wstała od kolacji. Zastanawiałam się, czy tym sposobem chce mi dać coś do zrozumienia, ale jej zmęczenie sprawiało wrażenie autentyczne. Przypomniałam sobie, że nadal jest w żałobie. Wszyscy byliśmy w żałobie. Jednak pływanie dobrze zrobiło Telegonosowi, a może była to sprawa zainteresowania Penelopy. Rozpłomienił się od wiatru i wina i był spragniony rozmowy. Nie o ojcu – to była zbyt świeża rana – lecz o jego dawnej pierwszej miłości: o herosach. Wyglądało na to, że na Itace żył pieśniarz znający takie historie; więc mój syn chciał się dowiedzieć od Telemacha, jak wyglądały jego wersje. Telemach zaczął od Bellerofonta i Perseusza, Tantala i Atalanty. Znów siadł na drewnianym krześle, ja na srebrnym, a Telegonos rozłożył się na podłodze, wsparty o wilczycę. Patrząc na nich, czułam się dziwnie, niemal jak pijana. Czy naprawdę minęły zaledwie dwa dni, odkąd przypłynęli? Miałam wrażenie, że znacznie więcej. Nie byłam przyzwyczajona do tak licznego towarzystwa, do tylu rozmów. Syn błagał o kolejne opowieści i Telemach spełniał jego życzenia. Wiatr rozrzucił mu włosy, gdy pracowaliśmy na dworze; światło paleniska padało prosto na jego twarz. Właściwie wyglądał na starszego, niż był, ale linia jego policzka zachowała uroczą chłopięcość, którą w sobie krył. Jak sam przyznał, nie był urodzonym bajarzem, lecz właśnie dzięki temu przyjemnie się go słuchało, gdy z powagą opowiadał o latających koniach i złotych jabłkach. Izba była ciepła, a wino – przednie. Odniosłam wrażenie, że skóra rozpływa mi się jak wosk. Pochyliłam się.

– Powiedz mi, czy pieśniarz opowiadał coś o Pazyfae, królowej Krety? – spytałam.

– Matce Minotaura – dodał Telemach. – Oczywiście. Zawsze występowała w opowieści o Tezeuszu.

– Czy mówiono, co się z nią stało po śmierci Minotaura? Jest nieśmiertelna. Wciąż rządzi na Krecie?

Telemach się skrzywił. Nie z irytacji; miał taką samą minę jak podczas mycia owiec. Tam rozplątywał runo, tu – genealogie. O Pazyfae mówiło się Córka Słońca. Wreszcie pojął, o kogo mi chodzi.

– Nie – odparł. – Potomkowie jej i Minosa już nie rządzą Kretą.

Królem jest niejaki Leukos, który siłą przejął władzę od Idomeneusa, wnuka Pazyfae. Według pieśni Pazyfae po śmierci Minosa wróciła do pałacu bogów i podobno dalej tam zamieszkuje.
– Czyjego pałacu? – chciałam wiedzieć.
– Tego pieśniarz nie zdradził.
– Najpewniej Okeanosa – rzuciłam lekkomyślnie. – Naszego dziadka. Pewnie daje w kość nimfom, jak dawniej. Byłam przy tym, jak Minotaur przyszedł na świat. Pomogłam osadzić go w zamknięciu.
Mój syn rozdziawił usta.
– Jesteś krewną królowej Pazyfae? I widziałaś Minotaura? Czemu o tym nie mówiłaś?
– Nie pytałeś.
– Matko! Musisz mi wszystko opowiedzieć. Spotkałaś Minosa? I Dedala?
– A skąd, twoim zdaniem, mam te krosna?
– Nie wiem! Myślałem, że… – Machnął ręką.
Telemach mi się przyglądał.
– Poznałam Dedala – potwierdziłam.
– Co jeszcze kryłaś przede mną? – dopytywał się natarczywie Telegonos. – Minotaura i Trygona, i jeszcze kogo? Chimerę? Lwa nemejskiego? Cerbera i Scyllę?

Uśmiechałam się, widząc jego szeroko otwarte oczy i oburzenie, i nie spodziewałam się ciosu. Gdzie usłyszał jej imię? Od Hermesa? Na Itace? To nie miało znaczenia. Lodowate ostrze włóczni wkręcało się w moje wnętrzności. Co sobie wyobrażałam? Moja przeszłość nie była zabawą, opowieścią o przygodach, lecz ohydnym wrakiem, który sztormy wyrzucił na skały, żeby tam gnił. Była równie wstrętna jak przeszłość Odyseusza.

– Nic więcej nie usłyszysz. Nie pytaj mnie. – Wstałam i wyszłam, zostawiając ich zdumionych. W swojej izbie położyłam się na łóżku. Nie towarzyszyły mi lwice ani wilczyce, zostały z moim synem. Gdzieś z góry Atena obserwowała nas błyszczącymi oczami. Czekała, by włócznią ugodzić mnie w słaby punkt.

— Czekaj dalej — powiedziałam w ciemnościach.
I chociaż byłam pewna, że nie zasnę, zasnęłam.

*

Obudziłam się otrzeźwiała, zdecydowana. Poprzedniego wieczoru byłam zmęczona i wypiłam więcej niż zwykle; teraz znów byłam sobą. Kiedy Telegonos przyszedł na śniadanie, zerkał na mnie, oczekując kolejnego wybuchu. Ale byłam miła. Pomyślałam, że nie powinien się tak dziwić. Przecież potrafiłam być miła.
Telemach nie zdradzał, co myśli, lecz gdy posiłek się skończył, zabrał przyrodniego brata i poszli naprawiać łódź.
— Mogę skorzystać z twoich krosien? — spytała Penelopa, która tego dnia miała na sobie inną szatę. Ta była wystawniejsza i wybielona: jasnokremowa. Podkreślała jej ciemną cerę.
— Możesz. — Pomyślałam, żeby iść do kuchni, z drugiej strony często siekałam zioła na długim stole przy palenisku i nie widziałam powodu, by kryć się po kątach. Przyniosłam noże, misy i całą resztę. Zaklęcia, które chroniły Telegonosa, musiały być odświeżone dopiero za kolejne pół miesiąca, więc pracowałam dla przyjemności: przygotowywałam barwniki i lecznicze mikstury.
Zakładałam, że nie będziemy rozmawiać. Odyseusz na naszym miejscu może uciekłby się do uników i oszustw dla samej przyjemności oszukiwania. Ale po tak długiej samotności chyba obie potrafiłyśmy docenić szczerą rozmowę.
Światło ukosem padało przez okno, rozkładając się u naszych nagich stóp. Gdy spytałam ją o Helenę, opowiedziała mi, jak w dzieciństwie spędzały czas u króla Sparty: pływały w rzekach i bawiły się na dworze Tyndareosa. Rozmawiałyśmy o przędzeniu i najlepszych odmianach owiec. Podziękowałam jej, że nauczyła Telegonosa pływać. Powiedziała, że to dla niej przyjemność. Przypominał jej kuzyna, Kastora, jego energię i dobry humor, umiejętność rozbawiania otoczenia.
— Odyseusz przyciągał świat do siebie — dodała. — Telegonos

biegnie za światem, równocześnie go kształtując, jak rzeka, która żłobi koryto.

Jej pochwały sprawiły mi niewysłowioną przyjemność.

– Gdybyś wiedziała, jaki był w dzieciństwie.... Nie było bardziej szalonego stworzenia. Chociaż tak szczerze mówiąc, z nas dwojga ja byłam bardziej szalona. Zanim go urodziłam, myślałam, że macierzyństwo to łatwizna.

– Taka była córka Heleny, Hermiona – powiedziała Penelopa. – Darła się przez pierwsze pięć lat, a potem wyrosło z niej najsłodsze stworzenie świata. Martwiłam się, że Telemach nie dość krzyczy. Że za wcześnie stał się zbyt dobrze wychowany. Zawsze byłam ciekawa, czy moje drugie dziecko różniłoby się od niego. Ale kiedy Odyseusz wrócił, było już chyba za późno.

Mówiła rzeczowym tonem. W późniejszych pieśniach opisywano ją jako lojalną. Wierną, szczerą i ostrożną. Marne określenia dla kogoś takiego jak ona. Pod nieobecność Odyseusza mogła sobie wziąć drugiego męża, urodzić mu dziecko i jej życie stałoby się lżejsze. Kochała go jednak niezłomnie i nie zaakceptowałaby innego mężczyzny.

Sięgnęłam po garść krwawnika wiszącego u powały.

– Do czego to?

– Do leczenia. Krwawnik zatrzymuje krwotoki.

– Mogę popatrzeć? Nigdy nie widziałam czarodziejki przy pracy.

Sprawiło mi to równą przyjemność jak jej pochwała Telegonosa. Zrobiłam miejsce na stole. Była inspirującym widzem; zadawała ostrożne pytania, gdy nazywałam każdy składnik i wyjaśniałam jego zastosowanie. Chciała zobaczyć zioła, które sprawiały, że zamieniałam ludzi w świnie. Włożyłam jej w dłoń zaschnięte liście.

– Nie zamienię się w maciorę, prawda?

– Musiałabyś je zjeść i wymówić zaklęcie. Tylko rośliny wyrosłe z boskiej krwi sprawiają czary niewspierane zaklęciami. I chyba musiałabyś być czarownicą.

– Istotą boską.

– Nie. Moja bratanica była śmiertelna, ale rzucała zaklęcia równie silne jak moje.

– Twoja bratanica? Masz na myśli Medeę?

To było dziwne uczucie, usłyszeć jej imię po tak długim czasie.

– Znasz ją?

– Wiem tyle, co śpiewają pieśniarze i co można usłyszeć na dziedzińcach królów.

– Chętnie bym tego posłuchała – przyznałam się.

Drzewa kołatały na wietrze, kiedy mówiła. Medea rzeczywiście uciekła Ajetesowi. Udała się z Jazonem do Jolkos i urodziła mu dwóch synów, lecz mąż odwrócił się od jej czarów, a lud ją znienawidził. Z czasem Jazon postarał się o nową małżonkę, słodką, uwielbianą w ojczyźnie księżniczkę. Medea pochwaliła jego mądrość i wysłała pannie młodej dary: diadem i suknię, którą sama utkała. Kiedy dziewczyna nałożyła jedno i drugie, żywcem spłonęła. Potem Medea zawlokła na ołtarz własnych synków i poderżnęła im gardła, przysięgając, że Jazon nigdy nie będzie się nimi cieszyć. Ostatni raz widziano ją, jak wzywała zaprzężony w smoki rydwan, który miał ją zabrać z powrotem do Kolchidy.

Pieśniarze niewątpliwie dobrze utkali tę opowieść, bo słuchając Penelopy, widziałam jasne, płonące oblicze Medei. Raczej podpaliłaby świat, niż zgodziłaby się na przegraną.

– Ostrzegałam ją, że to małżeństwo przyniesie jej smutek – powiedziałam. – Nie cieszę się, słysząc, że miałam rację.

– Małżeństwo rzadko jest powodem do radości – odezwała się cichym głosem Penelopa. Może myślała o zamordowanych dzieciach Medei. Tak jak ja. A zaprzężony w smoki rydwan oczywiście należał do mojego brata, choć wydawało się nieprawdopodobne, że po wszystkim, co między nimi zaszło, miałaby do niego wrócić. Dostrzegałam w tym jednak jakiś sens. Ajetes chciał następcy, a nikt nie był mu bliższy charakterem niż Medea. Dorastała wyćwiczona w jego okrucieństwie i w końcu okazała się niezdolna pójść inną drogą.

Dolałam miodu do krwawnika i dodałam pszczelego wosku, by związać maść. W powietrze uniosła się piżmowa, słodko-ostra woń ziół.

– W takim razie co jest niezbędne czarownicy? – spytała Penelopa. – Jeśli nie boskość?

– Nie mam co do tego całkowitej pewności – odparłam. – Kiedyś myślałam, że to się dziedziczy, ale Telegonos nie potrafi rzucać zaklęć. Z czasem uznałam, że to głównie sprawa silnej woli.

Skinęła głową. Nie musiałam dalej tłumaczyć. Wiedziałyśmy, co to znaczy wola.

*

Po południu Penelopa i Telegonos znów poszli do zatoki. Wydawało mi się, że po tym, jak ostatniej nocy szorstko urwałam rozmowę, Telemach będzie się trzymał na dystans, lecz podszedł do mnie, kiedy zajmowałam się ziołami.

– Pomyślałem, że naprawię stoły.

Przyglądałam mu się, ucierając liście ciemiernika. Miał zrobioną ze sznurka miarkę i wyskalowany w środku, napełniony wodą pucharek.

– Do czego ci to potrzebne? – zaciekawiłam się.

– Do sprawdzania poziomu podłogi. Tak naprawdę chodzi o długość nóg stołu. Nieco się różnią. Ale łatwo będzie je wyrównać.

Patrzyłam, gdy piłował nogi, sprawdzając raz za razem ich długość za pomocą sznurka. Spytałam go, jak złamał sobie nos.

– Pływałem z zamkniętymi oczami – rzekł. – Dostałem nauczkę, żeby więcej tego nie robić.

Skończył swoją pracę w domu i wyszedł, by zająć się płytami na ścieżce. Poszłam za nim i wzięłam się za pielenie ogrodu, chociaż wcale tego nie potrzebował. Rozmawialiśmy o pszczołach. Zawsze chciałam mieć ich więcej na wyspie. Telemach spytał, czy potrafię je oswoić jak inne stworzenia.

– Nie – przyznałam. – Odymiam je jak wszyscy inni.

– Widziałem chyba przerośnięty rój. Jeśli chcesz, na wiosnę mogę go rozdzielić.

Powiedziałam, że tak, i przyglądałam mu się, gdy wyrównywał podłoże.

– Tu jest odpływ deszczówki z dachu – zauważyłam. – Po następnym deszczu płyty znów się rozchwieją.

– Tak to jest. Coś naprawiasz, znów się psuje i znów naprawiasz.

– Trzeba mieć cierpliwość.

– Ojciec nazywał to tępotą. Strzyżenie owiec, oczyszczanie paleniska, drylowanie oliwek. Chciał wiedzieć, jak się to robi, ale tylko dlatego, że był ciekawy, bo tak naprawdę zwykłe prace go nudziły.

Telemach miał rację. Odyseusza pociągało jedynie to, co należało zrobić raz: zdobyć miasto, zabić potwora, znaleźć sposób, jak się wedrzeć do niedostępnej twierdzy.

– Może masz to po matce.

Nie spojrzał na mnie, widziałam jednak, że zesztywniał.

– Jak ona się miewa? Wiem, że z nią rozmawiasz.

– Tęskni za tobą.

– Wie, gdzie mnie szukać.

Nie ukrywał gniewu. Była w nim jakaś niewinność. Nie mam na myśli tej niewinności sławionej przez poetów; cechy, którą na końcu opowieści się traci lub za której zachowanie trzeba zapłacić najwyższą cenę. Nie twierdzę, że był głupi czy prostoduszny. Chodzi mi o to, że był jednorodny, nie ciążyły mu żadne osady, które zamazują obraz człowieka. Jego myśli, uczucia i czyny składały się w prostą linię. Nic dziwnego, że ojciec zupełnie go nie rozumiał. Sam zawsze dopatrywał się ukrytego znaczenia albo noża w ciemności. Telemach nosił swoje ostrze na widoku.

*

To był dziwny czas. Atena wisiała jak topór nad naszymi głowami, ale że robiła to już od szesnastu lat, raczej nie umierałam ze strachu na myśl o niej. Codziennie rano Telegonos zabierał przyrodniego brata na wyprawę po wyspie. Penelopa przędła albo tkała, ja doglądałam ziół. Kiedyś wzięłam na bok syna i opowiedziałam mu część tego, czego dowiedziałam się o pogarszającym się nastroju Odyseusza na wyspie, o jego podejrzeniach i wybuchach gniewu. Przyniosło mu to ulgę. Nadal wprawdzie nosił żałobę w sercu, lecz poczucie winy słabło i z każdym dniem weselał, a obecność Penelopy i Telemacha bardzo mu pomagała. Rozkoszował się ich zainteresowaniem jak moje lwice wylegiwaniem się w słońcu. Bolałam, kiedy sobie uświadomiłam, jak dawniej potrzebował rodziny.

Penelopa i Telemach nadal ze sobą nie rozmawiali. Przy każdym posiłku i o każdej porze dnia utrzymywało się między nimi napięcie. Uznałam za absurdalne, że nie wyznają sobie nawzajem win i smutków i nie zamkną tego rozdziału swojego życia. Ale byli jak para jajek, każde przelęknione, że stłucze to drugie.

Miałam wrażenie, że popołudniami Telemach zawsze znajduje jakieś zajęcie, żeby być bliżej mnie, i rozmawialiśmy, dopóki słońce nie dotknęło morza. Kiedy wchodziłam do domu, żeby rozłożyć talerze do kolacji, szedł za mną. Jeśli było dość pracy dla dwojga, pomagał. Jeżeli nie, siadywał przy palenisku i rzeźbił figurki: byka, ptaka, wieloryba przełamującego fale. Pracował dokładnymi, oszczędnymi ruchami, które podziwiałam. Nie był czarownikiem, ale miał temperament czarownika. Mówiłam mu tyle razy, że podłoga sama się oczyści, mimo to zawsze sprzątał trociny i strużyny.

Dziwnie się czułam, mając stałe towarzystwo. Telegonos zwykle schodził mi z drogi, a ja jemu. Nimfy, kiedy były na Ajai, tylko przemykały jak cienie na skraju mojego pola widzenia, lecz nawet to mnie irytowało, więc oddalałam się od domu i chodziłam sama po wyspie. Telemach był powściągliwy, emanował spokojną pewnością siebie, dzięki czemu jego obecność nigdy nie była natarczywa. Jeśli miałabym go porównać do któregoś z moich zwierząt, powiedziałabym, że najbardziej przypomina lwicę. Mieli identyczne, niezachwiane poczucie godności, to samo spokojne i poważne spojrzenie; nawet ten sam wrodzony wdzięk.

– Co cię tak bawi? – spytał.

Pokręciłam głową.

Zdaje się, że to był szósty dzień od ich przybycia. Telemach rzeźbił w drewnie oliwnym, kształtując powykrzywiany pień, zaznaczając każde zgrubienie i wgłębienie ostrzem noża.

– Tęsknisz za Itaką? – spytałam.

Zastanowił się.

– Tęsknię za tymi, których znałem – odparł po chwili. – I smutno mi, że nie byłem przy narodzinach moich koźląt. – Urwał. – Myślę, że byłbym niezłym królem.

– Telemachem Sprawiedliwym – podpowiedziałam.

Uśmiechnął się.

– Nazywają cię tak, kiedy jesteś tak nudny, że nic lepszego nie przychodzi ludziom do głowy.

– Ja też uważam, że byłbyś dobrym królem. Może nadal masz na to szansę. Pamięć ludzi jest krótka. Możesz wrócić w sławie jako dawno oczekiwany następca, przynosząc pomyślność wraz z prawem do korony należnym twojej krwi.

– To brzmi jak piękna baśń. – Westchnął ciężko. – Tylko co ja bym robił w komnatach, które przemierzali zalotnicy i ojciec? Każdy krok przynosiłby niechciane wspomnienia.

– Znoszenie towarzystwa Telegonosa musi być dla ciebie trudne.

Zmarszczył czoło.

– Dlaczego miałoby być trudne?

– Bo tak bardzo przypomina twojego ojca.

Roześmiał się.

– O czym ty mówisz? Telegonos wdał się w ciebie. Nie chodzi tylko o wygląd. Ma twoje gesty, krok. Twój sposób mówienia, nawet twój głos.

– W twoich ustach to brzmi jak przekleństwo.

– To nie przekleństwo.

Nasze spojrzenia się spotkały. Gdzieś daleko moje ręce przygotowywały na obiad granaty. Metodycznie kroiłam je na połówki, odsłaniając białą koronkę miąższu. Czerwone ziarna błyskały w soku i galaretowatej osnówce. Poczułam takie pragnienie, że aż szczypało mnie w ustach. Miałam się na baczności w towarzystwie Telemacha. To było dla mnie coś nowego – kontrolowanie wyrazu twarzy, sposobu mówienia. Przez ogromną część życia płynęłam z nurtem to tu, to tam, kierując się impulsem, nie zwracając uwagi na wygląd. To nieznane uczucie przypominało senność, niemal rozmarzenie. Nie po raz pierwszy Telemach obdarzył mnie wiele mówiącym spojrzeniem. Ale co to miało za znaczenie? Mój syn był jego przyrodnim bratem. On sam był przypisany Atenie. Wiedziałam o tym, nawet jeśli on był tego nieświadomy.

*

Zmieniła się pora roku. Niebo rozchyliło dłonie, a ziemia nabrzmiała, sięgając ku niemu. W dół spływało gęste światło, okrywając nas złotem. Morze było zaledwie na wyciągnięcie ręki. Przy śniadaniu Telegonos klepnął Telemacha w plecy.

– Jeszcze kilka dni i będziemy mogli wyprowadzić łódź na zatokę.

Poczułam na sobie wzrok Penelopy, który pytał: „Jak daleko sięga twój czar?".

Nie wiedziałam. Gdzieś poza miejsce, w którym załamywały się fale, ale nie potrafiłam określić, gdzie dokładnie przebiega granica.

– Nie zapominaj, Telegonosie, że grozi nam jeszcze jeden silny sztorm – powiedziałam. – Zaczekaj, aż minie.

Jakby w odpowiedzi rozległo się pukanie do drzwi.

W ciszy, która zapadła, usłyszałam szept syna:

– Wilczyce nie wyły.

– Masz rację. – Nie spojrzałam ostrzegawczo na Penelopę; jeśli nie zgadła, kto się zjawił, była głupia. Przybrałam pancerz boskości, zimny i sztywny, i podeszłam do drzwi.

Te same czarne oczy, ta sama idealna, przystojna twarz. Usłyszałam, jak Telegonos wstrzymuje oddech. Za moimi plecami nikt się nie poruszył.

– Bądź pozdrowiona, córko Heliosa. Mogę wejść?
– Nie.
Zdziwił się.
– Przyniosłem posłanie, które dotyczy jednego z twoich gości.
– Usłyszą cię z tego miejsca, w którym stoisz. – Strach otarł się o moje żebra, ale mówiłam bez emocji.
– Znakomicie. – Jego ciało rozsyłało blask. Nie cedził słów, nie uśmiechał się ironicznie. Teraz był nieziemskim posłannikiem bogów, emanującym siłą i niepowstrzymanym.
– Telemachu, książę Itaki, przybywam z polecenia wielkiej bogini Ateny, która życzy sobie z tobą rozmawiać. Żąda, by czarownica Kirke odwołała czar, który uniemożliwia bogini wstęp na wyspę.
– „Żąda?" – powtórzyłam. – Ciekawe słowo jak na kogoś, kto chciał zabić mojego syna. Kto zaręczy, że nie spróbuje tego jeszcze raz?
– Twój syn w najmniejszym stopniu jej nie interesuje. – Rozluźnił się. Wrócił do swobodnego tonu. – Na wypadek gdybyś miała się zachować głupio... to oczywiście jej słowa, nie moje... Atena przysięga, że zapewni mu ochronę. Zależy jej tylko na Telemachu. Przyszedł na niego czas przejąć dziedzictwo. – Spojrzał w głąb izby. – Słyszysz, książę?
Telemach patrzył w podłogę.
– Słyszę – odparł. – Przyjmuję z pokorą posłańca i posłanie. Ale jestem gościem na tej wyspie. Muszę wysłuchać słów gospodyni.
Hermes skłonił głowę na ramię i spojrzał pytająco.
– A więc, gospodyni?
Czułam na plecach wzrok Penelopy, bliski jak księżyc jesienią. Prosiła o czas na naprawienie jej stosunków z synem. Wyobrażałam sobie jej gorzkie myśli.
– Zrobię to – powiedziałam. – Ale zniesienie czarów wymaga wysiłku. Atena może się zjawić za trzy dni.
– Chcesz, bym powiedział córce Zeusa, że ma czekać trzy dni?
– Oni są tutaj już pół miesiąca. Gdyby się jej spieszyło, posłałaby cię wcześniej. I możesz jej powiedzieć, że to moje słowa.

W jego oczach błysnęło rozbawienie. Kiedyś łaknęłam takich spojrzeń, tylko że wtedy głodowałam i uważałam, że okruchy to uczta.

– Możesz być pewna, że powiem.

Odetchnęliśmy w pustej przestrzeni, którą po sobie zostawił. Penelopa spojrzała mi w oczy.

– Dziękuję. – Potem zwróciła się do Telemacha: – Synu. – Po raz pierwszy byłam świadkiem, jak zwraca się do niego bezpośrednio. – Zbyt długo kazałam ci czekać. Pójdziesz się ze mną przejść?

ROZDZIAŁ DWUDZIESTY CZWARTY

Odprowadziliśmy ich wzrokiem, gdy poszli ścieżką w dół, na brzeg morza. Telemach wyglądał na nieco oszołomionego, było to jednak jak najbardziej naturalne. W jednej chwili się dowiedział, że jest wybrańcem Ateny i że ma zawrzeć pokój z matką. Chciałam coś powiedzieć, zanim odszedł, lecz zabrakło mi słów.

Telegonos trącił mnie w łokieć.

– Co Hermes miał na myśli, kiedy powiedział o dziedzictwie Telemacha?

Pokręciłam głową. Właśnie tego dnia zobaczyłam rano pierwsze zielone pąki wiosny. Atena miała wyczucie chwili. Przybyła najwcześniej, jak się dało, kiedy Telemach mógł odpłynąć.

– To dziwne, że na odwołanie zaklęcia potrzeba trzech dni. Nie możesz użyć tego... Jak się to nazywa? Szlachetnego ziela?

Odwróciłam się do niego.

– Wiesz, że zaklęcia słuchają się mojej woli. Gdybym chciała, przestałoby działać w jednej chwili. Więc nie, nie potrzeba trzech dni.

Uniósł brwi.

– Okłamałaś Hermesa? Czy Atena nie będzie zła, kiedy się dowie?

Jego niewinność w dalszym ciągu napawała mnie strachem.

– Nie planuję jej tego mówić. Telegonosie, to są bogowie. Musisz z nimi postępować z głową, inaczej po tobie.

– Powiedziałaś tak, żeby mieli czas porozmawiać, Penelopa i Telemach – domyślił się.

Był młody, ale nie głupi.

– Coś w tym rodzaju.

Postukał w okiennice. Lwice nie zareagowały; znały tę oznakę jego zniecierpliwienia.

– Zobaczymy ich jeszcze? A jeśli odpłyną?

– Myślę, że ich zobaczymy – odparłam. Jeśli usłyszał brak pewności w moim głosie, nic nie powiedział. Trochę odetchnęłam. Dawno nie rozmawiałam z Hermesem, więc zapomniałam, jaki to wysiłek odpierać jego mądry, wszystkowidzący wzrok.

– Myślisz, że Atena będzie próbowała mnie zabić? – spytał mój syn.

– Zanim przybędzie, musi złożyć przysięgę, i będzie musiała jej dotrzymać. Ale na wszelki wypadek mamy włócznię.

Żeby za dużo nie myśleć, zajęłam się obowiązkami domowymi, przygotowaniem posiłku, praniem i pieleniem. Kiedy zrobiło się ciemno, spakowałam kosz jedzenia i wysłałam Telegonosa do Penelopy i Telemacha.

– Nie siedź z nimi długo – poleciłam mu. – Powinni zostać sami.

Zaczerwienił się.

– Nie jestem głupim dzieciakiem.

Wzięłam głębszy oddech.

– Wiem, że nie.

Kiedy poszedł, chodziłam w tę i we w tę. Nie potrafiłam wytłumaczyć, dlaczego jestem tak spięta. Wcześniej zdawałam sobie sprawę, że odpłyną. Cały czas wiedziałam, że tak będzie.

Penelopa wróciła, gdy wzeszedł księżyc.

– Jestem ci wdzięczna – powiedziała. – Życie nie jest takie proste jak praca przy krosnach. Nie spruje się jednym szarpnięciem tego, co się utkało. Ale myślę, że jakoś ruszyliśmy z miejsca. Czy to właściwe, że sprawiło mi przyjemność patrzeć, jak odsyłasz Hermesa z kwitkiem?

– Sama nie wiem, czy zachowuję się właściwie. Ale przyjemnie myśleć, że Atena będzie musiała siedzieć trzy dni jak na rozżarzonych węglach.

Uśmiechnęła się.

– Dziękuję. Jeszcze raz.

Telegonos siedział przy palenisku, zaopatrując strzały w pierzyska, szło mu jednak jak po grudzie. Był równie niespokojny jak ja, przebierał nogami, wyglądał przez okno, patrząc na pusty ogród, jakby Hermes znów miał się pojawić. Przetarłam stoły, które nie wymagały przetarcia. Poprzestawiałam donice z ziołami. Mogłam usiąść przy krosnach i trochę popracować, lecz nie chciałam, żeby było widać różnicę splotów.

– Wychodzę – powiedziałam Telegonosowi. I zanim otworzył usta, już mnie nie było.

Sama nie wiem, jak trafiłam do niewielkiego parowu między dębami i oliwkami. Gałęzie rzucały gęsty cień, a trawa rosła tam miękka. W nocy śpiewały ptaki.

Siedział na zwalonym drzewie; jego sylwetka rysowała się na ciemnym tle.

– Przeszkadzam?

– Nie – odpowiedział.

Usiadłam obok. Poczułam pod stopami chłodną i nieco wilgotną trawę. W oddali odzywały się sowy, nadal głodne po zimowym poście.

– Matka powiedziała mi, co dla nas zrobiłaś – odezwał się Telemach. – Teraz i wcześniej. Dziękuję.

– Cieszę się, jeśli to coś dało.

Lekko skinął głową.

– Była daleko przede mną. Jak zwykle.

Gałęzie poruszyły się nad naszymi głowami, tnąc księżyc na płatki.

– Jesteś gotów stanąć twarzą w twarz z szarooką boginią?
– A kto jest na to gotów?
– Przynajmniej już ją spotkałeś. Kiedy zatrzymała wojnę między twoim ojcem i rodzinami zalotników.
– Spotkałem ją wiele razy – sprostował. – Dawniej, gdy byłem dzieckiem. Nigdy nie pod własną postacią. Niektórzy pojawiający się wokół mnie ludzie mieli w sobie coś dziwnego. Wiesz… nieznajomy podsuwający zbyt szczegółowe rady… stary przyjaciel rodziny, którego oczy świeciły w ciemności… powietrze o smaku tłustych oliwek i żelaza… Wymawiałem jej imię i niebo rozjaśniało się jak polerowane srebro. Uciążliwości codziennego życia, zadziorki przy paznokciach, szyderstwa zalotników… wszystko to znikało. Dzięki niej czułem się jak jeden z tych opiewanych w pieśniach herosów, gotowy okiełznać zionące ogniem byki i wybijać smocze zęby.

Sowa zatoczyła krąg, pracując bezszelestnie skrzydłami. Wypełniony tęsknotą głos Telemacha zabrzmiał w ciszy niczym dzwon.

– Po powrocie ojca nigdy więcej się nie pokazała. Długo czekałem. Zabiłem jagnięta na jej ołtarzu. Z uwagą przyglądałem się każdemu, kto przechodził. Czy tamten pasterz kóz nie ociąga się dziwnie? Czy ten żeglarz nie interesuje się za bardzo moimi myślami? – Roześmiał się półgębkiem w mroku. – Możesz sobie wyobrazić, że ludzie za mną nie przepadali. Zawsze się w nich wgapiałem, po czym odwracałem się zawiedziony.

– Wiesz, co ona dla ciebie szykuje?
– Kto wie, co szykują dla niego bogowie?

Zabrzmiało to jak reprymenda. Odwieczna przepaść między śmiertelnikami i istotami boskimi znów dała o sobie znać.

– Z pewnością czeka cię władza i bogactwo. Na pewno dostaniesz szansę zostać Telemachem Sprawiedliwym.

Wpatrywał się w cienie lasu. Do tej pory ledwo na mnie spojrzał. Cokolwiek się zrodziło między nami, rozpierzchło się jak dym na wietrze. Myślami był z Ateną, skupiony na przyszłości. Spodziewa-

łam się tego, lecz zaskoczył mnie ból, jaki odczułam, kiedy to tak szybko nastąpiło.
— Powinieneś zabrać łódź — powiedziałam sucho, rzeczowo. — Jak wiesz, zaklęcie zabezpiecza ją przed utonięciem. Skoro otrzymasz wsparcie Ateny, zaklęcie nie będzie ci potrzebne, ale dzięki niemu będziesz mógł wypłynąć, gdy tylko uznasz, że jesteś gotowy. Telegonos nie będzie miał nic przeciwko temu, że weźmiesz łódź.

Długo milczał, jakby nie usłyszał moich słów.
— To łaskawa propozycja, dziękuję. Odzyskasz swoją wyspę.

Słyszałam trzaski w poszyciu. Słyszałam daleki brzeg morza; nasze oddechy ginęły w nigdy niekończącym się przyboju.
— Tak, odzyskam.

*

Podczas następnych dni mijałam go, jakby był stołem w wielkiej izbie. Penelopa spoglądała na mnie, z nią jednak też nie rozmawiałam. Teraz tych dwoje często przebywało razem, naprawiając to, co wcześniej zostało zepsute. Nie obchodziło mnie to. Zabrałam Telegonosa nad morze, żeby mi pokazał, jak pływa. Wprawnie ciął umięśnionymi ramionami fale. Wydawał się starszy — nie szesnastolatek, ale dorosły mężczyzna. Dzieci bogów zawsze osiągają pełnię sił szybciej niż śmiertelnicy. Wiedziałam, że będzie tęsknił za Telemachem i Penelopą, kiedy odpłyną. Ale mogłam znaleźć zajęcia, które mu pomogą. Szykowałam się do tego, by uświadomić mu, że niektórzy ludzie są jak konstelacje, które ukazują się tylko o jednej porze roku.

Przygotowywałam kolację, potem brałam okrycie i szłam w ciemność. Wyszukiwałam najwyższe wzniesienia, ostępy zamknięte dla śmiertelników. I śmiałam się w duchu, że to robię. Bo które z nich miałoby mnie szukać? W myślach przebiegałam te wszystkie historie, których nie opowiedziałam Odyseuszowi: o Ajetesie, Scylli i wiele innych. Nie chciałam, żeby historia mojego życia służyła mu tylko do rozrywki, za ziarno mielone nieustannie pracującym młynem jego inteligencji. Ale tylko on by je zniósł, ich brzydotę, moje błędy. Przegapiłam szansę, by się nimi podzielić; teraz było za późno.

Poszłam do łóżka. Do brzasku śniłam o włóczni uzbrojonej w ogon Trygona.

*

Przed południem trzeciego dnia Penelopa dotknęła mojego rękawa. Już skończyła tkać czarny płaszcz. Jej twarz wyszczuplała, odzienie odebrało skórze blask.

– Wiem, że wiele żądam, ale będziesz przy tym, jak ona się pojawi? – spytała.

– Tak. I Telegonos też. Chcę, żeby to się skończyło w jasny sposób. Mam dość tych gierek – odparłam zdecydowanym tonem, po czym szybkim krokiem poszłam na szczyt góry.

W miejscu, w którym stanęłam, skały – od szesnastu lat polewane moimi miksturami – pociemniały. Pochyliłam się i potarłam ślady we wgłębieniach. Tyle razy tam przychodziłam. Tyle godzin tam spędziłam. Zamknęłam oczy, poczułam nad głową czar kruchy jak szkło i odczyniłam urok.

Dał się słyszeć trzask tak cichy, jakby pękła przeciążona cięciwa. Czekałam, aż stary ciężar spadnie z moich ramion, a tymczasem przetoczyło się przeze mnie dziwne zmęczenie. Wyciągnęłam rękę, by znaleźć podparcie, ale trafiłam tylko na pustkę. Zachwiałam się, kolana się pode mną ugięły. Nie było jednak czasu na słabość. Zostaliśmy pozbawieni obrony. Atena przybywała – spadała ku mojej wyspie jak pikująca orlica. Zmusiłam się do opuszczenia góry. Idąc, zahaczałam stopą o każdy korzeń, wykręcałam kostki na kamieniach. Dyszałam. Otworzyłam drzwi. Ujrzałam trzy zaskoczone twarze. Telegonos powstał.

– Matko?

Szybko go minęłam. Moje niebo stało otworem i każda chwila groziła niebezpieczeństwem. Musiałam mieć włócznię. Porwałam wykrzywione drzewce z kąta, w którym stało, i wciągnęłam w płuca słodki zapach trucizny. Nieco przejaśniło mi się w głowie. Nawet Atena nie mogła podjąć tego ryzyka.

Zaniosłam włócznię do wielkiej izby i usiadłam przy palenisku. Penelopa, Telemach i mój syn podeszli do mnie niepewnie. Nie dane nam było się przygotować. W pomieszczeniu zajaśniały świetliste jak błyskawica członki; powietrze się rozsrebrzyło. Napierśnik rzucał blask, jakby dopiero co go odlano. Zwieńczenie hełmu górowało nad nami wszystkimi.

Jej wzrok spoczął na mnie.

– Powiedziałam ci, że pożałujesz, jeśli on będzie żył. – Głos miała ciemny jak ruda w skale.

– Myliłaś się – odparłam.

– Zawsze byłaś nieposłuszna, tytanko. – Ostrym ruchem, jakby chciała zadać mi ranę swoją precyzją, skierowała wzrok na Telemacha, który klęczał tak jak jego matka. – Synu Odyseusza – przywitała go Atena. Jej ton się zmienił; była rozzłoszczona. – Zeus przepowiedział, że na zachodzie powstanie nowe cesarstwo. Eneasz uciekł z garstką Trojan, którzy przeżyli, a ja muszę wyznaczyć im granice podbojów, żeby zadbać o równowagę, i potrzebuję do tego Greków. Ziemia jest tam żyzna i bogata, pełna zwierząt, pól i lasów, wszelakiego rodzaju płodów. Znajdziesz tam zamożne miasto, wzniesiesz mocarne mury i ustanowisz prawa, które stawią tamę napływowi barbarzyństwa. Pod twymi rządami wyrośnie dzielny lud, który będzie rządził przez przyszłe wieki. Zebrałam znakomitych mężów z naszych lądów i zaokrętowałam ich. Dziś przybędą i zabiorą cię ku przyszłości.

Izba płonęła złotymi skrami jej wizji. Telemach też płonął. Wydawało się, że ramiona mu się poszerzyły, kończyny spotężniały.

– Bogini szarooka i mądra – odezwał się niskim głosem. – To zaszczyt dla śmiertelnika niezwykły. Łaska niczym niezasłużona.

Uśmiechnęła się jak świątynny wąż nad miską śmietany.

– Okręt przybędzie o zmierzchu. Bądź gotów.

To był znak, że ma powstać, zademonstrować chwałę, której mu udzieliła, i unieść ją niczym pobłyskujący znak armijny. On jednak klęczał, nie ruszył się.

– Obawiam się, że nie jestem godzien twoich darów.

Zmarszczyłam brwi. Dlaczego tak się płaszczył? To nie było mądre. Powinien jej podziękować i na tym koniec, zanim ona znajdzie jakiś powód do obrazy.

– Znam twoje słabości – powiedziała ze zniecierpliwieniem. – Nie będą miały znaczenia, kiedy stawię się tam, wspierając twoje ramię dzierżące włócznię. Już raz poprowadziłam cię do zwycięstwa przeciwko zalotnikom. Znów cię poprowadzę.

– Strzegłaś mnie – potwierdził. – Dziękuję ci za to. Ale nie mogę przyjąć daru.

Powietrze w pokoju znieruchomiało całkowicie.

– Co chcesz przez to powiedzieć? – Te słowa paliły ogniem.

– Zastanawiałem się. Trzy dni się zastanawiałem. I zdałem sobie sprawę, że nie mam ochoty walczyć z Trojanami ani budować cesarstwa. Wypatruję innych dni.

W gardle mi zaschło. Co ten głupiec wyczyniał? Ostatnim człowiekiem, który przeciwstawił się Atenie, był Parys, książę Troi. Wolał boginię Afrodytę i teraz nie żył, a jego miasto zamieniło się w popiół.

Oczy Ateny przeszywały powietrze jak świdry.

– Nie masz ochoty? Co to ma znaczyć? Czy jakiś inny bóg zaproponował ci coś lepszego?

– Nie.

– W takim razie o co chodzi?

Nie ugiął się pod jej wzrokiem.

– Nie takiego życia pragnę.

– Penelopo. – Jej głos był jak trzask bicza. – Przemów do syna.

Penelopa nisko pochyliła głowę.

– Już to robiłam, bogini. Trwa przy swoim. Wiesz, że ród jego ojca zawsze był uparty.

– Uparty w osiąganiu swoich celów i pomysłowości. – Każde słowo Ateny rozległo się trzaskiem, jaki wydaje łamana szyja gołębicy. – Co mają znaczyć te nędzne wymówki? – Odwróciła się do Telemacha. – Nie powtórzę propozycji. Jeśli będziesz trwał przy swojej głupocie i odmawiał mi, utracisz wszelką chwałę. Nie zjawię się, choćbyś błagał.

– Rozumiem – odparł.

Jego spokój chyba ją rozjuszył.

– Nie powstanie o tobie żadna pieśń. Żadna opowieść. Rozumiesz? Twoje życie minie w zapomnieniu. Historia nie wspomni twojego imienia. Będziesz nikim. – Biła każdym słowem jak młotem w kuźni.

Ugnie się, pomyślałam. Oczywiście, że się ugnie. Śmiertelnicy marzyli o sławie, którą opisała. To była ich jedyna nadzieja na nieśmiertelność.

– Wybieram taki los – powiedział.

Na zimnym, pięknym obliczu Ateny lśniło nieukrywane niedowierzanie. Ile razy przez wieczność usłyszała „nie"? Nie potrafiła pojąć jego zachowania. Miała wygląd orlicy, która chciała porwać zająca, a wylądowała w błocie.

– Jesteś głupcem – prychnęła. – Masz szczęście, że nie zabiję cię na miejscu. Oszczędzę cię z miłości do twojego ojca, ale już nie jestem twoją patronką.

Chwała, która dodawała Telemachowi blasku, zniknęła. Bez niej wydawał się szary, wysuszony i powykrzywiany jak kora oliwki. Byłam tak samo wstrząśnięta jak Atena. Co on zrobił? I tak się zagłębiłam w myślach, że nie dostrzegłam drogi, na którą zostaliśmy wepchnięci, aż było za późno.

– Telegonosie – rzuciła Atena. Jej srebrzyste spojrzenie pomknęło ku niemu. Głos znów się zmienił; spiżowe tony nabrały pieszczotliwego wyrazu. – Słyszałeś, co zaproponowałam twojemu bratu. Teraz składam ofertę tobie. Czy wsiądziesz na okręt i będziesz moim szańcem w Italii?

Miałam wrażenie, że osunęłam się z przybrzeżnej skały. Byłam w powietrzu, spadałam, próżno szukając czegoś, czego mogłabym się uchwycić.

– Synu! – krzyknęłam. – Nic nie mów.

Szybka jak strzała wystrzelona z łuku, odwróciła się do mnie.

– Ośmielasz się znów mi przeciwstawić? Czego jeszcze chcesz ode mnie, wiedźmo? Złożyłam przysięgę, że go nie skrzywdzę. Oferuję mu dar, za który ludzie oddaliby duszę. Będziesz trzymać go spętanego całe życie jak chromego konia?

– Lepiej go nie zabieraj – powiedziałam. – Zabił Odyseusza.

– Odyseusz sam się zabił – rzekła. Jej słowa zasyczały w powietrzu jak ostrza sierpów. – Zagubił się.

– To ty ściągnęłaś go na manowce.

Gniew dymił jej z oczu. Widziałam w nich, jak wyobraża sobie ostrze włóczni wydzierające mi krew z gardła.

– Zrobiłabym go bogiem – powiedziała. – Równym nam. Ale w końcu okazał się za słaby.

To były całe przeprosiny, jakie dało się wydrzeć z ust olimpijskiej bogini. Obnażyłam zęby, chwyciłam włócznię i skierowałam jej ostrze w stronę Ateny.

– Nie dostaniesz mojego syna. Będę z tobą walczyć, zanim go weźmiesz.

– Matko. – Głos rozlegający się u mojego boku był cichy. – Mogę przemówić?

Rozlatywałam się w strzępy. Wiedziałam, co zobaczę, gdy na niego spojrzę. Żarliwą, błagalną prośbę. Chciał płynąć. Zawsze chciał odpłynąć, od kiedy go urodziłam. Pozwoliłam Penelopie zostać na mojej wyspie, żeby nie straciła syna. I w ten sposób straciłam swojego.

– Marzyłem o tym – wyznał. – O złotych polach, które ciągną się do horyzontu nietknięte. O sadach, połyskujących rzekach, bogatych stadach. Wydawało mi się, że widzę Itakę.

Próbował łagodnego tonu, hamował podniecenie wzbierające w nim jak powódź. Pomyślałam o Ikarze, który zginął, kiedy zyskał wolność. Telegonos umarłby, gdyby jej nie uzyskał. Nie dosłownie i nie od razu. Ale zacząłby usychać.

Wziął mnie za rękę. Gestem pieśniarza. Ale czy nie byliśmy treścią pieśni? Wrócił jakże często powtarzany przez nas refren.

– Jest ryzyko, wiem o nim, ale nauczyłaś mnie ostrożności. Mogę osiągnąć cel, który wytycza bogini. Chcę tego.

Wypełniła mnie szara pustka. Co mogłam rzec? Jedno z nas było skazane na rozpacz. Nie chciałam, aby stała się udziałem Telegonosa.

– Synu, decyzja należy do ciebie.

Radość popłynęła z niego jak fala. Odwróciłam się, nie chcąc jej oglądać. Atena musi się cieszyć, pomyślałam. Oto w końcu ma zemstę, o której marzyła.

– Bądź gotowy na przybycie okrętu – rozkazała. – Przypłynie przed wieczorem. Nie wyślę drugiego.

*

Światło straciło cały blask. Penelopa i Telemach się usunęli. Telegonos ściskał mnie, jak nie zdarzało mu się to od dziecka… może nigdy. Zapamiętaj to, powiedziałam sobie. Jego szerokie ramiona, krzywiznę kości pleców, ciepło oddechu. Ale moje myśli były jak rozrzucany wiatrem piasek.

– Matko? Nie cieszysz się z mojego szczęścia?

„Nie!", chciałam krzyknąć. Nie cieszę się. Dlaczego miałabym się cieszyć? Nie wystarczy, że pozwalam ci odpłynąć? Ale nie chciałam, żeby taki był mój ostatni obraz, jaki zapamięta: wrzeszczącej, zawodzącej matki, jakby umarł, chociaż przepełniała go nadzieja na wiele szczęśliwych lat.

– Cieszę się z twojego szczęścia – wydusiłam z siebie. Poszłam z nim do jego izby. Pomogłam się spakować, napełniłam kufry wszelkiego rodzaju miksturami i maściami na rany i bóle głowy, ospę i bezsenność, nawet pomagające przy porodzie, na co oblał go rumieniec.

– Zakładasz dynastię – wyjaśniłam. – Nie rozwinie się bez następcy tronu.

Dałam mu wszystkie najcieplejsze rzeczy, jakie miałam, chociaż była wiosna, a niebawem miało nadejść lato. Powiedziałam, że powinien zabrać Arktur, którą uwielbiał od szczenięcia. Wcisnęłam mu amulety i otuliłam zaklęciami. Dostał stos skarbów – złota, srebra i najświetniejszych haftów – bo nowi królowie są najżyczliwiej przyjmowani, gdy mają cudowności do darowania.

Telegonos tymczasem otrzeźwiał.

– A jeśli zawiodę? – spytał.

Pomyślałam o ziemi opisanej przez Atenę. O falujących wzgórzach pełnych ciężkich owoców i pól obsypanych ziarnem, o jasnej twierdzy, którą wzniesie. Miał sprawować rządy z wysokiego tronu w najświetniejszej sali i mieli do niego przybywać ludzie ze wszystkich stron, by oddawać mu hołd. Pomyślałam, że będzie dobrym władcą. Sprawiedliwym i życzliwym. Nie będzie opętany jak jego ojciec. Telegonos nigdy nie był głodny sławy; pragnął życia.

– Nie zawiedziesz – zapewniłam go.

– Nie sądzisz, że ona chce mnie skrzywdzić?

Teraz się tym przejmował, ale było już za późno. Miał dopiero szesnaście lat; nie znał świata.

– Nie – uspokoiłam go. – Nie sądzę. Ceni cię za pochodzenie i z czasem będzie cię też cenić za to, jaki jesteś. Jest bardziej godna zaufania niż Hermes, chociaż żadnego boga nie można nazwać stałym w uczuciach. Musisz pamiętać, żeby być sobą.

– Będę. – Spojrzał mi w oczy. – Nie jesteś zła?

– Nie. – Naprawdę to nigdy nie była złość, tylko strach i smutek. Syn był narzędziem, którego bogowie mogli użyć przeciwko mnie.

Rozległo się pukanie. Telemach, unikając mnie wzrokiem, wniósł długi, owinięty w wełnę pakunek i podał go Telegonosowi.

– To dla ciebie.

Mój syn rozwinął wełnę. Gładki, długi łuk z nacięciami, zwężający się na końcach. Starannie owinięty cięciwami. Telegonos pogładził skórzany majdan.

– Jest piękny.

– Należał do naszego ojca – powiedział Telemach.

Zaskoczony Telegonos poderwał głowę. Zobaczyłam na jego twarzy cień starego smutku.

– Bracie, nie mogę. Już zabrałem twoje miasto.

– Nigdy nie było moje – odparł Telemach. – Ani ten łuk. Myślę, że będziesz lepszym właścicielem jednego i drugiego.

Miałam wrażenie, że stoję w wielkim oddaleniu. Nigdy tak wyraźnie nie dostrzegałam dzielącej ich różnicy wieku. Mój zapalczywy syn i mężczyzna, który wybrał bycie nikim.

Zanieśliśmy bagaże Telegonosa na plażę. Telemach i Penelopa pożegnali się z nim i odeszli nieco dalej. Stałam obok syna, lecz on prawie nie zdawał sobie sprawy z mojej obecności. Oczy wlepiał w horyzont, gdzie fale spotykały się z niebem.

Okręt, który przypłynął, był duży, świeżo pociągnięty żywicą i farbą; nowy żagiel lśnił. Załoga pracowała precyzyjnie, sprawnie. Brody mieli przystrzyżone, ciała silne. Rzucili trap i od razu zgromadzili się przy burcie.

Telegonos zrobił krok, by ich przywitać, i zatrzymał się: barczysty i jasny w słońcu, z łukiem jego ojca, z założoną cięciwą, zwisającym z ramienia. Arktur stała tuż przy nim.

– Jestem Telegonos z Ajai! – wykrzyknął. – Syn wielkiego bohatera i wielkiej bogini. Witajcie, bo przywiodła was tu sama szarooka bogini Atena.

Żeglarze padli na kolana. Pomyślałam, że tego nie wytrzymam. Że porwę go w ramiona i przytulę. Ale tylko objęłam go po raz ostatni i mocno przycisnęłam, jakbym mogła go wchłonąć przez skórę. Potem patrzyłam, jak zajmuje miejsce między nimi i staje na dziobie; jego sylwetka rysowała się na tle nieba. Światło trysnęło z fal srebrem. Uniosłam rękę w błogosławieństwie i oddałam syna światu.

*

Przez następne dni Penelopa i Telemach traktowali mnie jak egipskie szkło. Rozmawiali półgłosem i obchodzili na palcach moje krzesło. Penelopa zaproponowała mi miejsce przy krosnach. Telemach pilnował, żeby mój kielich nie stał pusty. Zapas drew przy palenisku był zawsze uzupełniony. Wszystko to działo się poza mną. Byli dla mnie dobrzy, lecz nie potrzebowałam ich. Wolałam zająć się przyrządzaniem mikstur, ale gdy zaczęłam to robić, wydawało mi się, że zioła kruszą się w palcach. Pozbawione mojego zaklęcia powietrze było bezbronne. Teraz bogowie mogli się zjawiać na wyspie, kiedy im się żywnie podobało. Nie byłam w stanie ich powstrzymać.

Przyszły cieplejsze dni. Niebo złagodniało, otwierając się nad nami jak miąższ dojrzałego owocu. Włócznia nadal stała oparta o ścianę mojej izby. Podeszłam do niej i zdjęłam pochwę, chcąc nasycić nozdrza wonią, która wznosiła się nad bladym, pokrytym trucizną grotem, ale nie potrafię powiedzieć, czego się spodziewałam. Potarłam się po klatce piersiowej, jakbym sprawdzała ciasto na chleb.

– Dobrze się czujesz? – spytał Telemach.
– Oczywiście. Co mogłoby mi być? Nieśmiertelni nie chorują.

Poszłam na plażę. Ostrożnie stawiałam kroki, jakbym niosła w ramionach niemowlę. Słońce płonęło na horyzoncie. Płonęło wszędzie, na moich plecach, ramionach i twarzy. Nie miałam szala. Nie groziły mi oparzenia. Nigdy.

Wokół rozciągała się moja wyspa. Moje zioła, zwierzęta, mój dom. I tak będą trwały, pomyślałam, dalej i dalej, zawsze takie same. Obecność Penelopy i Telemacha niczego nie zmieniała, nawet gdyby zostali tu na całe życie. Nawet jeśliby Penelopa była moją upragnioną przyjaciółką, a on kimś więcej, ich czas ze mną trwałby jedynie tyle, ile potrzeba na mrugnięcie powieką. Zmarnieliby, a ja spaliłabym ich ciała i patrzyłabym, jak związane z nimi wspomnienia żółkną i rozmywają się, jak wszystko w niekończącym się przepływie wieków, nawet Dedal, nawet splamiony krwią Minotaur, nawet głód Scylli. Nawet Telegonos. Śmiertelnik może osiągnąć sześćdziesiątkę, siedemdziesiątkę. Potem odchodzi do świata podziemi, dokąd ja nigdy nie wejdę, gdyż bogowie są przeciwieństwem śmierci. Próbowałam sobie wyobrazić okryte zmierzchem wzgórza, szare łąki i poruszające się pośród nich powolne bielejące cienie. Niektórzy chodzili, trzymając się za ręce z tymi, których ukochali za życia, inni czekali, przekonani, że pewnego dnia ich najbliżsi przyjdą. A dla tych, którzy nie kochali, których życie wypełniły ból i gorycz, była czarna Leta, rzeka oferująca dar zapomnienia. Lepsze takie pocieszenie niż żadne.

Tylko że to wszystko nie dla mnie. Miałam przetrwać niekończące się milenia, podczas gdy każdy, kogo poznałam, musiał zniknąć, a pozostać mieli tylko mnie pokrewni. Bogowie olimpijscy i tytani. Siostry i bracia. Ojciec.

Wtedy coś poczułam. Jak za dawnych pierwszych dni zaklęć i uroków, kiedy nagle i wyraźnie otwierała się przede mną ścieżka. Całe życie zmagałam się i walczyłam, a jednak była we mnie jakaś stała cząstka, jak powiedziała moja siostra. Wydało mi się, że słyszę tamtą bladą istotę w jej czarnych głębiach.

W takim razie, dziecko, stwórz inny.

Nie poczyniłam żadnych przygotowań. Jeśli nie byłam gotowa teraz, to kiedy będę? Nawet nie poszłam na szczyt. Mógł przybyć w to miejsce, na mój żółty piach, i rozmówić się ze mną tu, gdzie stałam.

– Ojcze, chcę z tobą mówić! – zawołałam.

ROZDZIAŁ DWUDZIESTY PIĄTY

Helios nie należał do bogów, którzy zjawiali się na gwizdnięcie, ale byłam jego krnąbrną córką, która zdobyła ogon Trygona. Już wam mówiłam, że bogowie uwielbiają nowinki. Są ciekawscy niczym koty.

Zstąpił z nieba. Na głowie miał koronę, a jego promienie zamieniły plażę w złoto. Purpura jego szat była ciemna niczym głęboka kałuża krwi. Minęły setki lat, a nie zmienił się ani trochę. Miałam przed sobą taki sam obraz, jaki od chwili, gdy się urodziłam, trwał wyryty w mojej pamięci.

– Przybywam – oznajmił. Jego głos potoczył się jak fala żaru bijąca od wielkiego ogniska.

– Chcę końca wygnania – powiedziałam.

– Twoje wygnanie nie ma końca. Jesteś ukarana po wieczność.

– Proszę, żebyś udał się do Zeusa i przemówił w moim imieniu. Przekaż mu, że jeśli mnie uwolni, uznasz to za przysługę.

Na jego twarzy malowało się więcej zdumienia niż gniewu.

– Dlaczego miałbym zrobić coś takiego?

Mogłam mu podać wiele powodów. Bo przez cały czas byłam twoją kartą przetargową. Bo widziałeś tych wszystkich mężczyzn i wiedziałeś, do czego są zdolni, a mimo to pozwoliłeś im wylądować na mojej wyspie. Bo potem, kiedy byłam kupką nieszczęścia, nie zjawiłeś się.

– Bo jestem twoją córką i będę wolna.

– Jak zawsze nieposłuszną i nadto śmiałą. Wzywającą mnie dla swoich błazeństw.

Patrzyłam na jego twarz, promieniującą cnotliwą mocą. Wielki Strażnik Niebios. Wybawca. Takie miał imiona. Wszystkowidzący, Niosący Światło, Zachwyt Ludzkości. Dałam mu szansę. Coś więcej, niż on kiedykolwiek dał mnie.

– Pamiętasz, jak Prometeusz został wybatożony w twojej wielkiej sali?

Zmrużył oczy.

– Oczywiście.

– Zostałam w niej, kiedy wszyscy wyszli. Zatroszczyłam się o niego i rozmawialiśmy.

Przepalał mnie wzrokiem.

– Nie odważyłabyś się.

– Jeśli wątpisz, możesz go spytać. Albo Ajetesa. Chociaż to byłby cud, gdybyś wydobył z mojego brata choć odrobinę prawdy.

Skóra zaczęła mnie piec od jego żaru; oczy mi łzawiły.

– Jeśli zrobiłaś coś takiego, popełniłaś największą zdradę. Tym bardziej zasługujesz na wygnanie. Zasługujesz na największą karę, jaką mogę ci zgotować. Dla głupiego kaprysu naraziłaś nas na gniew Zeusa.

– Tak – powiedziałam. – A jeśli się nie postarasz zakończyć mojego wygnania, narażę cię znowu. Powiem Zeusowi, co zrobiłam.

Jego twarz przebiegł skurcz. Pierwszy raz w życiu przyprawiłam go o prawdziwy wstrząs.

– Nie zrobisz tego. Zeus cię zniszczy.

– Może zniszczy. Sądzę jednak, że najpierw wysłucha. A winnym tak naprawdę będziesz ty, bo trzeba było lepiej pilnować córki. Oczywiście opowiem mu też inne rzeczy. O tych wszystkich pokątnych, zdradzieckich planach, które snujesz. Myślę, że Zeus z przyjemnością wysłucha, jak głęboko sięga bunt tytanów, nie sądzisz?

– Śmiesz mi grozić? Ach, ci bogowie! Wciąż to samo.

– Tak – odparłam.

Skóra rozżarzyła mu się do oślepiającej jasności. Jego głos przepalał mi ciało.

– Doprowadzisz do wybuchu wojny.

– Mam nadzieję. Bo zanim dla twojej wygody spędzę choć dzień dłużej na wygnaniu, zobaczę, jak giniesz, ojcze.

Jego wściekłość doszła do stanu takiego wrzenia, że powietrze wokół falowało.

– Mogę skończyć z tobą jedną myślą.

To był mój najstarszy lęk: że rozpadnę się w białym żarze. Znów mnie przeniknął i zadrżałam. Miałam jednak wszystkiego dość.

– Możesz – przyznałam. – Ale zawsze byłeś ostrożny, ojcze. Wiesz, że stawiłam czoło Atenie. Pokonałam najczarniejsze głębie. Nie potrafisz zgadnąć, jakie zaklęcia rzuciłam, jakie trucizny zgromadziłam, żeby się przed tobą zabezpieczyć, jak własna moc może ci rykoszetem spaść na głowę. Kto wie, co jest we mnie? Jak się tego dowiesz?

Te słowa zawisły w powietrzu. Jego oczy były dwoma dyskami rozpalonego złota, lecz nie odwróciłam wzroku.

– Jeśli to zrobię, nie licz na nic więcej z mojej strony – powiedział. – Nic więcej nie wybłagasz.

– Nie będę cię o nic więcej błagać, ojcze. Jutro opuszczę wyspę.

Nie spytał, dokąd popłynę, nawet nie był tego ciekawy. Jako dziecko spędziłam tyle lat, patrząc na jego jasną twarz i dopatrując się myśli, które mi poświęca. Ale był jednostrunową harfą grającą na jedną nutę. Jego własną.

– Zawsze byłaś moim najgorszym dzieckiem – dodał. – Ale przecież mnie nie zhańbisz.

– Mam pomysł. Zrobię, co mi się podoba, a ty już nie będziesz mnie zaliczał do swoich dzieci.

Zesztywniał z gniewu. Wyglądał, jakby połknął kamień, który utkwił mu w gardle i nie dawał się wykrztusić.

– Pozdrów ode mnie matkę – powiedziałam.

Zacisnął szczęki i zniknął.

※

Żółty piasek przybladł i odzyskał zwykły kolor. Cienie powróciły. Przez chwilę stałam bez ruchu; tylko serce waliło mi w piersiach. Ale napięcie opadło. Myślami przebiegłam nad ziemią, nad wzgórzem, do mojej izby, gdzie czekała włócznia z bladą trucizną. Dawno temu powinnam była ją zwrócić Trygonowi, lecz trzymałam ją dla ochrony albo z jakiegoś innego powodu, którego nie potrafiłam nazwać. Teraz w końcu go poznałam.

Poszłam do domu i zastałam Penelopę przy krosnach.

– Czas podjąć decyzję – oświadczyłam. – Są rzeczy, które muszę zrobić. Jutro odpływam, nie potrafię powiedzieć, na jak długo. Jeśli chcesz, mogę zabrać cię do Sparty.

Podniosła wzrok znad makaty, którą tkała. Rozszalałe morze i niknący w mrokach pływak.

– A jeżeli nie chcę?

– To możesz tu zostać.

Delikatnie trzymała czółenko, jakby to był ptak, stworzenie o wydrążonych kościach.

– Czy nie będę... przeszkadzać? – spytała. – Wiem, ile cię kosztowałam.

Miała na myśli Telegonosa. Tak, to było źródło smutku. Już na zawsze. Szara mgła rozwiała się jednak. Wszystko jawiło mi się wyraziście, choć z oddali, jak jastrzębicy unoszącej się w najwyższych warstwach eteru.

– On nigdy nie byłby tu szczęśliwy – odparłam.

– Ale to z naszego powodu odpłynął z Ateną.
To kiedyś raniło, lecz tylko moją dumę.
– Oni mają wielu dużo gorszych od niej. – Przyłapałam się na tym, że mówię „oni". – Daję ci wybór, Penelopo. Co zamierzasz?
Wilczyca się przeciągnęła, ziewając głośno.
– Jakoś nie pali mi się do Sparty – powiedziała Penelopa.
– Więc chodź, są rzeczy, których musisz się dowiedzieć. – Poprowadziłam ją do kuchni, gdzie stały rzędy słoi i butelek. – Wyspę chroni iluzja, dzięki której wydaje się nieprzystępna dla statków. Tak pozostanie, gdy odpłynę. Niestety, żeglarze czasem są nierozważni, a tych najbardziej nierozważnych często stać na najbardziej szalone posunięcia. Oto moje napary, które nie potrzebują czarów. Są między nimi trucizny, są też uzdrawiające balsamy. To sprowadza sen. – Podałam jej butelkę. – Nie działa natychmiast, więc nie możesz czekać do ostatniej chwili. Będziesz musiała wlać im to do wina. Dziesięć kropli powinno wystarczyć. Myślisz, że potrafisz to zrobić?

Potrząsnęła butelką, sprawdzając, ile waży. Uśmiechnęła się lekko.

– Nie pamiętasz, że mam pewne doświadczenie w obchodzeniu się z nieproszonymi gośćmi?

*

Telemach był gdzieś poza domem i nie pokazał się na kolacji. Nieważne, powiedziałam sobie w duchu. Minął czas, kiedy miękłam jak wosk. Moja ścieżka widniała przede mną. Spakowałam się. Zabrałam kilka zmian odzieży i płaszcz, ale poza tym tylko zioła i buteleczki. Wzięłam włócznię i wyszłam na ciepłe nocne powietrze. Musiałam rzucić zaklęcie, lecz najpierw musiałam iść do łodzi. Nie widziałam jej, od kiedy Telemach rozpoczął swoje prace, i musiałam się upewnić, że jest gotowa do rejsu. Nad morzem pokazały się błyskawice, wiatr przyniósł daleką woń ognia.

Zbliżał się ostatni sztorm, o którym mówiłam Telegonosowi, radząc, żeby poczekał. Ja jednak nie bałam się pogody. Do rana sztorm minie.

Weszłam do jaskini i wytrzeszczyłam oczy. Trudno było uwierzyć, że oglądam tę samą łódź. Wydłużyła się, dziób przebudowano i zwężono. Maszt dostał lepszy takielunek, ster osadzono sztywniej. Obeszłam ją. Na dziobie dodano galion, siedzącego lwa, który rozdziawiał paszczę. Grzywę oddano we wschodnim stylu: każdy pukiel osobno, zwinięty niczym skorupa ślimaka. Dotknęłam ich.

– Wosk nie wysechł. – Wyszedł z ciemności. – Zawsze myślałem, że każdy okręt powinien mieć na dziobie opiekuńczego ducha.

– Jest piękny – pochwaliłam go.

– Łowiłem ryby w zatoce, kiedy zjawił się Helios. Wszystkie cienie zniknęły. Słyszałem waszą rozmowę.

Poczułam rumieniec zażenowania. Musieliśmy wydać mu się groźni, nieludzcy i okrutni. Patrzyłam na łódź, by nie spoglądać na niego.

– A więc wiesz, że moje wygnanie jest zakończone i jutro wypływam. Pytałam twoją matkę, czy chce płynąć do Sparty, czy zostać. Powiedziała, że woli zostać. Ty masz ten sam wybór.

Morze wydawało takie same dźwięki jak czółenko krosien. Gwiazdy były żółte niczym gruszki dojrzewające nisko na gałęziach.

– Byłem na ciebie zły – powiedział.

Zaskoczył mnie. Rumieńce paliły mi policzki.

– Zły – powtórzyłam za nim.

– Tak. Myślałaś, że popłynę z Ateną. Po tym wszystkim, co ci powiedziałem. Nie jestem twoim synem i nie jestem twoim ojcem. Powinnaś wiedzieć, że nie spełnię żadnego życzenia Ateny. – Mówił spokojnym tonem, lecz czułam ostrze jego nagany.

– Przykro mi. Nie mogłam uwierzyć, że ktoś na tym świecie odmówi jej boskim żądaniom.

– Zabawne słyszeć to z twoich ust – rzucił.

– Nie jestem obiecującym młodym księciem, od którego oczekuje się wielkich wyczynów.

– Młodzi książęta są przeceniani.

Przesunęłam dłonią po pazurach lwa i poczułam pod palcami kleistą woskową powłokę.

– Czy zawsze robisz piękne rzeczy dla tych, na których jesteś zły? – spytałam.

– Nie, tylko dla ciebie.

Na dworze rozbłysła błyskawica.

– Ja także byłam zła – powiedziałam. – Myślałam, że nie możesz się doczekać, żeby odpłynąć.

– Nie wiem, skąd ci to przyszło do głowy. Wiesz, że nie umiem ukryć tego, co myślę.

Czułam słodki, gęsty zapach wosku.

– Chodzi mi o ton, jakim mówiłeś o Atenie, kiedy miała się po ciebie zjawić. Myślałam, że tęsknisz. Że mówisz o czymś, co ukrywasz, jak tajemnicę serca.

– Ukrywałem to, bo się wstydziłem. Nie chciałem, byś usłyszała, że ona cały czas wolała mojego ojca.

Jest głupia, pomyślałam, ale zachowałam to dla siebie.

– Nie chcę płynąć do Sparty – oświadczył. – Ani zostać tutaj. Chyba wiesz, gdzie wolałbym być.

– Nie możesz popłynąć tam, dokąd się udaję. Śmiertelnik nie będzie tam bezpieczny.

– Podejrzewam, że nikt nie może tam być bezpieczny. Powinnaś widzieć swoją minę. Ty też nie potrafisz ukryć, co czujesz.

Jaką mam minę? – miałam ochotę się dowiedzieć, lecz zadałam inne pytanie:

– Byłbyś gotów opuścić matkę?

– Dobrze jej tu będzie. I wydaje mi się, że będzie zadowolona.

Pachnące pyłki trocin przeleciały obok mnie. To był ten sam zapach, jaki wydawała jego skóra, gdy rzeźbił. Nagle ogarnęła mnie beztroska. Miałam dość zgryzot, przekonywania, starannego planowania. Niektórzy mają to w naturze, ale nie ja.

— Jeśli chcesz do mnie dołączyć, nie powstrzymuję cię — powiedziałam. — Wypływamy o świcie.

*

Ja zajęłam się swoimi przygotowaniami, a on swoimi. Pracowaliśmy, aż niebo pojaśniało. Łódź została wypełniona po brzegi: serami i plackami jęczmiennymi, suszonymi i świeżymi owocami. Telemach dorzucił rybackie sieci, wiosła, dodatkowe liny i noże, wszystko starannie rozłożone i zabezpieczone. Zsunęliśmy łódź na kłodach do morza i kadłub bez wysiłku przeciął przybrzeżne fale. Penelopa stała na brzegu, machając nam na pożegnanie. Telemach sam poszedł jej powiedzieć, że wypływa. Cokolwiek na ten temat myślała, nie pokazała tego po sobie.

Postawił żagiel. Sztorm przeszedł; wiatry były świeże i życzliwe. Pochwyciły nas i przemknęliśmy po zatoce. Obejrzałam się na Ajaję, która stawała się coraz mniejsza. Podczas całego pobytu na wyspie tylko dwa razy widziałam ją malejącą za plecami. Czułam na ustach smak soli. Ze wszystkich stron otoczyły mnie srebrnogrzywe fale. Nie spadł żaden grom. Byłam wolna.

Nie, pomyślałam. Jeszcze nie.

— Dokąd się kierujemy? — Ręka Telemacha czekała na rumplu.

Ostatni raz wymówiłam głośno jej imię, rozmawiając z jego ojcem.

— Do cieśniny — powiedziałam. — Do Scylli. — Widziałam, że wie, o kim mówię. Bez drgnienia prowadził łódź. — Nie boisz się?

— Ostrzegłaś mnie, że nie będzie bezpiecznie — przypomniał mi. — Nie wydaje mi się, żeby strach coś tu pomógł.

Zostawialiśmy Ajaję coraz dalej za nami. Minęliśmy wyspę, na której zatrzymałam się z Dedalem w drodze na Kretę. Zobaczyłam znajomą plażę i zagajnik migdałowców. Zniszczone sztormem topole dawno zniknęły; ich szczątki użyźniły ziemię.

Na horyzoncie pojawiła się blada smuga. Rosła z każdą chwilą, nabrzmiewając jak smok. Wiedziałam, co to jest.

– Zwiń żagiel – rozkazałam. – Najpierw mamy tu coś do załatwienia.

Złowiliśmy dwanaście ryb, największych, jakie się dało. Ciskały się po pokładzie, rozrzucając słone krople. Wsunęłam im w pyski zioła i wypowiedziałam odpowiednie zaklęcie. Rozległ się znany trzask, rozdarły się ciała i już nie były rybami, lecz tuzinem baranów, tłustych i ogłupiałych. Przepychały się, przewracając ślepiami, ściśnięte na małej przestrzeni, co było darem losu – inaczej nie ustałyby. Nie umiały bowiem używać nóg.

Telemach musiał między nimi przechodzić, by usiąść do wioseł.

– Wiosłowanie może być przy nich ciężkie – powiedział.

– Nie pobędą tu długo.

Przyjrzał się krytycznie jednemu z tryków.

– Mają smak baraniny?

– Nie wiem. – Z torby z ziołami wyjęłam gliniany garnek, który napełniłam zeszłej nocy. Miał uchwyt i uszczelnioną woskiem pokrywę. Przywiązałam go rzemykiem do szyi największego barana.

Rozwinęliśmy żagiel. Wcześniej ostrzegłam Telemacha przed mgłą i rozpyloną morską wodą, więc przygotował odpowiednio wiosła, osadziwszy je w tymczasowych dulkach. Nie były wygodne, bo łódź przeznaczono do pływania z żaglem, ale mogły nam pomóc, gdyby wiatr całkowicie ucichł.

– Musimy się poruszać – powiedziałam. – Niezależnie od tego, co się wydarzy.

Skinął głową, jakby czekała nas łatwizna. Nie oszukiwałam się. Dzierżyłam włócznię o zatrutym ostrzu, znałam jednak szybkość Scylli. Kiedyś powiedziałam Odyseuszowi, że jest nie do zatrzymania. A jednak mimo wszystko znów do niej płynęłam.

Musnęłam ramię Telemacha i wyrzekłam zaklęcie. Poczułam opływający go czar; i Telemach znikł. Jeśli ktoś przyjrzałby się bacznie, zobaczyłby go, lecz na pierwszy rzut oka nie było go widać.

Patrzył, nie zadając pytań. Ufał mi. Szybko odwróciłam się w kierunku dziobu.

Napłynęła wilgotna mgła. Włosy miałam mokre i nad falami rozległ się odgłos ssącego wiru. Pochłonął zastępy żeglarzy, którzy próbowali uciec żarłocznej Scylli. Barany tuliły się do mnie, kołysząc się na nogach. Nie beczały, nie zachowywały się jak prawdziwe owce. Nie wiedziały jak. Było mi żal tych przemienionych dygoczących stworzeń.

Otwarła się przed nami cieśnina i wślizgnęliśmy się w nią. Zerknęłam na Telemacha. Czuwał przy wiosłach, wypatrując niebezpieczeństwa. Przebiegł mnie dreszcz. Co ja zrobiłam? Nie powinnam zabierać ze sobą Telemacha.

Uderzył mnie fetor, który rozpoznałam nawet po długim czasie: zgnilizna i nienawiść. A potem zjawiła się ona; wyłoniła się z szarej mgły. Wiekowe bezkształtne łby opuszczały się po skale, wydając chrapliwe odgłosy. Nabiegłe krwią ślepia nie spuszczały wzroku z baranów, które cuchnęły łojem i strachem.

– Przybywaj! – krzyknęłam.

Rzuciła się na swoje ofiary. Sześć baranów zniknęło w sześciu szeroko rozdziawionych paszczach. Błyskawicznie przepadła z nimi we mgle zmieszanej z rozpyloną wodą. Słyszałam trzask gryzionych kości, chlupot pracujących gardzieli. Po skale spływała krew.

Udało mi się zerknąć na Telemacha. Wiatr niemal ucichł i mój towarzysz wyprawy w skupieniu pracował przy wiosłach. Pot wystąpił mu na ramiona.

Tymczasem wróciła Scylla, kołysząc złowrogo łbami. W zębach miała kawałki owczego runa.

– Teraz reszta! – zawołałam.

Porwała pozostałą szóstkę tak szybko, że zniknęła wraz z moim ostatnim słowem. Wśród ofiar był baran z garnkiem. Wytężyłam słuch, usiłując rozpoznać szczęk pękającej w zębach gliny, wszystko jednak zagłuszył trzask pochłanianych kości i ciał.

W nocy zebrałam pod chłodnym księżycem truciznę z ostrza.

Ściekła czysta i rzadka do wypolerowanej misy z brązu. Dodałam do niej mięty skalnej, dawno temu zebranej na Krecie, korzenia cyprysu, odłamków skały z Ajai i ziemi z ogrodu, a na końcu mojej krwi. Płyn się zapienił i nabrał żółtej barwy. Wszystko to przelałam do garnka i uszczelniłam go woskiem. Teraz mikstura spływała jej do gardła, gromadząc się we wnętrznościach.

Sądziłam, że tuzin baranów nasyci jej głód, ale kiedy znów się pojawiła, spojrzenie miała takie jak zawsze, zachłanne i wściekle głodne. Jakby nie karmiła brzucha, lecz niegasnącą furię.

– Scyllo! – Uniosłam włócznię. – To ja, Kirke, córka Heliosa, czarownica z Ajai!

Wydawała z siebie straszliwe dźwięki – znaną mi kakofonię przypominającą zawodzenie psiej sfory – od których bębenki w uszach mało nie popękały, nie rozpoznała mnie jednak.

– Dawno temu byłaś nimfą. Przemieniłam cię. Teraz przybywam z potęgą Trygona dokończyć, co kiedyś zaczęłam.

I wypowiedziałam zaklęcie w przesączone wodą powietrze.

Zasyczała. W jej spojrzeniu nie było cienia ciekawości. Nadal kołysała łbami, łypiąc na pokład, jakby nie mogła się doszukać jeszcze jednego barana. Za plecami słyszałam ciężko pracującego przy wiosłach Telemacha. Żagiel zwisał bezwładnie; płynęliśmy tylko siłą mięśni mojego dzielnego wioślarza.

W tej chwili dostrzegłam, że jej ślepia przeniknęły iluzję, którą stworzyłam, i dojrzały go. Zajęczała cicho, z przejęciem.

– Nie! – Poderwałam w górę włócznię. – Ten śmiertelnik jest pod moją ochroną. Jeśli go zabierzesz, skażesz się na wieczne męki. Widzisz, że dzierżę ogon Trygona.

Znów zawyła. Poczułam jej oddech, smród i parzący żar. Wpadała w coraz większe podniecenie, coraz szybciej kołysała łbami. Kłapała szczękami, z których zwisały długie strugi śliny. Bała się włóczni, lecz wiedziałam, że strach długo jej nie powstrzyma. Już dawno zasmakowała w ludzkim ciele. Łaknęła go. Ogarnęła mnie ślepa groza. Przysięgłabym, że zaklęcie okaże się wystarczającą tarczą. Czyżbym się pomyliła? Panika sprawiła, że zesztywniały mi mięśnie barków. Zapowiadało się, że będę musiała walczyć jednocześnie z sześcioma nienasyconymi paszczami. Nie byłam wyćwiczonym wojownikiem. Jeden z tych łbów miał dopaść mnie, a potem Telemacha... Nie dokończyłam tej myśli. Przez głowę przebiegały mi inne, wszystkie bezużyteczne: zaklęcia, które nie mogły zadziałać, składy trucizn, których nie miałam pod ręką, imiona bogów, którzy nie byli gotowi mi pomóc. Mogłam powiedzieć Telemachowi, żeby wyskoczył za burtę i uciekał wpław, ale dokąd? Pozostawała tylko droga do pochłaniającego wszystko wiru Charybdy.

Zasłoniłam ciałem Telemacha i napięta do ostateczności, przygotowałam włócznię do ciosu. Muszę ją zranić, zanim sięgnie za mnie, powiedziałam sobie. Muszę przynajmniej skazić krew Scylli trucizną Trygona. Przygotowałam się na jej atak.

Nie nastąpił. Scylla dziwnie poruszała jednym pyskiem: kłapała nim bezsilnie. Zacharczała, jakby się dusiła. Zakrztusiła się i na jej zęby wystąpiła żółta piana.

– Co to? – usłyszałam głos Telemacha. – Co się dzieje?

Nie było czasu na odpowiedź. Nabrzmiałe ciało Scylli wyłoniło się z mgły. Nigdy wcześniej nie widziałam tak wielkiej galaretowatej masy. Na naszych oczach zsuwała się po skale. Scylla zapiszczała wszystkimi paszczami i poderwała łby, jakby chciała się wycofać, lecz opadała dalej tak bezwolnie, jakby połknęła górę kamieni. Teraz wyłoniły się odnóża, dwanaście monstrualnych macek znikających daleko we mgle. Hermes powiedział mi, że zawsze je ukrywa, zwinięte w jaskini pomiędzy kośćmi i strzępami ofiar, przyklejone do skały, aby w każdej chwili przypuścić atak i wrócić.

Jęczała, rozwierała i zamykała szczęki, odrzucała w tył łby, gryząc się w szyi. Szara skóra pokryła się żółtą pianą i krwią. Rozległ się odgłos, jaki wydaje głaz wleczony po ziemi, i nagle coś szarego mignęło obok nas i runęło do wody, podnosząc fale. Pokład zakołysał się szaleńczo, tak że prawie straciłam równowagę. Kiedy znów poczułam się pewnie, zobaczyłam przed sobą jedną z gigantycznych macek potwora. Odpadła od ciała, gruba niczym najstarszy dąb na Ajai, i jej koniec znikał pod falami.

– Musimy odpłynąć! – zawołałam. – W tej chwili. Zaraz spadną następne. – Nie skończyłam zdania, a znów rozległ się hałas wielkiej masy sunącej po skale.

Telemach krzyknął, żeby mnie ostrzec, gdy macka potwora spadła tak blisko rufy, że burta zniknęła pod wodą. Padłam na kolana, a on zleciał z ławki. Nie wypuścił z rąk wioseł i z wysiłkiem znów osadził je w dulkach. Woda wokół nas się zapieniła, łódź dźwignęła się w górę i opadła wraz z falą. Wysoko nad naszymi głowami wyła i miotała się Scylla. Opadające macki ściągały ją coraz niżej. Mogła nas dosięgnąć, lecz była zajęta czymś innym. Odgryzała swoje bezwładne macki. Przez chwilę się wahałam, ale w końcu wcisnęłam włócznię pomiędzy zapasy, żeby nie stoczyła się do wody, i chwyciłam za wiosło.

– Płyniemy!

Pochyliliśmy się nad wiosłami. Znów rozległo się szuranie ciągnionego głazu i spadła kolejna macka; fontanna wody zmoczyła pokład, a fala popchnęła dziób łodzi ku Charybdzie. Przed sobą mieliśmy wirujący morski chaos, zdolny połknąć całe okręty. Telemach walczył ze sterem, usiłując skierować łódź na bezpieczniejszy kurs.

– Linę! – krzyknął.

Wyciągnęłam linę spomiędzy zapasów, podałam mu, a on owinął nią rumpel i starał się przeprowadzić łódź wokół wiru. Ciało Scylli unosiło się nad nami na podwójną wysokość masztu. Macki nadal spadały i gigantyczny tułów z każdą chwilą był coraz niżej.

Dziesiąta, policzyłam. Jedenasta.

– Musimy płynąć! – zawołałam.

Telemach już naprowadził dziób na kurs. Unieruchomił rumpel i rzuciliśmy się do wioseł. Wściekłe fale pod skałą miotały łodzią jak liściem na wietrze. Woda pożółkła. Ostatnia sprawna macka wisiała napięta na skalnej ścianie, groteskowo naprężona.

W końcu puściła i potężny tułów uderzył w wodę. Fala wyrwała nam z rąk wiosła, lodowata woda zalała mi głowę. Nasze zapasy spadły z pokładu i zniknęły w białej kipieli, a z nimi włócznia Trygona. Ta strata była jak cios w pierś, nie miałam jednak czasu się nad nią zastanawiać. Trzymałam Telemacha za ramię, spodziewając się, że lada chwila pokład załamie się pod nami. Ale mocne deski i lina na rumplu wytrzymały. Ostatnia wielka fala wypchnęła nas z cieśniny.

Łoskot Charybdy ucichł i morze otworzyło się przed nami. Dźwignąwszy się na nogi, obejrzałam się za siebie. U podstawy klifu, gdzie dawniej czekała Scylla, rozciągała się mielizna. Nad nią nadal górował zarys sześciu wężowych szyi, ale teraz nieporuszony. Nigdy więcej nie miał się poruszyć. Scylla zamieniła się w kamień.

*

Do lądu mieliśmy długą drogę. Ramiona i plecy bolały mnie tak, jakbym została wychłostana, a Telemach musiał jeszcze bardziej cierpieć, jednak żagiel cudem przetrwał i dzięki niemu płynęliśmy przed siebie. Słońce zniknęło w wodzie jak spadający talerz i nad wodami wyrosła noc. W rozgwieżdżonej czerni dostrzegłam ląd. Gdy do niego dotarliśmy, wyciągnęliśmy łódź na piasek. Straciliśmy cały zapas wody, a tymczasem Telemach miał w oczach mgłę i ledwo mówił. Poszłam poszukać rzeki i wróciłam z napełnioną po brzegi misą, w którą przemieniłam kamień. Mój towarzysz napił się do syta i potem tak długo leżał bez ruchu, że zaczęłam się bać. W końcu odchrząknął i spytał o jedzenie. Ja tymczasem zebrałam trochę jagód i złowiłam rybę, którą upiekliśmy na rożnie.

– Przepraszam, że naraziłam cię na niebezpieczeństwo – powiedziałam. – Gdyby nie ty, łódź roztrzaskałaby się w drzazgi.

Jadł rybę i tylko ze zmęczeniem pokiwał głową. Twarz nadal miał ściągniętą i bladą.

– Przyznaję, cieszę się, że mamy to już za sobą. – Rozłożył się na piasku i zamknął oczy.

Nic mu nie groziło, bo rozbiliśmy obóz w zagłębieniu przybrzeżnej skały, więc poszłam rozeznać się w terenie. Myślałam, że wylądowaliśmy na wyspie, lecz nie miałam całkowitej pewności. Żaden dym nie wznosił się nad koroną drzew i kiedy wytężyłam słuch, docierały do mnie tylko głosy ptaków, szelest traw i syk fal. Teren gęsto zarastały kwiaty i drzewa, ale nie poświęcałam im uwagi. Miałam przed oczami skalny masyw, który niegdyś był Scyllą. Przepadła ostatecznie. Po długich wiekach uwolniłam się od rozpaczy i smutku. Już żadna dusza nie miała się udać do świata podziemi, przeklinając moje imię.

Odwróciłam się do morza. Dziwnie mi było z pustymi dłońmi – bez włóczni. Czułam na dłoniach wiatr, sól zmieszaną z zieloną wonią wiosny. Wyobraziłam sobie szary, podłużny kształt znikający w ciemnościach, by znaleźć właściciela. Trygonie, rzekłam w myślach, twój ogon do ciebie powraca. Zbyt długo go zatrzymałam, ale w końcu zrobiłam z niego dobry użytek.

Delikatne fale przelewały się po piasku.

Ciemność opływała moje ciało, czysta jak woda. Kroczyłam w chłodnym powietrzu, jakbym brodziła w basenie. Utraciliśmy wszystko poza mieszkiem z narzędziami, który Telemach miał u pasa, i torby z miksturami uwiązanej na mojej szyi. Pomyślałam, że musimy wystrugać wiosła i zgromadzić zapas pożywienia. Ale to były sprawy na jutro.

Minęłam obsypaną białym kwieciem gruszę. Ryba rzuciła się w oświetlonej księżycem rzece. Z każdym krokiem czułam się lżejsza. W gardle wezbrało mi wzruszenie. Dopiero po chwili zrozumiałam dlaczego. Byłam stara, a cierpienia i lata wyrzeźbiły mnie jak wiatr skałę wyrazistą, żalem i latami wyrzeźbioną na monolit. Ale to była tylko postać, w którą zostałam włożona. Nie musiałam jej zachowywać.

Telemach dalej spał. Ręce złożył pod policzkiem jak dziecko. Wiosłując, starł skórę do krwi, więc nacierałam jego dłonie maścią, czując ich ciepły ciężar na moim podołku. Palce miał niewiarygodnie stwardniałe, ale wnętrze dłoni delikatne. Ileż to razy na Ajai wyobrażałam sobie ich dotyk?

Otworzył oczy, jakbym odezwała się na głos. Były czyste jak zawsze.

– Scylla nie urodziła się potworem – powiedziałam. – Przemieniłam ją w niego.

– Jak do tego doszło? – Cienie ogniska kryły jego twarz.

Jakiś głos krzyczał we mnie: „Kiedy mu powiesz, zmieni się na twarzy i znienawidzi cię!". Oparłam się jednak tej przestrodze. Pomyślałam, że jeśli zmieni się na twarzy, to trudno. Nie zajdę daleko, tkając za dnia i prując w nocy, nic nie robiąc. Opowiedziałam mu całą tamtą historię: o zazdrości, o swoim szaleństwie i ludziach, którzy stracili życie z mojej winy.

– Nazywała się Scylla – odezwał się, gdy skończyłam. – Rozszarpująca. Może było jej przeznaczone zostać potworem, a tobie przypadła jedynie rola narzędzia.

– Ty też uważasz się tylko za narzędzie, które powiesiło tamte niewolnice?

Równie dobrze mogłam go spoliczkować.

– Nie wymawiam się od odpowiedzialności. Całe życie będę nosił tamtą hańbę i żałował, że nie mogę cofnąć tego, co zrobiłem.

– Dzięki temu wiesz, czym się różnisz od ojca.

– Tak – powiedział twardym głosem.

– Ja czuję to samo. Nie próbuję wyprzeć żalu.

Długo milczał.

– Jesteś mądra – rzekł w końcu.

– Jeśli to prawda, to tylko dlatego, że setki razy zachowałam się jak głupiec.

– Przynajmniej walczyłaś o to, co było ci bliskie.

– Taka walka nie zawsze uszczęśliwia. Cała moja przeszłość jest jak dzisiejszy dzień: wypełniona potworami i potwornościami, o których nikt nie chciałby słuchać.

Wytrzymał mój wzrok. Coś w jego spojrzeniu dziwnie przypomniało mi Trygona. Nieziemski spokój.

– Ja bym chciał – powiedział.

Wiele składało się na to, że trzymałam się wobec niego na dystans: jego matka i mój syn, jego ojciec i Atena. Byłam istotą boską, on człowiekiem. Ale dotarło do mnie, że u podłoża tego wszystkiego był lęk. A przecież nigdy nie byłam tchórzem.

Dzieliła nas taka odległość, że czuliśmy nawzajem swój oddech. Zmniejszyłam ją.

ROZDZIAŁ DWUDZIESTY SZÓSTY

Zostaliśmy na tamtym brzegu trzy dni. Nie strugaliśmy wioseł i nie łataliśmy żagla. Łowiliśmy ryby, zbieraliśmy owoce i nie szukaliśmy niczego, co było poza zasięgiem naszych rąk. Kładłam mu dłoń na brzuchu i czułam, jak wznosi się i opada wraz z oddechem. Ramiona miał powęźlone muskułami, kark spalony słońcem.

Opowiedziałam mu swoje życie. Przy ognisku, w świetle przedpołudnia, kiedy robiliśmy sobie przerwę w naszych rozkoszach. Niektóre z opowieści okazały się łatwiejsze do przekazania, niż myślałam. Doznałam czegoś w rodzaju radości, opisując mu Prometeusza, znów ożywiając Ariadnę i Dedala. Ale inne fragmenty nie były tak łatwe i czasem, gdy mówiłam, dochodził do głosu gniew, a słowa napełniały usta goryczą. I wtedy irytowała mnie ta cierpliwość, z jaką wysłuchiwał mnie Telemach, kiedy mówiłam o tym, jak przelewałam krew. Byłam dojrzałą kobietą. Boginią, starszą od niego o setki pokoleń. Nie potrzebowałam jego litości, uwagi, niczego.

– No i? – pytałam porywczo. – Dlaczego nic nie mówisz?

– Słucham.

– Widzisz? – mówiłam po skończeniu opowieści. – Bogowie to paskudne stworzenia.

– Macie inną krew – odpowiadał. – Słyszałem to od pewnej czarownicy.

*

Trzeciego dnia wystrugał wiosła, a ja wyczarowałam i napełniłam bukłaki, po czym zebrałam owoce. Przyglądałam mu się, gdy mocował żagiel sprawnie i pewnie, i sprawdzał, czy nie przecieka kadłub.
– Nie wiem, co sobie myślałam. Nie potrafię sterować łodzią – przyznałam się. – Co bym zrobiła, gdybyś się nie zjawił?
Roześmiał się.
– W końcu byś dopłynęła, zabrałoby ci to tylko kawałek wieczności. Dokąd teraz płyniemy?
– Na wschodnie wybrzeże Krety. Jest tam zatoczka, w połowie piaszczysta, w połowie kamienista, niewyrośnięty las i wzgórza. O tej porze roku Smok na niebie wskazuje tam drogę.
Uniósł brwi.
– Jeśli poprowadzisz mnie odpowiednio blisko, powinnam znaleźć to miejsce – powiedziałam i spojrzałam na jego twarz. – Nie zamierzasz mnie spytać, co tam jest?
– Chyba wolę nie.
Spędziliśmy ze sobą niecały miesiąc, a miałam wrażenie, że zna mnie lepiej niż ktokolwiek, kto stąpał po ziemi.
To była gładka podróż; wiały świeże wiatry, a słońce jeszcze nie przypiekało żarem jak w lecie. Nocami rozbijaliśmy obóz, gdzie się dało. Telemach przywykł do twardego życia pasterza, a ja przekonałam się, że nie brakuje mi moich złotych i srebrnych mis czy tkanin na ścianach. Piekliśmy na patykach ryby, przynosiłam w tunice owoce. Jeśli trafiliśmy na chatę, zgłaszaliśmy się do roboty w zamian za chleb, wino i ser. On rzeźbił zabawki dzieciom i łatał łodzie. Ja miałam maści i z zakrytą głową uchodziłam za zielarkę, która przybywa, by ulżyć bólom i gorączce ludzi. Ich wdzięczność była prosta, podobnie jak nasza. Nikt nie klękał.

Kiedy łódź płynęła pod niebieską misą nieba, siadywaliśmy na pokładzie i rozmawialiśmy o napotkanych ludziach, mijanych wybrzeżach, delfinach, które towarzyszyły nam przez ćwierć dnia, szeroko uśmiechnięte i chlapiące przez burty.

– Czy wiesz, że przed przypłynięciem na Ajaję tylko raz opuściłem Itakę? – powiedział kiedyś Telemach.

Skinęłam głową.

– Ja w drodze widziałam Kretę i kilka wysp, ale to wszystko. Zawsze chciałam odwiedzić Egipt.

– Ja też. I Troję, i wielkie miasta Sumeru.

– Asyrię – dodałam. – I chciałabym zobaczyć Etiopię. I Północ, lądy żebrowane lodem. I nowe królestwo Telegonosa na zachodzie.

Spojrzeliśmy ponad fale i zaległo między nami milczenie. Następnie któreś z nas powinno zaproponować: więc popłyńmy tam razem. Ale ja nie mogłam tego powiedzieć, nie teraz i może nigdy. A on milczał, bo dobrze mnie znał.

– A twoja matka? – spytałam. – Myślisz, że będzie na nas zła?

Parsknął.

– Nie. Pewnie wiedziała przed nami.

– Nie byłabym zdziwiona, gdyby po naszym powrocie okazała się wiedźmą.

Zaskakiwanie go, pozbawianie spokoju zawsze sprawiało mi przyjemność.

– Co?

– O tak – potwierdziłam. – Od początku nie spuszczała wzroku z moich ziół. Gdyby był czas, uczyłabym ją. Założę się, że byłaby zachwycona.

– Skoro tak mówisz, chyba nie zaryzykuję powrotu.

W nocy zgłębialiśmy każdy zakątek naszych ciał, a kiedy spał, leżałam obok niego, czując ciepło tam, gdzie nasze członki się stykały; przyglądałam się, jak na jego szyi spokojnie bije puls. Miał zmarszczki wokół oczu. Kiedy ludzie nas napotykali, myśleli, że jestem młodsza. Ale chociaż wyglądałam i mówiłam jak śmiertelna, byłam bezkrwistą rybą, która ze swojej wody może patrzeć na niego i na niebo ponad nim, lecz nie jest w stanie pokonać dzielącej nas granicy.

*

Dzięki Smokowi i Telemachowi w końcu odnaleźliśmy mój stary brzeg. Dotarliśmy do wąskiej zatoki przed południem; rydwan mojego ojca był w połowie drogi do najwyższego miejsca na niebie. Telemach dźwignął kamienną kotwicę.
– Rzucić czy wciągamy łódź na plażę?
– Rzucić – powiedziałam.
Setki lat pływów i sztormów zmieniły kształt wybrzeża, ale moje stopy pamiętały twardość piaskowego podłoża, szorstką trawę, łopiany i rzepy. W oddali wnosił się niewyraźny szary dym i kozy podzwaniały dzwonkami. Minęliśmy wbite w ziemię kamienie, na których siadywaliśmy z Ajetesem. Przeszliśmy przez las, w którym musiałam się ukrywać po tym, jak ojciec mnie oparzył; teraz była to tylko rzadka kępa sosen. Wzgórza, na które ciągnęłam Glaukosa, gęsto zarosły wiosenną roślinnością: kocankami i hiacyntami, liliami, fiołkami i słodkimi skalnymi różyczkami. Pomiędzy nimi z krwi Kronosa wyrastała garstka żółtych kwiatków.
Podniósł się dawny poszum, jakby na przywitanie.
– Nie dotykaj ich – ostrzegłam Telemacha, ale w tej samej chwili, w której wypowiedziałam te słowa, zdałam sobie sprawę, że palnęłam głupstwo. Te kwiaty nie mogły w żaden sposób mu zaszkodzić. Był sobą. Nie zmienił się ani trochę.
Używając noża, wykopałam wszystkie kwiaty z korzeniami. Nie usuwając ziemi, owinęłam je kawałkami materiału i schowałam na dno torby. Potem nie było już powodu, by się zatrzymywać. Wciągnęliśmy kotwicę i skierowaliśmy się ku domowi. Mijaliśmy fale i wyspy, lecz poświęcałam im niewiele uwagi. Byłam napięta jak łucznik, który patrzy w niebo, wyczekując zrywających się do lotu ptaków. Ostatniego wieczoru, gdy Ajaja była tak blisko, że wyda-

wało mi się, iż czuję jej wonie napływające z morskim powietrzem, opowiedziałam Telemachowi historię, którą zatrzymałam do tej pory dla siebie: o pierwszych ludziach, którzy przybyli na moją wyspę, i o tym, co im zrobiłam w zamian za to, co oni uczynili mnie.

Gwiazdy świeciły bardzo ostro, zwłaszcza Hesperos wiszący nad nami jak płomień.

– Nie mówiłam ci o tym wcześniej, bo nie chciałam, żeby to zaległo między nami.

– A teraz ci to nie przeszkadza?

Z głębi mojej torby kwiaty śpiewały swoją żółtą pieśń.

– Teraz chcę, żebyś znał prawdę, niezależnie od tego, jaka ona jest.

Lekka słona bryza zaszeleściła w przybrzeżnych trawach. Trzymał moją rękę przy piersi. Czułam rytmiczne uderzenia jego serca.

– Nie naciskałem cię – odezwał się. – I nie będę cię naciskał w przyszłości. Wiem, że są powody, które nie pozwalają ci odpowiadać na moje pytania. Ale jeśli... – Urwał i po chwili dokończył: – Wiedz, że jeśli popłyniesz do Egiptu, dokądkolwiek popłyniesz, chcę być z tobą.

Jego życie upływało pod moimi palcami, jedno uderzenie serca po drugim.

– Dziękuję ci – powiedziałam.

*

Na wybrzeżu Ajai przywitała nas Penelopa. Słońce stało wysoko i wyspa niebywale rozkwitła; owoce rosły jak na drożdżach, świeża zieleń tryskała z każdego zagłębienia. Penelopa prezentowała się swobodnie pośród tego bogactwa, machała do nas rękami, nawoływała.

Jeśli zauważyła zmianę między nami, nie skomentowała tego. Uściskała nas oboje. Powiedziała, że podczas naszej nieobecności był spokój, nie zjawili się żadni przybysze, ale też nie panował zastój. Na świat przyszły kolejne lwiątka. Mgła zakryła wschodnią zatokę na trzy dni i padało tak mocno, że strumień wylał z brzegów. Kiedy mówiła, dostała rumieńców. Szliśmy obok lśniących rododendronów, przez ogród i obok wielkich dębów. Wciągnęłam w płuca powietrze mojego domu, gęste od czystego zapachu ziół. To była rozkosz, o której tak często śpiewają bajarze: powrót do domu.

W mojej sypialni pościel szerokiego złotego łoża była świeża jak zawsze. Słyszałam Telemacha opowiadającego matce o Scylli. Wyszłam z domu i udałam się boso na wędrówkę po wyspie. Pod stopami czułam rozgrzaną ziemię. Kwiaty obracały za mną jasne główki. Lwice towarzyszyły mi krok w krok. Czy opuściłam to miejsce? Moje myśli biegły strzeliście ku szerokiej czaszy nieba. Dzisiejszej nocy, myślałam. Dzisiejszej nocy, pod księżycem, samotnie.

Wróciłam o zachodzie. Telemach poszedł złowić ryby na kolację, a ja i Penelopa usiadłyśmy przy stole. Palce miała zabarwione na zielono; w powietrzu czułam zapach zaklęć.

– Od dawna się nad czymś zastanawiam – powiedziałam. – Gdy spierałyśmy się co do Ateny, skąd przyszło ci do głowy uklęknąć przede mną? Myślałaś, że to mnie zawstydzi?

– Hm. Zgadywałam. Odyseusz kiedyś coś mi powiedział na twój temat.

– Co mianowicie?

– Że nigdy nie spotkał bogini, która przywiązywałaby mniejszą wagę do swojej boskości.

Uśmiechnęłam się. Potrafił zaskoczyć mnie nawet po śmierci.

– Pewnie to prawda – przyznałam. – Mówiłaś o nim, że kształtował swoje królestwo, ale też kształtował umysły ludzi. Przed nim wszyscy bohaterowie byli Herkulesami i Jazonami. Teraz dzieci bawią się w podróże, podboje wrogich lądów fortelami i słowami.

– To by mu się spodobało – zauważyła.

Też tak myślałam. Po chwili spojrzałam na jej poplamione ręce, które złożyła przede mną na stole.

– No i? Powiesz mi? Jak ci idzie z czarami?

Uśmiechnęła się po swojemu, skrycie.

– Miałaś rację, to przede wszystkim silna wola. Wola i praca.

– Ja skończyłam swoje prace na tej wyspie – oświadczyłam. – Nie chciałabyś zająć mojego miejsca jako czarownica z Ajai?

– Myślę, że tak. Naprawdę by mi się to podobało. Tylko moje włosy do tego nie pasują. Zupełnie nie przypominają twoich.

– Mogłabyś je ufarbować.

Skrzywiła się.

– Zamiast farbować wolę mówić, że posiwiały od wiedźmich czarów.

Roześmiałyśmy się. Skończyła makatę; wisiała za jej plecami. Pływak dawał nura w morskie odmęty.

– Jeśli będziesz chciała towarzystwa, powiedz bogom, że zajmiesz się ich niegrzecznymi córkami – doradziłam jej. – W ten sposób dorobisz się niemałej gromadki.

– Uważałabym to za komplement. – Roztarła plamę na stole. – A co z moim synem? Wybiera się z tobą?

Zdałam sobie sprawę, że jestem niemal zdenerwowana.

– Jeśli zechce.

– A ty? Czego ty chcesz?

– Chciałabym, żeby ze mną popłynął. Jeśli to możliwe. Ale wciąż czeka mnie coś do zrobienia. Nie wiem, co z tego wyjdzie.

Jej szare oczy spojrzały prosto w moje. Pomyślałam, że brwi ma sklepione jak świątynia. Wdzięczne i wiecznotrwałe.

– Telemach był dobrym synem dłużej, niż powinien. Teraz musi wieść własne życie. – Dotknęła mojej dłoni. – Nic nie jest pewne, wiemy to. Ale gdybym miała komuś zaufać, że coś będzie zrobione, zaufałabym tobie.

*

Zebrałam naczynia ze stołu i starannie je umyłam, aż lśniły. Naostrzyłam i odłożyłam na swoje miejsce noże. Przetarłam stół i podłogę. Kiedy wróciłam do paleniska, siedział przy nim tylko Telemach. Poszliśmy na naszą ulubioną polankę, tę, na której dawno temu rozmawialiśmy o Atenie.

– Chodzi o czary, które zamierzam odprawić – powiedziałam. – Nie mam pojęcia, co się wydarzy, kiedy je rzucę. Nie wiem nawet, czy zadziałają. Może moc Kronosa nie wzbije się z ziemi, z której wzrosły.

– Wtedy je powtórzymy. I będziemy powtarzać, aż będziesz usatysfakcjonowana.

To było takie proste. Jeśli tego chcesz, zrobisz to. Jeśli cię to uszczęśliwi, popłynę z tobą. Czy jest taka chwila, że serce pęka ze szczęścia? Ale to nie wystarczyłoby, a ja na tyle zmądrzałam, że o tym wiedziałam. Pocałowałam go i odeszłam.

ROZDZIAŁ DWUDZIESTY SIÓDMY

Żaby poszły na swoje błota, salamandry spały w zagłębieniach gleby. Staw odbijał księżyc w pierwszej kwadrze, punkciki gwiazd, przechylające się drzewa i całe pokłaniające się mu otoczenie.

Uklękłam na brzegu gęstym od trawy. Przed sobą miałam starą misę z brązu, której od początku używałam do czarów. Obok leżały kwiaty z bladymi korzeniami. Cięłam je łodyga po łodydze i wyciskałam spływający sok. Dno misy się zaciemniło. Ono również zaczęło odbijać księżyc. Ostatniego kwiatu nie wycisnęłam, ale zasadziłam na brzegu, tam gdzie każdego dnia padało słońce. Może kwiat się zakorzeni.

Czułam lęk lśniący jak woda. Te kwiaty sprawiły, że Scylla przemieniła się w potwora, chociaż całe jej zło sprowadzało się do szyderstw. Glaukos też stał się na swój sposób potworem, ponieważ boskość wyparła z niego całą dobroć. Przypomniałam sobie grozę, która ogarniała mnie podczas rodzenia Telegonosa: jaki stwór czeka wewnątrz mnie? Wyobraźnia podsuwała mi koszmarne obrazy. Wyrosną mi śliniące się łby i żółte kły. Zejdę w dolinę i rozerwę na strzępy Telemacha.

Ale może wcale tak nie będzie, rozważałam w duchu. Może wszystkie moje nadzieje się ziszczą i popłyniemy z Telemachem do

Egiptu i do tamtych wszystkich miejsc. Będziemy pływać po morzach, żyjąc z moich czarodziejskich umiejętności i jego stolarskich, a kiedy zjawimy się gdzieś po raz wtóry, ludzie będą wychodzić nam na powitanie. On będzie łatał ich łodzie, ja będę rzucała zaklęcia przeciwko muchom i gorączce i będziemy czerpać przyjemność, zwyczajnie naprawiając świat.

Ta wizja rozkwitła, wyrazista jak chłodna trawa pode mną, jak ciemne niebo nad głową. Odwiedzimy Lwią Bramę w Mykenach, gdzie rządzili następcy Agamemnona, mury Troi chłodzone wiatrami z odzianej w lodową czapę Idy. Będziemy jeździć na słoniach i nocą przemierzać pustynię pod okiem bogów, którzy nigdy nie słyszeli o tytanach ani boskich mieszkańcach Olimpu, więc nie poświęcą nam więcej uwagi niż bawiącym się na piaskach u naszych stóp chrząszczom. On powie, że chciałby mieć dzieci, na co ja odpowiem: „Nie wiesz, o co prosisz", a on na to: „Tym razem nie będziesz sama".

Mamy córkę, potem drugą. Penelopa pomaga mi w połogu. Zjawia się ból, ale mija. Kiedy dzieci są małe, mieszkamy na wyspie, a potem często ją odwiedzamy. Penelopa tka i czyni czary, podczas gdy wokół przemykają nimfy. Niezależnie od tego, jak bardzo jest siwa, nigdy się nie męczy, ale czasem widzę, że kieruje wzrok ku horyzontowi, gdzie czeka dom zmarłych i zamieszkujące go dusze.

Córki, które sobie wymarzyłam, różnią się od Telegonosa i jedna od drugiej. Pierwsza nieustannie bawi się z lwicami, podczas gdy druga siedzi w kącie, patrzy i niczego nie zapomina. Mamy bzika na ich punkcie, stoimy nad nimi, gdy śpią, szepczemy, co która powiedziała, co zrobiła. Wieziemy je w odwiedziny do Telegonosa, który rządzi pośród złotych sadów. Mój syn zeskakuje z biesiadnego łoża, żeby nas wszystkich uścisnąć, i przedstawia nam dowódcę gwardii, wysokiego, ciemnowłosego młodzieńca, który nigdy nie opuszcza jego boku. Mówi, że nie jest jeszcze żonaty, może nigdy nie będzie. Uśmiecham się, wyobrażając sobie zawód i bezradność Ateny. Jest niezwykle uprzejmy, a jednocześnie zdecydowany i niewzruszony jak mury jego miasta. Nie muszę się o niego martwić.

Starzeję się. Kiedy patrzę w zwierciadło z polerowanego brązu, widzę na twarzy zmarszczki. Staję się tęższa, a skóra zaczyna na mnie zwisać. Zacinam się przy ziołach i blizny zostają. Czasem mi się to podoba. Czasem próżność sprawia, że czuję rozczarowanie. Ale nie mam ochoty cofnąć tego, co zrobiłam. Moje ciało jest skazane na ziemię; do niej należy. Któregoś dnia Hermes poprowadzi mnie do pałacu umarłych. Trudno nam będzie nawzajem się rozpoznać, gdyż będę siwowłosa, a on odziany w swoją tajemniczość Przewodnika Dusz podczas tej jedynej chwili, gdy zachowuje powagę. Myślę, że ten widok sprawi mi przyjemność.

Wiem, jakie mam szczęście, aż po zawrót głowy, jestem nim przepełniona, zataczam się jak pijana. Czasem budzę się nocą, przerażona kruchością mojego życia, wątłością jego oddechu. Wyczuwam puls na szyi leżącego obok mnie męża; skóra moich dzieci, śpiących w łóżkach, zachowuje ślad najmniejszego draśnięcia. Owiewa je bryza, a świat jest wypełniony czymś więcej niż oddechami wiatrów, chorobami i nieszczęściami, potworami i bólem o tysiącu odmian. Nie zapominam ani o ojcu, ani o jego pobratymcach, wiszących nad nami, jasnych i ostrych jak miecze skierowane w nasze wrażliwe ciała. Jeśli nie rzucają się na nas z przekory i złośliwości, zrobią to przypadkiem lub dla kaprysu. Oddech staje mi w gardle. Jak mogę żyć pod takim brzemieniem przeznaczenia?

Wtedy wstaję i idę do moich ziół. Coś tworzę, coś przemieniam. Moje czarodziejskie umiejętności są mocne jak zawsze, potężniejsze. To też szczęście. Ilu ma tyle mocy, swobody i możliwości obrony co ja? Telemach wstaje z łóżka i znajduje mnie. Siedzi w pachnącej zielenią ciemności, trzymając mnie za rękę. Nasze twarze są pomarszczone, poznaczone latami.

– Kirke – mówi – będzie dobrze.

Nie mówi tego jak wieszcz. Używa słów, których mógłby użyć wobec dziecka. Słyszałam, jak mówił to naszym córkom, kiedy je usypiał zbudzone sennym koszmarem, gdy opatrywał im ranki, dmuchał na miejsca, w które ukłuły je owady. Jego skóra, którą czuję pod palcami, jest mi znana jak własna. Wsłuchuję się w jego oddech, ciepły w nocnym powietrzu, i czuję, że nie jestem sama. Jego słowa nie mówią, że nie zaznamy bólu. Że nie zaznamy strachu. Znaczą tylko: jesteśmy tu. Płyniemy z prądem, kroczymy po ziemi, czujemy ją pod stopami. Żyjemy.

*

Wysoko konstelacje opadają i krążą. Boskość rozświetla się we mnie jak ostatnie promienie słońca, zanim spocznie w morzu. Kiedyś myślałam, że bogowie są przeciwieństwem śmierci, ale teraz widzę, że są bardziej pogrążeni w śmierci niż ktokolwiek inny, bo są niezmienni i nie mogą utrzymać niczego w rękach.

Przez całe życie szłam przed siebie i teraz jestem tutaj. Mam głos śmiertelniczki, niech reszta też będzie śmiertelna. Unoszę do ust pełną misę i piję.

Wykaz postaci

BOGOWIE Z POKOLENIA TYTANÓW

Ajetes – brat Kirke, czarownik, król Kolchidy, krainy na wschodnim brzegu Morza Czarnego, ojciec śmiertelnej czarownicy Medei i strażnik złotego runa, dopóki z pomocą Medei nie ukradli go Jazon i argonauci.

Boreasz – uosobienie wiatru północnego. Pewne mity obciążają go winą za śmierć pięknego młodzieńca, Hiacynta. Jego braćmi byli Zefir (wiatr zachodni), Notos (południowy) i Euros (wschodni).

Helios – bóg słońca. Miał liczne potomstwo, w tym Kirke, Ajetesa, Pazyfae i Persesa oraz ich przyrodnie siostry: Faitusę i Lempetię. Najczęściej jest przedstawiany na rydwanie zaprzężonym w złote konie, który codziennie przemierza niebo. W *Odysei* prosi Zeusa, by sprowadził zniszczenie na załogę Odyseusza po tym, jak ta zabiła jego święte krowy.

Kalipso – córka tytana Atlasa mieszkająca na wyspie Ogygii. W *Odysei* przyjmuje rozbitka Odyseusza. Zakochawszy się w nim, trzyma go siedem lat na wyspie, aż bogowie rozkazują jej go uwolnić.

Kirke – czarownica mieszkająca na wyspie Ajaja, córka Heliosa i nimfy Perseidy. Jej imię prawdopodobnie pochodzi od słowa znaczącego „jastrząb" lub „sokół". W *Odysei* zamienia w świnie załogę Odyseusza, ale gdy ten stawia jej czoła, bierze go do łoża, po czym pozwala jemu i jego ludziom zamieszkać na wyspie i pomaga im, gdy znów wyruszają w morze. Kirke ma bogate literackie życie: zainspirowała takich pisarzy i poetów jak Owidiusz, James Joyce, Eudora Welty i Margaret Atwood.

Mnemosyne – bogini pamięci i matka dziewięciu muz.

Nereusz – pierwszy bóg morza, przyćmiony przez boga olimpijskiego Posejdona. Ojciec wielu boskich dzieci, w tym wodnej nimfy Tetydy.

Okeanos – w utworach Homera bóg wielkiej rzeki o tej samej nazwie, która w wyobraźni starożytnych okrążała świat. W późniejszych czasach kojarzony z morzem i wodami słonymi. Dziadek Kirke ze strony matki, ojciec licznych nimf i bogów.

Pazyfae – siostra Kirke, potężna czarownica, która wyszła za śmiertelnego syna Zeusa, Minosa, i została królową Krety. Miała z nim wiele dzieci, w tym Ariadnę i Fedrę, a poza tym poczęła ze świętym białym bykiem syna, Minotaura.

Perseida – okeanida, jedna z córek Okeanosa. Matka Kirke, żona Heliosa. W późniejszych opowieściach również wiedźma.

Prometeusz – bóg, który wbrew woli Zeusa pomógł śmiertelnikom, dając im ogień i, według niektórych opowieści, inne umiejętności związane z cywilizacją. Zeus ukarał go, przykuwając do skały w górach Kaukazu, gdzie codziennie przylatywał orzeł i wyszarpywał mu wątrobę, która przez noc odrastała.

Proteusz – zmieniający kształt bóg morza, strażnik stad fok należących do Posejdona.

Scylla – według Homera straszliwy potwór o sześciu łbach i dwunastu odnóżach ukrywający się w pieczarze nad wąskim przesmykiem po drugiej stronie wiru Charybdy. Scylla atakowała załogi przepływających statków, porywając z pokładu i pożerając marynarzy. W późniejszych opowieściach miała głowę kobiety i ogon morskiego potwora, a z brzucha wyrastały jej szalejące psy. W *Metamorfozach* Owidiusza nimfa zamieniona w potwora.

Selene – bogini księżyca, ciotka Kirke, siostra Heliosa. Prowadziła po niebie rydwan zaprzężony w srebrne konie; jej mężem był piękny pasterz Endymion, śmiertelnik wprowadzony czarami w wieczny sen.

Tetyda – żona Okeanosa, babka Kirke. Podobnie jak jej mąż początkowo kojarzona z wodami słodkimi, później przedstawiana jako bogini morza.

BOGOWIE OLIMPIJSCY

Apollo – bóg światła, muzyki, przepowiedni i medycyny. Syn Zeusa, brat bliźniak Artemidy i orędownik Trojan podczas wojny z Grekami.
Artemida – bogini łowów, córka Zeusa, siostra Apolla. Według *Odysei* morderczyni księżniczki Ariadny.
Atena – potężna bogini mądrości, tkactwa i sztuk wojennych. Podczas wojny trojańskiej zwolenniczka Greków, szczególną opiekę roztoczyła nad sprytnym Odyseuszem. Pojawia się w *Iliadzie* i *Odysei*. Podobno ulubiona córka Zeusa; urodziła się, wyskakując z jego głowy w pełni ukształtowana i w zbroi.
Dionizos – syn Zeusa, bóg wina, zabaw przy kielichu i ekstazy. Rozkazał Tezeuszowi porzucić księżniczkę Ariadnę, bo sam pragnął jej za żonę.
Ejlejtyja – bogini połogu, która pomagała matkom podczas porodów, miała też moc powstrzymywania przyjścia dziecka na świat.
Hermes – syn Zeusa i nimfy Mai, posłaniec bogów i bóg podróży i oszustw, handlu i granic. Przewodnik dusz zmarłych do świata podziemi. W pewnych opowieściach przodek Odyseusza; w *Odysei* Hermes doradza mu, jak przeciwdziałać czarom Kirke.
Zeus – król bogów i ludzi, władca całego świata rządzący z góry Olimp. Rozpoczął wojnę przeciwko tytanom, by zemścić się na ojcu, Kronosie, i obalić go. Ojciec wielu bogów i śmiertelników, w tym Ateny, Apolla, Dionizosa, Heraklesa, Heleny i Minosa.

ŚMIERTELNICY

Achilles – syn nimfy wodnej Tetydy i króla Ftyi, Peleusa. Największy wojownik swojego pokolenia, najszybszy i najpiękniejszy. Jako nastolatek postawiony przed wyborem, czy chce mieć długie życie i pozostać nieznany, czy krótkie w sławie, wybrał to drugie. Pożeglował z Grekami do Troi. Jednak dziewiątego roku wojny pokłócił się z Agamemnonem i odmówił dalszego wojowania. Na pole bitwy wrócił dopiero po śmierci kochanka, Patroklesa, zabitego przez Hektora. W gniewie zabił wielkiego trojańskiego wojownika, po czym sam stracił życie z ręki Parysa wspomaganego przez Apolla.

Agamemnon – król Myken. Naczelny wódz greckiej wyprawy przeciwko Troi, wojny, której celem było odzyskanie Heleny, żony jego brata, Menelaosa. Kłótliwy i pyszny podczas dziesięciu lat wojny, zamordowany przez żonę, Klitajmestrę, po powrocie do Myken. W *Odysei* Odyseusz rozmawia z jego cieniem w świecie podziemi.

Ariadna – księżniczka kreteńska, córka boginki Pazyfae i półboga Minosa. Kiedy heros Tezeusz przybył, by zabić Minotaura, pomogła mu, dając miecz i kłębek włóczki, którą za sobą rozwijał, by znaleźć drogę powrotną z labiryntu, kiedy stwór już nie będzie żył. Następnie uciekła z Tezeuszem i planowali wziąć ślub, ale Dionizos do tego nie dopuścił.

Dedal – mistrz rzemiosł, znany wynalazca i artysta. Stworzył krąg taneczny Ariadny i wielki labirynt, więzienie Minotaura. Więziony na Krecie razem z synem, Ikarem, wymyślił plan ucieczki: skonstruował dwie pary skrzydeł z piór połączonych woskiem. Uciekł z synem, lecz Ikar podfrunął zbyt blisko słońca i wosk roztopił się. Chłopiec spadł do morza i utonął.

Elpenor – członek załogi Odyseusza. W *Odysei* ginie, spadłszy z dachu domu Kirke.

Eurykleja – stara piastunka Odyseusza i Telemacha. W *Odysei* myje nogi Odyseusza, kiedy ten wraca w przebraniu, i rozpoznaje go po bliźnie na nodze, pamiątce z polowania na dzika w czasach młodości.

Eurylochos – członek załogi Odyseusza i jego kuzyn. W *Odysei* często w sporze z dowódcą; przekonał pozostałych towarzyszy, by zabili i zjedli święte krowy Heliosa.

Glaukos – rybak, który został przemieniony, gdy zasnął wśród czarodziejskich ziół. Wersja tej historii jest opowiedziana w *Metamorfozach* Owidiusza.

Helena – według legendy najpiękniejsza kobieta starożytności. Królowa Sparty, córka Ledy i Zeusa, który spłodził Helenę, przybrawszy postać łabędzia. Wielu mężczyzn starało się o jej rękę, składając przysięgę (ułożoną przez Odyseusza), że uszanują jej związek z tym, którego wybierze. Poślubiła Menelaosa, a później uciekła z trojańskim księciem, Parysem, co zapoczątkowało wojnę trojańską. Po wojnie wróciła z Menelaosem do Sparty.

Ikar – syn mistrza rzemiosł Dedala. Razem z ojcem uciekli z Krety na skrzydłach z piór i wosku. Ikar zlekceważył ostrzeżenie ojca, by nie wznosił się zbyt blisko słońca, i wosk roztopił się, a skrzydła się rozleciały i Ikar spadł do morza.

Jazon – książę Jolkos. Pozbawiony tronu przez stryja, Peliasa, postanowił się wykazać, wyruszając po złote runo należące do króla Kolchidy, Ajetesa. Z pomocą swojej patronki, Hery, pozyskał okręt, sławne *Argo*, i załogę złożoną z bohaterów nazwanych Argonautami. Gdy przybył do Kolchidy, Ajetes poddał go kilku próbom – na przykład kazał mu obłaskawić parę ziejących ogniem wołów. Ajetes nie przeszedłby tych prób bez pomocy zakochanej w nim córki Jazona, Medei, z którą uciekł, zabierając runo.

Laertes – ojciec Odyseusza, król Itaki. Według *Odysei* podczas nieobecności syna opuścił królewski pałac i mieszkał w swoich włościach. Gdy Odyseusz powrócił z wojny, Leartes stanął u jego boku przeciwko rodzinom zalotników.

Medea – córka króla Kolchidy, Ajetesa, i bratanica Kirke. Czarownica jak jej ojciec i stryjenka. Gdy w Kolchidzie pojawił się pożądający złotego runa Jazon, użyła swoich umiejętności, by mu pomóc, pod warunkiem że się z nią ożeni i zabierze od ojca. Uciekli, lecz Ajetes udał się za nimi w pogoń i tylko krwawy fortel mógł go powstrzymać. Historia Medei została opisana w wielu starożytnych i nowożytnych dziełach, w tym w sławnej tragedii Eurypidesa *Medea*.

Minos – syn Zeusa i król potężnej Krety. Jego żona, Pazyfae, była boginką i matką Minotaura. Zażądał od Aten ofiary z dzieci, które miały posłużyć za pokarm dla potwora. Po śmierci Minos dostał najlepsze miejsce w świecie podziemi, z którego sądził inne dusze.

Odyseusz – sprytny król Itaki, ulubieniec bogini Ateny, mąż Penelopy, ojciec Telemacha. Podczas wojny trojańskiej jeden z głównych doradców Agamemnona. Wymyślił fortel, dzięki któremu Grecy wygrali wojnę. Jego powrót do ojczyzny trwał dziesięć lat i jest tematem *Odysei* Homera, opisującej sławne przygody z cyklopem Polifemem, czarownicą Kirke, potworami Scyllą i Charybdą i syrenami. Homer obdarzył go wieloma znakomitymi przydomkami, takimi jak *Polimetes* (mąż wielu forteli), *Politropos* (mąż obrotny) i *Polytlas* (mąż wytrzymały).

Patrokles – ukochany towarzysz bohaterskiego Achillesa, według wielu relacji również jego kochanek. W *Iliadzie* jego brzemienne w skutki postanowienie uratowania Greków i przebranie się w zbroję Achillesa wprawiło w ruch ostatnią fazę wojny. Kiedy Patrokles został zabity przez Hektora, wstrząśnięty Achilles brutalnie zemścił się na Trojanach, co doprowadziło do jego śmierci. W *Odysei* Odyseusz spotyka Patroklesa u boku Achillesa, gdy odwiedza świat podziemi.

Penelopa – kuzynka Spartanki Heleny, żona Odyseusza, matka Telemacha, znana z mądrości i wierności. Podczas wieloletniej nieobecności Odyseusza po wojnie trojańskiej oblegana przez zalotników, którzy zajęli jej dom, usiłując ją zmusić do zamążpójścia. Jak głosi opowieść, obiecała spełnić ich żądanie, gdy utka w całości szatę dla teścia. Dzięki temu zwlekała latami, bo w nocy pruła to, co utkała za dnia.

Telegonos – syn Odyseusza i Kirke, mityczny założyciel miast Tusculum i Praeneste w Italii.

Telemach – jedyny syn Penelopy i Odyseusza, książę Itaki. W *Odysei* Homer przypisuje mu pomoc ojcu i zemstę na zalotnikach oblegających ich dom.

Podziękowania

Tak wielu pomogło tej książce podczas jej podróży, że nie potrafię ich wszystkich wyliczyć. Dlatego muszę się obejść serdecznym „Dziękuję" pod adresem przyjaciół, rodziny, studentów, czytelników i tych wszystkich, którzy darzą uczuciem wiekowe historie i poświęcają czas, by mi o nich opowiedzieć.

Dziękuję Danowi Burfootowi za poświęcony czas i głęboki literacki wgląd w pierwsze wersje powieści. Wielkie dzięki Jonahowi Ramu Cohenowi za nieustające entuzjastyczne poparcie mojej pracy, chęć zapoznania się z licznymi wersjami i rozmowy o sztuce opowiadania, mitach i feminizmie.

Jestem bezgranicznie wdzięczna za inspirację moim mentorom w dziedzinie klasyki, zwłaszcza Davidowi Richowi, Josephowi Pucciemu i Michaelowi C.J. Putnamowi. Wyrazy wdzięczności kieruję także pod adresem Davida Elmera, który w jakże pomocny sposób podzielił się ze mną wiedzą w kilku kluczowych sprawach. Wszelka odpowiedzialność za błędy spada wyłącznie na moją głowę.

Wielkie dzięki dla Margo Rabb i Amandy Levinson za wsparcie podczas pisania oraz dla Sarah Yardney i Michelle Wofsey Rowe. Gorące uściski dla mojego brata, Tulla, i jego żony, Beverly, za ich nieustanne wsparcie.

Najgłębsze wyrazy wdzięczności dla Gatewood West za przenikliwe uwagi, niebywałą wiedzę i ciepło, którym darzyła mnie podczas tej podróży.

Deklaruję oddanie po wieczne czasy mojej niebywałej wydawczyni Lee Boudreaux za jej genialne i cierpliwe opinie, wiarę w moją pracę i wielkoduszność. Dziękuję również jej bajecznemu zespołowi: Pameli Brown, Carinie Guiterman, Greggowi Kulickowi, Karen Landry, Carrie Neill i wszystkim w Lee Boudreaux Books and Little, Brown.

Jestem także wdzięczna boskiej Alexandrze Pringle i całej brytyjskiej rodzinie Bloomsbury: Ros Ellis, Madeleine Feeny, Davidowi Mannowi, Angelique Tran Van Sang, Amandzie Shipp, Rachel Wilkie i wielu innym.

I jak zawsze milion wyrazów podzięki dla Julie Barer, która nieustannie jest Najlepszą ze Wszystkich Agentek, kochająca, genialna i zawsze zawzięcie walcząca o moją pracę, zawsze chętna przeczytać kolejną wersję i przyjaciółka na zabój. Wielkie dzięki także całemu zespołowi w The Book Group, zwłaszcza Nicole Cunningham i Jenny Meyer. I oczywiście niesamowitemu Caspianowi Dennisowi i Sandy Violette też. Dziękuję również Howie Sanders i Jasonowi Richmanowi w UTA.

Nie wystarczy słów, żeby odpowiednio wyrazić moje uwielbienie i wdzięczność dziadkowi i babci, Jonathanowi i Cathy Drake, za ich miłość, wsparcie i niebywałą opiekę. Dziękuję! Dziękuję także Tinie, BJ i Julii.

Wyrazy miłości i uznania dla mojego kochanego ojczyma, Gordona, i mojej matki, Madeline, dzięki której poznałam literaturę i świat klasyczny, która czytała mi każdego dnia dzieciństwa i pomogła napisać tę książkę, udzielając wielkiej pomocy i nie zapominając też o drobiazgach, zwłaszcza że jest moim pierwszym przykładem *dux femina facti**.

Masę wyrazów miłości V. i F., nieustającym źródłom światła, mocy i magii, dzięki którym moje życie zostało przemienione i dzięki którym mogłam nieraz znikać na całe godziny. Wreszcie niekończące się wyrazy podzięki i miłości dla Nathaniela, mojego *sine qua non*, który był przy mnie przy każdej stronie tej książki.

---

* Łac.: Kobieta [tego] dokonała – powiedzenie podobno odnoszące się do Dydony, założycielki Kartaginy.